365 histoires pour le soir

365 histoires pour le soir

Princesses et Fées

Responsable éditoriale : Juliette de Lavaur
Édition : Naïma Timzouert
Graphiste : Pauline Ortlieb
Mise en page : Éloïse Jensen
Adaptation textes : Natacha Godeau, Aurore Meyer et Gaëtan Coz
Correctrice : Agnès Duhamel
Fabrication : Marine Wiplier

Édité par Hachette Livre – 58, rue Jean Bleuzen – 92178 Vanves Cedex
Imprimé par G Canale & CSA en Roumanie – Achevé d'imprimer : octobre 2018
ISBN : 978-2-01-706613-2- Édition : 01 – Dépôt légal : octobre 2018
Loi n°49-956 du 16 juillet 1949 sur les publications destinées à la jeunesse.

Pour tout renseignement concernant nos parutions, nous contacter par téléphone au 01 43 92 38 88
ou par e-mail : disney@hachette-livre.fr

Pour l'éditeur, le principe est d'utiliser des papiers composés de fibres naturelles, renouvelables, recyclables et fabriquées à partir de bois issus de forêts qui adoptent un système d'aménagement durable. En outre, l'éditeur attend de ses fournisseurs de papier qu'ils s'inscrivent dans une démarche de certification environnementale reconnue.

Disney Princesses

Raiponce

Il était une fleur

Cette histoire pourrait commencer par « Il était une fois ». Mais tout a commencé par une fleur aux pétales d'or… Il était donc une fleur enchantée. Regardez-la scintiller dans l'herbe ! Elle est unique au monde. Elle est née d'un rayon de soleil, qui est un jour tombé sur la Terre. Éternelle, elle possède un fabuleux pouvoir de guérison. Un jour, alors qu'elle se promène sur la colline, une vieille dame aperçoit la Fleur d'Or. Elle se penche pour la cueillir ; à peine la touche-t-elle que la vieille femme retrouve instantanément sa jeunesse !

– Fleur d'Or enchantée, tu m'appartiens ! déclare-t-elle avec excitation.

Et voici comment Mère Gothel, grâce à la magie de la fleur de soleil, demeure dorénavant jeune et belle. Mais elle a si peur de perdre la précieuse fleur qu'elle la garde égoïstement pour elle seule. Personne ne sait où se trouve la Fleur magique, mais tout le monde en a entendu parler. Or, quand la reine, sur le point d'accoucher, tombe gravement malade, le roi cherche désespérément un moyen de la sauver, et les habitants du royaume se souviennent de la fleur légendaire. Le roi envoie donc ses hommes passer le pays au peigne fin, et les soldats finissent par découvrir la Fleur d'Or. Ils la cueillent pour la remporter au château, et Mère Gothel, folle de rage, perd soudain sa jeunesse. Grâce à une tisane concoctée avec la Fleur magique, la reine guérit enfin et donne naissance à une belle petite fille aux yeux verts et aux cheveux d'or, comme la fleur. En apprenant la nouvelle, Mère Gothel se faufile une nuit dans le château. Elle touche la chevelure du bébé… et retrouve sa jeunesse ! Devinant que le pouvoir de la fleur est passé dans les cheveux de la fillette, Mère Gothel lui coupe une mèche. Mais aussitôt, celle-ci ternit, perdant toute magie. Alors, Mère Gothel n'a plus le choix : pour garder le pouvoir de la fleur, elle la kidnappe et l'emporte au plus profond de la forêt, où elle l'enferme dans une haute tour, au cœur d'une vallée perdue. Là, elle élève secrètement l'enfant en se faisant passer pour sa mère. Séparés de leur petite Raiponce, le roi et la reine sont inconsolables. Mais qui sait ? La force de leur amour triomphera peut-être du destin en leur ramenant un jour leur fillette disparue…

Suite de l'histoire **le 13 mai, page 142** ➡

Disney
PRINCESSES

LA PETITE SIRENE

Le nouveau chant d'Ariel

Sébastien s'éclaircit la voix. Mais les sirènes continuèrent à parler. Déçu, il saisit un énorme coquillage et souffla dedans. Le coquillage sonnait comme un cor géant. Étonnées, les princesses sirènes se turent aussitôt.

– Nous allons commencer ! annonça Sébastien.

Il était anxieux. Les filles du roi Triton avaient des voix merveilleuses, mais elles n'avaient pas encore choisi le chant qu'elles interpréteraient à l'anniversaire de leur père. Et il ne restait que quelques jours… Sébastien leva sa pince pour commencer l'échauffement des voix lorsque Aquata remarqua :

– Ariel n'est pas là !

– Ariel ! appela aussitôt Sébastien.

La Petite Sirène s'aventurait toujours loin, à la recherche d'objets du « monde d'en haut ».

– Allons à sa recherche ! proposa Aquata.

– Non, répondit Sébastien. Vous risquez de vous perdre toutes et je me demande ce que je dirais alors à votre père !

– Nous ne nous perdrons pas ! protesta Attina. Et nous rentrerons à temps !

Ses sœurs l'approuvèrent d'un signe de tête.

– Du calme, les filles ! lança Sébastien.

Bien sûr, ils auraient pu commencer sans Ariel mais la voix de la Petite Sirène était certainement la plus mélodieuse. Tout à coup, Ariel arriva avec Polochon, le petit poisson qui ne la quittait jamais.

– J'espère que vous ne m'avez pas attendue, dit-elle d'une voix suave.

– Ariel ! cria Sébastien, partagé entre la colère et le soulagement.

– Où étais-tu encore passée ? interrogea Aquata.

– Nous n'avons toujours pas de chanson pour papa ! ajouta Attina.

– Nous allons en avoir une ! annonça Ariel avec fierté.

Elle ne pouvait l'avouer, mais elle était montée à la surface de l'océan. C'était interdit ! Et son amie Eurêka la mouette lui avait appris quelque chose d'original. Un chant inconnu ! Ariel entonna une chanson d'humains. Sébastien ferma les yeux et écouta la mélodie. Elle était parfaite !

– Où as-tu appris ce chant ? demanda-t-il à la fin.

– C'est un petit oiseau qui me l'a enseigné ! répondit Ariel avec un clin d'œil à Polochon.

Disney Princesses

REBELLE

Une princesse peu ordinaire

Au cœur du royaume mystérieux d'Écosse, existaient des terres baignées par la magie, les légendes et les dangers. Ses habitants étaient à l'image de cet endroit sauvage : farouches et fiers ! Longtemps le théâtre de rivalités entre les différents clans, le royaume de DunBroch était désormais en paix avec ses voisins… Le roi Fergus et la reine Elinor y régnaient avec sagesse et fermeté, afin de maintenir cette fragile tranquillité.

Un jour, ce rôle difficile reviendrait à leurs enfants. Les triplés facétieux, Hubert, Harris et Hamish, étaient encore trop jeunes pour y penser, mais la reine Elinor nourrissait de grands projets pour sa fille, Merida.

Seulement, Merida rêvait de batailles, d'aventures, d'indépendance. Au maniement de la harpe, elle préférait celui de… l'épée ! Sauf qu'une princesse ayant de lourdes responsabilités se devait de montrer l'exemple en toute circonstance. Se tenir correctement, parler correctement, agir correctement…

– Une princesse est douce, calme et patiente. En un mot : parfaite ! lui répétait la reine.

Apprendre la musique, la géographie ? Non merci !

– Au moins, mes petits monstres de frères ont le droit de faire n'importe quoi, eux ! soupirait d'envie Merida.

Partir à l'aventure, voilà ce qui la faisait rêver !

Merida préférait s'entraîner à croiser le fer avec son père, ce valeureux guerrier qui avait autrefois perdu une jambe en affrontant Mor'du, l'ours mythique.

Heureusement pour elle, Merida avait quand même droit de temps à autre à quelques heures de liberté. Un après-midi, elle empoigna son arc fétiche, se précipita aux écuries, harnacha Angus, son puissant cheval noir, et galopa hors du château, ses longs cheveux roux au vent.

– Yahouh ! cria-t-elle lorsqu'elle traversa le pont de pierre qui menait à la forêt.

Elle parvint dans une clairière, où des cibles se trouvaient suspendues à des troncs d'arbre. La jeune fille banda son arc, visa et tchac ! tchac ! tchac ! Ses flèches se plantèrent chaque fois dans le mille !

Dans cette discipline, elle était une championne. Si seulement sa mère pouvait apprécier ce talent...

Suite de l'histoire le 5 janvier, page 13

Disney Princesses

Cendrillon

Mes très chères sœurs

J'ai fait un rêve étrange, dit Cendrillon à ses amis souris, en se préparant à une nouvelle journée de corvées. Ma marraine, la fée, lançait de la poudre magique sur Anastasie et Javotte qui devenaient très gentilles avec moi.

– Attention ! Ce n'était qu'un rêve, dit Jac.

– Je sais bien, répondit Cendrillon mais c'était si doux que je préfère y croire. Et peu importe les méchancetés qu'elles me disent aujourd'hui, je ferai semblant de les trouver douces.

– Pas moi, confia Jac à Gus, alors qu'ils descendaient l'escalier, tous les trois.

– Lave mes robes ! ordonna Javotte en lançant son linge à Cendrillon.

– Et cire mes escarpins ! ajouta Anastasie en ouvrant la porte. Tous mes escarpins !

– Fais la vaisselle !

– Lave le plancher !

– Couds les rideaux !

– Bats les tapis !

– Tout de suite, mes sœurs, chantonnait Cendrillon, comme il vous plaira. Merci !

Tout le jour, Anastasie et Javotte aboyèrent leurs ordres. Mais quoi qu'elles lui demandaient de faire, Cendrillon répondait toujours en chantant : « tout de suite, mes sœurs » ou « avec grand plaisir ! »

Finalement, Anastasie tira Javotte de côté.

– Cendrillon prend nos ordres pour des faveurs... dit-elle. Cela me rend nerveuse !

– Elle est devenue folle ? demanda Javotte.

– C'est fort possible ! répondit Anastasie.

Cendrillon entra dans la pièce et s'arrêta, étonnée de voir ses demi-sœurs la regarder l'air effrayé.

– Eh bien, mes sœurs chéries, quel est votre problème ? J'espère que vous n'êtes pas malades, au moins !

– Mes sœurs chéries ? bégaya Anastasie. Tu nous appelles tes sœurs chéries ?

– Bien sûr ! continua Cendrillon. Quelle chance d'avoir deux sœurs aussi tendres et attentionnées que vous !

Convaincues que Cendrillon avait perdu l'esprit, les deux sœurs s'empressèrent de sortir. Cendrillon entendit claquer leurs portes.

– Elles n'en deviendront certainement pas meilleures ou plus justes, dit-elle à Gus et Jac qui avaient assisté à toute la scène, mais elles ont eu peur et nous laisseront tranquilles au moins quelques heures. Qui est partant pour une partie de cache-cache pendant que je mets en ordre la maison ?

Les souris couinèrent de joie et les trois amis passèrent un excellent après-midi, pendant qu'Anastasie et Javotte tremblaient d'inquiétude dans leurs lits !

Disney
PRINCESSES

REBELLE

Me marier, jamais !

Ce jour-là, après avoir bien chevauché, Merida rentra en retard pour le dîner. Comme elle l'avait craint, sa famille se trouvait déjà à table. Par chance, la reine lisait des parchemins, et Merida put se glisser discrètement à sa place. Son père racontait aux triplés, bouche bée, son exploit d'antan : son fameux combat contre Mor'du.

– Un ours énorme surgit brusquement devant moi ! Il était terrifiant, avec des cicatrices horribles et un œil crevé. Alors, j'ai brandi mon épée et…

– Crac ! D'un seul coup, elle s'est brisée et miam ! continua Merida pour ses petits frères, fascinés. Mor'du a arraché la jambe de père et l'a avalée.

Connaissant cette histoire par cœur, elle ajouta :

– Depuis, Mor'du erre dans la forêt, attendant l'occasion de finir son festin.

– Qu'il essaie ! tempêta le roi Fergus.

Là-dessus, la reine Elinor gronda :

– Merida, ôte ton arc de la table. Une princesse ne devrait pas être armée.

Le repas fut interrompu par l'arrivée de plusieurs lettres, que la reine s'empressa de lire à haute voix. Les chefs de clan acceptaient son invitation avec joie… ils allaient chacun proposer un prétendant pour Merida, lors d'un tournoi !

Merida était en colère. Sa mère avait invité les autres clans sans la prévenir, pour l'obliger à se marier !

– Je ne me laisserai pas faire ! hurla-t-elle, en quittant la salle.

La reine Elinor suivit sa fille pour tenter de la raisonner. Elle évoqua la légende d'un jeune prince égoïste et rebelle. Après s'être fâché avec ses trois frères, il avait conduit son royaume à la destruction. Voilà ce qui arrivait lorsqu'on refusait de suivre les traditions.

– Les légendes sont des leçons de vie. Elles comportent toujours un fond de vérité, expliqua la reine.

Merida ne trouva pas cet argument très convaincant…

Incapables de se comprendre, chacune s'en alla de son côté.

– Merida devrait comprendre que je fais tout cela par amour ! expliqua la reine à son époux.

– Mon destin m'appartient. Je ne me marierai pas ! Je le jure ! promit Merida à son cheval.

C'était comme si la reine et sa fille vivaient dans deux mondes différents. Celui des responsabilités pour Elinor, celui de la liberté pour Merida. Deux mondes que rien ne semblait pouvoir rapprocher…

Suite de l'histoire le 7 janvier, page 15

Disney Princesses

Blanche-Neige et les Sept Nains

Une histoire pour les Sept Nains

C'était l'heure du coucher dans le petit chalet de la forêt. Blanche-Neige embrassait, bordait et souhaitait une bonne nuit à ses amis les Sept Nains.

– Attends, attends, cria Joyeux, avant qu'elle ne souffle la bougie. S'il te plaît, raconte-nous une histoire !

– Très bien, dit Blanche-Neige, souriante.

– Il était une fois, une princesse heureuse ou une petite princesse qui aurait été très heureuse si une personne n'avait pas existé : sa belle-mère, la méchante reine.

– Bah ! grogna Grincheux.

Blanche-Neige soupira.

– Voyez-vous, la princesse avait beau travailler très dur et être aussi bonne qu'on peut l'être, la reine faisait tout ce qui était en son pouvoir pour la rendre malheureuse.

– Pauvre princesse, murmura Timide.

– Oh, mais ne t'inquiète pas, lui assura Blanche-Neige. La princesse était une jeune fille très gaie. Elle avait découvert que siffler et chanter tout en travaillant ensoleillaient son cœur ! Et puis, elle rêvait tout éveillée et croyait fermement que si on le désire très fort, nos vœux deviennent réalité.

– Atchiiiii ! Et que désirait-elle ? éternua Atchoum.

– Eh bien, dit Blanche-Neige, elle désirait rencontrer un jeune et charmant prince qui l'emmènerait ailleurs. Or, ce prince est arrivé !

– Vraiment ? s'exclamèrent les Sept Nains.

– Vraiment, répondit Blanche-Neige. Il a galopé jusqu'au château et escaladé l'enceinte. Le lendemain, le chasseur de la reine avait conduit la princesse dans la forêt en lui conjurant de s'échapper et de ne jamais revenir.

– Et c'est ce qu'elle aaahh fait ? demanda Dormeur dans un bâillement.

– Oui, dit Blanche-Neige, elle a couru devant elle jusqu'au bout de ses forces. Regardant autour d'elle, la princesse s'est rendue à l'évidence. Elle était seule et égarée, sans ami pour la secourir et nul logis où s'abriter.

– Pauvre princesse ! murmura Timide.

– C'était bien son avis, dit Blanche-Neige. Mais une minute seulement ! Elle découvrit bientôt qu'elle n'était pas seule. Blaireaux, écureuils, chevreuils, lapins et oiseaux : toutes les créatures de la forêt l'aidèrent et la guidèrent jusqu'au plus joli chalet que vous ayez jamais vu et auprès des plus loyaux amis qu'une princesse puisse avoir.

– Et alors ? ronchonna Grincheux.

– Alors, répondit Blanche-Neige, ils y vivent heureux depuis. Sur ce, à vous sept, bonne nuit !

Disney Princesses

REBELLE

Le vainqueur du tournoi est...

Malgré le refus de Merida de se marier, les navires des chefs de clans apparurent bientôt au large de DunBroch. Ce jour-là, tout spécialement, la reine aida sa fille à enfiler une robe traditionnelle ajustée et un voile pour dompter son abondante crinière rousse. Ainsi, elle fut fin prête à accueillir ses prétendants.

– C'est trop serré ! Je ne peux pas bouger ! se plaignit Merida sur le point d'étouffer.

– Au contraire, c'est parfait, répondit Elinor.

Les trois plus importants chefs de clans furent accueillis en grande pompe. Il y avait les lords MacGuffin, Macintosh et Dingwall.

S'ensuivit une grande démonstration de fanfaronnades.

– Mon fils a combattu mille ennemis, à la force de son épée ! se vanta Lord Macintosh.

– Le mien a vaincu deux mille ennemis à mains nues ! renchérit Lord MacGuffin.

– Mon fiston a terrassé dix mille ennemis d'une seule main ! termina Lord Dingwall.

Affalée dans son fauteuil, Merida soupira…

Comment se sortir de là ?

Le tournoi était prévu pour midi, sur les terres du château. Attiré par l'événement, le peuple de DunBroch accourut des quatre coins du royaume pour y assister. Les règles établies par la reine étaient claires : seul le « premier né » de chaque clan pouvait prétendre à la main de Merida. C'était la princesse en personne qui avait choisi la discipline du défi…

– Archers, à vos marques… s'écria Elinor. Que la chance accompagne vos flèches !

Et les flèches volèrent… mais pas forcément dans la bonne direction. Le jeune MacGuffin manqua de rater la cible. Le tir de Macintosh fut un peu meilleur, mais il avait triché !

Wee Dingwall était de loin le plus maladroit des trois. Pourtant, par un extraordinaire hasard, sa flèche alla se ficher en plein dans le mille alors qu'il regardait ailleurs !

Excédée, Merida descendit sur le terrain. Elle marcha à grands pas, si bien que sa robe craqua. Tant mieux, elle serait plus à l'aise comme ça !

– Je suis une première née et je concours pour ma propre main !

Les protestations de sa mère n'y changèrent rien. Avec adresse, Merida tira flèche après flèche et s'offrit même le luxe de fendre celle du jeune Dingwall en deux.

Merida était folle de joie : elle venait de remporter le tournoi !

Suite de l'histoire le 10 janvier, page 18

Disney Princesses

La Belle au Bois Dormant

8 JANVIER

Une bien étrange fiancée

Tandis que dans la cour du palais résonnaient trompettes et tambours, le jeune prince Philippe se pencha vers cette petite chose toute menue qui gigotait devant lui, dans un magnifique berceau revêtu de dentelle.

– Ça, ma fiancée ? murmura-t-il en levant des yeux étonnés vers le roi Hubert, son père.

Hubert venait de lui apprendre qu'il devrait épouser plus tard la princesse Aurore.

Mais Hubert n'était pas d'humeur à l'entendre : il était en grande conversation avec le roi Stéphane, père de la « chose » remuante. Et les deux vieux amis faisaient mille projets d'avenir pour leurs enfants.

Philippe n'était pas content. Il en voulait à tous ces adultes qui décidaient à sa place et il ne voyait vraiment pas comment il pourrait vivre avec cette princesse qui n'arrêtait pas de crier. Il la trouvait extrêmement laide. Rouge. Ficelée dans ses langes de dentelle. Un instant, il songea à s'enfuir. Il s'en irait très loin dans la forêt et personne ne le retrouverait. Il vivrait avec les nains et toutes sortes de créatures des bois. Et tant pis s'il rencontrait l'ogre : il lui expliquerait qu'il ne pouvait envisager de vivre avec un paquet de langes qui gigotait sans cesse et l'ogre l'épargnerait. Même le loup comprendrait : un loup, ça comprend beaucoup de choses, et surtout la détresse d'un petit garçon que personne ne veut entendre… Le roi Hubert lèverait une armée pour le retrouver, le roi Stéphane ferait de même mais sans succès. Et ils seraient bien attrapés. Ils lanceraient leurs meutes de chiens sur ses traces et les chiens s'arrêteraient au bord de la rivière qu'il aurait traversée avant leur arrivée. Il vivrait dans une caverne et personne ne le saurait. Il...

Soudain, le jeune prince sentit une main d'une grande douceur prendre la sienne. Levant les yeux, il rencontra le regard rempli de bonté de la reine, la mère de la princesse Aurore. Et elle l'entraîna vers la salle de réception du palais. Mille gâteaux plus alléchants les uns que les autres trônaient sur des tables ornées de nappes somptueuses. Il y avait surtout des gâteaux au chocolat, ceux que Philippe préférait. Il n'en fallut pas davantage au jeune garçon pour qu'il oublie ses divagations !

Disney Princesses

Cendrillon

Une couverture haute couture

Cendrillon fredonne joyeusement en piquant l'aiguille dans le tissu coloré. Elle a travaillé depuis des semaines à la confection de cet édredon et il est presque terminé. Bien que cousu de morceaux d'étoffes tirés des vieilles robes de ses sœurs et d'autres chiffons, Cendrillon trouve qu'il est digne du lit d'une princesse. Elle ne tremblera plus sous sa couverture élimée ! Gus est d'accord avec la jeune fille. Il grimpe sur le joli édredon en patchwork et se pelotonne dedans.

– C'est vraiment très doux, Cendrillon, dit-il du fond de la couette. Je vais l'essayer !

Suzy et Perla, qui ont participé à la couture avec Cendrillon, pouffent de rire.

– Va plutôt nous chercher plus de bourrage, fainéant ! lui disent-elles.

Mais Gus s'est déjà assoupi. On entend ses petits ronflements à travers l'édredon.

– Gus ! appelle Jac.

Les ronflements se font plus sonores.

– Ce paresseux n'a pas donné le moindre coup de main, soupire Jac en allant chercher les bobines de fil lui-même.

Cendrillon, aidée de ses amis oiseaux et souris, travaille toute la soirée. Ils s'apprêtent à coudre la dernière pièce quand des pas lourds résonnent dans l'escalier.

– Cendrillon ! crie une voix en colère.

C'est Anastasie, sa demi-sœur.

Peu de temps après, elle entre comme une furie dans la chambre, une jolie robe bleue dans les bras.

– Tu n'as pas repassé correctement cette robe ! hurle-t-elle. Tu n'es qu'une incapable !

Puis elle remarque l'édredon.

– C'est beau ! s'exclame-t-elle. Il irait très bien sur mon lit !

Cendrillon, choquée, regarde Anastasie. La vilaine veut-elle lui voler son édredon ? Cendrillon sait de quoi Javotte et Anastasie sont capables !

Soudain, l'édredon commence à bouger. Un moment après, Gus pointe son museau par l'ouverture du tissu.

– Un rongeur ! hurle Anastasie.

De frayeur, elle retrousse sa robe et grimpe sur une toute petite chaise de bois.

– Cet édredon est un nid de souris !

Cendrillon essaie de ne pas rire quand la peureuse saute de sa chaise et descend quatre à quatre les escaliers. Gus glisse le long du tissu et saute sur le sol.

– Merci Gus, dit Jac, admiratif. Tu as fini par nous aider et dans le rôle du rongeur, tu as été absolument parfait !

Disney Princesses

REBELLE

Rencontre dans la forêt

Merida avait gagné le tournoi qui opposait ses prétendants… tournoi auquel elle n'était bien sûr pas censée participer ! Hors d'elle, la reine Elinor l'attrapa par le bras et la conduisit de force au château, dans la salle des tapisseries.

– Tu viens de commettre une faute gravissime, Merida !

– Mais écoute-moi… tenta de se justifier la jeune fille.

– Non, c'est toi qui m'écoutes ! Ton mariage est primordial. Si nous n'arrangeons pas cela au plus vite, DunBroch sera à feu et à sang !

– Je ne serai jamais comme toi ! rétorqua Merida.

Du bout de son épée, elle coupa la tapisserie familiale, juste à l'endroit où mère et fille se tenaient la main. La reine lui confisqua alors son arc qu'elle jeta dans la cheminée.

Furieuse et blessée, Merida sauta sur Angus et s'enfonça dans la forêt, sans même savoir où aller.

À l'approche d'une clairière, le cheval s'arrêta net. Merida aperçut un cercle de pierres monumentales, éclairé par de mystérieuses flammes bleues qui semblaient chuchoter : « Suis-nous ! »

Tenant fermement les rênes d'Angus, la princesse se laissa guider jusqu'à un petit cottage, perdu dans la forêt.

La maison appartenait à une vieille femme qui affirma être sculpteuse sur bois. Il ne fallut pas longtemps à Merida pour deviner la vérité. Les feux follets, la cabane isolée, le corbeau, le chaudron… c'était évident, cette femme était une sorcière !

Merida lui avoua ce qu'elle avait sur le cœur.

– Si je pouvais changer ma mère, ma vie serait tellement plus belle !

La sorcière lui raconta alors une histoire. Celle d'un prince qui lui avait demandé la force de dix hommes. Pour preuve, elle montra à Merida la bague que le jeune prince lui avait offerte, et qui portait son emblème gravé : deux haches entrecroisées.

Elle voulait bien aider Merida, comme elle avait jadis aidé le jeune prince.

La vieille femme utilisa de longues pinces pour pêcher un petit gâteau sucré dans le chaudron fumant. Merida fit la moue, déçue.

– Si tu ne veux pas le prendre, ma mignonne…

– Si, je le veux, madame !

Une fois sortie de la chaumière, Merida se rappela qu'elle avait oublié de poser une question à la sorcière : qu'arriverait-il à sa mère lorsqu'elle mangerait le gâteau ?

Mais la mystérieuse cabane avait déjà disparu dans le brouillard…

Suite de l'histoire le 12 janvier, page 20

Disney Princesses

La Princesse et la Grenouille

Un baiser de conte de fées

Il était une fois, à La Nouvelle-Orléans, il y a de cela bien longtemps… Deux toutes petites filles qui s'amusaient ensemble avant l'heure du dîner. L'une d'elles, Tiana, rendait visite à l'autre, Charlotte. Tiana accompagnait sa maman, qui travaillait comme couturière pour la très riche famille de Charlotte. D'ailleurs, la chambre de la fillette était extraordinaire ! On y trouvait tout ce dont on pouvait rêver. Tiana avait beau y aller souvent, elle était toujours émerveillée... Ce soir-là, sa maman confectionnait une robe pour Charlotte tout en leur racontant une histoire. Un conte de fées... le préféré de Charlotte !

– « ... Et la belle princesse, émue par les suppliques de cette pauvre créature, se pencha vers elle... »

– C'est mon passage favori ! chuchota Charlotte à l'oreille de Tiana.

– « ... Elle approcha ses lèvres des siennes, et là... »

« Oui, faites-le, princesse ! » souhaitait tout bas Charlotte, captivée.

« Non, ne le faites pas ! » pensait au contraire Tiana, l'air écœuré. Sa maman termina en souriant :

– « ... smack ! Elle embrassa la grenouille visqueuse, qui se transforma aussitôt en prince charmant. Ils se marièrent, et ils vécurent heureux jusqu'à la fin des temps ! »

– Bravo ! s'écria Charlotte. S'il vous plaît, racontez-la encore !

– Désolée, mais il est tard, refusa doucement la maman de Tiana. Nous devons vite rentrer chez nous. Tandis qu'elle rangeait son matériel, Tiana confia à Charlotte :

– En tout cas, moi, je n'embrasserai jamais une affreuse grenouille ! C'est trop dégoûtant !

À ces mots, Charlotte s'empara d'une marionnette de grenouille et l'enfila sur la tête de son chaton angora. Le petit animal protesta en se débattant, mais Charlotte le tendit de force sous le nez de Tiana :

– Tiens, vas-y, embrasse-le, ton prince charmant !

– Beurk ! Pas question.

– Ah bon ? s'étonna Charlotte. Mais moi, j'embrasserais des centaines de grenouilles pour pouvoir épouser un prince et devenir une merveilleuse princesse !

Et là-dessus, elle plaqua un gros bisou sur la truffe du chaton qui, horrifié, bondit au plafond !

– C'est la grenouille qui est dégoûtée de la princesse ! s'exclama alors Tiana. Tu vas devoir réviser tes baisers de conte de fées, Charlotte !

Et les deux chipies se roulèrent par terre de rire !

Suite de l'histoire le 28 janvier, page 36

Disney Princesses

REBELLE

Le gâteau ensorcelé

Dans la forêt, une étrange sorcière avait concocté un gâteau magique et l'avait ensuite donné à Merida. Espérant que le sort permettrait de changer sa mère, la princesse regagna le château et entra en catimini dans les cuisines. Elle posait le petit gâteau ensorcelé sur un plateau afin de monter l'offrir à la reine, quand cette dernière s'engouffra justement dans la pièce.

– Enfin, tu es de retour, tout s'arrange.

– Vraiment ? se réjouit Merida, persuadée que sa mère allait lui annoncer la fin de ses fiançailles.

Au lieu de quoi, la souveraine répondit :

– Oui, j'ai réussi à apaiser la fureur des chefs de clans. Ton père les fait patienter dans le grand hall.

Comprenant que sa mère voulait toujours la forcer à se marier, Merida lui offrit le gâteau ensorcelé, sans bien sûr lui dire d'où il provenait… La reine Elinor mangea une bouchée de gâteau pour fêter leur réconciliation.

– Maintenant, montons parler aux lords, et oublions tout ça, tu veux bien ?

Or, en chemin, la reine se mit à vaciller.

– Ma tête tourne…

Merida attrapa le bras de sa mère pour la soutenir dans l'escalier.

Ensemble, elles traversèrent le grand hall. Les chefs de clans se précipitèrent sur la reine, réclamant la réponse de la princesse, mais Elinor, pâle comme un linge, leur promit d'en discuter plus tard.

Merida se dépêcha de la conduire à sa chambre. Elle la mit au lit, pensant que la magie faisait son effet.

– Repose-toi, mère. On reparlera après du mariage.

– Merida, qu'y avait-il dans ce gâteau ?

La jeune fille n'eut pas le temps de répondre, la reine roula dans ses couvertures au pied du lit. Elle se redressa dans la foulée, et Merida poussa un hurlement.

– Ça alors, tu es devenue une ourse ! s'écria-t-elle. Cette sorcière minable a raté son sortilège !

En entendant cela, l'ourse Elinor poussa un grognement de colère.

Dans la salle de réception, le roi Fergus sentit l'odeur de la bête. Ce chasseur hors pair savait repérer des ours à des kilomètres à la ronde !

Un jour, il retrouverait Mor'du et lui ferait payer sa jambe perdue.

Il osait venir le défier dans son château ? Cette fois, Mor'du ne lui échapperait pas !

Suite de l'histoire le 17 janvier, page 25

Disney Princesses

La Belle et la Bête

Un seul être vous manque

Belle est partie du château tôt ce matin et ne rentrera pas avant ce soir. Elle va aider Maurice, son père inventeur, à terminer son grand nettoyage de printemps. Elle en profite aussi pour rendre visite à ses amis... dont le libraire ! À peine Big-Ben sonne-t-il midi trente, que la Bête se lamente déjà.

– Je n'ai pas envie de déjeuner, grogne-t-il, accoudé à la rampe du Grand Escalier. Belle me manque !

– Vous exagérez, maître ! déclame Lumière. Belle a bien le droit de rendre visite à son père !

– Imaginez qu'elle s'absente une semaine entière ! enchaîne Madame Samovar.

– Je ne veux pas l'imaginer ! rugit alors la Bête. Je veux que Belle revienne !

Là-dessus, il se dresse d'un geste rageur, bien décidé à aller chercher Belle.

– Écoutez, propose soudain Lumière, puisque vous ne pensez qu'à la princesse, préparons-lui une surprise pour son retour.

Il se met à improviser un petit poème : « Ma Mie s'en est allée, un soir d'été. Je me languis depuis, désespéré... »

– Ridicule ! s'exclame la Bête. Je ne réciterai jamais cela à Belle !

– D'autant plus qu'elle a lu beaucoup de belles poésies... acquiesce Madame Samovar.

Lumière, vexé, se tait. « À chacun son mauvais goût ! » songe-t-il en boudant dans son coin. Big-Ben sonne maintenant une heure de l'après-midi. La Bête soupire.

– Il faut vous dominer, maître ! reprend Madame Samovar d'un ton sévère. Vous passez tout votre temps à rouspéter, sortez plutôt tailler vos rosiers !

– Cueillez-lui un bouquet, suggère Lumière.

Le visage de la Bête s'éclaircit subitement. Quelle excellente idée ! Ainsi, la jeune fille comprendra combien elle lui a manqué...

– Et peut-être que, pleine de remords, elle hésitera à s'absenter ! déclare-t-il, plein d'espoir, en sortant.

Tard dans la soirée, Belle rentre très fatiguée. Mais en trouvant le bouquet de fleurs, elle s'écrie, ravie :

– Oh, merci ! Faut-il donc que je m'absente pour que vous m'offriez enfin vos roses ? Parfait, je repars dès la semaine prochaine !

La Bête, bien attrapée, ravale sa colère devant la jeune fille... tandis que Lumière et Madame Samovar courent prudemment s'enfermer à la cuisine !

Disney Princesses
Blanche-Neige et les Sept Nains

14 JANVIER

Home sweet home

Le soleil se levait à peine sur la maison des Sept Nains que Blanche-Neige songeait déjà au repas qu'elle préparerait pour ses petits compagnons. Elle était arrivée au chalet des Sept Nains la veille. Sa terrible belle-mère l'avait chassée du palais et avait ordonné au chasseur de la tuer dans la forêt. Heureusement, petits oiseaux, faons, lapins et autres écureuils l'avaient secourue et conduite jusqu'à cette maison où elle se sentait en sécurité.

– Et si nous faisions une tarte aux groseilles pour ce soir ? dit-elle à ses amis de la forêt après que les Sept Nains soient partis au travail. Les petits hommes ont été si gentils avec moi. Je veux les gâter à mon tour !

Les petits animaux étaient d'accord avec la jeune fille. Ensemble, ils quittèrent la petite maison et s'en allèrent dans le bois faire leur cueillette. Avec leur aide, Blanche-Neige remplit bien vite son panier.

Puis, assise au milieu d'un parterre de fleurs odorantes, elle soupira :

– Tout est différent ici, dit-elle à ses amis. La vie au château ne me manque pas du tout. J'adore vivre dans cette petite chaumière. Une maison n'a pas besoin d'être grande pour qu'on y vive heureux. Souvenez-vous de cela !

Alors, les animaux échangèrent des regards malicieux. Puis ils commencèrent à tirer sur sa jupe.

– Qu'y a-t-il, mes petits chéris ? Oh ! Vous voulez me montrer vos logis ? Avec plaisir !

Deux mésanges voletèrent et gazouillèrent gaiement en conduisant Blanche-Neige vers le nid qu'elles avaient construit dans un arbre près de là.

– Il est adorable, s'écria Blanche-Neige aux oiseaux ravis.

Puis vint le tour des faons. La tirant par son jupon, ils conduisirent la jeune fille jusqu'à une clairière ensoleillée.

– Quel endroit charmant ! s'exclama-t-elle.

Les faons remuèrent la queue gaiement. Puis, les écureuils lui firent visiter l'arbre creux où ils avaient élu domicile. Tandis que les lapins montraient fièrement l'entrée de leurs terriers.

– Vous avez de bien jolis logis, dit Blanche-Neige. Merci pour cette agréable visite. Nous avons tous beaucoup de chance de vivre ici, n'est-ce pas ?

Et Blanche-Neige se hâta de rejoindre la maison pour préparer sa tarte.

Elle avait hâte que les nains soient de retour pour les accueillir dans la jolie petite maison qui sentait bon la simplicité et la joie de vivre !

Disney Princesses

La Petite Sirène

Le cadeau d'Ariel

Quelle animation, au palais de Triton ! Toutes les sirènes de l'océan s'étaient rassemblées afin de célébrer l'anniversaire d'Aquata, l'une des sœurs d'Ariel. Mais la Petite Sirène n'avait toujours pas choisi de cadeau d'anniversaire. Elle s'éclipsa discrètement avec Polochon pour gagner sa grotte secrète. Ils commencèrent à contempler ses trésors : des cloches, des réveils, des bijoux, et autres objets du « monde d'en haut » récupérés dans les épaves des navires.

– Que dirais-tu de ça ? demanda Polochon, en nageant autour d'un gouvernail.

– Trop gros ! répondit Ariel.

– Et ça ? fit le poisson en désignant une boucle d'oreille.

– Trop petit !

Ariel découvrit une boîte à musique.

– C'est le cadeau idéal ! s'écria-t-elle. Je l'ai écoutée des centaines de fois, elle joue un air très mélodieux !

Ariel s'empressa de regagner le palais. Aquata était assise sur une palourde et les invités défilaient devant elle pour lui offrir leur cadeau d'anniversaire. La Petite Sirène attendit son tour.

– Bonjour, Ariel ! dit le crabe Sébastien. Qu'est-ce que tu vas offrir à Aquata ?

En apprenant qu'elle apportait une boîte à musique, Sébastien s'étouffa d'indignation.

– Tu es devenue folle ? s'écria-t-il.

Ariel avait oublié que Triton haïssait les humains. Et il ne se doutait pas qu'Ariel possédait des objets leur ayant appartenu.

– Ariel, c'est ton tour ! tonna soudain la voix du roi Triton. Quel cadeau as-tu apporté pour ta sœur ?

– Hum... balbutia Ariel, en cachant son cadeau derrière son dos.

– Une chanson ! annonça Sébastien.

Ariel chercha dans sa mémoire une chanson qu'elle pourrait interpréter. Et elle chanta la mélodie de la boîte à musique. Quand Ariel eut terminé, Polochon lui donna discrètement une belle étoile de mer, pour orner la coiffure d'Aquata.

– Elle est magnifique ! s'exclama Aquata. De même que ta chanson, Ariel !

Le roi Triton approuva en souriant. Ariel fut soulagée. Elle aurait tant aimé que son père change d'avis à propos des humains !

– Je donnerais tout ce que j'ai pour voir à quoi ressemble le monde des humains ! confia-t-elle à Polochon. Crois-tu que mon père finira par le comprendre ?

– Peut-être... répondit Polochon. Le jour où il verra à quel point cela compte, pour toi !

Disney Princesses

Pocahontas

Écoute avec ton cœur

C'était une belle journée claire. Accompagnée de ses amis, le raton laveur Meiko et Flit le colibri, Pocahontas décida de gravir une montagne. Ils arrivèrent soudain à un embranchement.

– Quelle direction faut-il prendre, Meiko ? demanda-t-elle.

Le raton laveur indiqua le chemin le plus plat, ce qui fit rire Pocahontas.

– Choisissons plutôt celui-là ! dit-elle en désignant le plus étroit et le plus escarpé.

Ils grimpèrent et grimpèrent encore, tandis que le chemin se faisait de plus en plus étroit, de plus en plus escarpé. Meiko était nerveux, et Flit lui-même paraissait anxieux. Pocahontas reprenait son souffle, quand le vent se mit soudain à souffler. Les nuages arrivèrent et la pluie commença à tomber.

– En route ! lança Pocahontas en sautant sur ses pieds. Nous ne pouvons pas rester ici, et le sentier est trop glissant pour redescendre. Il nous faut continuer !

Pocahontas ne le montrait pas mais, comme l'eau dévalait la pente à gros flots, elle commençait à avoir peur. On glissait à chaque pas et il faisait de plus en plus froid.

Alors elle se souvint de ce que lui avait dit grand-mère Feuillage.

– Je dois écouter les esprits qui nous entourent. Ils vont certainement nous aider.

Elle tendit l'oreille, mais il était difficile d'entendre quoi que ce soit avec le bruit de la pluie et du vent. Meiko poussa des petits cris nerveux et s'agrippa à Pocahontas.

– Je dois écouter avec mon cœur ! dit-elle.

Alors, elle les entendit. Les esprits lui parlaient. Ils lui disaient de grimper encore un peu plus haut. Là, elle trouverait un abri.

– Encore un effort, mes amis ! appela-t-elle, en dominant le vacarme du vent et de la pluie. Nous allons trouver un abri, un peu plus haut !

En effet, ils découvrirent bientôt une ouverture dans la roche. Elle donnait sur une petite grotte. Comme il faisait chaud à l'intérieur ! Les trois randonneurs s'installèrent au sec et restèrent là, à écouter la pluie et le vent. L'orage se termina enfin et le soleil brilla de nouveau.

– En route ! cria Pocahontas à ses amis. Allons voir à quoi ressemble le sommet de cette montagne !

Ils gravirent à la hâte les derniers lacets du sentier et débouchèrent sur le rebord d'un large plateau. Au loin s'étendait la forêt et, au-delà, la mer étincelait sous le ciel bleu.

– Regardez, mes amis ! s'écria Pocahontas. N'est-ce pas une vue merveilleuse ?

Disney Princesses

REBELLE

Une fuite inespérée

Merida avait souhaité très fort que sa mère change. Cependant, quand elle avait demandé l'aide d'une sorcière, la princesse ne se serait jamais doutée que la reine se transformerait en ourse !

Ignorant la vérité, le roi Fergus et les clans se lancèrent à la poursuite de l'animal.

Une seule personne pouvait sauver la reine Elinor : la sorcière ! Les triplés, appelés à la rescousse par leur sœur, mirent rapidement un plan au point. Ils trompèrent Fergus en projetant l'ombre d'un faux ours sur les murs des corridors, utilisant pour cela une torche.

Puis, se faufilant par leurs trappes secrètes, Hubert, Harris et Hamish guidèrent peu à peu les chasseurs jusque sur le toit du château… et refermèrent la porte ! Le temps que Fergus et ses acolytes nouent leurs kilts ensemble et se libèrent, Elinor l'ourse et Merida purent s'échapper par la cuisine.

– Merci ! lança la princesse aux triplés. On revient vite. En attendant, mangez tout ce que vous voulez !

Ses gourmands de frères ne se le firent pas dire deux fois et se jetèrent sur… le gâteau ensorcelé !

Peu de temps après, les deux fugitives parvinrent près du cercle de pierres. Merida courut au sommet d'une colline et repéra la chaumière, en contrebas. Mais la sorcière n'était plus là.

Une vapeur bleuâtre s'échappait du chaudron, au milieu de la pièce. Elle prit l'aspect du visage de la sorcière et se mit à parler :

– Je ne serai de retour qu'au printemps, ma mignonne. Mais j'ai oublié de te préciser un détail : tu n'as que deux jours pour annuler l'enchantement. Au second coucher du soleil, il sera irréversible… Pour changer votre destinée, regardez à l'intérieur et réparez le lien déchiré par la fierté.

Sur ces mots, le visage de la sorcière disparut pour de bon…

Au matin, Elinor l'ourse mourait de faim. Elle sauta dans le ruisseau et attrapa des poissons à la manière d'un vrai ours. Bientôt, elle se surprit à jouer dans l'eau.

Cela faisait bien longtemps qu'elle ne s'était pas autant amusée, longtemps qu'elle ne s'était pas sentie proche de sa fille…

Mais soudain, les yeux d'Elinor l'ourse s'obscurcirent et elle renifla Merida comme si elle ne la reconnaissait pas. Heureusement, elle retrouva bien vite ses esprits.

Pourtant, l'incident horrifia Merida. Elle n'avait que deux jours pour inverser le sort, sinon sa mère se transformerait pour de bon !

Suite de l'histoire le 20 janvier, page 28

Disney Princesses

Jasmine

Une nouvelle vision du monde

– Comme c'est beau, s'extasie Jasmine, sur le tapis volant d'Aladdin déguisé en prince Ali. Je n'ai jamais rien fait d'aussi excitant !

– Je suis heureux que cela vous plaise, princesse, dit Aladdin.

– Je ne suis presque jamais sortie du palais, explique la jeune fille tristement. Et quand je l'ai fait, c'était en procession, du haut d'un éléphant. Ce n'est pas vraiment la même chose.

– Je vais vous montrer le monde !

Le tapis file au-dessus du désert, éclairé par la lune et les étoiles. Il frôle une grande montagne et plane tout près d'une cascade argentée.

Puis, le couple dépasse les montagnes et atteint la mer. Ils glissent sur les vagues faisant la course avec des dauphins. Ils traversent ensuite une prairie de fleurs dorées. Une brise flotte et Jasmine sent leur parfum délicieux venir jusqu'à ses narines. Aladdin conduit le tapis au ras des fleurs. Il se penche, cueille quelques fleurs et tend un bouquet à Jasmine. Alors qu'ils s'élèvent à nouveau dans le ciel, une nuée de colombes les accompagne.

Le tapis enchanté danse et tourne avec elles, si près que Jasmine sent l'air vibrer lorsqu'elles battent des ailes ! Comme c'est agréable ! La princesse observe le prince à la dérobée. Il lui paraît si familier qu'elle jurerait le connaître. Elle se souvient d'un jeune homme qui...

Mais non, ce n'est pas possible, ce ne peut être la même personne !

Aladdin la regarde aussi. Combien de temps croira-t-elle qu'il est un prince et non un vagabond déguisé ? Combien de temps sa supercherie fonctionnera ?

Il peut remercier le génie qui lui a permis de faire la cour à la jeune fille ! Mais si elle se rappelle leur rencontre sur la place du marché, si elle reconnaît le garçon des rues avec lequel elle a parlé ce jour-là, alors tout son plan échouera !

Le soleil se lève à peine lorsque Aladdin et son tapis déposent Jasmine au palais et lui disent au revoir. Dans sa chambre, Jasmine s'étend sur son lit, les yeux rêveurs. Rajah, son tigre de compagnie vient la saluer et elle caresse sa tête soyeuse, le regard absent.

– Oh, Rajah ! dit-elle. Ali m'a fait découvrir le monde, cette nuit et c'était merveilleux. Je pense que j'ai rencontré une personne plus qu'intéressante. Tout est si magnifique et confus à la fois dans mon esprit ! Je crois que je suis en train de tomber amoureuse ! murmura-t-elle.

Disney Princesses

La Belle au Bois Dormant

Aurore ne veut pas dormir

– Calme-toi, ma chérie, ma toute douce, roucoule Flora, essayant de calmer la petite princesse qui crie et pleure à chaudes larmes.

Flora et les deux autres fées, Pâquerette et Pimprenelle, penchées sur le berceau, regardent anxieuses et impuissantes la précieuse enfant. Mais Aurore se met à crier encore plus fort. En fait, elle n'a pas arrêté de pleurer depuis qu'elles sont arrivées dans leur maison retirée au cœur de la forêt.

– Oh, mon Dieu ! crie Pâquerette. Dans quel pétrin nous sommes-nous fourrées ? Nous avons promis au roi et à la reine que nous cacherions leur fille ici, dans la forêt, et prendrions soin d'elle sans aucune magie. Mais nous sommes totalement novices dans les soins aux bébés humains !

Flora donne une gentille tape sur le dos de son amie .

– Pas de panique, Pâquerette, dit Flora. La tâche est plus difficile que prévu, mais c'est le seul moyen de sauver la princesse. Nous devons tenir notre promesse.

Pimprenelle et Pâquerette savent que Flora a raison. Aussi, l'une après l'autre, essayent-elles différentes choses pour calmer le bébé et l'endormir.

– Chez les fées, on calme les bébés en plaçant dans leur berceau un morceau de racine de pissenlit trouvé dans la forêt. Essayons donc !

Flora se rue dehors en un rien de temps et revient quelques minutes plus tard avec la racine. Elle la pose aux pieds de l'enfant.

Mais le bébé continue de pleurer.

– Peut-être faut-il la distraire ? suggère Pâquerette.

Aussitôt dit, aussitôt fait : elles commencent une petite gigue. Elles dansent un bon moment puis s'arrêtent essoufflées et pantelantes.

Cependant, leur danse n'a aucun effet sur la petite princesse. Pâquerette est désespérée.

– Allons, dit-elle à ses deux amies, un peu de magie est nécessaire. Juste pour l'aider à s'endormir. Je ne peux supporter de la voir dans cet état !

– Non, c'est trop dangereux ! crie Pimprenelle.

– Oh, sottises ! rétorque Pâquerette et elle tend sa baguette au-dessus du berceau.

À ce moment précis, elle donne un petit coup de coude sur la nacelle du berceau, le faisant se balancer doucement.

Apaisé par le bercement, le bébé pleure de moins en moins fort, puis finit par s'endormir.

– Alors ? murmure Pâquerette à ses amies. Ce n'est pas si difficile, finalement, d'endormir les petits enfants !

Disney Princesses

REBELLE

La vérité sur Mor'du

Merida et Elinor l'ourse se trouvaient dans la forêt, cherchant un moyen d'inverser le sort qui avait transformé la reine en ourse. Soudain, des feux follets apparurent et les menèrent vers une mystérieuse arche de pierre. Merida reconnut aussitôt le motif sculpté : les deux haches croisées qui ornaient l'anneau de la sorcière !

Ça ne pouvait pas être une coïncidence…

– Pourquoi est-ce que les feux follets nous ont conduites jusqu'ici ? s'interrogea Merida, intriguée.

En explorant l'endroit, elle découvrit les vestiges d'un ancien château. Quatre trônes délabrés s'alignaient près d'une fresque brisée en deux : elle représentait quatre princes, l'aîné séparé de ses frères par la cassure.

Le prince ensorcelé et celui de la légende racontée par sa mère était donc une seule et même personne !

– Le prince voulait avoir la force de dix hommes… Il est devenu… Mor'du !

Sitôt ces mots prononcés, une ombre gigantesque recouvrit la princesse. Mor'du était de retour chez lui !

Elinor l'ourse attrapa sa fille et s'enfuit…

Merida pensait avoir compris : pour rompre le sort, il fallait recoudre la tapisserie. Aussi, elle et sa mère retournèrent discrètement au château…

Durant leur absence, la situation s'était aggravée. Les clans menaçaient d'entrer en guerre si Merida ne se décidait pas. Puisque aucun jeune lord ne semblait lui convenir, ça se réglerait à coups de lances et d'épée !

Le destin de DunBroch était entre ses mains.

Résolue, Merida s'avança jusqu'au centre de la salle. Elle n'avait plus le choix : elle devait épouser l'un de ses prétendants pour sauver son royaume. C'était son devoir de princesse. Sa responsabilité. Elle avait voulu suivre sa propre voie, mais le prix à payer était trop élevé.

Sa mère avait raison : parfois, il fallait se soumettre aux traditions….

Mais soudain, cachée parmi les ombres, Elinor l'ourse mima quelque chose.

– La reine pense que nous devrions d'abord trouver l'amour, interpréta Merida.

Contre toute attente, l'idée d'Elinor l'ourse remporta un fier succès. Comme Merida, les jeunes lords semblaient heureux de pouvoir maîtriser leur destinée.

– C'est entendu ! approuva Lord MacGuffin. Laissons ces garçons conquérir le cœur de la princesse, avant d'obtenir sa main.

Ou, comment gagner du temps…

Suite de l'histoire le 24 janvier, page 32

Disney Princesses

Cendrillon

Une robe épouvantable

Cendrillon travaille du soir au matin au service de sa belle-mère et de ses demi-sœurs. En retour, elles la traitent sans affection et l'obligent à porter de vieux vêtements. Heureusement, Cendrillon s'est fait beaucoup d'amis parmi les animaux du manoir, dont deux souris, Jac et Mary.

– Pauvre Cendrillon, dit Jac à Mary en observant la jeune fille. Elle a besoin d'être réconfortée.

– Hum, dit Mary en entraînant Jac dans la grange pour ne pas que Cendrillon entende. Cousons-lui une robe neuve ! suggère-t-elle.

– Bonne idée !

Jac regarde autour de lui, tout en se demandant ce qu'ils pourraient bien utiliser pour coudre... Il s'approche d'un sac de nourriture.

– Jac, non ! le gronde Mary. Tu mangeras plus tard !

– Mais non ! explique Jac, nous allons récupérer la toile !

Les souris coupent la robe dans le tissu, rajoutent quelques morceaux d'étoffes et cousent le tout ensemble. La petite troupe admire son travail.

– Trop simple ! annonce Gus.

– Oui, confirme Jac, un peu déçu.

– Que pourrions-nous rajouter ?

Les oiseaux excités volettent et sifflent. Ils reviennent déjà dans la grange avec un ruban fait de baies et d'épis de blé. Ils aident les souris à l'accrocher sur les manches et le col de la robe.

– Ah, déclare, Perla, c'est beaucoup mieux !

Les petits couturiers enfilent alors la robe à un piquet du jardin où Cendrillon accroche toujours son chapeau de paille.

– Elle va l'adorer ! déclare Jac, convaincu.

Les souris vont chercher Cendrillon, lui ferment les yeux et la conduisent dans le jardin.

– Ouvre les yeux ! demande Jac.

– Surprise ! crient les souris.

Cendrillon regarde la robe puis le chapeau.

– Oh, merci ! s'exclame-t-elle. Je manquais d'un épouvantail pour le potager !

Jac ouvre la bouche pour s'expliquer, mais Mary lui bouche le museau avec sa patte.

– Ce n'est rien, Cendrillon, répond gentiment Mary.

Une fois Cendrillon éloignée, Jac se renfrogne, dépité.

– Nous avons raté la robe !

– Oui, dit Mary. Mais il faut voir le bon côté des choses, nous avons fabriqué le parfait épouvantail et Cendrillon est ravie !

– Youpi ! crient en chœur tous ses amis.

Disney Princesses

Mulan

Un vrai porte-bonheur

Dans la Chine ancienne, on croyait que les criquets portaient bonheur. Il y a fort longtemps Grand-Mère Fa, la grand-mère de Mulan, avait du mal à le croire. Cette nuit-là, un criquet s'était égaré quelque part dans sa chambre et chaque fois qu'elle commençait à s'endormir...

– Cri-cri ! Cri-cri ! stridulait à grand bruit le criquet.

– Ce criquet apportera la bonne fortune à notre foyer, se dit Grand-Mère Fa, n'envisageant que le bon côté de la chose.

Le calme régna dans la chambre pendant quelques minutes. Grand-Mère Fa se détendit peu à peu. Après tout, le criquet avait peut-être fini par s'endormir...

– Cri-cri ! Cri-cri !

– Suffit ! s'exclama Grand-Mère Fa, en soulevant les couvertures pour quitter son lit. Il faut absolument que je trouve ce criquet !

Elle alluma une bougie et commença ses recherches. Elle regarda sous le lit, jeta un coup d'œil sous la commode… Pas la moindre trace de criquet ! Grand-Mère Fa souffla la bougie, retourna dans son lit et tenta de s'endormir.

– Cri-cri ! Cri-cri !

Grand-Mère Fa sauta de nouveau du lit et ralluma la bougie. Elle chercha dans le placard, vérifia même à l'intérieur de ses pantoufles, sous son oreiller... Pas de criquet ! Et elle regagna son lit avec l'intention de s'endormir enfin.

– Cri-cri ! Cri-cri !

Grand-Mère Fa laissa échapper un soupir, s'arracha du lit et alluma la bougie. Y avait-il un endroit où elle n'avait pas cherché ?

À cet instant, un léger mouvement, sur le rebord de la fenêtre, attira le regard de Grand-Mère Fa. Là, sur le bord, se tenait un criquet minuscule. Elle le saisit délicatement et le mit dans le creux de sa main. Grand-Mère Fa remarqua alors que la fenêtre était ouverte. Dehors, un violent orage approchait.

– Eh bien, petit criquet, dit Grand-Mère Fa, c'est pour cela, que tu essayais d'attirer mon attention ? Après tout, on dit que tu portes bonheur !

Elle décida de garder le criquet. Et elle l'enferma dans une petite cage de bambous qu'elle posa sur sa table de nuit. Puis elle remonta dans le lit. Elle allait enfin pouvoir s'endormir.

– Cri-cri ! Cri-cri !

Le pourrait-elle vraiment ?

23 JANVIER

Disney Princesses

Blanche-Neige et les Sept Nains

Chacun son tour

Quelle belle matinée ensoleillée ! Blanche-Neige prépara du thé au jasmin, des mini-galettes de blé noir et de la compote de poire. Puis, elle appela les Sept Nains dans l'escalier :

– Debout ! Le petit-déjeuner est servi !

L'estomac de Grincheux criait déjà famine. Mais aussi celui de Timide, et celui de Prof tout autant !

– Je veux me doucher le premier ! dirent-ils en même temps, pressés de descendre manger.

Ils se précipitèrent donc tous ensemble sur le seau d'eau savonneuse… qui leur échappa des mains, et atterrit sur la tête de Simplet ! Joyeux et Atchoum, quant à eux, se disputèrent devant le miroir. Chacun voulait démêler sa barbe avant l'autre, et le peigne se retrouva ainsi emmêlé dans un gros nœud de barbes. Un éternuement d'Atchoum réussit à les séparer… Joyeux fut propulsé droit dans le tas de vêtements propres, qui se mélangèrent en moins de deux !

– C'est ma chaussette !

– Rends-moi mon bonnet !

– Hé ! Cette tunique ne me va pas !

Bien sûr, les Sept Nains mirent une éternité à s'habiller ! Quand, enfin, ils quittèrent leur chambre, ils s'engouffrèrent comme des fous dans l'escalier. Chacun espérait arriver le premier à la cuisine. Résultat, ils dégringolèrent jusque sur le paillasson ! À table, aucune amélioration. C'était à qui se servirait avant les autres. Le thé ne tarda pas à se renverser dans les assiettes, les mini-galettes roulèrent sur le plancher, et la compote de poire passa par la fenêtre !

– Nettoyez-moi ça pendant que je prépare autre chose, soupira Blanche-Neige.

Heureusement, il lui restait du pain complet de la veille et de la confiture de prune. Elle distribua elle-même les tartines, et tous purent enfin manger tranquillement. Mais lorsqu'il fallut partir travailler, les Sept Nains voulurent évidemment tous sortir en même temps… et ils se coincèrent dans l'encadrement de la porte !

– Pourquoi ne passez-vous pas chacun à votre tour ? s'étonna Blanche-Neige.

– Bonne idée, princesse ! approuva Prof. Sauf que : qui va passer en premier ?

– Moi ! Moi ! hurlèrent-ils tous à la fois.

Alors, Blanche-Neige prit son panier à provisions et sortit devant tout le monde.

– Plus besoin de vous chamailler ! s'esclaffa-t-elle. Désormais, je serai toujours la première… et vous tous, deuxième ex æquo !

Disney Princesses

REBELLE

Emprisonnée !

Merida et sa mère avaient trouvé un moyen de distraire les clans. Pendant ce temps, la princesse devait se dépêcher de recoudre la tapisserie déchirée, afin de rompre le sortilège. Mais une fois parvenue à l'étage, le comportement de la reine changea de nouveau, l'âme de l'ourse prenant encore le pas sur la sienne.

Fergus arriva à cet instant et tomba nez à nez avec la bête. Sans attendre, il dégaina son épée.

– Merida, recule !

– Non, père, ce n'est pas Mor'du !

Elinor l'ourse avait repris possession de son corps, mais Fergus ne la reconnut pas. Les éclats de voix attirèrent les clans qui se lancèrent comme un seul homme à la poursuite de la reine.

– Maman, cours ! hurla Merida.

Quand Merida expliqua la vérité à son père, celui-ci ne la crut pas. Il se contenta de l'enfermer, pour sa sécurité, dans la salle des tapisseries. Puis, il confia la clé à Maudie, la gouvernante. Par la fenêtre, Merida, le cœur serré, vit sa mère franchir les grilles du royaume. Elle était talonnée par Fergus et une horde d'hommes armés.

– Le sortilège ! se rappela subitement Merida.

Elle arracha la tapisserie du mur.

– Maudie ! J'ai besoin du nécessaire à couture !

Mais la servante, soupçonnant la princesse d'essayer de sortir, s'éloigna sans bruit.

Par l'ouverture dans la porte, Merida aperçut alors trois petites silhouettes à fourrure… Ses frères ! Ils avaient encore des miettes du gâteau ensorcelé autour de la bouche !

– Prenez la clé ! leur murmura Merida, pleine d'espoir.

Cette fois, Harris, Hubert et Hamish n'eurent pas besoin de ruser. En voyant les oursons, la gouvernante terrorisée prit ses jambes à son cou et abandonna la clé.

Pendant ce temps, Elinor l'ourse fuyait à corps perdu dans la forêt sombre, en osant à peine jeter des coups d'œil derrière elle. Les chasseurs se rapprochaient. Plus haineux que jamais, Fergus suivait les traces de son ennemi, sans se douter une seconde qu'il traquait en réalité son épouse bien aimée…

Libérée par les triplés, Merida attrapa à la volée la tapisserie, du fil et une aiguille. Puis, elle bondit sur Angus avec ses frères et fonça au secours de leur mère.

Tandis que les oursons triplés tenaient les rênes, Merida se chargeait de recoudre la tapisserie déchirée.

Il n'y avait plus une minute à perdre !

Suite de l'histoire le 27 janvier, page 35

Disney Princesses

La Petite Sirène

Une leçon d'histoire

– Ariel, que vais-je faire de toi ? s'impatienta le roi Triton, exaspéré, en regardant sa fille d'un air préoccupé. Tu sais bien que tu n'as pas le droit de monter à la surface de l'océan !

La Petite Sirène avait la mine renfrognée. Elle avait été surprise en train de se diriger vers la surface, une fois de plus, pour se rendre chez son amie Eurêka la mouette. Le roi ne comprenait pas l'intérêt de sa fille pour le monde des humains. Et la plupart des conversations qu'il avait avec elle tournaient aux cris et aux reproches, ce qui le consternait.

– Vois-tu, Ariel, commença-t-il, l'air songeur, tu cherches à en savoir le plus possible sur le monde des humains, mais je suppose que tu connais mal celui dans lequel tu vis !

– Que veux-tu dire, papa ? demanda Ariel, étonnée. Qu'y a-t-il à connaître, ici ?

– Que sais-tu sur la première reine du peuple de la mer ? interrogea Triton.

– Pas grand-chose ! reconnut Ariel.

Quelques instants plus tard, la Petite Sirène et son père nageaient lentement dans le Royal Mersum (le musée du peuple de la mer) et Ariel s'aperçut que l'histoire des siens était beaucoup plus passionnante qu'elle ne l'avait imaginé.

– Voici le portrait de la reine Fluidia, notre première reine. C'était mon arrière-arrière-arrière-arrière-arrière-arrière-arrière-arrière-arrière-grand-mère ! dit le roi Triton. Il désigna le portrait en sable d'une sirène royale, un sceptre en perle à la main. La reine Fluidia a rassemblé tout le peuple de la mer en un seul royaume, pour combattre une invasion de requins. L'Armée des Requins était l'armée la plus importante et la plus puissante que l'océan ait jamais connue, mais Fluidia ne se laissa pas faire ! Elle se servait de son sceptre en perle comme d'un gourdin !

– Oh ! là, là ! s'exclama Ariel. Elle devait être redoutable !

– Oui ! Elle repoussa cette bande de requins en moins de temps qu'il ne faut pour le dire ! En signe de gratitude, le peuple de la mer la sacra reine. Ariel, tu viens d'une famille remarquable ! Et tu me fais souvent penser à Fluidia. Tu as sa volonté farouche ! Tu accompliras de grandes choses, même si nous ne sommes pas toujours d'accord sur la façon de le faire !

– Merci, papa ! dit la Petite Sirène, en embrassant son père.

Elle décida de ne pas lui faire remarquer que son trident ressemblait beaucoup au zirgouflex avec lequel les humains coiffent leurs cheveux. Elle le lui dirait peut-être une autre fois !

Disney Les Fées

La fée Clochette

Une nouvelle fée

À Londres, un bébé vient de rire pour la première fois. Il s'agit d'un événement extraordinaire puisque de ce premier rire naîtra une fée !

Porté par un pissenlit, le joyeux gazouillis s'élève grâce à la brise et monte doucement vers le ciel étoilé… Il contourne la deuxième étoile à partir de la gauche... et quittant le monde des humains, débouche au Pays Imaginaire !

– Encore un effort, tu y es presque ! l'encourage son futur peuple.

Aussitôt, l'éclat de rire plonge vers la Vallée des Fées, l'endroit où vivent ces êtres merveilleux, et se pose au creux de l'Arbre à Poussière. Terence, le gardien de la Poussière de Fée, l'arrose de poudre magique... et aussitôt, une adorable fée prend forme !

– Bonjour ! l'accueillent en chœur les fées.

Mais chut ! voici venir la reine Clarion, majestueuse dans sa robe lumineuse. Les quatre ministres des Saisons l'accompagnent. Elle se penche vers la nouvelle fée et déclare :

– Née d'un éclat de rire et de joie, le bonheur t'a menée jusqu'à moi. Sois la bienvenue dans la Vallée !

Puis elle l'aide à déployer ses ailes. Maintenant, il faut découvrir son talent ! Chaque fée dépose en cercle un objet typique de ses pouvoirs. À la jeune fée de suivre son cœur. Il la mènera directement au symbole qui lui correspond.

Mais c'est difficile de choisir ! Par exemple, ce lys blanc lui plaît beaucoup. Elle tend la main pour le prendre... mais le lys se fane brusquement !

– Tant pis, je ne suis pas une fée des Jardins, se résigne-t-elle.

L'ennui, c'est qu'elle n'est pas non plus une fée des Eaux, ni des Lumières, ni des Animaux. Elle n'est pas non plus une Voltigeuse. En passant devant le marteau en bois des Bricoleuses, elle fronce le nez.

– Non, pas ça en tout cas. Ce n'est pas assez joli à mon goût !

Et elle détourne la tête. Pourtant, juste à cet instant, le marteau se met à étinceler de mille feux et vient se poser directement dans sa main !

– Oh ! s'étonne-t-elle en tintinnabulant de surprise.

– Approchez, les Bricoleuses, ordonne aussitôt la reine Clarion. Je vous présente notre nouvelle recrue : la fée Clochette ! Clochette : celle qui fait ding ! ding ! ding ! du bout des ailes...

– Et celle qui devra apprendre à mieux écouter son cœur si elle veut éviter les problèmes ! soupire alors Clochette, fée Bricoleuse malgré elle !

Suite de l'histoire le 31 janvier, page 39 ➡

Disney Princesses

REBELLE

Le dernier combat

Munie de la tapisserie, Merida devait à tout prix sauver sa mère, pourchassée par le roi Fergus et les membres des autres clans. Ces derniers la prenaient pour Mor'du, l'ours qui avait jadis dévoré la jambe de son père ! Guidés par des feux follets, la princesse et les triplés-oursons ne tardèrent pas à atteindre le cercle de pierres, au centre duquel Fergus et sa bande venaient de piéger Elinor l'ourse.

Cernée de toutes parts, elle n'avait pu échapper à ses assaillants, qui l'avaient ligotée avec de solides cordes. Fergus brandit son épée et s'approcha… lorsque Merida surgit devant lui à cheval, l'arc à la main, prête à tout pour défendre sa mère.

– As-tu perdu l'esprit ? se fâcha le roi.

– Je ne vous laisserai pas faire, il s'agit de mère ! s'époumona-t-elle.

Sur ce, les oursons plaquèrent le roi à terre et Merida lança :

– Ça suffit, les petits monstres !

– Les petits monstres ? répéta Fergus.

Il les contempla d'un air surpris, reconnaissant ses fils. Mais un grondement retentit alors et Mor'du, l'ours géant, sortit des bois ! Fergus comprit instantanément son erreur.

– C'est lui ! cria-t-il.

Les guerriers des clans se jetèrent sur l'ours immense, qui les envoya valdinguer les uns après les autres de quelques puissants coups de pattes. Il souleva ensuite Fergus dans sa gueule et le projeta contre un menhir, avant de se tourner vers Merida… Tremblante de peur, la princesse brandit son arc, prête à décocher ses flèches, quand le furieux animal la désarma et lui sauta à la gorge.

À cet instant, un rugissement terrible s'éleva dans son dos : Elinor l'ourse, folle de rage qu'on s'attaque à sa fille, avait soudain trouvé la force de briser ses liens ! Elle se rua sur Mor'du, et un féroce combat entre les deux ours s'engagea.

– Mère ! s'affola Merida quand elle vit Mor'du la projeter contre un menhir.

Sous la vigueur du choc, la pierre se fendit. C'est alors que la reine eut une idée. Elle provoqua l'ours géant jusqu'à ce qu'il lui fonce dessus. Mais au dernier moment, elle s'écarta, et Mor'du alla percuter le menhir fragilisé. Ce dernier se scinda brusquement en deux, l'une de ses parties se détacha, bascula droit sur Mor'du et l'écrasa.

C'était terminé.

Un feu follet s'échappa du corps de l'animal, et Merida vit qu'il s'agissait de l'âme du prince d'autrefois…

– Il est enfin délivré, chuchota la jeune fille.

Suite de l'histoire le 30 janvier, page 38

Disney Princesses

La Princesse et la Grenouille

Une excellente cuisinière

Malgré son jeune âge, Tiana avait décidé de préparer le dîner. Son papa était un excellent cuisinier, et elle voulait lui montrer de quoi elle était capable.

– Que vas-tu nous servir, ma chérie ? demanda maman.

– Du gumbo ! répondit la fillette.

Ce ragoût exotique était justement la spécialité de son papa. Il possédait même une énorme marmite réservée à sa cuisson ! Et voici donc la toute petite Tiana juchée sur un tabouret, qui s'appliquait à touiller, assaisonner, faire réduire et... goûter !

– Voyons cela, dit papa en portant la cuillère à sa bouche.

Il n'avala pas tout de suite le ragoût. Il le laissa fondre contre son palais...

« Oh là là ! s'inquiéta Tiana. J'ai dû tout rater ! » Mais soudain, son papa éclata de rire et lança :

– Quel délice ! Je n'ai jamais mangé de meilleur gumbo de toute ma vie !

Vite, il le fit goûter à maman... qui fut bien d'accord avec lui !

– Tu as un don, Tiana ! Cela ne s'explique pas. Cela se partage !

Et la famille convia sans tarder le voisinage à se régaler du ragoût dans le patio de la maison. Tout le monde bavardait gaiement, s'embrassait, riait. Cette soirée improvisée resterait gravée dans les mémoires !

Quand l'heure d'aller au lit sonna, papa et maman accompagnèrent ensemble Tiana à sa chambre. La fillette pointa le doigt vers une étoile plus scintillante que les autres, dans le ciel.

– Il paraît que si on la prie assez fort, l'étoile réalise notre souhait le plus cher.

– Vas-y, fais un vœu, conseilla papa. Mais n'oublie pas : l'étoile n'est là que pour t'aider à réaliser tes rêves. À toi de faire le reste !

Alors, Tiana regarda l'image que son papa lui avait donnée. Elle représentait un beau restaurant.

C'était ça, le rêve de son papa : ouvrir un restaurant dans la vieille raffinerie de sucre. Eh bien, c'était aussi le rêve de Tiana, maintenant. Et elle était prête à travailler dur pour le réaliser un jour... avec l'aide de l'étoile !

– Tu es une excellente cuisinière, ma chérie, approuva papa. Je décide donc que notre restaurant s'appellera « Chez Tiana »... et que nous proposerons ton gumbo maison à notre clientèle !

« Oui, je réaliserai notre rêve ! », se promit donc la fillette en se couchant ce soir-là. Et elle s'endormit en paix, certaine d'avoir assez de courage pour réussir.

Suite de l'histoire le 2 février, page 41

Disney Princesses

Cendrillon

Une journée bien remplie

Cendrillon regarde les bulles irisées flottant dans l'eau savonneuse de son seau.

– Comme c'est joli !

Les bulles s'élèvent dans l'air et éclatent avec un petit plop !

Gus, Jac et tous les amis de Cendrillon admirent eux aussi le spectacle.

– Ce serait amusant de flotter comme une bulle. Je verrais des cités entières en un seul coup d'œil, je ferais des bonds sur les nuages, et je m'envolerais avec les oiseaux ! dit Cendrillon rêveuse.

Ses amis oiseaux piaillent joyeusement à cette idée.

– Mais je me disperse ! dit soudain Cendrillon. Il faut que je me concentre sur mes tâches ménagères. Les carreaux des fenêtres sont propres, mais il me reste à nettoyer le plancher.

Cendrillon plonge son balai à franges dans le seau d'eau savonneuse et se met à frotter. Au début, elle trouve ce travail épuisant, mais alors que le balai glisse sur le sol, elle songe :

– C'est un peu comme une danse ! Et j'adore danser !

Gus et Jac lui emboîtent le pas alors qu'elle tourne et valse dans la pièce.

– Que c'est drôle ! s'exclame Cendrillon.

« Mon dieu ! pense-t-elle. Je parle tout haut ! Peut-être devrais-je oublier toutes ces bulles ? Le repassage me fera redescendre sur terre ! »

Cendrillon poursuit sa journée de travail avec le repassage. Elle fredonne et ne se rend pas compte que le ciel s'est assombri.

– Il est déjà tard, s'exclame-t-elle. J'ai rêvassé tout le jour et le dîner n'est même pas prêt !

Cendrillon se précipite dans la cuisine. Là, elle épluche, coupe, râpe et mélange.

– Je n'ai pas vu le temps passer, se tracasse-t-elle en ajoutant les derniers ingrédients à la soupe. Je n'ai absolument rien fait !

Juste à ce moment, Anastasie et Javotte entrent dans la cuisine.

– Mon linge est-il prêt ? aboie Anastasie.

– Oui, dit Cendrillon.

– Mon repassage aussi ? ajoute Javotte.

– Fait, fait, fait ! répète gaiement Cendrillon.

Les sœurs sortent de la cuisine, marmonnant leur mécontentement.

– J'ai fait beaucoup de choses, après tout ! se rend compte Cendrillon.

Alors, après avoir remué la soupe et pour fêter cette journée de rêve, elle reprend sa valse et ses amies souris la suivent en farandole. Que c'est drôle !

Disney Princesses

REBELLE

Retrouvailles familiales

Dans la forêt, un rude combat avait fait rage entre l'ours géant Mor'du et la reine Elinor. Mais grâce à son courage et à la ruse, c'était finalement cette dernière qui avait eu le dernier mot.

Désormais, il ne restait plus qu'à inverser le sort qui l'avait transformée en ourse…

Le cœur battant, Merida se dépêcha de poser la tapisserie sur les épaules de sa mère. Jamais elle ne l'avait autant admirée et elle n'avait qu'une hâte : la retrouver telle qu'elle était.

Mais au plus grand désespoir de Merida, rien ne se passa. Au contraire, les yeux d'Elinor s'assombrirent. Que se passait-il ? Elle avait pourtant réparé la tapisserie.

– Maman, reviens ! Je veux juste que tu reviennes ! sanglota Merida.

En larmes, elle étreignit sa mère aussi fort qu'elle le pouvait.

– Je… je t'aime.

La princesse sentit soudain une main lui caresser les cheveux. Elle leva les yeux… et découvrit sa mère qui lui souriait tendrement. En rétablissant leur lien, elles avaient levé le sortilège jeté par la sorcière.

– Mère ! s'exclama Merida, ivre de joie, devant le visage souriant de la reine.

Elles s'embrassèrent en éclatant de rire.

Le roi Fergus les serra tour à tour contre son cœur, sous les acclamations des chefs de clans et de leurs hommes. Puis, il rajusta la tapisserie autour des épaules d'Elinor, qui n'avait plus de robe. Les triplés, redevenus eux aussi des êtres humains, accoururent alors nus comme des vers auprès d'eux, et tous regagnèrent gaiement le château…

Quelques jours plus tard, dans la salle des tapisseries, Merida et sa mère brodaient au coin du feu. Leur ouvrage représentait la rencontre entre la princesse et Elinor l'ourse. Ainsi, elles n'oublieraient jamais ce qu'elles avaient appris l'une de l'autre au cours de cette aventure.

Elles travaillaient ainsi à leur ouvrage, quand le roi Fergus vint les avertir qu'il était temps de sortir saluer leurs hôtes. Les chefs et leurs clans reprenaient la mer, à bord de leurs navires. Une page importante était tournée…

Elinor et sa fille s'étaient rapprochées. Elles savaient désormais qu'on pouvait être différentes et s'aimer. Côte à côte, elles observèrent les bateaux s'éloigner.

La reine en était convaincue : Merida serait une reine forte et courageuse, le jour venu.

Quant à Merida, elle se disait qu'elle ne changerait sa mère pour rien au monde…

Disney Les Fées

La fée Clochette

Une tenue parfaite

Clark le costaud et Gabble le malin se chargent de conduire Clochette au Refuge des Bricoleurs. Pour cela, ils traversent à tire-d'aile la Vallée des Fées.

En chemin, Clochette s'émerveille devant les préparatifs des saisons. Les fées d'Hiver, d'Automne, d'Été et de Printemps ont un bien joli travail !

– J'adorerais avoir un talent de la Nature ! soupire-t-elle d'envie en voyant une fée des Animaux peindre des points noirs sur le dos des coccinelles.

– Venez, Miss Clochette ! s'exclament soudain Clark et Gabble en accélérant l'allure.

Les Bricoleuses habitent au détour de la Colline aux Pâquerettes... Vite, Clochette se précipite ! Mais quelle déception : le Refuge des Bricoleurs n'est qu'un village de cabanes sans fleur ni couleur !

C'est l'endroit le moins soigné de la Vallée des Fées...

– Bof, autant m'y habituer ! souffle Clochette en descendant le visiter.

Et là, surprise ! Le village grouille de vie et d'inventions aussi ingénieuses qu'amusantes.

Finalement, Clochette se plaira beaucoup ici ! D'autant que Clark et Gabble ont tout prévu pour son arrivée. Ils lui ont installé une charmante maisonnette, sans rien oublier à l'intérieur : un lit, un miroir, une table, trois tabourets... Même la penderie est pleine à craquer de vêtements neufs !

– Choisissez-vous une tenue de Bricoleuse et rejoignez-nous à l'atelier ! lui lancent Clark et Gabble avant de filer.

La fée enfile une robe en feuilles de lierre. Mais ses amis ne pouvaient pas prévoir à quel point Clochette serait fine et délicate : tout est dix fois trop large pour elle...

– Qu'à cela ne tienne, j'ai une idée !

Et en quelques coups de ciseaux habiles, elle améliore sa robe et se coud une tenue sur mesure ! Elle relève ensuite ses longs cheveux blonds en chignon. Puis, satisfaite de l'ensemble, elle s'envole à l'atelier. Elle atterrit juste sous le nez de Clark et Gabble, époustouflés par sa beauté !

– Voilà ce qui s'appelle une tenue parfaite ! s'extasie Gabble.

– Pourquoi ? le taquine-t-elle alors. Parce que je l'ai bricolée moi-même... ou parce que tu veux la même ?

Et tous s'esclaffent de bon cœur. En plus d'être une parfaite Bricoleuse, dans une tenue parfaite, Clochette est aussi une parfaite farceuse. Ils vont bien s'amuser, tous les trois !

Suite de l'histoire le 8 février, page 47

Disney Les Fées

Fée contre homme-hirondelle

– Avec les garçons, c'est toujours pareil ! confie un beau matin Prilla à son amie Beck. Il faut toujours qu'ils friment ! Ils se croient les meilleurs en tout...

C'est alors qu'un drôle de bruit se fait entendre.

– Attention ! s'écrie Beck en entraînant Prilla dans les airs.

Il était temps : quelque chose, ou plutôt quelqu'un, les a frôlées à toute vitesse. C'est Vincent, un homme-hirondelle qui passe son temps à se vanter d'être le plus rapide du Pays Imaginaire. Il s'arrête près d'elles.

– J'ai l'impression que je vous ai fait peur, dit-il aux deux fées. Pourtant, je n'étais pas au maximum de ma vitesse, là…

– Espèce de petit fanfaron ! le coupe sèchement Prilla. La vitesse ne suffit pas pour être un bon pilote. Je parie que je peux gagner une course contre toi !

L'homme-hirondelle ouvre des yeux ronds… avant d'éclater de rire.

– Ah ! ah ! C'est la plaisanterie la plus drôle que j'aie jamais entendue ! s'esclaffe-t-il.

– D'accord, l'interrompt Prilla, puisque tu le prends comme ça, je te propose de faire une petite course.

La proposition soulève l'enthousiasme de tout le peuple du Pays Imaginaire. Impatients, fées et hommes-hirondelles se rassemblent non loin de l'Arbre-aux-Dames.

– À vos marques, prêts, broum broum et pigeon-vole ! clame la reine Clarion en donnant le signal du départ.

Prilla, tout en finesse, semble glisser doucement dans les airs, tandis que Vincent file droit devant lui à la vitesse de l'éclair. Quelques secondes suffisent à Vincent pour distancer Prilla. Il semble évident qu'il sera le grand gagnant de cette course.

Mais soudain, la reine Clarion s'aperçoit que Vincent tourne en rond et ne sait où aller, tandis que Prilla le dépasse et s'exclame :

– J'ai gagné !

– Comment ça, tu as gagné ? s'écrie Vincent.

– Pour gagner, répond la reine Clarion, il fallait franchir l'Arbre-aux-Dames !

– Tu étais tellement focalisé sur le fait d'aller vite que tu as oublié où était le « poteau d'arrivée », renchérit Prilla.

Puis elle éclate de rire. Après réflexion, Vincent l'imite.

– Tu m'as bien eu, je l'avoue…

– La prochaine fois, réfléchis, au lieu de foncer tête baissée ! lui conseille-t-elle avec un clin d'œil amusé.

Disney Princesses

La Princesse et la Grenouille

À chacun son rêve

Tiana vivait à La Nouvelle-Orléans, dans les années 1920. C'était après la Grande Guerre. Elle était une très jolie jeune fille... très courageuse aussi. Elle n'avait pas eu la chance de naître aussi riche que Charlotte, son amie d'enfance. Mais elle avait hérité du don de son papa pour la cuisine, et elle avait bien l'intention d'ouvrir son propre restaurant !

Alors, Tiana travaillait dur, pour gagner de quoi acheter l'établissement de ses rêves et enfin s'y installer. Elle cumulait deux emplois de serveuse, un de jour et un de nuit, dans deux cafés de la ville. Cela ne lui laissait guère le temps de s'amuser ! C'était sans importance. Seul son rêve comptait. Ce matin-là, elle servait les petits déjeuners chez Duke, quand le père de Charlotte entra manger un morceau.

– Bonjour ! le salua Tiana. Et félicitations : il paraît que vous avez été choisi pour être le roi de la parade de Mardi gras !

– Comme tous les ans ! s'esclaffa le notable. Mais je vais quand même fêter mon élection en te commandant...

– Des beignets ? devina Tiana, un plateau déjà plein sur le bras. Ils sortent justement du four !

À cet instant, Charlotte surgit à son tour en s'écriant :

– Tu connais la nouvelle, Tiana ? Le prince Naveen de Maldonia vient d'accoster au port !

Elle brandit la photo du séduisant jeune homme, dans le journal, et ajouta :

– Et papa l'a invité à notre bal masqué, ce soir ! Et en plus, il va dormir dans la chambre d'amis !

Les yeux de Charlotte brillaient de bonheur. Elle aurait fait n'importe quoi pour devenir une princesse... y compris épouser le premier prince venu !

– C'est formidable, Charlotte, assura Tiana. Si tu veux un conseil, maman dit toujours qu'on séduit plus facilement un homme avec de bons plats !

La jeune fille se tourna alors vers son père, occupé à s'empiffrer de beignets. Il semblait aux anges. Son amie avait raison !

– Tu es un pur génie, Tiana ! Je te commande donc cinq cents beignets pour ce soir !

Et elle lui tendit une liasse de billets. Tiana manqua de hurler de joie. Avec cette somme, elle pourrait enfin payer la première traite de son restaurant !

« Comme quoi, pensa-t-elle. Charlotte et moi avons chacune un rêve différent... et ils vont peut-être se réaliser l'un grâce à l'autre ! »

Suite de l'histoire le 5 février, page 44

Disney Princesses

La Belle et La Bête

Jour de neige

Par une froide journée de février, Belle, assise à la fenêtre, regarde les flocons tourbillonner au-dehors. Elle a accepté de vivre dans la demeure de la Bête pour que son père reste libre, mais sa maison et son cher papa lui manquent terriblement ! La Bête essaie bien d'être aimable, mais il faut reconnaître qu'elle n'a vraiment pas bon caractère !

Soudain, Belle sursaute. La Bête vient d'apparaître, marchant lourdement dans la neige, là, derrière les carreaux. A-t-il jeté un œil vers elle ? Belle n'en est pas certaine.

– Que fait-il dehors ? se demande-t-elle.

La Bête ramasse une brassée de neige et forme une boule entre ses pattes. Celle-ci se pulvérise en l'aspergeant au passage.

– Il fait un bonhomme de neige ! s'exclame Belle.

La Bête reforme une boule plus petite et cette fois réussit à la rouler dans le jardin. La boule grossit, grossit et la Bête, malgré toute sa force, ne parvient presque plus à la faire avancer. Belle observe toujours la scène.

Tout à coup, la Bête tombe de tout son long sur la boule et ses pattes énormes battent l'air de façon très comique. Belle laisse échapper un rire clair. C'est la première fois qu'elle rit depuis son arrivée dans cette prison-palais.

Quelques domestiques entendent la jeune fille et se risquent dans le couloir de sa chambre. Parmi eux, Madame Samovar et Lumière mettent tout leur espoir dans le fait que leur maître tombe amoureux de Belle et qu'ainsi, le sort, dont ils sont victimes, eux aussi, se brise à jamais.

– Crois-tu qu'elle commence à l'aimer ? demande la théière.

– Je ne sais pas ! murmure Lumière, le chandelier. Mais, j'ose espérer. D'ailleurs, il faut que je leur organise un dîner en tête-à-tête ce soir !

Lumière se rue dans les cuisines, ne pensant déjà plus qu'au foie gras, au flambé, au soufflé et à la crème brûlée.

Belle regarde la Bête se remettre sur pied.

La gueule renfrognée, la Bête reprend sa tâche, mais glisse aussitôt et tombe sur le dos. Avec un nouvel éclat de rire, Belle bondit de sa chaise, enfile sa capeline et court dehors rejoindre la Bête. Elle lui apprend même comment faire un bonhomme de neige ! Les domestiques réunis à la fenêtre regardent attendris les nouveaux amis jouer dans la neige. Ah, si seulement leur souhait pouvait se réaliser !

Disney Princesses

La Belle au Bois Dormant

Chaos dans la cuisine

– Voilà, voilà, ma chérie, dit tante Flora à la petite Aurore. C'est l'heure de ta sieste.

Flora vient de donner son biberon au bébé et l'installe dans son berceau.

Elle s'éloigne de la petite princesse qui s'endort et frappe dans ses mains, pleine de bonnes intentions.

– Pâquerette, Pimprenelle, il est temps de s'occuper du dîner !

Pâquerette et Pimprenelle se regardent gênées. C'est le premier repas qu'elles préparent dans leur nouveau logis des bois. Elles vont devoir vivre ici jusqu'aux seize ans de la princesse. Le roi et la reine leur ont confié la petite pour la protéger d'un sort maléfique jeté par une fée au service du mal. Pour s'assurer qu'Aurore ne soit pas repérée, les trois bonnes fées ont décidé de ne plus utiliser leurs pouvoirs magiques et de vivre comme de simples humaines. Aucune d'entre elles n'a jamais cuisiné, nettoyé ou pris soin d'un bébé de sa vie ! On peut dire que c'est une aventure !

– Souvenez-vous, mes amies, dit Flora fermement, pas de magie pour préparer ce repas.

Les trois fées poussent un soupir. Cela ne va pas être facile.

– Je vais faire un ragoût, dit Pimprenelle.

Les deux autres fées trouvent cette idée excellente. Quel plat revigorant et délicieux pour leur toute première nuit dans la forêt !

– Je ferai des biscuits et j'écraserai les pommes de terre, dit Flora.

– Es-tu sûre de savoir le faire ? demanda Pâquerette.

– Ce ne doit pas être si compliqué, rétorque Flora. Et toi, pourquoi ne concocterais-tu pas une petite salade ?

– Je vais essayer ! dit Pâquerette.

Pimprenelle émince la viande et épluche les légumes. Flora mélange la farine et l'eau pour ses biscuits et Pâquerette épluche, râpe et découpe en petits dés les légumes de la salade.

Pourtant, une heure plus tard, le dîner est loin d'être prêt. Le ragoût de Pimprenelle sent la vieille semelle. Les biscuits de Flora sont noirs comme du charbon. La purée est terriblement grumeleuse. Et la plupart des crudités sont tombées sur le plancher !

Les trois bonnes fées sont consternées.

– Retournons au travail, mes amies, dit Flora, encourageante. Et ne soyons pas trop dures envers nous-mêmes. Après tout, nous avons seize ans sans magie pour faire des progrès !

– Cela prendra bien tout ce temps, affirme Pâquerette.

Pimprenelle éclate de rire. Pâquerette plaisante bien sûr ! Enfin, ce n'est pas si sûr...

Disney Princesses

La Princesse et la Grenouille

Métamorphose princière

Le prince Naveen l'ignorait sans doute, mais La Nouvelle-Orléans était une ville de magie. Que celle-ci soit bénéfique ou... maléfique. Une mauvaise rencontre pouvait vite arriver. Surtout pour un prince insouciant !

Les parents de Naveen lui avaient coupé les vivres. Ils voulaient qu'il apprenne à prendre ses responsabilités. Mais le prince ne s'en inquiétait pas. Il ne pensait qu'à se distraire ! À peine débarqué, il ôta sa couronne et se mit à chanter et à danser à travers la ville. Lawrence, son valet fidèle, essayait de le raisonner...

– Nous devons aller à ce bal masqué, mon prince ! Vos hôtes vous attendent !

– J'offre d'abord une tournée générale !

– Sauf que vous n'avez pas de quoi payer !

Le prince refusait cependant de chercher du travail. Il lui restait une solution : épouser une jeune fille riche.

Mais se marier le priverait de sa liberté, et il n'en avait pas envie non plus !

– Quelle excellente aubaine pour moi ! ricana alors un sinistre personnage en croisant le prince, dans la rue.

Il s'agissait du docteur Facilier, un redoutable sorcier vaudou qui ambitionnait de prendre la place du prince afin de s'emparer de sa future richesse !

– Enchanté, gentleman ! s'exclama-t-il au passage de Naveen. Je me présente : docteur Facilier. Je peux tirer les cartes, lire votre avenir... et réaliser vos vœux les plus chers !

Sans se méfier, Naveen le suivit à son cabinet, au fond d'une allée obscure... Des murmures terrifiants hantaient les lieux. Des ombres dansaient sur les murs ! Le sorcier susurra :

– Je peux résoudre vos problèmes d'argent !

Naveen entendait là exactement ce qu'il souhaitait ! Il était fasciné, hypnotisé... Facilier en profita. Il brandit un talisman vaudou, piqua le doigt du prince avec, et remplit l'amulette de son sang ! Naveen se mit à rapetisser, rapetisser... et se métamorphosa en grenouille !

– Bienvenue au prince grenouille ! rugit de rire le cruel sorcier.

Pauvre Naveen ! Il était bien embarrassé, à présent, avec ses longues pattes vertes. C'est vrai, l'argent ne serait plus un problème pour lui, désormais... Mais, au bout du compte, cela ne le rassurait pas !

Suite de l'histoire le 7 février, page 46

Disney Princesses

La Belle au Bois Dormant

Prudence !

Il était une fois une jeune fille d'une grande beauté qui vivait dans la forêt. Quand elle traversait le bois en fredonnant une jolie mélodie, les animaux faisaient la fête. Les oiseaux s'arrêtaient de chanter pour mieux l'écouter. Les arbres inclinaient leurs branches pour la saluer. Les fleurs exhalaient un parfum suave pour l'honorer.

Cette beauté s'appelait Rose. Celle que tout le petit monde de la forêt prenait pour une modeste paysanne était en réalité la princesse Aurore.

Rose venait souvent s'asseoir au bord de l'étang dont les eaux miroitaient sous le soleil. Ce jour-là, elle se hasarda dans l'eau.

– Prends garde ! crièrent dans leur langage les animaux, épouvantés. Une méchante sorcière se cache au fond de l'étang !

– Elle est très jalouse de la beauté des jeunes filles qu'elle rencontre ! fit l'écureuil en remuant le museau.

– Si elle te voit, elle va t'entraîner dans la vase, et les algues s'enchevêtreront dans ta chevelure : tu seras prisonnière ! l'avertit un jeune lapin en remuant la queue.

– C'est une horrible créature ! gazouillèrent les oiseaux.

Seul le hibou ne dit rien. Perché sur sa branche, il se contenta d'observer la scène d'un œil narquois. Mais, Rose était tellement heureuse de goûter à la fraîcheur de l'eau qu'elle se contenta de hausser les épaules. Et son rire cristallin résonna longtemps sous la voûte de verdure qui cernait l'étang.

Épouvantés par tant d'insouciance, les animaux s'agitèrent pour la mettre à nouveau en garde. Mais Rose s'amusa à les éclabousser, souleva des gerbes d'eau en riant de plus belle.

– Tu as de la chance, c'est la fin de l'été et la sorcière est fatiguée, hulula enfin le hibou. Car quand le soleil réchauffe l'eau de l'étang, elle se réveille. C'est vers la mi-avril qu'elle quitte les ondes profondes pour se mettre en quête des jeunes filles dont elle jalouse la beauté. Alors, l'été prochain, il te faudra être prudente, Rose ! Tu devras résister à l'attrait d'un bon bain, même si le soleil darde ses rayons. La sorcière se tiendra tapie parmi les iris d'eau et les glaïeuls sauvages, prête à t'entraîner dans les abysses de son royaume.

Rose sentit un frisson d'effroi la parcourir. Elle se hâta de rejoindre la rive.

Le soleil était encore chaud... Elle l'avait échappé belle !

Disney Princesses

La Princesse et la Grenouille

Croire en l'impossible

Le bal masqué battait son plein, chez Charlotte. Tous les gens importants de La Nouvelle-Orléans étaient là ! Tous... sauf le prince Naveen. Au grand désespoir de la jeune fille !

– On attend encore les retardataires, essaya de la consoler Tiana.

– Non, il ne viendra pas ! sanglota Charlotte. C'est ma faute, je n'ai pas prié assez fort l'étoile des vœux !

Tiana poussa un soupir. Son amie fixait l'étoile en la suppliant tout bas. Dire qu'elle croyait toujours aux contes de fées !

Soudain, le portier annonça l'arrivée du prince, et Charlotte sécha ses larmes pour l'accueillir. Tiana, stupéfaite, se demandait si l'étoile avait réellement exaucé le souhait de la jeune fille... quand elle aperçut les agents immobiliers qui devaient lui vendre la vieille raffinerie où elle avait choisi d'installer son restaurant.

– Vous m'avez apporté le contrat à signer ? se réjouit-elle.

– Non, notre accord est annulé, mademoiselle. Quelqu'un vient de nous proposer un meilleur prix d'achat.

Tiana était si déçue qu'elle trébucha contre la table du buffet et tacha son beau déguisement médiéval. Charlotte la rejoignit à ce moment-là.

– Oh, ma pauvre Tiana ! se désola-t-elle. Viens, je vais te prêter l'une de mes robes de princesse !

Elle l'entraîna à sa chambre. Tiana se changea rapidement. Elle était magnifique... mais d'humeur trop chagrine pour retourner dans la salle de bal avec son amie. Alors Charlotte la laissa seule, et Tiana sortit sur le balcon contempler le ciel de nuit.

– Mon rêve d'ouvrir mon restaurant ne se réalisera jamais, murmura-t-elle, découragée. À moins que...

Et elle se mit à prier l'étoile des vœux ! Elle ferma les paupières, se concentra... Quand elle rouvrit les yeux, une grosse grenouille était apparue sur le balcon !

– Génial, comme dans le conte de fées, ironisa Tiana. J'imagine que je dois t'embrasser ?

– Oh oui, ça serait chouette ! s'exclama alors la grenouille, sourire aux lèvres.

Tiana rentra aussitôt dans la chambre en hurlant. Décidément, quelle soirée ridicule ! D'abord, elle priait l'étoile... et maintenant elle avait des hallucinations !

– Ça alors ! Je vais finir par croire en l'impossible ! paniqua-t-elle.

Elle se sentait devenir aussi naïve que Charlotte... et elle ne connaissait rien de plus effrayant !

Suite de l'histoire **le 12 février, page 51**

Disney Les Fées

La fée Clochette

Accident de chariot

Le travail ne manque pas, à l'atelier des Bricoleuses. C'est normal : elles fabriquent tous les outils de la Vallée !

– Sans notre formidable talent, les autres fées ne pourraient absolument rien faire ! s'enorgueillit Clark.

– Notre devise est : « Avec un marteau et des clous, on s'amuse comme des fous ! » ajoute Gabble.

Clochette fronce les sourcils. S'amuser comme des fous, c'est vite dit... Pour l'instant, elle n'est pas sûre d'aimer assembler des théières en coquilles de noisettes !

– Je peux vous accompagner livrer le matériel dans la Vallée ? propose-t-elle alors à ses amis.

– Oui, si fée Marie n'y voit pas d'inconvénient !

La responsable d'atelier donne son accord et Clochette, folle de joie, grimpe dans le chariot de livraisons auprès de Gabble. Comme il manque encore une roue à droite, Clark la remplace en soulevant l'essieu et en courant à côté du chariot. Mais la souris de l'attelage va vraiment très vite ! Clark supplie, essoufflé :

– Ralentis, Fromage !

– La souris s'appelle Fromage ? pouffe Clochette.

– On en a bien l'impression, en tout cas, répond Gabble. Chaque fois qu'on prononce ce mot, elle arrive en courant...

« Décidément, les fées Bricoleuses sont bizarres ! » pense Clochette, amusée.

Soudain, Fromage s'affole. Un troupeau de chardons sauvages les attaque ! Ces mauvaises herbes à pattes sont des dangers publics ! Clark, Gabble et Clochette fuient le champ où elles se trouvent, mais le chariot s'emballe et boum ! Il s'écrase plus loin contre un arbre.

– Un accident de chariot ! s'écrient en chœur Noa, Rosélia, Iridessa et Ondine, des fées de la Nature qui travaillent justement dans les parages.

Elles se précipitent au secours des Bricoleuses. Heureusement, personne n'a rien. Pourtant, Iridessa s'inquiète pour Clochette. Elle lui prend les joues à pleines mains et elle lui tourne la tête vers les autres en demandant :

– La pauvre ! Vous ne la trouvez pas un peu pâle ?

– Elle a l'air ratatinée, réplique Rosélia.

Oups ! Iridessa relâche rapidement Clochette qui grimace, les joues endolories.

« Un accident de chariot, ça va encore, songe-t-elle. Mais un accident de fées, c'est bien plus risqué ! »

Car, finalement, ce ne sont pas les Bricoleuses en particulier qui sont bizarres... mais les fées en général !

Suite de l'histoire le 16 février, page 55 ➡

Disney Princesses

Jasmine

Un tapis très complice

Jasmine prenait le thé dans les jardins du palais. La journée était splendide, et la princesse comptait bien en profiter. Seulement, elle n'avait que Rajah, son fidèle tigre du Bengale, à qui parler...

– Aladdin aurait pu m'avertir qu'il s'absentait. Nous devions aller ensemble au marché d'Agrabah !

Jasmine poussa un profond soupir et ajouta :

– Quel dommage de gâcher une si belle journée à s'ennuyer !

Rajah inclina sa tête massive d'un air désolé.

– Pardon, mon Rajah ! dit-elle, en lui gratouillant le menton. J'adore ta compagnie, mais quand je pense qu'Aladdin est parti sans penser à moi, ça me rend triste !

À cet instant, le Tapis Volant du prince traversa en trombe les jardins du palais et s'arrêta pile devant Jasmine. Il se cabrait, s'agitait, enjoignant à la princesse de monter à son bord au plus vite.

– Que se passe-t-il ? s'inquiéta soudain Jasmine. Où est Aladdin ?

En guise de réponse, le Tapis Magique s'aplatit contre le sol afin de glisser sous les pieds de la princesse, et il l'entraîna haut par-dessus les collines !

– Où m'emmènes-tu ? s'écria Jasmine, catastrophée.

Ils survolèrent le désert, filèrent aux confins d'Agrabah puis s'en retournèrent. Une heure plus tard, ils regagnaient le palais.

– Je ne comprends pas pourquoi tu m'as obligée à te suivre, grogna la princesse en descendant enfin du Tapis Volant.

Ce dernier s'enroula sur lui-même, comme s'il riait. Et tout à coup…

– Surprise !

Le Génie, le sultan, tous les amis de Jasmine surgirent des buissons les bras chargés de cadeaux et de serpentins. La princesse rougit.

– Mais vous vous trompez, ce n'est pas mon anniversaire !

– Non, c'est le nôtre ! corrigea Aladdin en arrivant avec un immense gâteau. L'anniversaire de notre rencontre !

Jasmine l'embrassa, tout émue. Dire qu'elle l'avait accusé de l'avoir oubliée... alors qu'il lui préparait au contraire une merveilleuse surprise !

– Et le Tapis Volant était chargé de m'éloigner du palais le temps que tu installes tout, comprit Jasmine. Mais moi aussi, j'ai un complice...

Et elle fit signe au Tapis qui glissa sous les pieds d'Aladdin et l'emporta haut au-dessus du palais.

– Jasmine ! Je veux redescendre !

– Bien sûr, Aladdin. Mais d'abord, promène-toi pendant une heure... le temps que je te prépare ma propre surprise !

Disney Princesses

La Petite Sirène

Remue-ménage sous-marin

Quelle tempête à la surface de la mer ! Le vent soufflait si fort qu'il soulevait des vagues immenses. On en ressentait les effets jusque sous l'eau, au palais du roi Triton. Les violents courants du Nord provoquaient de vrais petits cyclones sous-marins en heurtant les courants chauds. Personne ne sortait du château... sauf Ariel, évidemment !

– C'est trop rigolo ! s'exclama-t-elle en rentrant soudain dans la chambre où se réfugiaient ses sœurs. La tornade empêche de nager, on est secoué dans tous les sens !

– Tu es folle, murmura Arista. On gèle, dehors ! Rien que d'y penser, je suis frigorifiée...

– Une tempête comme ça, on n'en voit pas tous les jours !

Et Ariel virevolta sur elle-même en éclatant de rire. Au même moment, un courant glacial s'engouffra dans la pièce en tourbillonnant.

Attina hurla :

– Ariel, ferme la porte !

Trop tard. Tout, autour d'elles, s'envola ! Maintenant, il fallait tout ranger. Les sirènes en voulaient toutes beaucoup à Ariel...

– Ce n'est pas juste, bougonna-t-elle. J'avais refermé la porte !

Les sept sœurs décidèrent alors d'aller ensemble aux bains du palais. Un enveloppement de boue marine : rien de tel pour se réconcilier ! Ariel ferma la porte derrière elle, seulement... Un courant glacial s'engouffra dans la salle, maculant de boue les cheveux des sirènes. Soupçonnant vraiment Ariel de leur faire des blagues, elles ne lui adressèrent plus la parole. Ce soir-là, elles se couchèrent donc en silence. Mais les cris de ses sœurs réveillèrent Ariel en sursaut. Un courant glacial avait fait s'enrouler leur hamac autour d'elles ! Vite, Ariel les aida à se libérer. Malgré cela, ses sœurs lui en voulaient toujours. D'autant plus qu'au petit-déjeuner, un autre courant glacial les éclaboussa de confiture d'anémone !

– Ariel, ça suffit !

– Mais je n'ai rien fait ! se défendit-elle. Ce n'est pas ma faute, s'il y a une tornade !

– Ce qui est ta faute, c'est tout ce remue-ménage ! gronda Arista.

Vexée par ces accusations, Ariel quitta la table.

– Je préfère encore affronter la pire des tempêtes sous-marines que la violence de votre mauvaise foi ! lança-t-elle.

Puis elle sortit nager dans l'eau froide en concluant :

– Le remue-ménage, c'est dans vos têtes qu'il est ! Et ça, personne n'y peut rien, surtout pas moi !

Disney Princesses

Pocahontas

Mission accomplie

Flit laissa échapper un gros soupir. Pocahontas passait tellement de temps avec John Smith qu'elle n'en avait plus pour les autres ! Il avait beau les suivre en bourdonnant, Pocahontas ne lui prêtait pas la moindre attention. Il aurait tant aimé jouer avec elle !

Buzzz, buzzz ! Flit le colibri était heureux que ses battements d'ailes fassent du bruit quand il volait. Pocahontas finirait bien par l'entendre ! espérait-il.

– Regarde, John ! dit-elle, en s'accroupissant. Des empreintes de cerf toutes fraîches !

John s'inclina pour examiner les traces, dans la boue. Flit vola plus bas et agita ses ailes de plus belle. Il y avait deux sortes d'empreintes, des grandes et des petites.

– Une mère et son faon, dit John, en se penchant pour mieux observer les traces, écartant ainsi le colibri de sa route.

– Ils doivent rechercher de la nourriture avant que la neige ne tombe. Ainsi, ils auront suffisamment de graisse pour l'hiver, expliqua Pocahontas.

John se redressa :

– J'espère qu'ils vont en trouver !

Pocahontas lui sourit, puis se leva à son tour.

Flit battit des ailes pour faire du bruit, mais John leva la main afin de chasser une mèche de cheveux qui tombait sur le visage de Pocahontas. Une fois encore, Flit fut écarté. Il battit des ailes de plus en plus vite. De plus en plus fort. Puis il fit un cercle autour de John et de Pocahontas. Zzzzzzzzzzz !

– Tu penses qu'il veut nous dire quelque chose ? demanda John.

– Je ne sais pas, répondit-elle en se rapprochant de son amoureux.

Maintenant, ils se regardaient dans les yeux.

Flit renonça à se faire remarquer. Complètement épuisé, il se laissa tomber sur le sol et atterrit sur l'une des empreintes de cerf. Il était à bout de forces.

– Que voulais-tu, Flit ? demanda Pocahontas, en s'emparant du colibri.

Flit haletait toujours. Il n'était pas sûr de pouvoir encore voler. Il regarda fixement Pocahontas, les yeux grands ouverts et le corps complètement affaissé.

– Ce colibri est exténué, dit John.

Pocahontas caressa les plumes bleues de l'oiseau et embrassa la pointe de son bec. Puis elle le posa délicatement sur son épaule.

– Viens te promener avec nous, dit-elle.

Lorsque John et Pocahontas s'enfoncèrent dans la forêt, le cœur de Flit se remplit de joie.

Mission accomplie !

Disney Princesses

La Princesse et la Grenouille

Deux grenouilles pour une

Tiana venait de découvrir une grenouille sur le balcon. La jeune fille ne s'en serait pas plus étonnée que cela... si la grenouille ne s'était mise à parler ! Tiana rentra dans la chambre, terrorisée. Elle n'arrivait pas à y croire. Quelle histoire à dormir debout... à défaut d'un conte de fées !

– Je ne voulais pas vous effrayer, s'excusa la grenouille en la rejoignant dans la chambre.

Elle sauta sur un meuble afin de voir Tiana de plus près.

– Je me présente : prince Naveen de Maldonia. J'étais très beau et très charmant... jusqu'à ce que cet horrible sorcier vaudou me transforme !

Terrifiée, Tiana empoigna un gros livre sur une étagère et elle tenta d'assommer la grenouille avec.

– Attendez ! Je connais cet ouvrage ! l'arrêta soudain Naveen en examinant la couverture du livre. C'est pile l'histoire qu'il nous faut : celle du prince grenouille !

Naveen fit tourner les pages du livre, passant tour à tour d'une illustration de grenouille à celle d'un prince.

– Vous voyez ? C'est comme dans le conte de fées. Si vous m'embrassez, je redeviendrai sûrement un prince !

Tiana grimaça, écœurée. La grenouille Naveen insista :

– Je n'embrasse pas les grenouilles, refusa catégoriquement Tiana.

– Sachez qu'en plus d'être fabuleusement séduisant, j'ai une famille fabuleusement riche ! Aidez-moi à récupérer mon apparence et, en échange, je vous offrirai ce que vous voudrez...

Tiana réfléchit. Cette proposition était peut-être sa seule chance de pouvoir enfin monter son restaurant.

– Juste un baiser, alors ? murmura-t-elle.

– Plusieurs si vous voulez, ma chère ! sourit le prince ensorcelé.

Tiana ferma les yeux. Elle prit une profonde inspiration et... smack ! plaqua un bisou rapide sur les lèvres tendues de la grenouille. Quand elle rouvrit les paupières, il ne s'était rien passé. Sauf un détail : elle était devenue grenouille à son tour !

– Aaaaaah ! hurla-t-elle en découvrant son reflet, dans le miroir.

– Pas de panique ! la supplia Naveen. Je sais : deux grenouilles au lieu d'une, ce n'est pas ce qui était prévu... Mais, au moins, on se tiendra compagnie !

Tiana, folle de colère, ne répondit pas. Elle se contenta d'essayer l'un de ses nouveaux talents d'amphibien, et bondit – boïng ! – à la gorge du prince !

Suite de l'histoire **le 15 février, page 54**

Disney Princesses

La Belle et La Bête

Carnaval sous la neige

Mardi gras arrive enfin ! Au château de la Bête, Zip est heureux de se déguiser. Dès le matin, coiffé de plumes d'Indien, il sautille partout en chantant :

– Mardi gras, t'en va pas, sans manger des crêpes ! Mardi gras, t'en va pas, sans manger des crêpes au chocolat !

– N'oublie pas les beignets ! ajoute Madame Samovar, aux fourneaux. J'en prépare aux pommes, au sucre, et aux spaghettis !

– Aux spaghettis, répète Lumière en levant les yeux au ciel. Quelle idée !

Au même instant, Big-Ben accourt à la cuisine, catastrophé. Il bredouille :

– Le carnaval est annulé, au village ! Les routes sont coupées à cause de la neige !

– Pauvre Belle, soupire Madame Samovar. Elle se réjouissait tant...

Lumière est désigné à l'unanimité pour monter dans sa chambre le lui annoncer, et trouver un moyen de la consoler ! Il gravit les marches du grand escalier en réfléchissant, lorsque Belle surgit justement devant lui.

– Pour le village, s'écrie-t-elle, je...

– Personne ne peut s'y rendre, annonce le chandelier, désolé. La neige bloque les routes : ils ont annulé le carnaval.

Belle est tellement déçue ! Sa réaction brise le cœur de Lumière, qui rejoint aussitôt les autres à l'office. Devant sa triste figure, ces derniers comprennent que leur ami n'a pas su réconforter la jeune fille...

– Organisons notre propre fête de Mardi gras ! propose subitement Zip.

– Bonne idée ! applaudit Lumière en filant aussitôt au salon pour en parler à la Bête.

– On fête Carnaval à notre façon ! On se régale de crêpes, on danse autour de la Fontaine aux Souhaits, on se déguise, on fait une bataille de boules de neige !

La Bête hésite. Il n'aime pas trop ce genre de démonstrations…

– Sauf votre respect, hasarde Lumière, question déguisement, vous êtes avantagé !

La Bête en reste bouche bée. Quel culot, ce chandelier ! Mais en même temps, si cela permet de rendre le sourire à Belle, alors... Il monte immédiatement chercher sa fiancée.

Comme ils s'amusent, à la fontaine enneigée ! Cela vaut tous les carnavals de la terre, surtout quand Big-Ben apparaît, déguisé en pirate Barbe-Noire ! Mais la palme du costume revient à...

– La Bête, évidemment ! décrète Belle en riant.

Et la Bête de la poursuivre à nouveau autour de la fontaine... pour une formidable bataille de boules de neige !

Disney Princesses

Blanche-Neige et les Sept Nains

Joyeuse Saint-Valentin !

– Que fais-tu, Prof ? demande Joyeux à son ami, occupé à sculpter un cœur dans un morceau de bois.

– Je fabrique un cadeau pour Blanche-Neige.

– Un cadeau pour Blanche-Neige ! s'exclame Joyeux. Aurais-je oublié son anniversaire ?

– Non, bêta, mais c'est la Saint-Valentin aujourd'hui.

– La Saint-Valentin ? dit Joyeux, se tournant vers Simplet. As-tu déjà entendu parler de la Saint-Valentin ?

Simplet hoche la tête.

Prof se racle la gorge et déclare :

– Hum, hum ! C'est une fête traditionnelle. La Saint-Valentin est l'occasion de dire à ceux qu'on aime combien ils sont importants pour nous.

– Moi, je lui offrirai ces mouchoirs, dit Atchoum avant d'éternuer dans l'un d'entre eux. Enfin, pas celui-là !

– C'est une bonne idée, dit Prof. Je suis sûre qu'elle en aura l'usage.

– S'il en reste un, ronchonne Grincheux.

Puis c'est au tour de Timide de montrer timidement une fleur de papier qu'il a découpée.

– Splendide ! Et toi Simplet ?

Simplet vient juste de fabriquer un petit avion en papier.

– Savez-vous ce que je vais faire ? dit Joyeux. Je jonglerai pour Blanche-Neige !

– Elle adore ça ! approuve Prof.

Dormeur a décoré une jolie carte et la déplie en bâillant.

– Et toi, Grincheux ? demande Prof.

– Moi, j'ai écrit un poème, dit Grincheux en fronçant les sourcils.

– Un poème, vraiment ? Peut-on l'entendre ?

– N'y songe pas ! râle le poète en herbe.

Mais juste à ce moment, la porte s'ouvre. Blanche-Neige est de retour.

– Joyeuse Saint-Valentin ! chantent les Sept Nains, tendant leurs présents à bout de bras.

– Quelle merveilleuse surprise ! s'écrie la jeune fille.

Elle offre à chacun un napperon de dentelle brodé de cœurs roses et rouges et les embrasse sur les deux joues. Quelle émotion !

Même Grincheux est ravi. Timide rougit comme jamais au baiser de Blanche-Neige. Dormeur bâille à qui mieux mieux en donnant sa carte. Atchoum éternue et la fait s'envoler. Joyeux éclate de rire et Simplet sourit aux anges.

Disney Princesses

La Princesse et la Grenouille

Un marché est un marché

La réalité était là. Tiana était transformée en grenouille après avoir embrassé le prince Naveen... qui ne redevint pas prince pour autant ! Alors, folle de colère, Tiana se jeta sur lui. Dans leur dispute, ils atterrirent au milieu du bal masqué de Charlotte, l'amie de Tiana. L'apparition des deux grenouilles provoqua évidemment un vent de panique parmi les invités. Par chance, Naveen réussit à s'agripper à une grappe de ballons, avec Tiana cramponnée à son cou, ils s'enfuirent par les airs... Ils dérivaient maintenant dans l'obscurité des bayous, ces marais de Louisiane infestés de mille dangers.

– Si un sorcier vaudou vous a jeté ce mauvais sort, qui était ce faux prince Naveen qui dansait avec Charlotte ? demanda Tiana.

– Mon valet ! Il croit faire fortune en obéissant au sorcier !

– Voilà qui m'apprendra à croire aux étoiles au lieu de compter sur mon travail ! marmonna-t-elle.

– Quel travail ? s'étonna soudain Naveen. Une princesse ne travaille pas !

– Je ne suis pas une princesse. Je suis serveuse.

À ces mots, Naveen poussa un cri :

– C'est pour ça que le baiser n'a pas marché ! Vous m'avez menti !

– Je n'ai jamais prétendu être une princesse ! protesta Tiana.

– Mais votre robe ? Et cette couronne ?

– Oh, ça ? C'était juste un déguisement, pour le bal masqué...

Face à son erreur, le prince décida de se venger.

– Dans ce cas, sachez qu'en réalité, je n'ai pas un sou pour tenir ma promesse de vous aider à acheter votre restaurant, en échange du baiser !

Au même instant, les ballons éclatèrent contre les branches d'un arbre et les grenouilles tombèrent dans la boue.

– Et c'est moi que vous traitez de menteuse ? cria Tiana.

– Je n'ai pas vraiment menti, se défendit Naveen. Je veux me marier avec Charlotte, qui est riche...

Tout à coup, des alligators affamés les encerclèrent. Vite, Tiana se réfugia dans un tronc creux, au bord de l'eau. Naveen la supplia de le sauver.

– Un marché est un marché, répondit Tiana. Promettez-moi de tenir votre promesse coûte que coûte... ou je ne vous sauve pas !

– Marché conclu, céda le prince. Mais je ne vous lâcherai plus tant que votre promesse ne sera pas respectée : me faire redevenir prince !

Tiana soupira. Elle venait de se faire prendre à son propre piège !

Suite de l'histoire le 17 février, page 56 ➡

Disney Les Fées

La fée Clochette

Rencontre au sommet

Clochette accompagne Clark et Gabble en livraison. Leur chariot avance en cahotant sur un sentier de terre, lorsqu'un éclair violet passe à toute vitesse sous leur nez !

– Oh ! qu'est-ce que c'était ? s'exclame Clochette.

– Vidia, la fée la plus rapide du Pays Imaginaire, répond Gabble. Et c'est une vraie peste !

Vidia tourne et virevolte à une telle allure qu'il est impossible de la suivre des yeux ! Elle vole de fleur en fleur récolter du pollen grâce à un léger tourbillon de vent qui aspire les graines et les verse dans des jarres. Clochette est fascinée !

– Continuez sans moi ! crie-t-elle alors à ses amis en quittant le chariot. Je vous retrouverai plus tard à l'atelier !

Tandis qu'ils s'éloignent sur le chemin, Clochette profite d'une pause de Vidia pour s'approcher d'elle.

– Bonjour !

Vidia sursaute. Elle n'a pas entendu Clochette arriver ! Résultat, tous ses pots de pollen se renversent dans l'herbe. Elle est très fâchée !

– Oups, pardon ! s'excuse Clochette. Je voulais juste me présenter.

– Inutile, tu es Clochette, la nouvelle Bricoleuse, répond Vidia d'un ton hautain.

Cette fée solitaire n'est jamais aimable avec quiconque. Mais il en faut plus pour intimider Clochette ! Elle insiste :

– C'est ça. Et toi, tu es quoi ? Une fée des Pollens ?

À ces mots, Vidia devient verte de rage.

– Je suis une Voltigeuse ! corrige-t-elle, vexée. J'ai le talent de l'air et du vent. Sans moi, les autres fées ne pourraient rien faire du tout...

– Exactement comme les Bricoleuses ! s'esclaffe Clochette.

Mais Vidia n'a pas envie de plaisanter. Elle marmonne :

– Pas vraiment... Moi, je commande aux forces de la Nature. Toi, tu fabriques de vulgaires théières. Tu vois la différence ?

– Non, pas du tout ! proteste Clochette, folle de colère à son tour. Sans les inventions des Bricoleuses, tu ne pourrais même pas ramasser ton pollen !

– Mais sans le vent pour semer les graines, il n'y aurait ni fleur ni arbre, rétorque Vidia. Tu vois ? Les Voltigeuses sont au sommet de l'échelle des fées !

– Peut-être, grogne Clochette. Mais sache que l'échelle des fées, ce sont les Bricoleuses qui la fabriquent pour que tu puisses y grimper !

Et elle file bouder sur la plage. Cette Vidia a au moins le talent particulier de la mettre de très mauvaise humeur !

Suite de l'histoire le 25 février, page 64

Disney Princesses

La Princesse et la Grenouille

Un appétit de grenouille

Tiana et Naveen, transformés en grenouille, se trouvaient égarés dans le bayou. Il leur fallait regagner La Nouvelle-Orléans, et découvrir le moyen d'annuler le sort du sorcier vaudou...

Tiana, travailleuse comme à son habitude, avait construit un radeau afin de traverser les marais. Quant à Naveen, il se contentait de chanter tandis qu'elle manœuvrait leur embarcation.

– J'aurais besoin d'un peu d'aide ! ronchonna-t-elle.

– Je vais chanter plus fort, alors ! répondit Naveen sans bouger.

Soudain, un énorme alligator surgit de l'eau boueuse ! Mais il n'était pas dangereux, non. Il s'agissait de Louis, un fou de musique ! Et il adorait le morceau de jazz qu'interprétait Naveen !

– Enchantée d'avoir fait votre connaissance, Louis, intervint Tiana. Et merci de ne pas nous avoir dévorés... mais nous sommes pressés !

– Où allez-vous ?

– Trouver quelqu'un qui pourra nous rendre notre apparence humaine, expliqua Naveen. Un sorcier nous a changés en grenouilles !

– Il faut demander Mama Odie ! s'exclama l'alligator. C'est la reine vaudou du bayou ! Une vraie sorcière... mais qui fait de la bonne magie !

Louis avait peur d'aller chez Mama Odie, dans l'un des coins les plus reculés et dangereux des marais. Mais il finit par accepter d'y conduire Tiana et Naveen, ses nouveaux amis !

Ils chantèrent et s'amusèrent en chemin... jusqu'à ce que Naveen commence à avoir faim. Si faim que sa langue de grenouille se détendit soudain toute seule au passage d'une nuée de moustiques !

Une grosse luciole se posa alors sur un pissenlit tout proche... et, cette fois, c'est la langue de Tiana qui surgit sans crier gare !

– Oh non, non, non ! s'affola-t-elle en se plaquant une patte sur la bouche.

Seulement, Tiana ne pouvait pas lutter. Sa langue se détendit en direction de l'insecte dodu... juste en même temps que celle de Naveen. Et splosh ! ils ratèrent la luciole... mais s'emmêlèrent leurs langues !

– Quelle situation embarrassante ! s'esclaffa l'insecte en voletant autour d'eux. Je l'ai toujours dit : il n'y a rien de pire dans tout le bayou qu'un appétit de grenouille !

Suite de l'histoire le 19 février, page 58

Disney Princesses

Jasmine

Tout un monde

Agrabah vibrait encore des fastes du mariage de Jasmine et d'Aladdin. On n'avait jamais vu cérémonie plus somptueuse dans tout le sultanat !

Les cadeaux étaient arrivés des quatre coins du pays, et Jasmine croulait sous les soieries, les bijoux, les capiteux parfums d'Orient... À tel point qu'Aladdin ne savait plus quoi lui offrir !

– Fais-lui découvrir le monde, suggéra le Génie. Rien n'est plus grandiose !

– Jasmine n'a encore jamais voyagé en dehors d'Agrabah, je vais l'émerveiller ! approuva Aladdin.

Et il prépara son Tapis Magique sans tarder. Puis il s'envola avec son fidèle singe Abu jusqu'à la terrasse de Jasmine. Il appela :

– L'attelage de Votre Altesse est avancé !

– Nous partons ? s'étonna la princesse en s'installant sur le Tapis Volant. À la tombée de la nuit ? Où allons-nous ?

– Surprise ! Prépare-toi à voir des merveilles...

Aladdin exagérait toujours tout. Et c'était précisément ce qui attisait la curiosité de Jasmine !

Ils survolèrent le palais, dont les bulbes dorés reflétaient l'éclat des feux du soleil couchant. Ils filèrent comme le vent jusqu'aux confins du désert.

Enfin, le Tapis Magique amorça sa descente...

– Nous atterrissons, ne regarde pas !

Aladdin posa les mains sur les yeux de Jasmine. Elle perçut un bruit nouveau. Elle sentit sur ses lèvres un goût de sel. Aladdin ôta ses mains et annonça :

– Nous voici au bord de l'océan ! Tu rêvais de voir l'océan, n'est-ce pas ?

Des dauphins bondissaient au loin, dans l'eau d'un bleu parfait. La princesse en eut le souffle coupé. C'était plus beau que tout ce qu'elle avait pu imaginer !

– J'ai une autre surprise ! s'esclaffa alors Aladdin.

Ils repartirent haut dans les nuages. Peu après, le tapis se posait sur un sol blanc, crissant et... glacial !

– De la neige ! applaudit Jasmine. Je n'aurais jamais cru en toucher un jour pour de vrai, il fait si chaud, à Agrabah !

Leur voyage éclair les emmena ainsi à travers le monde entier. Ils virent tout ce que l'on peut voir... et même plus encore !

– Oh, Aladdin, merci ! l'embrassa Jasmine, de retour au palais. Tu m'as offert ce qu'il y a de plus précieux. Et je ne parle pas juste de tout un monde... Mais de tout un monde à partager à deux !

Disney Princesses

La Princesse et la Grenouille

La chasse à la grenouille

Au fond du bayou, mille dangers guettaient les grenouilles Tiana et Naveen. Mais de tous les prédateurs, le plus redoutable était le chasseur...

Même les alligators s'en méfiaient. Surtout Louis, le plus pacifique et le plus dingue de jazz d'entre tous !

Heureusement, Tiana et Naveen pouvaient compter sur l'aide d'amis de passage...

– Je m'appelle Ray ! se présenta la grosse luciole qui venait de les rejoindre.

Tiana lui expliqua que Louis les conduisait chez Mama Odie, la bonne sorcière, pour qu'elle leur rende forme humaine, à Naveen et à elle.

– Mama Odie ? Mais ce n'est pas par là ! Les alligators n'ont aucun sens de l'orientation !

Ray siffla dans la nuit, appelant sa famille à la rescousse.

Peu après, Naveen, Tiana et Louis suivaient la longue guirlande lumineuse à travers les marais. Au petit matin, ils arrivèrent enfin à destination, et la famille de Ray les laissa finir leur chemin en leur souhaitant bonne chance.

Mais, tapis dans les broussailles, trois chasseurs de grenouilles repérèrent Tiana et Naveen...

– Miam ! saliva le plus âgé.

Et, d'un geste adroit, il pêcha Naveen dans son filet !

– Oh, non ! s'affola Ray. Je dois le sauver ! Courage, mon gars, à la guerre comme à la guerre !

Il partit comme une fusée, fonçant droit dans la narine du chasseur... qui en lâcha son filet de surprise !

Vite, Naveen s'échappa tandis que Ray se faisait expulser du nez sans ménagement. Entre-temps, Tiana avait été capturée par les deux fils du chasseur. Ni une ni deux, Naveen bondit pour la délivrer. Pendant qu'il détournait l'attention des hommes, elle sortit de sa cage et imita son ami. Ils se mirent à sauter dans tous les sens et les chasseurs essayèrent tant bien que mal de lcs attraper, ne parvenant au bout du compte qu'à s'assommer entre eux.

– Je n'ai jamais vu des grenouilles pareilles, haleta le plus vieux. On dirait qu'elles sont intelligentes...

– Au point qu'on sait même parler, monsieur ! lui cria alors Tiana de loin, d'un air frondeur.

Les chasseurs écarquillèrent les yeux, bouche bée. Puis ils hurlèrent de terreur et filèrent sans demander leur reste ! Voici une chasse à la grenouille qu'ils n'étaient pas près d'oublier... La dernière de leur vie, à n'en pas douter !

Suite de l'histoire le 22 février, page 61

20 FÉVRIER

Disney Princesses

Mulan

Il suffit d'y croire

Mulan est entrée dans l'Armée de l'empereur de Chine déguisée en garçon. Elle suit chaque jour l'entraînement des soldats. Heureusement qu'elle a ses amis Mushu le dragon et Cri-Kee le grillon pour lui tenir compagnie ! Une nuit, un gros orage éclate et le cheval Khan s'affole. Il faut le mettre à l'abri.

– Mushu, tu peux cracher du feu pour éclairer le chemin ? demande Mulan.

Mais Mushu ne crache qu'un mince filet de fumée.

– C'est la honte, gémit le dragon. Je suis devenu nul !

– Tu es juste fatigué, le réconforte Mulan en sortant aider Khan dans le noir.

Le lendemain matin, la jeune fille part tôt car elle doit passer un test de grimper de corde avec la troupe ! Chien-Po et Yao sont nerveux. Ling, lui, est terrifié... Pourtant, c'est un vrai champion ! Soudain, le gong retentit. Les soldats se présentent sur le terrain. Mulan commence. Elle passe l'épreuve avec succès. Ouf ! Chien-Po a du mal à se hisser, mais il réussit aussi. Yao monte à toute vitesse au sommet de la corde. Bravo ! Quant au pauvre Ling, il est si intimidé devant le capitaine Shang qu'il est paralysé de terreur...

– Tente à nouveau ta chance demain, avec les débutants, suggère l'officier.

Déçue pour Ling, Mulan regagne sa tente et découvre que Mushu, lui aussi, a perdu confiance en lui. Il n'ose même pas essayer d'allumer le feu de camp, il a trop peur de rater !

Agacée, Mulan repart alors observer Ling, dans le groupe des débutants. Il monte si bien à la corde qu'il aide même un soldat très maladroit à apprendre ! Vite, elle court chercher Shang, qu'il voit de quoi Ling est capable... Et au moment du deuxième test, le capitaine avoue à Ling qu'il l'a espionné la veille.

– Je vous lève au grade supérieur, soldat Ling !

– Merci, mon capitaine !

Et Ling, fou de joie, escalade la corde encore plus vite que Yao !

– Hourra ! l'acclame Mulan.

En rentrant sous sa tente, peu après, elle trouve Mushu en train de griller des galettes de riz...

– J'ai réussi à recracher du feu pour Cri-Kee, explique le dragon. Il mourait de faim !

Mulan dîne alors ce soir-là le cœur heureux.

Ling et Mushu ont prouvé que la meilleure façon de réussir, c'est de croire en soi. Et que la meilleure façon de croire en soi... c'est vouloir à tout prix aider un ami !

Disney Princesses

Cendrillon

Des souris et du riz

– Cendrillon, viens nous aider ! crie Javotte.

– Et dépêche-toi ! hurle Anastasie.

Cendrillon laisse échapper son balai.

– Que se passe-t-il, mes sœurs ?

– Nous sommes coincées ! couine Anastasie.

Cendrillon se rue vers le salon. Et là, elle a bien du mal à étouffer un rire à la vue de ses deux vilaines sœurs.

Les deux affreuses sont coincées dans le battant de la porte pour avoir chacune voulu de toute force passer la première ! Leurs grands jupons à cerceaux sont coincés dans l'embrasure. Tirant et poussant çà et là, Cendrillon parvient à les délivrer. Un sourire aux lèvres, elle retourne à sa cuisine.

– Miaouuuu !

– Quoi encore ? dit Cendrillon.

Lucifer, le chat, miaule à pleins poumons.

– Que se passe-t-il, Lucifer ? demande Cendrillon au gros chat. Oh, que tu es sot ! Tu t'es coincé toi aussi !

Cendrillon éclate de rire et aide le gros matou à dégager sa patte du trou de souris. Le chat lui jette un regard hautain et s'en va.

– Oh, le vilain chat ! dit-elle. Il a encore voulu vous chasser, pauvres souris sans défense.

Les souris sortent prudemment de leur trou.

– Mes chéris, dit Cendrillon, savez-vous ce que je fais quand je me sens triste ou effrayée ?

Elle empoigne son balai.

– Vous voyez mon balai ? Je m'imagine qu'il est un beau prince et que nous dansons ensemble.

Et disant cela, Cendrillon se lance dans une valse autour de la pièce. Les souris couinent de ravissement. Mais soudain, les voilà reparties dans leur trou. Quelqu'un arrive !

– Qu'est-ce que tu fabriques, Cendrillon ? demande Javotte.

– Je balaie, répond Cendrillon tranquillement.

– Eh bien, tu parais bien joyeuse de balayer ! ricane Anastasie, un sourire mauvais sur son visage.

Saisissant un bol de riz sur la table, elle le renverse sur le sol.

– Peut-être te manque-t-il un peu de travail ! dit-elle, avec un sourire entendu.

Sur ce, les deux sœurs quittent la pièce. Les petits amis de Cendrillon courent de tous côtés pour ramasser le riz. Cela donne une idée à la jeune fille.

– Pourquoi ne pas le garder pour vous ? propose-t-elle.

Les souris couinent de joie. Et Cendrillon conclut :

– Je pense que tout ira bien si nous continuons à nous aider ainsi. N'est-ce pas, mes petits amis ?

Disney Princesses

La Princesse et la Grenouille

Dînons à la belle étoile

Les grenouilles Tiana et Naveen ne tarderaient plus à arriver chez Mama Odie, maintenant. La sorcière leur rendrait leur apparence humaine, et tout serait enfin terminé ! Parce qu'ils en avaient connu des mésaventures, dans les bayous de Louisiane... À tel point que Tiana estima le moment venu de souffler un peu.

– Reposons-nous, les amis ! lança-t-elle à Louis l'alligator, Ray la luciole et Naveen. Vous n'avez pas un petit creux ?

– Je meurs de faim ! admit Louis.

– Un ragoût des marais, ça vous dit ? proposa Tiana à la ronde. Un « bayou-gumbo », c'est ma spécialité !

– Va pour un gumbo ! se réjouit Naveen en s'installant contre un arbre, les pattes sur un champignon.

Il plaça une feuille sur ses genoux, en guise de serviette de table, et ajouta :

– En attendant que ce soit prêt, je prendrais bien un cocktail, avec quelques olives et...

– Oh non, non, non, Votre Altesse Royale ! protesta aussitôt Tiana d'un ton ironique. Ce n'est pas comme ça que ça se passe, avec moi ! Vous, vous émincerez les champignons !

– Mais je ne sais pas émincer, bougonna Naveen en coupant lentement une lamelle de champignon.

Tiana pouffa, amusée.

– À ce rythme-là, on y sera encore demain !

Et, se plaçant derrière Naveen, elle lui montra comment procéder en guidant sa main. Tiana éminçait très, très vite ! Naveen grimaça.

– Oui, bon, ben, quand on vit dans un château, tout le monde vous sert, alors forcément...

Pourtant, Naveen s'appliqua et bientôt, le ragoût des marais fut prêt.

– Délicieux, Tiana ! la félicitèrent ses amis.

Soudain, Ray leva les yeux vers le ciel. Il aperçut l'étoile des vœux.

– Ma luciole d'amour ! soupira-t-il. Je sais qu'un jour, nous serons réunis !

Bien sûr, personne ne voulut gâcher son bonheur en lui révélant qu'il se trompait et parlait à une étoile. Alors, il se mit à fredonner, romantique. Naveen invita Tiana à danser...

– Impossible ! refusa-t-elle. Je ne sais pas danser.

– Moi, je ne savais pas non plus émincer, remarqua-t-il sèchement.

Et il l'entraîna dans une tendre valse. Il guida ses pas, puis conclut :

– Vous voyez ? Danser, émincer, quelle différence ? Le tout, c'est d'essayer !

Suite de l'histoire le 24 février, page 63

Disney Les Fées

La boule de cristal de Rani

Comme toutes les fées Aquatiques, Rani a le pouvoir de modeler l'eau. Et c'est ce qu'elle est en train de faire, sans idée précise de la forme qu'elle va donner à son œuvre, quand Clochette apparaît.

– Comme c'est beau ! s'émerveille celle-ci. On dirait une boule de cristal...

– Heu... mais C'EST une boule de cristal ! répond Rani, qui a envie de jouer un tour à Clochette. On peut voir son avenir dedans...

Clochette n'en croit pas ses oreilles. Au Pays Imaginaire, personne n'a le pouvoir de connaître l'avenir car personne ne s'y intéresse... Le présent est bien trop amusant !

– Veux-tu voir ton avenir, Clochette ? propose Rani.

Clochette hésite. Elle aime tellement le mystère de la vie !

– As-tu vu le tien ? demande-t-elle à Rani.

– Oui, j'ai vu que tu seras mon amie pour toute la vie, dit la fée Aquatique.

À cette nouvelle, Clochette est folle de joie.

– Et puis ?

– Et puis, j'ai vu qu'à la prochaine lune, nous danserons... Ainsi qu'à la prochaine prochaine Lune, et ceci jusqu'au *Clair de la Lune Mon Ami Pierrot.*

Clochette embrasserait presque Rani pour toutes ces bonnes nouvelles !

Soudain, la fée Bricoleuse se dit qu'elle poserait bien une question à Rani au sujet de Peter Pan.

Jadis, il y a de cela cinq minutes ou trois siècles – Clochette ne sait plus très bien –, Peter Pan était son meilleur ami. Mais un jour, cette Wendy de malheur est arrivée et depuis Clochette a l'impression de ne plus exister pour Peter Pan.

La fée prend une grande inspiration.

– Je voudrais connaître mon avenir, Rani, dit-elle en prononçant avec précaution ce mot qui lui semble grand comme l'ombre d'un faucon. Je voudrais savoir quelque chose sur mon ami Peter Pan...

– D'accord, acquiesce Rani. Abracadabra ! Boule, ô boule de cristal, fais ton travail et plus vite que ça ! Vas-y Clochette, pose ta question, maintenant !

– D'accord... Je voudrais savoir si... si Peter m'a oubliée, lâche Clochette dans un souffle.

C'est alors qu'un éclat de rire retentit. Les deux fées se retournent : Peter Pan, en chair et en os, se tient devant elles.

– Bonjour ma petite Clochette ! La réponse à ta question est non, bien évidemment !

– Elle est vraiment magique, ta boule de cristal, Rani ! lance joyeusement la fée Bricoleuse.

Et tous trois éclatent de rire.

Disney Princesses

LA PRINCESSE ET LA GRENOUILLE

Une princesse malgré tout

Le sorcier vaudou qui avait métamorphosé le prince Naveen en grenouille s'inquiétait. Tous ses plans menaçaient maintenant de s'écrouler. Grâce à son talisman magique, il avait aussi transformé Lawrence en prince Naveen, pour qu'il épouse Charlotte. Le sorcier comptait ainsi s'emparer de la fortune de la jeune fille ! Mais le talisman perdait de son pouvoir. Il devait donc capturer Naveen afin de le recharger de quelques gouttes de son sang...

– À moi, Ombres Maléfiques ! invoqua-t-il. Ramenez le prince grenouille sans tarder !

Les Ombres retrouvèrent rapidement la trace de Naveen. Il allait avec Tiana chez Mama Odie, la magicienne, pour qu'elle leur rende forme humaine.

– Au secours ! hurla Naveen lorsque les Ombres s'agrippèrent à lui et l'emportèrent.

Tiana, Louis l'alligator et Ray la luciole essayèrent de le retenir, en vain.

Personne ne pouvait lutter contre les forces des ténèbres... Personne, sauf une puissante magicienne ! Et voush ! Mama Odie désintégra les Ombres Maléfiques !

– Pas mal, pour une vieille dame aveugle, non ? ricana-t-elle.

Naveen avait eu de la chance : Mama Odie et son serpent Juju habitaient justement ici, dans un bateau des marais bizarrement échoué entre les branches d'un arbre. La frêle magicienne semblait un peu excentrique.

Mais il se dégageait d'elle un tel savoir que sa présence imposait le respect...

– Vous avez été transformés en grenouille, vous deux ! lança-t-elle à Naveen et Tiana sans les voir. Vous voulez redevenir humains, mais est-ce l'essentiel ? Lisez au fond de votre cœur, vous y trouverez le vrai bonheur...

Naveen et Tiana insistèrent : ils voulaient redevenir humains avant tout ! Alors Mama Odie leur révéla que si Naveen embrassait Charlotte, le sortilège vaudou serait annulé.

– Seul le baiser d'une princesse pourra me délivrer, protesta Naveen. Charlotte n'est pas une princesse !

– Mais si ! comprit soudain Tiana. Son père a été sacré roi du Mardi gras. Elle est donc princesse jusqu'à la fin de la fête !

– Une princesse malgré tout, c'est mieux que pas de princesse du tout, non ? remarqua Mama Odie d'un ton espiègle.

Et Naveen rougit. Oui, le baiser de Charlotte lui conviendrait très bien !

Suite de l'histoire le 27 février, page 66

Disney Les Fées

Plein la vue

En survolant la plage de la Vallée des Fées, Clochette aperçoit soudain quelque chose qui brille, sous un fourré. Elle sait que les objets égarés de l'Autre Monde échouent sur le rivage... Intriguée, elle décide d'aller voir de quoi il s'agit exactement. Elle se pose aussitôt dans le sable et commence à fureter dans les parages. Enfin, elle découvre des choses étranges sur lesquelles se reflètent les rayons du soleil : un grelot, un ressort, une pièce de monnaie...

« Formidable ! Je pourrai créer des tas d'objets avec tout ça ! » se dit Clochette.

Et elle ramasse ses trésors afin de les emporter avec elle. La petite fée vole en zigzaguant, chargée comme elle l'est ! Mais elle parvient au Refuge des Bricoleurs sans rien avoir perdu en chemin...

– Oh ! des objets trouvés ! s'exclame Clark lorsque Clochette dépose enfin son fardeau sur son établi, à l'atelier.

– Je vais fabriquer plein de choses grâce à eux ! annonce fièrement Clochette.

Mais fée Marie n'est pas d'accord. Elle confisque ses trésors à Clochette et lui ordonne de d'abord terminer son travail !

– Ce soir, la reine Clarion inspecte nos préparatifs pour inaugurer le Printemps, Clochette. Nous avons encore beaucoup à faire !

« Parfait, songe alors la fée. J'ai déjà quelques idées... Au moins, cette prétentieuse de Vidia verra ce que je suis capable de bricoler pour le Printemps ! »

Les objets trouvés attendront demain. Pour l'instant, il faut tâcher de plaire à la reine Clarion... et d'en mettre plein la vue à Vidia en fabriquant des machines ingénieuses !

Clochette se concentre sur ses plans... Quelques heures plus tard, tout le monde se rassemble au square du Printemps pour la grande inspection. Clochette accourt à la dernière seconde présenter ses inventions géniales. Mais elle a tellement cherché à être originale pour épater les fées qu'elle s'est un peu trop pressée... Résultat, rien n'est au point : l'écrase-noisettes n'écrase rien, et le vaporisafleur envoie de la peinture plein la figure et plein les yeux du ministre du Printemps !

– Il me reste quelques réglages à faire, s'excuse Clochette, penaude. Pardon...

– Pourquoi ? la taquine alors Gabble. Toi qui voulais en mettre plein la vue à quelqu'un, je t'assure que pour le ministre du Printemps, c'est réussi !

Suite de l'histoire le 2 mars, page 70

Disney Princesses

La Belle et La Bête

Comment réconforter Belle ?

Il avait tant et tant neigé, cette nuit-là, sur le château de la Bête, que les murs de pierre, les hautes tours, le ciel et la terre se confondaient dans une douce blancheur.

Alors que le matin venu animait les couloirs et les cuisines, Big-Ben entra dans la chambre de Belle pour la réveiller. Il sautilla jusqu'aux rideaux et les ouvrit délicatement. Les rayons du soleil hivernal inondèrent la pièce, venant caresser les joues de la jeune fille.

– Il est l'heure de se lever, chuchota-t-il.

Belle ouvrit les yeux et remonta la couverture à son nez.

– J'ai très froid, dit-elle faiblement.

Big-Ben se redressa, l'air interrogateur. Belle, d'habitude si prompte à aller saluer ses amis, préférait garder le lit !

– Êtes-vous malade ? s'inquiéta-t-il.

C'est alors que Lumière poussa les portes de la chambre en chantonnant gaiement.

– Il fait bien beau ce matin. Allons nous promener !

– Chut ! l'interrompit Big-Ben. Notre princesse semble souffrante !

– Où est la Bête ? demanda soudain Belle, presque inaudible.

Lumière s'approcha du lit.

– Il est sorti tôt avant le jour, répondit-il. Une biche a eu un faon, cette nuit. Par ce temps, elle a besoin qu'on lui fabrique un abri !

Avant que Belle puisse ajouter un mot, Big-Ben l'avait déjà emmitouflée sous deux grosses couvertures.

– Du thé bien chaud, cria-t-il en quittant soudain la chambre. Il faut du thé bien chaud !

C'est ainsi que les amis de Belle essayèrent de la réconforter toute la journée. Madame Samovar lui servit quantité de boissons chaudes. Zip lui raconta des histoires amusantes. Lumière entassa dans la cheminée de grosses bûches pour alimenter le feu. Big-Ben chanta les plus douces chansons qu'il connaissait. Mais rien n'y fit.

– J'ai très froid, ne cessait de dire Belle.

Le soir venu, la lourde porte d'entrée s'ouvrit et les pas de la Bête résonnèrent dans le château. L'air inquiet, il entra dans la chambre de son aimée.

– Belle, dit-il avec tendresse. Comment vous sentez-vous ?

Et il lui passa délicatement la patte sur le front. À cet instant, Belle n'éprouva plus aucune sensation de froid. Elle comprit alors que tous les feux de cheminée les plus ardents ou les thés les plus brûlants ne la réchaufferaient jamais autant que le regard plein de tendresse que lui offrait, jour après jour, la Bête.

Disney Princesses

La Princesse et la Grenouille

Le grand amour

Tiana et Naveen n'avaient plus beaucoup de temps devant eux pour retourner en ville. Charlotte ne serait princesse du Mardi gras que jusqu'à minuit. Passé ce délai, son baiser n'annulerait pas le sortilège vaudou, et Tiana et Naveen garderaient à jamais leur apparence de grenouille !

– Mais on ne va pas traverser le bayou à la nage ? s'inquiéta Tiana.

– J'ai une idée ! déclara alors leur ami Louis, l'alligator.

Et il les conduisit au vapeur, le bateau qui descendait le fleuve, emmenant des gens costumés au carnaval de La Nouvelle-Orléans.

Tiana, Naveen, Louis et Ray la luciole montèrent à bord. Par chance, un groupe de jazz prit Louis pour un musicien déguisé et ils l'invitèrent à jouer avec eux ! L'alligator réalisait enfin son rêve...

Naveen soupira. Lui aussi, il voulait réaliser son rêve ! Et il venait de comprendre ce qui comptait plus que tout au monde à ses yeux : Tiana !

– Elle est la femme de ma vie, Ray ! confia-t-il à son ami. C'est elle que je veux épouser, pas Charlotte ! Je vais la demander en mariage dès ce soir !

Bien sûr, Naveen renonçait à la fortune de Charlotte. Mais avec Tiana, il serait riche d'amour !

– Et puis, je l'aiderai quand même à acheter son restaurant, résolut-il en préparant un dîner aux chandelles sur le toit du bateau. Je travaillerai dur, je gagnerai tout l'argent dont elle aura besoin !

Plein de bonnes résolutions, il courut chercher Tiana.

– Oh, Naveen ! s'extasia-t-elle en découvrant la jolie table. Que fêtons-nous ?

– Heu... Nos dernières heures en tant que grenouilles ! répondit-il, gêné.

Il cherchait le courage de lui faire sa déclaration... lorsqu'elle poussa un cri :

– On arrive au port, Naveen ! Et voici le bâtiment que je veux acheter, pour mon restaurant ! Quand je pense que, grâce à votre mariage avec Charlotte, je pourrai payer l'agent immobilier à temps ! C'est ma dernière chance : si je ne règle pas la somme demain, la raffinerie ira à l'autre acquéreur !

À ces mots, Naveen changea brusquement d'avis. Il préférait se sacrifier et épouser Charlotte... Sinon, Tiana serait trop malheureuse de perdre son restaurant. Son seul rêve !

« Et moi, Tiana, je l'aime vraiment, songea-t-il. Je ne rêve que de son bonheur ! »

Oui, il en était sûr, maintenant. C'était bien le grand amour !

Suite de l'histoire le 1er mars, page 69

Disney Princesses

La Petite Sirène

Un tourbillon piégé

Depuis deux jours, une terrible tempête ravageait l'océan. Bizarrement, elle sévissait aussi à l'intérieur du palais du roi Triton... alors que toutes les issues étaient fermées !

Un courant glacial avait déjà dévasté les bains, la salle à manger, la chambre des sirènes. Le pire, c'est que ces dernières accusaient Ariel d'en être responsable ! Elles pensaient que leur jeune sœur faisait entrer la tornade exprès pour les embêter...

– N'importe quoi ! boudait Ariel en inspectant le fond sablonneux de l'eau, aux portes du château. Il y a bien assez de dégâts dehors comme ça !

Profitant d'une accalmie, elle récupérait les trésors qui s'étaient échappés de sa grotte secrète, lorsqu'un tourbillon géant s'approcha, la tétanisant de froid de la tête aux pieds !

– Pardon, princesse, mais je cherche mon bébé chéri... Il s'est égaré hier, alors que nous virevoltions autour de votre palais.

La maman tourbillon renifla avec inquiétude. Ariel frissonnait. Elle était frigorifiée... et très surprise d'entendre un tourbillon d'eau parler !

– Je resterai ici tant que je ne l'aurai pas retrouvé ! insista la maman.

– Mais il faut que cette tempête s'arrête ! s'exclama alors Ariel. Je vais retrouver votre bébé, madame tourbillon, comptez sur moi !

Elle rentra précipitamment au château, où tout était à nouveau sens dessus dessous. Elle comprenait maintenant pourquoi la tempête soufflait dans le palais : le bébé tourbillon s'était perdu à l'intérieur ! Ariel expliqua la situation à ses sœurs, qui s'excusèrent aussitôt de l'avoir soupçonnée.

– L'important, c'est de retrouver le petit tourbillon, sourit Ariel. Il s'affole et saccage tout car il ne parvient pas à sortir !

Elles se séparèrent pour fouiller le château. Ariel alla réfléchir à la serre royale. Elle se demandait où pouvait se cacher un tourbillon d'eau, quand un gros sanglot surgit d'un buisson d'algues. Ariel écarta les feuilles... et découvrit le bébé tourbillon ! Le pauvre était en larmes, et si fatigué qu'il ne virevoltait presque plus. Vite, Ariel le reconduisit auprès de sa maman, qui la remercia et partit joyeusement avec son bébé.

– Hourra ! la tempête s'éloigne ! s'esclaffa Ariel. Dire qu'on paniquait tous... alors que les tourbillons d'eau avaient encore plus peur que nous !

La Belle au Bois Dormant

La cueillette

Il était une fois, dans une forêt lointaine, une ravissante princesse qui ne savait pas qu'elle en était une, et trois bonnes fées qui prétendaient être de simples villageoises.

Ce matin-là, Flora réunissait la maisonnée pour proposer une cueillette de mûres.

– Quelle merveilleuse idée ! s'exclama Aurore.

– Oui, vraiment, dit Pimprenelle. Si nous en rapportons assez, nous pourrons faire une tarte.

– Si nous en rapportons assez, déclara Pâquerette, nous aurons de quoi faire de la confiture pour toute une année !

– Bon, nous n'en aurons certainement pas assez si nous ne partons pas maintenant ! fit remarquer Flora.

Les quatre promeneuses suivirent un chemin ombragé dans la forêt et découvrirent un épais fourré plein à craquer de mûres.

Sans délai, Pimprenelle, Aurore, Pâquerette et Flora se mirent au travail. Mais, le travail ne porta pas forcément ses fruits !

Pimprenelle, par exemple, eut beaucoup de mal à garder son panier stable sur son bras. Chaque fois qu'elle tendait la main pour cueillir une mûre, il glissait et se renversait laissant tomber un fruit ou deux.

Pâquerette, elle, avait bien du mal à dévier le trajet des mûres de sa bouche vers le panier !

Quant à Aurore, son cœur et son esprit étaient à des lieux de la cueillette : elle s'imaginait danser dans les bras d'un bel étranger.

– Mes chéries, dit Flora, quand le soleil déclina. Il est temps de rentrer. Montrez-moi votre récolte.

– Euh... dit Pimprenelle. Je ne crois pas en avoir beaucoup.

Flora roula des yeux et s'approcha de Pâquerette :

– Laisse-moi deviner, dit-elle en regardant le panier vide de Pâquerette et sa bouche rougie par le jus de fruit.

– Ah oui, répondit Pâquerette, la bouche pleine. Ces mûres sont... délicieuses !

Flora soupira.

– Et toi, Aurore ? s'enquit-elle, avec espoir.

Mais Aurore avait une mine honteuse.

– Je suis désolée, tante Flora, dit-elle, je crois que je suis un peu distraite.

– Alors, pas de tarte aux mûres pour nous cette semaine, dit tante Flora.

Puis elle ajouta en souriant :

– Heureusement nous pourrons nous faire un gâteau au chocolat !

Disney Princesses

La Princesse et la Grenouille

Trop cher payé

Le sorcier vaudou avait réussi à capturer la grenouille Naveen ! Il avait versé quelques gouttes de son sang dans son talisman. Ainsi, Lawrence, le valet du prince, avait pu prendre les traits de son maître. Il allait pouvoir épouser Charlotte, la plus riche jeune fille de La Nouvelle-Orléans !

– Je vais devenir le maître du monde ! rugit de rire le sorcier.

De son balcon, il regardait justement passer la parade du Mardi gras. Le char vedette représentait un gâteau de mariage, sur lequel se trouvaient Charlotte et le faux prince Naveen, prêts à se marier pour de vrai. Le prêtre commençait déjà à bénir leur union.

– Je n'ai pas une seconde à perdre ! souffla la grenouille Naveen, enfermée à double tour dans un coffret du sorcier.

Et, bravement, il réussit à le projeter sur le char !

Au même moment, la grenouille Tiana apercevait le prince Naveen en train d'épouser Charlotte...

– Oh ! je croyais que Naveen m'aimait ! sanglota-t-elle.

– Il y a quelque chose qui cloche ! s'écria Ray, son ami luciole. Je vais tirer ça au clair !

Et, en fonçant sur le char, Ray entendit la grenouille Naveen, à l'intérieur du coffre. Vite, il le délivra. En un clin d'œil, Naveen bondit sur le faux prince et lui arracha le talisman du cou ! Le bandit redevint aussitôt Lawrence.

– Ray ! s'égosilla alors Naveen en confiant le grigri à la luciole pour qu'elle l'emporte.

Mais les Ombres Maléfiques du sorcier s'élancèrent aussitôt à sa poursuite. Comme elles gagnaient rapidement du terrain, Ray retrouva Tiana et lui lança à son tour le talisman. Tiana voulut se sauver... quand le sorcier vaudou lui barra le chemin.

– Rendez-moi le talisman, Tiana, et je vous permettrai d'ouvrir votre propre restaurant ! susurra-t-il. Vous honorerez la mémoire de votre père qui n'a jamais pu réaliser son rêve !

Tiana rétorqua d'un ton sec :

– Papa m'a appris à reconnaître ce qui est vraiment important ! Et ouvrir mon restaurant au prix de votre succès, ce serait beaucoup trop cher payé !

Sur quoi, elle brisa le talisman. Et le sorcier vaudou disparut comme aspiré...

– Je resterai sans doute une simple serveuse de bar, maintenant, soupira Tiana. Mais une serveuse honnête qui aura su écouter son cœur !

Suite de l'histoire le 3 mars, page 71

Disney Les Fées

La fée Clochette

Question de talent

Clochette vient d'apprendre que seules les fées de la Nature ont le droit d'aller dans l'Autre Monde. La petite Bricoleuse est terriblement déçue : faire ce voyage extraordinaire était son plus grand rêve ! Mais, après tout, elle n'a aucun talent pour installer les saisons chez les hommes... Elle, elle fabrique des outils. Cela n'a rien à voir avec les plantes, la pluie, le soleil ou les animaux !

– J'en ai assez ! décide Clochette ce jour-là. Puisqu'il faut être une fée de la Nature pour se rendre dans l'Autre Monde, eh bien, j'en deviendrai une !

Et elle file demander de l'aide à ses amies.

– S'il te plaît, Ondine ! Enseigne-moi le talent des Eaux !

C'est une idée saugrenue. Mais Clochette a l'air d'y tenir beaucoup alors, bien sûr, Ondine est d'accord pour lui montrer. Seulement, la Bricoleuse n'est pas très douée. Malgré tous ses efforts, elle est incapable de déposer la moindre goutte de rosée sur une toile d'araignée ! Clochette finit par abandonner. Comme le soleil se couche, elle en profite pour s'initier au talent des fées des Lumières.

– Je vais te montrer comment éclairer les lucioles ! déclare Iridessa.

Mais Clochette ne parvient pas non plus à maîtriser les rayons du soleil. Ils lui échappent des mains, et viennent frapper sa robe... et ils illuminent son derrière ! Quel échec humiliant !

– Tant pis, soupire Clochette. La prochaine fois, je prendrai une leçon de fée des Animaux !

Et le lendemain matin, elle retrouve Noa en plein travail au nid des mésanges bleues. Aujourd'hui, elle apprend à voler aux oisillons !

– Il faut leur sourire pour leur donner confiance, explique Noa.

Oh, Clochette s'applique, ça oui ! Elle sourit bien fort au petit oiseau. Elle lui sourit même tellement que le pauvre en tremble de peur... Et refuse catégoriquement de quitter le nid en compagnie d'une fée aussi étrange !

– Dommage, regrette Clochette. Si ça continue comme ça, je ne pourrai jamais découvrir l'Autre Monde ! Mais il me reste encore une chance avec Rosélia. Et celle-là, je ne vais pas la gâcher. Je suis sûre d'être une excellente fée des Jardins !

Car personne ne peut le nier : si Clochette n'a ni le talent des Eaux, ni celui des Lumières, ni celui des Animaux... elle possède au moins celui de fée la plus têtue du Pays Imaginaire !

Suite de l'histoire le 7 mars, page 75

Disney Princesses

La Princesse et la Grenouille

Le cadeau de minuit

Minuit allait bientôt sonner ! Vite, vite, Tiana la grenouille sautilla jusqu'à la cathédrale Saint-Louis, où son amie Charlotte devait épouser cet imposteur qui se faisait passer pour le prince Naveen. Par chance, lorsqu'elle arriva sur le parvis de l'église, l'imposteur se faisait embarquer par la police… et le vrai prince Naveen, encore en grenouille, discutait avec Charlotte.

– Mais alors, c'est comme dans les contes de fées ? Si je vous embrasse, le maléfice du sorcier vaudou sera levé, et vous redeviendrez un prince charmant ?

Naveen acquiesça.

– Oui, car jusqu'à minuit, vous êtes la princesse du carnaval, expliqua-t-il. Et comme ça, Tiana aussi retrouvera son apparence humaine…

Charlotte applaudit.

– Oh là là ! C'est trop merveilleux ! Je dois embrasser une grenouille, qui va se métamorphoser en prince, et on va se marier et vivre heureux jusqu'à la fin des temps, et en plus, je vais sauver mon amie Tiana, et…

– Attendez, Charlotte, l'interrompit soudain Naveen, l'air triste. Vous devez me promettre de donner dès demain à Tiana tout l'argent dont elle aura besoin pour acheter son restaurant ! Parce que le bonheur de Tiana, pour moi, c'est très important…

Ils s'apprêtaient donc à s'embrasser… lorsque Tiana bondit devant eux.

– Non, ne faites pas cela, Naveen, je vous en prie !

– Comment ? Mais c'est votre dernière chance de réaliser votre rêve, Tiana !

Elle secoua la tête et répondit :

– Réaliser mon rêve sans le partager avec vous à mes côtés n'aurait aucun intérêt, Naveen… puisque je vous aime comme vous m'aimez !

Et ils se jetèrent dans les bras l'un de l'autre. Charlotte fondit en larmes !

– C'est tellement émouvant ! renifla-t-elle. Tiana… toute ma vie, j'ai espéré un grand amour de conte de fées. Et toi, tu l'as trouvé ! Bien sûr, je vais vous embrasser, Naveen. Pour que vous puissiez épouser ensuite Tiana !

Mais trop tard : minuit sonna au carillon ! Affolée, Charlotte déposa un, deux, dix baisers sur les lèvres du Prince grenouille. En vain, car elle n'était plus princesse ! Alors, Naveen et Tiana se dévisagèrent, fous amoureux. Ils resteraient grenouilles à tout jamais, maintenant. Quelle importance ? Ils venaient de recevoir le plus précieux cadeau de minuit dont deux cœurs puissent rêver !

Suite de l'histoire le 6 mars, page 74

Disney Les Fées

Fée des Jardins

Aujourd'hui, la reine Clarion a décrété que c'était journée méli-mélo au Pays Imaginaire !

Chaque fée peut essayer un autre talent, si elle le désire. Mais Clochette la Bricoleuse n'en a pas du tout envie : rien d'autre ne l'intéresse que réparer les récipients en métal.

– Coucou, Clochette ! la salue son amie Lily, une fée Jardinière, en poussant la porte de son atelier.

– Coucou, répond Clochette en fronçant les sourcils. Excuse-moi, Lily, mais je suis débordée. Je dois réparer cette casserole ronde qui s'obstine à être carrée et cette poêle à crêpes qui ne veut plus cuire que des galettes.

– Mais Clochette, tu te souviens que c'est la journée méli-mélo aujourd'hui ? demande Lily. Que dirais-tu de devenir Jardinière ?

– Je crois que je n'ai aucun don pour le jardinage, répond Clochette.

– Mais si ! Je vais t'apprendre quelques astuces.

– D'accord, soupire Clochette, qui ne veut pas faire de peine à son amie.

Quelques instants plus tard, les deux fées sont parties. Clochette suit Lily, la mort dans l'âme, en pensant à ses petits ustensiles qui l'attendent dans son atelier.

– Pour commencer, dit Lily en arrivant dans son jardin, je vais te montrer comment on rempote. Je vais d'abord demander à ces fleurs gueules-de-loup si elles veulent bien qu'on les déterre pour les mettre dans ce pot.

C'est alors que Clochette remarque que le pot que lui tend Lily a un petit défaut. Une de ses poignées est mal scellée. Clochette en retrouve aussitôt le sourire.

– Moi, je m'occupe du pot et toi tu t'occupes des fleurs ! dit-elle.

– Mais non, répond Lily. Il faut que tu t'occupes aussi des fleurs. Je vais leur parler pour toi, puis tu t'occuperas de les rempoter.

À la question de Lily, les fleurs répondent :

– Oui, vous pouvez nous déménager !

– Mais le pot dans lequel on va les mettre est abîmé ! s'entête Clochette. Peux-tu leur demander si elles veulent que je le répare ?

– Non ! proteste Lily. Ça peut attendre !

Et, avec l'aide de Clochette, la fée place quelques gueules-de-loup dans le pot. Mais patatras ! La poignée cède et le pot tombe par terre. Le voilà complètement cabossé !

– Oh, quel joli pot cabossé ! s'exclame Clochette, enchantée.

– Il n'est pas du tout joli ! soupire Lily, dépitée. Et c'était celui que je préférais…

– Que dirais-tu de devenir Bricoleuse ? propose Clochette. C'est journée méli-mélo aujourd'hui, pas vrai ?

Disney Princesses

La Belle et La Bête

Un sacré inventeur

On ne s'ennuyait pas une seconde dans le château du prince et de Belle. Les amis arrivaient et repartaient, Madame Samovar et les autres domestiques assuraient un remue-ménage permanent et Maurice, le père de Belle, travaillait toujours à une nouvelle invention.

Un matin, Maurice plaça une machine dans la cuisine et la présenta à la gouvernante.

– Un petit rien qui va vous faciliter la vie.

– Merci, mon cher Maurice, mais... Qu'est-ce que c'est ? demanda Madame Samovar.

– Je l'ai appelé range-assiettes.

Il s'empara d'une pile d'assiettes propres et les déposa sur le bras mécanique de sa machine. Il pressa un bouton et attendit. Avec un bruit de casserole, la machine se mit en marche. Le range-assiettes commença à lancer les assiettes dans tous les sens, contre les murs et sur le plancher. Craacc ! Criic ! Craac !

Le père de Belle se jeta par terre, rampa jusqu'à la machine et l'éteint.

– Direction à réviser, dit-il, embarrassé.

Le lendemain, Maurice revenait avec une autre surprise.

– C'est un nettoyeur de tapis, expliqua-t-il en montrant une large boîte d'où émergeait un tuyau.

– Au moins, cela a l'air sans danger, décida Madame Samovar. Eh bien, comment ça marche ?

– Comme ça !

Il tourna un bouton. Et instantanément, rideaux, oreillers et lampes furent aspirés et Maurice faillit l'être avec ! Heureusement, Madame Samovar vint à son secours.

– Je l'ai peut-être réglé de façon un peu trop puissante ? admit l'inventeur .

– Maurice, dit gentiment Madame Samovar. C'est très gentil à vous de vouloir alléger ma tâche. Mais j'aime mon travail. En prenant soin de ce château, je prends soin des gens que j'aime.

Elle resta songeuse un instant et ajouta :

– La seule chose que je dois avouer, c'est que j'aimerais qu'on m'apporte une bonne tasse de thé, à la fin de ma journée.

– J'ai ce qu'il vous faut, répondit Maurice.

– Oh, vraiment ? dit Madame Samovar.

– Oui, répondit l'inventeur en s'inclinant devant la gouvernante. Je me présente, Maurice, votre serviteur !

Disney Princesses

La Princesse et la Grenouille

Un mariage de conte de fées

6 MARS

Quel remue-ménage, ce matin-là, au fin fond des bayous de Louisiane ! Il y avait foule d'animaux pour assister au mariage des grenouilles Naveen et Tiana. Mama Odie, la bonne et puissante sorcière centenaire, présidait la cérémonie...

– Et par les pouvoirs qui me sont conférés, grenouilles, je vous déclare... mari et femme ! Allez, Naveen, tu peux l'embrasser, ta jolie petite chérie !

Naveen prit Tiana dans ses bras : il déposa un tendre baiser sur ses lèvres, auquel elle répondit sans hésiter... lorsqu'un nuage d'étincelles multicolores crépitant de magie se mit à tourbillonner autour d'eux. Et ils reprirent brusquement forme humaine ! Ils étaient splendides, lui en tenue d'apparat, elle en longue robe verte... Ils se dévisagèrent, aussi surpris qu'émerveillés. Mama Odie ricana :

– Je vous l'avais bien dit, que la seule façon d'annuler le maléfice vaudou, c'était d'embrasser une princesse !

Le prince Naveen murmura :

– Mais bien sûr, Tiana ! En m'épousant, tu es devenue princesse !

– Et puis, on s'est embrassés ! continua la jeune fille.

– Et je vais même recommencer, tiens ! s'esclaffa alors le prince sous les acclamations de leurs amis.

Peu après, Naveen et Tiana se marièrent à nouveau, mais à la cathédrale Saint-Louis de La Nouvelle-Orléans, cette fois. Et en présence de leurs parents respectifs ! Une cérémonie officielle très gaie, très élégante...

Quand Tiana monta dans son carrosse, à la sortie de l'église, elle jeta comme il se doit son bouquet de mariée dans l'assistance, et ce fut Charlotte qui l'attrapa ! Elle éclata de rire, car c'était bon signe pour elle : cela signifiait que le prochain mariage serait le sien !

Inutile de préciser que Tiana et Naveen vécurent heureux ensemble... jusqu'à la fin des temps, ça, on l'ignore encore. Mais ce qui est certain, c'est qu'ils achetèrent la vieille raffinerie de sucre, et qu'ils se retroussèrent les manches pour la transformer eux-mêmes en restaurant ! Un restaurant chic, devenu depuis très réputé, où l'on peut croiser des gens aussi différents qu'une simple couturière, la mère de Tiana... ou le roi et la reine de Maldonia en personne, les parents de Naveen ! Tous réunis sous un même toit et sous la protection bénie des étoiles... Deux étoiles, deux vœux pour un couple radieux !

Disney Les Fées

La fée Clochette

Aimer bricoler

Clochette et Vidia se sont encore disputées. Il faut dire que Clochette a commis une énorme bêtise. Elle a attiré par mégarde un faucon mangeur de fées au repaire de Vidia… qui a failli être dévorée toute crue !

Alors, bien sûr, la Voltigeuse est furieuse contre Clochette. Et maintenant Clochette boude, vexée, sur la plage du Pays Imaginaire.

– Je ne l'ai pas fait exprès ! bougonne-t-elle, cachée sous un buisson du rivage.

Elle essayait juste d'apprendre le talent des Animaux afin de pouvoir se rendre dans l'Autre Monde avec les fées de la Nature. C'est son grand projet ! Et elle commence à craindre de ne jamais le réaliser...

– J'ai échoué aux talents de fées des Eaux, des Lumières et des Animaux, soupire-t-elle. Il ne me reste plus que celui des Jardins et après, je resterai une simple Bricoleuse... qui n'aura jamais le droit de visiter le merveilleux Autre Monde !

Elle jette avec colère un caillou devant elle, quand un « ting » bizarre sort des fourrés.

« Ma pierre a rebondi sur quelque chose... », devine Clochette.

Et elle part fouiller avec curiosité dans les hautes herbes. Bientôt, elle découvre un objet fascinant. Mais en plusieurs morceaux ! Il y a des rouages, des essieux, un socle, des lamelles métalliques, une danseuse en porcelaine… Elle n'a encore jamais rien vu de tel ! Pourtant, il suffit qu'elle examine un peu le mécanisme insolite pour comprendre comment tout doit s'emboîter. À la fin, elle replace la jolie ballerine sur son socle, et voilà, c'est terminé !

À cet instant, ses amies Rosélia, Noa, Ondine et Iridessa surgissent du buisson en applaudissant :

– Bravo, Clochette ! Tu es faite pour être une Bricoleuse !

– Pas du tout ! proteste-t-elle en vitesse. Je veux être une fée de la Nature, n'importe qui peut arriver à bricoler...

– Arriver, oui, dit Rosélia. Mais aimer ça avec passion, c'est un talent, Clochette. C'est ton talent !

Comment le nier ? La petite Bricoleuse a adoré réparer cet objet. Elle n'a même pas pu s'empêcher de le faire immédiatement. Mais pas question de changer d'avis pour autant !

– Puisque c'est comme ça, je deviendrai une fée aux Deux Talents s'il le faut ! conclut-elle alors en tapant du pied par terre.

Suite de l'histoire le 12 mars, page 80 ➡

Disney Princesses

Cendrillon

Une valse improvisée

Ce matin-là, Cendrillon se leva plus tôt qu'à l'accoutumée. Elle devait terminer ses corvées avant ce soir car on donnait un grand bal, au château. Et toutes les jeunes filles du royaume y étaient conviées !

– Donc, je suis invitée aussi ! chantonnait gaiement Cendrillon en récurant le plancher du salon.

Elle n'arrivait pas à y croire. Dire que d'ici quelques heures, elle rencontrerait enfin le prince de ses rêves...

– Je dois vite travailler et vite me débarrasser de la lessive et du ménage ! se répétait-elle pour s'encourager.

Mais soudain, des cris jaillirent de l'étage, où dormaient ses deux méchantes demi-sœurs et sa cruelle belle-mère...

– Cendrillon ! J'attends mon petit-déjeuner ! gronda la marâtre.

– Il faudra aussi cirer mes souliers ! s'égosilla Javotte.

– Cendrillon ! Monte recoudre ma robe ! s'époumona Anastasie.

Vite, vite ! Cendrillon se dépêchait. Mais elle avait plus de corvées que jamais, aujourd'hui... Comme ses amies les souris la plaignaient !

– Ces trois sorcières le font exprès pour empêcher Cendrillon de se préparer pour le bal ! devina Jac. Aidons-la !

Aussitôt dit, aussitôt fait. Toutes les souris de la maison vinrent prêter main-forte à Cendrillon. La jeune fille reprit alors espoir de finir son travail et, tout en balayant la cuisine, elle se mit à songer au prince…

– Il s'inclinera devant moi pour m'inviter à danser et... Oh non ! je ne suis encore jamais allée à un bal, comment aurai-je le temps d'apprendre la valse ?

Les yeux de Cendrillon s'embuèrent de larmes. Mais Jac eut une idée. Il empoigna la main de son amie Perla et commença à valser avec elle aux pieds de Cendrillon. En les observant, Cendrillon comprit qu'ils lui montraient les pas, et elle décida de les imiter.

Prenant son balai pour cavalier, la jeune fille s'entraîna ainsi à danser... tout en continuant à balayer !

– Un, deux, trois ! comptait-elle en tournant avec légèreté.

Finalement, cela n'avait rien de compliqué ! Elle se pencha vers les souris et les embrassa avant d'ajouter :

– Merci, mes amies ! Grâce à votre aide, mes corvées seront terminées... et grâce à la leçon de valse, j'ai maintenant toutes les chances d'éblouir le prince !

Disney

Le Bossu de Notre-Dame

Danse, Esmeralda !

Ce matin-là, les curieux s'attroupèrent sur le parvis de Notre-Dame. Un héraut battait le rappel.

– Avis à la population ! déclara-t-il. Par ordre du juge Frollo et afin d'assurer la sécurité dans la ville, la pratique de la danse est bannie des rues de Paris ! Seront considérés hors-la-loi ceux et celles qui s'y adonneront, s'exposant ainsi aux mesures disciplinaires qui s'imposeront !

– Mais pourquoi interdire aux gens de danser ? demanda un marchand ambulant.

– La nuit dernière, rétorqua le héraut, le bal a tourné en bagarre générale, à la suite d'une grave dispute. Il y a eu de nombreux blessés. Frollo veut vous protéger !

Un murmure s'éleva de la foule en colère.

– Après les Bohémiens, Frollo opprime les Parisiens ! s'exclama Esmeralda, présente parmi les badauds. Les bagarres peuvent éclater n'importe où, il veut plutôt nous enfermer tous chez nous !

Frollo apparut alors à la porte de la cathédrale, la mine sévère.

– Toujours aussi insolente, Esmeralda... Mais tu es seule à défier la loi, renonce pendant qu'il en est encore temps !

– Moi, seule ? s'esclaffa la Bohémienne. Je ne te crains pas !

Elle empoigna son tambourin et, Djali la chèvre à ses côtés, se mit à danser sur la place. Elle virevoltait gaiement, merveilleuse de grâce et de beauté.

Frollo voulut alerter la garde lorsque soudain, tout le monde rejoignit la danseuse dans sa joyeuse sarabande ! Les gens s'amusaient, ignorants du danger, comme hypnotisés par l'entrain d'Esmeralda. Arrêter une danseuse est chose simple, mais comment arrêter une foule en liesse ? Les prisons manqueraient de place !

– Regarde, Frollo ! chantonna Esmeralda. Pas de bagarre aujourd'hui !

Elle pirouetta jusqu'à lui et ajouta :

– Tu n'aimes pas danser ? Hé bien, ne danse pas ! Personne ne te l'interdit. Mais laisse-nous en profiter, cela ne fait de mal à personne !

– Esmeralda a raison ! approuva le marchand ambulant. Nous sommes nés libres de danser !

Et la population de crier des hourras, de rire et de tourbillonner dans une sarabande fraternelle où l'entraide faisait loi. Alors, Frollo, impuissant face au nombre, s'avoua vaincu.

– Sans toi, Esmeralda, les gens se seraient soumis ! maudit-il.

– Avec moi, ils danseront encore longtemps, Frollo ! promit la Bohémienne.

Disney Les Fées

La course des fées Voltigeuses

Aujourd'hui, c'est le jour de la grande course des fées Voltigeuses.

Vidia est la plus rapide de toutes, mais c'est aussi la championne des coups fourrés... Bien décidée à gagner cette course, elle a repéré, la veille, un raccourci qui devrait lui permettre de prendre la tête.

Hélas ! rien ne se déroule comme prévu. Le raccourci, censé se trouver juste après l'énorme arbre à papillons, a disparu ! À la place, se trouve une végétation monstrueuse, dans laquelle s'empêtre la fée, tête baissée...

Vidia se pique aux épines des rosiers, elle se cogne sur les tiges des tulipes... L'obscurité qui règne dans cette végétation l'empêche de s'orienter, et très vite Vidia se perd.

Après avoir volé en rond un certain temps, elle finit par se poser sur un pétale de rose pour se reposer.

– Pff ! Je n'y arriverai jamais ! Maintenant la course doit être terminée... se lamente-t-elle.

– Tiens, Vidia, mais que fais-tu ici ? Tu ne participes pas à la course ? s'étonne Lily. Puisque tu es là, comment trouves-tu mon nouveau jardin ? J'ai découvert ce coin hier et j'ai trouvé qu'il serait très bien pour mes roses et mes tulipes, n'est-ce pas ?

– Alors, c'est toi qui... qui... Mais, il n'y avait rien hier ! Comment as-tu pu faire pousser tout ça aussi vite ? s'enquit Vidia.

– Ha ha ! tu crois peut-être que je vais te donner mes secrets de Jardinière ? s'exclame Lily. Mais, au fait, tu ne m'as toujours pas dit ce que tu faisais ici ?

– D'accord, je vais te le dire, mais en échange promets-moi de ne répéter à personne que tu m'as vue ici... lui demande la Voltigeuse.

– C'est promis ! Et tu sais que je tiens toujours mes promesses ! jure Lily.

– Bon, en fait je participais à la course... Je voulais passer par ici parce que je savais que c'était un raccourci. Je voulais tellement gagner ! avoue Vidia.

– Alors, tu as triché ? s'écrie la Jardinière.

– Oui, c'est vrai... Mais promets-moi de ne le dire à personne, s'il te plaît ! la supplie-t-elle.

– D'accord, d'accord. Mais finalement, tu as gagné quelque chose..., affirme Lily.

– Ah bon, j'aimerais bien savoir quoi ?

– Une bonne leçon !

Disney Princesses

La Belle et La Bête

Le printemps en hiver

La neige tombait si fort que Belle et la Bête restèrent au chaud à la bibliothèque, où Belle lut à haute voix l'un de ses contes préférés.

– Et c'est ainsi que la princesse reçut un bouquet de fleurs chaque jour de sa vie, été comme hiver, termina Belle en refermant son livre.

Elle regarda la Bête et ajouta :

– Les contes de fées sont si merveilleux ! Moi aussi, j'aimerais avoir des fleurs en hiver !

– Mais elles ne poussent pas dans la neige, remarqua la Bête.

– C'est justement pour ça que ce serait merveilleux !

Belle poussa un soupir d'envie. Puis elle courut à sa chambre se changer pour le dîner. Alors, la Bête réfléchit. Il se rendit compte soudain qu'il connaissait peut-être le moyen de faire plaisir à la jeune fille ! Vite, il appela ses amis à la rescousse pour qu'ils lui viennent en aide.

– Lumière ! appela-t-il. Accompagne-moi dans l'aile droite du château, s'il te plaît !

– L'aile droite, Maître ? dit le chandelier. Mais on n'y va plus depuis des années !

Ils traversèrent discrètement le château. La Bête voulait garder son projet secret. Ils arrivèrent à l'ancienne serre royale. La Bête ouvrit la porte en tremblant. Et si toutes les fleurs étaient mortes ? Après tout, il ne s'en occupait plus depuis que la vieille mendiante lui avait donné cette apparence. Mais, ouf ! Les jardiniers du château avaient continué à veiller sur la serre. Les trois hommes étaient devenus un plantoir, un arrosoir et un sécateur !

– Les fleurs ont survécu, mais elles ont quand même besoin de soins !

La Bête se mit alors au travail avec ardeur. Il voulait tellement faire une grande surprise à Belle ! Jour après jour, il choya ses fleurs. Et un matin... Belle découvrit des jonquilles dans sa chambre. Des tulipes dans la salle à manger. Des roses somptueuses dans la salle de bal !

– Oh, où avez-vous trouvé ces fleurs ?

Sans un mot, la Bête conduisit Belle à la serre royale. Désormais, toutes les fleurs étaient épanouies !

– J'ai réhabilité la serre pour vous, Belle. Ainsi, vous aurez autant de fleurs que vous le souhaitez... même en hiver !

– Vous m'offrez le printemps en hiver ! C'est un vrai conte de fées ! Comment vous remercier ? s'exclama Belle, tout émue.

– En décorant chaque jour le château de jolis bouquets, répondit la Bête. Car figurez-vous que j'y ai pris goût !

Disney Les Fées

La fée Clochette

L'héroïne du jour

Clochette est désemparée. Rosélia la trouve si douée en bricolage qu'elle renonce à lui enseigner le talent des Jardins. C'était pourtant sa seule chance de devenir une fée de la Nature et de partir découvrir l'Autre Monde !

– Prouve-lui qu'elle s'est trompée, lui conseille alors Vidia. Si tu captures les chardons sauvages, tout le monde reconnaîtra que tu es une excellente fée des Jardins !

Clochette ne se méfie pas. Pourtant, Vidia lui tend un piège. Les chardons sauvages sont très dangereux et impossibles à attraper !

– Bonne idée ! répond Clochette.

Et, elle construit un enclos où parquer les chardons qu'elle compte chasser. Puis elle grimpe sur le dos de la souris Fromage et, armée de deux longues baguettes, elle commence sa poursuite dans la Prairie du Point de croix.

Elle les guide de force vers l'enclos... et les enferme à l'intérieur ! Clochette est rusée, Vidia ne s'attendait pas à ce succès.

Vite, elle profite de ce que la Bricoleuse chasse d'autres chardons pour commander au vent d'ouvrir la barrière de l'enclos. Et les prisonniers s'échappent sans tarder !

Bientôt, Clochette est débordée. Les chardons sauvages sont trop nombreux pour qu'elle les attrape toute seule ! Et le pire, c'est qu'ils paniquent et foncent comme des fous en direction du square du Printemps ! Ils traversent la clairière, ravagent tout sur leur passage !

Lorsqu'ils s'éloignent enfin, les préparatifs du printemps sont complètement gâchés, et il ne reste plus assez de temps pour les recommencer. Clochette, honteuse, voudrait quitter le Pays Imaginaire. Mais Terence lui fait comprendre que les fées auraient plutôt besoin de son aide...

Reprenant courage, Clochette se met au travail. Elle invente des machines très pratiques qui permettent aux fées de la Nature de travailler cent fois plus vite... et de préparer le changement de saison !

– Finalement, être une Bricoleuse est un talent très précieux ! comprend soudain Clochette. Même pour l'Autre Monde !

Elle virevolte de joie et ajoute :

– Merci, Vidia ! Sans tes manigances, je ne serais jamais devenue l'héroïne du jour !

Et Clochette éclate de rire devant la mine verte de rage de la Voltigeuse !

Suite de l'histoire le 17 mars, page 85 ➡

Disney Princesses

Cendrillon

Tous au chaud

Le Bal de l'Hiver battait son plein lorsque le prince entraîna Cendrillon sur le balcon.

– Pourquoi sortir ? s'étonna la princesse en frissonnant. Il neige !

– Justement ! répondit le prince. C'est le temps idéal pour essayer ton cadeau d'anniversaire... même si celui-ci n'aura lieu que dans deux semaines !

Et il offrit d'avance à Cendrillon un somptueux manteau long doublé du plus doux cachemire. Elle l'enfila aussitôt, ravie, puis elle embrassa le prince.

– Quelle merveilleuse surprise ! Merci !

Et ils regagnèrent le bal en riant. Le lendemain matin, Cendrillon montra fièrement son nouveau manteau à ses amies les souris.

– Il est très beau, admit Jac. Mais nous...

– Excuse-moi, Jac ! l'interrompit soudain la jeune fille. On en reparlera cet après-midi, le prince m'attend pour partir en promenade !

Elle fila sans réaliser que les souris avaient des ennuis. La gouvernante du château avait en effet décidé de les chasser, et les pauvres étaient obligées de se cacher au grenier où elles grelottaient... D'ailleurs, la méchante gouvernante les croisa dans l'escalier. Elle ordonna immédiatement au jardinier de les capturer et de les jeter dehors ! Mais le jardinier ne voulait pas que les souris gèlent dans la forêt !

– Après tout, vous ne faites de mal à personne, dit-il en les libérant dans l'écurie. Restez ici, je vous apporterai à manger !

Peu après, quand Cendrillon rentra de la promenade, elle chercha ses amies à travers tout le château, en vain.

– C'est affreux ! s'affola-t-elle. Les souris ont toutes disparu !

Le prince la rassura :

– Le jardinier vient de me raconter que la gouvernante voulait les chasser. Alors, il les a installées à l'écurie.

Vite, Cendrillon courut auprès de ses amies, qu'elle retrouva chaudement blotties dans les crinières des chevaux.

– Me pardonnerez-vous de ne pas vous avoir écoutées, ce matin ?

– Bien sûr, Cendrillon... surtout si tu nous aides à revenir au château !

La princesse éclata de rire. Elle s'empressa alors de renvoyer la cruelle gouvernante, puis elle tricota de mœlleux petits pulls pour ses amies, des gants pour le jardinier, des couvertures épaisses pour les chevaux, une écharpe pour son prince si attentionné... De quoi passer un hiver douillet, tous ensemble au chaud à la maison !

Disney

Le Bossu de Notre-Dame

Quel tohu-bohu !

Panique à la Cour des Miracles ! Frollo avait décidé d'envoyer ses soldats piller l'endroit afin d'en chasser les Bohémiens ! Esmeralda et ses compagnons n'avaient qu'une heure devant eux pour tout cacher...

– Merci de nous avoir alertés, Quasimodo, dit la jeune fille. Mais nous n'aurons pas le temps de déménager. Je ne vois qu'une solution : abandonner nos biens et nous sauver !

– Je regrette, dit le brave bossu d'un air triste. Les soldats ont l'ordre de ne rien vous laisser, car Frollo sait que vous tenterez de vous réinstaller !

– Il ne nous aura pas aussi facilement, fulmina Esmeralda. Même s'il s'en prend à nous chaque jour, nous reviendrons toujours en notre Cour !

– Bien parlé ! s'exclama une voix, dans leur dos.

Quasimodo et Esmeralda se retournèrent soudain... Phébus ! Le capitaine de la garde, en tenue civile, venait les aider !

– Je suis obligé d'obéir à Frollo, expliqua-t-il. Mais rien ne me force à partager ses opinions : je les combattrai tant que je vivrai ! Quelques-uns de mes hommes vont vous aider à charger vos roulottes. Comme cela, vous aurez fini rapidement et, à notre arrivée, nous ne trouverons plus rien à détruire, et personne à emprisonner !

Pendant un court instant, Esmeralda pose sa tête sur l'épaule de Phébus. Auprès de lui, elle se sent en parfaite sécurité...

Le déménagement fut un vrai tohu-bohu ! Il fallut dépendre les tentures, ramasser les costumes, ranger les paillasses...

Quand, enfin, Esmeralda et son peuple filèrent à bride abattue en dehors de la ville, Phébus et ses hommes de confiance regagnèrent leur caserne où ils enfilèrent leur uniforme. Ils passèrent ensuite chercher Frollo, qu'ils escortèrent jusqu'à la Cour des Miracles.

– Ces bons à rien regretteront d'être entrés dans Paris ! se réjouissait Frollo en chemin.

Pourtant, en pénétrant dans la Cour des Miracles, son rictus cruel s'effaça brusquement. Vide ! Pas un saltimbanque à arrêter pour occupation illégale des lieux !

– Capitaine Phébus ! hurla-t-il, fou de rage. Si j'apprends qu'un traître, parmi ma garde, a permis à ces voleurs de fuir, ma sentence sera terrible !

Phébus adressa un clin d'œil complice à Quasimodo, qui sourit finement. Les bohémiens ne les dénonceraient jamais et, chaque fois qu'il le faudrait, c'est avec malice qu'ils recommenceraient à déjouer les ordres de Frollo...

15 MARS

Disney Princesses

La Belle au Bois Dormant

La médecine des fées

Les trois bonnes fées élevaient Aurore depuis bien des années déjà, lorsqu'un matin, la jeune fille se réveilla, avec un très mauvais rhume.

– Il faut absolument la soigner, dit Flora.

Aurore ne quitta pas son lit. Flora lui apporta un bol de soupe et Pâquerette lui servit une tasse de thé chaud. Pimprenelle lui présenta un médicament.

– Ohh ! dit Aurore en fronçant le nez, cela sent terriblement mauvais !

– La plupart des médicaments sentent mauvais, dit sa tante. Bois le vite !

– Désires-tu autre chose ? s'enquit Flora.

La princesse se moucha et courut ouvrir la fenêtre. C'était une belle journée de printemps.

– Ce que je voudrais vraiment, c'est me lever ! dit-elle.

– Oh, non, ma chérie, tu es trop enrhumée ! dit Flora alors qu'Aurore se mit à éternuer.

Sur ce, les trois « tantes » de la jeune fille quittèrent la chambre de la jeune malade.

– La pauvre ! compatit Pâquerette. Rester au lit, quel ennui !

– Que pouvons-nous y faire ? interrogea Pimprenelle.

– J'ai une idée ! s'écria Flora. Nous allons la distraire !

– Splendide ! dit Pimprenelle. Je vais faire apparaître des feux d'artifice, un théâtre de marionnettes et…

– Non ! s'affola Flora. Nous étions toutes d'accord pour abandonner la magie jusqu'aux seize ans d'Aurore ! Sinon, nous pourrions être repérées !

– Même pas un seul petit tour ? insista Pâquerette. Une toute petite étincelle ?

– Non ! répéta Flora, en tapant du pied.

– Bon, alors, comment font les humains pour se distraire lorsqu'ils sont obligés de garder le lit ? dit la petite fée, de vert vêtue.

– Je sais ! cria Flora. Nous allons faire une partie de cartes !

Les trois bonnes fées jouèrent avec Aurore tout l'après-midi. La jeune fille était ravie. Non seulement elle ne s'ennuyait plus, mais elle gagna toutes les parties !

Plus tard, Pâquerette s'approcha de Pimprenelle.

– Dis-moi la vérité, murmura-t-elle, l'as-tu laissée gagner par un gentil petit sort ?

– J'ai juste utilisé une magie humaine, confia Pimprenelle à son amie. Il n'y a pas de mal à faire un petit tour de passe-passe ! Après tout, tu dois l'admettre, quand on est déprimé, le meilleur remède, c'est de gagner !

Disney

Le Bossu de Notre-Dame

L'énigme Esmeralda

C'est le jour du Grand Concours des Fous ! Esmeralda préside à l'Élection du meilleur découvreur d'énigme…

– Qui saura identifier le Souverain Suprême et recevoir ses offrandes ? défie-t-elle la foule.

Le lourd rideau rouge s'écarte sur les candidats au titre. Trois sont plutôt bizarres : il y a aussi Quasimodo. Djali, la chèvre d'Esmeralda, gambade autour d'eux d'un air mystérieux.

– Attention, écoutez-moi bien ! reprend la bohémienne. Voici les indices... Yvain aime le vert. Tristan est un farceur qui adore nous faire peur. Quant à Enguerrand, le violet lui va au teint. Alors, mes amis, avez-vous reconnu au moins l'un d'eux ? Non ? Ce n'est pas grave, je continue !

– Quasimodo n'est pas à la gauche d'Yvain, qui n'est pas au milieu non plus ! Djali reste loin d'Enguerrand, qui ne croise pas les bras. Tristan, à sa droite, sourit largement !

– Je sais ! crie quelqu'un. Je les ai identifiés !

Le spectateur grimpe sur l'estrade et désigne chaque candidat en partant du rideau.

– Voici Yvain, en vert. À sa gauche, c'est Tristan, dont le sourire nous effraie ! Enguerrand a un masque violet et les bras ballants. Et enfin, Quasimodo, évidemment !

– Bravo, le félicite Esmeralda. La première partie de l'énigme est résolue. À présent, à vous de découvrir le Souverain Suprême !

Clopin, sur la scène, imite un roulement de tambour en dansant comme une marionnette démantibulée. Esmeralda poursuit :

– Le Souverain Suprême se trouve loin de tous, et près de chacun. Il ne porte pas de masque, mais nul ici ne partage sa particularité physique…

– Facile ! s'esclaffe l'homme, soudain très sûr de lui. Déjà, le Souverain Suprême n'est ni Tristan, ni Enguerrand. Il ne peut être Yvain non plus, puisque sa grimace est imitable. Donc, c'est Quasimodo, avec sa bosse !

– Vous êtes tombé dans le piège ! triomphe Esmeralda la rusée. Le Souverain Suprême se déplace à quatre pattes... Il s'agit de Djali, ma chèvre !

L'homme grogne, mécontent de ne pas avoir assez réfléchi. Il aurait pourtant adoré se gaver des gâteaux offerts par le peuple de Paris au Souverain Suprême ! Djali, elle, n'est pas peu fière... Au point d'en oublier de partager ses gâteaux avec Esmeralda, qui n'avait finalement pas tout prévu !

Disney Les Fées

La fée Clochette

Jamais l'un sans l'autre

En deux temps trois mouvements, Clochette met au point de nombreuses machines très ingénieuses. Ainsi, avec l'aide du peuple de la Vallée des Fées, elle parvient en une nuit à arranger tous les préparatifs de changement de saison ! La reine Clarion la félicite :

– Tu as réussi à préparer le printemps, chère petite ! Merci !

– Nous avons tous réussi, corrige Clochette.

À ces mots, Ondine avance d'un pas.

– Reine Clarion... Clochette a mérité de nous accompagner dans l'Autre Monde pour inaugurer le printemps, non ?

Le problème, c'est qu'une Bricoleuse n'a rien à faire chez les humains. Elle travaille juste pour les fées de la Nature !

– J'ai une idée ! s'exclame soudain fée Marie, la responsable d'atelier.

Elle fait signe à Clark et Gabble d'apporter sur un socle la danseuse que Clochette a réparée.

– Tu as su assembler cet objet mystérieux, Clochette. À toi l'honneur de le rapporter à son propriétaire. Voilà une excellente raison de t'envoyer dans l'Autre Monde !

Clochette est flattée ! En lui donnant l'autorisation de partir avec ses amies, la reine Clarion lui explique qu'elle devra suivre son cœur pour savoir où déposer la danseuse.

Puis le ministre du Printemps ordonne le départ, et une armée de colombes et de gracieuses petites fées s'élève haut dans le ciel ! Elles survolent les nuages, contournent la deuxième étoile... et atterrissent dans une ville endormie. Les réverbères brillent dans le noir, éclairant les restes de neige sur les toits. Les humains découvriront à leur réveil que l'hiver est fini et que le printemps est arrivé... Mais pour cela, les fées de la Nature doivent vite l'installer ! Clochette assiste, fascinée, à ce merveilleux spectacle. D'une pincée de Poussière de Fée, le givre fond. Ondine arrose le parc de rosée enchantée. Rosélia fait alors fleurir les bourgeons, et Noa mouille le museau des animaux afin de les sortir de l'hibernation. Iridessa dessine un arc-en-ciel parmi les gouttes d'eau en suspens dans l'air.

– Oh ! je n'avais pas compris que vos talents ont tous besoin les uns des autres ! s'extasie Clochette.

– Oui, jamais l'un sans l'autre ! acquiescent ses amies. Un peu comme toi et nous, finalement !

Et la Bricoleuse agite ses ailes en tintinnabulant de joie à travers tout l'Autre Monde !

Suite de l'histoire le 23 mars, page 91

Disney Princesses

Mulan

L'invincible Mushu

Après avoir apporté son aide à Mulan pour battre les Huns et restituer l'honneur de la famille Fa, Mushu avait repris ses fonctions de gardien du temple. Il devait protéger les ancêtres de la famille Fa.

Un jour, il se dorait au soleil, sur le toit du temple, lorsqu'un gros lézard surgit en le regardant fixement.

– Qui regardes-tu ainsi ? demanda Mushu.

Le lézard tira la langue.

Mushu se sentit offensé.

– Tu oses me tirer la langue ? s'indigna-t-il. Mushu gonfla la poitrine, et une minuscule langue de feu jaillit de sa gueule.

Le lézard se contenta de cligner des yeux.

– Ce n'est pas assez pour toi, n'est-ce pas ? dit Mushu. Eh bien, mon gars, tu vas voir !

Mushu s'éclaircit la voix et ouvrit largement la gueule projetant une flamme plus importante en direction du lézard. Celui-ci se ramassa sur lui-même, plaqua sa poitrine au sol, se redressa sur ses pattes et se coucha à nouveau. Il faisait des pompes !

– Oh, oh ! cria Mushu. Tu veux que j'emploie la manière forte ? Eh bien, petite tête, je n'ai pas perdu du temps au sein de l'Armée impériale pour des prunes !

Il se coucha sur le ventre et commença à faire des pompes.

– Quatre-vingt-dix-sept...Quatre-vingt-dix-huit... Quatre-vingt-dix-neuf... Cent !

Mushu comptait en haletant. Se redressant, il se mit à tourner autour du lézard.

– Tu peux te renseigner ! dit-il. Je suis le dragon qui a battu des centaines de Huns. Je pourrais t'avaler pour mon petit-déjeuner !

Le lézard resta là, immobile. Soufflant, Mushu s'arrêta devant lui, se mit à donner des coups de poing dans l'air, tout en bondissant sur ses pattes arrière.

– Tu crois que tu peux me battre ? Réfléchis ! Je suis trois fois champion dans la catégorie poids léger. Voletant comme une libellule, piquant comme une abeille, c'est tout moi...

Tout à coup, le lézard goba une mouche qui venait de se poser sur le nez de Mushu.

– Ahhhhh ! cria Mushu, si effrayé, qu'il fit un bon en arrière et tomba du toit, pour atterrir sur le sol.

– Ha, ha, ha, ha !

Un rire énorme remplit l'air. Les ancêtres avaient tout vu.

– Bravo, Mushu ! dit l'un des ancêtres. J'ai l'impression que tu t'es fait un nouvel ami.

En effet, le lézard avait suivi à son tour Mushu en bas du toit.

– Oui, répondit Mushu. J'ai toujours eu envie d'un animal de compagnie.

Disney Princesses

Jasmine

Un vrai coup de main

Tôt ce matin-là, le sultan convoqua d'urgence Jasmine et Aladdin.

– Mes enfants, leur annonça-t-il, je dois partir dans une heure aider un vieil ami. Mais le voyage est long, et je ne rentrerai pas avant plusieurs jours. En mon absence, je vous confie donc le royaume.

Jasmine s'inclina avec respect.

– Nous ferons de notre mieux, père. Partez tranquille.

À cet instant, Abu et Rajah se mirent à se poursuivre et à se chamailler dans la salle du trône.

Le sultan leva un sourcil dubitatif avant d'ajouter :

– N'oubliez pas que les ambassadeurs de lointaines contrées sont invités demain. Recevez-les dignement !

Jasmine écarquilla les yeux. Elle n'avait jamais organisé de dîner officiel ! Son père la serra contre son cœur en riant.

– Allons, allons, ma chérie. Tu te débrouilleras très bien. Et puis, Aladdin est là pour te donner un coup de main…

Le sultan sortit alors dans la cour. Avant d'enfourcher son cheval, il tendit à Jasmine une grosse clef en or.

– Voici la clef de la salle du trésor. Prends-en grand soin !

Puis il fit signe à ses soldats et passa enfin les grilles du palais. Jasmine se retourna vers Aladdin, l'air affolé :

– Oh là là ! Tu te rends compte ? Nous avons encore tant de choses à préparer pour recevoir les ambassadeurs !

– On a tout le temps ! protesta le prince. Ce n'est quand même pas si compliqué ! Et puis, sans ton père, on est libres de faire ce qu'on veut. Profitons de ces vacances improvisées, et allons nous promener en Tapis Volant !

Jasmine secoua la tête.

– Plus tard, Aladdin. Je veux d'abord m'assurer que tout sera prêt pour nos hôtes de marque ! Alors, acceptes-tu de me donner un coup de main, oui ou non ?

Un peu déçu, le prince soupira à contrecœur :

– Bon, d'accord. Que puis-je faire ?

– Mets la clef en sûreté. Moi, je file aux cuisines décider du menu avec le chef.

Ils rentrèrent au palais. Aladdin prit la clef en or. Soulagé de ne pas avoir à s'occuper du dîner, il s'allongea sur un coussin de sol avec Abu et Rajah. Là, il s'amusa paresseusement à jeter la clef au-dessus de lui.

– Finalement, ce travail me convient bien, s'esclaffa-t-il. Vous avez vu ? Je la rattrape chaque fois d'une seule main... Jasmine va être contente : c'est ce qui s'appelle un vrai coup de main !

Disney

ALICE au pays des MERVEILLES

Un Thé de Mars

« Oh ! là ! là ! songea Alice, coincée à table entre ses hôtes, le Chapelier Fou et le Lièvre de Mars. Je n'aurais jamais dû accepter cette invitation ! »

– On change ! s'égosilla soudain le Chapelier en se décalant d'une place.

Les deux autres l'imitèrent. Alice se retrouva, plus à l'aise, dans le fauteuil de cérémonie. Le Lièvre de Mars roula des yeux en saisissant la théière puis, éclatant de rire, servit le thé à ses amis.

– Attention ! avertit Alice. Vous visez à côté des tasses !

– Nous prenons un Thé de Mars ! gloussa le Lièvre.

– Pas besoin de tasse ! renchérit le Chapelier.

La fillette fronça les sourcils. Ce goûter risquait de lui sembler long... Mais comment refuser d'y participer ? Elle commençait à être confuse. En plus du non-anniversaire de tout le monde, ils célébraient l'anniversaire véritable du Lièvre de Mars !

– Un joyeux non-anniversaire, Chapelier ! trinqua d'ailleurs le Lièvre.

– Et joyeux anniversaire à vous ! rétorqua le Chapelier en soulevant son haut-de-forme.

– Vous pourriez aussi me souhaiter quelque chose, bouda alors Alice. Il n'est pas très poli de passer avant ses invités !

– Oh pardon ! s'excusa le Chapelier. C'est que le mois de mars est tout entier dévolu à la gloire du lièvre du même nom !

– Ah oui ? s'étonna le Lièvre de Mars. Et de quel lièvre s'agit-il ? Est-ce que je le connais ?

Alice se mordit les lèvres pour ne rien ajouter. Avec ces deux-là, la moindre explication n'en finissait pas !

– Quelle est votre date d'anniversaire ? demanda-t-elle pour faire diversion.

– Le mois de mars, répondit le Lièvre.

– Ne le répétez pas, mais un Lièvre de Mars fait partie d'un genre dérangé, confia le Chapelier à l'oreille d'Alice. En mars, il se trouve à son apogée et chaque jour est son jour !

– Je vois... murmura la fillette lorsque le Lièvre se mit à hurler :

– Mensonge ! Il n'y a rien à voir du tout ! J'exige réparation !

– Réparation de quoi ? s'indigna Alice. Je n'ai pas grand-chose à me reprocher, si ce n'est quelques bêtises à la maison, et encore...

– On change ! l'interrompit le Chapelier.

Alice, exaspérée, marmonna :

– Le pire est que cette invitation d'anniversaire vaut donc pour tout le mois ! Je n'oublierai pas de sitôt le Thé de Mars…

– Un Thé de Mars ? s'exclama le Lièvre en sautant sur la table. Où ça ? Donnez-le-moi !

Disney Princesses

La Belle au Bois Dormant

Secret partagé

Rose ne savait pas encore qu'elle était en réalité la princesse Aurore. Elle avait grandi heureuse dans la forêt, auprès de trois femmes qu'elle adorait : Pimprenelle, Pâquerette et Flora. La jeune fille les prenait pour ses tantes : elle ignorait qu'elles étaient vraiment des fées... Ces trois-là regrettaient d'ailleurs de ne pouvoir utiliser leur magie à l'heure du nettoyage de printemps !

– Ouf ! On a fini le ménage des chambres, souffla Pâquerette.

– Reposons-nous pour déjeuner, décida Pimprenelle.

– Alors, allons chercher du bois pour le feu, enchaîna Flora.

– Et moi, je m'occupe du repas, proposa Rose.

Une fois ses tantes sorties, elle prépara la soupe, puis alla cueillir quelques fruits pour le dessert. Elle fredonnait en chemin lorsque, soudain, un écureuil bondit en travers du sentier en poussant de petits cris aigus.

– Oui, bonjour ! lui répondit Rose, amusée.

Mais l'écureuil sautilla, siffla entre ses deux longues dents de devant. Enfin, Rose comprit qu'elle devait le suivre. Il la conduisit à une clairière ensoleillée où se trouvait un moineau à l'aile blessée, au pied d'un vieux chêne.

– Ne crains rien, je vais t'aider ! s'exclama Rose en prenant délicatement l'oiseau entre ses mains.

Elle l'installa dans son panier et regagna la chaumière. Là, elle le déposa en sécurité sur la table, avant de courir chercher ses tantes pour le soigner. Seulement, celles-ci arrivèrent peu après, les bras chargés de bois pour le feu. Elles n'avaient pas eu le temps de voir Rose, mais remarquèrent tout de suite le moineau blessé, sur la table...

– Oh ! il a l'aile cassée ! s'exclama Pâquerette. C'est Rose qui a dû l'apporter ici... D'un coup de baguette magique, le petit chéri sera guéri !

– Nous ne devons pas montrer à Rose que nous sommes des fées, grogna Flora. Mais comme elle n'est pas là…

– Soignons-le par magie ! termina Pimprenelle.

Une formule magique et hop ! elles redressèrent l'aile de l'oiseau en moins de temps qu'il n'en faut pour le dire. Il s'envola joyeusement par la fenêtre juste au moment où Rose rentrait à la chaumière.

– Je vous cherchais partout ! dit-elle à ses tantes. Comment avez-vous guéri le moineau aussi vite ?

– Nous sommes des expertes de la Nature ! répliqua Flora d'un air espiègle. Des magiciennes hors pair !

Et le petit oiseau ravi se mit à pépier fort : il était bien d'accord... maintenant qu'il partageait leur secret !

Disney Princesses

La Belle et La Bête

Un souhait sincère

Parfois, Belle trouve la vie bien triste, au château de la Bête. D'abord, son père lui manque beaucoup. Ensuite, elle s'ennuie quand même un peu...

Mais heureusement, les objets enchantés sont là pour lui remonter le moral. Ils ont toujours mille façons de la distraire. Ce que Belle préfère, cependant, c'est lire au coin du feu, dans la bibliothèque. Zip, la petite tasse, aime les histoires qu'elle lui raconte...

– « Le prince solitaire, enfin, rencontra un ami, et sa tristesse s'envola », termine Belle en refermant son livre.

– On a de la chance d'être amis, tous les deux, remarque Zip.

Et ils sortent en riant s'amuser ensemble dans le jardin. Par la fenêtre de sa chambre, la Bête les observe en soupirant.

– Il faudrait que sa tristesse persistante s'envole, chuchote Zip à Belle.

– On peut au moins essayer de le faire sourire, répond-elle. Organisons un dîner de fête en son honneur !

Zip est bien d'accord ! D'ailleurs, il conduit la jeune fille au grenier. Il y a là une vieille penderie pleine à craquer de somptueuses tenues de bal. Tandis que Belle essaie une robe en velours bleu nuit constellé de perles, Zip découvre un bijou mystérieux : un minuscule livre pendu au bout d'une longue chaîne en or, et sans rien d'écrit à l'intérieur ! Ils courent à la cuisine demander à Madame Samovar ce que c'est…

– Un livre à souhait ! s'exclame la théière. On y note son vœu le plus cher, puis on porte le bijou sur son cœur. Et le souhait le plus sincère finit par se réaliser !

Belle pense un moment écrire qu'elle veut revoir son père, mais elle sait que cela va bientôt arriver. Alors, elle a une meilleure idée... Le soir venu, la Bête remercie ses amis pour le dîner de fête. Pourtant, il n'a pas l'air plus joyeux.

– J'ai un cadeau pour vous, lui annonce soudain Belle au dessert. Un petit livre à souhait ! Inscrivez-y votre vœu le plus cher, et il se réalisera !

– Impossible, grogne la Bête. Mon souhait est irréalisable : je voudrais juste qu'on m'aime malgré mon apparence effrayante !

Là-dessus, Belle lui adresse un grand sourire. Dire qu'il n'avait pas compris que son vœu était déjà réalisé depuis longtemps ! Il murmure :

– Merci, Belle. Vous êtes mon plus beau souhait… devenu réalité !

Disney Les Fées

La fée Clochette

L'amie des fées

Le jour va bientôt se lever sur l'Autre Monde. Les fées de la Nature ont fini de préparer le printemps. Mais avant de repartir au Pays Imaginaire, Clochette doit encore rendre la danseuse de porcelaine à son propriétaire. La petite Bricoleuse avait en effet réussi à la réparer. Et elle avait gagné le privilège de la rapporter elle-même... bien qu'elle ne sache pas du tout à quoi sert un objet pareil !

« Au moins, cela m'aura permis de visiter l'Autre Monde ! » se félicite-t-elle.

Maintenant, elle doit trouver où habite la personne à laquelle appartient la danseuse. Dans une ville aussi grande, ce n'est pas une mince affaire !

« La reine Clarion m'a conseillé d'écouter mon cœur, se rappelle Clochette. Heureusement, Terence m'a donné un sachet de Poussière de Fée pour m'aider ! »

Clochette verse un peu de poudre magique sur la ballerine. Elle devient légère, légère ! Elle peut ainsi la soulever et l'emporter toute seule à travers les rues. Vite ! il faut se hâter, le soleil pointe à l'horizon ! La fée Bricoleuse s'envole par-dessus les toits.

– Mon cœur, emporte-moi ! prie-t-elle.

Elle se laisse guider et se déplace de fenêtre en fenêtre, jetant par-ci par-là un coup d'œil aux carreaux.

Soudain, la danseuse se met à étinceler plus fort. Clochette regarde par la vitre et aperçoit une nursery pleine de jouets. La ballerine appartient à une petite fille, bien sûr !

« Elle va être si contente de la retrouver toute réparée ! » se réjouit Clochette.

Elle la dépose sur le rebord de la fenêtre. Puis elle frappe au carreau et file se cacher derrière une cheminée. De son poste d'observation, elle voit une fillette ouvrir la fenêtre. Sa maman l'appelle :

– Wendy !

Mais Wendy rit de joie devant son jouet préféré ! Elle enfonce une clef dorée dans le socle, et la danseuse tourne au son d'une douce mélodie. Clochette agite fièrement ses ailes ! Elle est ravie d'avoir fait plaisir à Wendy en lui rendant sa boîte à musique.

Le meilleur est que Wendy est l'amie des fées. Elle croit assez en elles pour accepter d'emblée leur cadeau...

Oui, Clochette en est sûre : elles se reverront, toutes les deux !

Suite de l'histoire le 27 mars, page 95

Disney Princesses

Jasmine

Les petits plats dans les grands

Quand Aladdin descendit du Tapis Volant, ce soir-là, il n'avait pas l'air dans son assiette…

– Ne me dis pas que tu as le mal de l'air ? s'amusa Jasmine en mettant pied à terre avec lui.

– J'ai le mal des invitations ! bougonna le prince.

Depuis son mariage, il devait assister à toutes sortes de soirées mondaines, et cela ne lui convenait pas très bien. Comme ce dîner chez Melchior, le sultan du royaume voisin... Il en était malade d'avance !

– De quoi as-tu peur ? lui demanda Jasmine en frappant à la porte du palais.

– Je ne sais pas trop, avoua Aladdin. De ne pas plaire à notre hôte, ou de tout faire de travers... Je n'ai pas l'habitude, moi ! Il y a un mois à peine, je n'étais encore qu'un pauvre vagabond !

– Vagabond peut-être... mais bien charmant ! souligna la princesse en souriant.

Aladdin fronça les sourcils. Alors, Jasmine reprit :

– Ne t'inquiète pas, tout ira bien. Le sultan Melchior aura mis les petits plats dans les grands en notre honneur !

– Les petits plats dans les grands ? répéta le prince, intrigué. Mais pourquoi il ferait ça ? C'est idiot !

Là, Jasmine éclata de rire.

– C'est juste une façon de parler, voyons ! Cette expression signifie qu'il va nous recevoir royalement, en nous servant à dîner des mets raffinés.

– Et si je n'aime pas ça, comment faire ?

– Fais toujours semblant d'être content ! lui recommanda la princesse. Et si tu ne peux pas finir ton assiette, tâche surtout d'être discret…

Aladdin poussa un soupir. S'il comprenait bien, pour être poli, il fallait tout simplement savoir mentir !

En passant à table, peu après, son cauchemar se réalisa : il dut faire semblant d'apprécier un gros rôti farci au roudoudou et accompagné de betteraves ! Et en partant, à la fin du repas, il dut même féliciter le sultan Melchior pour cette somptueuse invitation !

– Le plus drôle, c'est qu'on va aussi lui envoyer une lettre de remerciements ! s'esclaffa Jasmine, sur le chemin du retour.

– Une simple soupe m'aurait plu, et je n'aurais pas eu à faire tous ces mensonges ! grogna Aladdin.

– Pas des mensonges, rectifia la princesse. Des politesses !

Aladdin leva les yeux au ciel.

Décidément, mettre les petits plats dans les grands, c'était bien compliqué !

Disney Princesses

Pocahontas

La folle promenade de Meiko

– C'est le jour idéal pour une balade en canoë, dit Pocahontas à Meiko, son fidèle raton laveur qui paressait à l'avant de l'embarcation, tandis qu'elle pagayait pour descendre le cours de la rivière.

Flit le colibri voletait autour d'eux.

En ce début de printemps, le soleil était chaud. Les gros blocs de glace qui encombraient la rivière avaient fondu, et seules quelques plaques de neige étaient éparpillées sur les berges. La fonte des neiges avait augmenté le niveau de l'eau. Le courant était fort, mais Pocahontas guidait le canoë avec assurance.

Ils atteignirent bientôt un embranchement. À gauche, le courant paraissait rapide, mais régulier. En revanche, sur l'autre bras du fleuve, Pocahontas aperçut de l'écume.

– Chouette, des rapides ! s'écria-t-elle.

Elle engagea aussitôt le canoë à droite. Elle allait montrer ce qu'elle savait faire !

Meiko se leva aussitôt. Il savait que la traversée serait périlleuse. Se précipitant vers sa maîtresse, il se cacha derrière elle et se cramponna à elle, tandis que le canoë piquait du nez et plongeait dans les rapides.

– Meiko, n'aie pas peur ! dit Pocahontas avec un petit rire. Ce sont des petits rapides !

C'est alors qu'une vague aspergea légèrement la tête du raton laveur. Il se mit à hurler, sauta sur l'épaule de Pocahontas, et fourra sa tête dans son cou. Le canoë s'agitait dans les remous. Pocahontas riait aux éclats. Le malheureux Meiko ne partageait pas son enthousiasme : il se hissa sur la tête de son amie pour voir le plus loin possible. Apercevant une petite chute d'eau, il ferma les yeux et s'agrippa fermement à la tête de Pocahontas.

– Eh ! Je ne vois plus rien, dit Pocahontas en riant.

Néanmoins, elle guida convenablement le canoë qui descendit la chute sans difficulté avant de retrouver des eaux plus calmes. Toujours agrippé à la tête de Pocahontas, Meiko garda les yeux fermés tandis qu'elle guidait le canoë vers la rive.

– Allons, courageux Meiko, le taquina-t-elle, on est sauvés maintenant.

Le raton laveur ouvrit les yeux. Il était presque sur la terre ferme ! D'un bond, il quitta son refuge et se mit à courir le long du canoë. Mais dans sa hâte, il perdit l'équilibre, glissa et atterrit dans l'eau peu profonde avec un grand plouf.

– Tu étais trop impatient ! plaisanta Pocahontas.

La mine renfrognée, Meiko se dit qu'il ne quitterait plus la terre ferme avant longtemps !

Disney Princesses

Cendrillon

Chacun s'amuse à sa façon

Avant de devenir princesse, Cendrillon avait l'habitude de brosser le carrelage du vestibule, lorsqu'un jour sa belle-mère accourut en criant :

– Javotte, Anastasie, prenez vos chapeaux, nous partons à la fête foraine !

– Qu'est-ce qu'on va s'amuser ! crièrent les deux filles.

– Et moi, je peux y aller ? demanda alors Cendrillon. Je n'ai plus qu'à rincer le carrelage...

Sa belle-mère lui jeta un regard glacial.

– Tu oublies le salon jaune, dit-elle en ouvrant la porte d'une pièce que l'on n'utilisait plus depuis des années dans la maison.

Quelle désolation ! Des tonnes de poussière recouvraient les meubles, il y avait des toiles d'araignées, les miroirs étaient encrassés...

– Je viens justement de décider de dîner ici ce soir, reprend la méchante femme.

– Mais ça va me prendre l'après-midi entier ! s'affola Cendrillon.

– Tu n'iras pas à la fête, voilà tout, se moqua alors Anastasie.

– Et ne sois pas si jalouse de nous, Cendrillon, renchérit Javotte. Ça te rend laide !

Là-dessus, elles sortirent avec leur mère en gloussant. Cendrillon poussa un long soupir, accablée par tant d'injustice... Elle rinça le carrelage en se retenant de pleurer. Ses amies les souris étaient désolées.

– Aidons Cendrillon, décréta soudain Jac.

Son plan était surprenant : il s'agissait pour les souris d'enfiler leurs plus beaux habits et d'inviter les oiseaux à faire la fête avec elles dans le vieux salon jaune ! Jac distribua des patins de feutrine rouge à ses amis. Puis il sauta sur la table sale et glissa dessus en riant. Les patins de feutrine nettoyaient toute la poussière ! Vite, chacun grimpa sur un meuble et l'imita. C'était trop amusant ! Les souris couturières époussetèrent les miroirs en valsant rapidement avec leurs grandes jupes. Les moineaux chantèrent en rythme et voletèrent à travers la pièce, agitant leurs ailes comme des plumeaux. Bientôt, il ne resta plus une toile d'araignée dans les coins ! Cela tombait bien : Cendrillon arriva au même moment...

– Oh ! merci, mes amis ! s'exclama-t-elle, folle de joie devant le salon rutilant de propreté. Grâce à vous, mon travail est fait, je peux aller à la fête foraine !

– Je te souhaite de t'y amuser autant que nous ici ! couina Jac.

– Oui, mais j'imagine que les jeux des souris sont différents de ceux des humains ! s'esclaffa Cendrillon en l'embrassant tendrement.

Disney Les Fées

La fée Clochette

L'art du boulier

La fée Marie est quelqu'un de très talentueux. D'abord, c'est une excellente Bricoleuse, ensuite elle sait commander aux autres Bricoleurs, et enfin elle connaît l'art du boulier.

Jamais on ne voit fée Marie sans son drôle d'instrument qu'elle manipule à toute vitesse.

Clark et Gabble, des Bricoleurs de son équipe, ont toujours rêvé de pouvoir s'amuser avec ces boules. Hélas, fée Marie l'a toujours entre les mains et elle dort même avec !

Mais un jour, ô surprise, les deux compères aperçoivent le boulier tombé derrière un buisson…

– Le boulier de fée Marie ! s'exclame Clochette. Il faut vite aller le lui rendre.

– Je me demande comment on peut faire des opérations si compliquées juste avec des boules ! dit Clark.

– Je pense qu'elles sont magiques, répond Gabble.

– Essayons, dit Clark en prenant l'objet. J'aimerais savoir combien font un milliard multiplié par... heu... trois cent cinquante.

Il commence à bouger les boules mais rien ne se passe.

– Je croyais que la solution venait automatiquement, explique-t-il, très déçu.

Les trois amis contemplent un moment encore le boulier.

– J'aimerais juste retirer une seule boule pour l'examiner, chuchote timidement Gabble.

– Fais attention, recommande Clochette.

Gabble prend le boulier et, délicatement, déboîte une des tiges pour faire glisser une petite boule dans sa main.

– Oh, je peux en prendre une moi aussi ? s'écrie Clark.

Hélas, en voulant prendre le boulier, Clark bouscule Gabble et toutes les boules s'éparpillent par terre !

Inquiets, les trois amis remettent les boules en place, puis ils se dépêchent d'aller remettre l'objet sur l'établi de Marie...

– Oh, mon boulier ! s'écrie la fée, enchantée. Je croyais l'avoir perdu ! Tiens, c'est bizarre, dit-elle, je croyais que vous aviez encore dix théières en glands à faire, mais non, pas du tout, c'est mille milliards de milliards !

Les trois amis se regardent, atterrés. Oh non ! Ils ont dû mélanger les boules des centaines avec celles des unités !

Suite de l'histoire le 30 mars, page 98

Disney Princesses

La Petite Sirène

Rencontre secrète

Lorsque Ariel était une sirène, elle avait plein de secrets. Il faut dire qu'elle désobéissait souvent à son père, le roi Triton, en partant à la surface observer le monde des humains.

Et quand le roi l'avait découvert, il avait piqué une colère terrible ! Alors, bien sûr, Ariel préférait n'en faire qu'à sa tête... en cachette. Elle avait plusieurs fois frôlé la catastrophe, et elle aurait mieux fait d'écouter son père !

Mais parfois aussi, il lui était arrivé de belles aventures... Il y en avait une en particulier qu'elle n'avait jamais racontée à personne. Pas même à Polochon, son ami le poisson jaune.

– Mais aujourd'hui, je vais tout te révéler ! lui promet Ariel. Ça s'est passé la première fois où je suis allée à la surface…

– Il n'y a pas longtemps ! remarque le petit poisson.

– Oh si, au contraire ! Car, en réalité, je suis allée une fois là-haut l'année de mes huit ans. Je suis montée sur un rocher, au large de la plage, et j'ai admiré le paysage. Les mouettes criaient, le soleil brillait... c'était merveilleux ! Et puis, tout à coup, j'ai aperçu un humain ! Un garçon d'environ douze ans. Il courait avec son chien, ils s'amusaient bien ensemble. Un peu comme toi et moi quand on fait la course.

– Un tout petit peu, alors ! rouspète Polochon, jaloux.

– En tout cas, le garçon était très mignon, avec de beaux cheveux bruns et de grands yeux bleus. Il avait l'air gentil, mais quand il m'a vue, j'ai plongé derrière le rocher et je me suis cachée. On m'a toujours répété que les humains rêvaient de chasser les sirènes... Pourtant, il m'a parlé d'une voix très douce, et j'ai su que je ne risquais rien. Il est venu jusqu'au rocher, il m'a tendu la main, puis il m'a conseillé de vite retourner dans mon royaume avant que d'autres hommes ne m'aperçoivent. « Je ne parlerai de toi à personne, m'a juré le garçon. Tu peux compter sur moi. J'espère qu'on se reverra ! » Et devine, Polochon !

– Vous vous êtes revus !

– Eh oui... Car ce merveilleux garçon, c'était le prince Éric ! Et depuis que je l'ai reconnu, à bord de sa goélette, mon amour pour lui n'a cessé de grandir ! Nous étions destinés à nous rencontrer, mais ne répète jamais notre histoire : qu'elle soit secrète la rend mille fois plus belle !

– Forcément, Ariel ! s'esclaffe alors Polochon. Tu es la reine des cachottières !

Disney Princesses

Blanche-Neige et les Sept Nains

Jour de printemps

Le printemps est arrivé à la Forêt Noire depuis déjà une semaine. Mais c'est la première fois qu'il fait si beau.

– Quel temps radieux ! s'extasie Blanche-Neige, à la fenêtre de la chaumière des Sept Nains.

Le soleil brille sans brûler, les papillons butinent avec paresse, les abeilles bourdonnent et les oiseaux volettent en pépiant. Une mésange aventureuse se pose même sur l'index de la princesse, l'invitant à les rejoindre dehors. Tout respire le bonheur de vivre paisiblement !

– C'est un jour de printemps idéal pour se promener, déclare alors Blanche-Neige.

Vite, elle prend son panier, au cas où elle découvrirait des fruits à cueillir en chemin, puis elle ferme la porte à clef et se met en route en fredonnant. Comme d'habitude, une foule d'animaux curieux accompagne la princesse.

La nature exhale un parfum suave de chèvrefeuille. Blanche-Neige ne s'en lasse pas !

– Dommage de ne pouvoir rapporter ça à la maison, regrette-t-elle lorsqu'elle aperçoit un champ de fleurs multicolores, juste au bord du sentier. Par contre, je peux faire un joli bouquet !

Aussitôt dit, aussitôt fait. Soudain, on entend un drôle de « qwak ! qwak ! » du côté de la rivière. La cane couvait ses œufs, sur la berge, avant-hier. Blanche-Neige court s'assurer qu'elle n'a pas de problème.

– Oh ! les canetons sont nés ! s'exclame la princesse devant la cane, toute fière en voyant les quatre petits au plumage duveteux. Ils sont tellement mignons ! Félicitations !

Avisant un fourré plein de framboises bien mûres, elle en récolte une pour chaque canard, afin de célébrer l'événement. Puis elle en ramasse aussi pour elle.

– Je vais confectionner de délicieuses tartelettes de printemps pour le dessert ! décide-t-elle en s'empressant de regagner la chaumière.

Quand les gâteaux sont prêts, le soir tombe. Les Sept Nains vont bientôt rentrer de la mine ! Alors, Blanche-Neige a une idée... Comme il fait encore très doux, elle prépare un pique-nique dans le jardin en guise de dîner. Les Sept Nains sont vraiment ravis, d'autant plus qu'ils se régalent de bonnes tartelettes aux fruits de saison fraîchement cueillis !

– Voilà un jour de printemps idéal, qui s'achève de façon parfaite ! remarque Blanche-Neige, satisfaite de profiter avec ses amis d'une si belle soirée.

Disney Les Fées

La fée Clochette

Vivre dans une théière

La plage du Pays Imaginaire est un endroit où Clochette aime beaucoup se promener. Elle y passe de longues heures en rêvant à l'Autre Monde, où habitent les humains par-delà les flots.

Quelquefois, Clochette trouve sur le rivage des objets qui viennent de là-bas.

Ce sont de véritables trésors pour elle. Avec ses doigts de fée, elle trouve toujours un emploi pour un morceau de métal, une chaussure, de la vieille ficelle ou une brosse à dents. Les humains seraient fort étonnés s'ils avaient la chance de venir dans la Vallée des Fées, de découvrir un vieux gant en caoutchouc transformé en arrosoir ou une paire de lunettes servant de fenêtre à une maison…

Aujourd'hui, Clochette a trouvé un nouvel objet : une théière toute cabossée.

Perplexe, elle se demande ce que les humains pouvaient bien faire de cet énorme récipient creux. Volant jusqu'au couvercle, elle plonge à l'intérieur, dans l'obscurité.

– J'ai une idée ! s'exclame Clochette. Avec quelques coups de marteau pour redresser le métal et en perçant des ouvertures, cet objet pourrait devenir une maison ! Terence ne refusera pas de m'aider !

Quelques instants plus tard, elle se pose près du Puits à poussière, où travaille l'homme-hirondelle. Celui-ci a l'air préoccupé mais, quand il voit Clochette, son visage s'illumine.

– Tu as des ennuis ? demande la petite fée.

– Pas du tout, répond Terence. Quel bon vent t'amène ?

En quelques mots, Clochette lui explique le problème. Aussitôt, Terence court chercher dans son puits une bonne dose de Poussière de Fée, puis tous deux s'envolent jusqu'à la plage. Terence saupoudre toute sa poussière sur la théière, mais celle-ci ne se soulève que de quelques centimètres. Finalement, il est obligé de faire plusieurs allées et venues pour ramener toujours plus de poussière magique.

Enfin, la théière s'envole et, bientôt, elle est installée dans le creux d'un arbre.

– Merci, Terence ! s'exclame Clochette, enchantée.

Terence rentre chez lui, heureux. Avant, sa réserve de poussière était basse, maintenant, elle est complètement vide ! Mais, après tout, cela ne prendra qu'un ou deux jours pour la reconstituer…

– Qu'est-ce qu'un ou deux jours sans poussière contre le sourire de la plus belle des fées ? soupire l'homme-hirondelle en sentant son cœur fondre.

Disney Princesses

Pocahontas

Un raton laveur facétieux

Meiko était d'une grande curiosité, ce qui lui attirait souvent des ennuis. Si Pocahontas faisait preuve d'indulgence à son égard, les autres membres du village se montraient moins compréhensifs.

– Pocahontas tu devrais apprendre à ton animal à se comporter correctement ! s'exclama son père le chef Powhatan quand il surprit Meiko, occupé à jouer avec le calumet de la paix de la tribu.

– Ne t'inquiète pas, dit Pocahontas à son ami. Ils ne t'en voudront pas longtemps. Après tout, demain, c'est ton anniversaire !

Meiko se mit à s'agiter en poussant des petits cris. Il adorait les anniversaires, et en particulier ouvrir les cadeaux.

– En attendant, tiens-toi tranquille ! conseilla Pocahontas. Je serai vite de retour !

Le raton laveur s'assit devant la hutte que Pocahontas partageait avec son père. Quel cadeau son amie avait-elle choisi pour lui ? Incapable de résister plus longtemps à la tentation, il se glissa à l'intérieur et repéra un paquet. À l'intérieur, il découvrit... une coiffe ornée de plumes à sa taille ! Meiko s'empressa de l'essayer. Mais comme il craignait d'être découvert, il prit son cadeau et détala en direction de la rivière. Là, il mit la coiffe sur sa tête et contempla son reflet dans l'eau. Hélas, la coiffe tomba dans l'eau. Le raton laveur la repêcha, mais lorsqu'il la tira sur le bord, elle fut maculée de boue.

Le cœur de Meiko cognait dans sa poitrine. Il lava les plumes de son mieux et reprit le chemin du village. En route, sa coiffe s'accrocha aux buissons. Si bien que, lorsqu'il arriva enfin au village, toutes les plumes étaient tombées, sauf une. Meiko alla aussitôt trouver Pocahontas et lui montra ce qui restait de son cadeau. Elle regarda le raton laveur d'un air sévère, puis son visage s'adoucit.

– Meiko, je suis fière de toi ! Tu as eu le courage de reconnaître ton erreur ! dit-elle. Mais tu dois essayer d'améliorer ta conduite. Et ne plus jamais t'introduire dans les endroits qui te sont défendus !

Le jour de son anniversaire, Meiko se conduisit à la perfection. Le soir venu, Pocahontas lui montra son cadeau. C'était une coiffe, mais cette fois, elle n'avait que deux grandes plumes :

– Chaque jour où tu seras capable de ne pas toucher aux affaires des autres, nous ajouterons une nouvelle plume ! dit-elle.

Touché par l'indulgence de Pocahontas, Meiko décida de la rendre fière de lui. Il allait s'efforcer d'avoir beaucoup de plumes à sa coiffe, mais cela lui demanderait au moins une bonne année !

1 AVRIL

Le rêve de Terence

Ce n'est un secret pour personne : Terence est amoureux de Clochette. Il aime tout chez elle, même son petit air buté. Un peu trop buté, d'ailleurs. Elle ne semble avoir de place dans son cœur que pour Peter Pan !

– Lily, demande Terence à la fée Jardinière, aurais-tu une idée pour que Clochette m'aime ?

– Offre-lui donc un petit cadeau : des fleurs à maquillage, par exemple ! Un coquelicot à lèvres ou une rose à joues ?

– Tu sais bien que Clochette ne se maquille pas ! proteste Terence.

– Ce n'est pas la peine de demander des conseils, si tu ne les écoutes pas ! réplique Lily, un peu vexée.

Resté seul, Terence se sent triste et découragé. Et si Lily avait raison ? Comment ne pas se tromper ?

L'homme-hirondelle soupire en regardant sa bien-aimée jouer à cache-fleur avec ses amies dans le jardin de Lily.

« Les fleurs du jardin de Lily sont belles, se dit-il, mais Clochette est plus belle encore. »

En fait, il ne voit pas comment Clochette pourrait être plus belle. C'est impossible. Elle est comme un rêve de fée. Et justement, une fois rentré chez lui, Terence, assoupi, se met à rêver d'elle... Le lendemain, il va à la rencontre de Clochette.

– Clochette, Clochette ! appelle-t-il. Tu sais, cette nuit, j'ai rêvé de toi...

– Ah oui ? lance la fée, amusée. Et que se passait-il dans ton rêve ?

– Nous nous promenions tous les deux au bord d'une rivière : il faisait beau, les oiseaux chantaient, c'était vraiment... parfait !

La fée tiraille sa frange en l'écoutant.

– Ça avait l'air d'être un endroit charmant ! réplique Clochette.

– Oh oui, mais tu sais, ce qu'il y avait de plus beau, c'était toi... lâche l'homme-hirondelle dans un souffle.

– Merci, Terence, répond la fée Bricoleuse. Et après, qu'est-il arrivé ?

– Eh bien, je cueillais quelques fleurs – sûrement pour te les offrir – et c'est alors que je me suis réveillé...

Sur ces mots, il bondit vers les buissons et en ressort avec à la main un énorme bouquet de pâquerettes qu'il offre à Clochette.

– Vois-tu, Terence, je trouve que la réalité est tout aussi belle que les rêves ! dit la petite fée en décochant un clin d'œil à l'homme-hirondelle, qui devient plus rouge qu'une pivoine.

Disney Princesses

La Belle et La Bête

Une double amitié

Ce matin-là, Belle finit de prendre son petit-déjeuner, lorsqu'elle remarque l'air triste de Zip.

– Que se passe-t-il ? s'inquiète-t-elle.

– Je m'ennuie, soupire la petite tasse. Vous avez tous toujours plein de choses à faire, au château... Mais pas moi.

– Veux-tu m'accompagner à l'écurie ? Je dois apporter une couverture à Philibert. Il neige beaucoup aujourd'hui, et mon pauvre cheval doit geler, là-bas !

Zip accepte avec joie. Il aide Belle à tapisser de paille les parois de l'écurie. Puis ils donnent une bonne ration d'avoine à Philibert et lui changent son eau. Enfin, la jeune fille le réchauffe d'une épaisse couverture de laine... Le cheval de ferme hennit, satisfait.

Mais voici qu'un « atchoum ! » surgit du chariot à foin. Belle et Zip s'approchent, tout étonnés... Et découvrent une pauvre petite souris des champs transie de froid ! Vite, ils la ramènent au château. Zip lui offre du fromage et du thé, tandis que Belle lui installe un coin pour la nuit, dans le placard de Zip, à la cuisine. Le soir venu, la souris se couche bien au chaud et s'endort aussitôt. Et le lendemain, elle se sent beaucoup mieux. À tel point qu'elle passe sa journée à jouer avec Zip ! Mieux : ils ne se quittent pas de toute la semaine. Ensemble, ils s'amusent comme des fous ! Mais un matin, Zip accourt en criant, affolé :

– À l'aide ! La souris a disparu !

Belle fouille le château avec lui, puis les jardins. En vain. Alors, la Bête leur suggère d'aller vérifier à l'écurie. Quelle bonne idée : l'ami de Zip est bien là, mais en compagnie d'une autre souris. Et il refuse de revenir au château ! Zip est très fâché. Il s'en va en bondissant de colère. Puisque son ami l'abandonne, il ne veut plus jamais le voir !

– Voyons, Zip, lui explique Belle. Ton ami ne t'a pas oublié. Simplement, une souris doit vivre chez les souris, pas dans un placard ! C'est merveilleux qu'il ait enfin un endroit à lui, non ?

Zip fronce les sourcils. Il sait que Belle a raison. Alors, il pousse un gros soupir et retourne s'excuser auprès de la souris des champs... qui l'invite de bon cœur à s'amuser avec elle et l'autre souris !

– Youpi ! applaudit Zip. Dorénavant, j'ai deux nouveaux amis ! Et tant pis s'ils préfèrent l'écurie : je n'ai qu'à leur rendre visite quand je veux !

Belle éclate de rire en ajoutant :

– Mieux vaut deux amis à l'écurie... que pas un seul dans le placard de la cuisine !

Disney Princesses

Jasmine

3 AVRIL

Précieuse aide

C'est jour de marché à Agrabah. La Grand-Rue bourdonne d'activité. Les acheteurs n'ont que l'embarras du choix : fruits croquants, pastèques juteuses... un régal pour les yeux, mais un supplice pour les estomacs affamés !

Jenna parcourt la ville à pas rapides. Elle n'a pas d'argent, mais doit rapporter à manger à Rafi et Salima, ses petits frère et sœur. Elle regarde par terre, espère trouver une pièce de monnaie dans la poussière... En passant devant le somptueux palais du sultan, Jenna remarque une grosse branche lourde de pommes rouges, qui dépasse du mur du verger. Vite, elle grimpe cueillir les fruits et aperçoit soudain les jardins du palais, à ses pieds.

– Quel paradis ! s'exclame-t-elle devant les fleurs exotiques, les perroquets, les fontaines et les statues.

Mais la curieuse se penche un peu trop et patatras ! Elle tombe dans le verger et se foule la cheville. La princesse Jasmine accourt...

– On va te soigner au palais ! Qui es-tu ?

– Jenna, Votre Altesse. Et je vous remercie, mais mon frère et ma sœur m'attendent.

– On va les héberger avec toi, insiste la princesse.

– Je n'accepte pas la charité, refuse alors Jenna.

Jasmine fronce les sourcils.

– Il n'est pas question de charité, mais d'entraide. J'ai justement besoin de quelqu'un pour s'occuper des animaux du palais.

Dans ces conditions, Jenna change d'avis avec joie. Rafi et Salima débarquent peu après sur le Tapis Volant. On leur donne des habits neufs, on leur sert un copieux dîner. La fillette ne regrette pas sa décision ! Dès le lendemain matin, cependant, elle demande à commencer son travail. Jasmine la conduit dans le parc. Elle lui présente les singes, la girafe, le dromadaire, les paons. Mais l'éléphanteau orphelin est triste, solitaire et méfiant. Jenna devine ce qu'il ressent. Elle sait qu'elle doit se montrer patiente avec lui. Elle lui parle doucement, le met en confiance. Et un beau jour, l'éléphanteau amadoué la promène enfin sur son dos !

– Bravo, la félicite Jasmine. Tu as un don avec les animaux... Veux-tu rester pour de bon au palais avec Rafi et Salima ?

Jenna hésite. Alors, l'éléphanteau la pousse de la trompe et elle s'esclaffe :

– Ce sera un honneur, Votre Altesse ! Grâce à vous, j'ai enfin compris à quel point l'entraide est précieuse !

Clochette chez les humains

Il est bien rare que les fées du Pays Imaginaire trouvent un objet qui vienne du monde des humains. Les humains habitent loin, par-delà l'océan, et seule la fée Prilla leur rend visite de temps en temps.

Clochette est bien intriguée par ce qu'elle a découvert aujourd'hui. À quoi cela peut-il bien servir ? Cela ressemble un peu à une tête au bout d'un manche, mais une tête qui n'aurait que des cheveux…

« Ces cheveux sont tout blancs, donc, se dit Clochette, cet objet est forcément ancien. »

– J'ai une idée ! lui dit Prilla. Viens avec moi chez les humains pour enquêter. Prends ton objet mystérieux et donne-moi la main. Et surtout, ne me lâche sous aucun prétexte !

Tout en douceur, les deux fées s'envolent. Le voyage est long jusqu'à l'Autre Monde, et Clochette est excitée à la perspective de se rendre à nouveau chez les humains.

– C'est beau ! Cela fait tellement longtemps que je ne suis pas venue ! s'exclame-t-elle.

– Tiens, mais c'est le bateau du capitaine Crochet, continue la fée Bricoleuse. Il a la taille d'une noix vu d'ici !

Quelques instants plus tard, les deux fées ont retrouvé la terre ferme. Prilla entraîne Clochette vers une maison toute proche, d'où sort le bruit d'une chute d'eau. S'introduisant par la fenêtre ouverte, les deux fées tombent nez à nez avec une petite fille en train de pleurer.

– Ce n'est pas beau de mentir, Rebecca ! gronde sa maman.

– Je te jure, Maman, c'est vrai ! J'étais dans la salle de bains en train de me laver les mains quand Peter Pan est apparu. Il m'a regardée puis il a bondi sur ma brosse à dents et est reparti en l'emportant.

– Brosse à dents ! répète triomphalement Prilla à Clochette.

– Toujours aussi farceur, ce Peter, continue la fée Bricoleuse, d'un ton rêveur.

– Au lit, Rebecca, tu es privée de dessert ! se fâche la maman. Ça t'apprendra à raconter n'importe quoi !

Les deux fées surgissent alors devant Rebecca et sa mère. Cette dernière pousse un cri de frayeur qui brise presque les tympans de Clochette et de Prilla.

– Je crois que c'est à vous, lança Prilla. Nous sommes désolées, Peter Pan devient incontrôlable…

La mère reste muette de stupeur.

– Hé, c'est lourd, râle Clochette. Alors, vous la prenez ou non, votre brosse à dents ?

– Tu vois, Maman ! dit Rebecca, enchantée. Il faut toujours croire les enfants…

Disney Princesses

La Belle au Bois Dormant

Aurore trouve le sommeil

La lune est haute dans le ciel et les étoiles scintillent tout autour. Il est tard et Aurore devrait dormir. Mais avec le hululement des hiboux et le coassement des grenouilles de la mare, qui pourrait fermer l'œil ? Aussi après s'être tournée et retournée dans son lit, Aurore réveille ses tantes. Elles vont sans doute l'aider !

– J'ai la solution, s'exclame Pâquerette. Tu dois compter les moutons !

– Recouche-toi, ma chérie, ajoute Flora. Et figure-toi une barrière. Puis imagine les moutons sautant par-dessus, et compte-les un par un ! Surtout, n'en oublie aucun !

Aurore lui obéit en tous points.

Mais, arrivée au nombre de mille quatre moutons, elle abandonne.

– Pas de chance, dit-elle à ses tantes.

– Oh, ma chérie, dit Flora, nous allons trouver autre chose !

– Dormir, quel ennui ! intervient la fée Pimprenelle. La nuit a sa beauté propre, toute de brillance, de scintillement ! C'est une honte de dormir sans en profiter.

– Vraiment ? demande Aurore.

– Absolument ! répond Pimprenelle. Les étoiles et la lune nous éclairent d'une lumière unique et…

– Tout cela est vrai, l'interrompt Flora. Mais si Aurore ne dort pas de la nuit, elle sera fatiguée tout le jour.

– Exact ! confirme Aurore.

– Lis un livre ! dit Pimprenelle en bâillant. Un peu de lecture m'endort à coup sûr !

– Mais, j'aime lire ! proteste Aurore. Je ne m'endormirai pas sur mon livre !

Les tantes-bonnes fées réfléchissent un moment.

– Je connais un moyen pour trouver le sommeil, dit Pâquerette, tout à coup. Tu n'as qu'à penser à tous les bons moments d'aujourd'hui et espérer tous ceux qui nous attendent dès demain !

– C'est vrai ? s'exclame Aurore.

– Absolument, répond Flora.

– Maintenant, ferme les yeux, termine Pimprenelle, et à tout de suite, dans tes rêves !

Aurore est incrédule tout d'abord, mais jamais ses tantes ne l'ont déçue. Aussi elle se couche et ferme les yeux. Et tout en songeant aux merveilleux moments qu'elle a passés aujourd'hui, elle imagine le bonheur qui l'attend encore et s'endort paisiblement.

– Bravo ! se félicitent les fées, avant d'aller elles-mêmes prendre un peu de repos. Une beauté pareille a besoin de sommeil !

Disney Princesses

Mulan

Un nouvel ami

Quelle surprise pour Mulan ! Alors qu'elle cueillait des fleurs pour sa grand-mère dans une prairie, elle aperçut un minuscule chaton gris, sur les branches d'un vieux cyprès.

– Oh, la pauvre petite chose ! Tu as peur de redescendre ? s'écria Mulan.

En s'aidant des branches basses, Mulan grimpa aussitôt dans l'arbre. Au prix de gros efforts, elle réussit finalement à atteindre le chaton et redescendit en le serrant contre elle avec un bras.

– Voilà ! dit Mulan, en reprenant sa respiration. Maintenant tu peux rentrer chez toi.

Elle posa doucement le chaton sur le sol et le poussa sur le chemin. Mais le petit chat reconnaissant ne bougea pas d'un pouce. Au contraire, il s'assit et la regarda en ronronnant.

– Va-t'en ! dit Mulan en souriant. Ta maîtresse a dû te préparer un bol de lait !

Mais le chaton ne bougea pas.

– Très bien ! Débrouille-toi, dit Mulan, en ramassant ses fleurs. Je suis déjà en retard et dois rentrer à la maison. Tâche d'éviter les arbres, minet !

Et elle fit demi-tour pour rentrer chez elle.

– Miaou ! Miaou ! Miaou !

Baissant les yeux, Mulan vit son nouvel ami qui trottinait à ses côtés !

– Parfait ! s'exclama-t-elle en riant. Les Fa vont avoir un petit invité à la maison !

Petit Frère, le chien de Mulan, n'apprécia pas cette arrivée surprise. Surtout lorsque le chaton marcha sur son coussin de soie et osa s'y étendre !

– Wouf ! Wouf ! Wouf ! aboyait-il.

– Suffit ! dit Mulan. Notre ami a déjà été très éprouvé. Reçois-le comme il se doit, et laisse-le se reposer !

Mais le chaton fit alors une chose difficilement pardonnable. Il se dirigea droit sur la gamelle du chien et but toute l'eau qu'elle contenait.

– Grrrrr ! Grrrr ! Grrrr ! protesta Petit Frère.

– Allons ! Il doit avoir aussi très soif, dit Mulan en présentant une assiette de lait au petit chat.

Au tour de Petit Frère d'être surpris quand le chaton poussa l'assiette vers lui, d'un coup de petit nez rose.

– Miaou ! miaula le chaton, en poussant de nouveau l'assiette.

– Regarde, Petit Frère ! s'exclama Mulan. Il veut être ton ami.

Et c'est ainsi qu'ils devinrent amis.

Disney Princesses

La Belle et La Bête

Nettoyage de printemps

Par une belle et chaude matinée du mois d'avril, Belle et Zip admirent le ciel bleu, les bourgeons et les fleurs par une fenêtre du château.

– Zip, dit Belle. Le printemps s'installe enfin, on dirait. Et tu sais ce que cela signifie, n'est-ce pas ?

Zip sautille sur place, tout excité.

– On va jouer dehors, c'est ça ? crie-t-il.

– Eh bien... oui, aussi ! rit la jeune fille. Mais avant, nous allons faire un nettoyage de printemps !

Belle réunit quelques ustensiles.

– Premièrement, la salle à manger, dit-elle.

Elle sort l'argenterie et commence à astiquer une fourchette.

– Ooh ! s'exclame la fourchette ensorcelée. Attention ! Ouille ! Je ne suis pas en fer !

– Pauvre petite, je suis désolée, dit Belle en polissant doucement le reste des couverts.

Puis elle entreprend la vaisselle du jour.

Mais au moment où elle plonge les assiettes dans l'eau, l'une d'elles s'écrie :

– Ahh ! C'est trop froid !

Belle se précipite pour rajouter un peu d'eau chaude. Une fois la vaisselle terminée, elle se rend dans sa chambre et époussette son armoire avec le plumeau. À la seconde même où le plumeau touche l'armoire, les deux objets enchantés se mettent à glousser.

– Hi-hi ! Ha-ha ! rit l'armoire, ça chatouille !

– Je dirais même plus, ça chatouille ! ajoute le plumeau.

Belle fait une petite pause dans la bibliothèque et Zip la rejoint en sautillant.

– Oh, Zip ! soupire Belle avec lassitude. Le nettoyage de printemps se révèle très éprouvant. Je n'ai pas vraiment l'habitude de nettoyer des objets enchantés !

– Oh ! mais nous non plus ! glousse Zip. Nous nous sommes toujours lavés nous-mêmes...

– Laver vous-mêmes ? s'exclame Belle.

Cela lui donne une idée. S'ils savent se laver eux-mêmes, ils peuvent se laver les uns les autres. Voilà la solution !

Bientôt, une petite armée d'objets enchantés suit Belle à travers tout le château, nettoyant tout sur son passage. En quelques petites heures, la demeure entière respire le propre et Belle et Zip vont se reposer dans la bibliothèque.

– Eh bien, dit Belle en se laissant tomber dans un fauteuil. Un petit sortilège n'a jamais fait de mal à personne ! Surtout si c'est un sortilège printanier !

8 AVRIL

Disney Princesses

La Petite Sirène

Ariel se rebelle

Ariel passa en trombe sous les fenêtres du palais. Elle chevauchait Brin d'Or, son hippocampe. Tous deux s'entraînaient pour la prestigieuse Course des Sept Mers.

– Ariel ! hurla soudain le roi Triton. Viens ici tout de suite !

La Petite Sirène nagea vite jusqu'à la Salle du Trône. Pour une fois, elle n'avait rien à se reprocher ! Pourtant, son père fronçait les sourcils, très en colère.

– Comment as-tu osé t'inscrire à la Course des Sept Mers ?

– Eh bien, je suis une excellente cavalière, répondit-elle. Et Brin d'Or a toutes les chances de gagner, et...

– Cette compétition est trop dangereuse pour une fille, l'interrompit sèchement le roi. Je t'interdis formellement d'y participer !

Ariel essaya bien de le faire changer d'avis. En vain. Alors, elle fila se réfugier dans sa grotte secrète. Polochon, le poisson jaune, compatit :

– C'est injuste. Si tu étais un garçon, ton père te laisserait concourir !

À ces mots, la sirène retrouva le sourire : la voilà, la solution ! Elle allait se déguiser en garçon ! Et elle retourna au palais chercher l'ancienne tenue de cavalier de son père, du temps où il participait lui-même aux courses d'hippocampes...

Elle ajusta la veste violette à l'aide de quelques piques d'oursins. Et, le jour de la compétition, elle cacha ses longs cheveux roux sous sa bombe en coquille de bernard-l'ermite. Puis elle se présenta incognito sur la ligne de départ.

– Que le meilleur gagne ! proclama le roi Triton.

Les concurrents s'élancèrent comme des torpilles ! Ils atteignirent la barrière de corail, la contournèrent... sauf Ariel et Brin d'Or qui avaient l'habitude de se promener entre les parois du récif. Résultat, ils prirent la tête de la course !

Mais Ondin, le cavalier à la veste verte, les talonnait de près. Il vit même Ariel perdre son casque en s'engouffrant dans un tunnel !

– Une fille ! s'exclama-t-il.

Ariel ordonna alors à Brin d'Or d'accélérer. Ils traversèrent ainsi la forêt d'algues et passèrent les premiers la ligne d'arrivée sous les acclamations de la foule… et du roi Triton !

– Merci de m'avoir montré mon erreur, Ariel, s'excusa-t-il. Après tout, fille ou garçon, quelle différence ?

– La différence, c'est que moi, j'ai gagné ! s'esclaffa alors la Petite Sirène, toujours aussi insolente et rebelle !

Disney Princesses

La Belle au Bois Dormant

Un peu de douceur

9 AVRIL

– Calme, Samson, dit Philippe préoccupé, en resserrant les rênes de son cheval. Pas besoin de se presser. Nous y serons bien assez tôt et j'ai besoin de temps pour réfléchir.

En effet, le prince a matière à penser. Son père, le roi Hubert, l'envoie rencontrer le roi Stéphane. Philippe doit bientôt épouser sa fille, la princesse Aurore.

La première fois qu'il a entendu parler d'elle, c'était à sa naissance, il y a seize ans. Leurs parents les ont promis l'un à l'autre depuis longtemps. Mais Aurore a été maudite par une méchante fée et doit vivre cachée jusqu'au jour de son seizième anniversaire, où le sort sera enfin conjuré.

Philippe n'a donc jamais parlé avec sa fiancée, ni même posé l'œil sur elle. Il s'est toujours demandé à quoi elle ressemblait.

– J'espère que je l'aimerai, murmure-t-il à sa monture... Et qu'elle m'aimera, ajoute-t-il. Pour cela, il faut lui faire grande impression, mais comment ?

– Je sais, s'exclame-t-il. Je ferai une entrée théâtrale. Nous galoperons et déraperons pour nous arrêter juste devant elle. Elle sera impressionnée, c'est sûr !

Le prince siffle et donne une petite tape à son cheval.

–Allez, Samson, on va s'entraîner !

Le cheval sursaute et lance un regard mauvais à son cavalier. Il plante ses sabots et reste immobile. Philippe râle, impatient.

– Allons, enfin, Samson, avance ! dit-il en serrant les flancs de sa monture.

Mais Samson refuse de bouger.

– C'est comme si tu ne voulais pas m'aider, marmonne Philippe. Attends une minute ! réagit-il encore. Pourquoi m'aiderais-tu si je te hurle dessus ?

Le prince tapote l'épaule de son cheval :

– Désolé, mon beau !

Il sort une carotte de sa poche tout en continuant à le flatter. Samson finit la carotte et renâcle. Soudain, il part au galop, saute et rue. Philippe s'accroche, surpris. Le cheval s'arrête après un dérapage, narines et sabots fumants.

– Wouaouh ! s'exclame le prince, éclatant de rire. Merci, Samson. C'était parfait. Je crois qu'il suffisait de te parler gentiment. Alors, si nous pouvions répéter encore une fois pour la princesse...

Soudain le prince s'interrompt. Il entend une voix mélodieuse dans le lointain. Qui peut bien chanter de la sorte en pleine forêt ?

– Viens Samson, allons voir... si cela ne t'ennuie pas bien sûr !

Disney Princesses

Blanche-Neige et les Sept Nains

Célébrons notre rencontre !

Blanche-Neige habitait chez les Sept Nains depuis un mois déjà. Ils se montraient si gentils envers elle qu'elle décida de les remercier de façon spéciale.

– Entretenir la maison et faire des crêpes aux œufs n'est plus suffisant, confia-t-elle aux oiseaux. Les nains méritent une fête, avec des cadeaux choisis avec soin, pour chacun.

De concert, le moineau et la mésange pépièrent, la tourterelle roucoula, offrant leur aide à la princesse.

– Merci beaucoup ! sourit Blanche-Neige. Préparons mes surprises. Pour Dormeur, c'est facile ! D'une poignée de duvet je lui confectionnerai un bel oreiller.

Vite, le moineau s'envola chercher ce qu'il fallait à l'étang d'à côté, où se reposait un groupe d'oies sauvages. Pendant ce temps, Blanche-Neige découvrit une longue pièce de tissu bleu, dans l'armoire.

Pour Atchoum, elle y coudrait un mouchoir et, pour Timide, un foulard où se cacher. Au même moment, la mésange vint se poser sur sa main. Une plume épaisse pendait à son bec : une fois taillée, elle permettrait à Prof d'écrire et de travailler !

Ensuite, elle se souvint qu'un tuyau de l'orgue était fendu : quelle merveilleuse idée que de le remplacer par une branche évidée et sculptée, pour Grincheux !

– Pour Simplet, un bonnet à sa taille s'impose ! se dit-elle. Et pour Joyeux, une nouvelle baguette de chef d'orchestre !

À la fin de la journée, Blanche-Neige était satisfaite. Tous ses présents étaient prêts, empapillotés de feuilles de chêne, et la maison était décorée de tresses de fleurs.

– Hé oh, hé oh, on rentre du boulot ! entendit-elle enfin, au bout du chemin.

Elle se précipita sur le palier et elle accueillit alors les nains qui se dévisagèrent, étonnés, puis passèrent la porte, émerveillés.

– Je tenais à vous remercier, expliqua Blanche-Neige

– Mais c'est nous, qui vous remercions ! répliqua Prof. Vous nous rendez si heureux ! D'ailleurs, voici le diamant le plus parfait que nous ayons pioché, et nous sommes tous d'accord : vous seule méritez de le garder !

Blanche-Neige rougit de bonheur. Ainsi donc, les Sept Nains se sentaient bien avec elle... Autant qu'elle avec eux !

– Désormais, cette petite fête sera une tradition annuelle qui célébrera notre rencontre ! déclara-t-elle. Grincheux ! Musique, maestro !

Sur ce, elle entraîna toute la maisonnée dans un tourbillon de valses !

Disney Les Fées

Clochette et l'Expédition Féerique

Pas de travail pour Clochette

Quelle effervescence, dans l'Autre Monde ! Les fées sont descendues du Pays Imaginaire pour y installer l'été. Et ce n'est pas une mince affaire ! Car en été, il se passe autant d'événements dans la nature qu'au printemps, en automne et en hiver réunis. D'ailleurs, c'est une véritable armée de fées travailleuses qui œuvre en secret. Et chaque bataillon se charge d'un secteur bien précis. C'est la seule manière de ne rien oublier.

Madame le ministre de l'Été s'est montrée très ferme sur ce point, et pas une de ses ouvrières n'osera désobéir. Pas une, sauf Clochette, peut-être : la plus entêtée, la plus curieuse, la plus raisonneuse et la plus courageuse des fées Bricoleuses !

Elle arrive justement dans l'Autre Monde en compagnie de Terence, son ami livreur de Poussière de Fée, la poudre magique des fées. Ils se posent ensemble dans une jolie clairière... un peu trop tranquille pour Clochette qui rêve toujours d'aventures formidables.

– C'est ça, le campement des fées ? soupire-t-elle d'un air déçu.

– Bien sûr que non ! se moque Terence. On doit rester cachés des humains !

Il conduit Clochette à un grand chêne. Il en écarte le feuillage épais, et la petite Bricoleuse pousse un cri d'émerveillement. Le campement des fées est encore plus extraordinaire qu'elle l'avait imaginé : il y a un monde fou qui s'active chacun dans son coin !

– L'été est la saison la plus longue à installer, lui explique Terence. Une journée ne suffit pas : voilà pourquoi nous campons dans l'Autre Monde... au risque de nous faire repérer des hommes ! Alors, fais bien attention surtout !

Clochette hoche la tête. Bien sûr, elle sera prudente, elle ne va pas gâcher son premier été dans l'Autre Monde ! Et aussitôt, elle court à droite, à gauche, impatiente de participer à la naissance de la nouvelle saison.

– Besoin d'un coup de main ? propose-t-elle aux fées qu'elle rencontre. Je peux réparer un truc par-ci, ou un autre par-là ?

Mais chaque fois, la réponse est la même :

– Non merci, ton invention fonctionne très bien !

Et c'est ainsi que Clochette ne trouve finalement rien à faire ! Elle soupire, découragée :

– La seule solution pour bricoler par ici, ce serait de dé-bricoler mes inventions trop parfaites... pour les re-bricoler ensuite ! Quel comble, non ?!

Suite de l'histoire le 14 avril, page 113

Disney Princesses

La Petite Sirène

Dauphin à grande vitesse

On fête l'anniversaire d'Alana, aujourd'hui, au royaume d'Atlantica. Ariel veut faire un beau cadeau à sa sœur et explore avec soin l'épave du galion espagnol. Elle fouille dans un coffre en bois vermoulu lorsque, soudain, ses yeux brillent de joie !

– Quel magnifique collier de perles ! C'est exactement le style d'Alana !

Et, ravie de sa découverte, Ariel décide de rentrer l'offrir à sa sœur. Mais elle n'est même pas sortie du navire qu'un dauphin malicieux fonce vers elle ! Il va, vient, virevolte dans l'eau ! Il a tellement envie de jouer qu'il chipe le collier et s'enfuit avec ! Ariel s'élance à sa poursuite. Mais le dauphin est plus rapide... Enfin, le coquin la rejoint, le collier sur le bec.

– Voleur ! se fâche-t-elle.

Le dauphin semble triste, soudain. Il voulait juste s'amuser... Il rend le collier à Ariel en soufflant. La sirène a des remords, maintenant. Elle s'excuse :

– Si tu veux, on peut devenir amis ? Grâce à toi, je viens d'avoir une idée de surprise, pour Alana... mais j'ai besoin de ton aide pour être prête à temps !

Ariel organise un jeu de piste. Le dauphin, rapide comme l'éclair, file cacher les indices. Le dernier indice révélera à Alana l'endroit où l'attend son cadeau...

– Le jardin d'étoiles de mer, déclare Ariel en suspendant le collier à la plus grande d'entre elles. Le dauphin conduit ensuite Ariel au palais en moins de deux.

Alana lit son premier indice :

– « Nous dansons dans le Lagon. » Facile, ce sont les algues !

Le dauphin les emmène en trois minutes au Lagon, où Alana trouve un autre indice sous les goémons...

– « Je bâille sur le Récif. » Je sais ! C'est Sam, la Palourde Géante !

Direction, le Récif... En effet, Sam tient dans sa large bouche le dernier indice :

– « J'attends parmi les astres de l'océan. »

Les étoiles de mer, bien sûr ! Tout le monde se précipite au jardin. Oh, Alana adore le collier de perles ! Mais voici qu'il glisse dans une crevasse... où guette un gros requin ! Ni une ni deux, le dauphin éloigne le squale en l'attirant au large. Il est si rapide qu'il a tôt fait d'épuiser le requin... et de ramener les sirènes en sécurité au palais.

– Hourra ! applaudit Ariel en l'embrassant. Désormais, le Dauphin à Grande Vitesse sera notre moyen de locomotion préféré !

Disney Princesses

Pocahontas

Le saule charmant

Ce jour-là, deux lapins se dirigeaient vers une grande clairière, au cœur de la forêt. Un saule massif s'y dressait. On aurait dit que l'arbre était très vieux. Pourtant, le saule se portait comme un charme.

En fait, Grand-Mère Feuillage était un saule d'une grande sagesse. Quand elle voulait communiquer, un grand visage ridé apparaissait. Très souvent, les deux lapins déposaient à ses pieds une guirlande de fleurs. Et voici pourquoi...

Un jour, Grand-Mère Feuillage avait vu surgir devant elle un lapin. D'ordinaire, il gambadait partout. Ce jour-là, il semblait tout triste. Il était allé s'installer au pied du vieux saule.

– Bonjour, lapin ! lui avait lancé Grand-Mère Feuillage. Que t'arrive-t-il ?

– C'est mon petit frère, avait murmuré le lapin. Il n'arrête pas de se moquer de moi.

– Ah ! s'était étonnée la créature. Et pourquoi donc ?

– Parce que je n'ai pas d'amoureuse.

Grand-Mère Feuillage avait froncé ses grands sourcils de bois, puis elle avait demandé :

– Et ça te manque ?

Le lapin avait hoché la tête. Oui, ça lui manquait. Il aurait bien aimé avoir une amoureuse avec de grandes oreilles blanches et un regard très doux.

– Comme ta copine, celle avec qui tu te balades souvent ? avait deviné Grand-Mère Feuillage.

Le lapin avait acquiescé en se tortillant.

– Et pourquoi ne lui dirais-tu pas que tu la trouves très mignonne ?

– Je n'oserais jamais ! avoua le lapin. Vous avez vu ses oreilles ? Son museau ? Son pelage ? Son regard ? Elle est beaucoup trop mignonne pour moi...

– Coucou toi !

Le lapin s'était retourné d'un bond. La lapine dont il était justement en train de parler l'observait, les pattes avant croisées sur la poitrine.

– J'ai tout entendu ! annonça-t-elle sur un ton moqueur. Et moi aussi, je t'aime...

Lentement, elle s'était avancée vers lui. Grand-Mère Feuillage lui avait adressé un clin d'œil avant de disparaître. Le lapin avait pensé qu'il était tombé dans un piège ! Puis il avait senti le petit nez tout doux de la jolie lapine contre le sien.

Depuis ce jour-là, les deux amoureux revenaient très souvent remercier Grand-Mère Feuillage. C'est elle qui leur avait permis de se dire « Je t'aime »...

Disney Les Fées

Clochette et l'expédition féerique

Le peurpillon de l'été

Clochette est arrivée au Pays Imaginaire le printemps dernier. Elle a découvert son talent de fée Bricoleuse. Et maintenant, elle est en mission dans l'Autre Monde, le monde des humains, où les fées installent l'été. Clochette est émerveillée ! Elle regrette cependant de n'avoir plus rien à faire.

Ses inventions fonctionnent si bien qu'aucune d'entre elles n'a besoin d'être réparée ! Alors, forcément, Clochette s'ennuie...

– Tu es sûre que ton vaporisafleur est bien réglé, Rosélia ?

– Il est parfait, Clochette, affirme la fée des Jardins.

Soudain, la petite Bricoleuse entend Noa, la fée des Animaux, éclater de rire. Vite, elle la rejoint à l'arbre aux papillons, où Noa travaille d'arrache-pied.

– Que fais-tu de si drôle ? demande-t-elle, folle de curiosité.

– Rien de spécial, je colore juste les ailes des papillons. Mais comme les poils du pinceau les chatouillent, ça les fait se tortiller de rire... et moi, ça me fait rire aussi !

Clochette en convient : les papillons font des mines rigolotes. Mais le travail de Noa est magnifique !

– C'est très beau, ce que tu dessines sur leurs ailes !

– Merci, Clochette ! J'ai mis longtemps avant de trouver le thème de cet été. Je peins chaque papillon de la même façon, sauf un petit point dans un coin.

Clochette examine alors les papillons avec attention. Ils sont tous différents en effet ! Elle félicite son amie pour cette excellente idée lorsque, brusquement, un bruit épouvantable résonne dans la forêt. Il s'agit d'une voiture, qui passe sur la route toute proche. Les fées n'en ont pas l'habitude, et Noa sursaute de peur.

– Oh non ! J'ai fait un faux geste ! Je viens de rater le dessin de l'aile de ce pauvre papillon ! Il y a une affreuse tache en plein milieu !

Clochette plisse le nez. D'accord, le papillon a deux ailes qui ne sont pas pareilles du tout, dorénavant. Mais ce n'est pas si laid. En tout cas, c'est original !

– Ne t'inquiète pas, Noa. Au moins, ça change !

– Tu es trop gentille, Clochette.

– Non, c'est la vérité ! Tu viens de créer un super papillon, car il nous rappellera ta grosse peur. D'ailleurs, je viens de lui trouver un nom : le peurpillon de l'été !

Et Noa éclate à nouveau de rire en regardant son chef-d'œuvre imprévu s'envoler gaiement !

Suite de l'histoire le 17 avril, page 116

Disney Princesses

La Belle au Bois Dormant

Bon appétit, Médor !

Après avoir longtemps erré dans la campagne, cherchant en vain quelque chose à manger, Médor se coucha à même la terre, ramena ses pattes endolories sous son corps décharné et essaya de trouver le sommeil. Comme à l'accoutumée, son maître n'avait pas jugé bon de préparer sa pâtée à un vieux chien au crâne pelé...

– Il est là-bas ! Je le vois ! s'écria soudain une voix cristalline.

Médor ouvrit un œil, puis l'autre, et les referma tous deux en se disant que sa faim le faisait délirer. Un léger bruit de pas le tira à nouveau de sa torpeur.

Cette fois, il ouvrit de grands yeux. Les écarquilla, même ! Trois drôles de petites bonnes femmes au chapeau pointu se tenaient devant lui, le regard rempli de bonté. L'une était toute de rouge vêtue, l'autre portait une robe verte et la troisième, une robe bleue comme le ciel.

– Ne crains rien, Médor ! s'empressa de dire la première. Nous sommes ici pour te venir en aide ! Je m'appelle Flora.

– Moi, c'est Pâquerette ! annonça sa compagne habillée de vert.

– Et moi, Pimprenelle ! dit la troisième.

– Eh bien, tu en fais, une tête ! se moqua Flora.

Un instant, Médor se demanda comment Flora et ses compagnes connaissaient son nom, puis renonça. Le mystère était trop grand, pour son malheureux cerveau tourmenté par la faim...

– Allons, qu'aimerais-tu manger, pour ton déjeuner ? demanda Pâquerette. Des côtelettes de sanglier ?

– Un cuisseau d'ours ? proposa Pimprenelle.

– Une glace aux airelles ? lança Flora, en partant d'un grand rire.

– Heu... Des côtele... répondit Médor, pensant ainsi se donner une contenance.

Soudain, le chien vit Flora agiter dans sa direction la petite baguette qu'elle tenait à la main : une pâtée odorante apparut là, juste devant lui. Quand Pâquerette agita à son tour sa baguette, surgit de nulle part un os comme ceux que tous les chiens du monde rêvent de ronger. Et enfin, d'un coup de baguette magique, Pimprenelle fit paraître une litière.

Médor ne se fit pas prier pour goûter à toutes ces bonnes choses. Et, quand il eut lapé jusqu'à la dernière miette de pâtée, il voulut remercier les trois bonnes fées.

Mais elles avaient disparu... Alors, il coinça son os entre ses dents et s'endormit bientôt sur la litière si douce.

Disney Princesses

La Belle et La Bête

Un, plus dix, plus cent

C'est l'heure du thé. Belle s'installe à la bibliothèque et entame la lecture d'un nouveau roman lorsque Zip, hors d'haleine, arrive en sautillant.

– Oh là là, Belle ! Viens voir dans le jardin !

Intriguée, la jeune fille se dépêche de suivre son ami. Il la conduit près de la roseraie, où un adorable petit chien blanc s'amuse dans les massifs ! En apercevant Belle, il se met à aboyer joyeusement.

Zip grimace.

– Si la Bête entend ce raffut, il va grogner !

– Ne t'inquiète pas, Zip. Je sais comment calmer ce petit chien !

Et Belle court à la cuisine chercher un biscuit. Le petit chien est enchanté ! Il saute et fait le beau pour l'attraper.

– Le pauvre, il doit être abandonné !

– Non, Zip. Regarde sa médaille : il s'appelle Bingo. Son maître s'occupe bien de lui, ça se voit. Bingo se promène par ici, voilà tout.

À ces mots, le petit chien chipe un autre biscuit dans la poche du tablier de Belle, puis il repart comme une flèche chez lui.

– Quel gourmand ! s'esclaffe-t-elle en le regardant s'éloigner.

Le lendemain, Belle décide de prendre le thé dans le jardin. Comme ça, si Bingo revient, elle sera là pour l'accueillir.

– Le voilà ! s'écrie soudain Zip.

Sauf que Bingo est accompagné ! Il a invité deux autres chiens à venir rendre visite à la jeune fille qui donne des biscuits ! Belle éclate de rire en leur en offrant deux à chacun. Puis les petits chiens jouent avec Zip pendant l'heure du goûter. L'après-midi suivant, Zip attend leur retour avec impatience... Mais cette fois, ce sont dix chiens qui accourent dans les jardins !

– Le Maître risque de se fâcher, prévient Big-Ben d'un ton sinistre.

D'autant plus que le jour d'après, ce ne sont pas dix, mais cent petits chiens qui surgissent au bout du chemin ! Trop, c'est trop. Les jardins vont être dévastés ! Alors, Belle a un plan. Avec l'aide de Lumière, elle travaille toute la nuit et le lendemain, quand les chiens arrivent, elle les conduit au Pré Oublié, derrière le château... où elle a aménagé un terrain de jeux pour eux !

– Youpi ! chantonne Zip. Ils pourront s'amuser ici sans gêner personne !

– Un, plus dix, plus cent... soupire Big-Ben. C'est une catastrophe !

– Plus maintenant, remarque Madame Samovar. Tous les chiens du village sont là, on peut être rassurés : il n'en viendra pas plus !

Disney Les Fées

Clochette et L'expédition Féerique

Clochette ne renonce jamais

Le temps d'installer l'été dans l'Autre Monde, les fées ont basé leur campement sous un grand chêne, à l'abri du regard des humains.

Mais un jour, une automobile passe en pétaradant sur la route toute proche, et Clochette se précipite à sa suite, folle de curiosité !

– Non, arrête ! la retient Vidia, la fée Voltigeuse. Tu sais que c'est interdit !

– C'est de se montrer aux hommes, qui est interdit ! proteste Clochette. Pas d'étudier leurs formidables inventions !

– Mais c'est très dangereux ! insiste Vidia.

Clochette hausse les épaules et s'envole à tire-d'aile.

– Ne t'en fais pas, Vidia : je serai prudente ! promet-elle alors en s'élançant après la voiture.

Clochette fait bien attention à repérer son chemin, en volant derrière l'automobile. Elle ne veut pas se perdre en revenant tout à l'heure ! Une colline à droite, la fougère à gauche... La voiture roule tellement vite, c'est extraordinaire !

– Si je comprends son mécanisme, j'en fabriquerai une pour la reine Clarion, décide la petite Bricoleuse.

Mais en vérité, elle est encore plus intéressée par les humains... Elle rêve d'en voir un de près ! Elle a déjà aperçu une petite fille, au printemps. Elle lui a rapporté sa boîte à musique, et elle a entendu sa maman l'appeler Wendy. Depuis ce soir-là, Clochette n'a qu'une idée en tête : observer les humains, et tout apprendre d'eux. Bien sûr, elle restera bien cachée, car on raconte que les humains s'amusent à chasser les papillons avec de grands filets, et la petite Bricoleuse n'a pas du tout l'intention de se laisser capturer de cette façon ! Enfin, la voiture se gare devant une vieille maison de campagne. Vite, Clochette se faufile discrètement dans les branches d'un arbre. Elle empêche ses ailes de tinter de joie : ça y est, des humains sortent de l'auto-mobile ! Un homme avec des valises et une petite fille aux longs cheveux roux.

– Youpi ! pense Clochette. Je vais les suivre dans leur maison !

Pourtant, à la dernière seconde, elle change d'avis. C'est qu'il y a un gros chat mangeur de fées, chez ces humains... Mais Clochette est vexée. Elle refuse de rentrer au campement bredouille. Alors elle plonge dans le moteur encore chaud de la voiture pour l'examiner !

– Quel que soit le danger à affronter, rit-elle, je ne renonce jamais tout à fait !

Suite de l'histoire le 19 avril, page 118

Disney Princesses

Blanche-Neige et les Sept Nains

Au bain, Grincheux !

Jamais encore les Sept Nains n'étaient rentrés aussi poussiéreux de la mine de diamants : ils en avaient la barbe grise, et les habits boueux !

– Une paroi s'est effondrée ! expliqua Prof à Blanche-Neige. Cela nous a permis de découvrir de belles pierres précieuses, mais un passage secret, aussi ! Alors, armés de nos pioches, nous l'avons exploré.

– Et qu'avez-vous trouvé ?

– Quelques rats, dit Timide. Mais, nous savons maintenant où il mène : au pied de la Montagne Noire !

– Quelle chance ! applaudit Blanche-Neige. Cela nous fera un fameux raccourci pour aller cueillir les fraises !

– Pour se crotter de boue de la tête aux pieds, oui ! grommela Grincheux.

Blanche-Neige le toisa et réprima un petit rire. Le pauvre était le plus sale de tous !

– Il est tombé, confia Atchoum. J'ai éternué, Dormeur a poussé Simplet en sursautant, et ensuite Simplet a bousculé Grincheux...

– De toute façon, dit la princesse en souriant, vous êtes tous bons pour un bain ! Je m'occupe du dîner, filez vite vous laver !

Les nains coururent au bassin, impatients de se faire propres et de déguster la potée qui mijotait. Seul Grincheux traînait des pieds...

– Je déteste l'eau, grimaça-t-il quand les autres, ayant terminé leurs ablutions, s'étonnèrent de le voir encore tout crasseux.

Soudain, l'estomac de l'un d'eux gargouilla dans la pièce. Aussitôt, les Sept Nains comprirent à quel point ils avaient faim.

– Pas question que tu nous empêches de passer à table ! s'écria Prof.

Il se jeta sur Grincheux et le lava de force. Plus Grincheux se débattait, plus Prof le frottait !

– La brosse ! réclama-t-il à Simplet. Il en a jusque derrière les oreilles !

Grincheux n'appréciait guère l'empressement des nains : lui qui rêvait de ne prendre qu'un bain par an ! Lorsqu'il fut propre et bien soigné, Joyeux, toujours farceur, noua deux mèches de sa barbe et posa une couronne de fleurs sur sa tête. Grincheux ne décolérait pas !

– Vous me le paierez ! tempêtait-il. Il fut cependant bien content de manger la délicieuse potée... et bien plus encore lorsque Blanche-Neige l'embrassa sur le crâne pour lui souhaiter bon appétit !

« Se laver a ses bons côtés, admit-il en lui-même. Mais je ne l'avouerai jamais ! »

Disney Les Fées

Clochette et l'expédition féerique

Une pluie de catastrophes

Clochette est une fée Bricoleuse très curieuse. Elle veut toujours tout étudier, tout comprendre, tout fabriquer. Et rien ne l'intéresse tant que l'Autre Monde. Les humains ont des inventions si originales ! Aussi, quand, un jour, elle aperçoit une vieille automobile qui file vite, vite sur la route, la petite Bricoleuse ne peut pas s'empêcher de la suivre afin de l'étudier de plus près... La voiture s'arrête bientôt devant une maison, puis le conducteur en descend et rentre chez lui avec sa fille.

Clochette en profite et, sans hésiter, elle fonce sous l'automobile !

– Oh ! s'émerveille-t-elle devant le moteur. Quel mécanisme ingénieux ! Il y a là toutes sortes de leviers, de tuyaux, de ressorts et d'écrous.

La fée comprend rapidement que c'est un système complexe de chaînes et d'essieux qui permet aux roues de tourner, et à la voiture d'avancer. Elle examine justement les bougies et la batterie, lorsque Vidia, la fée Voltigeuse, arrive d'un coup d'aile.

– Clochette ! Il faut partir d'ici ! C'est risqué de traîner près des humains. Ils pourraient te voir !

– Mais non, je fais bien attention ! assure Clochette.

– Peuh ! se moque Vidia. Avec ta vilaine manie de fouiner partout, tu provoques toujours des tas de catastrophes ! On en a l'habitude, à la Vallée des Fées !

Clochette fronce les sourcils. Vidia est agaçante, avec ses remarques désobligeantes !

– Tout ira bien, je te dis ! s'entête la Bricoleuse en poussant et tirant tour à tour sur un étrange levier métallique.

Elle ne s'en rend pas compte mais, dehors, Vidia reçoit soudain une grande giclée d'eau froide ! Sans le savoir, Clochette a déclenché le système de refroidissement du moteur... Pauvre Vidia ! Une fée aux ailes mouillées ne peut plus voler !

– Au secours ! crie-t-elle. Si les humains arrivent, je ne pourrai pas m'enfuir !

Clochette se dépêche de la rejoindre. Elle est tout étonnée de trouver la Voltigeuse dans cet état. Elle s'exclame :

– Tu m'accuses de créer tout un tas d'ennuis à tout le monde... mais toi, Vidia, tu prends un bain chez les humains, et ça, ce n'est vraiment pas très malin !

– Je ne te le fais pas dire, grogne alors la Voltigeuse, rouge de colère.

Suite de l'histoire le 21 avril, page 120

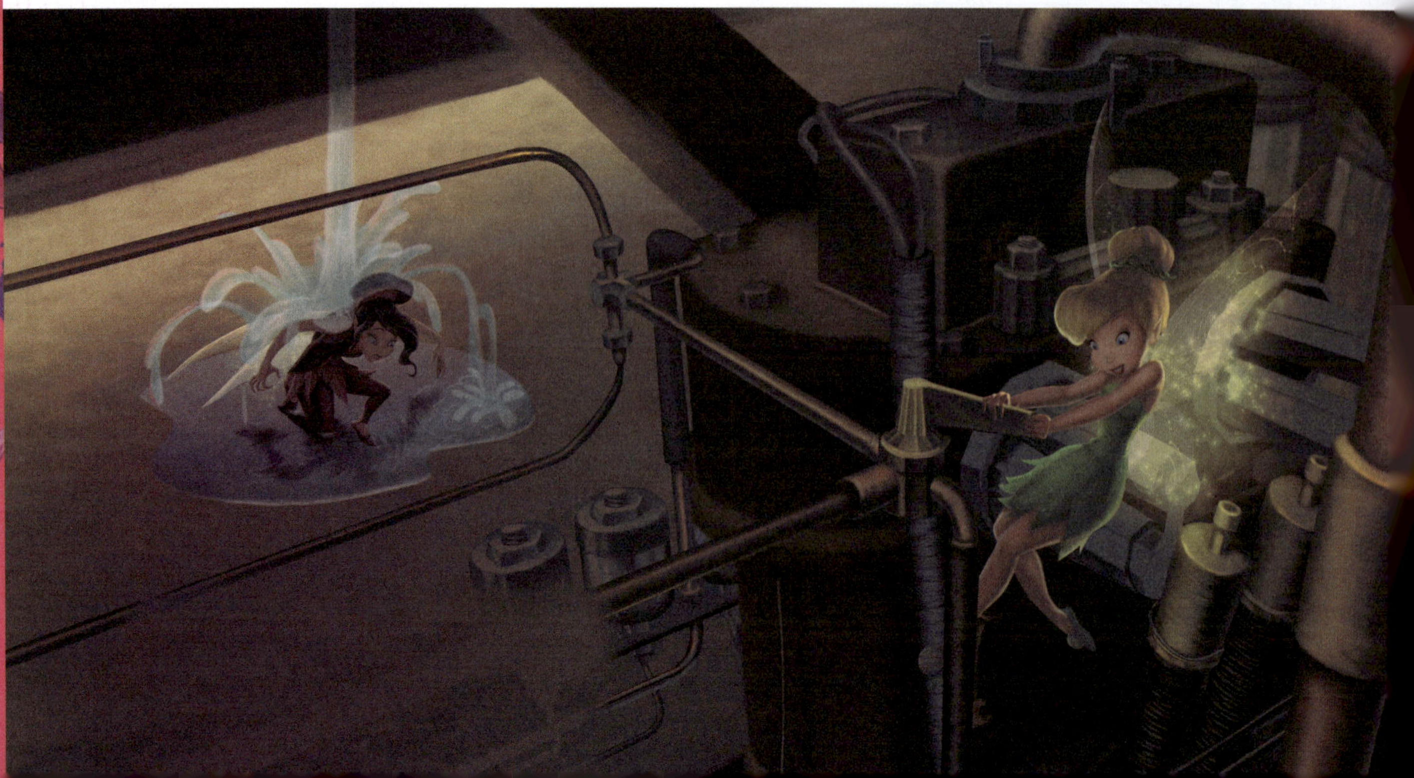

Disney Princesses

La Belle au Bois Dormant

Rose l'étourdie !

– Profite de cette belle journée pour aller te promener dans la forêt ! dit la fée Pâquerette. Surtout, ne t'approche pas de la rivière !

– Les premières fraises des bois doivent commencer à mûrir ! Tu pourras peut-être remplir ton panier ! déclara la fée Flora. Surtout, ne t'aventure pas du côté du moulin !

– Tu trouveras des asperges sauvages ! Un vrai délice ! s'exclama la fée Pimprenelle. Surtout, ne traverse pas le pont !

Rose prit congé, laissant les fées vaquer à leurs occupations, et s'en alla dans la forêt en fredonnant une chanson. Dans sa tête, elle se répétait en boucle les instructions de ces tantes. Dans les arbres, les oiseaux lui faisaient écho.

Elle se sentait légère comme l'air frais de cette journée printanière.

– Je ne vais pas près de la rivière ! Je ne m'aventure pas du côté du moulin ! Je ne traverse pas le pont ! chantait Rose, en frappant des mains pour marquer la mesure.

– Coucou ! Coucou ! fit un coucou, heureux d'avoir trouvé un nid pour y déposer son œuf.

– Coucou ! répondit Rose.

Elle s'approcha du nid, déposa un baiser sur le doux duvet de l'oiseau et reprit sa promenade en chantant.

– Je ne vais pas près de la rivière ! Je ne m'aventure pas du côté du moulin ! Je ne traverse pas le pont ! répétait-elle joyeusement.

– Bonjour ! fit un petit lapin en remuant une oreille.

– Bonjour ! fit à son tour Rose. Je vais à la recherche des mille trésors de la forêt. Veux-tu m'accompagner ?

– Bien volontiers ! fit le lapereau en remuant l'autre oreille.

Et c'est ainsi que Rose découvrit peu à peu tous les hôtes de la forêt. Ils lui emboîtèrent le pas dans un joyeux cortège en chantant avec elle. Tout ce petit monde riait, s'amusait, criait dans un joyeux tintamarre.

– Je vais près de la rivière ! Je m'aventure du côté du moulin ! Je traverse le pont ! telles furent bientôt les paroles de la chanson.

Heureusement que Pâquerette, Flora et Pimprenelle étaient des fées ! Elles voyaient tout ! Elles entendaient tout ! Aussi, quand elles apprirent que Rose s'apprêtait à franchir le pont, d'un coup de baguette magique, elles la ramenèrent à temps à la maison...

Car, de l'autre côté du pont, régnait la méchante fée Maléfique.

Pour rien au monde, les trois bonnes fées n'auraient voulu que Rose tombe entre ses griffes !

Disney Les Fées

Clochette et l'expédition féerique

L'existence des fées

Clochette et ses amies de la Vallée des Fées sont en mission dans l'Autre Monde, pour installer l'été. Mais la Bricoleuse ayant déjà terminé sa part de travail, elle en profite pour observer un peu les humains... en cachette, bien sûr !

– Tu es folle ! la dispute Vidia. Cachée ou pas, c'est trop dangereux !

Mais Clochette ne l'écoute pas. Elle s'intéresse beaucoup plus aux deux humains qui habitent la vieille maison, au bord de la route. Il s'agit du docteur Griffith, un scientifique spécialiste des insectes, et de sa fille Lizzie. Ils viennent de rentrer de voyage et finissent de sortir leurs bagages du coffre d'une automobile.

– Comme j'aimerais en fabriquer une pareille ! soupire d'envie Clochette en se glissant sous le moteur.

Soudain, Lizzie aperçoit un papillon, qui volette dans le jardin. Ses ailes scintillent au soleil : il est magnifique ! La fillette émerveillée le fait grimper sur son doigt, et elle remarque alors que les deux ailes de ce papillon sont complètement différentes ! Elle montre ce spécimen fascinant à son père en s'exclamant :

– C'est bizarre, mais c'est joli. Les fées ont dû les peindre ainsi pour l'été !

– Les fées n'existent pas, Lizzie ! proteste son père.

Cachée, Clochette trépigne de colère.

– Je vais lui apprendre de quel bois se chauffe une fée qui n'existe pas !

Et elle s'élance en direction du docteur.

Vite, Vidia la retient.

– Non, reste ici ! S'il te voit, il te capturera !

– Mais Lizzie a raison, ronchonne Clochette. C'est Noa, qui a peint différemment les ailes du papillon. Elle a sursauté en entendant la voiture passer, et elle a fait un faux mouvement avec son pinceau.

– Et alors ? soupire Vidia. Son père n'a pas besoin de le savoir. Regarde : il a déjà capturé le papillon dans un filet pour l'étudier !

Clochette est stupéfaite. Finalement, mieux vaut que les humains ignorent l'existence des fées, alors... puisqu'ils emprisonnent ce qui les étonne !

– D'accord, admet-elle. Je préfère vivre dans le secret, mais libre ! Il y a tant d'aventures qui m'attendent encore, ce serait dommage de manquer ça !

Et sous l'œil catastrophé de Vidia, l'incorrigible petite entêtée file comme une flèche explorer le jardin des humains !

Suite de l'histoire le 23 avril, page 122

Disney

ALICE au pays des MERVEILLES

Pour ne pas se sentir triste

Un lapin blanc passa à toute vitesse devant Alice…

– Oh, pauvre de moi ! Pauvre de moi ! se lamentait-il.

– Que vous arrive-t-il, monsieur le Lapin ? demanda Alice.

Mais le Lapin Blanc était déjà loin. Encore une fois, Alice se retrouva seule dans ces bois étranges.

– Je ne sais comment sortir d'ici ! dit-elle, inquiète.

Le Chat du Chester surgit brusquement de nulle part. Il s'adressa à la jeune fille depuis la branche d'arbre sur laquelle il était perché.

– Que se passe-t-il ? demanda une voix. Tu sembles préoccupée ! Tu as besoin d'aide ?

– Tu peux m'aider ?

– Bien sûr ! dit le Chat du Chester avec une grimace. Mais tu devras faire exactement ce que je dis.

– D'accord ! accepta Alice.

– D'abord, tu vas mettre ce manteau !

– Mais c'est le printemps ! protesta Alice.

– Tu as promis de faire tout ce que je dis, rappela le Chat.

– Oui ! affirma Alice, en commençant à passer le manteau.

– Devant derrière ! ordonna le Chat.

– Mais... commença Alice.

Le Chat du Chester commençait à disparaître.

– Ne pars pas ! Je le mets, s'écria Alice.

Dès qu'elle eut passé le manteau, le Chat réapparut.

– Faisons une petite promenade, dit-il en souriant.

– Mais je me sens un peu ridicule ! protesta Alice.

– Ne t'inquiète pas, personne ne te verra.

– Maintenant, bois cette tasse de sauce à la pomme ! ordonna le Chat du Chester.

– Tu veux dire du jus de pomme ? demanda Alice.

– Non, de la sauce à la pomme ! Bois-la et décris un cercle en marchant. Trois fois de suite.

– Bon, d'accord !

Mais quand elle entama son deuxième cercle, ses doutes s'accentuèrent.

– Je pense que tu me fais une blague ! s'écria-t-elle. Tu cherches à me rendre ridicule !

– C'est vrai, reconnut le Chat du Chester. Mais il est plus difficile de se sentir triste quand on est ridicule !

Il eut un grand sourire avant de disparaître.

Alice réfléchit un moment et se dit que le Chat avait raison : si elle était toujours perdue, elle se sentait moins triste maintenant !

Disney Les Fées

Clochette et l'Expédition Féerique

Plus loin que le bout de son nez

C'est le début de l'été. Clochette ayant terminé son travail dans l'Autre Monde, elle en profite pour explorer le jardin de Lizzie, une gentille fillette humaine qui croit aux fées. Mais Clochette sait qu'elle n'a pas le droit de se montrer. Aussi, elle avance bien cachée sous le feuillage... Vidia l'accompagne, même si elle se méfie des hommes et préférerait retourner au campement, sous le grand arbre.

« On ne sait jamais, se dit-elle, Clochette pourrait encore s'embarquer dans une aventure terrible et avoir besoin de mon aide ! »

Soudain, Clochette s'immobilise.

– Oh, regarde, Vidia ! Lizzie a installé un chemin avec des boutons, par terre ! On pourrait en rapporter quelques-uns pour réparer les roues du chariot des Bricoleurs...

– Ne compte pas sur moi pour toucher aux objets des humains ! refuse aussitôt Vidia en grimaçant de dégoût.

Clochette tintinnabule de rire. Il faut toujours que Vidia exagère ! Les deux fées remontent alors l'allée de boutons lorsque tout à coup, elles aperçoivent devant elles une charmante maisonnette construite en carton, brindilles et feuilles de lierre.

– Lizzie est très habile, constate Clochette. Ce travail est digne d'une fée Bricoleuse !

– Sauf que Lizzie est une fillette, lui rappelle Vidia d'un ton avisé.

Clochette hausse les épaules et approche sans peur de la mignonne maisonnette. Vidia fronce les sourcils. Elle se tait, car elle n'avouera jamais que la petite maison lui plaît...

– Il y a un panneau qui dit « Bienvenue aux fées » ! s'exclame Clochette. Tu vois, Vidia, on ne risque rien !

– À moins que ce ne soit un piège, proteste la Voltigeuse.

Mais sans hésiter, Clochette pousse la porte de la maisonnette et entre. Quelle merveille ! Il y a là de petits meubles exactement à sa taille, et tout est très bien décoré ! Elle le savait bien, que Lizzie n'aurait jamais fabriqué un piège à fées !

– Tu peux venir, Vidia ! J'avais raison, il n'y a aucun danger !

– Vraiment, Clochette ?

Et vlan ! Vidia commande au vent de claquer la porte !

– Même si ce n'est pas la faute de Lizzie, te voilà finalement emprisonnée dans la jolie maisonnette, Clochette ! se moque-t-elle. La prochaine fois, réfléchis mieux... et vois un peu plus loin que le bout de ton vilain nez de curieuse.

Suite de l'histoire **le 26 avril, page 125**

Disney Princesses

Cendrillon

Soleil et pluie

Avec le retour du printemps vinrent les corvées de jardinage. Avant d'être princesse, Cendrillon n'aimait pas trop bêcher ou planter les graines. Mais elle pouvait compter sur le soutien de ses amis Jac et Gus, les souris de la ferme. Grâce à leur humeur joyeuse, elle parvenait à travailler en voyant le bon côté des choses.

– Tu sens comme ces roses embaument, Cendrillon ? disait Gus.

Et la jeune fille oubliait l'espace d'un instant qu'elle ramassait les feuilles mortes.

– Cette touffe de chiendent ressemble aux moustaches de Gus ! se moquait Jac.

Et Cendrillon riait tellement que le sac de terreau lui semblait moins lourd. Après tout, quand elle jardinait, elle prenait le soleil et le grand air ! Soudain, le fiacre de la maison s'arrêta devant le perron. Javotte, Anastasie et leur mère montèrent à bord sous les yeux de Cendrillon, occupée à arroser.

– Nous allons au pique-nique de printemps du prince ! s'écria Anastasie. Mon nouveau chapeau rose va le fasciner !

– Il préférera mon nouveau chapeau bleu ! protesta Javotte.

Lorsque le fiacre s'éloigna, Cendrillon poussa un soupir. Elle aurait adoré participer au pique-nique... Voyant son air triste, Jac et Gus lui préparèrent une surprise : ils décorèrent de fleurs et de rubans son vieux chapeau de paille !

– Oh, j'ai un nouveau chapeau de printemps, moi aussi ! s'exclama la jeune fille. Merci, mes amis !

Ils l'aidèrent alors à terminer ses corvées, afin qu'elle puisse profiter de ces quelques heures de liberté. Assise dans l'herbe, Cendrillon admirait les fleurs, observait les abeilles. Elle sauva même un oisillon tombé d'un arbre, en grimpant le reposer dans son nid. Mais brusquement, le ciel s'obscurcit. Et il se mit à pleuvoir !

– Une giboulée de printemps !

Vite, Cendrillon courut avec Jac et Gus s'abriter sous l'auvent. Attendant que l'averse se calme, ils tressèrent des brindilles en mangeant des biscuits. C'était très agréable ! Mais pas autant que d'entendre Javotte, Anastasie et leur mère rentrer à la maison, trempées jusqu'aux os et folles de rage.

– Ce pique-nique a été un cauchemar ! gémit Anastasie.

– Quelle journée horrible ! renchérit Javotte.

Cendrillon, Jac et Gus ne pouvaient s'empêcher de rire : eux, au moins, ils avaient passé en secret du bon temps ensemble... tout en restant bien au sec par cet après-midi de printemps !

Disney Les Fées

Clochette et le tournoi des Fées

Une drôle d'équipe

Quelle magnifique journée en perspective ! Les petites fées s'affairent dans tous les sens, avec excitation. C'est la veille du tournoi des Fées – une compétition où les fées s'affrontent en équipes dans une série d'activités sportives. Rosélia est le chef d'orchestre car elle est en charge de la décoration du stade. Mais soudain, elle a le souffle coupé. La nouvelle gardienne des fées, Chloé, marche tout droit en direction de ses belles fleurs. Et elle porte dans ses bras un énorme rocher ! Rosélia arrête Chloé avant qu'elle n'atteigne son jardin :

– Hop, hop, hop, Chloé ! Où vas-tu comme ça ?

Mais celle-ci fait tomber son rocher sur le sol, éclaboussant de boue toutes les autres fées. Quand Rosélia comprend que Chloé s'entraîne pour le tournoi, elle l'emmène dans le hall de la Gloire.

– Tu ne remarques rien de particulier ? lui demande Rosélia.

– Non, quoi ? répond Chloé avec curiosité.

– Aucune équipe de fées des Jardins n'a jamais gagné un seul tournoi ! lui répond Rosélia.

Chloé lui fait un grand sourire. Elle est persuadée qu'elle est celle qui va changer cette mauvaise habitude.

Le jour suivant, les équipes se rassemblent dans le stade. Le tournoi des Fées va bientôt commencer !

À la grande surprise de Chloé, Rosélia a accepté d'être sa partenaire. Bien qu'elle soit persuadée qu'il leur est impossible de gagner, elle a enfilé l'une de ses plus jolies robes pour l'occasion. Il faut au moins qu'on remarque qu'elle est jolie ! Deux fées des Tempêtes, Vulcain et Alyzée, sourient à l'assemblée. Ils visent leur cinquième victoire consécutive.

La première épreuve est la course de grenouille.

Rosélia ne supporte pas les grenouilles. Elle les trouve visqueuses. Mais Chloé et Rosélia parviennent tout de même à se qualifier pour la seconde étape. Leurs amis ne peuvent pas y croire. Même si elles ont fini à la dernière place, elles ont fait mieux que n'importe quelle fée des Jardins avant elles.

Le deuxième jour s'ouvre avec l'épreuve de ski nautilibellule. C'est terrifiant. Mais Chloé encourage Rosélia pour qu'elle ne pense plus à sa peur. Et ça fonctionne ! Elles passent la ligne d'arrivée. Désormais, elles sont qualifiées pour la troisième épreuve !

Quelle équipe de choc !

Suite de l'histoire le 27 avril, page 126

Disney Les Fées

Clochette et l'Expédition Féerique

D'une prison à l'autre

Clochette est si curieuse qu'elle en oublie le danger ! C'est ainsi qu'elle est entrée dans la petite maison en carton de Lizzie, une fillette de l'Autre Monde, et qu'elle s'est retrouvée piégée à l'intérieur à cause d'une blague de Vidia !

– Pardon, Clochette ! Je ne pensais pas qu'en commandant au vent de claquer la porte pour te faire peur, on ne pourrait plus la rouvrir après !

Vidia est catastrophée. C'est si risqué, de rôder du côté de chez les humains ! Elle réfléchit à un moyen de délivrer rapidement Clochette, lorsqu'elle entend Lizzie approcher !

Vidia se faufile sous les fourrés, juste à temps : Lizzie s'agenouille devant la maisonnette en carton et regarde par la fenêtre...

– Oh ! Une fée ! murmure-t-elle, en apercevant Clochette. Alors j'avais raison : les fées existent pour de vrai !

Pauvre Clochette ! Voilà que Lizzie ramasse la petite maison de carton et l'emporte en courant à sa chambre, où elle la dépose avec soin sur son lit. Puis, elle jette un nouveau coup d'œil par la fenêtre et...

– Petite fée ? Où es-tu ?

Clochette ne doit pas être vue. Elle se tient tout contre le plafond de la maisonnette, quand Lizzie en retire justement le toit pour mieux voir à l'intérieur.

Vite, Clochette s'envole à travers la chambre en espérant que la fillette la prendra pour un papillon. Mais c'est le gros chat de la famille, qui la remarque le premier. Et il bondit sur elle pour l'avaler ! Heureusement, Lizzie est là pour la sauver... Sauf qu'elle ne trouve rien de mieux que d'enfermer Clochette dans une cage à oiseaux !

– Là-dedans, le chat ne pourra plus t'embêter, assure la fillette. Tu es en sécurité !

Dehors, sur le rebord de la fenêtre, Vidia assiste à la scène. Elle est paniquée. Comment sortir Clochette de ce guêpier ?

– Ne t'inquiète pas ! crie-t-elle à son amie. Je fonce chercher du secours !

Et elle s'élance en direction du campement des fées.

Dans sa prison, Clochette se désespère. D'accord, le chat ne peut plus l'attraper, derrière ces horribles barreaux... mais elle, elle ne peut plus ni voler ni s'enfuir !

– Lizzie croit bien faire en me protégeant des griffes du chat, soupire la fée prisonnière. Seulement, qui va me sortir de la cage de Lizzie, maintenant ?

Suite de l'histoire **le 30 avril, page 129**

Disney Les Fées

Clochette et Le tournoi des Fées

Des fées étonnantes

Le tournoi des Fées a démarré sur les chapeaux de roues ! Chloé et Rosélia ont décidé de faire équipe toutes les deux. Même si personne ne les donnait vraiment gagnantes, elles ont déjà réussi à se qualifier lors de la première étape de la course des grenouilles… puis de la deuxième avec le ski nauti-libellule ! Les deux fées n'en croient pas leurs yeux, elles sont très fières. Le jour de la troisième épreuve tant attendue est arrivé. C'est l'épreuve de roule-en-cages.

Rosélia est enfermée dans une sphère transparente, sur laquelle Chloé doit courir de façon à la faire rouler. Les fées des Jardins finissent deuxièmes, juste après Vulcain et Alyzée !

L'homme-hirondelle n'apprécie pas que les fées des Jardins les rattrapent. Mais il préfère se taire pour le moment. Il attend de voir la suite…

Vient enfin l'épreuve suivante : le souris-polo. Rosélia, sur le dos de Fromage, passe la balle à Chloé puis charge sur le terrain. Chloé lui renvoie la balle. Rosélia prend une grande inspiration, vise et… elle marque ! Elles ont gagné une autre étape !

La dernière épreuve du jour est la course d'obstacles. Les fées des Jardins sautent dans des tasses à thé volantes et prennent les devants. Mais le dernier obstacle est un toboggan en limace tout gluant. Devant sa phobie des bêtes, Rosélia refuse d'y descendre. Alors que Chloé tente de la rassurer, les autres concurrents les dépassent. Elles finissent tout de même la course, bonnes dernières.

– Peut-être que nous ne sommes pas faites pour ça, après tout, déclare Chloé, horriblement déçue.

Rosélia se sent très mal de leur avoir fait perdre la course d'obstacles. Alors qu'elle quitte le stade, elle percute Vulcain.

– Tu es encore sur mon chemin toi ? lui dit-il de mauvaise humeur. Pourquoi tu ne vas pas te refaire une beauté ? Tu n'es bonne qu'à ça !

Rosélia est rouge de colère. Quelqu'un doit absolument remettre Vulcain à sa place. Elle va lui prouver qu'il a tort ! Et la meilleure façon de lui clouer le bec serait de gagner le tournoi des Fées ! Alors, en attendant le dernier jour de la compétition, Rosélia rentre chez elle, se regarde et se dit :

– Cette année, Vulcain, promis juré, je serai la grande gagnante !

Suite de l'histoire le 29 avril, page 128

Disney Princesses

Pocahontas

L'escapade de Pocahontas

– Arrête-toi, Pocahontas ! cria une voix grave.

La jeune Indienne se retourna. Un grand gaillard se dressait derrière elle, poings sur les hanches. C'était Kocoum, le guerrier le plus brave de la tribu. Il n'était pas méchant, mais il poursuivait une mission : protéger Pocahontas.

– Ton père t'a demandé de ne pas quitter le village ! grogna-t-il.

– Tu n'as pas envie de faire une course en canoë ? proposa la jeune fille.

– Non !

– De manger les bons fruits qu'on cueille là-haut, sur la montagne ? D'aller...

– NON ! la coupa le colosse. Tu dois rentrer tout de suite !

– Attention ! cria Pocahontas. Derrière toi...

Celui-ci secoua la tête en grimaçant :

– Tu ne m'auras pas comme ça, je connais tes... AAAAH !

Une boule de poils venait de s'écraser contre ses mollets, griffes en avant. Surpris, Kocoum pivota. C'était Meiko, le raton laveur ! Il était parti à la recherche de Pocahontas – il s'était tellement dépêché qu'il n'avait pu s'arrêter au détour du chemin et avait ainsi percuté le guerrier.

En se retournant, Kocoum s'aperçut que Pocahontas en avait profité pour s'enfuir dans la forêt. Il pénétra dans le sous-bois. C'est alors qu'un chuchotement lui parvint.

– Je suis là...

Le chuchotement venait de sa droite. Aussitôt, Kocoum courut dans cette direction.

Un autre murmure s'éleva, quelques mètres derrière lui :

– Je suis là...

Cette fois, le guerrier tourna les talons et bondit dans les fourrés. Hélas ! l'instant d'après, les feuillages de la forêt frémirent, et le même chuchotis sembla venir de partout.

– Je suis là... Je suis là... Je suis là...

Kocoum passa l'une des pires journées de sa vie, à courir après Pocahontas. La forêt paraissait être de connivence avec la jeune fille. Il courut à la rivière, mais ne la trouva pas. Alors il grimpa sur les hauteurs où l'on trouvait les fruits que Pocahontas aimait tant. L'herbe aplatie prouvait qu'elle était passée par là, mais elle avait disparu.

Alors, le soir venu, Kocoum rentra au campement la tête basse. Powhatan allait être furieux. Mais un éclat de rire l'accueillit. Pocahontas était sur le seuil de sa cabane et l'observait.

– Tu t'es bien promené, Kocoum ? lui demanda-t-elle gentiment. Si tu veux, demain, on pourra recommencer une autre partie de cache-cache !

Disney Les Fées

Clochette et Le tournoi des Fées

Tout est possible !

Le dernier jour de la compétition du tournoi des Fées est enfin arrivé, avec l'épreuve du grand rallye de la Vallée. Après avoir passé toutes les épreuves, Chloé et Rosélia sont les grandes favorites du concours. Lorsque Rosélia arrive, la foule l'acclame. Elle est habillée pour la compétition !

– J'ai un plan pour gagner, dit-elle à Chloé. Fais-moi confiance, d'accord ?

Chaque équipe a construit un char spécialement pour le rallye. Ils prennent tous un très bon départ, mais bientôt, la tempête élimine presque tous les concurrents. Seules les fées des Tempêtes et les fées des Jardins restent dans la course. La Montagne de boue apparaît bientôt devant leurs yeux.

– C'est notre dernière chance de réussir ! s'écrie Chloé en regardant le raccourci.

– Maintenant ! crie Rosélia.

Grâce à Clochette, superbe fée Bricoleuse, leur char possède un levier spécial. Quand Chloé et Rosélia tirent dessus, des pommes de pin sortent de la roue, de façon à les aider à gravir la Montagne de boue.

Puis, une fois au sommet, leur véhicule se transforme en un traîneau géant. De la boue est projetée dans tous les sens alors qu'elles glissent vers le bas de la montagne. Mais Rosélia n'est pas inquiète. Son plan a fonctionné. Elles ne sont plus qu'à quelques mètres de Vulcain et Alyzée !

Mais Vulcain refuse de perdre. Il attrape la main d'Alyzée et envoie un puissant éclair sur le char de Rosélia et Chloé.

Boum ! Le véhicule des fées des Jardins se retourne. Rosélia et Chloé comprennent alors qu'elles n'ont plus aucune chance de gagner. Mais elles sont déterminées à finir la course, même avec un char abîmé, par n'importe quel moyen !

Rosélia et Chloé boitent jusqu'à la ligne d'arrivée, en tirant leur char, ou ce qu'il en reste.

– Les gagnants sont… annonce la reine Clarion, les fées des Jardins !

– Mais j'ai franchi la ligne en premier ! crie Vulcain.

– Les équipiers doivent terminer ensemble, lui rappelle la reine.

Vulcain se tourne et voit alors Alyzée de l'autre côté de la ligne.

– As-tu une idée de ce que tu viens de faire ? hurle-t-il.

– J'ai aidé la meilleure équipe à gagner, répond Alyzée.

Alors la foule applaudit et la reine Clarion sourit fièrement aux deux fées des Jardins. Rosélia et Chloé n'arrivent pas à y croire.

Elles ont gagné le tournoi des Fées !

Disney Les Fées

Clochette et L'Expédition Féerique

Langage improvisé

C'est terrible ! Clochette est enfermée dans une cage à oiseaux. Mais Lizzie, la fillette qui l'a capturée, lui ouvre tout à coup la porte.

– Rassure-toi, j'adore les fées. Regarde mes dessins !

Clochette est impressionnée par ces portraits magnifiques !

– Les fées sont des magiciennes, ajoute Lizzie. Elles peuvent faire apparaître tout ce qu'on veut !

– Tu te trompes ! proteste Clochette. Les fées ont chacune un talent particulier, et nos pouvoirs viennent de la Poudre de Fée !

Mais Lizzie ne la comprend pas ! Tout ce qu'elle entend, lorsque Clochette parle, ce sont de légers tintements musicaux, comme les notes d'un xylophone.

– Oh ! Alors c'est ça, le langage des fées ! s'écrie la fillette, émerveillée.

– Mais non, corrige Clochette. C'est juste ma voix, qui est trop faible par rapport à toi !

Elle gesticule pour se faire comprendre... En vain. Clochette rougit de contrariété. Comment communiquer avec les humains ? Elle plisse le nez et réfléchit. Soudain, elle a une idée ! Elle fonce à la maisonnette que Lizzie a fabriquée pour les fées. La porte est bloquée. En trois secondes, Clochette la répare !

– Bravo, tu es une vraie bricoleuse !

Cette fois, Clochette est satisfaite. Elle poursuit ses efforts en tentant de faire deviner son nom à la fillette. Il y a un grelot, à la porte de la maisonnette. Elle le fait sonner, puis elle agite ses ailes et tintinnabule de la même façon en pointant le doigt vers elle.

– Tu veux me dire ton nom ! en conclut Lizzie. Je sais : tu t'appelles Grelot !

La fée Bricoleuse montre avec colère sa robe de feuilles. Lizzie comprend aussitôt :

– Oh, pardon ! Tu es une fille, et un grelot, c'est un mot masculin... Voyons. Ton nom serait-il Cloche ?

Clochette secoue la tête en écartant les bras. Lizzie acquiesce :

– Hum, ton nom est plus long... Serait-ce... Clochette ?

La fée sautille de joie.

– Oui, c'est Clochette ! renchérit Lizzie. C'est très joli ! Moi, je suis Lizzie.

– C'est très joli aussi, répond Clochette en souriant.

Bien sûr, la fillette ne l'entend toujours pas parler. Mais grâce à leur nouveau langage improvisé, elle comprend que ça lui plaît... et elle s'empresse de lui serrer la main pour lui souhaiter la bienvenue !

Suite de l'histoire le 3 mai, page 132

Disney Princesses

Blanche-Neige et les Sept Nains

Muguet porte-bonheur

Quel calme, dans la forêt, cet après-midi !

« Mon ouvrage est fini pour aujourd'hui, décida Blanche-Neige en sortant de la chaumière. Je vais rendre visite à mes amis. »

La princesse adorait les animaux, et ils le lui rendaient bien. Lorsqu'elle s'était perdue, dans les bois, ils l'avaient protégée, réconfortée, puis conduite à la maison des Sept Nains. Souvent, avec leurs pattes ou leur museau, ils frappaient à la porte !

« Je n'ai pas vu Mésange depuis longtemps, songea Blanche-Neige en prenant la direction du Vallon du Dragon, où nichait l'oiseau. Peut-être son œuf est-il éclos ? »

Comme d'habitude, les animaux se précipitèrent au-devant de leur princesse. Lapins, écureuils, tortues et même le faon de Biche l'escortèrent jusqu'à la vallée.

– Oh ! Regardez ! s'exclama Blanche-Neige en se penchant soudain au pied d'un massif fleuri. Du muguet ! C'est un porte-bonheur, et un excellent présage !

Les clochettes blanches se balançaient au bout des tiges délicates. Elles embaumaient tant qu'un nuage de papillons dorés froufroutait autour d'elles. La princesse en cueillit quelques brins, puis reprit sa route en fredonnant gaiement. Parvenue au Vallon du Dragon, elle s'assit à l'ombre du tilleul où habitait Mésange.

Aussitôt, ses compagnons l'entourèrent, attendant qu'elle leur donne des nouvelles des nains, ou même du prince charmant...

– J'ai rêvé de lui, cette nuit, confia Blanche-Neige. Nous étions tous réunis chez lui. Cela finira par arriver... dans mon rêve, je trouvais justement du muguet !

À cet instant, Mésange quitta son nid et descendit jusqu'à la princesse en gazouillant.

– Alors, Mésange... Tu ne passes plus me voir à la chaumière ? la taquina Blanche-Neige.

L'oiseau secoua la tête, lança un trille autoritaire, et un oisillon tout bleu se posa timidement sur la main de la jeune fille qui s'extasia :

– Oh, ton petit est né et il sait déjà voler ! Félicitations !

Elle caressa la tête du bébé avec le brin de muguet et décréta :

– En ce premier mai, je te nomme Muguet ! Tu en as la grâce, la fragilité...

Elle s'interrompit car l'oisillon se mettait à pépier, affolé. Blanche-Neige leva les yeux, et vit qu'une branche allait tomber sur le faon ! Vite, elle écarta l'animal à temps et remercia Muguet en concluant :

– Et tu nous portes bonheur !

Disney Princesses

La Belle au Bois Dormant

Le corbeau et les cerises

L'animal préféré de Maléfique, un corbeau au plumage noir, avait quitté le château de bon matin et survolait la campagne quand il remarqua un cerisier, planté au beau milieu d'un jardin. Et, comme il avait une petite faim, il se hâta de voler jusqu'à l'arbre. Quelle aubaine !

– Pouah ! lança-t-il bientôt d'un air dégoûté, en recrachant le fruit vert qu'il venait de happer. C'est immangeable !

Quelques instants plus tard, une volée de moineaux s'abattit sur un arbre voisin, lorgnant avec envie les petits fruits luisants du cerisier. Quelques pies vinrent ensuite se percher sur un piquet et se mirent également à les regarder d'un œil envieux.

« Puisque les oiseaux semblent accorder tant d'intérêt aux cerises, c'est qu'elles deviendront sans doute délicieuses : il suffit d'attendre ! » se dit le corbeau. Et, bien décidé à être le premier à manger les fruits mûrs, il se percha sur une branche pour monter la garde. Le matin, dès que les premiers rayons du soleil apparaissaient à l'horizon, le corbeau goûtait une cerise afin de vérifier si elle était enfin mûre.

– Pouah !

Elles étaient toujours acides ! Passèrent des jours, passèrent des semaines... Sur les arbres voisins, moineaux et pies allaient et venaient, happant au passage quelques moucherons égarés dont ils se nourrissaient, sans oser approcher du cerisier tant convoité.

Notre corbeau, lui, ne quittait jamais son perchoir. Pour rien au monde il n'aurait voulu laisser échapper la récolte dont il rêvait depuis qu'il avait posé les yeux sur ces merveilleux fruits.

Tant et si bien qu'il devenait chaque jour plus maigre, plus décharné. Il donnait l'impression de flotter dans son habit noir. Son long bec jaune semblait démesuré proportionnellement à son petit corps. Il était efflanqué, même squelettique. Et si faible qu'il finit par tomber de sa branche, complètement épuisé.

À peine les cerises furent-elles mûres, que les moineaux et les pies s'empressèrent de venir les déguster, sous le nez du corbeau.

Celui-ci était devenu tellement faible, qu'il n'eut même pas le courage de se hisser sur ses frêles pattes pour voler jusqu'au cerisier. Et il resta là, couché au pied de l'arbre aux magnifiques fruits écarlates, à regarder ses compagnons se régaler de cerises bien sucrées...

Disney Les Fées

Clochette et l'expédition féerique

Un orage qui tombe bien

À présent qu'elles parviennent à se comprendre, Clochette et Lizzie passent un excellent moment ensemble, dans la chambre de la fillette. Mais un orage éclate alors et bientôt, des gouttes de pluie tombent dans la vieille maison au toit plein de fuites. Vite, le papa de Lizzie monte à l'étage les calfeutrer. En entendant les deux nouvelles amies bavarder dans la chambre d'enfant, il entre et demande :

– Lizzie ? Avec qui parles-tu donc ?

Heureusement, Clochette a le temps de filer se cacher derrière une statuette avant qu'il ne l'aperçoive !

– Je ne parle à personne, papa, murmure Lizzie.

Elle déteste mentir à son père, mais elle ne peut pas non plus lui avouer la vérité. Ce serait trop dangereux pour Clochette !

Elle continue :

– J'imaginais juste que j'étais avec une fée…

– Hé bien, à ce propos, ma chérie, je pense que l'heure est venue pour toi d'oublier ces rêveries et de vivre un peu plus dans la réalité !

Lizzie fronce les sourcils. Elle n'a aucune envie d'oublier le monde des fées... Surtout pas maintenant qu'elle en a enfin rencontré une vraie ! Son père lui tend un gros carnet en expliquant :

– Je voudrais que tu profites de cet été pour tenir un journal de bord ! Tu te promèneras dans la nature, tu feras des observations sur les animaux, les insectes et les végétaux, et tu consigneras à l'intérieur du carnet toutes ces passionnantes découvertes !

Puis il quitte la chambre et s'en va réparer les fuites dans le toit. Lizzie grimace.

– C'est lui, le scientifique, pas moi ! Tout ce que je souhaite étudier, ce sont les fées !

À ces mots, Clochette sort de sa cachette. Elle doit vite s'en aller avant que le père de Lizzie ne revienne ! Elle tintinnabule devant la fenêtre.

La fillette soupire en lui ouvrant grand les carreaux. Mais dehors, il pleut à verse. Clochette recule d'un air embêté.

– Ce sont tes ailes ? devine Lizzie. Tu ne peux pas voler si elles sont mouillées ? Tant mieux, comme ça, tu resteras ici jusqu'à la fin de l'averse pour me révéler tous les secrets des fées... Cet orage d'été tombe très bien !

Clochette plisse le nez. Les secrets des fées ? Eh bien ! Si la reine Clarion savait ça, elle ordonnerait à Ondine d'annuler sur-le-champ ce genre d'orages qui tombent si bien en effet... pour les humains !

Suite de l'histoire le 5 mai, page 134

Disney Princesses

La Petite Sirène

Le chant de la sirène

Au palais du roi Triton, la nuit était paisible. Tout le monde dormait à poings fermés, tranquillement blotti dans son lit. Tout le monde, sauf Ariel et Polochon qui traversaient discrètement les couloirs...

– Ne fais pas de bruit, Polochon ! recommanda Ariel dans un souffle.

– Rassure-toi, j'ai trop peur de réveiller le roi ! frissonna le petit poisson jaune.

Ariel se plaqua la main sur la bouche pour se retenir de rire. Elle chuchota :

– Le bal va commencer. Dépêchons-nous !

Et elle nagea rapidement vers la surface de la mer. Polochon s'inquiéta :

– Le roi ton père piquerait une de ces colères s'il savait que tu retournes fouiner chez les humains !

Ariel haussa les épaules. Elle ne risquait rien, personne ne les avait vus se faufiler hors du palais.

Et puis, elle avait une surprise pour le prince Éric ! Elle tenait à lui faire savoir que même si elle ne se montrait pas, elle était toujours dans les parages à veiller sur lui. Comme le jour où elle l'avait sauvé de la noyade !

– Vite, Polochon ! On est arrivés !

Ils sortirent de l'eau au pied du château du prince Éric. Le bal battait déjà son plein. Les invités se pressaient sur la terrasse. Soudain, un magnifique feu d'artifice embrasa le ciel nocturne. Ariel murmura, émerveillée :

– Tu vois, Polochon. Les humains font des tas de choses extraordinaires !

Quand le feu d'artifice fut terminé, les gens rentrèrent dans le château. Mais le prince Éric demeura sur la terrasse, à observer le large. Ariel l'entendit soupirer :

– Pourquoi la jeune fille qui m'a sauvé s'est-elle enfuie à mon réveil ?

– Parce que hélas ! je suis une sirène ! regretta tout bas Ariel, cachée derrière un rocher.

Le prince continua :

– Je ne l'ai même pas vue ! Mais elle fredonnait une douce mélodie, et je donnerais cher pour réentendre sa voix !

Ariel sourit et se mit à chanter le morceau qu'elle avait composé pour lui. Sa voix de cristal emplit la nuit, caressa les vagues, s'éleva jusqu'au château... Le visage du prince Éric s'illumina de bonheur !

– Je reconnaîtrais votre voix entre mille ! Montrez-vous, je veux vous remercier !

– Inutile, mon prince, chuchota alors Ariel en s'éloignant avec Polochon. Soyez simplement présent car je reviendrai chaque soir chanter pour vous...

Disney Les Fées

Clochette et L'expédition Féerique

Question de talent

Clochette a manqué de prudence. Elle s'est approchée des humains et Lizzie, une gentille fillette, l'a vue ! Elle l'a emportée dans sa chambre, puis un orage a éclaté et maintenant, Clochette est obligée d'attendre qu'il ne pleuve plus pour s'envoler par la fenêtre et retourner chez elle...

Alors, Clochette et Lizzie en profitent pour apprendre à se connaître. La fillette veut tout savoir des fées ! Mais Clochette a une si petite voix que Lizzie ne la comprend pas. Elle n'entend que des tintements !

– Ce n'est pas grave, tu n'as qu'à mimer tes réponses ! décide alors la fillette.

Clochette agite ses ailes pour dire : d'accord, c'est une excellente idée ! Le problème, c'est que Lizzie a des dizaines de questions à poser à la Bricoleuse... Qu'est-ce qu'on fait, la journée, quand on est une fée ? Et la nuit ? Et voler, ça fait quel effet ? Et tu aimes les fleurs ? Et c'est vrai, que tu as des pouvoirs magiques ?

Au bout d'un moment, Clochette n'en peut plus : elle n'arrive plus à répondre à tout ça à la fois ! Elle réfléchit, examine le bureau de Lizzie et soudain, elle trouve la solution. La fillette possède un journal de bord, un carnet qu'elle doit remplir de toutes ses observations de la journée. Clochette l'ouvre et commence à dessiner des fées sur les pages blanches.

– Super ! applaudit Lizzie. Je vais appeler ce chapitre : « Mes recherches féeriques » !

Clochette s'en donne à cœur joie. Elle s'amuse à dessiner toutes ses amies les fées ! Bien sûr, son talent à elle n'est pas le dessin, et ça se voit... Pourtant, Lizzie semble enchantée du résultat !

À la fin, quand l'orage se calme et que Clochette peut s'en aller, la fillette court montrer fièrement son travail à son père. Mais le scientifique refuse de s'occuper d'elle. Il doit d'abord terminer de réparer les fuites, dans le toit de la maison, avant la prochaine averse. Lizzie est déçue : son père n'a jamais de temps pour elle ! En voyant pleurer la fillette, depuis la fenêtre, Clochette a tant de peine qu'elle revient réparer le toit à la place de son père. Comme ça, il pourra enfin consacrer un peu de temps à Lizzie...

– Et moi, je pourrai enfin lui présenter mon vrai talent ! se réjouit Clochette.

Car après tout, elle est bien meilleure Bricoleuse que dessinatrice... et elle aime autant que Lizzie le sache !

Suite de l'histoire le 7 mai, page 136

Disney Princesses

Blanche-Neige et les Sept Nains

La plus jolie des fleurs

Ce matin-là, Timide s'était mis en quête de la plus jolie fleur qu'il puisse trouver. Soudain, il entendit un bruit de l'autre côté de la colline. Timide grimpa jusqu'au sommet et découvrit son ami Atchoum.

– Tout ce pollen me fait éternuer, expliqua celui-ci, mais cela ne fait rien car j'ai déniché la plus jolie des fleurs pour Blanche-Neige. Regarde, c'est une orchidée blanche !

– Elle est jolie, c'est sûr, fit remarquer Timide. Mais j'ai une fleur moi aussi. Et je crois qu'elle est plus belle encore.

Et disant ces mots, il rosit d'émotion et devint de la couleur de la rose qu'il avait cueillie.

– Atchiii ! Ta rose est jolie aussi, dit Atchoum. Rentrons et nous verrons laquelle préfère Blanche-Neige.

Sur le chemin du retour, les deux amis rencontrèrent Prof, Joyeux et Dormeur, en grande discussion, eux aussi.

– Blanche-Neige agore les piolettes, insistait Prof. Je veux dire : adore les violettes !

Joyeux riait :

– Mais non, elle aime les marguerites !

– Je sais, moaaahhhh ! qu'elle préfère les boutons d'or, bâillait Dormeur.

– Ah tu crois ça, ronchonna une voix derrière eux.

C'était Grincheux, tenant une fleur ornée de petits boutons bleu pastel entre ses doigts.

– Oh ! Des gueules-de-loup ! dit Prof. C'est la parfaite fleur pour toi.

Simplet les attendait sur le seuil de la maison.

– Que caches-tu derrière ton dos ? demanda Prof.

Simplet dissimulait avec difficulté une grande et belle tulipe jaune.

Blanche-Neige s'affairait dans la cuisine.

– Nous voulons tous te remercier pour ta gentillesse, lui annonça Prof. Chacun de nous a cueilli une fleur pour orner tes cheveux.

– À toi de décider, maintenant, laquelle tu préfères, dit Grincheux.

Blanche-Neige, très embarrassée, aimait les Sept Nains et ne voulait en froisser aucun.

– J'ai une idée, dit-elle à ses amis. Posez toutes vos fleurs sur la table et sortez cinq minutes. Quand vous reviendrez, je porterai dans mes cheveux celle que j'aurai choisie.

Les Sept Nains sortirent à la queue leu leu. Puis Blanche-Neige les appela. Et quelle ne fut pas leur surprise ! Coiffée d'une couronne de fleurs, Blanche-Neige leur souriait, ravie.

– J'aime vos fleurs, comme j'aime chacun d'entre vous, dit-elle, de tout mon cœur.

7 MAI

Disney Les Fées

Clochette et l'expédition féerique

L'arche des fées

Les fées sont en mission dans l'Autre Monde : elles y installent l'été ! Mais Clochette, plus curieuse que jamais, s'est amusée à suivre une voiture, sur la route. Et voici qu'une fillette l'a vue ! Vite, elle a emporté la petite fée à sa chambre. Et maintenant, Clochette est prisonnière...

– Je fonce chercher de l'aide ! lui crie Vidia, la Voltigeuse, par la fenêtre.

Ce qu'elle ignore, c'est que la fillette traite Clochette avec gentillesse. Sinon, Vidia ne se serait pas tant inquiétée... et elle aurait surtout pris le temps de s'abriter de l'orage qui vient d'éclater !

Au lieu de quoi, Vidia, qui ne peut voler sous la pluie, traverse la prairie en courant puis arrive harassée, trempée jusqu'aux os, au campement des fées.

Elle rassemble ses amis et explique :

– Une fillette a kidnappé Clochette, dans la vieille maison, de l'autre côté de la route ! Nous devons aller la délivrer !

– Mais c'est impossible ! s'exclame Noa. La prairie est complètement inondée, le chemin est plein de flaques où l'on risque de se noyer !

– Construisons un bateau ! proposent alors en chœur Clark et Gabble, les deux Bricoleurs.

Et chacun de se mettre courageusement à l'ouvrage. Même les insectes de la forêt participent au projet : rien n'est trop difficile pour secourir cette chère Clochette. Clark et Gabble dirigent les opérations de main de maître. Un morceau d'écorce forme la coque du bateau. Une brindille souple sert de mât. Des pétales de fleurs remplacent la voile.

Bientôt, l'arche des fées est fin prête, les sauveteurs n'ont plus qu'à embarquer ! Le bateau navigue dans une rigole, au milieu de la prairie. Il s'agit d'une profonde trace de pneu que la pluie a remplie. Mais cela fait très bien l'affaire ! Sauf que tout à coup, le terrain s'incline... et la rigole se transforme en chute d'eau ! Le courant précipite l'arche vers le vide, elle va sombrer d'une seconde à l'autre ! Vidia essaie de créer un tourbillon, en commandant au vent de souffler en cercle. Mais l'orage est le plus fort, et le bateau s'écrase bientôt au bas de la chute d'eau. Ouf, il n'y a pas de blessé... Mais il va falloir continuer à pied, à présent.

– Dire qu'on s'est donné tant de mal pour construire une arche des fées, soupire Clark. On aurait mieux fait de bricoler des parapluies, tiens !

Suite de l'histoire le 9 mai, page 138

Disney Princesses

La Belle et La Bête

On va bien s'amuser !

En descendant prendre son petit-déjeuner, Belle consulte le calendrier, au mur de l'office. Elle pousse un cri :

– C'est l'anniversaire de la Bête, aujourd'hui ! On va bien s'amuser !

– Non, le Maître ne le fête jamais, regrette Madame Samovar. Il est trop solitaire.

Belle fronce les sourcils.

– Eh bien, cette année, je suis là. Je vais donc lui organiser un pique-nique, et je suis sûre qu'il sera ravi !

La jeune fille inspecte sans tarder les réserves de la cuisine. Puis elle commence ses préparatifs...

– Il faut choisir ce que préfère la Bête, déclare-t-elle. Aidez-moi à ne pas me tromper, d'accord ?

Lumière, le chandelier, lui conseille de cuire des cakes au fromage. Madame Samovar lui recommande de faire des crêpes sucrées. Big-Ben insiste pour qu'on n'oublie ni les grains de raisin croquant ni les sandwichs au pâté. Zip remarque pour sa part qu'un flan nappé de caramel serait plus que parfait.

Avec tout ça, Belle se donne du mal pour la Bête... Enfin, elle a terminé : le pique-nique est prêt.

– Lumière, veux-tu porter cette invitation à la Bête ? demande-t-elle en tendant un message au chandelier. Rendez-vous à midi à la clairière du verger !

Et elle court installer son pique-nique là-bas. Elle étale une nappe sur l'herbe, les plats sur la nappe. Et, le temps d'aller cueillir un beau bouquet de fleurs, les animaux des bois, alléchés par le festin, viennent se régaler à son insu...

– Oh, non ! gémit Belle en découvrant le désastre. Ils ont tout mangé !

Un rouge-gorge se met soudain à pépier, attirant ainsi l'attention de la jeune fille sur les arbres fruitiers du verger. Vite, elle s'empresse de remplir un bol de cerises et de noix fraîches. Mais cela ne suffit pas pour pique-niquer !

– Pas de panique ! s'écrie Lumière en surgissant avec ses amis. Nous voulions participer à cette petite fête : regardez ce que nous apportons !

– Un gâteau d'anniversaire ! se réjouit Belle. Bravo, la Bête va l'adorer !

Ce dernier arrive justement. Il est très étonné... et finalement bien content que Belle ait pensé à lui ! Après les agapes, il l'invite à danser dans la clairière, où tous passent l'après-midi à bien s'amuser.

– Dommage qu'on n'ait qu'un anniversaire par an ! conclut alors la Bête... à la surprise générale !

Disney Les Fées

Clochette et l'expédition féerique

On repêche Vidia

Quelle expédition ! Les fées bravent l'orage pour courir délivrer Clochette, qui a été capturée par une fillette. Comme la pluie les empêche de voler, Clark et Gabble ont eu l'idée de construire un bateau afin de traverser la prairie inondée.

Mais manque de chance, le bateau est tombé dans un trou et il s'est échoué. Les fées n'ont plus d'autre choix que de continuer à pied...

À pied dans l'herbe détrempée !

– On est presque arrivés ! annonce enfin Vidia en apercevant au loin la vieille maison.

Elle prend la tête de la marche. Il faut franchir la chaussée en terre qu'empruntent les voitures des humains. Vidia avance d'un pas déterminé. Elle ne se méfie pas et soudain, elle s'enfonce jusqu'à la taille dans la boue !

– Au secours ! s'égosille-t-elle, paniquée. Il y a une flaque hyper profonde, à cet endroit ! Je ne peux plus bouger ! Venez vite !

Ondine, Iridessa, Noa et Rosélia se précipitent à la rescousse de leur amie. Elles font bien attention à ne pas s'enfoncer à leur tour dans la boue, puis elles saisissent Vidia par les bras et essaient de la soulever.

– Ho, hisse ! Ho, hisse !

Rien à faire : la flaque refuse de laisser sortir la Voltigeuse ! Si au moins Clark et Gabble leur donnaient tout de suite un coup de main, au lieu de réfléchir à une machine compliquée qui les aiderait plus tard !

– On n'a pas le temps d'attendre ! s'exclame brusquement Rosélia. Il y a une voiture qui arrive, elle va écraser Vidia !

Iridessa a un plan. Elle détourne la lumière des phares de la voiture et aveugle le conducteur qui, croyant qu'une autre voiture roule en face de lui, braque son volant et stoppe net sur le bas-côté de la route. Ouf ! Il a évité Vidia de justesse ! Noa a alors une nouvelle idée. Quand le conducteur descend de voiture pour essayer de comprendre ce qui s'est passé, Noa s'agrippe de toutes ses forces au long lacet de sa chaussure. Les autres l'imitent, et il suffit que l'homme fasse un pas sur la route pour tracter hors de la flaque de boue les fées cramponnées à son lacet. Bien sûr, il ne se rend compte de rien, mais grâce à lui, Vidia est sauvée !

– Youpi ! On a repêché Vidia ! s'amuse Ondine.

– Avec un drôle d'hameçon... pour un drôle de poisson ! ajoutent Clark et Gabble.

Et pour une fois, Vidia partage leur crise de rire !

Suite de l'histoire le 12 mai, page 141

Disney Princesses

LA PETITE SIRENE

Chasse au trésor

Pour déjouer la surveillance de Sébastien, Ariel s'était levée très tôt ce matin-là, alors que tous dormaient encore au palais, et elle s'était éclipsée discrètement.

– Regarde Polochon ! s'écria-t-elle en tendant le doigt vers l'épave d'une frégate découverte la veille. Elle est belle, non ?

– Euh… oui, répondit le poisson, pas très convaincu. Mais ça doit être assez mal fréquenté, ce genre d'endroit…

– On va trouver des tas de jolies choses à l'intérieur… Allez viens, suis-moi !

Et elle pénétra dans la frégate.

– Il fait noir, gémit Polochon, il n'y a rien à voir, ici. Allez viens, on s'en va !

Mais Ariel, dont les yeux s'étaient habitués à la demi-obscurité, ne partageait pas son avis.

Elle était déjà dans une autre pièce et ce qu'elle avait découvert la laissait sans voix : des piles et des piles de drôles d'objets jonchaient le sol. Ils étaient blancs, ornés de dessins de toutes sortes avec des liserés dorés, et leur forme rappelait celle d'un coquillage, mais en plus plat.

– Que c'est beau ! murmura Ariel en prenant un des objets dans ses mains et en l'examinant attentivement.

– Qu'est-ce que c'est ? interrogea Polochon.

– Je ne sais pas, peut-être que ce sont des chapeaux pour dames, suggéra Ariel.

– Ça m'étonnerait, répondit Polochon, c'est bien trop plat. Non, à mon avis, c'est un lit pour poissons. Regarde !

Alors Polochon se coucha dans l'un de ces récipients en s'enroulant sur lui-même.

– Bravo ! s'écria Ariel en battant des mains. Tu as trouvé à quoi ça sert ! Mais, ajouta-t-elle, soudain perplexe, il me semble que les motifs au fond… Relève-toi pour voir…

Polochon sortit du récipient et les deux amis regardèrent avec attention le dessin qui ornait l'objet… Lorsqu'ils comprirent de quoi il s'agissait, ils poussèrent un cri… Un poisson était dessiné, allongé dans le récipient, les écailles ternes, l'œil vide, avec deux drôles d'ustensiles de chaque côté de lui.

– Mais c'est un plat pour manger les poissons ! Au secours ! s'écria Polochon.

– Reviens, appela Ariel en riant. Tu n'as rien à craindre, il n'y a aucun humain ici !

Polochon réfléchit, puis revint vers son amie en souriant.

– N'empêche, dit-il, c'est moi qui ai trouvé à quoi ça servait, cette chose. Je crois que je vais devenir un véritable expert en objets d'humains, moi aussi ! Et les deux amis éclatèrent de rire.

Disney Princesses

Jasmine

Rajah perd son sang-froid

Comme chaque soir, Jasmine et son tigre Rajah se promènent dans les jardins du Palais d'Agrabah. Ils se dirigent vers le verger lorsqu'un buisson se met à bouger sur leur passage.

Vite, Rajah bondit pour protéger Jasmine.

– Merci, Rajah, mais ce ne sera pas utile ! Regarde !

La princesse écarte les branches et découvre une minuscule guenon, tapie là. La pauvre a l'air mal en point et affamée. Mais le tigre reprend son chemin comme si de rien n'était...

– Non, Rajah ! le rappelle Jasmine. Tant pis pour notre promenade. Nous devons aider cette petite guenon !

Et ils regagnent le palais. Une fois la guenon baignée et nourrie, elle paraît tout de suite en meilleur état. Elle essaie même de voler les boucles d'oreilles de Jasmine !

– Tu aimes les bijoux ? s'amuse la princesse. Parfait : ce sera ton nom, désormais ! Rajah, pousse-toi un peu, s'il te plaît : cette nuit, Bijou dormira près de mon lit. Ça la rassurera !

Bien sûr, le tigre n'apprécie guère ce changement... D'autant plus que, dès le lendemain matin, Bijou est en pleine forme et n'arrête pas de le taquiner en cachette. Très vite, Rajah n'en peut plus. Mais dès qu'il se met à grogner pour se défendre, Jasmine croit que c'est lui, le méchant ! Au déjeuner, rien ne s'arrange. Bijou mange même la part du tigre, et tout le monde la trouve très mignonne.

Alors, Rajah décide de devenir « très mignon » à son tour ! Et il commence à imiter tout ce que fait Bijou... Seulement, ce qui convient à une guenon espiègle convient beaucoup moins bien à un tigre du Bengale ! Ainsi, quand Bijou se tient par la queue à une branche d'arbre, Jasmine l'applaudit. Alors que Rajah, ainsi suspendu, tombe lourdement par terre... et Jasmine se demande ce qu'il lui prend !

– Il fait tout comme Bijou pour te plaire, devine Aladdin en arrivant avec son singe Abu.

– Oh, Rajah ! pardonne-moi ! s'exclame alors la princesse. À cause de mon attitude, tu as perdu ton sang-froid et tu as failli te faire mal !

À ces mots, le tigre baisse la tête de honte. Jasmine termine :

– Je te promets de faire plus attention à toi. Et puis, réjouis-toi : Bijou embêtera quelqu'un d'autre, maintenant !

En effet, la guenon vient d'apercevoir Abu, sur l'épaule d'Aladdin... et elle grimpe à côté du petit singe en refusant catégoriquement de redescendre !

Disney Les Fées

Clochette et L'Expédition Féerique

Fuite de papillon

Lizzie est fascinée par les fées. Un jour, elle capture même l'imprudente Clochette ! Mais Lizzie est une fillette au grand cœur, et elle rend sa liberté à la fée Bricoleuse. Alors, touchée par sa gentillesse, Clochette choisit de rester un peu auprès d'elle. Lizzie a besoin de compagnie : son père est accaparé par ses études sur les insectes… Et pour ne rien arranger, il y a des fuites dans le toit de leur vieille maison !

Mais Clochette a une idée :

– Si je répare les fuites pendant la nuit, demain, Lizzie et son papa pourront passer du temps ensemble !

Et Clochette s'envole à tire-d'aile examiner le plafond du couloir, où perlent encore quelques gouttes de pluie. La Bricoleuse réfléchit. Elle sait que le grenier se trouve juste au-dessus du couloir.

Donc s'il pleut dans la maison, c'est qu'il pleut d'abord dans le grenier…

– C'est là-haut que ça se passe ! s'exclame-t-elle en fonçant sous les combles.

La pénombre règne, dans le grenier. Sans la lumière de la lune, par la lucarne, on n'y verrait rien du tout. Heureusement, Clochette est débrouillarde. Elle vole de poutre en poutre, tâte le bois, vérifie le plancher. L'endroit est encombré de caisses et de malles en tous genres. Il empeste le moisi, aussi. Mais la fée débusque vite ce qu'elle cherchait : l'origine des fuites d'eau. C'est qu'il n'y a pas un simple trou dans le toit, mais deux !

– Puisque je n'ai pas le matériel pour boucher ces trous, je vais dévier les fuites !

Clochette déniche des espèces d'entonnoirs dans une boîte. Elle les fixe sous les trous qui percent le toit, puis elle y relie un système complexe de tuyaux qui mène à la lucarne ouverte. Ainsi, l'eau de pluie s'écoule dans les entonnoirs, passe par les tuyaux et se déverse dans le jardin. Clochette est satisfaite. Elle file vérifier que le plafond ne goutte plus dans la maison, et aperçoit soudain un beau papillon bleu, prisonnier d'un minuscule bocal de verre. C'est le spécimen aux ailes bizarres que le père de Lizzie veut étudier.

– Pauvre papillon, il peut à peine bouger dans ce bocal ! proteste Clochette.

Et elle s'empresse de le délivrer. Aussitôt, le papillon s'enfuit par la fenêtre. Clochette éclate de rire. D'accord, elle empêche les fuites d'eau… Mais pas question d'empêcher la fuite d'un papillon !

Suite de l'histoire le 14 mai, page 143

Disney Princesses

Raiponce

Cheveux à tout faire

Raiponce possède une chevelure enchantée. Il suffit de la toucher pour guérir d'une maladie. Ou pour retrouver sa jeunesse ! Voilà pourquoi Mère Gothel a kidnappé la petite fille à sa naissance : elle a besoin de l'avoir auprès d'elle pour ne plus vieillir... Bien sûr, Raiponce ne doit pas partir. Alors Mère Gothel l'a enfermée dans une immense tour, puis elle l'a élevée en se faisant passer pour sa mère et en lui racontant que le monde était plein de dangers.

Aujourd'hui, Raiponce est devenue une belle jeune fille. Et vivre dans la tour ne lui suffit plus ! Pourtant, Raiponce ne s'ennuie pas. Elle balaie, joue de la guitare...

Ce qu'elle préfère, c'est peindre. Surtout le paysage qu'elle voit de sa fenêtre !

– Demain, j'ai dix-huit ans, dit-elle ce matin-là à Pascal, son caméléon. Je vais demander à ma mère de me laisser sortir pour aller voir les merveilleuses lanternes qui apparaissent dans le ciel à chacun de mes anniversaires !

La pauvre est loin de se douter que ce sont ses vrais parents qui font ça en souvenir de leur enfant kidnappée...

– Raiponce, tes cheveux ! ordonne alors Mère Gothel, au pied de la tour sans porte.

– Tout de suite !

La jeune fille se penche à la fenêtre. Elle déroule ses longs cheveux jusqu'au sol. Mère Gothel s'y cramponne, puis Raiponce la remonte avec un système de poulie.

– Ho hisse !

C'est tout de même très difficile... Mais Raiponce n'ose pas se plaindre.

– Tu dois être fatiguée, à force, remarque d'ailleurs Mère Gothel en atterrissant dans la tour. Je dois monter tous les jours te voir ! Tu pourrais me remonter plus vite, Raiponce !

La jeune fille hausse un sourcil, la mine perplexe. Mère Gothel plaisante-t-elle ?

– Allons, ma chérie ! Je te taquine, voyons ! s'esclaffe cette dernière.

Ouf ! Raiponce se sent un peu rassurée. Parce que sinon, ce serait trop injuste !

D'accord, elle a la chance de posséder de fantastiques cheveux qui servent à tout faire... Mais elle doit quand même se donner beaucoup de mal pour hisser sa mère par la fenêtre !

Suite de l'histoire le 16 mai, page 145

Disney Les Fées

Clochette et L'Expédition Féerique

Jamais de mensonge

En se levant ce matin-là, le docteur Griffith est ravi : les fuites dans le toit ont disparu comme par miracle !

– Lizzy, ma chérie, annonce-t-il à sa fille. Je ne comprends pas qui a arrangé le toit pendant la nuit, mais grâce à ça, j'ai enfin du temps à passer avec toi avant d'aller travailler !

Bien cachée dans la chambre de la fillette, la fée Clochette tintinnabule de joie. Son plan fonctionne à merveille : c'est elle qui a réparé les fuites pour que le docteur Griffith puisse s'occuper de Lizzy, justement !

– Tu veux voir mon Journal des fées, papa ? Il y a plein de dessins dedans.

Le docteur Griffith refuse de croire en l'existence des fées. Alors, Lizzy aimerait beaucoup le convaincre qu'il se trompe... surtout maintenant qu'elle a rencontré Clochette qui lui a expliqué mille choses sur son peuple ! Et la fillette se précipite gaiement dans le bureau de son père. Mais lorsqu'elle entre dans la vaste pièce encombrée d'ouvrages scientifiques, Lizzy trouve son père de fort méchante humeur. Il brandit un bocal vide sous le nez de sa fille et rouspète :

– Le papillon n'est plus là ! C'était un spécimen unique, très intéressant. Je devais le présenter ce soir au comité du muséum ! Quelqu'un l'a laissé s'échapper exprès, Lizzy. Et comme ce n'est pas moi...

– Ce n'est pas moi non plus ! assure la fillette. Je n'y ai pas touché. C'est Cloch...

Lizzy s'interrompt. Elle ne peut pas parler de Clochette à son père, ce serait trop risqué : en savant très curieux, il voudrait immédiatement capturer la pauvre petite fée pour l'étudier !

– Qui est-ce, Lizzy ? insiste le docteur d'un ton soupçonneux.

– Si je te le dis, tu ne me croiras jamais...

À ces mots, son père se fâche :

– Tu me déçois, Lizzy ! Il n'y a que toi et moi, dans cette maison, tu le sais très bien ! File dans ta chambre, petite menteuse !

Lizzy obéit sans protester. Elle vient de se faire gronder injustement mais au moins, elle a protégé son amie Clochette...

– Rassure-toi, Clochette : ici, tu es en sécurité pour longtemps ! soupire alors la fillette. Car si papa ne me croit pas quand je dis la simple vérité, il n'est vraiment pas près de croire aux fées !

Suite de l'histoire le 17 mai, page 146

Disney Princesses

La Belle au Bois Dormant

Une question de talent

15 MAI

Le printemps, dans la forêt, Aurore ne s'ennuie jamais. Il faut dire que ses trois tantes ont toujours mille choses à faire ! Même lorsqu'il pleut plusieurs jours d'affilée...

– J'en ai profité pour tresser un panier en osier ! déclare Flora.

– Bravo ! la félicite Pâquerette. Tu as beaucoup de talent !

– J'en ai profité pour inventer une recette de brioche, renchérit Pimprenelle.

– Délicieux ! se régale Aurore. Tu es un vrai cordon bleu !

Soudain, la jeune fille remarque qu'il ne pleut plus.

– Enfin ! J'espère que mes fleurs n'ont pas moisi, avec toute cette eau...

Vite, ses tantes l'accompagnent au jardin. Par chance, le parterre d'Aurore est en parfait état ! Elles courent ensuite au potager. Elles s'inquiètent beaucoup pour leurs légumes. Surtout Pâquerette.

– Tu comprends, Aurore, soupire-t-elle. Toi, tu as le don de cultiver des fleurs extraordinaires. Flora sait fabriquer toutes sortes d'objets utiles, et Pimprenelle est une cuisinière hors pair ! Moi, je n'ai aucun talent particulier...

– Bien sûr que si ! s'écrie Aurore. Regarde tes plants de haricots : ils sont magnifiques !

Il y a là des centaines de légumes croquants à souhait, prêts à être cueillis et dégustés. Pâquerette rougit de fierté. D'autant que Flora et Pimprenelle ont perdu leur récolte personnelle. Les radis et les aubergines sont bons pour la poubelle !

– Avec le retour du soleil, ça va peut-être s'arranger ? dit Aurore.

Mais rien ne s'arrange... au contraire ! Seuls les haricots de Pâquerette continuent de s'épanouir à merveille. C'est réellement une excellente jardinière. Au fil des jours, elle s'occupe avec soin de ses plants. À force, Flora et Pimprenelle n'en peuvent plus, de tous ces haricots... En plus, Pâquerette les peint maintenant en tableau, pour que personne ne les oublie jamais !

– Cette fois, tu te vantes un peu trop, la prévient Aurore, un matin.

Pâquerette était si contente d'avoir découvert son talent qu'elle s'est laissé monter la tête ! Pour se faire pardonner, elle ajoute alors à son tableau un plat de brioches, un panier en osier, et un bouquet de fleurs colorées : tous leurs talents réunis sur une même toile !

– Formidable ! applaudit Rose. Et tu sais quoi, Tante Pâquerette ? On dirait bien que tu as aussi le talent de la peinture !

Disney Princesses

Raiponce

Un anniversaire comme il faut

Raiponce est devenue une belle jeune fille. Elle ne sait pas que Mère Gothel n'est pas sa vraie mère, qu'elle l'a kidnappée étant bébé pour bénéficier du pouvoir de ses longs cheveux dorés... Ainsi, Mère Gothel vient chaque jour les toucher, et elle ne vieillit plus ! La méchante femme redoute seulement de perdre la magie de la chevelure enchantée de la jeune fille !

Alors, Raiponce se contente de regarder le paysage par la fenêtre, et se demande ce que sont ces lanternes flottantes dans le ciel, à chacun de ses anniversaires. Elle veut percer le mystère et comme demain elle fête ses dix-huit ans, elle sait déjà quel présent réclamer à Mère Gothel.

– Mère, pour mon anniversaire, je n'ai envie que d'un cadeau...

Elle hésite. Pascal, son caméléon, l'encourage d'un geste. Elle reprend :

– Eh bien, j'espérais que tu m'emmènes voir ces lumières flottantes.

– Inutile, grogne Mère Gothel. Ce sont des étoiles.

– Non, les étoiles ne bougent pas ! proteste Raiponce. J'ai besoin de les voir, mère. Et pas seulement de ma fenêtre, en personne. Je dois savoir ce que c'est.

– Ma pauvre enfant ! Toi, si délicate, quitter la tour ? Tu n'y penses pas ! Dehors, il y a des sauvages qui veulent te faire du mal ! Tu n'es pas encore prête.

– Mais...

– N'insiste pas. Je ne veux que ton bien. Pour un anniversaire comme il faut, ne parlons plus de ce cadeau idiot ! Tu crois que ta maman te laisserait sortir au milieu des bandits, des sables mouvants, des serpents ou des maladies ?

Raiponce se tait. Si c'est vraiment si effrayant, dehors, elle comprend que sa mère veuille la protéger. Alors, elle se jette au cou de Mère Gothel qui sourit en coin, hors de vue de Raiponce :

– Tu vois ? Je t'aime fort, ma chérie.

Elle lui caresse ses longs cheveux précieux... « Après tout, que puis-je vouloir de plus ? se demande alors Raiponce. J'ai tout ce dont je peux rêver, ici. Si je sors, que vais-je trouver d'autre à part des ennuis ? Pour un anniversaire comme il faut, mieux vaut ne pas en demander trop... »

Et Raiponce soupire à nouveau. Se contenter de ce que l'on a, c'est peut-être très bien... mais ça ne risque pas de la mener bien loin !

Suite de l'histoire **le 19 mai, page 148**

Disney Les Fées

Clochette et l'Expédition Féerique

La chasse aux fées

Vidia pense que Clochette est gardée prisonnière par une fillette prénommée Lizzie. En réalité, Clochette tient juste compagnie à celle-ci ; elle peut s'en aller dès qu'elle le souhaite. Elle attend simplement que le temps redevienne meilleur, car aucune fée n'aime se promener sous la pluie !

Pourtant, ses amis Vidia, Rosélia, Iridessa, Ondine, Noa, Clark et Gabble ont organisé une grande expédition de secours, pour venir la délivrer. Ils ont affronté l'orage et ont même failli se faire écraser par une voiture pour arriver à la maison de Lizzie ! Ils entrent maintenant discrètement par la cuisine...

– La voie est libre, chuchote Iridessa. Vidia, toi qui as déjà visité cet endroit, tu sais s'il y a beaucoup d'humains qui risquent de nous voir ?

Vidia fronce les sourcils. Ce n'est pas le nombre d'humains, le pire. C'est leur férocité !

– Il y a Lizzie, dans sa chambre, au premier étage. Elle a enfermé Clochette dans une cage ! Et puis, il y a le père de Lizzie. Lui, c'est vraiment affreux : il déteste tout ce qui est joli avec de petites ailes délicates. Il épingle même des papillons sur des tableaux !

– Quel monstre ! s'exclame Noa, horrifiée. On n'a pas intérêt à ce qu'il nous aperçoive ! Il y a un autre danger, dont on doit se méfier ?

– Oui, et il est terrible : c'est un énorme ch...

Vidia n'a pas le temps d'achever sa phrase : le chat de la maison vient de les repérer, et il leur fonce dessus pour les attraper !

– Un énorme chat ! terminent les fées en se sauvant, paniquées, à travers la cuisine.

Et voici que le gros matou se lance dans une chasse effrénée ! Ces petites fées aux ailes frétillantes lui semblent plus appétissantes que les souris du grenier... et plus habiles aussi ! Elles bondissent sur la table et elles se défendent bien !

– Il faut atteindre l'escalier pour aller chercher Clochette !

Vidia a un plan : saupoudrer de Poussière d'Étoile les ustensiles de cuisine. Ainsi, la vaisselle se met à flotter dans les airs et en sautant de tasse en assiette, Vidia parvient à l'escalier, tout en évitant les griffes du chat.

– Monte, Vidia ! lui crie alors Rosélia. Retrouve Clochette pendant qu'on s'occupe de chasser le chat dehors !

– Parfait ! s'esclaffe Vidia.

Quand la chasse aux fées devient la chasse au chat, c'est que tout rentre enfin dans l'ordre !

Suite de l'histoire **le 20 mai, page 149**

Disney Princesses

Cendrillon

Sur son trente et un

Une fois encore, Cendrillon se souvient d'avoir été privée de sortie. Pourtant, elle avait fini ses corvées et elle aurait pu accompagner ses demi-sœurs et sa belle-mère au château, à la réception du roi !

– Nous partons immédiatement, avait décidé sa marâtre.

– Mais, tu n'es pas prête du tout ! s'était moquée Javotte.

– Sinon, tu aurais pu venir avec nous ! avait renchéri Anastasie.

Là-dessus, elles avaient éclaté de rire puis s'étaient dépêchées de monter dans le carrosse et de partir, enchantées de laisser Cendrillon seule.

– Après tout, tant pis, avait soupiré la jeune fille. Bien sûr, j'aurais aimé me faire belle et danser avec le prince... Mais, au moins, je n'aurai personne pour m'embêter à la maison !

– Bien dit, Cendrillon ! avait approuvé alors Jac la souris en grimpant sur la table, près d'elle. Et puis, tu as terminé ton travail : rien ne t'empêche de passer une soirée de gala, toi aussi ! Pas vrai, Gus ?

– Youpi ! On organise une fête ! s'était écrié ce dernier en sautillant de joie.

Cette idée avait rendu le sourire à la jeune fille.

À quoi bon rester à se lamenter ? Ses méchantes demi-sœurs seraient trop contentes ! C'était décidé : ce soir, on allait s'amuser chez Cendrillon ! Il fallut commencer par se mettre sur son trente et un. La jeune fille avait grimpé au grenier, où étaient entassées des malles de vieux vêtements. Elle avait trouvé une robe de mousseline légère qui lui convenait. Un petit coup de ciseaux par-ci, trois points de couture par-là, et la voici exactement faite pour elle !

– Tu es resplendissante, Cendrillon ! avait complimenté Gus.

– Avec ce bandeau dans les cheveux, tu seras une vraie princesse ! avait ajouté Jac en lui tendant le foulard de soie rose qu'il venait de dénicher.

– Si je suis une princesse, vous serez mes princes ! avait décrété à son tour Cendrillon.

Et, de ses doigts de fée, elle avait confectionné de minuscules habits aux mesures de ses amis. Peu après, les deux coquets s'admiraient dans le miroir, très fiers de leur élégance ! Vite, ils avaient conduit Cendrillon dans le jardin décoré de rubans brillants. Les oiseaux gazouillaient au rythme de la valse, et Gus avait invité timidement la jeune fille à danser, tandis que Jac avait offert à cette dernière un collier de fleurs. Cendrillon était émue : ses amis l'avaient traitée en vraie princesse. Alors, pour les remercier, elle avait achevé la soirée en leur servant un souper... de prince !

Disney Princesses

Raiponce

L'as du camouflage

Raiponce observe le ciel étoilé, de l'unique fenêtre de sa haute tour.

La nuit est sombre et magnifique. Une vraie nuit de conte de fées !

– Oh là là ! Comme j'aimerais courir dans l'herbe, tout en bas. Courir droit devant moi sans m'arrêter...

À côté d'elle, Pascal le caméléon grimace en tendant la patte vers la forêt. Raiponce éclate de rire :

– Tu as raison, Pascal. La nuit, la forêt doit être pleine de dangers ! Mais je rêve quand même d'y aller...

Et Raiponce ferme les yeux, essayant d'imaginer à quoi peut ressembler la vie en dehors de la tour. Elle se voit danser au clair de lune, patauger dans la rivière, cueillir des fleurs, grimper aux arbres à l'aide de sa longue chevelure enchantée...

– Oui, j'adorerais cela ! s'exclame-t-elle enfin en rouvrant les yeux au moins vingt minutes après. Mais il est temps d'aller se coucher !

Elle cherche Pascal sur le rebord de la fenêtre, s'assurant qu'il ne s'est pas camouflé en planche de bois... Ne le trouvant pas, elle rentre dans sa chambre et appelle :

– Pascal ! Pourvu qu'il ne soit pas parti !

Elle secoue la tête. Si son ami avait dû s'enfuir, il l'aurait fait depuis longtemps. Après tout, il pouvait sortir par la fenêtre aussi souvent qu'il le souhaitait, lui !

De plus en plus inquiète, Raiponce appelle alors à nouveau tout en fouillant dans la chambre. Elle vérifie même sous la marche creuse, où elle cache ses trésors... mais Pascal n'est nulle part.

– Je vais mourir d'ennui, sans lui ! gémit la jeune fille. Je n'aurais jamais dû rêvasser si longtemps devant la fenêtre ouverte. Un corbeau l'a peut-être emporté pour en faire son dîner ! Mon pauvre Pascal, c'est trop horrible !

Sur quoi, Raiponce pleure à chaudes larmes. Si Pascal l'entendait, il accourrait tout de suite la consoler, bien sûr. Jamais il ne lui jouerait un si mauvais tour, elle le sait ! Soudain, la jeune fille sursaute en entendant un ronflement familier.

Elle cherche d'où provient le vacarme... et découvre le petit caméléon profondément endormi au pied du mur recouvert d'une grande peinture de la forêt ! Il est complètement camouflé contre le dessin d'un tronc d'arbre. Vite, Raiponce le ramasse et le serre contre son cœur :

– Oh, mon Pascal adoré ! Tu es le champion de la sieste… mais tu es avant tout l'as du camouflage !

Suite de l'histoire le 21 mai, page 150

Disney Les Fées

Clochette et L'expédition Féerique

Le monde à l'envers

Clochette est embêtée. Lizzie, la fillette qui l'a emmenée secrètement chez elle, vient de se faire gronder par son papa, le docteur Griffith. Il faut dire que Clochette a libéré le beau papillon bleu que le savant avait emprisonné dans un bocal, afin de l'étudier. Et il est sûr que c'est Lizzie la coupable !

– Si au moins papa croyait aux fées, je pourrais lui parler de toi, soupire la fillette en se confiant à Clochette, dans sa chambre.

Mais la Bricoleuse agite ses ailes. Quand on voit ce que le docteur fait aux papillons, elle préfère rester bien cachée de lui ! Lizzie ajoute :

– J'aimerais tant être une fée, moi aussi ! Je pourrais aider les fleurs à éclore, je pourrais parler aux animaux. Surtout, je pourrais voler comme toi, Clochette… ça doit être tellement formidable !

Et la fillette tourne sur elle-même en imaginant qu'elle plane dans le ciel ! Alors, Clochette a une idée. Puisque Lizzie est si gentille avec elle, elle mérite bien une petite récompense.

– Ding-deling ! tintinnabule la fée Bricoleuse.

Elle fait signe à Lizzie de fermer les yeux et d'étendre les bras. Puis elle la saupoudre de Poussière de Fée ! Aussitôt, Lizzie s'envole dans la pièce.

– Je vole ! C'est merveilleux ! Je vole !

La fillette traverse toute sa chambre en riant. Elle renverse quelques objets au passage, car elle n'a pas bien l'habitude de flotter dans les airs. Mais qu'est-ce qu'elle s'amuse ! Elle peut même marcher au plafond !

– Je suis une fée À-l'envers ! pouffe-t-elle.

Mais elle fait tant de raffut que le docteur Griffith monte voir ce qui se passe. Vite, Clochette fonce à l'abri. Quant à Lizzie, elle s'agrippe de son mieux au dossier d'une chaise, afin de rester les deux pieds par terre devant son père !

– Quel chahut, ici ! s'écrie-t-il en découvrant le désordre. Lizzie, vas-tu m'expliquer comment tu as pu laisser des traces de semelles au plafond ? C'est insensé !

– Ben, justement… bredouille la fillette. Les choses n'ont plus aucun sens ! Une fée m'a appris à voler et à marcher la tête en bas, alors moi, je…

– Tu marches au plafond ? l'interrompt son père. Tu aurais pu trouver un mensonge plus malin, Lizzie. Parce que le jour où je croirai à une histoire pareille, je t'assure que cette fois, ce sera vraiment le monde à l'envers !

Suite de l'histoire le 22 mai, page 151

Disney Princesses

Raiponce

La tarte salée

Aujourd'hui, pour passer le temps dans sa haute tour, Raiponce a décidé de s'amuser à inventer une nouvelle recette de cuisine.

– Mais tu n'as jamais fait cela, ma chérie ? s'inquiète Mère Gothel.

– Raison de plus pour essayer ! plaide Raiponce. Je vais inventer une recette de gâteau. Une tarte à ma façon !

Caché entre deux pelotes de laine, dans le panier à ouvrage de la jeune fille, Pascal le caméléon applaudit discrètement du bout des pattes. Il sait que si Mère Gothel l'aperçoit, elle le jettera dehors sans tarder ! Cette dernière soupire :

– Eh bien soit, ma chérie ! Je vais t'aider à installer le fourneau à bois puis je te laisserai travailler en paix. Quand le goûter sera servi, appelle-moi !

Une fois seule avec Pascal, Raiponce pose ses ustensiles de cuisine sur la table et réfléchit.

– Voyons, pour faire une tarte aux abricots, il faut forcément du sucre, du beurre et des œufs ! réfléchit-elle en alignant au fur et à mesure les ingrédients devant elle. Il faut un zeste de citron sans doute aussi, une pincée de sel. De la farine, du lait, de la crème et de la vanille !

Pascal fixe le gros pot de crème épaisse. Miam ! Il a bien envie d'en déguster une cuillerée… Mais Raiponce est intransigeante : pas question de manger quoi que ce soit avant l'heure du goûter ! Quand la pâte est prête, elle charge Pascal de l'étaler au rouleau à pâtisserie pendant qu'elle prépare la crème vanillée. À la fin, elle place la pâte dans le moule à tarte afin de la faire cuire. Puis elle y verse la crème avant d'ajouter dessus une fine couche de caramel. Et voilà, Raiponce peut servir le goûter ! Elle appelle Mère Gothel et peu après :

– Une part pour vous, Mère. Une part pour moi. Et une part…

Raiponce se retient de dire : « pour Pascal », mais elle fait exprès de la déposer à côté du panier à ouvrage pour qu'il puisse l'attraper. La jeune fille croque alors fièrement dans sa tarte… et grimace. Elle a confondu le sucre avec le sel, et mêlé à la crème vanillée, ça fait vraiment un goût bizarre !

– C'est un gâteau original, en effet ! murmure Mère Gothel, incapable d'en avaler une bouchée.

Vexée, Raiponce déclare alors avec aplomb :

– Je vous avais dit que je créerais une tarte à ma façon. Eh bien, je suis satisfaite. Ce gâteau mérite bien le nom que je lui ai donné : Tarte Salée !

Suite de l'histoire le 24 mai, page 153 ➡

Disney Les Fées

Clochette et l'Expédition Féerique

Un manteau de voyage

Le docteur Griffith est un scientifique très sérieux. Il n'accepte de croire que ce qu'il voit. Et comme il n'a jamais vu de fées…

– Mais si, papa, elles existent pour de vrai ! insiste sa fille, Lizzie, qui elle, connaît Clochette.

– Je ne veux plus entendre parler de ces idioties ! se fâche le savant.

Dans sa cachette, Clochette est folle de rage. Ah bon ? Comme ça, une fée, c'est une idiotie ? Eh bien, il va voir ce qu'il va voir, cet humain ignorant ! Et d'un coup d'aile, elle surgit sous le nez du docteur !

– Aah ! Qu'est-ce que c'est que ça ? !

– Une fée, papa ! répond Lizzie.

– Extraordinaire ! s'exclame le savant en s'emparant d'un bocal vide. Ce sera la découverte de l'année !

Et il essaie d'emprisonner Clochette dans le bocal ! Vidia, qui est justement venue chercher Clochette avec toute une bande de fées, pousse la petite Bricoleuse loin du bocal. Mais résultat : c'est elle qui est capturée !

– Je dois montrer cette créature au muséum ! déclare alors le docteur Griffith en fonçant à sa voiture sans écouter les protestations de Lizzie.

Il démarre bientôt, emportant la pauvre Vidia avec lui… Clochette et ses amies les fées sont catastrophées. Comment les rattraper, maintenant ? Il pleut tellement qu'elles ne peuvent pas voler à leur poursuite ! Pourtant, il faut à tout prix empêcher que le scientifique ne révèle l'existence des fées aux gens de l'Autre Monde : ils voudraient tous en avoir au moins une chez eux. Et une fragile petite fée n'est pas un animal familier ! Clochette se creuse la tête. Soudain :

– Je sais ! On ne peut pas voler sous la pluie, mais Lizzie peut nous transporter !

La fillette écarquille les yeux. D'accord, elle est plutôt douée à la course à pied. Mais elle ne va quand même pas aussi vite qu'une voiture ! Clochette éclate de rire. Elle lui explique :

– Grâce à la Poussière de Fée, tu vas voler jusqu'au muséum. Nous nous glisserons dans ton imperméable, et nous te guiderons ! Courage, Lizzie. Tu vas réussir !

Malgré son inquiétude, la fillette accepte d'aider les fées, qui grimpent joyeusement dans son col et dans ses poches. Quand Lizzie s'envole finalement par la fenêtre, Clochette s'écrie :

– Youpi ! Ce manteau de voyage est l'une de mes inventions préférées !

Suite de l'histoire le 25 mai, page 154

Disney Princesses

Pocahontas

Le coup de foudre de Kekata

C'était une fin d'après-midi d'automne orageuse. Dans le ciel, des nuages noirs menaçaient d'éclater. Kekata, le vieux sorcier de la tribu, était assis devant son wigwam, pensif. Il regardait autour de lui les couleurs ocre et cuivre de la forêt. Il cherchait dans la nature une réponse à son désarroi. Powhatan, le chef de la tribu, venait de lui apprendre une grande nouvelle : dans quelques jours, toute la tribu était invitée à célébrer l'anniversaire de Pocahontas.

Kekata s'y attendait. Dès que les feuilles se couvraient d'ocre et d'or, il devait affronter ce problème : qu'offrir à la fille du chef ?

Le sorcier se leva et décida d'aller marcher un peu dans ces sentiers qu'il connaissait si bien. Au contact de la nature, ses tourments s'apaisaient… en général !

Si l'orage se déclenchait, tant pis ! Il rentrerait aux premières gouttes de pluie.

Kekata aimait beaucoup Pocahontas, mais il ne savait jamais quoi lui offrir ! Il ne la connaissait plus vraiment. À présent, la jeune femme passait son temps avec ses amies et ne restait presque jamais au village. Kekata trouvait cela sympathique. « Qu'elle profite de la vie tant qu'elle est jeune ! » pensait-il. Cependant, qu'allait-il lui offrir ?

Il avait beau se creuser la tête, il n'avait pas la moindre idée. Quand soudain… ploc ! ploc ! ploc ! Des gouttes de pluie grosses comme des grains de raisin s'écrasèrent sur le vieil homme. Le ciel se déchira. Un coup de tonnerre éclata, bientôt suivi de puissants roulements. Kekata fit demi-tour et s'apprêta à rentrer au campement. Tout à coup, une main s'abattit sur lui.

– Pocahontas ! s'exclama-t-il. Tu ne devrais pas te promener par ce temps !

– « L'orage peut être dangereux en forêt », récita Pocahontas. Tu me le disais déjà quand j'étais petite ! Mais j'aime l'orage… Les éclairs… Oh, tu as vu celui-là ?

Un immense zigzag de feu venait de fuser dans le ciel. Une explosion retentit. Pocahontas se mit à rire.

– C'est tellement beau ! s'écria-t-elle.

Tandis qu'ils regagnaient le village, le sorcier et la jeune femme souriaient. Pocahontas parce qu'elle aimait les éclairs et Kekata parce qu'il venait d'avoir une idée de cadeau originale. Il offrirait en cadeau d'anniversaire à la jeune femme une danse de l'orage.

À la nuit venue, il prononcerait les formules appropriées, jetterait dans le feu une poudre magique et ordonnerait aux éclairs de zébrer le ciel puis d'écrire entre les étoiles le nom de sa protégée !

Disney Princesses

Raiponce

La chasse à l'araignée

Raiponce aime l'ordre et la propreté. En vérité, elle trouve même amusant de faire le ménage ! Au point de le faire chaque jour, dans sa haute tour. Il faut dire qu'avec sa longue chevelure qui traîne sur le sol, elle a vite tout plein de vilaines choses qui restent coincées dedans ! Cependant, Raiponce est aussi une jeune fille avisée. Elle sait que tout a son utilité… y compris une toile d'araignée !

– L'essentiel, c'est qu'elle soit suffisamment loin de moi pour ne pas me gêner, raisonne la jeune fille avec bravoure. Bien sûr, je ne voudrais pas qu'elle soit dans mon lit. Mais une araignée dans l'angle du plafond empêche les autres insectes d'infester ma chambre !

Pascal le caméléon aime les araignées, lui aussi… mais dans son estomac ! Sauf que cette araignée mangeuse de mouches que Raiponce garde dans l'angle du plafond est bien trop grosse pour être avalée ! Or, ce matin-là, Mère Gothel pousse un grand cri en la découvrant soudain.

– Raiponce ! Es-tu folle ? Tu dois prendre ton plumeau et chasser cette affreuse araignée sans tarder ! Sinon, je me charge de l'écraser !

Quand Raiponce se retrouve seule dans la tour, peu après, elle soupire. Elle s'est attachée à cette araignée. Elle lui a même donné un nom : Discrète. Parce qu'elle ne quitte jamais son coin et respecte l'espace de la jeune fille, justement !

– Discrète est si gentille, ce serait injuste de démolir sa maison et de la jeter dehors ! Mais je ne peux pas non plus laisser Mère Gothel l'écraser… Que faire ?

Et soudain, Raiponce a une idée de génie ! Elle se met au travail et le soir, au retour de Mère Gothel…

– Bravo, ma chérie. Tu m'as obéi en chassant cette horrible araignée. Mais avoir peint une toile au même endroit sur la poutre, c'est un peu bizarre, non ?

– Je m'étais habituée à cette araignée, mère, explique Raiponce. Cette peinture me permet de la remplacer.

– Dans ce cas, parfait, admet Gothel. Je n'ai rien contre les tableaux !

Et elle s'en va satisfaite. Raiponce aussi, est satisfaite. Car elle a bien eu Mère Gothel ! Elle a peint une toile d'araignée en trompe-l'œil. La vraie toile est toujours là, avec Discrète au milieu, mais on ne la voit plus !

– Mission accomplie ! se félicite alors Raiponce. Je suis la reine de la chasse à l'araignée… mais à coups de pinceau, pas de plumeau !

Suite de l'histoire le 27 mai, page 156 ➡

Disney Les Fées

Clochette et l'expédition féerique

Il suffit d'y croire

Contre toute attente, la fée Clochette et Lizzie, une fillette de l'Autre Monde, sont devenues amies. Et elles foncent maintenant ensemble au secours de Vidia, que le papa de Lizzie, un grand scientifique, a capturée. Il l'emmène au muséum afin de prouver au monde entier que les fées existent ! Comme il roule vite, dans sa voiture, la seule façon de le rattraper est de voler après lui. Malheureusement, la pluie empêche les fées de voler. Alors, Clochette a saupoudré Lizzie de Poussière de Fée, et Clark, Gabble, Noa, Rosélia, Ondine et Iridessa ont grimpé avec elle dans les poches de la fillette. Lizzie arrive alors en ville avec ses amis. Elle plane au-dessus des toits. Le spectacle est magnifique, c'est grisant !

– Voilà papa ! s'exclame-t-elle soudain en apercevant la voiture, sur la route, juste en dessous.

Sans hésiter, Clochette se jette dans le vide et plonge directement dans le moteur du véhicule. Elle sait qu'il est très périlleux de s'aventurer ainsi au milieu des pièces de métal brûlant et des rouages en action. Mais c'est également la seule façon d'arrêter la voiture ! Avec d'infinies précautions, Clochette enjambe des tuyaux, bondit par-dessus la batterie. Puis elle réfléchit, et finit par arracher un long câble gris. Elle tire dessus de toutes ses forces et… hourra ! Le moteur se met à tousser, la voiture tressaute, et s'arrête brusquement au beau milieu de la chaussée.

– Ah non ! tempête le papa de Lizzie. Une panne ! Je vais devoir continuer à pied !

Et il fonce vers le muséum, en tenant fermement le bocal où il garde Vidia prisonnière. Lizzie a un plan : elle descend du ciel pour barrer le chemin à son père ! Le docteur n'en revient pas.

– Lizzie ? Tu voles ? Mais c'est impossible ! C'est de la magie !

– Exactement ! répond la fillette.

– Non, la magie, ça n'existe pas ! bégaie encore son père.

– Tu vois bien que si, insiste Lizzie. Les fées m'ont dit qu'elles allaient me donner le pouvoir de voler. Et je me suis envolée !

Le scientifique vient de comprendre ce que veut lui dire sa fille. Il murmure :

– Alors… Il suffit d'y croire, c'est bien ça ?

– Et surtout de vouloir y croire, papa, confie la fillette. Car ce qui est vraiment magique, c'est que les choses les plus merveilleuses n'ont pas besoin d'explication pour exister !

Suite de l'histoire le 28 mai, page 157

Disney Princesses

Blanche-Neige et les Sept Nains

Un détour bien compliqué

La journée s'achève ; l'heure, pour les Sept Nains, de rentrer à la maison…

– Mais non ! se rappelle soudain Prof. Aujourd'hui, Blanche-Neige nous a préparé un pique-nique au Vallon du Dragon. Elle nous attend là-bas !

Vite, les petits hommes ramassent leurs pioches, puis ils quittent la mine en chantant. Comme toujours, ils franchissent le Pont du Tronc Couché mais déjà Dormeur bâille aux corneilles et traîne des pieds, bien fatigué.

– Pressons le pas, conseille Grincheux. Ou nous serons en retard !

– Prenons le raccourci du Bois Joli, suggère alors Joyeux. Nous gagnerons du temps !

Et ils coupent à droite, au Buisson Hanté. Ils marchent depuis un long moment, lorsque Timide bredouille :

– Ne devrions-nous pas être arrivés ?

– Si, acquiesce Prof. Je me demande si ce détour était une si bonne idée…

Tout à coup, Atchoum est pris d'une horrible crise d'éternuements. Les Sept Nains s'arrêtent. Simplet en profite pour s'enfoncer sous un bosquet ; il reparaît presque aussitôt, un pavot rouge vif à la main. Atchoum est terriblement allergique à cette fleur !

– Nous sommes dans le Champ de Coquelicots ! s'exclame Grincheux. C'est à l'opposé du Vallon du Dragon !

– Ce n'est pas grave, les rassure Joyeux. Nous avons oublié de tourner à l'Arbre Creux.

Et ils rebroussent chemin jusqu'au Pin Torve, un endroit où il ne fait jamais bon traîner. Ils se pressent donc d'atteindre l'Arbre Creux, plus au nord, et s'engagent sur le Sentier Sans-Merci. Au loin rugissent les eaux tumultueuses des Gorges Interdites. Simplet frissonne de la tête aux pieds ; pourquoi avoir emprunté ce détour ? Ils seront bien plus en retard !

Puis voici qu'ils débouchent au Pont du Tronc Couché, mais en sens inverse ! C'est à n'y rien comprendre !

– Retour au point de départ, grogne Grincheux. Bravo le gain de temps !

Soudain, un craquement les surprend. Les Sept Nains brandissent leurs pioches, prêts à se défendre. Quelqu'un approche…

– Blanche-Neige ! s'écrie Prof en reconnaissant la princesse qui, inquiète, les cherche. Nous avons pris un raccourci…

– Et vous vous êtes perdus ! sourit-elle. Alors que le Vallon du Dragon est juste derrière la chaumière… Rentrons directement, à présent. De deux chemins, le plus simple est toujours le meilleur !

Disney Princesses

Raiponce

Le fantôme de la tour

Tout est calme, dans la haute tour solitaire. Il fait nuit noire. Au loin, dans la forêt, un hibou hulule au clair de lune. Son chant lancinant berce Raiponce dans son sommeil.

La jeune fille rêve qu'elle court dans l'herbe, trempe ses pieds nus dans la rivière… lorsque, soudain, elle se réveille en sursaut !

– Tu as entendu ce drôle de bruit, Pascal ? demande-t-elle au petit caméléon qui dort au bout du lit.

Il fait si sombre, elle ne le voit pas. Mais elle sent qu'il trottine sur les draps et remonte auprès d'elle. Il grimpe sur son épaule. Il tremble de peur !

– Oui, tu as entendu ce drôle de bruit ! répète Raiponce d'un air guère rassuré. Pourvu que ce ne soit pas un brigand venu me voler mes longs cheveux enchantés !

La jeune fille fredonne alors son chant magique, et sa chevelure blonde se met à scintiller, illuminant la chambre d'un halo doré. Puis elle se lève sur la pointe des pieds, attrape sa poêle à frire pour s'en servir comme d'une arme, et s'assure que personne ne se cache dans l'armoire. Réconfortée, elle retourne se coucher. Mais à peine l'obscurité retombe-t-elle sur la pièce, que le bruit effrayant recommence !

– C'est un fantôme, Pascal ! murmure Raiponce, intriguée. Je préfère ça à un bandit ! Je te parie que la tour est hantée !

Mais frou-frou-frou ! le bruit passe au-dessus d'elle, Raiponce sent une paire d'ailes claquer dans l'air ! Cette fois, elle veut en avoir le cœur net. Elle allume sa bougie de chevet et aperçoit une silhouette qui se glisse dans un trou, derrière la poutre principale, en travers du plafond.

– Montre-toi donc, vilain fantôme ! s'exclame la jeune fille en se hissant à la poutre grâce à ses longs cheveux.

Elle passe la bougie devant le trou… et pousse un cri !

– C'est une chauve-souris ! Au secours, Pascal ! Elle va se prendre dans mes cheveux !

Vite, Raiponce fonce se cacher la tête sous son oreiller. La chauve-souris a dû entrer par la fenêtre pour se cacher de la lumière du jour. Et la nuit venue, elle s'est éveillée !

– Eh bien j'avais quand même raison ! s'entête Raiponce. La tour est hantée puisque les chauves-souris, c'est comme les fantômes : ça attend la nuit pour vous effrayer !

Et la jeune fille finit par se rendormir, satisfaite d'avoir, selon elle, remporté un nouveau pari !

Suite de l'histoire le 29 mai, page 158

Disney Les Fées

Clochette et l'expédition féerique

Rien de mieux

Il est bien rare qu'un éminent scientifique croie au merveilleux et à la magie. Le docteur Griffith ne dérogeait pas à la règle… jusqu'à ce qu'un jour, Lizzie, sa fille, lui permette de rencontrer des fées. Quel savant pourrait nier l'existence de Clochette et de ses amis en les voyant voleter sous son nez ?

– C'est extraordinaire ! s'est ébahi le scientifique en enfermant Vidia dans un bocal. Je dois montrer ça au monde entier !

Mais heureusement, Lizzie a réussi à le faire changer d'avis et à libérer cette pauvre Vidia. S'ils connaissaient leur existence, tant de gens essaieraient de capturer les fées pour profiter de leurs pouvoirs !

– La magie n'a pas besoin d'être étudiée, papa. Il suffit d'y croire !

D'ailleurs, Clochette a saupoudré Lizzie de Poussière de Fée pour la faire s'envoler ! Et maintenant, toutes les petites fées rassemblent assez de Poussière dorée pour que le papa de Lizzie s'envole aussi. Quel voyage fantastique ! Ils planent au-dessus de la ville, traversent la campagne parmi les nuages.

Le spectacle est fabuleux, la sensation de légèreté est merveilleuse !

– Chères fées, personne n'a le droit de vous priver de tout cela, décide peu après le docteur Griffith en atterrissant chez lui avec Lizzie. Je ne parlerai jamais de vous à mes confrères scientifiques !

Clochette agite les ailes en tintinnabulant de joie. Puis, avant que les fées ne repartent chez elles, Lizzie les invite à un pique-nique dans la prairie qui longe la maison. L'orage s'est arrêté, il faut en profiter ! Les rayons du soleil ont séché l'herbe. On n'a plus qu'à étaler une nappe par terre et savourer de belles tranches de brioche trempées dans du thé…

– Un pique-nique avec les fées, dit Lizzie à son père. C'est formidable, non ?

– Je ne connais rien de mieux, ma chérie, admet-il.

– Rien de mieux ? répète la fillette d'un air enchanté. Même pas tes travaux scientifiques, tu en es sûr ?

– Certain ! Oh, à moins que…

Lizzie se rembrunit. Ça y est, comme toujours, son père préfère finalement un autre moment à celui qu'ils partagent ensemble ! Elle fronce les sourcils, contrariée, mais le docteur Griffith termine en souriant :

– À moins que voler au-dessus de la ville avec toi ne soit encore plus amusant !

Suite de l'histoire le 31 mai, page 160

Disney Princesses

Raiponce

On ne peut pas tout partager

Tandis que Raiponce, enfermée dans sa tour, s'apprête à fêter son anniversaire, Flynn, le voleur, se sauve dans la forêt avec son nouveau butin… et ses deux complices du jour : les frères Stabbington. Soudain, ils s'immobilisent devant un avis de recherche, cloué à un arbre. Flynn fronce les sourcils.

– Hé, c'est moi, ça ? Cela ne me ressemble pas du tout ! Non, mais vous avez vu ce nez qu'ils m'ont dessiné ? C'est un scandale ! Je suis bien plus beau dans la réalité !

– On s'en fiche, Flynn ! rouspètent les Stabbington. Il faut filer !

Trop tard, les soldats du roi apparaissent au sommet de la colline. Les bandits prennent leurs jambes à leur cou, mais ils se retrouvent bientôt face à un mur de pierre : un cul-de-sac !

Ils n'ont plus qu'un moyen de s'échapper : franchir l'obstacle ! Flynn se retourne vers ses complices.

– Faites-moi la courte échelle, les gars. Quand je serai là-haut, je vous hisserai.

Mais les frères Stabbington se méfient. Flynn a la réputation d'être un vrai filou, rusé comme un renard, malin comme un singe ! Ils secouent la tête.

– Tu nous prends pour des idiots, Flynn ? Si tu veux qu'on te fasse la courte échelle, tu nous passes d'abord ta sacoche avec le butin, au cas où tu aurais l'idée de partir sans partager !

– Ah, bravo ! Je vois que la confiance règne ! fait mine de se vexer Flynn. Quand je pense à tout ce que nous avons vécu ensemble… Parfait. Voilà la sacoche ! Vous m'aidez, maintenant ?

Les Stabbington acceptent et grâce à eux, Flynn escalade l'obstacle en moins de deux.

À la fin, ils demandent à Flynn de les aider à son tour à monter auprès de lui. Mais le voleur refuse en éclatant de rire.

– Désolé, j'ai les mains pleines !

Et il brandit sa sacoche sous leur nez. Les Stabbington sont furieux. Flynn a réussi à leur reprendre le butin sans qu'ils ne s'aperçoivent de rien !

– Vous aviez raison, je n'ai pas l'intention de partager ! ajoute Flynn en s'enfuyant. Bon courage en prison !

Il fonce à travers les bois, mais les soldats sont déjà à ses trousses, et il n'a plus personne pour l'aider à franchir les obstacles…

« J'ai le butin pour moi tout seul, mais me voilà tout seul aussi pour me sauver ! pense-t-il soudain. Dommage qu'entre voleurs, on ne puisse pas partager les problèmes sans partager les gains ! »

Suite de l'histoire le 1er juin, page 161

Disney Princesses

Cendrillon

Le rêve du prince

Le grand-duc, conseiller du prince, est inquiet. Hier soir, au bal, le jeune homme a finalement rencontré la jeune fille de ses rêves. Mais au dernier coup de minuit, la belle inconnue s'est enfuie. Et maintenant, il est impossible de raisonner le prince.

– Vous devez la retrouver ! ordonne le jeune homme.

– Bien sûr, votre Altesse ! répond le duc. J'ai envoyé la garde royale sur les traces de son carrosse. Comme je vous l'ai déjà dit, quatre fois au moins, marmonne-t-il entre ses dents.

Mais les soldats sont revenus bredouilles. Leur capitaine salue le prince.

– Je suis désolé, votre Majesté, lui dit-il, je ne comprends pas. Son carrosse était juste devant nous. Et quel carrosse ! Il brillait d'une lumière si étrange !

Le prince se souvient de la robe et du diadème chatoyants de lumière. Son conseiller soupire en voyant les yeux du jeune homme partir dans le vague.

– Que s'est-il passé ensuite ? demande le duc.

– Nous avons pris le tournant et le carrosse s'est tout simplement évanoui.

– Je ne connais même pas son nom, se lamente le prince dépité. Quel étourdi je suis !

– Eh bien, vous devriez vous consacrer à vos hôtes, dit le duc. La salle de bal fourmille de jeunes filles qui rêvent d'être votre épouse.

Le prince secoue la tête.

– Il n'y a pas d'autre femme que celle-là. Si seulement elle m'avait laissé un indice ! s'écrie le prince désespéré.

Le duc roule de grands yeux.

– Votre Altesse devrait regarder dans sa poche droite, dans ce cas.

Le prince tend sa main vers la poche droite de sa veste et en retire une pantoufle de verre. Si distrait par son coup de foudre pour la mystérieuse inconnue, qu'il en a oublié la pantoufle qu'elle a perdue sur les marches des escaliers.

Il regarde le soulier, puis le duc, sans voix.

– Je vous suggère de me confier les recherches, dit le duc avec ménagement.

Le prince acquiesce avec reconnaissance puis se tourne vers la fenêtre. Quelque part là, dehors, sa princesse l'attend.

– Les rêves peuvent se réaliser, murmure-t-il. Depuis ce soir, j'en suis sûr.

Il est loin de se douter que de l'autre côté de son royaume, Cendrillon, à sa fenêtre, tenant son unique pantoufle entre les mains, se dit la même chose.

Disney Les Fées

Clochette et l'Expédition Féerique

Du travail pour Clochette

Clochette est si curieuse qu'il lui arrive souvent de terribles mésaventures.

La petite Bricoleuse n'hésite pas à braver le danger, quitte à désobéir aux règles des fées, mais son audace a parfois du bon. Comme le jour où elle s'est tellement approchée d'une fillette nommée Lizzie et de son papa qu'ils ont fini par l'apercevoir ! Bien sûr, Clochette a d'abord failli être emprisonnée par les humains, entraînant en plus avec elle Vidia, la Voltigeuse. Mais peu à peu, hommes et fées ont appris à se connaître et à se respecter.

À tel point qu'aujourd'hui, Lizzie et le docteur Griffith, son papa, prennent le thé avec les fées ! Ils ne se méfient plus les uns des autres dorénavant, et ils passent un après-midi très agréable.

– Tu sais, Vidia, avec ces risques qu'on a courus ensemble, j'ai compris qu'en fait, tu m'aimes bien ! se réjouit Clochette.

– N'exagère pas, se défend la Voltigeuse. Nous sommes juste devenues des sortes d'amies…

Clochette éclate de rire. Elle adore le mauvais caractère de Vidia !

– En tout cas, on s'entend beaucoup mieux, ajoute Clochette. Et c'est ça qui est chouette !

Le docteur Griffith et Lizzie s'entendent mieux, eux aussi. Voilà bien un effet de la magie auquel Clochette ne s'attendait pas ! Le scientifique refusait jusqu'ici de croire au merveilleux, reprochant sévèrement à sa fille de s'y intéresser. Et aujourd'hui, il lit le *Journal des fées* de Lizzie avec elle, en lui conseillant même de poursuivre ses observations !

La petite Bricoleuse sourit. Dire qu'elle s'ennuyait tellement, hier ! Elle avait terminé son travail et n'avait plus rien à inventer, raccommoder, ni réparer, tandis que les autres fées préparaient encore l'arrivée de l'été dans l'Autre Monde. Et maintenant, elle s'amuse à prendre le thé en excellente compagnie !

– Coucou Clochette ! s'écrie soudain Terence en la rejoignant d'un coup d'aile. J'ai fini de livrer la Poussière de Fée. Alors, tu ne t'ennuies plus ?

La Bricoleuse secoue la tête en riant, et Terence remarque que Vidia, pour une fois, ne boude pas dans son coin. Il aperçoit aussi Lizzie et son père qui passent du temps ensemble à parler des fées sans se disputer…

– Bravo Clochette ! s'esclaffe alors Terence en l'embrassant. Tu vois, tu as finalement trouvé quelque chose à raccommoder !

Disney Princesses

Raiponce

Une grande fille

Flynn le voleur se sauve à travers la forêt. Dans sa sacoche, il y a son précieux butin : la couronne royale ! Voilà pourquoi les soldats et les archers sont à ses trousses... Même Maximus, le cheval du capitaine de la garde, veut attraper le bandit. Mais Flynn est malin. Il s'agrippe à une liane, désarçonne le capitaine, et bondit à sa place sur le dos de Maximus ! Sauf que le cheval ne l'entend pas de cette oreille. Il refuse d'avancer et essaie de récupérer la sacoche du voleur. À force de se battre, les deux ennemis finissent par tomber d'un arbre et rouler au fond d'un ravin.

Personne n'étant blessé, Flynn en profite pour prendre ses jambes à son cou. Il emporte son butin avec lui, bien sûr ! Et peu après, au détour d'une falaise, il découvre émerveillé la cachette idéale : une tour immense, perdue au cœur d'une vallée inconnue.

– Il n'y a même pas de porte ! remarque-t-il. Ici, au moins, je serai à l'abri !

S'aidant de deux flèches, il se hisse alors le long de la paroi vertigineuse. Lorsqu'il parvient enfin tout en haut, il se glisse par la fenêtre ouverte... et bong ! il reçoit un énorme coup de poêle à frire sur la tête !

C'est Raiponce, la jeune fille aux cheveux magiques, qui vient de l'assommer. Elle habite la tour immense, et à cause des histoires terrifiantes que lui raconte Mère Gothel, elle se méfie de tout ce qui vient de l'extérieur...

– Cet intrus n'a rien d'un monstre ! s'étonne-t-elle pourtant en observant Flynn alors qu'il gît inconscient sur le sol. Il est même assez charmant. Mais après tout, on ne sait jamais !

Et ni une ni deux : Raiponce traîne Flynn jusqu'à son placard et l'y enferme à double tour !

– Ah ! Ah ! s'exclame-t-elle fièrement. Dire que mère se moque de moi quand je lui demande de quitter la tour. Elle me traite de petite écervelée, me répète que je suis trop jeune pour me défendre contre les dangers du monde du dehors ! Mais je suis devenue une grande fille, maintenant. La preuve : je me suis débrouillée toute seule pour capturer un inconnu !

Sur quoi, elle brandit crânement sa poêle à frire au-dessus d'elle et vlan ! elle cogne sa propre tête !

– Oh là là ! gémit-elle, l'air vexé. Heureusement que mère n'a pas vu ça. Parce qu'une grande fille aussi maladroite, ça ressemble à s'y méprendre... à une petite écervelée !

Suite de l'histoire le 3 juin, page 163

Disney Princesses

La Belle au Bois Dormant

Garder l'espoir

Perchés sur la grosse branche d'un chêne millénaire qui s'était abattu au beau milieu de la clairière, trois hôtes de la forêt devisaient sous le regard attendri d'une jeune fille à la belle chevelure d'or.

– Où vais-je trouver des glands pour me nourrir ? se demanda le petit écureuil. L'unique chêne de la forêt vient de mourir. J'avais l'habitude d'enfouir ma récolte au pied du vieil arbre, ainsi je n'avais pas trop de mal à les retrouver. Je suis si étourdi...

– Ne t'inquiète pas ! Je t'apporterai de quoi manger ! s'exclama la princesse Aurore, que tout le petit peuple de la forêt connaissait sous le nom de Rose. D'ailleurs, tu pourras venir manger à la maison !

– Merci beaucoup ! Merci ! fit l'écureuil en remuant la queue.

– Ma famille logeait dans un creux du tronc depuis des générations ! intervint le vieux hibou. C'est le père du père de mon père qui en a fait son nid le premier ! Maintenant, je vais devoir déménager ! À mon âge, un déménagement, ce n'est pas facile !

– Tu pourrais venir habiter dans le grenier de notre chaumière ! proposa Rose qui devinait chaque pensée des animaux. Mes tantes seront ravies !

Le hibou se contenta de hocher la tête d'un air pensif. Après tout, ce n'était peut-être pas une mauvaise idée...

– Et toi, gentil petit roitelet, tu ne dis rien ! remarqua la jeune fille, en s'adressant à un magnifique oiseau à la jolie crête écarlate.

– Je l'aimais bien, ce vieux chêne, chanta tristement l'oiseau. Mais je pourrai tout aussi bien bâtir mon nid dans un sapin...

– Il y a justement un grand sapin, devant notre chaumière, s'exclama Rose. Viens avec nous ! Tu y seras parfaitement bien !

Et le petit groupe se mit en route pour la chaumière. L'écureuil sautillait d'arbre en arbre, le hibou ronchonnait un peu, comme à l'accoutumée, et l'oiseau chantait à gorge déployée avec Rose :

Les petits glands
Par l'écureuil
Si bien cachés
Vont pousser
Et dans quelques années
Les enfants
Du vieux hibou
Ou les enfants de ses enfants
Qui le sait ?
Reviendront habiter
Dans un jeune chêne
Tra la la, tra la lère

Disney Princesses

Raiponce

Qui piège qui ?

Raiponce est contente d'elle. Un étranger s'est faufilé par la fenêtre de la tour et elle a réussi à l'assommer, puis à l'enfermer dans le placard. Le mieux, c'est qu'il avait une sacoche avec lui. Et dans cette sacoche, Raiponce a découvert un objet qu'elle n'avait encore jamais vu : une magnifique couronne d'or sertie de pierres précieuses !

– À quoi cela peut-il servir ? se demande-t-elle.

C'est trop grand pour être un bracelet, pas très pratique en collier. Sur sa tête, cependant, ça va assez bien... La jeune fille réfléchit devant le miroir, lorsque Mère Gothel appelle du pied de la tour sans porte :

– Raiponce ! Tes cheveux !

Vite, Raiponce cache la couronne. Puis elle lance son immense chevelure enchantée par la fenêtre pour que Mère Gothel puisse se hisser.

– Surprise ! s'exclame la méchante femme. Ce soir, je te prépare ta soupe favorite !

– Moi aussi, j'ai une surprise, murmure Raiponce en fixant le placard. Vous dites que je ne dois pas sortir de cette tour car je ne saurais pas me débrouiller seule contre les dangers extérieurs, et que ça vous inquiète, mère ? Eh bien, rassurez-vous : je viens de me défendre contre un inconnu...

– Ça suffit ! hurle soudain de rage Mère Gothel. Tu ne quittes pas cette tour, et tu ne la quitteras jamais !

Raiponce est choquée. Elle comprend brusquement que Mère Gothel veut la retenir prisonnière pour de bon !

Mais la jeune fille ne se laisse pas intimider. Elle va pousser Mère Gothel à partir pour pouvoir se sauver. Elle minaude :

– Oh, bien sûr. Je voulais juste vous dire qu'à la place de quitter la tour, j'aimerais cent fois mieux avoir de la peinture de nacre, pour mon anniversaire.

Mère Gothel fronce les sourcils. Pour fabriquer cette peinture, il faut aller ramasser des coquillages sur un rivage très éloigné, à trois jours de marche. Mais d'un autre côté, si Raiponce renonce à sortir...

– Oui, je préfère rester ici en sécurité, et avoir la peinture qu'il me manque pour terminer mes tableaux, insiste la jeune fille.

– Marché conclu, accepte Mère Gothel.

Et elle s'en va en souriant : elle a bien piégé Raiponce ! Du haut de sa tour, Raiponce la regarde s'éloigner en souriant de la même façon : de son côté, elle a bien piégé Mère Gothel...

Suite de l'histoire le 6 juin, page 166

Disney
ALICE au pays des MERVEILLES

Un jardin extraordinaire

Autour d'Alice, tout était gigantesque. Les fleurs étaient d'une hauteur incroyable ! Elle se dit qu'elle devait sûrement avoir la taille d'une fourmi.

– La chenille m'a dit qu'un côté de ce champignon me rendrait plus grande, et l'autre, plus petite. Comment savoir où sont ses côtés, étant donné qu'il est rond ?

– Que veux-tu ? demanda un pissenlit. Devenir plus grande ou plus petite ?

– Plus grande !

– Plante tes racines dans la terre, et tourne tes feuilles vers le soleil, conseilla le pissenlit. Tu grandiras !

– Mais je ne suis pas une plante, remarqua Alice.

– Bien sûr qu'elle n'est pas une plante, dit une jonquille. C'est un insecte !

Tout à coup, Alice entendit une autre voix :

– Gentil petit insecte, je peux exaucer tous tes vœux ! Pose-toi sur mes pétales !

Alice mit le champignon dans sa poche et s'approcha de la plante. Ses fleurs étaient très étranges : elles ressemblaient à une gousse de haricots percée et recouverte de fins duvets.

– Entre ! ordonna la plante.

Alice s'introduisit dans une de ces fleurs étranges. Immédiatement, elle sentit qu'elle se refermait sur elle, la piégeant à l'intérieur.

– Quelle variété de plante êtes-vous ? cria Alice.

– Une vénus gobe-mouches, répondit la plante.

– Je ne suis pas une mouche, protesta Alice.

– Peu importe ! Je dévore toutes sortes d'insectes !

– Je ne suis pas un insecte ! rugit Alice. Laissez-moi sortir !

La vénus gobe-mouches éclata de rire.

– Je peux t'assurer que tu vas être un vrai festin pour moi, marmonna-t-elle.

Soudain, Alice se souvint du champignon dans sa poche et décida de le couper en deux. Au hasard, elle mordit dans un morceau.

Alors, Alice se mit à grandir, à grandir, si bien que la plante explosa. Un dernier coup d'œil et la petite fille passa son chemin. Les fleurs qui poussaient tout près la suivirent du regard.

– Je m'en veux de l'avoir laissée partir ! dit la vénus gobe-mouche, rêveuse. Grâce à cet insecte, j'aurais eu le petit-déjeuner, le déjeuner et le dîner assurés pendant les cinquante prochaines années !

Disney Princesses

Jasmine

Mystère au jardin

Pour la première fois depuis des années, le sultan d'Agrabah a un peu de temps. Jasmine et Aladdin l'aident à régler les affaires courantes et il peut enfin passer ses après-midi dans son potager. Il y fait pousser aubergines, pois chiches, persil, tomates et laitues.

– Des légumes, berk ! crie le perroquet Iago, perché sur un tuteur. Donnez-moi une figue à la rigueur ! Mais des légumes, non merci !

Un jour, le sultan descend dans son jardin et c'est la consternation ! Les pois chiches ont disparu, les laitues se sont envolées et les tomates évanouies !

Le sultan, Jasmine, Aladdin et Rajah cherchent les indices de cette mystérieuse disparition. Et les trouvent ! Des empreintes de griffes de... perroquet ! Iago ! Voilà le coupable !

– Je ne peux pas le croire, s'écrie le sultan. Cet oiseau doit vraiment haïr les légumes pour les avoir tous arrachés !

Les enquêteurs suivent les traces du perroquet jusque dans la ville. Ils s'éloignent de plus en plus du palais et Aladdin commence à reconnaître les ruelles de son ancien quartier.

– Je me demande où Iago a bien pu cacher ces légumes, dit-il. S'il veut les vendre, pas de chance, personne n'a d'argent, ici.

Aladdin a bientôt sa réponse. Au détour du chemin, Rajah a trouvé une famille de pauvres gens en plein pique-nique. Les bavardages sont joyeux, les assiettes pleines passent de main en main. Au milieu de la petite assemblée, se tient Iago !

– Iago ! crie Jasmine. La récolte de papa !

Le père de famille s'approche.

– Mes excuses, Votre Altesse, dit-il. Nous ne savions pas que ces légumes vous appartenaient. Ce perroquet nous a vus affamés et nous a proposé à manger. Nous vous les rendrions tout de suite, si nous n'avions cuisiné ces beignets avec les pois chiches et cette purée avec les aubergines ! Cependant, il y en a assez pour nous tous, voulez-vous vous joindre à nous ?

Jasmine n'a jamais entendu aussi plaisante invitation. Tous s'assoient pour partager ce repas. Les plats sont délicieux et se marient très bien avec les salades de crudités.

– Je suis ravi, dit le sultan, que mon potager ait autant de succès. Le mieux serait de le transporter ici dans la cité, et que tout le monde en profite. Pourquoi pas, ici même, qu'en pensez-vous ?

Les convives applaudissent à cette merveilleuse idée. Tous, sauf Iago, bien sûr !

– Des légumes, berk, quelle drôle d'idée !

6 JUIN

Disney Princesses

Raiponce

Une question de charme

Maintenant que Raiponce a réussi à éloigner Mère Gothel, elle décide de demander un grand service à l'étranger qu'elle a assommé et enfermé dans son placard. Elle brandit sa poêle à frire, prête à le frapper au cas où il se montrerait dangereux, puis elle lui ouvre la porte du placard. Boum ! L'inconnu tombe par terre. Raiponce en profite pour l'attacher sur une chaise avec ses immenses cheveux enchantés.

– Ben ça ! s'étonne l'étranger. Ce sont de vrais cheveux ?

– Tenez-vous tranquille ! s'écrie aussitôt Raiponce. Vous ne me faites pas peur ! Pourquoi êtes-vous monté dans ma tour ? Qui êtes-vous ?

Le jeune homme lui sourit soudain. Un large, un superbe sourire de séducteur. Son sourire le plus ravageur. Mais Raiponce reste insensible.

L'intrus finit donc par répondre :

– Je m'appelle Flynn, Blondinette !

– Et moi Raiponce, pas Blondinette.

Bien sûr, elle ignore que Flynn est un voleur qui s'est réfugié dans la tour sans porte pour échapper aux soldats, car il vient de dérober la couronne royale !

– Où est ma sacoche ? demande alors Flynn, bien décidé à récupérer son trésor.

– Je l'ai cachée. Et vous pouvez chercher, vous ne la retrouverez jamais ! avoue la jeune fille. J'ai un marché à vous proposer, monsieur Flynn.

Raiponce lui montre le tableau qu'elle a peint. On y voit les lanternes qui flottent dans le ciel à chacun de ses anniversaires.

– Demain soir, il y aura ces lanternes, dans le ciel. Je veux savoir d'où elles viennent. Vous me conduisez là-bas, puis vous me ramenez à la tour, et je vous rends votre sacoche. Promis, juré, craché !

Flynn secoue la tête.

– Je ne peux accepter. Je n'ai pas intérêt à traîner du côté du château, en ce moment.

– Dans ce cas, tant pis : vous ne reverrez jamais votre sacoche !

Flynn réfléchit. Ne sachant plus quoi faire, il essaie à nouveau de charmer Raiponce. Cette fois, il joue du sourcil, bat des cils, mais Raiponce demeure toujours de marbre en le regardant fixement. Et bientôt, c'est lui qui cède !

– D'accord, Blondinette. Je vous emmène voir les lanternes.

Raiponce est ravie même si, en secret, elle donnerait cher pour savoir si Flynn le charmeur s'est finalement laissé envoûter par son charme à elle... ou par celui de cette précieuse sacoche !

Suite de l'histoire le 10 juin, page 170 ➡

Disney Les Fées

Allons camper

Clochette a terminé tout son travail. Perchée au bord d'un pétale de coquelicot, elle réfléchit à ce qu'elle pourrait faire pour s'amuser. Soudain, une délicieuse odeur de noisettes grillées vient lui chatouiller les narines.

– Miam ! s'esclaffe-t-elle. Cela me rappelle lorsqu'on allait camper avec Peter Pan !

Et elle s'envole à tire-d'aile en direction des cuisines du Grand Arbre, où Dulcie et ses assistantes préparent le dîner des fées.

– Hors d'ici, gourmande ! s'exclame la Pâtissière. Tu n'auras pas de noisettes avant ce soir !

– Ce n'est pas ça, proteste Clochette. J'ai décidé de partir camper, et je viens chercher quelques provisions.

– Tu vas dormir à la belle étoile ?

– Et faire un formidable feu de camp, aussi !

Dulcie adorerait accompagner la Bricoleuse...

– Mais bien sûr ! Ce sera encore plus amusant !

D'ailleurs, la nouvelle fait vite le tour de la Vallée. Et bientôt, ce sont au moins dix fées qui partent camper avec Clochette. Toutes voyagent léger... sauf Dulcie, qui emporte un énorme sac plein d'ustensiles de cuisine.

– C'est horriblement lourd ! remarque Clochette.

– Eux et moi, on ne se sépare jamais, explique Dulcie. Alors, tant pis !

La petite troupe de fées se met peu après en route. Mais trouver un endroit où camper n'est pas une mince affaire quand on est si nombreux à contenter ! Les fées des Eaux ont besoin de s'installer près d'une rivière. Tandis que les fées de la Nature doivent demeurer au cœur de la forêt. Dulcie a bien du mal à suivre les tours et détours de ses amies, avec son gros sac...

– Je m'arrête pour me reposer, crie-t-elle à Clochette. Continuez, je vous rattraperai !

Mais chaque fois que les fées arrivent quelque part, elles discutent et refusent de s'installer. Au bout d'un moment, Clochette perd patience. Elle atterrit et tape du pied par terre en grondant :

– Maintenant, je campe ici ! Les fées qui veulent toujours m'accompagner sont les bienvenues, les autres peuvent rentrer !

À son grand étonnement, ses amies commencent à planter leur tente, enchantées. Alors Clochette regarde autour d'elle : sans le faire exprès, elle a choisi une clairière parfaite, au bord d'un cours d'eau ! Elle éclate de rire :

– Comme quoi, le hasard fait bien les choses... Et c'est cent fois mieux que se disputer sans fin !

Disney Princesses

Blanche-Neige et les Sept Nains

Un cas épineux

Ce soir-là, Blanche-Neige guettait à la fenêtre le retour des Sept Nains. Ils auraient dû être rentrés de la mine de diamants depuis au moins une heure ! Pour tromper son attente, elle se mit à ranger le linge propre lorsque, brusquement, Joyeux fit irruption dans la maison :

– Vite, princesse ! Venez !

– Que se passe-t-il ? s'affola Blanche-Neige en ôtant son tablier.

– On a trouvé un faon, sur le sentier. On a essayé de l'aider, mais il refuse de bouger, on dirait qu'il est blessé !

– Oh, pauvre petit ! s'exclama la jeune fille. Dépêchons-nous !

Joyeux la conduisit rapidement jusqu'au Carrefour des Cent Pins, au cœur de la Forêt Noire. Là, ils rejoignirent les six autres Nains qui entouraient le faon, au repos par terre.

– Ah, princesse ! se réjouit Prof. Nous ne savons plus quoi faire ! Peut-être aurez-vous une idée ?

Avant tout, Blanche-Neige posa sa longue cape rouge sur le dos du fragile animal. Ainsi, s'il était malade, il n'attraperait pas froid. Le faon la dévisageait d'un air craintif. Elle constata :

– Oui, il a bien un problème. Mais lequel ? En tout cas, il n'a pas de fièvre...

– Et s'il manquait de sommeil ? suggéra Dormeur en bayant aux corneilles.

– Et s'il était allergique ? proposa Atchoum entre deux éternuements.

– Et s'il avait un coup de cafard ? émit Joyeux.

Timide demanda si le faon n'était pas juste mal à l'aise avec tant de monde autour de lui. Grincheux grogna qu'une sorcière lui avait jeté un sort. Quant à Simplet, il pointa le doigt vers la forêt, expliquant ainsi que le faon pouvait s'être égaré.

– Mais il ne resterait pas immobile, remarqua Blanche-Neige.

Prof remonta ses binocles sur son nez et examina avec soin le faon.

– J'ai trouvé ! s'écria-t-il enfin. Il a marché sur une grosse épine. Regardez : elle est fichée dans son sabot, il ne peut plus poser la patte par terre !

Alors, Blanche-Neige retira l'épine en douceur. Le faon se releva aussitôt et lécha avec reconnaissance la main de la princesse.

– Rentre vite chez toi ! dit-elle. Tes parents doivent s'inquiéter !

Et le faon partit vers les bois en gambadant gaiement, tandis que Blanche-Neige et les Sept Nains regagnaient la chaumière... où ils fêtèrent ensemble l'heureux dénouement de ce cas épineux !

Disney Princesses

La Petite Sirène

La malle au trésor

Un navire royal croisait juste au-dessus du palais du roi Triton. Voilà bien une occasion à ne pas laisser passer pour Ariel !

– Viens, Polochon ! Allons examiner de plus près cet immense bateau !

– Mauvaise idée, Ariel ! bredouilla le petit poisson jaune. Ton père sera furieux et...

– Il n'en saura rien, le coupa la Petite Sirène. Et puis, nous serons prudents !

Ils nagèrent jusqu'au navire et firent discrètement surface tout à côté. Ariel écarquilla les yeux, émerveillée. Sur le pont, les marins obéissaient au capitaine. Mais le plus extraordinaire, c'était l'élégante passagère...

– C'est une princesse ! remarqua Ariel. Je voudrais tant lui ressembler !

– Toi aussi, tu es une princesse, bougonna Polochon. Tu n'as rien à lui envier !

– Si : des jambes ! Moi, à sa place, j'en profiterais pour grimper aux mâts !

Soudain, le bateau heurta un récif. Il se mit à pencher à bâbord. Ariel entendit le capitaine avertir la princesse :

– Je suis désolé, Votre Majesté. La cale prend l'eau. Nous aurons le temps d'accoster avant de sombrer, mais nous avons dû alléger le navire en jetant nos bagages et votre malle par-dessus bord !

– Aidons-les, Polochon ! décida Ariel.

Tous deux plongèrent inspecter la coque. Il y avait en effet un gros trou par lequel s'engouffraient des litres d'eau de mer. Vite, ils colmatèrent la brèche à l'aide d'algues épaisses. Le navire put ainsi atteindre la crique et débarquer ses passagers.

– Mission accomplie, se félicita Ariel. Rentrons, Polochon !

Au retour, ils trouvèrent la malle de la princesse, qui gisait sur le fond sableux de l'océan. Elle débordait de vêtements et de bijoux !

– Quelle malle au trésor ! s'esclaffa Ariel en essayant tour à tour les effets de la princesse. Décidément, je ferais une humaine parfaite ! Mais la princesse doit regretter ses belles affaires... Rapportons-les-lui !

Ariel tracta la malle derrière elle et l'abandonna sur la plage, au pied du château où la princesse passait la nuit. Avant de rentrer se coucher, la Petite Sirène contempla un instant les humains sur le balcon. Elle soupira :

– Tu te rends compte, Polochon ? Je trouve une malle au trésor, et je ne la garde pas pour moi !

– C'est peut-être ça, le vrai trésor, sourit Polochon. Savoir penser aux autres !

Disney Princesses

Raiponce

Le plus malin des deux

Flynn veut récupérer sa sacoche. Il y a la couronne qu'il a volée, à l'intérieur ! Mais Raiponce n'accepte de la lui rendre que s'il la conduit là où des gens envoient des lanternes dans le ciel. Elle veut savoir pourquoi ils font cela et la jeune fille, très entêtée, est prête à tout pour le découvrir ! Même à s'enfuir de la tour sans porte de Mère Gothel... et à affronter les terribles dangers du monde extérieur.

– Vous venez, Blondinette ?

Flynn glisse le long de la paroi en utilisant ses flèches comme des marches. Penchée à sa fenêtre, Raiponce hésite...

– Allez, j'y vais !

Et suspendue à son immense chevelure magique, elle descend en rappel. Pascal, son caméléon, l'accompagne. Raiponce est si rapide qu'elle dépasse bientôt Flynn, médusé. Mais arrivée en bas, la jeune fille a le trac. Elle ose à peine poser les pieds par terre. Quand, enfin, elle se décide...

– Ohoo ! L'herbe est exactement comme je l'imaginais ! C'est fantastique ! Je peux courir, danser, sauter sans m'arrêter ! Hourra ! J'ai eu le courage de quitter la tour ! Je suis libre !

Raiponce explore les environs, folle de bonheur. Elle chante, s'émerveille. En même temps, elle a l'impression de trahir Mère Gothel... Et sous l'œil étonné de Flynn, la jeune fille passe tout à coup du rire aux larmes.

– C'est le plus beau jour de ma vie ! sanglote-t-elle.

Flynn est malin. Il voit là une chance de récupérer sa sacoche sans remplir sa part du contrat. Il susurre :

– Ne vous inquiétez pas à ce point pour votre mère. Quand on grandit, on entre en conflit avec ses parents, c'est normal. Votre mère va avoir le cœur brisé en mille petits morceaux impossibles à recoller, mais c'est la vie.

– Oh, vous croyez ? Le cœur brisé ?

– En miettes !

Raiponce grimace. Flynn la raccompagne vers la tour en ajoutant :

– Écoutez, je ne peux pas vous laisser dans cet état : j'accepte d'annuler notre marché. Non, ne me remerciez pas. Vous rentrez chez vous, vous me rendez ma sacoche, et vous reprenez une relation mère-fille digne de confiance !

Raiponce s'immobilise soudain.

– Je veux aller voir les lanternes, déclare-t-elle d'un ton ferme. Et vous savez quoi ? Je suis prête à mourir de remords pour ça. Alors, inutile d'essayer de me culpabiliser, gros malin... puisque je suis déjà coupable et que je le sais très bien !

Suite de l'histoire le 18 juin, page 178 ➡

Disney Les Fées

Un admirateur secret

Clochette ne s'en doutait pas mais Terence, l'homme-hirondelle, l'aimait en secret. Ce jour-là, il s'était décidé à déposer en cachette chez la fée un poème qu'il avait composé pour elle.

Comme chaque matin, avant d'entamer sa tournée, il partit remplir son sac de Poussière de Fée au moulin. Mais en se penchant dans la réserve, son enveloppe tomba sans que Terence s'en aperçoive. Sa tâche terminée, il s'en alla, et bientôt, la lettre ensorcelée par la Poussière de Fée s'échappa à toute vitesse du moulin !

Entraînée par le vent, l'enveloppe atterrit sur le chapeau à plume du capitaine Crochet. Celui-ci luttait à ce moment-là contre Peter Pan, et venait de trébucher sur un gros cordage oublié sur le pont...

D'un bond, Peter lui arracha son chapeau.

Sous le choc, la lettre de Terence se libéra et reprit sa course aérienne. Elle dériva jusqu'aux Rochers des Abandonnés, où les sirènes jouaient avec des bulles magiques.

– Oh, regardez ! s'extasièrent-elles en apercevant la lettre. Vite, capturons-la !

Et elles bombardèrent l'enveloppe de bulles magiques ! Une bulle bleue rata sa cible, puis une rose et finalement ce fut la bulle verte qui l'engloba ! Mais elle s'éloigna aussitôt… Elle atteignit le jardin de Lily où la liane surnommée Ne-me-quittez-pas s'agrippa à elle et... pop ! elle éclata.

– Oh, non ! gronda la fée en s'approchant. Qu'as-tu encore attrapé ?

Elle libéra la lettre et s'apprêtait à l'ouvrir, lorsque la liane s'enroula autour d'elle !

Surprise, Lily lâcha le poème, qui s'enfuit en direction des cuisines de l'Arbre-aux-Dames.

– Ça sent drôlement bon, Dulcie ! s'écria la fée Prilla en entrant, attirée par la bonne odeur que dégageait le chocofigue marbré de la fée Pâtissière.

Hop ! elle exécuta une pirouette et envoya la lettre, qui passait par là, dans une marmite vide. Clang ! le couvercle claqua...

– Tu as vu, Prilla ? nota Dulcie. Cette marmite est cabossée !

Alors elle interpella Terence pour qu'il apporte la marmite chez Clochette.

L'homme-hirondelle se rendit aussitôt à l'atelier de la fée. Mais quand elle ôta le couvercle de la marmite, l'enveloppe en surgit dans une explosion de Poussière de Fée. Clochette la cueillit alors au vol. Terence, stupéfait, reconnut son poème. Mais comment était-il arrivé là ?

Disney Princesses

Pocahontas

Un bon coin pour pêcher

Avance, paresseux ! plaisanta Pocahontas. John Smith la suivait, tandis qu'ils traversaient une prairie avant de gravir la colline. Pocahontas progressait avec l'aisance d'une biche. Et John avait parfois du mal à ne pas se laisser distancer.

Une fois arrivée au sommet, Pocahontas attendit son ami. Au pied de la colline, un torrent se frayait un passage à travers un canyon.

– Regarde en bas, il y a un bon coin pour pêcher ! lança-t-elle.

Ils entamèrent aussitôt la descente et se retrouvèrent enfin au bord de l'eau.

Pocahontas se pencha et scruta le fond de l'eau. Puis elle dressa son harpon et splash ! elle le lança dans l'eau. Mais quand elle le retira, il était vide.

– Il vaudrait mieux nous servir des cannes à pêche, dit John en riant.

Il amorça son hameçon, lança la ligne et attendit. Mais le courant était si rapide que la ligne se déroula très vite. John se prépara à relancer sa ligne. Soudain, un grognement sourd le fit sursauter.

– Ne bouge pas ! conseilla Pocahontas.

Tournant lentement la tête, John aperçut un gros ours gris sur un rocher, juste au-dessus d'eux.

– Grrrr !

L'animal se dressa sur ses pattes.

En un instant, John avait jeté sa canne à pêche pour saisir son fusil.

– Non, John, dit Pocahontas. Suis-moi.

Sans cesser de regarder fixement l'ours, elle commença à se déplacer très lentement et avec d'infinies précautions.

– Grrrr ! grogna encore l'ours.

John leva son fusil une seconde fois.

– Il veut nous dire que c'est son territoire, murmura Pocahontas. Il ne veut pas nous faire du mal, mais seulement que nous le laissions pêcher.

John n'en était pas sûr. Il n'avait pas l'intention de tuer l'ours. Cette espèce d'ours énorme est difficile à tuer. Or, un ours blessé est très dangereux. Pocahontas continua à marcher le long de la rive afin de s'éloigner de l'ours. Quand ils furent à une cinquantaine de mètres, le grizzly sauta de son rocher, à l'endroit exact où John et Pocahontas étaient en train de pêcher.

– Grrrr ! grogna l'ours une fois encore, et il se mit à pêcher.

Pocahontas et John le virent attraper des saumons avec ses grosses pattes.

– Pour pêcher, je crois que la meilleure méthode est celle de l'ours ! s'exclama Pocahontas.

John ne put qu'approuver...

13 JUIN

Disney Princesses

La Belle et La Bête

Un livre mystérieux

– Qu'est-ce que tu regardes, Belle ? demande Zip à la jeune fille.

Belle sourit à la petite tasse à thé.

– Oh, tu me surprends à rêver éveillée, dit-elle. Je regardais juste ce livre rangé là-haut.

Elle désigne la plus haute étagère de la bibliothèque, sur laquelle trône un seul livre. Belle s'interroge sur son contenu depuis sa visite à la bibliothèque avec La Bête. Mais aucune échelle n'est assez haute pour l'atteindre. Aussi le livre garde-t-il entièrement son mystère.

La curiosité de Belle ne fait que grandir : elle ne cesse de penser au livre. Que peut-il raconter ? C'est sûrement le plus magique, le plus étrange, le plus merveilleux livre du monde ! Elle explique cela à Zip qui court voir Madame Samovar, sa maman.

La théière réunit tous les objets enchantés. Dès qu'elle leur parle du livre, ils décident d'aider la jeune fille.

– Nous avons besoin d'un plan, dit Big-Ben.

– Oui ! s'écrie Lumière, et j'en ai un !

Tout le personnel du château se retrouve à la bibliothèque. L'armoire se plante devant l'étagère. Le poêle saute sur ses épaules et porte à son tour le porte-manteau. Bientôt la tour des meubles domestiques atteint le haut de l'étagère où se trouve le livre.

Lumière n'a plus qu'à l'escalader. Quand il arrive au but, le livre n'est plus qu'à quelques centimètres.

– Que faites-vous ? s'exclame Belle.

– Oh, mademoiselle ! crie Lumière, vous arrivez à point !

Lumière réussit finalement à faire glisser le livre dans les mains de Belle. Une seconde plus tard, la tour dégringole. Belle s'assure que personne n'a rien de cassé puis, impatiente, ouvre le livre.

– Oh ! s'exclame-t-elle en regardant la première page.

– Alors ? demande Lumière hors d'haleine.

Belle sourit timidement :

– J'ai déjà lu ce livre.

La petite troupe est très déçue. Auraient-ils fait tout cela pour rien ?

– Mais merci, en tout cas, se reprend-elle très vite. C'est si gentil de votre part.

Elle serre le livre contre elle :

– C'est un de mes livres préférés, il est plein de contrées lointaines, de formules magiques et... Laissez-moi vous montrer !

C'est ainsi que Belle lit le livre à toute l'assemblée. À la fin de sa lecture, tous le veulent pour livre de chevet !

Disney Princesses

Blanche-Neige et les Sept Nains

Goûts de luxe

Le gros chaudron fumait sur le feu. La chaumière des Sept Nains embaumait la soupe aux légumes de saison !

– On va se régaler ! se réjouit Prof.

Les sept compagnons s'installèrent pour dîner, lorsque Blanche-Neige s'écria :

– Vous ne vous êtes pas lavé les mains ! À la table du roi, on refuserait de vous servir à manger !

– Nous ne sommes pas à la table du roi ! protesta Grincheux.

– Mais nous sommes à celle d'une princesse ! rappela Joyeux.

Et ils filèrent tous à l'abreuvoir se laver les mains.

– Parfait, les félicita Blanche-Neige. Vous voilà dignes d'un repas princier !

Simplet se dépêcha de dresser le couvert.

Malheureusement, il fit tout de travers, empilant les verres et renversant la salière !

– On place la fourchette à gauche de l'assiette, le couteau à droite, et on pose sa serviette sur ses genoux, expliqua Blanche-Neige.

Les Sept Nains l'imitèrent. Maintenant que tout était en ordre, ils pouvaient commencer à dîner !

Joyeux se jeta sur le pain en bousculant Atchoum.

– Tu aurais dû me demander de te le passer ! se fâcha ce dernier avant d'éternuer.

– Tu aurais dû mettre ta bain devant ta mouche ! lui reprocha aussitôt Prof.

– Décidément, ça ne va pas du tout ! soupira Blanche-Neige en entendant Timide mastiquer bruyamment. Vous ne connaissez pas les bonnes manières !

– Cela ne nous intéresse pas ! rouspéta Grincheux. On n'a pas l'intention d'aller chez le roi ! On n'a pas des goûts de luxe !

– Vous oubliez de profiter du repas, déplora la princesse. La soupe est froide ! Reprenons à ma façon, voulez-vous ?

Tout le monde s'appliqua donc à se tenir comme il faut. Et, pour une fois, les Sept Nains mangèrent chaud, ils n'eurent aucun légume à balayer par terre... et ils se racontèrent plein de choses passionnantes !

– C'était le meilleur repas de toute ma vie ! s'exclama Grincheux.

– Vous voyez ? remarqua alors Blanche-Neige. Vous n'avez pas des goûts de luxe... mais vous préférez quand même dîner comme à la table du roi !

Et ils lui sautèrent tous au cou en éclatant de rire !

Disney Princesses

Jasmine

Savoir écouter son cœur

Jasmine se souvient du défilé de prétendants qui se présenta au palais afin de l'épouser. Bien sûr, ils estimaient chacun être le mari idéal pour la belle princesse...

– C'était plutôt moi qui étais la femme idéale pour ces idiots ! s'exclame Jasmine ce soir-là, en regagnant sa chambre avec son tigre Rajah.

Quand le sultan vient lui souhaiter bonne nuit, elle continua :

– Ces princes ne me connaissaient pas, et ils juraient qu'ils sauraient me rendre heureuse...

– Il faut bien que tu finisses par trouver un mari, Jasmine, répondait le sultan. Mais tu as raison : le mieux est d'apprendre à se connaître. Voilà pourquoi je donnerai demain un Bal de Trois Jours : cela te laissera le temps de choisir ton prince !

Trois jours ? Jasmine n'avait pas supporté l'idée de voir ses affreux prétendants pendant tout ce temps ! Mais elle aimait trop son père pour le décevoir...

– Je ferai de mon mieux, promit-elle à contrecœur.

Le sultan lui avait remis pour l'occasion l'anneau magique de la grand-mère de Jasmine.

– Il aide à prendre de sages décisions. Qu'il te guide dans ton choix !

Jasmine soupirait. Son père ne voulait que son bien... Mais elle préférait ne jamais se marier plutôt que d'épouser n'importe qui !

Le lendemain, cependant, elle respecta sa promesse. Elle s'efforça d'accueillir les princes avec courtoisie. En trois jours, elle avait le temps de s'habituer à eux...

Au prince des Bédouins, en particulier. Il parlait si bien du désert, Jasmine finit même par le préférer aux autres !

– C'est grâce à l'anneau magique ! se disait-elle.

Elle lui avait réservé toutes ses danses et avait décidé d'accepter de le revoir après le bal. Elle avait voulu le lui annoncer, mais derrière la porte, elle l'avait entendu dire à son valet qu'ils repartiraient dans le désert.

– Vous ne voulez plus vous fiancer ? La princesse Jasmine va avoir de la peine...

– Tant pis ! Moi, j'ai besoin d'aventure. Filons vite avant qu'elle nous voie !

Jasmine avait retenu ses larmes. Comme elle s'était trompée !

– Père, je n'aime aucun de ces princes, avait-elle déclaré plus tard au sultan. J'ai failli me laisser aveugler à force de les écouter. Je vous rends l'anneau magique. Je préfère désormais me fier à mon cœur, pour choisir mon futur mari... Qu'il s'agisse d'un prince ou d'un voleur !

Disney Princesses

La Belle au Bois Dormant

Une surprise salée

Aurore attrape un panier et ouvre la porte.

– Quel bel après-midi ! chantonne-t-elle gaiement en marchant sur le chemin.

Elle a passé tant d'heures à se promener dans cette forêt qu'elle sait exactement où poussent les cerisiers. Elle pose son panier et commence à cueillir les fruits juteux. Un couple de mésanges vient se poser sur son épaule.

– Il y en aura bien assez pour un clafoutis, dit-elle aux oiseaux, au bout d'un moment.

La jeune fille veut préparer un dessert surprise à ses tantes. Elle regagne la maison en fredonnant. Dans la cuisine, la tension monte. Aurore n'a jamais préparé de gâteau toute seule !

– Beurre, farine et sucre ne devraient pas être difficiles à dégoter, se rassure-t-elle.

Aurore fouille dans les placards et ne tarde pas à trouver ce qu'il lui faut. Elle découpe le beurre dans la farine. Après avoir ajouté de l'eau froide, elle pétrit doucement sa pâte et en fait une boule.

– Et maintenant la partie la plus délicate ! dit-elle aux oiseaux qui la regardent.

Elle met la pâte sur le plan de travail et commence à l'étaler.

Aurore installe ensuite la pâte dans le moule. Jusque-là, tout semble parfait !

– Maintenant, passons à la garniture, dit-elle.

Elle dispose grossièrement les cerises, lavées et dénoyautées, sur la pâte et les saupoudre de quelques cuillerées de sucre. La tarte sort tout juste du four, lorsque ses tantes poussent la porte.

– Quelle est cette délicieuse odeur, ma chérie ? demande Flora en ôtant son chapeau.

– C'est une tarte aux cerises, et je l'ai faite toute seule ! répond Aurore, rayonnante.

– C'est merveilleux ! applaudit Pâquerette.

À la fin du repas, Aurore découpe quatre parts et chacune croque dans la sienne. Mais les sourires se transforment vite en grimaces. Et Aurore fond en larmes.

– Du sel ! crie-t-elle. J'ai mis du sel au lieu du sucre !

– Là, là, ma chérie, la console Flora. J'ai fait la même erreur avec une fournée de cakes aux fruits. Imagine : vingt cakes ! Il a fallu un moment avant que quelqu'un veuille regoûter à ma cuisine ! Mais ils s'en sont remis.

Aurore essuie ses larmes.

– Je m'en souviens, encore ! pouffe Pimprenelle.

La pâtissière en herbe, ragaillardie, rit aussi. Après tout, elle n'a jamais raté qu'un seul gâteau dans sa vie !

Disney Princesses

La Petite Sirène

Au royaume des requins

Ariel a la fâcheuse manie de se balader dans les eaux dangereuses. Son père, le roi Triton, a beau lui interdire de quitter les limites du royaume des sirènes, Ariel lui désobéit souvent. Au moins aussi souvent qu'elle découvre une épave à explorer !

Ce jour-là, elle fonce d'ailleurs fouiller un voilier échoué sur le fond marin. Elle y trouve de nombreux trésors : une brosse, un miroir, un collier de perles et une merveilleuse boîte à musique. Mais elle y trouve aussi Kobaa, le requin géant friand de sirène crue ! Par chance, la mélodie de la boîte à musique hypnotise Kobaa et Ariel en profite pour rentrer saine et sauve au palais…

– Tu es une inconsciente ! la gronde le roi Triton à son retour.

– Mais père, il ne m'est rien arrivé ! raisonne Ariel.

Pourtant, le roi Triton n'a pas tort de se méfier. Car Ursula, la pieuvre sorcière, a espionné Ariel. Elle connaît désormais le pouvoir de la boîte à musique et l'utilise aussitôt sur Kobaa pour en faire son esclave !

– Détruis le royaume des sirènes ! ordonne-t-elle au requin.

Et Kobaa et son peuple attaquent peu après le palais ! Armé de son trident magique, le roi Triton se défend bien. Mais il est très chagriné, car la bataille fait de nombreuses victimes…

– Quel désastre, Ariel ! déplore le souverain. Et tout ça parce que tu es trop curieuse pour m'obéir !

Honteuse, Ariel décide d'aller chercher de l'aide. Malgré le danger, elle plonge dans les abysses, où il fait si sombre que les poissons sont phosphorescents. Ceux-ci remontent avec elle aveugler les requins… et Ursula qui en perd la boîte à musique ! Furieux d'avoir ainsi été manipulé, Kobaa se retourne alors contre la sorcière qui se sauve de toute la vitesse de ses tentacules ! Puis le requin géant promet au roi Triton que dorénavant, le peuple des requins n'attaquera plus jamais celui des sirènes.

– Merci, Kobaa, ta sagesse t'honore, déclare alors Triton. Je te nomme roi Kobaa, maître du royaume des requins !

– Et moi ? demande Ariel. Vous me pardonnez ?

– Oui, mais j'espère que tu as compris la leçon ! dit en souriant son père.

– Bien sûr, répond alors la princesse. Grâce à mes bêtises, deux peuples ennemis viennent de se réconcilier à jamais, aujourd'hui !

Et tout le monde éclate de rire. Décidément, Ariel ne changerait pas de sitôt !

Disney Princesses

Raiponce

Une belle journée d'été

Voilà une journée d'été que Raiponce n'oubliera pas de sitôt ! Elle qui vivait enfermée au sommet de sa tour depuis toujours, elle est en train de courir pieds nus dans l'herbe du pré.

– Oh là là, c'est merveilleux ! s'exclame-t-elle en riant, ses longs cheveux dorés dans le vent. Quelle chance j'ai, de vous avoir rencontré !

Flynn, le voleur auquel s'adressent ces paroles, la regarde d'un air stupéfait. En montant se cacher des soldats du roi dans cette tour, il n'avait pas imaginé rencontrer quelqu'un d'aussi surprenant que Raiponce !

– Merci de m'avoir aidée à sortir de ma tour, Flynn ! ajoute-t-elle en humant les fleurs. J'étais certaine que j'aimerais la liberté !

– Parce que vous étiez prisonnière là-haut ? s'étonne-t-il.

– Pas vraiment, mais un peu quand même ! De toute façon, cela n'a plus la moindre importance...

Elle s'interrompt. Une silhouette bouge dans un buisson, et Raiponce, folle de terreur, bondit dans les bras de Flynn en hurlant :

– Aaaaaah ! Un monstre !

À ces mots, un mignon petit lapin sort du feuillage en sautillant, et le voleur éclate d'un rire moqueur :

– Ma parole, vous n'avez jamais rien vu !

– Non, en effet, se ressaisit la jeune fille. Mais j'ai bien l'intention de changer cela !

Et Raiponce ne perd plus une minute à paniquer : maintenant, elle ne se méfie plus de rien et lie connaissance avec les animaux qu'elle croise.

– Vous aviez raison, Flynn : toutes ces sortes de lapins sont gentilles et amusantes.

– Il n'y a pas que des lapins, soupire-t-il. Il y a des écureuils, des mulots...

– Des genres de lapins, quoi ! insiste Raiponce.

Soudain, elle entend du bruit, derrière un arbre. Elle fonce voir de quoi il s'agit... et revient avec un ourson !

– Regardez, Flynn ! Ce lapin brun est encore plus gros que les autres !

– Oh, non ! Mais vous êtes folle ? ! s'exclame-t-il, apeuré.

– Pourquoi ? Son énorme maman aussi, est mon amie !

Là-dessus, l'ourse apparaît derrière elle, et Flynn se réfugie tout en haut de l'arbre en tremblant.

– Méfiez-vous, Raiponce ! s'écrie-t-il. Finalement, je préférais quand vous fuyiez devant les lapins... c'était moins dangereux !

– N'importe quoi ! réplique alors la jeune fille. Grâce à vous j'ai compris que si la peur n'évite pas le danger, la confiance en l'autre le repousse... et c'est bien pour cela que je vous écoute !

Suite de l'histoire le 22 juin, page 182

Disney Princesses

Blanche-Neige et les Sept Nains

La surprise de Simplet

Depuis quelque temps, Simplet s'appliquait à balayer la mine de diamants.

Bien sûr, il l'avait toujours fait, mais jamais avec autant de soin. Il chassait le moindre éclat de pierre précieuse dans le moindre recoin ! Souvent même, il obligeait ses compagnons à attendre qu'il ait fini, le soir, avant de rentrer ensemble à la chaumière.

– Assez ! s'énerva un jour Grincheux. Hier, Simplet nous a mis tellement en retard que la soupe a brûlé ! Et aujourd'hui, c'est le pâté aux épinards qui va refroidir ! Je vous préviens : si demain, le flanc aux asperges est gâché, je change de métier et je deviens bûcheron !

Tout le monde sourit. Grincheux criait et tempêtait, mais heureusement, ses menaces ne se réalisaient jamais ! Simplet continua malgré tout de ramasser les morceaux de diamant, du plus petit au plus grand, et sans en laisser une miette ! Le plus étrange, c'est qu'il remplissait son bonnet de ces poussières, au lieu de les jeter... Puis, il les mettait dans un sac qu'il rangeait sous son lit !

– Tu sais, Simplet, expliqua Blanche-Neige après dîner. Tu devrais essayer d'être un peu moins long, à la mine, sinon Grincheux risque d'exploser !

Simplet hocha la tête. De toute façon, il en avait assez de balayer. Il venait justement de décider d'arrêter !

– Parfait, se réjouit Blanche-Neige. Tes compagnons seront contents ! Mais moi, je me demande ce que tu manigances...

Simplet s'éloigna, l'air de rien. Il préparait quelque chose, c'est certain, et la princesse aurait donné cher pour savoir quoi !

Plus tard dans la nuit, alors que tout le monde dormait déjà, Simplet se leva sans bruit. Il tira de sous son lit le sac plein de pierres précieuses, et se faufila à la cuisine. Là, il tourna la page du calendrier à la date du lendemain, puis il prépara sa surprise. Il travailla longtemps et, au matin, lorsque Blanche-Neige se leva avant les nains, afin de leur préparer le petit-déjeuner, quel ne fut pas son étonnement en descendant à la cuisine ! Le plafond, les murs et le parquet rutilaient de mille feux aux rayons de l'aube ; Simplet avait parsemé des éclats de diamants partout, on se serait cru perdu parmi les étoiles d'un ciel féerique !

– Oh, merci, Simplet ! l'embrassa Blanche-Neige en le trouvant encore endormi dans le chaudron. Tu as réalisé mon souhait d'approcher les étoiles, et le jour anniversaire de mon arrivée chez vous ! De tous les diamants, ton cœur est bien le plus brillant !

Disney Princesses

Jasmine

Le vieux fakir

Ce soir, Aladdin et Jasmine ont décidé de se promener incognito dans les rues d'Agrabah. Ils aiment profiter des douces nuits d'été et de l'animation qui règne sur la grand-place de leur ville.

Après avoir écouté un talentueux conteur venu d'un pays lointain, ils s'installent près d'un muret afin de savourer la fraîcheur embaumée des jardins clos. Un étrange monologue les empêche cependant de se dire les mots doux qui leur passent par la tête...

– Abranabraca ! Flûte ! Afranacadra !

Aladdin plisse les yeux. Dans l'ombre, un vieil homme accroupi semble s'adresser à une corde enroulée devant lui.

– Que fait-il ? interroge Jasmine qui a également aperçu le drôle d'individu.

– Je ne sais pas... Allons lui demander.

Les deux jeunes mariés s'approchent.

– Armanacabra ! continue le vieux. Non…

– Hum... Monsieur ? Peut-on vous aider ? demande doucement Aladdin.

– Alors là, ça m'étonnerait ! réplique l'homme. À moins que vous ne soyez fakir. Seul un fakir pourrait retrouver la formule !

– Quelle formule ?

– La formule pour faire dresser la corde, voyons ! Il n'y en a qu'une et je l'ai oubliée. C'est l'âge, hélas...

Un peu surpris, Aladdin et Jasmine se regardent.

– Ce serait plus simple de l'attacher, votre corde, non ? tente Jasmine.

– Un fakir n'attache jamais une corde, mademoiselle, sinon, il ne serait pas fakir. Il n'y a aucun trucage à mon art.

– Ah...

– A… Oui c'est ça... A… Abra... quelque chose ! s'exclame le bonhomme.

– Abracadabra ? ose Aladdin.

À ce mot, comme mue par un ressort invisible, la corde se dresse dans les airs !

– Bravo ! se réjouit le vieil homme en se relevant. Abracadabra... Comment ai-je pu oublier ? Bon, maintenant, je dois grimper !

– Non, fakir, intervient Aladdin, inquiet de voir un homme aussi âgé jouer à l'acrobate. Votre tour de magie nous a suffi. Prenez cette bourse et allez dîner.

L'homme accepte le don avec reconnaissance et le couple s'éloigne.

– Tu sais, Jasmine... Cette rencontre me donne une idée ! Si on construisait une maison pour accueillir les anciens artistes ?

– On pourrait ainsi abriter les gens qui nous auront fait rire ou rêver et qui n'ont pas de famille... Je suis d'accord, Aladdin. Dès demain, nous nous en occuperons !

Disney Princesses

La Belle et La Bête

Des petits bonheurs pour une grande joie

C'est le premier jour de l'été, et la Bête est d'humeur si sombre, à rouspéter contre son apparence un peu effrayante, que les oiseaux désertent peu à peu les jardins. Madame Samovar soupire :

– Si notre Maître grogne encore longtemps, on n'entendra plus jamais de chants d'oiseau au château !

– Il doit exister un moyen de lui rendre le moral, intervient Belle. Qu'est-ce qui le rendait heureux, autrefois ?

Les objets enchantés réfléchissent, en vain.

– Impossible de s'en souvenir, remarque Lumière. Cela remonte à trop d'années !

Belle fronce les sourcils. Bien décidée à trouver une solution, elle sort chercher l'inspiration dans la roseraie, lorsqu'une colombe fonce droit sur elle et lui lance un joyau enveloppé d'un message !

Belle le lit, surprise : « Si tu souhaites le bonheur retrouver, ce joyau tu devras semer. »

– Bizarre, s'étonne-t-elle. Mais je vais essayer !

Elle plante alors le rubis au pied du perron, puis elle court raconter son aventure à Madame Samovar qui s'exclame :

– Ça doit être un cadeau des fées !

Elle accompagne donc Belle à la roseraie et en effet, à la place du joyau s'épanouit maintenant un buisson de groseilles juteuses.

– Notre Maître adorait la tarte aux groseilles ! se rappelle soudain Madame Samovar .

Et elle en cueille un plein panier afin de préparer un gâteau qui réconfortera la Bête. À cet instant, la colombe magique revient avec un autre joyau que Belle plante sans tarder. Un mûrier se déploie dans l'herbe. Lumière et Big-Ben, qui viennent justement de ce côté, s'écrient :

– Oh ! Des mûres à point : notre Maître en raffolait !

Et à leur tour, ils en cueillent autant que possible pour les offrir à la Bête et lui rendre ainsi le sourire. Un dernier joyau fait pousser ensuite un cerisier, l'autre régal de la Bête. Vite, Belle et ses amis organisent un pique-nique et quand la Bête les aperçoit, ses yeux se mettent à briller devant la tarte aux groseilles et les jattes de mûres et de cerises.

– J'avais oublié combien ces fruits d'été sont délicieux ! déclare-t-il en s'asseyant auprès de Belle afin de goûter avec tout le monde.

Ils mangent, s'amusent ensemble et la Bête retrouve finalement le moral ! Zip est ravi :

– Merci la colombe, pour ces fruits du bonheur !

– Oui, de petits bonheurs pour une grande joie ! conclut alors Belle en riant.

Disney PRINCESSES

Raiponce

Une prison sans fenêtre

Raiponce est folle de joie. Flynn Rider, le voleur, a accepté de la conduire à la citadelle ! Mais il faut traverser la forêt et Raiponce, qui n'était encore jamais sortie de sa haute tour solitaire, découvre le monde !

– Je peux courir devant moi sans m'arrêter si ça me plaît ! s'exclame-t-elle en joignant le geste à la parole.

– Attention quand même à ne pas tomber dans un ravin, recommande Flynn.

Raiponce éclate de rire.

– Je peux tourner sur moi-même, pirouetter les bras écartés, faire flotter mes longs cheveux dans le vent ! Je peux bondir, sauter, crier, m'allonger dans l'herbe et me rouler dans la boue !

– Ça, je vous le déconseille, intervient Flynn dans l'espoir de la décourager de continuer. La prochaine rivière est à au moins quatre kilomètres, et il n'y a rien pour se laver dans la forêt.

La jeune fille s'immobilise, les yeux écarquillés.

– Rien pour se laver ? Vous voulez dire qu'il n'y a ni bassine ni broc d'eau... ni porte pour s'enfermer ?

– C'est ça, la liberté, Raiponce ! répond Flynn.

– Oui, bien sûr, je le savais, murmure-t-elle d'un ton un peu contrarié.

– Cela ne vous pose pas de problème, j'espère ? ajoute Flynn.

Il lui sourit d'un air taquin. Elle hausse les épaules.

– Quand on ne peut pas se laver, on n'a qu'à rester propre, voilà tout !

Et Raiponce reprend sa route avec Flynn, en prenant bien garde dorénavant à ne pas marcher dans n'importe quoi... Vers l'heure du déjeuner, ils se reposent enfin à l'ombre d'un sapin. La jeune fille soupire de soulagement. Avancer droit devant soi pendant des heures sans qu'aucun mur ne vous stoppe, c'est prodigieux... mais c'est aussi très douloureux pour les pieds !

Soudain, un corbeau lui passe à tire-d'aile au ras de la tête, lui tirant du bout du bec une mèche de cheveux ! Raiponce pousse un cri de terreur, lorsqu'un essaim d'abeilles s'échappe d'une ruche, juste au-dessus d'eux !

– Oh là là ! gémit Raiponce en fonçant s'abriter avec Flynn sous une corniche. Au moins, dans ma tour, personne ne m'embêtait !

– Sauf votre mère, proteste Flynn. Vous étiez en prison.

– C'est vrai, admet la jeune fille. Finalement, je ne suis tranquille nulle part… Vous savez quoi, Flynn ? La liberté, dans cette forêt, ce n'est finalement rien qu'une immense prison sans porte, ni fenêtre !

Suite de l'histoire le 24 juin, page 184

Disney Princesses

Cendrillon

Le mystère de la pantoufle

Quelle belle matinée ! s'écrie Cendrillon, en s'asseyant sur son lit, ce matin-là.

Le soleil brille. Les oiseaux chantent. Une délicieuse odeur de petits pains frais à la cannelle s'élève de la cuisine royale.

– Mmmh, le petit-déjeuner est prêt ! dit Cendrillon.

Au pied du couvre-lit, ses amies les souris, réveillées elles aussi, lui sourient.

Cendrillon se lève et se glisse dans le peignoir jeté au pied de son lit.

– Où sont mes pantoufles ? demande-t-elle.

– En voilà une ! dit Jac, qui bondit sur le sol et rapproche la pantoufle de son pied.

– Merci, Jac chéri, dit Cendrillon en l'enfilant. Mais où est la seconde ?

– Je ne la vois pas, dit Jac.

Il se penche et regarde sous le lit. Rien.

Les autres souris aussi secouent la tête.

– Ne me dites pas que je l'ai encore perdue, dit la jeune fille en soupirant.

– Ne t'inquiète pas, Cendrillon, lui dit une souris, nommée Suzy. Nous la retrouverons.

Cendrillon et ses amis fouillent la chambre du sol au plafond.Ils regardent sous les tables, derrière les étagères, dans les armoires et sur les coiffeuses, bref, partout où l'on pourrait trouver une pantoufle égarée.

– Je commence à croire qu'elle a disparu ! dit Cendrillon tristement.

– Hmm, dit Jac. Cette pantoufle était là hier soir...

Il s'arrête au beau milieu de sa phrase.

– Mais bien sûr ! s'écrie le souriceau.

– Que veux-tu dire par « bien sûr » ? demande Cendrillon.

– Suis-moi, lui dit Jac, d'un air entendu.

Il s'arrête devant un petit trou de souris. Chaussée de son unique pantoufle, Cendrillon le suit.

– Regarde par ici ! lui dit Jac.

Curieuse, Cendrillon jette un œil par la minuscule ouverture. Oui, c'est bien sa pantoufle qui est là. À l'intérieur, confortablement niché, Gus est profondément endormi.

– Oh, dit Cendrillon, qu'il est mignon !

– Réveille-le ! s'exclame Jac.

– Oh, non, laisse-le dormir !

– Mais tu as besoin de ta pantoufle, Cendrillon !

La jeune fille réfléchit un moment.

– En fait, non ! dit-elle en ôtant prestement la deuxième. Je viens juste de changer d'avis. Je pense que c'est le jour parfait pour un petit-déjeuner au lit !

Disney Princesses

Raiponce

Un dîner à la belle étoile

Après avoir marché toute la journée avec Flynn pour se rendre à la citadelle, Raiponce n'est pas fâchée de s'arrêter pour la nuit.

– On va camper dans cette clairière, dit Flynn en déposant son sac par terre.

– Camper ? répète Raiponce. Comme dans les romans d'aventure ?

– Non, comme dans ma vie quotidienne ! répond Flynn, satisfait d'impressionner la jeune fille.

Mais Raiponce se réjouit trop à l'idée de camper pour l'écouter ! Elle ajoute :

– Alors, je crois qu'on doit faire un feu, n'est-ce pas ? Et bâtir un toit de feuilles pour s'abriter en cas de pluie, et...

– Dans la vie, les choses ne se passent pas comme dans les livres, l'interrompt Flynn. On va camper à ma façon. Je pars chercher du bois pour le feu. Rassemblez de quoi dîner à la belle étoile.

– D'accord ! s'empresse Raiponce, rose de fierté.

C'est la première fois qu'on lui confie une mission aussi importante ! Soucieuse de bien faire, elle cueille des baies, ramasse des bogues de châtaigne, arrache de belles feuilles de salade. Et au retour de Flynn, elle annonce :

– Surprise ! J'ai trouvé de quoi préparer de la soupe à la châtaigne, une salade mêlée, et j'ai même des groseilles pour le dessert !

Flynn fronce les sourcils, dubitatif. À moins que les cheveux magiques de Raiponce ne puissent faire apparaître à manger, il ne voit pas comment elle aurait pu trouver ce genre de nourriture en cette saison !

– Parfait, dit-il d'un air moqueur. Montrez-moi tout ça !

La jeune fille lui tend son sac de cueillette.

Il s'écrie :

– Ce ne sont pas des groseilles, ce sont des baies toxiques dont on ne parle jamais dans les manuels de cuisine ! Et ce que vous prenez pour de la salade, ce sont des feuilles de fougère !

Raiponce se renfrogne, vexée de son étourderie. Elle se défend :

– N'importe qui aurait pu se tromper. Mais les bogues de châtaigne, ça, je suis sûre de moi ! Elle en prend une… et sursaute en la voyant soudain se tortiller dans sa main !

– Un hérisson ! ricane Flynn. Il s'est roulé en boule et vous l'avez confondu avec une bogue pleine d'épines. Vous voyez, Raiponce : quand on est aussi étourdie que vous, dîner à la belle étoile ne s'improvise pas aussi facilement que dans les livres d'aventure !

– Eh bien, je nous souhaite que si, Flynn ! proteste-t-elle alors. Parce que sinon, cela signifie que même vous, vous ne saurez pas nous préparer à manger... et je vous affirme que je meurs de faim !

Suite de l'histoire le 26 juin, page 186 ➡

Disney Princesses

La Belle au Bois Dormant

Savoir écouter

Avant de redevenir la princesse Aurore et de retrouver son château, Rose habitait la forêt avec les fées. Elle aimait beaucoup vivre au cottage. Les chamailleries de Dames Flora, Pâquerette et Pimprenelle l'amusaient par-dessus tout... Il faut dire que les fées ne se fâchaient jamais vraiment. Elles s'aimaient trop pour ça !

– Je veux offrir un ruban bleu à Rose ! insista un jour Pimprenelle.

– Offrez-m'en un noir !

Et depuis, Rose retient ses longs cheveux soyeux dans un beau ruban de satin noir. C'est très pratique pour aller dans les bois ramasser des noisettes.

D'ailleurs, cet après-midi-là, Rose revint avec deux paniers pleins à ras bord.

– Je n'en peux plus ! souffla-t-elle. Je monte me reposer !

– Dors un peu ! lui conseilla alors Flora qui s'activait à la cuisine.

Or, peu après, Pâquerette et Pimprenelle rentrèrent de la cueillette aux champignons.

– Regarde ça, Flora ! On en a des kilos !

– Chut ! Vous allez réveiller Rose ! La pauvre petite...

– Elle est malade ? l'interrompit Pimprenelle.

– Elle est… commença Flora.

Mais Pâquerette ne la laissa pas terminer.

Elle s'exclama :

– Elle est brûlante de fièvre ? !

– Voulez-vous bien écouter, à la fin ? se fâcha soudain Flora. Vous m'empêchez de parler, et vous dites n'importe quoi ! Rose est juste fatiguée. Préparons-lui un bon dîner. D'accord ?

Et tandis que Pâquerette et Pimprenelle lavaient les champignons, Flora se chargea d'allumer un feu dans la cheminée. Elle ne vit pas qu'une étincelle jaillit des flammes et atterrit sur le bas de sa robe...

– Pimprenelle, peux-tu m'apporter le sel, s'il te…

– Mon Dieu ! s'écria Pâquerette. Ta robe !

– Tu m'interromps encore ! gronda Flora. J'ai demandé le sel à Pim...

– Mais Flora ! intervint cette dernière. Ta robe est...

– J'en ai assez ! Vous ne savez donc pas écouter ?

À cet instant, Rose descendit à la cuisine. Apercevant la robe fumante de la fée, elle s'empara d'un seau d'eau... et l'aspergea. Flora, trempée de la tête aux pieds, admit d'un ton penaud :

– Un peu plus, et je grillais comme une noisette ! J'imagine que c'est parfois à mon tour d'apprendre à écouter...

Et toutes l'embrassèrent en riant de bon cœur !

Disney Princesses

Raiponce

Un chemin inattendu

Tandis qu'ils traversent la forêt pour se rendre à la citadelle, Raiponce et Flynn font peu à peu connaissance en discutant... Et en se chamaillant !

– Je vous assure que sans vous, j'irais deux fois plus vite ! prétend Flynn.

– Et en quoi est-ce que je vous retarde ? s'indigne la jeune fille. D'abord, sans moi, vous n'iriez pas à la citadelle. Et puis je vous signale que c'est moi qui marche devant !

– Il faut bien que je protège vos longs cheveux enchantés, la taquine Flynn.

Raiponce s'immobilise soudain et tape du pied par terre avec colère.

– Vous êtes d'une mauvaise foi incroyable. Laissez donc mes cheveux se débrouiller tout seuls, je vous prie, et accélérons le pas !

Flynn est vexé. Il voulait juste s'amuser un peu. Mais Raiponce n'a aucun sens de l'humour, apparemment !

– Vous voyez ? rouspète-t-il. À force de ronchonner et de taper du pied par terre, vous nous retardez encore plus qu'avant ! J'ai toujours dit que les filles aux cheveux très longs ne pouvaient pas traverser rapidement les forêts touffues !

– Ah oui ? Dans ce cas, je vous défie, Flynn Rider ! Faisons la course. Celui qui arrive le premier à la rivière, au pied de la colline, assume sa défaite et présente ses excuses à l'autre !

– Entendu, mademoiselle au sale caractère ! accepte aussitôt le voleur. Mais ne venez pas vous plaindre après : vous l'aurez bien cherché !

Là-dessus, il s'élance en courant sur le sentier. Raiponce sourit. Elle a un plan. Hop ! elle se suspend à son immense chevelure pour se hisser à une branche. Puis elle se balance ainsi d'arbre en arbre, évitant les obstacles du sentier. Si bien que lorsque Flynn parvient tout essoufflé à la rivière, Raiponce est déjà là.

– Vous avez triché ! grogne-t-il, mauvais perdant.

– J'ai juste emprunté un chemin un peu inattendu, c'est tout... Alors, à votre avis : qui retarde l'autre, Flynn ?

Le jeune voleur hausse les épaules d'un air agacé.

– Vous êtes une fille plutôt surprenante, je l'admets, grogne-t-il. Mais chemin inattendu ou pas, cela ne change rien : sans moi vous ne savez même pas comment aller à la citadelle !

– C'est vrai, avoue Raiponce. Mais sans moi vous êtes incapable de prendre le raccourci par les arbres. Il me semble donc que nous sommes à égalité dans cette histoire... et c'est bien ça le plus inattendu !

Suite de l'histoire le 29 juin, page 189

Disney Princesses

Blanche-Neige et les Sept Nains

Le piège de la reine

Depuis que le prince charmant avait rencontré Blanche-Neige, la reine essayait de briser leur amour. Elle avait souvent cherché à les séparer, notamment en tentant de les empêcher de se rencontrer ! La cruelle souveraine, folle de jalousie, voulait gâcher le bonheur de sa belle-fille.

Car tout le monde, dans le royaume, adorait Blanche-Neige. Elle était si douce, si tolérante ! La reine ne le supportait plus !

– Miroir Magique au mur, qui a beauté parfaite et pure ?, récitait-elle chaque matin devant le Miroir Magique. Invariablement, le génie du miroir répondait :

– C'est Blanche-Neige, ô ma reine !

Or, ce matin-là, la reine posa une question supplémentaire :

– Miroir Magique au mur... Dis-moi où est le prince charmant ?

Les flammes grandirent, autour du visage du génie qui finit par confier :

– Vers Blanche-Neige il galope, partant chez son père pour plusieurs jours, il souhaite voir sa bien-aimée, avant de tantôt s'en aller...

– Ainsi, le prince s'absente, se réjouit la reine à l'idée de nuire à Blanche-Neige. Elle se précipita à son repaire de sorcière, dans les souterrains du château.

Juché sur la tête de mort, le corbeau l'accueillit d'un croassement perçant.

– Oiseau de sombre augure, l'interpella-t-elle, vole jusqu'au prince charmant et empêche-le de rejoindre Blanche-Neige à temps !

Le corbeau s'envola à tire-d'aile par le soupirail. Il fila vers la forêt et, en l'espace d'un instant, rattrapa le prince charmant. Il affola son cheval, qui se cabra, désarçonnant son cavalier. Le prince, en tombant par terre, s'assomma...

– Parfait, se félicita la reine en assistant à la scène dans son Miroir Magique. Blanche-Neige croira que son amoureux l'a oubliée, et elle sera très déçue !

Mais la jeune fille, loin d'en vouloir au prince, s'inquiétait de son retard. Elle ne doutait pas une seconde de lui, car entre eux deux était né un véritable amour... Aussi décida-t-elle de partir à sa rencontre ! Elle le retrouva dans les broussailles, blessé. Vite, elle obtint le secours des animaux qui vivaient près du château.

La vile souveraine crut étouffer de rage ! Au lieu de séparer les amoureux, voilà que, grâce à elle, ils étaient au contraire réunis pour plusieurs jours, car le prince ne pourrait se rendre chez son père avant d'être tout à fait remis !

Disney Princesses

La Belle et La Bête

Un peu d'aide

– Ça va mal ! se tracassait Big-Ben, faisant les cent pas au sommet de l'escalier du château. Mal, mal, mal !

– Qu'est-ce qui cloche ? demanda Lumière.

– La Bête a contrarié Belle, répond Big-Ben. Belle a contrarié la Bête. Pour l'heure, ils boudent, chacun dans leur chambre.

– En effet, ça va mal, déclara Lumière. Nous ne récupérerons jamais forme humaine si la Belle ne tombe pas amoureuse de la Bête.

– Eh bien, c'est mal parti, gémit Big-Ben.

– Bêtises, rétorqua Lumière. L'amour a parfois besoin d'un peu d'aide.

Le chandelier exposa son plan à l'horloge et ils s'affairèrent un moment. Quand tout fut prêt, Lumière frappa à la porte de Belle.

– Mademoiselle, appela-t-il doucement, je suis ici pour vous dire que la Bête est désolé de ce qui s'est passé !

– Vraiment ? demanda Belle.

– Oh oui ! dit Lumière. Et maintenant, voulez-vous voir votre surprise ?

Belle entrouvre la porte.

– Ma surprise ?

– Oui, suivez-moi, dit le chandelier.

Au même moment, Big-Ben, cliquetant des mécanismes, se planta devant la porte de la Bête.

– Grr, ce Lumière ! marmonna-t-il. Pourquoi diable suis-je tombé sur la Bête ?

Rassemblant son courage, Big-Ben frappa à la porte de son maître.

– Va-t'en ! rugit ce dernier.

– Maître, je suis juste ici pour vous dire que Belle est vraiment désolée de ce qui s'est passé. Après un long silence, la Bête grogna :

– Vraiment ?

– Oh, tout à fait ! dit Big-Ben. Maintenant, suivez-moi, votre surprise vous attend.

– Ma surprise ? demanda la Bête, intriguée.

– Oui, Maître.

Belle et la Bête se retrouvèrent dans le vaste atelier du château, dans lequel se trouvait un bouquet de fleurs fraîches et la harpe enchantée qui jouait un air mélodieux.

– Ohhh ! s'exclamèrent en chœur Belle et la Bête en entendant la musique.

– Etes-vous désolé ? demanda Belle.

– Je le suis, avoua la Bête.

– Je le suis aussi, dit Belle.

La Belle et la Bête échangèrent un sourire complice.

– Tu vois, mon ami, murmura Lumière. Chacun était sincèrement désolé, il leur fallait seulement un peu d'aide pour l'admettre. Grâce à nous, voilà qui est fait !

Disney Princesses

Raiponce

Une précieuse amitié

Flynn s'est blessé la main contre un rocher. Raiponce s'empresse de le soigner à l'aide de son épaisse chevelure enchantée et le jeune homme, admiratif, demande :

– Vos cheveux magiques, c'est bien ce que vous possédez de plus précieux au monde ?

Raiponce hésite. Mère Gothel lui a toujours dit que rien n'avait plus de valeur ni d'importance que ses cheveux... mais en secret, la jeune fille aime encore plus Pascal, son fidèle caméléon domestique !

– Je tiens à mes cheveux, admet-elle. Mais si je devais les couper pour sauver la vie de Pascal, je le ferais !

Juché sur son épaule, le petit caméléon l'embrasse. Flynn éclate de rire.

– Vous sacrifieriez vos pouvoirs pour votre grenouille bizarre ? Mais moi, je les mange, les grenouilles !

À ces mots, Raiponce tape du pied par terre.

– Primo, Pascal n'est pas une grenouille. Deuzio, je vous interdis de lui faire peur avec vos idées épouvantables !

Flynn rougit. En vérité, il n'a jamais mangé de grenouille. Il a juste dit ça pour taquiner Raiponce… Il essaie de se rattraper :

– Du calme, je plaisantais !

– Eh bien ce n'était pas drôle du tout, assène la jeune fille. Mon pauvre Pascal a justement failli finir dans l'estomac d'un grand hibou, et je vous assure que c'est un affreux souvenir pour nous deux !

À ces mots, Pascal hoche la tête d'une mine attristée. Flynn s'excuse à nouveau :

– D'accord, je suis désolé. On n'en parle plus ?

– On n'en parle plus, soupire Raiponce en brossant avec soin ses longs cheveux blonds, quand une guêpe surgit d'une fleur et fonce droit sur elle pour la piquer !

Vite, Pascal se dresse courageusement sur ses pattes et slurp ! il gobe l'insecte d'un coup de langue !

– Beurk ! grimace Flynn. C'est dégoûtant !

– Je n'en sais rien, rétorque Raiponce. Je n'ai jamais eu envie d'y goûter.

Flynn lève les yeux au ciel. Cette fille est vraiment spéciale ! Elle ajoute :

– Vous voyez ? Pascal et moi, on partage une précieuse amitié ! On a une confiance totale l'un dans l'autre !

– Moi, je n'ai confiance en personne, murmure Flynn d'un air envieux.

– Vous m'avez pourtant laissée vous soigner ? remarque alors Raiponce en souriant. La confiance, ça se gagne. Et ce que l'on gagne est souvent plus précieux que ce que l'on possède... y compris des cheveux enchantés !

Suite de l'histoire le 3 juillet, page 193

Disney Les Fées

Une dînette de fées

Clochette est très fière de sa nouvelle tasse en métal précieux. C'est une belle réussite de Bricoleuse ! Au début, elle pensait l'essayer en se préparant un simple thé. Mais ses amies ont eu vent de son projet et ont voulu l'aider. Très vite, le simple thé dans son jardin s'est transformé en délicieux goûter !

– Puisqu'il y a tant à manger, je vous invite toutes ! déclare Clochette à Beck, Rani, Lily et Dulcie, enchantées.

– Je m'occupe de la table. Rejoignez-moi au Cercle de Fées ! s'exclame alors Lily en s'envolant à tire-d'aile.

– Venez à la cuisine remplir notre panier de pique-nique, propose ensuite Dulcie.

Il est vrai que, même pour un goûter en plein air, on a besoin de couverts et de plats !

– J'ai l'impression de jouer à la dînette ! pouffe Rani.

– Une dînette de fées, précise Beck. D'ailleurs, il nous faut une nappe digne de nous ! Je sais où la trouver. Rendez-vous au Cercle de Fées !

Et elle disparaît au cœur de la forêt. Elle se rend à la Vieille Souche où Teklie l'Araignée a élu domicile.

Au Pays imaginaire, les toiles d'araignées sont en dentelle de soie. Elles façonnent de superbes robes d'apparat et du linge fin. Par chance, Teklie accepte de confier sa plus grande toile de la journée à la fée des Animaux.

– J'en prendrai bien soin, promet Beck en s'éloignant.

Pendant ce temps, Lily fait de l'excellent travail aussi. D'une pincée de Poussière magique, elle fait pousser un immense champignon plat au milieu du Cercle de Fées, et cinq champignons ronds comme tabourets. Quand ses amies arrivent, elles sont émerveillées. Elles installent ensemble la table, en vérifiant bien qu'elles n'ont rien oublié.

– Oh non ! s'affole soudain Rani. Nous avons pensé à tout... sauf aux feuilles de thé !

– J'ai un bouquet de menthe dans la poche, propose alors Lily.

– Parfait, c'est ce que je préfère ! se réjouit Clochette.

Ouf ! Elle peut enfin tester sa tasse en métal précieux. Mmm ! Le thé est délicieux !

Brusquement, Dulcie se lève et déclare :

– À Clochette ! Sans sa nouvelle tasse, nous ne serions pas réunies ici pour ce goûter improvisé !

– Disons plutôt : à ma nouvelle tasse ! corrige la Bricoleuse. Si vous voulez, demain, je pourrais fabriquer une nouvelle théière...

– Hourra ! s'esclaffent ses amies.

Et toutes se régalent d'avance de leur prochain goûter de fées !

Disney Princesses

Jasmine

L'étoile légendaire

Depuis toujours, les étoiles fascinaient Jasmine. Quelle splendeur ! En plus, Aladdin connaissait de nombreuses histoires à leur sujet, et la princesse ne se lassait pas de les écouter. Ainsi, chaque soir, les deux amoureux s'étendaient sur le Tapis Volant, au-dessus du palais, d'où ils admiraient le ciel scintillant de la nuit.

– Oh, regarde Aladdin ! s'exclama Jasmine. Cette étoile violette n'était pas là hier !

– Bien sûr que si, assura-t-il. Simplement, elle ne brillait pas aussi fort.

– Et pourquoi brille-t-elle plus fort aujourd'hui ?

– Parce qu'il n'y a pas de nuages. C'est une étoile très éloignée de la Terre, on ne l'aperçoit que rarement. Elle s'appelle l'Étoile de Perse.

Aladdin raconta le mythe qui entourait cet astre.

– Elle est si légendaire, avec sa couleur unique et son éclat si vif, qu'on a donné son nom à la plus grosse améthyste du monde.

– Une améthyste ? répéta Jasmine, émerveillée. C'est mon joyau préféré ! Où se trouve-t-elle ?

– Par-delà le désert, aux frontières du sultanat de l'Est. Elle est gardée dans la plus haute tour du palais. Personne n'a le droit de la porter. La sultane, son ancienne propriétaire, était adorée de son peuple. Elle régnait avec sagesse, justice et bonté. Elle est morte de vieillesse, mais tous ceux qui la connurent la vénèrent encore. En hommage à sa mémoire, ils veillent jalousement sur l'Étoile de Perse. Seule une souveraine digne de la sultane aura l'honneur d'hériter du bijou. Mais nulle princesse ne s'est encore montrée à la hauteur...

– Qu'avait cette sultane de si exceptionnel ? s'étonna Jasmine.

– Tout ! répondit rêveusement Aladdin. Une beauté inégalable, une gentillesse sans pareille, une très grande intelligence. Aucune jeune fille ne peut rivaliser avec elle !

Jasmine fronça les sourcils. Elle n'était pas jalouse... mais un peu contrariée !

– Merci, Aladdin, dit-elle, vexée.

– Oh, mais je ne parle pas de toi ! s'esclaffa-t-il. Même si tu es beaucoup plus susceptible que la sultane, c'est toi que j'aime !

Et il l'embrassa afin de se faire pardonner ses moqueries. Au-dessus de leur tête, l'Étoile de Perse étincela plus fort... Jasmine murmura :

– Je ne t'en veux pas, Aladdin. Mais un jour, j'irai au royaume de l'Est... et ce jour-là, je te prouverai que je mérite l'améthyste de la sultane !

Disney Princesses

La Petite Sirène

Concert aquatique

Sur les eaux calmes de la lagune, Ariel et Éric faisaient une délicieuse promenade en barque. La Petite Sirène, forcée au silence car elle avait perdu sa voix, écoutait les paroles du prince et lui répondait par des regards tendres. À mesure qu'ils avançaient vers l'autre rive, une étrange musique semblait se rapprocher...

– Vous entendez ? demanda le prince. On dirait que les habitants de la lagune donnent un concert en notre honneur.

Ariel sourit à ces mots. Mais le prince Éric ne croyait pas si bien dire...

Car quelle ne fut pas leur surprise lorsqu'ils découvrirent, en avançant au milieu des roseaux, un orchestre au grand complet ! Composé d'oiseaux, de poissons, de canards et de tortues, il jouait une mélodie romantique. Les flamants roses chantaient en frottant une de leurs pattes contre l'autre en guise d'accompagnement, tandis que les canards tapaient sur des tortues retournées pour marquer le rythme.

Ariel écoutait la musique avec bonheur. Elle aurait tant aimé pouvoir joindre sa voix !

Mais soudain, il lui sembla que quelque chose clochait... Des sons dissonants et des rythmes décalés parvenaient à ses oreilles. Elle tourna vivement la tête. Un jeune canard, apparemment pas vraiment musicien, lançait des « coin coin ! » les yeux fermés, sans se soucier de la mesure. Et il tapait de toutes ses forces sur une tortue facétieuse qui s'amusait à se tourner dans tous les sens, produisant des sons tout à fait farfelus. Voyant cela, Ariel se mit à rire et fit signe à Sébastien, qui se trouvait non loin d'eux.

– Qu'est-ce qui se passe ? s'écria le petit crabe. Tu as besoin de moi ?

Puis regardant dans la même direction que son amie, il comprit.

– Encore un musicien qui n'a pas compris l'importance du chef d'orchestre, grogna-t-il.

Et, saisissant un petit morceau de roseau, il s'approcha du canard indiscipliné. Le premier petit coup de baguette fut pour la tortue, qui, surprise, sursauta. Impressionnée par le regard sévère du chef d'orchestre, elle se mit sur le dos et ne bougea plus. Le second coup de baguette fut pour le canard, qui ouvrit enfin les yeux. Il se redressa, s'excusa, et attendit que Sébastien donne l'ordre de reprendre le concert.

Lorsque, dans un silence absolu, il abaissa enfin sa baguette, la musique reprit dans un ensemble parfait.

– Un concert aquatique dirigé par un crabe ! s'écria le prince Éric, ravi. Décidément, avec vous, ma douce Ariel, je ne suis pas au bout de mes surprises !

Disney Princesses

Raiponce

Une auberge trois étoiles

Raiponce a enfin osé quitter sa tour immense ! Elle a suivi le voleur Flynn pour qu'il l'emmène voir les lanternes qui flottent dans le ciel. Mais elle a beau essayer de le cacher, se retrouver soudain dehors la terrifie. Mère Gothel lui a raconté tant d'histoires horribles sur le monde extérieur ! Par chance, elle a quand même emporté sa poêle à frire, pour assommer les monstres ou les bandits en cas de danger... Seulement, au moindre bruit dans les buissons, Raiponce sursaute.

– Qu'est-ce que c'est ? Un brigand ?

– Un lièvre assoiffé de sang ! se moque Flynn quand l'animal sort du buisson.

Raiponce rougit de honte. Si elle continue ainsi, Flynn devinera qu'elle n'est encore jamais sortie de sa tour ! En tout cas, ce que Flynn a déjà compris, c'est que la jeune fille craint les mauvaises rencontres... Et ça lui donne une idée pour la forcer à rentrer chez elle !

Il propose :

– Je connais une auberge, dans la forêt. Un endroit très bien pour déjeuner ! Vous voulez qu'on y aille ?

– Oh oui, merci ! s'empresse d'accepter Raiponce, rassurée.

Ils se mettent alors en route sans tarder, tandis que Mère Gothel revient à la tour.

Elle a rencontré en chemin Maximus, le cheval du capitaine de la garde, et elle a eu peur que les soldats ne trouvent Raiponce. Mais lorsqu'elle constate que la jeune fille n'est plus là, Mère Gothel entre dans une colère noire. Elle emprunte une entrée dérobée, et quand elle découvre la sacoche de Flynn, sous une planche de l'escalier, elle comprend que Raiponce est avec lui. Peut-être même l'a-t-il enlevée ! Sans hésiter, elle s'empare d'un couteau aiguisé et s'élance à leurs trousses…

Pendant ce temps, Flynn et Raiponce arrivent à l'auberge du Canard Boiteux. Le plan du voleur fonctionne à merveille : Raiponce est horrifiée ! Il n'y a que des brigands, ici. Ils sont tous vraiment affreux et grossiers : l'un d'eux lui touche même ses longs cheveux dorés !

– Vous êtes toute pâle, Blondinette ! dit alors Flynn, enchanté de son idée d'avoir conduit la délicate Raiponce dans cette gargote infâme. Ça ne vous plaît pas, ici, hein ? Dommage, parce que c'est une auberge trois étoiles, il n'y a pas mieux.

– Si, proteste la jeune fille. Il y a ma tour... Comme quoi, on sait toujours ce qu'on quitte, mais on ne sait jamais ce qu'on va trouver !

Suite de l'histoire le 5 juillet, page 195 ➡

L'exploit des filles

Le jour de la Grande Course approche ! Pour les Indiens, chaque été, de grands événements ont lieu : des fêtes, des cérémonies, des danses rituelles... Mais le clou de la saison, le moment que chacun attend, c'est la course de canoës. Les meilleurs guerriers des tribus voisines s'y affrontent. Le vainqueur gagne une magnifique dent de puma, et la considération des siens.

Powhatan, en bon chef de la tribu, a sélectionné des volontaires, puis il a exigé qu'ils s'entraînent sans relâche. Seul le plus rapide aura l'honneur de représenter les siens.

Des semaines durant, les rameurs se préparent d'arrache-pied. Ils courent pour travailler leur souffle. Ils soulèvent des troncs d'arbre pour se muscler les bras. Ils ont tellement envie de participer à la Grande Course et de la gagner !

Quelques jours avant la date de la course, Powhatan organise une petite compétition. Le vainqueur représentera la tribu à la Grande Course. Chacun peut participer, car c'est une façon de faire la fête ! Mais personne n'a la moindre chance de battre les participants que Powhatan a entraînés.

Une douzaine de canoës se présentent au départ. Parmi eux, quatre sont conduits par les champions de la tribu. Ce sont les favoris. Ils sont très concentrés. Le suspense est intense !

Sur toute la longueur de la rive, la tribu s'est rassemblée. Le silence se fait. Puis Powhatan crie :

– À vos marques... Prêts... Partez !

Aussitôt, une clameur s'élève. Les quatre hommes de tête se détachent rapidement. Mais, soudain, les cris décroissent. La stupéfaction s'est emparée des supporters. Deux silhouettes gracieuses sont en train de gagner du terrain sur les guerriers. On dirait qu'elles glissent sur l'eau, tant elles semblent légères. Des exclamations de surprise retentissent :

– C'est Pocahontas et Nakoma !

La princesse et sa meilleure amie accélèrent la cadence. Elles sont moins entraînées que leurs adversaires, mais elles naviguent souvent sur cette rivière. Elles la connaissent bien, et le cours d'eau semble les apprécier : vaguelette après vaguelette, il les pousse en avant, jusqu'à la victoire.

Épuisés, les guerriers s'effondrent dans leur canoë en poussant de longs soupirs.

La foule porte en triomphe les deux amies. Pocahontas et Nakoma sont ravies. Elles seront les premières filles à participer à la Grande Course ! Quel bon tour elles ont joué aux guerriers de leur tribu !

Disney Princesses

Raiponce

La force des rêves

Quelle déception pour Raiponce ! Elle a enfin réussi à quitter sa tour, et voici qu'elle se retrouve dans une auberge pleine d'horribles bandits... Mère Gothel avait raison : le monde est trop dangereux pour elle.

Alors, le cœur gros, Raiponce décide d'abandonner sa quête. Elle renonce à découvrir d'où viennent les lanternes qui flottent dans le ciel, et elle demande à Flynn, qui la guide à travers la forêt, de la reconduire chez elle.

Mais au moment où Flynn s'apprête à ouvrir la porte, un brigand lui barre le chemin en brandissant un avis de recherche : l'armée promet une belle récompense à celui ou celle qui lui livrera Flynn, le voleur de la couronne !

– Cours prévenir les soldats ! ordonne le brigand à son acolyte. Cette récompense tombe à pic : j'ai justement besoin d'argent !

– Moi aussi ! s'exclame l'aubergiste en se cramponnant à Flynn.

– Et moi, alors ? renchérit un autre bandit en tirant Flynn vers lui.

– Du calme, mes amis, dit ce dernier. Je suis sûr qu'on peut trouver un arrangement !

Raiponce, morte de terreur, bredouille :

– Excusez-moi, messieurs les brigands, mais moi, j'ai besoin de lui pour me guider...

Personne ne l'écoute. Elle insiste mais dans l'auberge, on l'ignore toujours. Brusquement, Raiponce, humiliée, oublie sa peur.

– Lâchez-le ! hurle-t-elle de rage. Je vous répète que j'ai besoin de Flynn pour me guider ! Soyez un peu compréhensifs, à la fin ! Je veux aller voir les lanternes, vous comprenez ? C'est mon rêve, je dois le réaliser ! Vous n'avez donc jamais eu de rêve, vous autres ?

Tout le monde en reste abasourdi. Qui aurait pu croire qu'une aussi frêle jeune fille pouvait piquer une telle colère ? En plus, elle n'a pas tort !

– J'aurais tant voulu jouer du piano, admet soudain le premier vaurien, ému aux larmes. Je sais, je n'en ai pas l'air comme ça, mais je suis un sensible !

– Moi aussi ! enchaîne un bandit. Je rêve du grand amour...

Et peu à peu, dans l'auberge, chacun se met à décrire ses aspirations cachées ! Flynn n'arrive pas à en croire ses oreilles. Il murmure :

– Le pire, ce n'est pas que ces brigands féroces avouent souhaiter vendre des fleurs ou devenir couturier... Non, le pire, c'est que Raiponce soit plus forte qu'eux tous réunis en utilisant des rêves pour seules armes !

Suite de l'histoire le 7 juillet, page 197 ➡

Disney Princesses

Blanche-Neige et les Sept Nains

L'union fait la force

La Forêt Noire grouillait d'activité, ce matin-là. Pourtant, il ne se passait rien de particulier. Blanche-Neige s'y promenait simplement, en fredonnant, son panier en osier se balançant en rythme à la main. Et comme toujours dans ces cas-là, une foule d'animaux l'accompagnait sur le chemin. La princesse partait à la cueillette. Elle savait que les arbres fruitiers, de l'autre côté de la rivière, croulaient sous d'énormes grappes de cerises mûres à point.

– Je ferai une tarte pour ce soir, et des confitures pour l'hiver ! décida-t-elle en atteignant la Grande Clairière.

Elle commença par les branches basses du plus jeune cerisier. Elle avait rempli la moitié de son panier, lorsqu'un gémissement la fit sursauter. Il provenait d'un tronc creux, tombé dans l'herbe. Elle regarda prudemment à l'intérieur, et découvrit un ourson brun en pleurs.

– Oh ! le pauvre s'est coincé ! s'exclama-t-elle en posant son panier par terre. Ne t'inquiète pas, nous allons t'aider !

Elle fit signe aux lapins de pousser le derrière de l'ourson. Mais il n'avança pas d'un centimètre.

– Courez vite chercher du secours ! demanda-t-elle alors à ses amis.

Les lapins détalèrent. Ils prévinrent la mésange messagère qui prit son envol et piailla pour donner l'alerte à travers bois.

En entendant son appel, le cerf se précipita à la Grande Clairière. Il avertit en route les écureuils, qui rassemblèrent les ratons laveurs, qui appelèrent les castors et les taupes en renfort. Blanche-Neige essayait de réconforter l'ourson prisonnier, quand une bande d'animaux arriva enfin.

– Unissons nos efforts et nous réussirons ! les remercia la princesse.

Mais ils eurent beau faire, ils ne parvinrent pas à dégager l'ourson. Alors, un rouge-gorge ingénieux creusa l'écorce de quelques coups de bec. Les castors grignotèrent ensuite autour du trou, qu'ils élargirent assez pour que l'ourson puisse finalement sortir du tronc. Il grogna de bonheur en retrouvant la liberté !

Blanche-Neige éclata de rire :

– Tu as le museau poisseux de miel ! Voilà ce qui t'a attiré dans ce tronc, espèce de gourmand... La prochaine fois, régale-toi plutôt de cerises, c'est moins risqué !

Et elle en distribua à la ronde, chacun ayant bien mérité un bon petit en-cas avant le déjeuner !

Disney Princesses

Raiponce

Le bout du tunnel

Flynn le voleur est un malin : il a emmené Raiponce dans une horrible auberge pleine de bandits pour l'effrayer. Le pire repaire de malfrats du royaume ! Ainsi, pensait-il, elle voudrait vite regagner sa tour et renoncerait à aller assister au lancer des lanternes volantes.

« J'ai mieux à faire que d'escorter une jeune fille ! » se dit Flynn.

Pour sûr, si Raiponce ne lui avait pas confisqué sa sacoche avec à l'intérieur la couronne d'or qu'il venait de dérober au château, il n'aurait jamais accepté de la guider à travers la forêt !

« Raiponce va retourner sagement chez elle, et elle me rendra ma sacoche », se réjouit-il en entrant dans l'auberge.

Mais dans son plan, Flynn n'a pas prévu que la jeune fille réussirait en moins de deux à amadouer tous les brigands ! Maintenant, ils lui font même des confidences en lui expliquant tour à tour le rêve de leur vie... C'est vraiment un spectacle surprenant ! D'ailleurs, Mère Gothel, qui espionne à la fenêtre, n'en revient pas. Elle marmonne :

– J'ai enfin réussi à retrouver Raiponce, et elle se débrouille très bien sans moi... Il va falloir que je trouve une bonne ruse pour la forcer à rentrer à la tour !

Elle réfléchit, lorsqu'un bandit arrive à l'auberge avec les soldats du roi. L'armée recherche Flynn, à cause du vol de la couronne. Et le bandit vient de le dénoncer en échange de la promesse d'une belle récompense. Par chance, Flynn et Raiponce ont le temps de se faufiler derrière le comptoir avant qu'on ne les voie ! Mais soudain, l'aubergiste se penche vers Flynn et l'attrape par le bras ! Le jeune voleur s'affole. L'aubergiste va sûrement le livrer aux soldats pour toucher la récompense ! Au lieu de quoi, l'aubergiste soulève une lourde trappe, cachée sous le bar, et chuchote :

– Fuyez par ce passage secret. Essayez de réaliser votre rêve, mademoiselle !

– Oh, merci ! dit Raiponce.

Flynn se glisse le premier dans le tunnel obscur. La jeune fille hésite à le suivre... Perché sur son épaule, Pascal, son caméléon, lui fait un petit signe d'encouragement. Alors Raiponce prend une profonde inspiration, puis elle s'enfonce à son tour dans le tunnel. L'aubergiste referme la trappe. Elle frissonne.

– Pas de panique, déclare Flynn en souriant. Même quand ça va mal, on finit toujours par trouver le bout du tunnel !

Suite de l'histoire le 10 juillet, page 200

Clochette et la Créature Légendaire

La comète

Quelle est cette lueur verte, dans le ciel étoilé de la Vallée des Fées ? Ça alors, une comète !

Iridessa, la fée des Lumières, recueille comme d'habitude des rayons de lune, lorsqu'elle l'aperçoit qui traverse la Vallée des Fées, illuminant tout sur son passage.

Pile au même instant, Clochette, la fée Bricoleuse lève la tête, émerveillée et l'aperçoit, elle aussi… Si elle n'avait pas travaillé aussi tard, elle n'aurait rien vu !

Dans la Bibliofée, Scribouille se cramponne à son télescope afin de suivre la trajectoire de l'astre lumineux. Le passage de la comète est un événement important qu'il ne faut pas manquer, car il ne se produit qu'une fois tous les 972 ans !

Peu à peu, la lueur verte illumine le moindre recoin de la contrée enchantée.

Et voici qu'au cœur d'une caverne isolée, une mystérieuse créature se réveille en secret…

Le lendemain, Noa, la plus experte des fées des Animaux, se met gaiement au travail. Elle s'est levée tôt pour s'occuper de ses chers petits protégés.

Elle virevolte avec les libellules, salue les ours, plane avec les oiseaux. Elle n'a pas froid aux yeux et n'hésite jamais à se mêler à la vie des animaux, quitte à gratter la terre avec les marmottes, rouler avec les chenilles, bondir avec les lapins, guider les oisillons !

En un mot, Noa est une vraie passionnée, au point parfois d'en oublier quelques règles élémentaires de sécurité...

Sa tournée matinale achevée, Noa regagne sa maison juste au moment où ding-deling ! Clochette lui livre le chariot spécial qu'elle lui a commandé la veille.

– Merci, Clochette, c'est exactement ce qu'il me fallait !

– Qu'est-ce que tu peux faire d'un chariot si grand ? s'étonne la Bricoleuse. Tu en as besoin pour quoi ?

– Rien de spécial, tu as trop d'imagination. À plus tard !

Et elle lui claque la porte au nez aussi sec ! Mais qu'a bien pu encore inventer cette coquine de Noa ? Clochette ne le saura pas cette fois-là !

Suite de l'histoire le 11 juillet, page 198

Disney Princesses

Pocahontas

L'honneur de la tribu

Ce soir, le chef Powhatan a convoqué toute la tribu autour d'un grand feu. Il doit faire une annonce importante !

– Demain, la grande réunion des chefs de village aura lieu chez nous ! Pocahontas, ma fille, tu auras la tâche, primordiale, d'accueillir nos hôtes. Tu devras ainsi porter une tenue représentant l'esprit de notre tribu !

À ces mots, les villageois s'empressent de la conseiller sur le choix de son vêtement et de ses bijoux :

– Tu dois porter une robe décorée de pattes d'ours et mettre un collier fabriqué avec des dents de puma ! dit l'un d'entre eux. Ainsi, ils sauront que nous sommes forts !

– C'est un peu agressif pour souhaiter la bienvenue à de nouveaux amis, réplique Pocahontas.

– Tu as raison, intervient Nakoma. Nos visiteurs seront émerveillés si tu portes une jolie tenue et un collier de fleurs.

– Ce serait charmant, mais j'ai peur que nous passions pour des esprits vaniteux.

Et, pendant que tous se chamaillent pour savoir comment Pocahontas devra se vêtir, celle-ci part réfléchir en forêt.

– La nature me fournira de bonnes idées, dit-elle en s'asseyant contre un arbre.

Mais le temps s'écoule et, finalement, Pocahontas s'endort.

Au petit matin, un rayon de soleil la réveille. Les couleurs de l'aube se diffusent délicatement dans la brume. Et, depuis son nid perché à flanc de montagne, un aigle royal prend fièrement son envol. En regardant ce spectacle, Pocahontas a une idée... Elle cueille d'abord des baies pour prendre des forces, puis commence l'escalade de la montagne en direction du nid de l'aigle… Peu après, au village, le chef Powhatan est très inquiet : personne n'a vu Pocahontas depuis la veille et les visiteurs arrivent ! Soudain, la jeune fille apparaît. Elle porte une magnifique robe aux couleurs de l'aube, un collier de baies et, dans ses cheveux, deux plumes d'aigle royal !

– Votre tenue est comme un doux matin d'été, la félicite un des chefs.

– Votre collier nous montre le respect que vous avez pour notre nature nourricière, ajoute un second.

– Et la plume de l'aigle royal ne peut être obtenue que par ceux qui ont un cœur empli de courage ! termine un troisième.

Tous les visiteurs s'inclinent alors et Powhatan regarde fièrement sa fille.

– Tu représentes vraiment l'honneur de la tribu ! dit-il en souriant.

Disney Princesses

Raiponce

Une étonnante confidence

Flynn et Raiponce s'enfuient à travers le passage secret de l'aubergiste. Ils n'ont pas intérêt à traîner : les soldats du roi les poursuivent ! Il faut dire que Flynn a volé la couronne royale... Mais ça, Raiponce l'ignorait. Quand elle a à son tour chipé la couronne pour obliger Flynn à la guider dans la forêt, la jeune fille n'imaginait pas un instant se retrouver au fond d'un tunnel souterrain avec l'armée à ses trousses... sans oublier ces bandits de frères Stabbington !

Flynn et Raiponce courent dans le tunnel. Et s'arrêtent soudain au bord d'un gouffre. Flynn prend son élan, saute dans le vide, atterrit sur une étroite corniche et appelle :

– Venez Raiponce !

– Je ne pourrai jamais ! panique la jeune fille.

– Vos cheveux, vite ! s'exclame aussitôt Flynn.

Il attrape la longue mèche blonde et soutient Raiponce qui se balance ainsi jusqu'à lui. Mais Maximus, le cheval du capitaine de la garde, a un plan. D'un coup de sabot il détruit une digue et de l'eau se met à envahir le tunnel. Flynn se cramponne aux cheveux de Raiponce pour fuir. Sauf qu'il se cogne à une paroi rocheuse et s'effondre quelques mètres plus bas.

Sans hésiter, Raiponce se suspend par les cheveux pour descendre jusqu'à lui. Puis tous deux prennent leurs jambes à leur cou, un torrent d'eau emplissant maintenant le passage secret. Les soldats, les Stabbington : tous sont emportés par les flots !

Flynn et Raiponce se réfugient quant à eux dans une petite grotte, lorsqu'un pilier s'écroule juste devant. L'entrée est bloquée et l'eau monte de plus en plus dans l'obscurité !

– Tout est ma faute ! sanglote Raiponce. Je suis désolée, Flynn !

– Eugène. Mon vrai prénom est Eugène, avoue subitement le voleur. Nous allons probablement nous noyer. Le moment est venu de nous faire chacun une confidence...

– Eugène ? s'écrie Raiponce. Ça alors ! Moi, mes cheveux sont magiques et ils brillent dans le noir quand je chante. Mais je le reconnais : c'est beaucoup moins extravagant que votre vrai prénom !

Le voleur la dévisage, interloqué. Raiponce a l'air si sincère ! Il bredouille :

– Finalement, on se trompe autant l'un que l'autre, Blondinette. La confidence la plus étonnante qu'on puisse partager, c'est que vous dites des choses complètement dingues... et qu'on y croit tous les deux !

Suite de l'histoire **le 12 juillet, page 202**

Clochette et la Créature Légendaire

L'inévitable catastrophe

Aujourd'hui, Clochette a livré un chariot immense à Noa. Mais la fée Bricoleuse est bien curieuse et rêve de découvrir ce que fait l'autre fée. Clochette décide de suivre son amie…

Noa s'apprête à rentrer chez elle avec son chariot, mais Clochette s'interpose :

– Je sais que tu manigances quelque chose... Avoue !

– Bon, d'accord, cède son amie. Tu promets de ne pas crier ?

Noa pousse la porte de sa maison... et Clochette se retrouve nez à nez avec un bébé faucon ! Vite, Noa plaque sa main contre la bouche de la Bricoleuse pour ne pas qu'elle crie.

– Par mon chignon ! Les faucons sont des mangeurs de fées ! souffle quand même celle-ci.

– Pas Hannah, affirme Noa en caressant le bec du bébé. Je l'ai recueillie pour lui soigner son aile. Et maintenant qu'elle est guérie, je dois la ramener discrètement dans la forêt...

– Sauf que tout le monde s'affolera en te voyant passer avec un faucon ! proteste Clochette.

Noa sourit.

– Voilà pourquoi je t'ai commandé ce grand chariot : je vais cacher Hannah à l'intérieur, sous un tas de myrtilles !

Bon gré, mal gré, Clochette accepte alors d'aider son amie. Elles installent le bébé faucon comme prévu, puis elles tirent ensemble le chariot dehors. En chemin, elles croisent Rosélia, Iridessa, Vidia et Ondine, qui discutent de la comète.

Soudain, Rosélia, la fée des Jardins, s'exclame :

– Ces myrtilles pèsent une tonne ! Laissez-moi vous donner un coup d'aile !

D'une pincée de Poussière de Fée, elle fait s'envoler les fruits... et Hannah apparaît en lançant un vibrant :

– Scriiiiiich !

Aussitôt, c'est la panique ! D'autant que trois rapaces adultes, attirés par l'appel du bébé faucon, foncent en piqué sur le groupe de fées ! Tandis que Noa essaie d'empêcher Hannah de s'enfuir, Clochette met à l'abri, dans un tronc creux, les petits animaux menacés. Hélas, l'un des rapaces prend Iridessa en chasse ! Il fallait s'y attendre avec les bonnes idées de Noa ! C'est la catastrophe ! Iridessa risque sa vie…

Suite de l'histoire le 13 juillet, page 203

Disney Princesses

Raiponce

Des histoires à dormir debout

Flynn et Raiponce sont coincés dans une grotte que la rivière envahit peu à peu. L'eau monte, elle leur arrive déjà au menton. Dans moins d'une minute, ils mourront noyés. Flynn a beau plonger pour chercher une issue, il fait si sombre qu'il ne voit rien du tout. Sans compter qu'il s'est blessé à la main, tout à l'heure. Ce n'est pas facile, pour tâter les parois. Dans ces circonstances, une torche ou une lanterne ne serait pas de trop...

– Mais mes cheveux magiques brillent dans le noir ! se rappelle soudain Raiponce.

Flynn la regarde avec de gros yeux, persuadé qu'elle a perdu la tête. Raiponce insiste :

– Je vous le promets : si je chante, ils vont briller !

Elle entonne alors une belle chanson d'amour et ses cheveux se mettent à luire avec une telle intensité qu'ils illuminent la caverne ! Flynn n'a pas le temps de s'en étonner : il aperçoit une faille, dans les rochers, et il entraîne Raiponce à la nage. Peu après, ils émergent à l'air libre et se retrouvent sur la berge de la rivière.

– Nous sommes sauvés ! s'exclame Raiponce.

Flynn ne comprend toujours pas comment des cheveux peuvent briller... Mais l'important pour le moment est de se sécher. Il rassemble du bois sec pour allumer un feu de camp. Puis sans un mot, Raiponce enroule une mèche de ses immenses cheveux d'or autour de la main blessée de Flynn, pas très rassuré...

– Vos cheveux, là... C'est quand même trop bizarre !

– Pas de panique ! l'interrompt la jeune fille.

Elle commence à chanter. En quelques instants, la main de Flynn est complètement guérie !

– Vos cheveux sont bel et bien magiques, murmure-t-il, abasourdi. C'est vraiment une histoire à dormir debout, c'est tellement incroyable ! Vos cheveux sont comme ça depuis quand ?

– Depuis toujours. C'est pour ça que mère préfère que je ne quitte pas la tour, tout le monde risque de vouloir me les voler. Et vous ? Depuis quand avez-vous changé de prénom ?

Flynn rougit de honte. Il regrette maintenant d'avoir avoué à Raiponce qu'en réalité, il s'appelle Eugène !

– Flynn était mon héros de roman favori, quand j'étais petit, à l'orphelinat. Mais cette histoire n'a aucun intérêt. Vous ne tarderiez pas à vous assoupir d'ennui !

Raiponce s'esclaffe :

– Décidément, mon cher Eugène, chacun à notre façon, nous ne connaissons que des histoires à dormir debout !

Suite de l'histoire le 16 juillet, page 206

Disney Les Fées

Clochette et la Créature légendaire

L'escadron des fées

Pauvre Iridessa ! Un faucon la poursuit à vive allure. La petite fée des Lumières est complètement paniquée. Elle a beau filer comme l'éclair, elle n'est pas assez rapide pour échapper au faucon.

Soudain, elle sent qu'on l'agrippe ! Ouf, il ne s'agit pas du rapace, mais de Nyx, la chef des Éclaireuses, chargée de protéger la Vallée des Fées. Elle conduit Iridessa en sécurité, puis elle file affronter bravement les trois faucons adultes avec son escadron de fées d'élite.

Nyx brandit sa lance en piquant de hérisson et à son commandement, Fury, Di, Shade et Chase se déploient en formation.

Les choses ne traînent pas ! Fury attrape l'un des faucons avec son lasso, pendant que Chase et Di en précipitent un autre en travers de son chemin, provoquant ainsi un carambolage en plein ciel ! Chase enroule ensuite une liane autour des serres du troisième rapace. Elle l'attache à une roue d'exercice de hamster, que Shade et Fury détachent ensuite afin de propulser l'ennemi au loin. Abasourdis, les trois faucons préfèrent battre en retraite.

Les fées d'élites ont réussi à faire fuir les trois rapaces… Ouf !

Puis, par prudence, Chase bande son arc. D'une flèche, elle envoie un immense filet sur Hannah. Le bébé faucon est capturé. Plaqué au sol, il se débat sous l'œil horrifié de Noa...

– Attendez ! crie-t-elle. Hannah ne vous fera aucun mal !

Elle s'approche du petit faucon pour le rassurer. La reine Clarion, la souveraine de la Vallée des Fées, arrive au même instant.

– Pas de blessés ? s'informe-t-elle.

– Aucun, répond Nyx, un peu fâchée. Jusqu'à la prochaine fois ! Noa passe son temps à ramener des bêtes sauvages…

La fée des Animaux pince gentiment la joue d'Hannah.

– Oh, voyons ! minaude-t-elle. Qui peut prendre ce mignon choubidou pour un dangereux prédateur ? !

– Nous en avons déjà parlé, dit la reine Clarion. Je te connais, Noa, je sais que tu agis en écoutant ton cœur, mais...

– ... Mais je dois aussi parfois écouter ma raison, soupire la fée, penaude. J'ai compris. Je ne recommencerai plus.

Suite de l'histoire le 15 juillet, page 205

Disney Princesses

Cendrillon

Le mieux est l'ennemi du bien

14 JUILLET

Quelle joie : Cendrillon allait enfin épouser son prince ! Seulement, un mariage princier, c'est bien compliqué à organiser...

Prudence, l'Intendante royale avait établi une longue liste de préparatifs fastueux !

– Mon mariage peut être plus simple, protesta Cendrillon.

– Une princesse doit penser grand, se récria l'Intendante.

Elle convoqua le couturier de la cour. Il habilla Cendrillon d'une énorme robe de mariée pleine de rubans, de dentelles et de perles.

– Je ressemble à un paquet-cadeau, soupira Cendrillon. J'aurais préféré une tenue plus légère !

– Une princesse affiche sa richesse, décréta l'Intendante.

Et elle commanda au fleuriste officiel mille somptueux bouquets de roses d'Orient.

Mais une abeille furieuse en surgit... et la piqua !

– L'Intendante doit rester au lit, expliqua peu après Cendrillon aux souris. Je m'occupe donc du banquet et des invitations. Je vous invite toutes, ainsi que ma marraine. Sans elle, je n'aurais jamais rencontré mon prince !

La fée apparut alors en riant de bonheur. Elle félicita sa protégée et lui proposa son aide. La cérémonie avait tout de même lieu le lendemain !

Un coup de baguette magique, et Cendrillon se retrouva vêtue d'une élégante robe de mousseline blanche.

Mais dans son empressement, la fée avait oublié le voile, comme elle oublia d'envoyer les invitations après les avoir cachetées.

Puis elle confectionna une pièce montée si haute qu'on n'en voyait pas le sommet !

– Voilà qui plairait à Prudence, regretta Cendrillon.

La fée fronça les sourcils.

– Cendrillon s'inquiète pour son voile, pour les invitations et pour le gâteau trop compliqué ! lui chuchotèrent Jac et Gus à l'oreille.

– Je vais réparer mes erreurs, promit la fée.

Et d'un autre coup de baguette magique, un joli voile brodé apparut, les cartons d'invitation s'envolèrent par la fenêtre, et la pièce montée rapetissa.

– Merci, marraine ! s'extasia Cendrillon. C'est tout ce dont je rêvais ! Et merci de vos conseils, les souris...

Le lendemain, le mariage fut magnifique !

Chaussée de ses pantoufles de verre, Cendrillon éblouit le prince.

– La princesse s'est bien débrouillée, admit l'Intendante. Je le reconnais : à vouloir trop en faire, on ne fait pas toujours mieux !

15 JUILLET

Disney Les Fées

Clochette et la Créature Légendaire

Des grondements étranges

Une fois encore, la jolie fée des Animaux, Noa, a fait des siennes. Elle a recueilli un bébé animal pour lui soigner son aile.

Mais attention, Hannah n'est pas un bébé comme les autres ! C'est un faucon qui a failli attirer bien des ennuis aux habitants de la Vallée des Fées. Noa décide donc à présent de rendre sa liberté à Hannah, qui fuit à tire-d'aile vers les bois...

Cette fois, Noa qui a promis à la reine Clarion de ne plus recommencer, entame la journée en se promettant de ne rien faire de déraisonnable. Elle donne donc une leçon de bonds aux lapins :

– Bonjour, Calista, Nino et Paige ! salue-t-elle.

Mais tout à coup, des grondements étranges s'élèvent de la forêt. Noa tend l'oreille.

– Il vaut mieux que je vérifie ce que c'est, murmure Noa, intriguée.

Les lapins détalent sans demander leur reste, mais cela n'intimide pas la fée qui s'envole en direction du bruit. Elle repère un endroit cerné de branches cassées et de touffes de poils. Prenant un peu d'altitude, Noa se rend compte qu'elle se trouve dans une empreinte de pas géante !

« Oh, là, là ! Quel genre de monstre peut laisser des traces pareilles ? » songe-t-elle.

Curieuse, elle suit la piste et débouche dans une clairière désertique, au centre de laquelle se trouve une caverne isolée d'où sortent les gémissements...

« Non, je n'y vais pas ! Si je veux éviter les ennuis, je dois écouter ma raison ! » pense Noa.

Seulement, son cœur lui dicte le contraire... Et sans hésiter, elle s'engouffre tête la première dans la caverne obscure ! Elle s'enfonce encore et encore dans le tunnel en vrille... jusqu'à se retrouver face à une créature gigantesque ! La fée n'en a jamais vue de pareille !

La créature se met à rugir si fort que sa voix résonne à travers la Vallée et parvient à la tour de guet des Éclaireuses. Elle grogne à cause d'une écharde, fichée dans son énorme patte.

Au poste de garde, Nyx s'inquiète et interroge les fées des Animaux, mais elles sont formelles : il n'y a que Noa qui saura quel animal hurle de la sorte. Mais une chose est sûre, seul un monstre affreux peut hurler de la sorte ! Les fées sont paniquées…

Suite de l'histoire **le 17 juillet, page 207** ➡

Disney Princesses

Raiponce

Un voleur professionnel

Mère Gothel ne décolère pas. Raiponce a osé quitter la tour ! Elle l'avait pourtant bien mise en garde contre les dangers du monde extérieur... Mais Raiponce a quand même suivi Flynn le voleur à travers la forêt !

– Elle se débrouille parfaitement sans moi ! constate Mère Gothel avec dépit.

Elle a retrouvé sa trace à l'auberge des truands, dont Raiponce a su faire ses amis. Ils l'ont aidée à s'enfuir, avec Flynn, quand les soldats sont venus arrêter le voleur de la couronne royale.

– Comment persuader Raiponce de rentrer à la tour, maintenant ? se demande Mère Gothel. Jamais plus elle ne croira à mes histoires de monstres !

Mère Gothel réfléchit et ne tarde pas à échafauder un plan...

En espionnant les bandits, à l'auberge, elle a découvert que les frères Stabbington ont été les complices de Flynn, pour dérober la couronne. Mais Flynn les a doublés en gardant le butin pour lui seul, et les Stabbington rêvent désormais de se venger... Et comme Mère Gothel a récupéré la couronne, cachée dans la tour, elle propose un marché aux deux frères.

– Je sais où Flynn campe. Je vous promets de vous rendre bientôt la couronne. En échange, vous capturez Flynn et vous le livrez aux soldats. Moi, je n'aurai plus beaucoup de mal à ramener Raiponce à la maison...

Attisés par la promesse de faire fortune, les Stabbington acceptent sans hésiter les instructions de Mère Gothel, qui court peu après au campement des fuyards mettre son plan à exécution.

Flynn s'en va justement ramasser du bois pour le feu. Mère Gothel en profite pour surprendre Raiponce. Elle surgit de derrière un arbre, l'air furieux.

– Oh, Mère ! Comment m'avez-vous retrouvée ?

– J'ai suivi la piste du mensonge et de la traîtrise, persifle Mère Gothel. Viens, on rentre à la tour !

– Mais je ne risque rien ici ! proteste la jeune fille. Flynn m'aime bien et...

– Il se moque de toi, petite naïve : c'est un voleur professionnel ! Dès que tu lui auras rendu sa couronne, il t'oubliera complètement ! La voici, cette couronne. Rends-la-lui, tu verras qu'il t'abandonnera aussitôt !

Puis Mère Gothel se sauve avant le retour de Flynn. Raiponce pousse un soupir. Sa mère se trompe tellement ! D'accord, Flynn est peut-être un voleur professionnel... mais si elle lui a donné son cœur, c'est qu'il n'a pas eu besoin de le lui voler !

Suite de l'histoire le 18 juillet, page 208

Disney Les Fées

Clochette et la Créature légendaire

Le sauvetage périlleux

Aujourd'hui, Noa a décidé de rester sage et de ne pas chercher les ennuis ! Mais c'était sans compter les grondements étranges en provenance d'une caverne isolée…

Alors que Noa s'approche doucement, elle aperçoit un monstre immense qui s'agite dans le fond de l'antre. Se mettant debout, la créature quitte sa grotte. La fée des Animaux, un peu effrayée, se cache derrière un rocher pour la contempler en toute sécurité. Elle remarque les étranges dessins qui sillonnent son épais pelage gris. Noa est fascinée par l'étrange créature qu'elle vient de découvrir.

Puis, comme la créature se dirige en boitant à l'orée d'une clairière, la fée entreprend de la pister discrètement. Parvenue au pied d'un tas de rochers, la créature s'arrête, se met à creuser et à trier des pierres, rejetant les grises, ne conservant que les rouges.

Noa trouve son comportement mystérieux, mais elle n'a pas le temps d'y réfléchir, car la créature trébuche et retombe sur ses pattes avant en poussant un terrible cri de douleur. C'est alors que la fée des Animaux voit une épine qui lui sort de la patte !

– Je dois lui ôter cette écharde ! décide tout bas Noa.

Elle ébauche rapidement un plan ingénieux : elle attache un rocher au bout d'une corde pour le hisser dans un arbre. Il se balance, accroché à une branche. Inévitablement, sa technique attire la créature qui se redresse pour s'en emparer. Dès qu'elle lève sa patte blessée, la fée lui arrache l'écharde ! Tchac !

Surprise, la créature rugit de colère. Noa tremble de terreur, mais la créature se calme alors en constatant qu'elle n'a plus mal. Soulagée, la créature remercie Noa d'un grognement amical. La fée comprend alors que sa mission est accomplie. Elle n'a plus de raison de rester ici...

– Maintenant que tu es guéri, je ferais mieux de m'en aller, murmure-t-elle.

En réalité, son cœur lui dicte exactement l'inverse. Elle est incapable de se résoudre à rebrousser chemin ; elle a tant à apprendre sur cet animal fascinant qui s'entête à empiler des pierres, les fixant entre elles avec de la sève pré-mâchouillée ! Elle sait qu'elle ne devrait pas s'en mêler mais sa curiosité est plus forte. Elle rêverait d'en savoir plus sur cette bête étrange !

Suite de l'histoire le 19 juillet, page 209

Disney Princesses

Raiponce

Une charmeuse de cheval

Flynn et Raiponce campent dans les bois. Le voleur a la garde du roi à ses trousses, mais il conduit malgré tout la jeune fille en ville.

Au début, il souhaitait juste récupérer la couronne que Raiponce lui a confisquée. Maintenant, il a sincèrement envie de l'aider à réaliser son rêve : assister au lâcher annuel de lanternes volantes...

– Bonne nuit, Blondinette ! dit-il en se couchant au coin du feu.

– Bonne nuit, Eugène ! réplique Raiponce qui préfère le vrai prénom du voleur.

Ils s'endorment paisiblement. Mais à l'aube, Flynn est réveillé en sursaut par ce qu'il croit être la pluie. Plic, une goutte d'eau s'écrase sur son front. Ploc, une autre sur sa joue. Le voleur ouvre les yeux... et se retrouve nez à nez avec Maximus, le cheval du capitaine de la garde ! Maximus est trempé car il sort du tunnel inondé dans lequel il poursuivait Flynn, la veille au soir...

– Tiens ! Le fier destrier du chef des soldats ! s'exclame Flynn d'un ton moqueur. J'espère que tu viens pour t'excuser de ton vilain comportement d'hier !

Évidemment, Maximus vient pour l'arrêter, Flynn le sait très bien ! Aussitôt, les deux ennemis se jettent l'un sur l'autre. Le bruit du combat tire Raiponce de son sommeil. En voyant Maximus traîner Flynn vers le sentier, elle bondit au secours de son ami. Le cheval le tient par le pied. Raiponce l'attrape par le bras. Au milieu, Flynn a la désagréable sensation qu'il va finir déchiré en deux ! Mais pop ! Maximus lui arrache par mégarde la botte. Ouf, le voleur est libéré. Vite, il prend ses jambes à son cou. Maximus s'élance après lui... quand Raiponce se dresse en travers de son chemin.

– Oh ! Du calme, mon tout beau. Gentil, cheval ! Assis !

Maximus est hypnotisé par la jolie jeune fille... Et sous le regard effaré de Flynn, il se met à lui obéir comme un brave toutou !

Raiponce insiste, compréhensive :

– Tu en as marre de poursuivre ce méchant Eugène, hein ? Tu es un brave cheval... Tu sais, c'est mon anniversaire aujourd'hui. Alors, pour me faire plaisir, tu vas quand même laisser Eugène tranquille jusqu'à demain. D'accord ?

Maximus tend alors la patte pour faire la paix avec lui. Le voleur accepte de lui serrer le sabot en roulant des yeux comme des soucoupes : on lui a déjà raconté des histoires de charmeur de serpent mais de charmeuse de cheval, jamais !

Suite de l'histoire **le 20 juillet, page 210**

Disney Les Fées

Clochette et la Créature légendaire

Une mystérieuse créature

Ce jour-là, Noa a fait la rencontre d'une bête bien étrange. Après lui avoir enlevé une écharde douloureuse, la petite fée décide d'essayer d'en savoir plus sur cet animal mystérieux. Elle file chez elle rassembler du matériel afin de continuer ses observations. Mais une fois arrivée, Nyx l'attend de pied ferme sur le palier...

– Je te cherche partout depuis des heures, dit-elle d'un ton suspicieux. On a entendu un grognement monstrueux. Connais-tu l'animal qui a pu pousser un tel cri ?

La fée des Animaux se méfie. Noa secoue la tête. L'air innocent, elle hésite :

– Un éléphant, peut-être ? Un loup ? Ou un chimpanzé ? ment-elle.

Nyx, furieuse, refuse d'entrer dans son jeu.

– Une bête qui pousse un cri si puissant représente une grave menace pour notre peuple, l'interrompt-elle avec impatience. Si tu la trouves, tu m'avertis. J'ai le devoir de protéger la Vallée.

Là-dessus, elle s'en va d'un pas rageur.

– C'est ça, bougonne Noa. Eh bien, moi, j'ai le devoir de protéger cette créature extraordinaire, figure-toi !

Et dès le lendemain, Noa retourne étudier l'animal géant, sans rien avouer à personne. Il continue de bâtir ses colonnes de rochers. Elle en profite pour le mesurer sous toutes les coutures. Comme il ne lui prête aucune attention, elle essaie de l'intéresser en se déguisant de manière à lui ressembler, puis en l'imitant dans le moindre de ses mouvements, ou de ses attitudes. Rien à faire : la créature l'ignore totalement ; elle ne s'occupe que de sa pile de rochers. La fée des Animaux ne sait vraiment plus quoi inventer pour faire réagir cette drôle de bête !

Mais… le soir venu, cependant, le scintillement de la Poussière de Fée attire brusquement l'attention de la créature. Ravie, Noa fait s'envoler un rocher jusqu'au sommet de la colonne de pierres. La fée s'endort alors paisiblement près de son nouvel ami, satisfaite d'avoir réussi à communiquer. Et la créature, enfin amadouée, veille alors sur le sommeil de sa nouvelle amie.

Suite de l'histoire **le 21 juillet, page 211**

Disney Princesses

Raiponce

Une coiffure sur mesure

Raiponce est émerveillée en découvrant la citadelle ! C'est jour de fête et l'on s'amuse dans les rues.

– C'est encore mieux que dans mes rêves !

La jeune fille regarde vite autour d'elle de peur de manquer quelque chose. Il y a des commerçants qui interpellent les clients, derrière leur comptoir de soieries, pommes d'amour, bilboquets...

– J'adorerais habiter ici ! s'exclame-t-elle. On ne doit jamais s'y ennuyer !

– C'est sûr qu'il y a plus de monde que dans votre vallée perdue, remarque Flynn en riant.

Mais Raiponce ne l'écoute pas. Elle s'est approchée d'un groupe de musiciens, et elle se met à chanter à tue-tête avec eux !

– Taisez-vous ! la supplie Flynn. Je n'ai pas envie que les soldats nous repèrent...

Le voleur est recherché dans tout le royaume, depuis qu'il s'est emparé de la couronne. Il essaie donc de rester discret, mais avec une jeune fille aux cheveux aussi extraordinaires que Raiponce, ce n'est pas simple !

– Flynn, vous croyez qu'on pourrait danser sur l'estrade avec ces gens, là-bas ?

Elle veut se retourner vers eux pour les montrer au jeune voleur, lorsque...

– Aïe ! Qui me tire les cheveux ?

– Personne, réplique Flynn. Mais vous les laissez traîner partout derrière vous. Avec cette foule, forcément qu'on leur marche dessus !

La jeune fille est anéantie. Comment pourra-t-elle profiter de la fête dans ces conditions ? Alors, Flynn fait signe à un groupe de fillettes qui admirent les cheveux de Raiponce depuis un bon moment. Il leur lance :

– Vous avez envie de vous amuser un peu ? Coiffez cette jeune fille comme bon vous semble !

– Oh oui, ce serait amusant ! s'écrie Raiponce. J'aimerais un chignon avec des fleurs piquées dedans et…

Elle n'a pas le temps de terminer que déjà, les fillettes peignent, tressent et enroulent ses longues mèches dorées en bavardant joyeusement.

À la fin, Raiponce est si jolie que Flynn, charmé, ne peut s'empêcher de la complimenter.

– Vous êtes magnifique !

– Ce n'est qu'une simple tresse de rien du tout... sourit alors Raiponce, rose de fierté, devant un miroir.

Et Flynn pousse un gros soupir. Raiponce va se faire encore plus remarquer, maintenant ! Cheveux magiques ou pas, il suffit bien souvent d'une nouvelle coiffure pour faire tourner la tête des garçons… et des filles !

Suite de l'histoire le 23 juillet, page 213

Disney Les Fées

Clochette et la Créature légendaire

Un sculpteur bizarre

Quelle journée étrange ! La fée des Animaux a fait la rencontre d'une bête mystérieuse. Noa a tout tenté pour essayer d'amadouer la créature, et ne ménageant pas sa peine, elle a enfin réussi à la faire réagir. Ouf, quel soulagement !

Après une bonne nuit de sommeil, la créature réveille Noa à l'aube, pour lui montrer quelque chose. La créature est fière de lui présenter son chef-d'œuvre achevé : une époustouflante colonne de rochers ! Elle s'étire vers le ciel, telle une gigantesque défense d'éléphant.

La fée n'en revient pas.

– Ouah ! Tu as travaillé toute la nuit, ma parole ! Quelle tour vertigineuse... Mais... Hé !

La créature vient de soulever brusquement Noa du sol pour la poser sur sa tête. Puis, pleine de résolution, elle prend le chemin de la forêt en compagnie de la petite fée, intriguée par le comportement de la créature.

– D'accord, si c'est vraiment ce que tu veux, bredouille Noa, surprise. Où m'emmènes-tu ? demande-t-elle. Surtout pas du côté des Éclaireuses, j'espère ! Si on en profitait pour essayer de s'expliquer ? Pourquoi t'entêtes-tu à empiler des rochers ? À quoi te servent ces colonnes de pierres ? À y entreposer des réserves pour l'hiver ? À hiberner ? À moins qu'il ne s'agisse d'une sorte de nid ? Tu n'as pas envie de communiquer ?

– Gromph ! gronde la créature.

Vexée, la fée des Animaux riposte :

– Dis donc, toi, pas besoin d'être si grognon ! Tiens, ça me donne une idée… Hé, hé, hé ! C'est décidé, à partir de maintenant, je vais t'appeler Grognon !

La bête la dépose à terre, et Noa comprend qu'ils se trouvent désormais à leur destination, où Grognon recommence à creuser afin de déterrer des pierres, puis de les entasser.

– Mais ce n'est pas possible ! C'est reparti ! dit la fée, dépitée.

Rien ne semble pouvoir arrêter la bête étrange d'empiler ces satanés rochers. La petite fée est désespérée mais elle ne voit vraiment pas comment s'interposer…

Suite de l'histoire le 26 juillet, page 216 ➡

Disney Princesses

La Belle au Bois Dormant

Le héros de la soirée

Le prince Philippe rentrait ce soir de tournée d'inspection des récoltes. Et la Fête des Moissonneurs n'était pas encore prête !

Mais les trois marraines d'Aurore étaient arrivées au château pour l'aider. D'un coup de baguette magique, les fées régleraient les derniers détails sans mal ! Rassurée, la princesse se leva donc d'excellente humeur.

Hic, son petit chien, bâillait à s'en décrocher la mâchoire ! Il n'avait pas dormi la veille. N'ayant pas pu jouer avec Aurore, il n'avait fait que s'amuser à travers tout le palais. Mais chut : personne n'en savait rien...

– Heureusement qu'on n'a pas besoin de compter sur toi pour terminer les préparatifs de la fête ! rit la princesse en le caressant.

À cet instant, les cris de Flora, Pâquerette et Pimprenelle retentirent dans l'escalier :

– Nos baguettes magiques ont disparu !

Tout le monde, au château, se mit aussitôt en quête des précieuses baguettes. En vain. Aurore soupira :

– Il ne nous reste que peu de temps pour finir d'organiser la Fête des Moissonneurs ! Sans les baguettes, nous n'y parviendrons jamais !

– Essayons toujours, l'encouragèrent les fées.

Aurore s'attela à la tâche sans trop y croire, mais Hic n'arrêtait pas de tirer sur sa jupe.

– Cela suffit ! se fâcha la princesse. Je n'ai pas le temps de jouer !

Et Hic se sauva comme une flèche en aboyant. Étonnée par cette attitude inhabituelle, Aurore sortit dans le parc pour réconforter le petit chien, qui creusa en vitesse sous un buisson et déterra... une baguette magique !

– Voilà pourquoi tu voulais m'attirer dehors ! s'écria Aurore. C'est toi qui as caché les baguettes pendant la nuit !

Hic l'entraîna ensuite jusqu'à son panier et à son écuelle, où se trouvaient les deux autres baguettes.

– Oh, merci, Hic ! l'embrassa Aurore. Tu ne pensais pas à mal, tu t'amusais juste comme tu le pouvais... Ça m'apprendra à ne pas t'écouter !

Et elle l'emmena jouer à la balle tandis que les fées s'occupaient du bal à coups de baguettes magiques. Au retour du prince Philippe, la fête battait déjà son plein.

– C'est magnifique ! s'extasia-t-il. Bravo, Aurore, cela n'a jamais été aussi réussi !

– Remercie plutôt les fées ! sourit alors la princesse. Et pendant que tu y es, remercie aussi Hic, le vrai héros de la soirée… sur lequel on peut toujours compter !

Disney Princesses

Raiponce

Du rêve à la réalité

Quand Raiponce arrive enfin en ville, elle est émerveillée. Le château surplombe le royaume comme s'il veillait sur ses habitants. Et quel monde il y a !

– Vous avez des cheveux extraordinaires ! s'extasie un groupe de fillettes à son passage. Les gens marchent dessus. Nous pouvons vous aider à les natter !

Raiponce accepte en riant et, peu après, elle admire sa nouvelle coiffure : une magnifique tresse piquée de fleurs fraîches. C'est tellement plus pratique… Dire qu'elle n'avait encore jamais songé à s'attacher les cheveux !

Prenant garde à bien se cacher des soldats, Flynn l'accompagne alors jusqu'à une estrade, où un bateleur invite les gens à venir danser en l'honneur de leur princesse disparue. Raiponce s'amuse beaucoup, puis Flynn lui propose de découvrir la ville pour son anniversaire. Il l'emmène chez le tailleur, où elle essaie une superbe robe. Ils se régalent de pâtisseries. À la librairie, Raiponce admire les dizaines de livres. Dans la rue, elle dessine à la craie sur le trottoir.

La journée s'écoule gaiement et le soir venu, Flynn entraîne Raiponce à bord d'une barque. Elle s'étonne :

– Où allons-nous ?

– Au large du château. De là, nous verrons mieux les lanternes. C'est le moment de réaliser votre rêve : on va bientôt voir les lampions s'envoler !

La jeune fille semble terrifiée, soudain. Si son plus grand rêve se réalise, de quoi rêvera-t-elle ensuite ? Mais déjà, le roi et la reine lancent la première lanterne de leur balcon. Et dès que Raiponce l'aperçoit, elle oublie ses craintes. C'est si beau ! Encore plus beau que ce qu'elle imaginait ! Très vite, le ciel se remplit de centaines de lampions féeriques. Raiponce dévisage Flynn en souriant.

« Je voudrais que cet instant ne finisse jamais ! pense-t-elle. Je voudrais rester là pour toujours ! »

Flynn lui tend alors une lanterne, pour qu'ils l'envoient ensemble vers le ciel. Raiponce murmure :

– Tenez, moi, je vous rends votre couronne. J'aurais dû le faire plus tôt, mais j'avais peur que vous ne partiez. Maintenant, j'ai confiance. Vous comprenez ?

– Je comprends parfaitement, répond Flynn.

Et il pose la couronne au fond de la barque. Devenir riche ne l'intéresse plus du tout. Son seul rêve, désormais, c'est de demeurer avec Raiponce. Et ce grand rêve semble lui aussi bien près de se réaliser...

Suite de l'histoire le 25 juillet, page 215 ➡

Disney Princesses

Cendrillon

Ça ne s'invente pas

Quel beau mariage que celui de Cendrillon et du prince ! Jamais on n'avait vu au royaume plus joli couple.

Javotte et Anastasie, les demi-sœurs de Cendrillon, enrageaient !

– Que trouve le prince à cette souillon ? s'indigna Javotte. Elle n'a aucune éducation !

– Elle ne sait ni chanter ni jouer de la flûte traversière ! renchérit Anastasie.

– Alors que nous, nous prenons des cours depuis des années ! enchaîna Javotte. Ce n'est pas juste !

– Si j'avais su, je n'aurais pas autant travaillé, grogna Anastasie. Regarde cette paresseuse de Cendrillon !

– Elle n'est douée que pour la lessive et le balai, se moqua Javotte. Tu parles d'une princesse !

Jac et Gus, les souris, avaient tout entendu.

– C'est trop drôle de les écouter, ces deux jalouses ! s'esclaffa Jac. Elles sont d'une telle mauvaise foi !

– Oh ça oui, alors ! approuva Gus. Notre Cendrillon est si jolie, ce n'est pas étonnant que le prince la préfère !

– Et puis elle, elle est gentille, douce, attentionnée... ajouta Jac. Ça ne s'invente pas, ça !

À ce moment-là, Javotte et Anastasie réclamaient du gâteau de mariage au valet.

– Donnez-nous deux parts. Et dépêchez-vous un peu !

Le valet les servit en soupirant, lorsque Cendrillon s'approcha à son tour.

– Bonjour, Firmin ! Vous allez bien ? Je viens chercher du gâteau pour le roi, s'il vous plaît !

Le valet lui tendit une assiette bien remplie.

Cendrillon sourit :

– Vous avez raison, il est gourmand ! Merci, Firmin, et profitez de la fête !

– Cendrillon est plus aimable que ses demi-sœurs ! s'exclama Jac.

– Elle souhaite le bonjour à tous ceux qu'elle croise, le matin, remarqua Gus. Hier, elle a serré la main du jardinier pour le féliciter de la naissance de son premier fils.

Jac hocha la tête. Jamais Javotte et Anastasie ne se soucieraient ainsi d'un simple employé ! D'ailleurs, elles bousculèrent le Grand Duc en traversant la salle de bal. Loin de s'excuser, elles aboyèrent :

– Vous pourriez faire attention, idiot !

Puis elles tournèrent les talons et quittèrent la pièce d'un air pédant.

– Une telle méchanceté, ça ne s'invente pas non plus ! pouffa Gus.

– Non... et c'est pour ça aussi que le prince a choisi Cendrillon ! conclut Jac en riant.

Disney Princesses

Raiponce

Le plus précieux des trésors

Flynn vient de comprendre qu'il est amoureux de Raiponce. Voilà pourquoi il décide d'en finir avec sa vie de voleur. Adieu, couronne, richesse et pièces d'or. Il a enfin trouvé son vrai trésor. Désormais, il veillera sur sa précieuse Raiponce de tout son cœur.

Alors qu'ils se promènent en canot pour admirer les lanternes, Flynn s'apprête enfin à embrasser la jeune fille. Au même instant, il aperçoit les frères Stabbington, sur la rive. Les bandits veulent récupérer le butin qu'il a refusé de partager avec eux, et Flynn sait qu'ils sont capables de tout pour se venger. Il doit les calmer sans tarder en leur rendant la couronne qu'ils ont volée ensemble.

Flynn se détourne brusquement de Raiponce.

– Que se passe-t-il ? s'étonne-t-elle, déçue de ne pas recevoir son premier baiser d'amour.

– Oh, rien d'important. Juste une petite affaire à régler. Je reviens !

Et Flynn rejoint le rivage avant de s'éloigner en courant, la sacoche renfermant la couronne à la main. Pascal, le caméléon domestique de Raiponce, s'inquiète. Et si Flynn ne revient pas, comme Mère Gothel l'a prédit ?

– Il reviendra, affirme Raiponce.

Mais elle ignore que les Stabbington obéissent justement aux instructions de Mère Gothel ! Lorsque Flynn leur rapporte la couronne en leur expliquant qu'il leur offre sa part, les deux frères refusent !

– On sait que tu as trouvé un trésor mille fois plus précieux. Cette Raiponce a des cheveux magiques qui guérissent les maladies. C'est elle, que l'on veut !

Et ils assomment Flynn avant de l'envoyer à la dérive dans une barque. Puis ils foncent enlever Raiponce ! Mais Mère Gothel surgit d'un buisson et les assomme à leur tour. Raiponce se jette dans ses bras en sanglotant.

– Oh, Mère ! Vous aviez raison ! Flynn m'a abandonnée en emportant son butin !

– Ma pauvre chérie, susurre la méchante femme. Moi, je t'aime vraiment !

Raiponce fronce les sourcils. Elle soupçonne Mère Gothel de surtout tenir au pouvoir enchanté de ses longs cheveux d'or... Alors que Flynn, lui, ne s'intéressait qu'à la couronne !

« Finalement, c'est peut-être lui qui était le plus sincère avec moi, soupire la jeune fille. Et c'est bien cela le plus précieux des trésors ! »

Suite de l'histoire **le 28 juillet, page 218**

Disney Les Fées

Clochette et la Créature légendaire

Des rochers dangereux

Quelle belle journée ! Noa a fait la rencontre d'une bête bien étrange ! Après lui avoir retiré une écharde, une amitié entre les deux créatures semble naître tout doucement. Mais avant de pouvoir tisser des liens, Noa doit pouvoir comprendre pourquoi la créature, qu'elle a surnommée Grognon, passe son temps à empiler des pierres…

Après une courte balade, les deux amis se sont arrêtés dans une nouvelle clairière dégagée et parsemée de grosses pierres.

Malheureusement, Grognon empile à nouveau ses rochers… Mais cette fois, c'en est trop pour Noa qui décide de casser la monotonie de la tâche de son ami.

– Tu sais quoi ? On va s'amuser !

Elle saupoudre les rochers de poudre magique, puis elle montre à Grognon comment les envoyer dans les airs afin de les faire atterrir les uns sur les autres.

Voici une manière innovante de dresser la prochaine tour !

Fou de joie, Grognon piétine comme un petit chien, impatient de jouer à son tour.

– Mesdames et messieurs, applaudissez notre champion du jour ! annonce Noa en riant.

Elle saupoudre d'autres pierres de Poussière de Fée. Les pierres s'envolent, c'est drôlement amusant ! Mais Grognon les frappe si fort avec sa patte qu'elles renversent la colonne de rochers, puis roulent vers la colline en direction du champ de tournesols !

– Attention ! s'égosille Noa pour avertir les fées des Jardins qui travaillent en contrebas.

En moins d'une minute, le champ de tournesols est dévasté par la pluie de rochers. Alertées, Nyx et les Éclaireuses arrivent à la rescousse.

Ouf ! personne n'est blessé, tout le monde va bien !

– Si Noa ne nous avait pas prévenues, nous aurions été écrabouillées ! bredouille une fée des Jardins.

Inquiète, Noa observe la scène de loin. Nyx a déjà établi que les pierres venaient de la colline, elle va maintenant vouloir savoir qui les a lancées !

– Viens, Grognon, il faut te cacher dans la forêt !

Et elle l'attire en semant de la Poussière de Fée étincelante dans son sillage…

Suite de l'histoire le 29 juillet, page 219

Disney Princesses

Blanche-Neige et les Sept Nains

Ah, la belle saison !

Les Sept Nains rentraient de leur journée de labeur à la mine, une pelle et un seau dans chaque main. Alors qu'ils traversaient la forêt, Joyeux, ravi par les chants d'oiseaux et par la caresse du soleil sur son visage, s'exclama :

– L'été est la plus belle saison de l'année !

– Ah oui ? grogna Grincheux. Et qu'a-t-elle de si merveilleux ?

– Eh bien... réfléchit Joyeux. Les jours sont plus longs.

– Plus longs et plus chauds aussi, grommela Grincheux.

– J'aime l'été, moi aussi, ajouta Prof. C'est une saison très saine !

– Saine ? dit Grincheux. Avec cette chaleur !

– Pense à tous ces beaux fruits et légumes que tu peux manger tout au long de l'été !

– Lesquels ? demanda Grincheux.

– Les pêches ! bâilla Dormeur. J'adore en manger avec de la crème avant d'aller me coucher.

– Et regarde ces melons, ajouta Prof. Ils sont aussi gros que la tête de Simplet !

Simplet sourit et dodelina de la tête. Grincheux leva les yeux au ciel :

– Simplet a une tête de melon, c'est vrai !

– Ne sois pas si grincheux, Grincheux, le gronda Prof.

– Oui, réjouis-toi, plutôt, s'écria Joyeux, l'été est une saison vraiment formidable !

– Moi, je dis qu'il fait trop chaud, insista le nain grognon. Et toutes ces fleurs font éternuer Atchoum encore plus que d'habitude !

– Oui, admit Atchoum. Atchiiii ! Je crois que Grincheux a raison.

– Ce n'est pas vrai ! renchérit Joyeux. L'été est le meilleur moment de l'année.

– Trop chaud, te dis-je, répéta Grincheux.

Tout en discutant, les Sept Nains atteignirent le petit pont au-dessus du ruisseau.

– Bon ! dit Prof en s'arrêtant au milieu du pont. S'il fait trop chaud pour toi, Grincheux, je connais un remède !

Prof rassembla les autres nains autour de lui. Il se dissimula derrière eux et descendit remplir son seau dans le courant.

– Alors, râla Grincheux, vas-tu me le donner ton remède ?

– Bien sûr ! dit Prof. Ho ! Hisse !

Il leva le seau bien haut et le renversa d'un seul coup sur la tête de Grincheux. Splash !

– Avec ça, tout ira bien mieux ! rit Joyeux.

Grincheux toussa et s'ébroua, plus grognon que jamais. Mais il dut bien admettre que cette petite douche d'été lui avait rafraîchi la tête et les idées !

Disney Princesses

Raiponce

Opération sauvetage

Les frères Stabbington ont assommé Flynn. Puis ils l'ont attaché au gouvernail d'une petite barque ; ils ont posé la couronne volée sur ses genoux, et ils ont envoyé le bateau en direction du château.

Leur plan fonctionne comme sur des roulettes : en voyant Flynn arriver à quai avec la couronne, les soldats l'arrêtent aussitôt et le jettent au cachot !

– Raiponce ! gémit Flynn en reprenant connaissance. Il faut aller à son secours !

Heureusement, le cheval Maximus a tout vu. Il sait que Flynn a changé, qu'il ne mérite pas la prison. Il sait aussi que Raiponce est retenue dans la tour par la méchante Mère Gothel…

Alors, Maximus galope à l'auberge. Il file chercher des renforts pour organiser l'évasion de Flynn !

Pendant ce temps, Flynn découvre que les Stabbington croupissent eux aussi au fond d'une geôle. C'est Mère Gothel qui les a trahis. Pour qu'ils acceptent de piéger Flynn en lui abandonnant la couronne, elle leur a promis qu'ils auraient les cheveux magiques de Raiponce en contrepartie. Bien sûr, elle mentait ! Dès que les deux frères sont venus réclamer leur dû, elle les a assommés et livrés à l'armée.

Maintenant, Flynn comprend tout. Il supplie les gardiens :

– Libérez-moi ! Raiponce a besoin d'aide !

Mais à cet instant, une bande de malfrats investit la prison. Ce sont les bandits de l'auberge qui viennent délivrer Flynn ! Ils se battent courageusement avec les soldats et réussissent à entraîner Flynn dans la cour principale. Là, l'un d'eux le pousse vite sur une charrette inclinée en lui recommandant :

– Baisse la tête. Serre les bras. Écarte les genoux.

Et boum ! il saute de l'autre côté de la charrette, ce qui catapulte Flynn dans les airs ! Il passe par-dessus le mur d'enceinte en criant et atterrit soudain sur le dos de Maximus qui l'attendait, posté à l'entrée du donjon.

– Quelle opération de sauvetage ! bredouille Flynn en partant au triple galop. J'aurais pu te briser les reins, Maximus !

Le cheval tremble à cette idée. Flynn n'en mène pas large non plus.

« Oh là là ! Je me demande qui est le plus intrépide de nous deux ! se dit Maximus. Parce qu'en y réfléchissant, Flynn a couru un risque fou, en suivant les bandits sans poser de questions. La preuve : il suffisait qu'il resserre les jambes à l'atterrissage pour que tout soit fichu ! »

Suite de l'histoire le 31 juillet, page 221

Disney Les Fées

Clochette et la Créature légendaire

La chasse au monstre

Après un doux moment d'amusement dans les champs, Noa et son nouvel ami Grognon doivent à tout prix se cacher pour échapper à la colère de Nyx. Eh oui, en quelques minutes, ils ont réussi à dévaster un champ. Une fois de plus, la fée des Animaux risque d'avoir des ennuis ! S'amuser avec une créature étrange est un vrai risque pour les habitants de la Vallée des Fées.

– Il faut nous sauver, Grognon, je vais te cacher dans la forêt ! lance-t-elle à la bête.

Occupée à reconstruire sa tour, la créature l'ignore. Alors, la fée l'attire vers la forêt en semant dans son sillage de la Poussière de Fée étincelante... Pensant à un nouveau jeu, l'animal magique suit tranquillement Noa dans les fourrés.

Hélas, Nyx possède un vrai don, pour pister les fugitifs. Elle ne tarde pas à repérer les empreintes de Grognon, et elle lance son armée à ses trousses !

Les Éclaireuses relèvent des indices, sur la colline où s'amusaient Grognon et Noa.

Nyx suit les empreintes géantes qui mènent vers la forêt. La fée n'a aucun doute : la mystérieuse créature s'est enfuie dans cette direction ! Les Éclaireuses foncent alors dans les bois.

Soudain, elles perçoivent un mouvement dans le feuillage.

– Le monstre ! Bombardez-le de Poussière de Fée ! ordonne Nyx.

Armées de leur arc, les Éclaireuses lui envoient de la Poussière de Fée…

Par chance, les fées ne voient pas Noa guider Grognon entre les projectiles de poudre magique. La fée des Animaux s'engouffre avec lui dans une cachette où ils se camouflent si bien, que Nyx passe juste au-dessus d'eux en soupirant avec colère :

– Zut ! J'ai perdu la trace du monstre ! Mais je sais à quoi il ressemble, à présent.

Ni une ni deux, Nyx se dirige aussitôt vers le Grand Arbre pour faire des recherches sur la créature qu'elle a aperçue. En effet, la meilleure chose qu'il lui reste à faire est d'enquêter à la Bibliofée.

Il n'y a plus une minute à perdre ! La Vallée des Fées est en danger !

Suite de l'histoire le 1er août, page 222

Disney Princesses

Cendrillon

Une princesse à sa façon

Cendrillon et le prince rentraient à peine de leur voyage de noces que le roi dégringola les marches du perron et cria à son fils :

– Nous devons partir au palais du roi Agénor. Il a besoin de notre aide, son peuple est en colère !

– Mais je ne peux pas abandonner Cendrillon ! protesta le prince. Elle ne sait encore rien de la charge de princesse !

– Prudence l'aidera à organiser son premier banquet royal, assura le roi.

– Pars tranquille, murmura alors Cendrillon à l'oreille du prince. Je me débrouillerai très bien…

Elle ignorait que Prudence, la gouvernante du château, s'occupait jusqu'ici seule des affaires domestiques. Elle n'avait donc aucune envie de laisser Cendrillon gâcher tout son travail ! Dès le lendemain matin, elle commença à imposer sa loi à la princesse.

– Voici le menu du banquet royal, Votre Altesse.

– Mais il n'y a pas de dessert, regretta Cendrillon. Je pourrais préparer un gâteau aux fruits de saison avec…

– Non, Votre Majesté. Ce n'est pas convenable.

Plus tard, le fleuriste et le boulanger du village se présentèrent à la porte du château. Ils livraient de quoi préparer le banquet. Cendrillon voulut les faire entrer, bien sûr. La gouvernante refusa net.

– Non, Votre Altesse. Ce n'est pas convenable. D'ailleurs, il est l'heure de votre leçon de maintien !

Oh là là, quel ennui ! Marcher comme ceci, parler comme cela… Au bout d'une heure, Cendrillon n'en pouvait plus ! Elle courut s'enfermer dans sa chambre, où elle se mit à pleurer de dépit. Cette Prudence était un vrai tyran !

– C'est décidé ! déclara-t-elle soudain. Personne n'a à me dicter ma conduite. Je suis comme je suis, et je ne changerai pas… convenable ou non !

Et, sous l'œil catastrophé de la gouvernante, Cendrillon organisa le banquet royal du soir même à sa manière ! Elle confectionna son gâteau préféré, invita les villageois au bal, commanda une valse rapide à l'orchestre… À leur retour, le roi et le prince furent bien surpris de tous ces changements. Mais il fallait l'avouer : personne, Prudence y compris, ne s'était jamais autant amusé à un banquet royal !

– Bravo, Cendrillon ! la félicita le roi en lui remettant sa couronne. Tu es désormais une vraie princesse !

– Oui, mais une princesse à ma façon ! précisa Cendrillon dans un grand éclat de rire.

Disney Princesses

Raiponce

La vraie prisonnière

Raiponce, le cœur serré, a finalement regagné la tour avec Mère Gothel. Seule dans sa chambre, la jeune fille pense tristement à Flynn. Même Pascal, son gentil petit caméléon, a du mal à lui remonter le moral ! Soudain, il prend la couleur du drapeau du royaume, avec le symbole en forme de fleur de soleil. Raiponce l'admire tandis qu'il grimpe le long du mur. Mais au moment où il passe devant les tableaux qu'elle a peints, la jeune fille sursaute.

Ça alors ! Sans le savoir, elle a dessiné chaque fois le symbole du royaume, au milieu des lanternes flottant dans le ciel. Pourtant, elle ne l'avait jamais vu avant de quitter la tour !

– Comment expliques-tu ça, Pascal ?

Raiponce réfléchit. Tout au fond d'elle, il lui semble qu'elle connaissait déjà ce symbole doré...

Peut-être est-ce pour cela qu'elle souhaitait tant découvrir d'où venaient les lanternes, qui apparaissent dans le ciel le jour de son anniversaire ? Grâce à Flynn, elle sait à présent que les gens du royaume envoient ces lampions volants en mémoire de leur princesse disparue. D'ailleurs, Raiponce a vu une belle mosaïque, en ville. Elle représente le roi, la reine et leur bébé avant qu'une méchante femme ne l'enlève. Tiens ? J'ai les yeux verts, comme la mère et l'enfant, a même remarqué Raiponce.

– Pascal ! C'est moi, la princesse disparue ! s'écrie-t-elle brusquement. Tout correspond : la date d'anniversaire, le symbole d'or...

Et vite, elle part confronter Mère Gothel et lui dit qu'elle sait tout, maintenant.

– Vous n'êtes pas ma mère ! Vous m'avez enlevée pour profiter de mes cheveux enchantés ! Vous m'avez appris à me méfier de ceux qui voudraient s'approprier mon pouvoir, mais c'est de vous, dont j'aurais dû me méfier !

Raiponce est folle de rage.

– Puisque c'est comme ça, je pars. Je pardonne à Flynn. Je vais lui demander de m'aider !

– Inutile, Raiponce, grogne Mère Gothel. Flynn ne peut plus rien pour toi. Il ne t'a pas abandonnée : je l'ai fait jeter en prison !

– Décidément, c'est une manie, chez vous, d'enfermer les gens ! Mais ici, ce n'est plus moi, la prisonnière. Cette tour, je peux m'en échapper, alors que votre jeunesse dépend entièrement de la magie de mes cheveux... Eh bien, je refuse désormais de vous laisser en bénéficier. Vous voyez : la vraie prisonnière, c'est vous !

Suite de l'histoire le 2 août, page 223

Disney Les Fées

Clochette et la Créature légendaire

Présentations officielles

Après une longue course-poursuite, Nyx regagne aussitôt le Grand Arbre pour enquêter sur l'étrange créature qui accompagne Noa dans sa fugue. Elle est d'autant plus inquiète qu'elle sait que Noa ne mesure que rarement les réels dangers liés aux animaux sauvages.

Nyx arrive à la Bibliofée. Scribouille n'est pas insensible au charme de Nyx... Il s'empresse de l'aider et lui apporte toutes les encyclopédies animalières de la Bibliofée. Il en existe des dizaines, mais cela ne décourage pas la chef des Éclaireuses.

Pourtant, après avoir feuilleté chaque livre patiemment, elle commence à désespérer de trouver le moindre indice sur le monstre...

Tout à coup, elle remarque un morceau de parchemin ancien, épinglé sur le tableau d'études de Scribouille. La comète est dessinée dessus, avec une drôle de créature qui ressemble au monstre.

– Explique-moi ce que c'est, Scribouille ! ordonne Nyx en s'emparant du document.

Pendant ce temps, Noa estime que le moment est venu de parler de Grognon à ses plus proches amies. Elle convoque donc d'urgence Ondine, Vidia, Iridessa, Clochette et Rosélia à la clairière où elles ont établi leur campement, la créature magique et elle.

– J'espère que tu as une excellente excuse pour m'interrompre en plein masque de beauté ! rouspète Rosélia.

Noa inspire à fond.

– Comme vous le savez, j'ai promis d'être plus raisonnable au sujet des animaux dangereux. Cependant...

Vidia lève les yeux au ciel.

– Et voilà, j'en étais sûre !

– Cependant quoi ? interroge Clochette.

– Ne craignez rien, dit Noa. J'ai écouté ma raison, je suis sûre qu'il n'est pas dangereux. Je vous présente Grognon ! s'exclame-t-elle.

Et Grognon apparaît dans un arbre, suspendu la tête en bas à une branche. Iridessa manque de s'évanouir de terreur ! Poussant un grognement, il saute de l'arbre et se remet à entasser des rochers.

Et toutes les fées, surprises par la découverte de leur amie, se mettent à rire en chœur.

Suite de l'histoire le 3 août, page 224

Disney Princesses

Raiponce

Une famille enfin réunie

Mère Gothel est furieuse. Raiponce a découvert toute la vérité, au sujet de son enlèvement. Et maintenant, elle refuse d'utiliser son pouvoir magique pour elle !

– Je ne chanterai plus, mes cheveux ne vous rendront plus votre jeunesse ! s'entête la jeune fille.

Pourtant, Mère Gothel l'enchaîne à une chaise, mais rien à faire : Raiponce préfère encore mourir que lui obéir ! Or, à cet instant, Flynn arrive à la tour. Il s'est évadé de son cachot pour voler au secours de Raiponce.

Sans se méfier, le jeune homme se hisse à l'aide des longs cheveux d'or. Et quand il passe enfin par la fenêtre, c'est Mère Gothel qui l'accueille d'un coup de poignard dans le dos ! Elle menace :

– Si tu veux que je te laisse chanter pour le guérir, Raiponce, tu dois jurer de venir vivre pour toujours dans la vallée avec moi. Sinon, je te laisse ton bâillon et tant pis pour lui !

La jeune fille lui promet tout ce qu'elle veut pour sauver Flynn. Mais Flynn ne veut pas que Raiponce se sacrifie pour lui. Alors, comme elle ne l'écoute pas, il ramasse un morceau de miroir qui s'est brisé dans la dispute. Et tchac ! il coupe les longs cheveux de Raiponce ! Aussitôt, ils perdent leur bel éclat enchanté. Et dans un hurlement strident, Mère Gothel vieillit, vieillit... avant de disparaître en poussière !

– Raiponce, vous étiez mon nouveau rêve ! avoue Flynn, agonisant.

Dans un sanglot, la jeune fille chante quand même, pleine d'espoir. Mais ses cheveux ont définitivement perdu leur pouvoir. Raiponce pleure tellement que ses larmes inondent le visage de Flynn quand, soudain, l'une d'elles se met à briller... et la blessure du jeune homme guérit miraculeusement ! Le pouvoir magique de la Fleur d'Or est désormais passé dans les larmes de Raiponce !

Fous de bonheur, les deux amoureux échangent enfin leur premier baiser. Puis Flynn s'empresse de conduire Raiponce au château, où le roi et la reine sont foudroyés d'émotion. Quelle joie, leur fille chérie est revenue, la famille est réunie ! Partout dans le royaume, le peuple en liesse chante le retour de sa princesse. On célèbre l'événement en envoyant des milliers de lanternes dans le ciel. Ces lanternes féeriques grâce auxquelles Raiponce a retrouvé le chemin de sa maison en compagnie de Pascal le caméléon et de Flynn, le voleur repenti...l'amour de sa vie !

Suite de l'histoire **le 21 octobre, page 303**

3 AOÛT

Disney Les Fées

Clochette et la Créature Légendaire

Une découverte troublante

Quelle belle journée pour Noa ! Elle présente enfin à ses amies les fées son nouvel ami, Grognon.

– Nom d'un pétale, quelle taille de géant ! souffle Rosélia. Qu'est-ce que c'est comme animal ? !

– Ne craignez rien, dit Noa. J'ai écouté ma raison, je suis sûre que Grognon n'est pas dangereux. J'ignore encore de quelle espèce d'animal il s'agit, admet Noa. Je l'étudie, pour le découvrir. Mais Nyx veut l'attraper. Alors, avant de faire des recherches sur ses origines, je dois le conduire auprès de la reine Clarion afin de lui prouver qu'il est inoffensif.

– Je me sentirais mieux si nous en étions absolument certaines, bégaye Iridessa.

– Vous pouvez me faire confiance, insiste la fée des Animaux.

– Comme avec les faucons ? grogne Vidia.

Noa grimace d'un air embarrassé.

– J'ai promis d'écouter ma raison. Je resterai prudente.

Ses amies se dévisagent, hésitantes. Puis Clochette prend la parole :

– Entendu, Noa. Quel est ton plan ?

– Transporter Grognon au Grand Arbre.

Une pincée de poudre magique, et le tour est joué : Grognon s'envole avec les fées.

Le petit groupe se pose peu après devant la porte de la reine. Noa murmure :

– Attendez-moi dehors. Je préfère d'abord préparer le terrain et parler de Grognon à la reine. Je vous signalerai quand le faire entrer.

Elle se faufile alors chez la reine Clarion.

Malheureusement, Nyx l'a précédée et montre déjà le parchemin de Scribouille à la reine…

– Oh, bonsoir Noa ! s'écrie la souveraine. Nyx vient de m'apprendre qu'un monstre gigantesque rôdait dans la Vallée...

– Ce document explique tout ! renchérit l'Éclaireuse en brandissant le vieux parchemin. Il raconte l'histoire de la créature légendaire. C'est elle, que j'ai aperçue. Elle hiberne et se réveille tous les 972 ans, au passage de la comète. Elle bâtit des colonnes de rochers dans chaque région des saisons. Puis un orage épouvantable éclate, et les colonnes attirent la foudre qui détruit alors la Vallée !

Par la fenêtre, les autres fées sont choquées trop occupées à se cacher pour entendre les révélations de Nyx ! Noa se dépêche de faire signe à ses amies : « mission annulée, sauvez-vous avec Grognon ! »

Suite de l'histoire le 5 août, page 226

Disney Princesses

Blanche-Neige et les Sept Nains

Un souhait d'été

– Vous savez, confia ce soir-là Blanche-Neige aux Sept Nains, votre vœu le plus cher se réalise tôt ou tard, pourvu que vous le souhaitiez du fond du cœur !

– Il faut de la patience, alors… marmonna Grincheux.

– Non, de la persévérance, répondit la princesse. À force d'y penser chaque jour, et chaque nuit, mon rêve secret a fini par se réaliser.

– Vous parlez du prince charmant, devina Timide en rougissant.

– Racontez-nous votre rencontre ! réclama Prof.

Blanche-Neige sourit. Elle s'assit au coin du feu, rassembla les nains autour de son fauteuil, puis elle commença son récit…

– Le travail ne manquait pas, au château. Été comme hiver, mes corvées s'accumulaient ! Mais à la belle saison, il était quand même moins difficile d'aller tirer l'eau du puits. Je n'aimais pas récurer les marches du perron, en revanche, j'adorais la compagnie des oiseaux ! Nous sommes d'ailleurs devenues très complices, les colombes et moi. Elles roucoulaient, et moi je chantais. Et lorsque je devais rester à l'intérieur du palais, elles me rejoignaient sur le balcon ! Aujourd'hui, elles viennent jusque dans la forêt, et nous nous amusons toujours.

– Tant mieux, elles sont les bienvenues !

– Merci, Joyeux, je le leur dirai, promit Blanche-Neige avant de reprendre. Un jour de grosse chaleur, les colombes me réclamèrent à boire. J'avais déjà rempli au moins dix seaux, pour le ménage, mais je ne pouvais laisser les oiseaux mourir de soif ! Or, tandis que je puisais de l'eau pour eux, j'entendis un bruit derrière moi…

Simplet se cacha les yeux, apeuré.

– Était-ce la sorcière ?

La princesse le rassura en riant :

– Il s'agissait d'un beau jeune homme, au visage très doux. Il avait entendu ma voix, et avait escaladé le mur d'enceinte pour me voir. Nous nous sommes aussitôt reconnus !

– Vous vous étiez déjà rencontrés ?

– Oui, Prof : en rêve ! Nous avons découvert que nous faisions le même chaque nuit. Ce jour-là, nous nous sommes enfin retrouvés, car le prince et moi sommes promis l'un à l'autre pour l'éternité !

– Charmante histoire, grogna Grincheux. Même si elle manque de chaumière et d'adorables mineurs de diamants !

– Au contraire, l'embrassa Blanche-Neige. J'attendais le prince… mais je souhaitais aussi l'amour d'une famille, et j'ai maintenant sept précieux amis !

Disney Les Fées

Clochette et la Créature légendaire

Seule contre tous

Catastrophe ! Alors que Noa voulait parler de Grognon à la reine Clarion pour lui prouver qu'il est inoffensif, Nyx l'a précédée !

La fée Éclaireuse explique alors à la reine que cette créature légendaire est capable, en attirant la foudre, de détruire la Vallée…

Craignant le pire pour Grognon, Noa préfère le laisser à l'abri le temps de persuader la reine que Nyx se trompe.

– Les animaux, même les plus impressionnants, ne commandent pas les orages. Ils ne construisent pas non plus des tours de pierres pour anéantir des Vallées. Les animaux ne font pas ça ! proteste Noa.

– Mais nous parlons d'un animal légendaire, souligne l'Éclaireuse. Un animal extraordinaire, lié à une comète. Il faut le capturer immédiatement !

Toujours sage, la reine Clarion choisit d'apaiser les tensions entre les deux fées.

– La hâte est mauvaise conseillère. Nyx, Noa, vous êtes chacune très experte et compétente dans votre talent. Je vous demande donc de veiller ensemble sur la Vallée en agissant, l'une comme l'autre, avec autant de cœur que de raison.

Sur quoi, les deux fées prennent congé de la souveraine. Nyx rejoint son armée, tandis que Noa s'envole à la suite de ses amies, qui ont réussi à éloigner Grognon du Grand Arbre.

Mais comme elles n'ont rien entendu de la conversation avec la reine Clarion, elles ne comprennent pas pourquoi Noa a brusquement renoncé à lui présenter Grognon. Celle-ci leur explique tout, à propos de la légende de la comète, avant de conclure :

– Mais c'est idiot ! Grognon n'est pas un horrible monstre qui s'est réveillé pour venir détruire notre Vallée !

Les fées, sceptiques, ne peuvent s'empêcher de penser que Grognon s'est réveillé au passage de la comète et qu'il empile mystérieusement des rochers... comme la créature légendaire !

– Croyez-moi, insiste Noa. Il n'est pas méchant !

– Peut-être, soupire Clochette. Seulement, cela ne change rien : il n'est pas en sécurité, ici.

Une fois de plus, Noa est seule contre toutes…

Suite de l'histoire **le 7 août, page 228**

Disney Princesses

La Belle et La Bête

C'est mieux à deux !

La Bête fait les cent pas dans le long vestibule du château. Ses griffes cliquettent bruyamment contre le sol de marbre.

– Cela fait des heures, grogne-t-il. Qu'est-ce qu'elle fabrique là-dedans, Lumière ?

– Elle lit, répond le chandelier. Après tout, Monsieur, c'est une bibliothèque.

– Je le sais que c'est une bibliothèque ! mugit la Bête. Je connais mon château !

Soudain, la porte s'ouvre brutalement. Belle surgit et les regarde, furieuse.

– Pourquoi y a-t-il tant de bruit ? demande-t-elle.

– Ce sont les domestiques, se plaint la Bête. Ils font beaucoup de bruit.

– Ne les accusez pas, dit Belle. C'est vous qui faites claquer vos griffes depuis des heures !

– Non, ce n'est pas moi ! dit la Bête, gêné.

– Si, insiste Belle, et cela me rend folle !

– Vous entendez des voix, dit la Bête.

– Et maintenant vous recommencez à crier !

– Qu'est-ce que cela peut vous faire ? rugit la Bête. Ici, je suis chez moi !

– Quelqu'un désire du thé ? claironne Madame Samovar.

– Pas moi, tousse Belle.

– Moi non plus, renchérit la Bête.

– Allons ! Juste une goutte, insiste la théière, en remplissant d'office deux tasses.

Elle installe les deux querelleurs dans la bibliothèque.

– Alors, pourquoi étiez-vous en colère ? demande Belle, en buvant à petites gorgées.

– Je m'ennuyais, dit la Bête. Je suppose que... vous me manquiez.

– Pourquoi ne me l'avez-vous pas dit, tout simplement ? s'étonne la jeune fille.

– J'étais triste de ne pas vous manquer aussi.

– Je lisais, explique Belle, j'adore me plonger dans les livres.

Mais la Bête le sait bien.

– J'ai une idée, dit Belle après réflexion. Pourquoi ne pas lire ensemble ?

Belle choisit un livre. Une histoire de dragons et de princesses. Elle lit à voix haute pour son ami. Puis c'est au tour de la Bête.

– C'est amusant ! dit la Bête.

– Oui, répond Belle. Nous pourrions recommencer demain soir.

– Demain soir et tous les jours suivants, déclare la Bête.

Dans le vestibule, Lumière soupira.

– À deux, c'est mieux, se dit-il. Et si la lecture adoucit les mœurs, peut-être allons-nous pouvoir dormir en paix !

Disney Les Fées

Clochette et la Créature Légendaire

L'orage gronde

Ce soir-là, Noa se sent seule au monde. La reine Clarion ne veut pas entendre parler de la créature légendaire, Nyx est à la poursuite de Grognon, ses amies les fées sont sceptiques quant à la gentillesse de cette bête. Tout va mal…

Alors que les fées sont rentrées chez elles pour la nuit, Noa préfère rester auprès de Grognon... Il termine la colonne de pierres dans la nouvelle clairière où il s'est installé aujourd'hui, puis il regagne sa caverne. Il se couche devant l'entrée, la fée des Animaux s'allongeant sans crainte contre lui.

– Dors bien, souffle-t-elle avec tendresse. Clochette a raison : demain, on cherchera un endroit où tu seras à l'abri de Nyx !

Noa s'endort, rassurée à l'idée de protéger son nouvel ami. Ce dernier ne ferme cependant pas les yeux. L'air nerveux, il surveille le ciel qui se charge d'étranges nuages d'orage...

Au petit matin, Noa se réveille en sursaut. De menaçants nuages verdâtres obscurcissent le ciel. Elle regarde autour d'elle, affolée : Grognon a disparu ! Elle l'appelle alors que, plus loin, dans la Vallée, l'effervescence règne au quartier général des Éclaireuses.

– L'orage ! s'écrie Nyx. La légende est en train de se réaliser ! Préparez-vous !

Sans perdre une seconde, les fées s'arment de pied en cap et partent à tire-d'aile à la chasse au monstre. Elles fusent à travers la Vallée. Clochette, qui les voient passer, se précipite à la caverne prévenir son amie.

– Noa ! Je suis venue te prévenir : les Éclaireuses veulent attraper Grognon ! Tu l'as bien caché ?

– Il n'est plus là ! panique-t-elle. Il... Je sais ! Il est allé dans la dernière clairière de la Vallée pour construire les deux tours de rochers finales ! devine Noa.

– Parce que tu crois à la légende, maintenant ? s'étonne la Bricoleuse.

– Je ne crois pas que Grognon nous veuille du mal, voilà tout, répond Noa. Tu me fais confiance, n'est-ce pas ?

Clochette accepte.

Et tandis qu'elle file aider les autres fées à se préparer à la tempête, Noa se charge de retrouver son ami... Il faut à tout prix qu'elle mette la main sur Grognon avant les Éclaireuses ! Il n'y a plus une minute à perdre !

Suite de l'histoire le 9 août, page 230

Disney Princesses

La Belle au Bois Dormant

Visons juste

Avant de devenir princesse, Aurore habitait la maisonnette de ses trois tantes Pimprenelle, Flora et Pâquerette au fond des bois et était surnommée Rose.

Chacune participait à égalité aux tâches ménagères. Mais Rose finissait souvent la première sa part de corvées !

– Et voilà ! s'exclama-t-elle joyeusement ce jour-là. J'ai terminé ! Je range le balai, et je sors me promener !

– Pense aux noisettes pour le dessert, et ne sois pas trop longue, ma chérie !

Rose prit son panier en osier, puis elle s'en alla vers la clairière aux noisetiers d'un pied léger.

Un petit écureuil s'affairait déjà là-bas à ramasser des provisions pour l'hiver. Il prenait une noisette, courait la cacher dans le creux de son arbre, revenait, repartait...

– Le pauvre ! Il en aura pour tout l'après-midi, à ce rythme-là ! le plaignit Rose.

Et elle lui déposa une bonne poignée de noisettes dans sa cachette.

– Zip ! Zip !

L'écureuil, ravi, en réclama encore ! Alors, la jeune fille eut une idée. Plutôt que d'aller et venir ainsi de la clairière au tronc creux, elle lança les noisettes de loin, visant le trou dans l'arbre.

– C'est amusant ! s'esclaffa-t-elle en réussissant de mieux en mieux.

Elle continua, sans penser que le temps passait... Flora, inquiète, vint à sa rencontre.

– J'aide l'écureuil, la rassura Rose. Tu veux essayer ? C'est très drôle !

Au début, Flora lança les noisettes à côté. Mais elle atteignit bientôt sa cible et se laissa si bien prendre au jeu qu'elle ne voulut plus s'arrêter ! Pimprenelle, soucieuse, vint peu après aux nouvelles... Et se mit à jouer comme une petite folle ! Enfin, Pâquerette, intriguée, les rejoignit. Elle jeta à son tour une noisette : elle exécuta un lancer précis !

– Facile, se vanta-t-elle.

Agacées, Flora et Pimprenelle se disputèrent avec elle, chacune voulant jouer à la place de l'autre. Rose protesta :

– Hé ! Nous étions censées nous amuser !

Honteuses, elles se présentèrent mutuellement des excuses. Mais elles insistèrent pour remporter dix fois plus de noisettes que nécessaire chez elles.

– Comme ça, on s'entraînera, et on verra bien qui sera la meilleure !

Rose poussa un gros soupir. Avec son jeu, elle avait visé juste pour aider l'écureuil... Par contre, elle n'avait pas visé très juste en le proposant à Flora, Pâquerette et Pimprenelle !

Disney Les Fées

Clochette et la Créature Légendaire

Le monstre de la légende

C'est la panique dans la Vallée ! Noa vient tout juste de trouver un indice du passage de son ami, Grognon. Il s'agit d'une colonne de pierres achevée dans la dernière clairière où elle soupçonnait justement la créature d'avoir œuvré durant la nuit pour achever ses constructions de roches. Il faut à tout prix que la fée des Animaux retrouve l'animal avant les Éclaireuses qui sont en route !

Noa s'apprête à rejoindre Clochette, mais Nyx et ses soldats sont aussi sur les traces de la créature légendaire. Sans hésiter, Noa les envoie sur une mauvaise piste en brisant des branches et en froissant des feuilles sur le sentier opposé à celui qu'a emprunté l'animal. Son plan fonctionne comme sur des roulettes : les Éclaireuses repartent sur leurs pas... sauf Nyx.

Elle contemple la colonne de rochers en réfléchissant. Puis elle consulte une carte de la Vallée des fées. Et constatant subitement que la créature a déjà bâti des tours de pierres dans les régions de Printemps, d'Été et d'Automne, elle devine que la bête doit se trouver à présent en Hiver ! Ni une ni deux, elle décolle en direction de la Forêt d'Hiver !

Entre-temps, Clochette retrouve Grognon dans la Forêt d'Hiver. Grognon a bâti sa dernière colonne de pierres. Des éclairs crépitent au sommet, et l'animal se dissimule dans l'ombre...

– Grognon ! Enfin te voilà ! bredouille la Bricoleuse, impressionnée et soulagée.

Mais sa joie est de courte durée car Grognon émerge de sa cachette, et il paraît plus grand, plus fort, plus... agressif ! Ses yeux reflètent l'éclat de la foudre. Clochette recule d'un pas en frissonnant.

– Grognon, c'est moi, bredouille-t-elle. Les Éclaireuses te cherchent. Il faut vite te cacher !

Mais l'animal ne bouge pas.

Soudain, le tonnerre explose, un fulgurant éclair déchire le ciel et Grognon bondit, bousculant violemment Clochette qui s'effondre, inconsciente. Noa surgit au même moment.

– Grognon ! Pourquoi ? Qu'as-tu fait ? s'écrie la fée des animaux.

En pleurs et sous le choc, Noa se rue auprès de la fée Bricoleuse.

La petite fée est désespérée, elle aurait dû écouter les mises en garde de ses amies.

Suite de l'histoire **le 11 août, page 232** ➡

Disney Princesses

Cendrillon

Le bal masqué

Cendrillon et son mari le prince donnent un bal masqué au château. Cendrillon a envoyé une invitation spéciale à sa marraine Bonne Fée qui a promis qu'elle viendrait.

– Où peut-elle être ? se demande Cendrillon.

La princesse parcourt la salle des yeux. Des centaines de sujets y sont rassemblés, vêtus de splendides costumes.

Mais le bal a commencé il y a une heure maintenant et Cendrillon n'a eu aucune nouvelle de sa présence. La joyeuse petite femme reste invisible.

– Ne t'inquiète pas, mon amour, dit le prince. Je suis sûr qu'elle va…

Un messager interrompt leur discussion et tend une enveloppe à Cendrillon.

« Pas de crainte, je suis là, ma chérie. Cherche bien et tu trouveras derrière quel masque je me cache ! »

Est-ce sa marraine qui se cache sous ce magnifique costume de licorne ? Ou bien est-elle cette princesse au masque rose ? L'arlequin ? À regarder de tous côtés, la tête lui tourne et Cendrillon commence à douter de retrouver sa marraine.

Cendrillon remarque une laitière aux yeux pétillants, debout devant une fontaine. C'est peut-être bien elle… La princesse détourne un instant son regard et quand elle se retourne vers la fontaine, la laitière a disparu ! À sa place, une silhouette au masque en forme de papillon.

– Vous cherchez quelqu'un, princesse ? demande le papillon.

– Oh, non, ce n'est rien, répond la jeune altesse.

Poursuivant ses recherches, elle repense aux yeux pétillants derrière le masque de papillon. La laitière avait les mêmes !

Elle fait demi-tour et retourne à la fontaine. Plus de traces de la laitière ni du papillon. La seule personne à la place porte un magnifique costume de cygne blanc. Deux yeux espiègles pétillent derrière son masque.

Alors, Cendrillon éclate d'un rire joyeux.

– C'est vous ! Je vous ai trouvée ! dit-elle en ôtant son masque à sa marraine.

– Tu as gagné, dit celle-ci, malicieuse. Comment m'as-tu démasquée ?

– Vous avez changé si vite de costume que vous avez failli me confondre, répond Cendrillon. Mais je me suis souvenue comment vous m'aviez magiquement transformée, il n'y a pas si longtemps que ça et j'ai compris ! Venez maintenant, marraine, rejoignons nos amis !

Disney Les Fées

Clochette et la Créature légendaire

Capturé !

Cette fois, plus de doute : la créature légendaire que Noa a rencontrée quelques jours auparavant représente bien un terrible danger !

Alors que l'animal s'est rué sur Clochette, Noa a du mal à retrouver son calme. Elle ne peut pas croire que cette bête si attachante puisse être un monstre si redoutable.

Dehors, les nuages grésillent d'électricité, un éclair géant frappe la tour de plein fouet, illuminant tout autour d'elle, et une paire de cornes pousse brusquement sur le front de Grognon. Son dos se voûte, aussi.

Noa est horrifiée : son ami est devenu l'image exacte du monstre du parchemin !

Nyx déboule à son tour, sa lance à la main. La chef des Éclaireuses brandit son arme, mais Grognon saute aussitôt par-dessus sa tête et s'échappe vers la forêt. Il galope à toute vitesse. Nyx voudrait foncer à sa poursuite, mais Noa, le visage baigné de larmes, l'appelle au secours, auprès de Clochette :

– Au secours, Nyx !

Ensemble, elles conduisent la Bricoleuse à l'infirmerie des fées. Iridessa, Vidia, Ondine et Rosélia accourent.

Pendant qu'on ausculte Clochette, Noa reste à l'écart. Elle s'en veut tellement ! Si elle n'avait pas tenté à tout prix de protéger Grognon, la Bricoleuse n'aurait pas été blessée...

Mais bonne nouvelle : Clochette n'a rien de grave. Il lui faut juste un peu de repos, et tout rentrera dans l'ordre.

– Tu peux être rassurée, Noa ! se réjouit Rosélia.

Seulement, la fée des Animaux a déjà filé en douce... Soucieuse désormais de préserver la sécurité de la Vallée, elle accepte à contrecœur d'aider Nyx à capturer Grognon. Elle le retrouve à la caverne, et les Éclaireuses peuvent ainsi facilement l'attraper dans un filet !

Une dose de Poussière de Sommeil l'empêche de se débattre. Puis une dose de Poussière de Fée suffit à le transporter au poste de surveillance.

En le voyant ainsi, Noa sanglote. Elle ne parvient toujours pas à croire que Grognon ait attaqué Clochette...

– N'aie aucun regret, tu as fait le bon choix, affirme Nyx.

Mais Noa est bouleversée et rien ne pourra y changer.

Suite de l'histoire **le 13 août, page 234** ➡

Disney Princesses

Blanche-Neige et les Sept Nains

Une visite au château

Les Sept Nains se tenaient devant l'entrée du château où vivait maintenant Blanche-Neige. Il y avait tant de travail à la mine que c'était la première fois qu'ils rendaient visite à la jeune mariée.

– Croyez-vous qu'elle sera contente de nous voir ? demanda Timide, en rougissant.

– Bien sûr ! gloussa Joyeux.

– Bon ! dit Prof. Nous y sommes. Maintenant il faut praffer à la torpe. Je veux dire, frapper à la porte !

Atchoum leva le nez vers la belle demeure.

– Atchii ! Waouh ! Quelle splendeur !

– Pas de temps à perdre ! grogna Grincheux en frappant.

Un moment plus tard, un garde vint ouvrir.

– Hum, bonjour, dit-il, les nouveaux domestiques, faites le tour, s'il vous plaît.

– Nous ne sommes pas de nouveaux domestiques ! rectifia Prof. Nous sommes venus voir la princesse.

Le garde regarda les visiteurs attentivement. Les nains se tenaient bien droits, fiers d'avoir pensé à faire leur toilette du matin.

– Je suis désolé, dit le garde. Je ne pense pas que la princesse s'intéresse à des visiteurs tels que vous !

– Oh, mais, au contraiiire ! bâilla Dormeur. Elle s'intéresse beaucoup à nous.

– Désolé, reprit le garde. Vous devez vous en aller.

Mais Grincheux bloqua la porte :

– Écoutez-moi bien. Si vous ne nous annoncez pas, vous le regretterez !

– Qui est là ? demanda une douce voix qui venait de l'intérieur du château. Qui frappe à la porte ?

– Ce n'est rien, princesse, répondit le garde. Juste quelques étranges petits hommes qui disent vous connaître et vous réclament.

– De petits hommes ? s'écria Blanche-Neige.

Soudain un sourire éclaira son visage.

– Oh, Prof, Grincheux, Dormeur, Simplet, Joyeux, Atchoum, et même toi Timide !

– Euh... oui, bonjour princesse, dit Timide, rouge comme une pivoine.

Le garde parut surpris.

– Vous connaissez ces personnes ? Je pensais qu'il s'agissait d'une bande de canailles !

– Canailles ! s'écria Blanche-Neige. Oh que non ! Ils sont différents, c'est vrai, mais ce sont de bonnes âmes et mes meilleurs amis !

Le garde fit ses excuses aux Sept Nains et ils entrèrent enfin au château pour une longue et délicieuse visite à leur jeune amie.

Disney Les Fées

Clochette et la Créature légendaire

La vérité sur Grognon

La fée des Animaux qui pensait avoir fait une belle rencontre en croisant le chemin de Grognon, une créature légendaire, se remet en question. L'animal s'est avéré beaucoup plus féroce qu'il n'en avait l'air. Il a même renversé la pauvre Clochette qui se retrouve à l'infirmerie des fées.

Heureusement, plus de peur que de mal ! Par chance, la Bricoleuse s'en est sortie indemne, il lui faut juste un peu de repos pour se remettre.

Mais Noa reste attristée d'autant que la capture de Grognon n'a pas stoppé l'orage ! Le tonnerre redouble d'intensité. Les éclairs crépitent, la foudre frappe. Tout le monde, dans la Vallée des Fées, court se mettre à l'abri.

À l'infirmerie des fées, Clochette s'est enfin réveillée. Bouleversée, Noa vient la serrer dans ses bras.

– Oh, Clochette, je suis désolée ! Mais ne t'inquiète pas, Grognon a été fait prisonnier, il n'attaquera plus personne.

– Attaquer ? répète la Bricoleuse. Mais non, c'est vraiment le contraire !

Noa écarquille les yeux.

– Comment ça ?

– Eh bien, un éclair a fendu un arbre en deux, et Grognon m'a poussée pour que je ne me fasse pas écraser par le tronc qui tombait ! Sans lui, j'aurais été complètement écrabouillée !

La fée des Animaux a envie de pleurer. Elle vient de comprendre…

– Oh non ! Il t'a sauvée, et moi, je l'ai trahi... C'est affreux ! Je n'aurais jamais dû douter de lui ! Il faut absolument le délivrer !

– On t'accompagne ! proposent en chœur ses amies Ondine et Clochette.

Ignorant le danger, Noa, Rosélia, Vidia, Ondine, Iridessa et Clochette bravent l'orage et s'envolent vers le quartier général des Éclaireuses.

Très vite, elles repèrent la créature, attachée au sol, sous un filet.

– Tiens bon, Grognon, on va te libérer ! lui crie Noa.

Noa savait qu'elle n'aurait dû écouter que son instinct et croire en la bonté de son nouvel ami ! C'est décidé, à partir de maintenant et dès qu'elle aura libéré Grognon, ils resteront amis pour la vie !

Suite de l'histoire **le 15 août, page 236**

Disney Princesses

POCAHONTAS

La princesse du fleuve

Les tambours résonnent aujourd'hui près du village de Pocahontas. Comme chaque année, toutes les tribus alentours se sont réunies pour la Fête du Fleuve. C'est un événement, dont l'origine remonte à des temps très anciens, qui symbolise la gratitude des peuplades envers la Nature bienfaitrice. Et le moment le plus important de la fête intervient lorsque la fille d'un des chefs de village est couronnée « Princesse du fleuve ».

En effet, la jeune fille ainsi désignée doit mener fièrement la procession finale, où des centaines de canoës glissent sur la rivière.

La fête commençant, tous les Indiens dansent, chantent, se racontent leurs nouvelles techniques de chasse ou font des offrandes de fruits et de bijoux en turquoise au fleuve.

Quand, soudain... les tambours se taisent : il est temps de choisir la Princesse du fleuve ! Pocahontas, qui bien entendu a été désignée pour le concours, rejoint les autres filles des chefs. Lorsque les Anciens arrivent, le Sage des Sages leur pose, à chacune, la même question :

– Pourquoi devrions-nous te choisir ?

Mais les réponses laissent les Anciens un peu perplexes...

– Moi, dit l'une, je dois être choisie car je serai la plus belle pour mener la procession. Ce sera un honneur pour tout le monde !

– Moi, poursuit une autre, mon village est le plus grand et compte le plus grand nombre de valeureux guerriers !

– Moi, se vante une troisième, j'ai des cheveux longs et soyeux qui s'envolent au vent dans un mouvement gracieux, pareil à celui de l'eau glissant délicatement dans le lit de la rivière.

Et quand arrive le tour de Pocahontas, la jeune fille sourit et, avec beaucoup d'humilité, répond :

– Ce n'est pas d'être la plus belle, d'avoir les plus beaux cheveux ou de venir d'un très grand village qui importe. D'ailleurs, même si nous vivons dans des lieux différents, je pense que nous sommes tous frères et que notre village est cette terre fertile qui nous fournit nourriture et abri. Le plus important, aujourd'hui, est de remercier Mère Nature.

Les Anciens sont très impressionnés par cette réponse et tout le monde applaudit !

– Le conseil a décidé ! s'écrie le Sage des Sages. Voici la Princesse du fleuve !

Et bientôt, portant l'ancestrale couronne sur la tête, Pocahontas mène fièrement la procession d'une centaine de canoës sur la rivière scintillante !

Disney Les Fées

Clochette et la Créature Légendaire

Libérer Grognon

C'est parti ! Il est temps pour Noa, Rosélia, Vidia, Ondine, Iridessa et Clochette de partir libérer le pauvre Grognon.

En effet, Noa a aidé les Éclaireuses à le capturer quelques jours auparavant car il avait attaqué Clochette. Mais c'était une erreur ! Il avait simplement poussé Clochette pour qu'elle ne se fasse pas écraser par le tronc d'un arbre qui tombait ! Quelle histoire ! Les petites fées arrivent chez les Éclaireuses où elles repèrent Grognon, prisonnier d'un filet. Noa, Clochette et Ondine coupent les cordes, arrachent les poteaux, tirent sur le filet... en vain !

– C'est trop lourd, on aurait besoin de renforts, peste Clochette.

– Renforts à la rescousse ! déclare Rosélia en surgissant avec Vidia et Iridessa.

Elles virevoltent au-dessus du prisonnier, saupoudre le filet de Poussière de Fée, et le tour est joué ! Le filet s'élève ! Grognon se dégage. Il s'avance en chancelant. La Poussière de Sommeil lui brouille la vision, il ne parvient ni à se diriger ni à reconnaître Noa...

– Du calme, lui souffle-t-elle d'un ton réconfortant en lui caressant le museau. L'effet va bientôt se dissiper. Surtout, ne t'inquiète plus, mon Grognon ! Je vais te conduire en sécurité.

Il la suit du regard, percevant dans le flou le scintillement de la Poussière de Fée, lorsqu'un vibrant éclair déchire le ciel. L'orage et le tonnerre redoublent d'activité. Grognon rugit. Il éloigne Noa d'un coup de tête, et la foudre le frappe de plein fouet. L'électricité parcourt ses cornes, descend le long de son dos, suit le tracé des dessins qui sillonnent sa fourrure, puis une immense paire d'ailes se déploie sur ses épaules !

Et si Grognon était donc bien la créature légendaire tant redoutée ? Est-il là pour faire le mal et réduire la Vallée des Fées en poussière ? Noa est perdue, elle ne sait vraiment plus trop quoi en penser…

Suite de l'histoire le 17 août, page 238

Disney Princesses

La Belle et La Bête

Bravons les interdits !

– Il fait si chaud que je fonds, même éteint, gémissait Lumière !

– Mes rouages s'enrayent, enchaîna Big-Ben. Il n'y a pas le moindre souffle d'air...

– Vous avez vu le jardin ? renchérit Madame Samovar. L'herbe jaunit, les fleurs flétrissent. Moi, ça me déprime. Je file préparer du thé glacé !

Elle rentra dans le château. À cet instant, Big-Ben écarquilla les yeux et s'écria :

– Lumière ! Nous n'avons pas pensé à la Rose ! Imaginez qu'avec cette canicule, elle perde tous ses pétales ?

– Ne parlez pas de malheur ! s'affola soudain le chandelier. Belle et notre maître partent pour deux semaines au village, et nous devons être capables de surveiller la maison !

Les deux compères se précipitèrent à l'étage. Sous son globe de verre, la fleur enchantée semblait en effet se flétrir… La tête courbée, elle se recroquevillait sur elle-même.

– Trop tard ! soupira Lumière. À cause de notre négligence, la malédiction va se réaliser. Notre maître restera une Bête à jamais !

– Non ! résolut l'horloge. Bravons l'interdit, et déplaçons la Rose. Ainsi, nous la sauverons !

– Portez-moi, ordonna Big-Ben. Comme ça, je pourrai l'attraper, et l'affaire sera réglée !

Lumière ne l'avouait pas car il était trop fier mais, en réalité, il n'était pas aussi fort... Il souleva son ami avec tant de difficulté qu'il manqua s'évanouir !

– Un peu plus à gauche, demanda Big-Ben. Ne bougez pas, Lumière, je vais tomber ! Un peu plus à droite et... Voilà, je la tiens !

Le chandelier vacillait sur son socle. Il ne parvenait même plus à respirer !

– Attention, articula-t-il dans un souffle. Je vais tout lâcher...

– Redescendez-moi d'abord ! exigea l'horloge qui se cramponnait au globe de la Rose comme à une bouée de sauvetage.

Lumière transpirait et grimaçait. Enfin, il reposa Big-Ben sur le sol.

Ils n'avaient plus qu'à mettre la Rose au frais. Ils coururent chercher de la glace à la cuisine et revinrent rapidement en entourer le globe de verre, qu'ils installèrent à l'abri, derrière le rideau. Aussitôt, la fleur se redressa. Lumière et Big-Ben s'écroulèrent sur le parquet, harassés.

– Dire qu'il nous était interdit de toucher à la Rose, murmura le chandelier.

– Nous avons bravé l'interdit, acquiesça l'horloge. Mais c'était pour une bonne raison ! La malédiction pourra être brisée !

Clochette et la Créature Légendaire

Le protecteur de la Vallée

Noa ne sait plus quoi penser de son ami Grognon. Est-il cruel, féroce et méchant ? Est-il gentil comme elle le pensait quand elle l'a rencontré ? Il réagit si violemment à l'orage et au tonnerre…

Mais soudain, tout s'éclaire dans la tête de la fée des Animaux.

Elle s'exclame :

– Je comprends tout ! Grognon est bien la créature légendaire qui se réveille au passage de la comète, sauf que ce n'est pas pour détruire la Vallée des Fées, mais pour la protéger ! Vous avez vu, comme ses cornes ont détourné l'électricité ? Voilà à quoi servent les colonnes de rochers : elles attirent la foudre afin que Grognon capte les éclairs et les empêche ainsi de tomber sur nous !

Grognon piétine avec impatience. Noa devine son message : elle s'élance devant lui afin de l'escorter dans les airs aux autres tours de pierres...

– Je m'occupe de guider Grognon, filez vous abriter ! crie-t-elle à ses amies.

– Reviens, c'est beaucoup trop dangereux ! protestent les fées, alarmées.

Mais la fée des Animaux s'éloigne, déterminée.

– Pour une fois, mon cœur et ma raison me dictent la même chose !

La tour se dressant à quelques mètres de là, Noa y emmène Grognon. Sous le regard émerveillé des fées, l'animal magique absorbe avec ses longues cornes la foudre que les colonnes de rochers canalisent depuis les nuages. Ainsi, les éclairs ne tombent pas sur la Vallée !

Une fois l'électricité détournée, la tour s'effondre. Ainsi, la Forêt d'Automne est épargnée. Noa et Grognon foncent réitérer l'opération dans la Forêt de l'Hiver, puis dans la Clairière d'Été. Mais une mauvaise surprise les attend dans la Vallée du Printemps : croyant sauver la région,

Nyx a malheureusement détruit la colonne de rochers ! Les éclairs se déchaînent, la foudre frappe, le tonnerre gronde…

Si les fées n'interviennent pas au plus vite, c'est sûr, cette fois, la Vallée des Fées est plus que jamais menacée.

Suite de l'histoire le 20 août, page 241 ➡

Disney Princesses

La Petite Sirène

Réconciliations

Ariel rentra en douce au palais. Elle ne voulait pas se faire remarquer. Elle revenait de la surface de l'océan… et elle n'avait pas le droit d'y aller. Vite, elle traversa sans bruit le couloir principal. Manque de chance, le roi Triton l'attendait à la porte de sa chambre !

– Père ! s'exclama-t-elle, rouge de honte.

– D'où viens-tu, Ariel ?

La Petite Sirène désobéissait souvent, mais elle ne mentait jamais. Alors, elle avoua avec courage :

– Je suis allée à la surface de l'océan, père. Le clair de lune est si beau, et…

– Tu es punie ! rugit le roi Triton sans écouter ses explications. Je t'interdis dorénavant d'aller où que ce soit sans moi !

Ariel sentit sa gorge se serrer. C'était injuste ! Elle avait été prudente, chez les humains… Pourquoi son père se montrait-il si sévère ? Elle protesta :

– Mais tu ne vas jamais nulle part ! Je ne peux pas passer mon temps enfermée ici à m'ennuyer ! Après tout, je n'ai rien fait de si grave…

– Tu refuses de voir le danger, persista le roi. Tu n'en fais qu'à ta tête, ça suffit ! Tu es privée de sortie jusqu'à nouvel ordre. Un point c'est tout.

Des larmes de colère montèrent aux yeux d'Ariel. Son père n'avait pas de cœur !

– Tu ne me laisses jamais rien faire ! s'indigna-t-elle. Je suis sûre que tes parents n'étaient pas aussi méchants ! J'aurais préféré naître dans une autre famille, tiens !

Elle regretta aussitôt ses paroles. Mais trop tard : le roi Triton la regarda d'un air triste avant de s'éloigner sans un mot.

La jeune princesse s'écroula sur son lit, en pleurs. Son ami Sébastien vint la voir.

– J'ai été odieuse avec mon père, lui raconta-t-elle. Je lui ai dit des choses affreuses que je ne pense même pas !

– Eh bien, qu'attends-tu pour lui demander pardon ? s'étonna le crabe. Ce n'est pas compliqué ! Explique-lui simplement combien tu es malheureuse de l'avoir blessé.

– Mais il ne m'écoutera jamais…

– C'est ton père, Ariel. Il se tourmente autant pour toi parce qu'il t'aime. Et il saura toujours entendre parler ton cœur… s'il est sincère !

Alors, la Petite Sirène prit une grande inspiration. Et elle fila parler en toute confiance à son père. Ils se réconcilièrent, évidemment. Mais Ariel refusa cependant de promettre au roi Triton de ne plus jamais remonter à la surface de l'eau. Elle n'aurait pas été sincère !

Disney Princesses

Cendrillon

À quand la retraite ?

– Sire, je n'en peux plus, avoua ce jour-là le Grand Duc à son roi. Travailler pour vous est un honneur… heu… incomparable, mais je suis absolument épuisé. Les réjouissances données lors du mariage de Cendrillon et de notre prince ont duré six mois. Il a également fallu planifier le voyage de noces et s'occuper de la construction du nouveau château destiné au jeune couple. Maintenant que c'est accompli, je suppose que Votre Majesté est satisfaite, et qu'elle me laissera me retirer dans mes terres. Je l'espère, du moins…

Le vieux monarque regarda son ministre en fronçant les sourcils :

– Si je comprends bien, vous me donnez votre démission ?

– Non, Sire. Je prends ma retraite. Elle me semble méritée.

Le roi n'était pas très patient. Ses colères mémorables se racontaient dans les couloirs du palais. Pourtant, ces derniers temps, on le trouvait plus calme. On se trompait.

– Comment ? explosa-t-il en attrapant son épée afin de saccager le mobilier, tandis que le malheureux Grand Duc disparaissait derrière une pile de coussins. Vous osez m'abandonner à mon triste sort alors que nous devons encore organiser le couronnement de mon fils et de ma belle-fille ? Alors qu'il faudra ensuite préparer les baptêmes des petits-enfants qui naîtront de cette union ? Alors que je songeais à faire de vous, mon loyal serviteur, le parrain de mon premier petit-fils ?

– Le parrain ? C'est vrai ? bredouilla le Grand Duc en émergeant de la pile de coussins où il avait trouvé refuge.

– Bien sûr, sourit le roi en laissant tomber son arme. Croyez-vous que je ne sais pas tout ce que vous avez fait pour le royaume ? Il est grand temps de vous en récompenser ! Alors ? Vous restez ?

– Oh Sire quelle joie ! Je reste, c'est promis !

– Très bien. Il va donc vous falloir partir. En Inde. Dès demain matin.

– En… En Inde, Sire ?

– Eh oui. En tant que parrain de mon futur petit-fils, je voudrais que vous lui offriez un jeune éléphant blanc pour son premier anniversaire, c'est-à-dire à peu près dans un an et neuf mois. Ces animaux sont rares, je sais, mais j'y tiens beaucoup. Maintenant, filez vous occuper de vos bagages !

Abasourdi, le Grand Duc s'inclina et sortit de la pièce avec l'impression étrange d'avoir, encore une fois, été roulé dans la farine. Comme un éléphant blanc ? Heu… Oui, pourquoi pas !

Disney Les Fées

Clochette et la Créature Légendaire

Le printemps en danger

Noa est catastrophée. Les éclairs ne cessent de se déchaîner depuis que Nyx a détruit la dernière tour ! Si cela continue comme ça, l'orage finira par anéantir la Vallée du Printemps !

– Nyx, arrête ! supplie Noa.

– Pas question ! Je dois sauver la Vallée des Fées ! s'entête la chef des Éclaireuses.

Subitement, un éclair s'abat en direction de Nyx. Sans hésiter, Grognon se place en travers de son chemin afin de recevoir l'impact de la foudre à sa place.

La chef des Éclaireuses n'en revient pas : Grognon est donc gentil ?

– Tu vois, j'avais raison ! bougonne Noa. Grognon veut nous aider ! Maintenant, va vérifier que tout le monde est en sécurité !

Nyx s'éloigne, tandis que Grognon essaie de rebâtir la colonne de rochers de la tour… mais il est trop tard. Le tonnerre gronde de tous côtés...

– Il est trop tard pour la tour, se désole Noa. Mais il doit bien exister un autre moyen d'intercepter les éclairs ?

Elle regarde autour d'elle et remarque enfin une espèce de cyclone, d'où fusent la foudre et l'électricité. Toute l'énergie destructrice de la comète se concentre en son centre... C'est là qu'il faut agir !

– Suis-moi, Grognon ! ordonne-t-elle.

Elle s'envole vers l'œil du cyclone. Puis Grognon fonce devant afin d'absorber l'électricité du tonnerre avec ses cornes et son dos. Grognon résiste jusqu'à ce que les nuages d'orage s'éclaircissent. Et là, dans une énorme explosion, il rejette la décharge électrique par-delà l'océan, loin, bien loin du Pays Imaginaire où se love la Vallée des Fées...

L'orage fini, Noa et Grognon, épuisés, retombent mollement à terre. Leurs amis se pressent autour d'eux, inquiets et reconnaissants à la fois.

Grognon se redresse, indemne. Il a juste les cornes cassées. Son combat étant terminé, il perd ses ailes et récupère son aspect initial. Il se penche avec affection sur Noa, étendue sur le sol.

La dernière étincelle d'orage qui crépite dans son pelage atteint alors la petite fée et celle-ci, retrouvant soudain ses forces, ouvre les yeux !

– Hourra ! applaudissent les fées.

Cette fois, Noa et Grognon peuvent être fiers du travail accompli. Ils sont enfin appréciés à leur juste valeur…

Suite de l'histoire le 22 août, page 243

Disney Les Fées

Clochette et la Fée Pirate

Pourquoi ? Pourquoi ?

Ding-deling ! Le réveil sonne ! Comme chaque matin, tout le monde s'affaire, dans la Vallée des Fées. Mais Zarina, la gardienne de Poussière de Fée, est un peu en retard à son travail. Elle presse le pas en direction du dépôt de Poussière de Fée.

En chemin, elle croise Ondine, Rosélia et Iridessa qui conjuguent leurs talents afin de faire pousser les tournesols. De leur côté, Noa et Vidia prennent soin d'un petit groupe de bébés oiseaux tandis que Clochette cherche de quoi bricoler.

– Alors, Zarina, tu es encore obligée de venir à pied ? l'apostrophe Rosélia. Je pourrais t'apprendre à économiser ta ration quotidienne de Poussière de Fée !

– On verra, Rosélia ! répond-elle en souriant.

À cet instant, un long sifflement retentit du dépôt.

Vite, Zarina accélère.

– Vous ne trouvez pas bizarre que Zarina n'ait jamais assez de poudre magique pour voler ? souffle Ondine.

– Quel comble, pour une gardienne de Poussière de Fée ! renchérit Clochette.

Zarina se faufile rapidement dans le dépôt, là où on empaquette la poudre à distribuer. Toujours passionnée dès qu'il est question de la Poussière de Fée, elle s'exclame :

– Vous avez vu ? Les paquets de poudre enchantée ne s'envolent pas. Pourtant, la Poussière magique fait tout voler quand on la saupoudre ! C'est fascinant, non ?

– Ben, c'est comme ça que la magie fonctionne, répond un autre gardien, à côté d'elle, en haussant les épaules.

Zarina fronce les sourcils.

– Oui, je le sais bien. Mais sait-on pourquoi ? Comment ? Moi, je donnerais tout pour le découvrir !

Gary, le gardien en chef, arrive là-dessus avec Terence. Le moment est venu de désigner qui sera en charge aujourd'hui de la Poussière Bleue, qui permet d'alimenter le Grand Arbre.

– Zarina, c'est ton tour ! annonce-t-il.

Folle de joie, la fée s'empresse de le suivre dans la salle spéciale. Gary ouvre le coffre qui contient la précieuse poudre. Zarina remplit doucement un petit flacon. Gary la met en garde :

– Attention, pas plus de vingt-six grains, surtout !

– Oui, oui. Mais pourquoi, après tout ?

Gary lève les yeux au ciel.

– Et voilà que ça recommence, soupire-t-il. Zarina, tu es la petite fée la plus curieuse que je n'aie jamais rencontrée !

Suite de l'histoire **le 24 août, page 245**

22 AOÛT

Disney Les Fées

Clochette et la Créature Légendaire

Au revoir, Grognon

C'est incroyable ! Grâce à son nouvel ami Grognon, Noa a réussi à sauver la Vallée des Fées d'une tempête terrible !

Grognon a perdu ses cornes, mais ce n'est pas grave, car il n'en a plus besoin, désormais. Il souffle gentiment sur la joue de Noa, et une dernière étincelle d'énergie redonne toute sa force à la petite fée des animaux.

Noa est fière de son nouveau héros :

– Oh, mon brave monstre à fourrure ! remercie Noa en lui passant les bras autour du museau.

– Grognon ! répond-il joyeusement.

Désormais, tout le monde traite Grognon en héros ! Et en ami, aussi...

Grognon grogne de plaisir. En moins de temps qu'il n'en faut pour le dire, il récupère son aspect original et participe activement à la réparation des dégâts occasionnés par la tempête de la comète.

Il ramasse les troncs d'arbres brisés, dégage la mare, et retape les toitures... Mais il se fatigue et bâille bientôt à s'en décrocher la mâchoire. Intriguée, Noa l'ausculte. Elle secoue la tête.

– Grognon a accompli sa mission de protecteur de la Vallée, annonce-t-elle. Il doit retourner hiberner dans sa caverne isolée…

– Et il va dormir jusqu'à quand ? interroge Rosélia.

– Jusqu'au prochain passage de la comète... répond la fée des Animaux d'un air triste.

Ses amies soupirent. 972 ans, c'est très long !

Noa raccompagne enfin Grognon à sa grotte. Les fées forment une haie d'honneur sur le sentier pour le saluer. Il est enchanté !

Clochette lui a bricolé une couchette mœlleuse. De son côté, Rosélia lui offre un oreiller douillet. Ondine lui apporte un bol d'eau de source éternelle, Iridessa lui allume une veilleuse. Vidia souffle une douce petite brise… Quant à Nyx, elle s'incline devant lui dans un profond respect.

— Merci à toi, Grognon !

Grognon, satisfait, s'installe alors pour dormir. Avant de s'en aller, Noa l'embrasse sur le bout du museau en lui murmurant :

– Tu vas me manquer, mais je sais que tu seras toujours là, tout près de nous. Repose-toi bien, surtout, mon tendre Grognon. Je t'aime !

Disney Princesses

Blanche-Neige et les Sept Nains

Une soirée mouvementée

En ce matin d'été brûlant, Blanche-Neige décida d'inviter les Sept Nains à passer quelques jours au château. Ils travaillaient dur à la mine de diamants. Un peu de repos leur ferait le plus grand bien !

– Tu as raison, approuva le prince charmant. Ils sont si gentils !

La princesse chargea alors un moineau d'apporter son invitation à ses amis de la forêt. Et une heure après, le moineau rentrait à tire-d'aile avec une réponse de Prof qui annonçait leur arrivée pour le soir même.

– Parfait, tout sera prêt !

En effet, lorsque les Sept Nains se présentèrent à la lourde porte du château, Blanche-Neige et le prince charmant les accueillirent comme de vrais seigneurs.

– J'espère que vous allez bien vous amuser, mes amis !

Simplet sourit. Un château aussi immense, ce serait amusant à explorer ! Blanche-Neige commença par les conduire chacun à leur chambre.

– Oh là là ! s'esclaffa Joyeux. Une chambre rien qu'à moi !

Sur chaque lit les attendait une surprise : des tuniques propres en pure soie !

– Faisons un effort pour nos hôtes, conseilla Prof.

Lavons-nous avant d'aller dîner.

Bien sûr, Grincheux refusa, mais peine perdue. Ses compagnons l'obligèrent à se nettoyer jusque derrière les oreilles !

La salle à manger fastueuse impressionna les Sept Nains. Mais pas autant cependant que les mets appétissants disposés sur la table ! Ils se disputèrent le rôti juteux, qui atterrit par terre. Quand Atchoum éternua dans la soupe, elle se répandit sur la nappe. Et tous se jetèrent sur le dessert avant même qu'on leur en serve une part. Au moins, cette fois, le gâteau termina où il le fallait : au fond de leur estomac !

Enfin, Blanche-Neige et le prince souhaitèrent bonne nuit aux Sept Nains, qui regagnèrent chacun leur chambre sans un mot. En fait, ils faisaient plutôt une drôle de tête…

Le lendemain matin, les petites chambres étaient toutes désertes ! Toutes, sauf celle de Prof, où Blanche-Neige trouva six Nains tassés dans le lit, et Prof assoupi dans le fauteuil d'à côté !

– Oh ! vous avez eu peur de dormir séparés ! s'exclama-t-elle, attendrie.

– Pas du tout ! se défendit Grincheux. Mais après une soirée si mouvementée…

– Vous avez eu besoin de vous sentir comme chez vous ! devina Blanche-Neige en éclatant de rire.

Disney Les Fées

Clochette et la Fée Pirate

Expérience interdite

Aujourd'hui, Gary, le gardien en chef de la Poussière de Fée, a désigné Zarina comme gardienne de la Poussière Bleue. Elle est folle de joie ! Elle travaille au dépôt, et les pouvoirs enchantés de la poudre magique la fascinent. Un seul grain sur ses longs cheveux, et ceux-ci s'envolent aussitôt !

Gary l'avertit :

– Tu n'as pas le droit à l'erreur. On ne peut pas manipuler n'importe comment la Poussière de Fée, elle est bien trop puissante.

Le flacon de Poussière rempli par Zarina, ils s'envolent ensemble au sommet du Grand Arbre, au Puits à Poussière de Fée. Gary verse la Poussière Bleue dans le réceptacle prévu à cet effet. Aussitôt, l'arbre se met à scintiller plus fort, et il produit deux fois plus de Poussière de Fée dorée !

Zarina est émerveillée !

– Et si on essayait de fabriquer de la Poussière Rose, pour voir ? propose-t-elle.

– Non ! La Poussière de Fée est bien trop puissante pour qu'on s'amuse avec ! l'avertit Gary.

Mais Zarina profite de ce qu'il tourne la tête pour jeter son bracelet dans la poudre dorée. Il s'envole alors dans le réceptacle, reçoit un grain de Poussière Bleue... et se retrouve propulsé de branche en branche ! Il finit par rebondir au visage de Gary.

– Aïe ! grogne-t-il.

Exaspéré, Gary regarde alors Zarina sévèrement.

– Les gardiens n'ont pas le droit de jouer avec la poudre magique. C'est strictement interdit. Compris ?

Plus tard, ce soir-là, Zarina rentre chez elle. Elle ouvre un rideau, au fond de la pièce. Il cache un pot remplit de Poussière de Fée. Elle y ajoute sa ration du jour. Voilà pourquoi elle n'en a jamais assez pour voler : elle la garde pour ses expériences ! Car en secret, Zarina essaie de créer une nouvelle poudre magique... malgré l'interdiction formelle qui lui en a été faite. Hélas, jusqu'ici, elle n'a pas réussi.

Mais tandis qu'elle y réfléchit encore, un grain de Poussière Bleue tombe de ses cheveux. Sans hésiter, Zarina le récupère afin de l'utiliser pour tenter de créer de la Poussière Orange. À l'aide d'une loupe et d'un couteau, elle le découpe en fines lamelles. Puis elle compose sa recette à base de graine de tournesol, en y mêlant cette fois une miette de Poussière Bleue. La poudre devient orange ! Bingo !

Suite de l'histoire **le 27 août, page 248** ➡

Disney Princesses

Cendrillon

25 AOÛT

Le pantalon du Grand Duc

Tout le château était en émoi. Il ne restait que deux jours avant la réception qui suivrait la cérémonie du couronnement du prince et de Cendrillon. Les jardiniers achevaient les plates-bandes du jardin tandis que les peintres et les doreurs se bousculaient dans la salle de bal. De temps en temps, la voix du Grand Duc tonnait pour donner quelques ordres. Le silence retombait alors pour quelques secondes, puis le brouhaha reprenait.

– Si votre Seigneurie n'arrête pas de bouger, je n'aurai jamais fini... se plaignit soudain le couturier en agitant sa pelote à épingles.

– Bien sûr que si... Cette veste à épaulettes est superbe ! sourit le Grand Duc en se contemplant dans un miroir.

– Certes... Mais le pantalon, Votre Seigneurie ! Vous ne pouvez paraître à la cérémonie sans pantalon ! C'est le troisième que je vous confectionne. Vous avez troué le premier en montant sur une échelle et vous avez renversé un seau de peinture sur le deuxième ! Je vous supplie donc de prendre garde à celui-ci, car je repars cette nuit...

Le Grand Duc promit. Le soir venu, il rangea son bel habit dans un placard. Dès le lendemain, il reprit ses activités. À l'heure du dîner, le château était prêt, et le Grand Duc monta dans sa chambre, épuisé.

Avant de se coucher, il résolut d'essayer une dernière fois ce nouvel uniforme qui lui plaisait tant. Un « crac » sinistre retentit alors.

– Mon pantalon ! gémit le malheureux en contemplant le tissu déchiré.

Il fallut se rendre à l'évidence : ce dramatique incident signifiait qu'il ne pourrait assister au couronnement, ni danser au bal... Navré, il se coucha et s'endormit.

Dès l'aube, son valet le réveilla :

– Votre Seigneurie ? Il est temps de vous habiller.

– Je n'irai pas... soupira le Grand Duc. Mon pantalon est décousu et personne ne pourra le réparer...

– Votre pantalon est en parfait état ! s'exclama le valet après avoir inspecté le tissu.

Étonné, le Grand Duc se laissa vêtir et fila vers son carrosse. Dès que la porte de sa chambre se fut refermée, Jac bondit du placard à vêtements.

– Bravo, Perla ! s'écria-t-il. Tes talents de couturière m'étonneront toujours !

– Je me suis permis de doubler les coutures, pouffa Perla. Avec notre Grand Duc, deux précautions valent mieux qu'une... Allons, dépêchons-nous, maintenant. Je tiens à voir le couronnement de Cendrillon !

Disney Princesses

La Belle et La Bête

La disparition des légumes

L'endroit préféré de Belle dans la demeure de la Bête, était le jardin. Elle avait lu tous les livres de jardinage de la bibliothèque et expérimentait de nouvelles plantations à chaque saison. Cet été-là, elle décida de faire pousser des légumes. Et pour l'heure, il était temps de les cueillir.

– Ne le dites pas à la Bête, murmura-t-elle à Madame Samovar, mais aujourd'hui pour le déjeuner, je vais lui préparer une salade.

– Oh, vraiment ? dit la théière joufflue.

– Oui, oui, confirma Belle, fièrement. Hier, j'ai vu beaucoup de légumes prêts à être récoltés. Laitues, carottes, concombres, pois et même tomates ! Pouvez-vous le croire ? C'est la Bête qui va être surpris !

– En effet, sourit Madame Samovar. Le déjeuner va être surprenant.

Belle sautilla jusqu'à ses parterres, son chapeau sur la tête, un gros panier sous le bras.

– Je vais d'abord cueillir quelques laitues, dit-elle à voix haute.

Mais arrivée au pied de ses plantations, elle ne trouva qu'un lit de terre retournée.

– Mes laitues ! cria-t-elle.

Des lapins, un daim ? Peut-être... Belle, déroutée, alla vérifier son carré de carottes.

– Oh, non ! Il n'y a plus rien ici non plus !

Tout son potager avait disparu.

– Je ne comprends pas, dit-elle, ahurie.

Les allées étaient vides et il n'y avait rien à faire, à part rentrer au château et trouver dans la bibliothèque un livre pour apprendre à construire des barrières. En prévision de l'été prochain, au moins ! Alors qu'elle rentrait, bredouille et déçue, Belle passa devant Madame Samovar.

– Qu'est-ce qui vous tracasse ? demanda celle-ci.

– Tout, soupira Belle. Ma récolte entière a été dérobée. Plus question de salade !

– Ne sois pas triste, Belle, dit Zip, le fils de la théière. Et viens donc manger.

– Je n'ai pas très faim, répondit Belle, un sourire triste aux lèvres.

– Oh, c'est dommage dit la théière en la poussant vers la salle à manger, vous pourriez bien être...

– Surprise ! s'exclama la Bête.

Sur la table, dressée de main de maître, un festin de salades, juliennes et gratins de légumes de toutes sortes, attendait la jeune fille. Belle n'en crut pas ses yeux.

– Vous avez travaillé si dur au potager, expliqua la Bête, que j'ai pensé que ce serait gentil de vous faire moi aussi un cadeau. J'espère que vous vous régalerez !

Belle fut enchantée de cette belle attention !

Clochette et la Fée Pirate

Punie !

Quelle belle journée ! Zarina vient de créer une Poussière Orange donnant le pouvoir des fées des Lumières ! En passant la main dans un rayon de lune qui traverse la fenêtre, elle peut le diriger comme bon lui semble.

Folle de fierté, elle décide de partager sa fabuleuse découverte avec la seule fée aussi aventureuse qu'elle : Clochette. Ni une ni deux, elle fonce chez la petite Bricoleuse.

Bien sûr, Clochette est stupéfaite devant la Poussière Orange !

– Aide-moi, j'ai une autre idée ! lance alors Zarina.

Elle mélange alors une plume aux poudres dorée et bleue et obtient de la Poussière Violette, celle du talent des Voltigeuses qui lui permet de commander au vent ! Puis, emportée par son élan, elle fabrique de la Poussière Rose avec quelques pétales de fleur : celle du talent des Jardins !

Clochette s'inquiète :

– Écoute, Zarina, je pense que tu dois vraiment arrêter. C'est trop risqué, Gary désapprouverait et...

Étonnée par la réaction de la petite Bricoleuse, pourtant elle-même si aventureuse, Zarina se retourne brusquement et renverse par mégarde la Poussière Rose. Elle se répand sur une plante en pot qui se met à pousser, pousser, pousser au point de soulever la maison, s'étendre dans toute la Vallée... et transpercer le dépôt de Poussière de Fée !

Quel vacarme ! Tout le monde accourt au dépôt, et Gary, en apercevant la Poussière Rose, ne tarde pas à deviner ce qui s'est passé. Il fixe Zarina d'un air aussi déçu que fâché.

– Oh, pardon, pardon, pardon ! s'excuse la fée. Je vais tout réparer, je...

– Tu as commis une faute très grave, l'interrompt Gary. Tu as trahi notre confiance en bafouant le plus important des règlements. Je t'avais pourtant prévenue, Zarina.

Il soupire avant d'asséner :

– Je suis désolé, mais tu ne peux plus être gardienne de Poussière de Fée.

Sur quoi, il s'éloigne d'un coup d'aile. Clochette et ses amies en restent muettes de stupéfaction.

Et Zarina, bouleversée, rentre chez elle en sanglotant. Elle emballe avec soin ses vêtements, sa réserve secrète de Poussière de Fée, et son matériel de recherches. Puis elle utilise un peu de poudre magique et s'envole jusqu'au rivage du Pays Imaginaire pour s'isoler. Elle trouve Gary si injuste envers elle, qu'elle décide sur-le-champ de quitter la Vallée des Fées.

Suite de l'histoire le 29 août, page 250

Disney Princesses

La Belle au Bois Dormant

Une idée de génie

– Je suis si impatient de la revoir ! confia le jeune homme Philippe à son cheval, Samson.

Le prince venait juste de rencontrer la femme de ses rêves dans la forêt. Et elle l'avait même invité à lui rendre visite.

Soudain, il tira sur ses rênes de son destrier. Samson pila et s'ébroua, en colère.

– Désolé, dit le prince, mais je viens juste de me rendre compte que je dois lui apporter un cadeau. Poussons jusqu'au village le plus proche !

Samson secoua la crinière et refusa de faire un pas. Il n'avait aucune envie de faire du shopping. Il était fatigué et aurait aimé rentrer au château pour s'installer devant une bonne balle d'avoine.

– Oh, s'il te plaît ! implora le prince. Je te donnerai des pommes à croquer !

À ces mots, les yeux de Samson s'écarquillèrent. Sa fatigue s'envola tout à coup. Il fit volte-face et partit au galop.

Sur la place du village, le prince resta perplexe. Il y avait vraiment beaucoup de boutiques.

– Quel présent puis-je lui offrir, à ton avis ?

En tant que cheval, Samson n'en pensait pas grand-chose. Mais il fit de son mieux pour répondre.

– Des roses rouges ? l'interrogea le prince, en passant devant un fleuriste.

Samson secoua vigoureusement l'échine.

– Oui, tu as raison ! comprit le jeune homme. Elle vit dans la forêt. Elle voit des fleurs chaque jour.

Il jeta un coup d'œil par la fenêtre d'un tailleur :

– Une robe, peut-être ?

Samson hérissa sa crinière.

– Oui ? Non ? Euh ! Les jeunes filles préfèrent choisir leurs robes elles-mêmes, n'est-ce pas ?

Ils passèrent devant les boutiques d'un boulanger, d'un chapelier et d'un forgeron.

Samson soupira. S'il n'aidait pas le prince, ils seraient coincés ici toute la journée.

Tout à coup, le cheval hennit et descendit la ruelle au galop. Il s'arrêta net devant l'échoppe d'un bijoutier avant que Philippe n'ait repris le contrôle des rennes.

– Samson, tu es un génie ! cria le prince en découvrant la devanture étincelante. Ce saphir scintille aussi joliment que ses yeux bleus !

Le prince acheta la bague, la glissa dans sa poche et remonta en selle.

– Au château ! ordonna le prince. Je dois annoncer à mon père que j'ai trouvé la femme de mes rêves.

Samson souffla et partit au galop. Il ne savait pas ce que le roi dirait à son fils, mais lui, il avait bien mérité ses pommes.

Disney Les Fées

Clochette et la Fée Pirate

Un spectacle surprenant

La célébration annuelle du Festival des Quatre Saisons est arrivée ! La foule envahit les gradins de l'amphithéâtre afin d'assister au spectacle, au cours duquel les fées les plus douées de la Vallée vont faire la démonstration de leur talent respectif suivant les saisons.

En coulisses, Iridessa, Rosélia, Ondine, Noa, Clochette et Vidia se préparent...

– Toute la Vallée des Fées est venue nous voir ! s'exclame Iridessa en jetant un coup d'œil derrière le rideau de feuilles.

– Oui, même les fées de l'Hiver sont là, se réjouit Ondine.

Rosélia aperçoit alors le beau Sled, parmi le public de la Tribune Gelée. Elle rougit de joie, et un peu de trac. La seule à ne pas regarder dehors, c'est Clochette.

Perchée sur une boîte à musique de l'Autre Monde, toute la concentration de la fée Bricoleuse est sur la réparation du loquet du couvercle.

– Tu ne t'arrêtes donc jamais de bricoler ? ironise Vidia.

– J'ai presque fini ! Et puis, mieux vaut que le fermoir ne se bloque pas, rétorque la Bricoleuse.

Enfin, les lumières s'éteignent. Des flocons de neige se mettent à tomber du ciel : le spectacle commence !

Bien installés dans les gradins, Clark et Gabble applaudissent avec la foule, tandis que la reine Clarion assiste au spectacle de la tribune royale, en compagnie des ministres des Saisons. Hélas, Clark a tellement bu qu'il doit courir aux toilettes, juste quand les fées de l'Hiver entrent en scène. Elles patinent sur la glace, Cristal menant la parade. Les ailes de Clochette s'illuminent soudain, et la Bricoleuse se dépêche de rejoindre les autres derrière le rideau.

– Coucou, Cristal ! lance-t-elle à sa sœur avec fierté.

Mais voici qu'une fée aux cheveux roux flamboyants et en longue redingote de marin survole la foule. Elle sème de la Poussière Rose sur son passage, et des centaines de coquelicots s'épanouissent autour de l'amphithéâtre.

Tout le monde pense que cela fait partie du show des fées du Printemps, jusqu'à ce que Clochette lève la tête...

– Oh, c'est Zarina !

Quelque mois auparavant, Zarina avait quitté la Vallée mais la voilà de retour !

– Elle a changé, note Ondine.

Brusquement, les coquelicots s'ouvrent en projetant leur pollen.

Rosélia panique car elle sait que le pollen du coquelicot est un puissant somnifère. Dans les gradins, le public s'est endormi.

Suite de l'histoire le 31 août, page 252

Disney PRINCESSES

LA PETITE SIRENE

Trop de sécurité

Ce qu'Ariel préférait au château du prince Éric, c'était l'océan, qu'elle voyait des fenêtres de la salle de bal. Ainsi, elle avait l'impression de danser sur l'eau…

– Ta vie sous-marine ne te manque pas trop, Ariel ? lui demandait souvent le prince, inquiet de son bonheur.

– Si, beaucoup, admettait la Petite Sirène. Mais je ne pourrais jamais être heureuse sans toi !

Un matin, cependant, Éric découvrit Ariel en larmes, sur la plage. Elle guettait au large l'apparition de ses amis. Mais personne n'était venu à la surface depuis au moins une semaine.

– Il y a des bateaux de pêche, dans les parages, lui fit remarquer le prince. Tes amis ne peuvent pas prendre le risque de se montrer aux humains !

– Je ne les verrai donc plus jamais ? sanglota Ariel.

– Je trouverai une solution, lui promit alors Éric.

Et quelques semaines plus tard, il la conduisit au lagon de leur rencontre, tout près du château. Il lui avait préparé une surprise…

– Regarde, Ariel ! J'ai fait bâtir une digue très solide, pour fermer le lagon. Ainsi, il est séparé de l'océan, et tes amis y seront en sécurité !

Sébastien le crabe, Polochon le poisson jaune et Eurêka la mouette surgirent à cet instant de derrière un rocher. Ariel aperçut aussi un petit dauphin, qui tournait tristement dans le lagon. Il était entré par erreur, et essayait maintenant de sortir pour rejoindre sa maman, en pleine mer. En vain !

– Le portail d'accès est bloqué, s'affola Sébastien.

Le pauvre dauphin gémissait de peur et de faim. Or, une tempête terrible se leva brusquement !

Tandis qu'Éric empêchait le dauphin d'être projeté par le vent contre la paroi de la jetée, Ariel grimpa sur le mur et appela le roi Triton à la rescousse. Celui-ci fit enfin surface. Il brandit son trident et commanda à la tempête de se calmer.

Puis, il désintégra la digue. Le lagon n'était plus séparé de l'océan. Le petit dauphin nagea en vitesse pour retrouver sa maman.

– Ce mur de protection a failli tuer le dauphin, déclara Triton. Inutile de transformer le lagon en prison. Nous y viendrons désormais chaque jour, et sans digue !

– Je suis désolé, s'excusa le prince. Je croyais bien faire…

– En tout cas, trop de sécurité, ça peut être drôlement dangereux ! en conclut Sébastien.

Disney Les Fées

Clochette et la Fée Pirate

À la poursuite de Zarina

Après avoir disparu pendant des mois, Zarina fait son apparition lors de la célébration annuelle du Festival des Quatre Saisons ! Mais en projetant de la Poussière Rose sur les coquelicots, elle a endormi tout le public dans les gradins !

– Vite, cachons-nous ! s'écrie Rosélia.

Les fées s'engouffrent dans la boîte à musique.

Clark, lui, a été est épargné, puisqu'il était aux toilettes. Mais à son retour, il ne comprend pas ce qui se passe...

– Hé, les gens ! Réveillez-vous ! hurle-t-il.

– Clark ! À l'aide ! appellent alors des voix sourdes, en provenance des coulisses.

Le Bricoleur se précipite de l'autre côté du rideau de feuillage. Les voix ajoutent :

– On est là, coincées dans la boîte à musique !

Il actionne le loquet, et Clochette et ses amies surgissent de la boîte en haletant.

– Ah ! De l'air ! Merci, on étouffait, là-dedans !

– Venez voir ! dit alors Clark en les entraînant dehors, dans le stade. Tout le monde dort !

– C'est le pollen des coquelicots, explique Rosélia. Il y en a pour au moins deux jours.

Vidia s'étonne :

– Mais pourquoi Zarina a-t-elle plongé la Vallée dans le sommeil ?

– Je ne sais pas, bredouille Clochette. Clark, est-ce que tu l'as croisée en chemin ?

– Oh oui, j'avais oublié ! Elle allait vers le dépôt de Poussière de Fée...

Vite, les fées filent à l'entrepôt ! Malheureusement, elles arrivent trop tard : Zarina est déjà repartie, après avoir dérobé la réserve de Poussière Bleue ! L'heure est très grave car sans elle, le Grand Arbre ne peut plus produire la Poussière de Fée dorée qui leur permet de voler...

– Qu'est-ce que Zarina peut faire de notre Poussière Bleue ? murmure Ondine.

– Aucune idée, admet Clochette. Mais on doit la récupérer immédiatement !

Puis, se tournant vers Clark :

– On file à la poursuite de Zarina. Toi, tu restes ici pour veiller sur les fées endormies. Surtout, pense à arroser de neige les fées de l'Hiver.

Puis, Clochette et ses amies se mettent à la recherche de Zarina.

– La voilà ! s'écrie enfin Iridessa en apercevant une lueur bleue, dans le lointain.

Après une course effrénée, les fées ont fini par enfin retrouver la voleuse de Poussière Bleue.

Suite de l'histoire le 2 septembre, page 254

Disney Princesses

Cendrillon

Le joyau de la fête

Ce matin-là, le prince demanda à Cendrillon d'attendre qu'il vienne la chercher pour quitter la chambre.

– Mais pourquoi ? s'étonna la princesse.

Le prince sourit d'un air mystérieux et se glissa dans le couloir sans un mot. Au fond de son lit, Cendrillon s'étira et bâilla à s'en décrocher la mâchoire.

– Je vais m'habiller en attendant que mon prince vienne me chercher… Pourvu que ce ne soit pas trop long !

Elle soupira en quittant son lit. Elle détestait l'inactivité.

– J'en profiterai pour m'occuper des rosiers du balcon, décida-t-elle soudain.

Elle enfila sa robe brune à chemisier blanc, noua ses longs cheveux blonds en un gracieux catogan, et ouvrit joyeusement la fenêtre. Le soleil brillait, les oiseaux chantaient… C'était une matinée radieuse !

Cendrillon commençait à tailler les rosiers blancs lorsqu'elle aperçut le prince qui rentrait du parc en courant.

– Que fait-il si tôt dans les jardins ? se dit-elle, de plus en plus intriguée.

Elle eut encore le temps d'arroser les rosiers avant qu'il ne vienne enfin la chercher.

– Suis-moi, Cendrillon ! s'exclama-t-il en s'engouffrant dans la chambre.

La princesse fronça les sourcils.

– Un peu plus, et je ne t'attendais plus ! Tu as été terriblement long ! Que prépares-tu ?

– Viens ! répéta le prince en la prenant par la main.

Il l'entraîna dans le parc du château et la conduisit à la serre royale, où les serviteurs terminaient de dresser la table du petit-déjeuner.

– Quelle bonne surprise ! applaudit Cendrillon.

– Je voulais être en tête à tête avec toi pour t'offrir un cadeau ! déclara alors le prince qui lui tendit un magnifique écrin de satin rose.

Cendrillon en souleva doucement le couvercle… et découvrit une bague sertie d'un magnifique saphir !

– Splendide ! s'exclama-t-elle. C'est ma pierre précieuse préférée !

– Elle ira à ravir avec tes yeux, au bal de notre premier anniversaire de mariage, ce soir, ajouta le prince.

– Oh, tu n'as pas oublié ! l'embrassa Cendrillon. Je n'ai jamais possédé de bijou aussi merveilleux, tu sais. Ce sera le joyau de la fête !

Le prince protesta :

– Non, ce sera toi, le joyau de la fête !

Et Cendrillon éclata de rire en répliquant :

– Eh bien, alors, toi, moi et la bague, nous formerons trois joyaux sur la piste de danse !

Disney Les Fées

Clochette et la Fée Pirate

La révélation

Catastrophe ! Zarina est revenue pendant le Festival des Quatre Saisons et a dérobé la Poussière Bleue… Après une course effrénée, Clochette et ses amies finissent par la retrouver.

Zarina se déplace à une vitesse incroyable. Même Vidia, la fée Voltigeuse, a du mal à tenir le rythme. Les fées suivent Zarina avec application et atteignent bientôt le rivage, où la silhouette d'un bateau pirate se détache dans le brouillard côtier… Une chaloupe navigue vers lui. À son bord, trois pirates ricanent en ramant.

– Ils ont dû capturer Zarina et l'obliger à nous voler, souffle Clochette. On doit la sauver !

– Mais ce sont des pi… pira…

– Des pirates, Iridessa, on sait, grogne Vidia.

Prenant leur courage à deux ailes, les fées se posent discrètement sur le bord de la barque.

Là, elles regardent par le trou d'une planche, Iridessa tremblante de terreur… et aperçoivent Zarina, juchée sur un coffre, au fond de la chaloupe. Elle brandit triomphalement la Poussière Bleue sous le nez des pirates.

– Votre plan était parfait, capitaine ! la complimente le plus jeune des trois.

– Merci, James ! répond-elle.

Les fées n'en reviennent pas : Zarina est une pirate !

– En tout cas, Zarina n'a pas besoin qu'on la sauve ! grommelle Vidia avec une grimace.

Clochette paraît chagrinée.

– Récupérons la Poussière Bleue et partons d'ici, soupire-t-elle.

Les fées acquiescent. Le moment est venu de passer à l'action en combinant leurs talents ! Rosélia commence. Elle ordonne aux algues de s'enrouler autour des rames afin de les arracher des mains des pirates. James se penche par-dessus bord, étonné, et s'exclame :

– Des fées nous attaquent !

À cet instant, Iridessa l'éblouit à l'aide d'un rayon de Lune qu'elle fait se refléter à la surface de la mer. Rapide comme l'éclair, Zarina s'empare du sac de Poussière Bleue et s'envole de la chaloupe, quand Vidia lui barre la route. Les deux autres pirates tentent alors d'attraper la Voltigeuse, mais Ondine lève une grosse vague qui secoue la barque. James trébuche et bouscule Zarina, la bloquant par mégarde entre son bras et la coque de la chaloupe. Sans hésiter, Vidia en profite pour récupérer le sac de poudre magique, qu'elle relance aussitôt à Clochette.

– Je l'ai ! On y va !

Leur mission accomplie, les fées s'enfuient en direction du rivage.

Suite de l'histoire le 4 septembre, page 256

Disney Princesses

POCAHONTAS

Le secret de l'amitié

Pocahontas a décidé de préparer une surprise pour son amie Nakoma : elle va lui peindre un tableau ! Elle rassemble donc sa toile, ses couleurs, et se met au travail. Bientôt, son tableau est prêt. Il représente un champ de tournesols avec des papillons.

– Plutôt pas mal ! se félicite Pocahontas.

En effet, ses fleurs sont incroyablement réalistes ! Au point que Flit, son colibri, en approche son long bec pour en puiser le nectar… et perce la toile ! Quant aux papillons, ils sont si réussis que Meiko, le raton laveur, essaie de les attraper… et renverse tous les pots de peinture sur le tableau !

– Oh non ! s'écrie Pocahontas. Ce n'est pas possible, tout est gâché !

Nakoma, qui passe justement devant le tipi, entend les cris. Elle entre demander ce qui se passe.

Pocahontas tempête :

– Regarde ! Je voulais t'offrir ce tableau en guise de cadeau d'amitié, et Flit et Meiko l'ont détruit !

– Ne t'en fais pas, assure Nakoma. Je vois toujours certains papillons, et je les trouve très beaux !

– Non ! Tu dis n'importe quoi ! s'enflamme Pocahontas, de plus en plus énervée en pensant à toutes ces heures de travail perdues.

Blessée de sa réaction, Nakoma s'en va sans un mot, et Pocahontas ayant une autre idée de cadeau, elle confectionne un bracelet de perles de turquoise pour son amie. Son bijou terminé, elle se rend chez elle afin de le lui offrir. Mais Nakoma n'est pas sous son tipi. Alors, Pocahontas descend la chercher à la rivière. Nakoma n'y est pas non plus… Intriguée, Pocahontas interroge Grand-Mère Feuillage qui lui conseille :

– Ton cœur a la réponse, écoute-le !

Et voici que Pocahontas se rappelle son coup de colère. Elle devine que Nakoma, chagrinée, a dû se réfugier dans leur cachette secrète, à la cascade. Bien vite, Pocahontas court là-bas. Ouf ! Son amie est là !

– Pardonne-moi, Nakoma ! Mes paroles ont dépassé ma pensée !

Elle lui tend son bracelet de turquoise, et en échange, Nakoma lui remet un bracelet de fleurs qu'elle vient justement de fabriquer pour elle !

– Tu vois, Pocahontas, dit-elle. Grâce à ta colère, j'ai découvert le secret de l'amitié. Ce ne sont pas les cadeaux, qui comptent. C'est de savoir rester gentille l'une envers l'autre !

– Merci Nakoma, dit alors Pocahontas en souriant. Et moi, grâce à ton bracelet, je n'oublierai plus jamais le secret de l'amitié !

Disney Les Fées

Clochette et la Fée Pirate

Méli-mélo de pouvoirs

En devenant une pirate, Zarina a bien changé. Elle a volé la Poussière Bleue mais heureusement, les fées ont réussi à la récupérer !

– Rendez-moi mon sac ! exige Zarina sur un ton menaçant.

– Arrête ! dit Clochette. La Poussière Bleue appartient à la Vallée des Fées !

– Dans ce cas, tant pis pour vous… articule l'ancienne gardienne de Poussière de Fée.

Et plongeant la main dans la poche de sa redingote de pirate, elle leur jette une poignée de Poussière Multicolore à la tête.

Clochette et ses amies perdent connaissance sur le coup… À leur réveil, les fées ne savent plus trop où elles en sont. Évidemment, Zarina a filé avec la Poussière Bleue.

– Que s'est-il passé ? demande Clochette en se frottant les yeux.

– Zarina nous a envoyé une drôle de poudre à la figure, et on s'est évanouies, répond Ondine.

Clochette la fixe d'un air abasourdi.

– Tu as vu ta robe, Ondine ? Elle est violette !

– Oui, je sais. Et la tienne est bleue, Clochette.

La Bricoleuse réprime un petit cri de surprise : la Poussière Multicolore a interverti les couleurs de leurs vêtements ! Rosélia est maintenant en orange. Noa en jaune. Iridessa en rose. Et Vidia en vert.

– Le plus urgent est de retrouver Zarina, poursuit Clochette.

Elle pointe le doigt vers la cascade en priant Ondine de bien vouloir séparer la chute en deux, afin de traverser sans se mouiller… mais à peine approche-t-elle la main de l'eau qu'un jet puissant surgit.

– Aaah ! Je n'ai rien fait, pourtant ?

– Attends, je vais voir, dit Ondine.

Elle agite ses ailes… et se retrouve propulsée comme un boulet de canon ! Elle se cogne contre une corniche et retombe par terre. Noa approche pour l'aider à se relever. Mais elle marche dans un rayon de soleil, et celui-ci se décuple aussitôt, éblouissant tout le monde à la ronde ! Vite, Noa recule, abasourdie. Encore aveuglée, Iridessa trébuche et se raccroche à une petite branche… qui devient instantanément une plante immense ! De son côté, Rosélia bégaie :

– Heu... au secours ! Éloignez-les, s'il vous plaît !

De mignons insectes l'encerclent pour l'embrasser.

Clochette plisse le nez d'une mine pensive.

– Je crois que j'ai compris, les filles, lâche-t-elle soudain. Avec sa Poussière Multicolore, Zarina a échangé nos talents, Je suis devenue une fée des Eaux !

Suite de l'histoire le 7 septembre, page 259

Disney Princesses

Cendrillon

Sauvetage de la dernière chance

Pour leur premier anniversaire de mariage, le prince offrit à Cendrillon une bague sertie d'un saphir. La princesse se réjouissait déjà de la porter à la réception donnée ce soir au château. En attendant, elle admirait souvent dans la journée son doigt, orné de cette magnifique pierre précieuse du plus beau bleu. Mais soudain, alors qu'elle regagnait sa chambre pour se préparer pour le bal, elle remarqua que le saphir n'était plus à son annulaire…

– Ma bague ! J'ai perdu ma bague ! Elle a dû glisser quelque part !

– Elle ne peut pas être loin, la rassurèrent Jac et Gus, les souris du château. Pas de panique, on va la retrouver !

Jac décida de procéder par ordre.

– Rappelle-toi où tu as été, Cendrillon, conseilla-t-il avec logique. Nous fouillerons partout !

La princesse réfléchit. Elle était d'abord restée dans sa chambre, à rédiger son journal intime. Vite, ils entrèrent dans la pièce. Ils cherchèrent dans les tiroirs du secrétaire, secouèrent les draps, feuilletèrent le cahier, soulevèrent le tapis.

– Pas de bague, regretta Gus. Continuons !

Ils filèrent à la cuisine, où Cendrillon s'était ensuite préparé du thé. Pas de bague non plus. Ils examinèrent le piano, puisque la princesse avait répété ses gammes. Ils se rendirent à la bibliothèque, où Cendrillon avait lu pendant une heure.

Ils coururent aux écuries, où elle s'était occupée de son cheval Frou. Ils inspectèrent les parterres de fleurs, où elle avait cueilli des roses. En vain !

– Après, j'ai puisé de l'eau pour remplir les vases, se souvint alors Cendrillon. Et puis, je suis rentrée et voilà. Le puits est ma dernière chance !

– On ne va pas descendre dans le puits vérifier si le saphir n'y est pas tombé ? gémit Gus.

Mais l'horloge égrena vingt heures : le bal allait commencer ! Sans hésiter, Jac poussa Gus dans le seau et ils plongèrent dans l'eau. Quand Cendrillon les remonta, les pauvres tremblaient de peur… Mais ils avaient retrouvé la bague ! Folle de bonheur, Cendrillon rentra s'habiller pour le bal et rejoignit juste à temps le prince, à qui elle raconta le courage des deux souris.

– Merci, mes amis ! proclama le prince en s'inclinant devant elles. Soyez donc ce soir nos hôtes d'honneur… pour ce fabuleux sauvetage de la dernière chance !

Disney Princesses

Jasmine

Une princesse à la hauteur

6 SEPTEMBRE

Depuis que Jasmine avait entendu parler de l'Étoile de Perse, la plus grosse améthyste du monde, elle ne rêvait que d'une chose : l'admirer ! Mais seule une souveraine digne de la célèbre sultane de l'Est, son ancienne propriétaire, aurait le droit de la posséder… Jasmine souhaitait ainsi prouver à Aladdin qu'elle était une princesse à la hauteur !

– Je n'ai pas besoin de preuve, Jasmine. Je t'aime. Mais puisque tu y tiens, allons-y !

Ils grimpèrent sur le Tapis Volant et parvinrent peu après au palais de l'Est. Ils atterrirent au pied de la plus haute tour, celle qui abritait l'Étoile de Perse. Un soldat armé en gardait la porte cadenassée.

– Seule une souveraine digne de notre sultane contemplera l'améthyste ! rugit-il.

– Voici la princesse Jasmine ! présenta alors Aladdin. La plus jolie fille d'Agrabah !

Jasmine rougit. Le garde ne céda pas :

– Cela ne suffit pas. Notre sultane était savante, intelligente, sage et juste !

À cet instant, une dispute éclata entre deux marchands. Ils s'accusaient l'un et l'autre de vol d'oranges. Pour les calmer, Jasmine leur acheta tout le stock et partagea l'argent entre eux. Ils firent la paix, bien contents de cette bonne vente !

– Très malin, Votre Altesse, admit le garde. Mais notre sultane était aussi d'une bonté sans pareille ! Elle nous manque tant !

Et il éclata en sanglots. Désolée pour lui, Jasmine lui promit de ne plus insister et courut à la fontaine de la place principale lui chercher à boire. Soudain, l'eau jaillit avec force !

– L'eau de cette fontaine n'acceptait de couler que pour notre sultane ! s'exclama le garde, abasourdi. Vous êtes donc sa digne héritière, Votre Altesse !

Vite, il l'escorta au sommet de la tour, où l'Étoile de Perse scintillait de mille feux dans son écrin.

– Faites-nous l'honneur de porter notre joyau ! dit le garde en lui tendant l'améthyste. Ainsi, l'histoire de notre sultane rayonnera à travers le pays !

Émerveillée, Jasmine posa timidement le bijou sur sa tête. Elle remercia le garde en promettant de revenir souvent. Puis elle cria par la fenêtre à Aladdin, qui attendait au pied de la tour :

– Tu vois ? Je suis une princesse à la hauteur !

Et tout le monde acclama Jasmine, qui rendrait désormais hommage à la mémoire de la sultane en veillant sur l'Étoile de Perse !

Disney Les Fées

Clochette et la Fée Pirate

Aventures aquatiques

Zarina a jeté de la Poussière Multicolore sur les fées. Tous leurs talents ont été échangés !

– Ce qui explique ta robe bleue, approuve Ondine. Moi, ma robe est violette…

– Tu es donc une Voltigeuse ! en déduit Clochette.

– Moi, une fée des Lumières, enchaîne Noa.

Iridessa se dégage du feuillage de la plante géante.

– Bon, ben je suis une fée des Jardins, alors.

– Et moi, une fée des Animaux, gémit Rosélia en ôtant avec dégoût un bébé insecte de ses cheveux.

Vidia écarquille les yeux devant son bustier vert et ses souliers à pompons…

– Ne me dites pas que je suis devenue une…

– Bricoleuse ! termine Noa, amusée.

Vidia la fusille du regard. Puis elle maugrée :

– Clochette, reprends tout de suite ces horreurs !

L'ancienne Bricoleuse récupère ses pompons en souriant. Vidia ajoute :

– Et puisque c'est toi la fée des Eaux, merci de nous ouvrir un passage dans la cascade !

Clochette se concentre, utilise ses deux mains comme Ondine le lui conseille… mais elle ne tient pas assez longtemps, et la cascade se referme brusquement tandis que les fées passent de l'autre côté. Emportées par la force de l'eau, elles déboulent sur la plage. Seule Ondine, partie en volant, est restée au sec. Quant à Rosélia, elle atterrit pile sur un œuf de crocodile qui éclot au même moment.

Le bébé croco la serre fort entre ses pattes et l'embrasse avec amour. Rosélia tremble de peur qu'il ne la dévore !

– Ne t'inquiète pas, la rassure Noa. Il t'a vue en naissant, il te prend pour sa maman…

– Quelle chance ! ironise Rosélia.

Soudain, Clochette remarque que le bateau pirate a levé l'ancre. Ondine revient après avoir repéré le navire. L'ennui, c'est qu'avec leurs ailes trempées, les fées ne peuvent pas voler là-bas. Heureusement, Vidia a un plan ! Elle bricole une barque dans la coquille d'œuf de croco. Puis Ondine, aussi rapide que le vent, tracte le petit groupe sur l'océan… lorsqu'une grosse vague les propulse jusqu'au bateau pirate, droit dans une bouche de canon.

– Au moins, on est saines et sauves et nos ailes sont sèches ! se félicite Rosélia.

À ces mots, la voix d'un pirate s'exclame :

– Tirons vingt et un coups de canon pour le capitaine !

Les fées paniquent.

– Oh non ! Sortons !

Elles s'enfuient juste quand explose le boulet. Ouf, elles l'ont échappé belle !

Suite de l'histoire le 9 septembre, page 261

Disney Princesses

LA PETITE SIRENE

Sébastien compositeur

Sébastien ne se sentait pas très bien, ce matin-là. Il demanda au roi Triton l'autorisation de rester au lit.

– Bien sûr, accepta le souverain. Je vais charger Ariel de racler les palourdes qui envahissent le mur d'enceinte du palais. Ça l'occupera… et ça l'empêchera de partir seule explorer des épaves !

La nouvelle ne réjouit pas la princesse. Normalement, gratter les coquillages, c'était une punition ! Là, son père le lui demandait comme un service… mais Ariel n'était pas dupe !

– Tout ça parce que Sébastien est malade, soupira-t-elle en commençant son travail. Tu vois, Polochon, je trouve ça carrément injuste !

– Pourquoi le roi ne te fait-il pas confiance comme à tes sœurs ?

– Sans doute parce que je suis la plus jeune, marmonna Ariel d'un air boudeur.

– Tu es surtout la moins obéissante ! s'esclaffa Polochon.

La Petite Sirène leva les yeux au ciel, lorsqu'une plainte horrible déchira l'océan.

– Tu as entendu, Polochon ? Cela venait de chez Sébastien !

Et ils partirent comme des torpilles à la chambre du crabe… qu'ils espionnèrent par la fenêtre. Car Sébastien ne gémissait pas : il composait une chanson !

– « Sous l'océan, on est tous contents ! Sous l'océan, on est tous marrants ! »

Là-dessus, Ariel et Polochon surgirent dans la chambre. Le crabe se tut, presque violet de honte !

– On dirait que tu te sens mieux, Sébastien…

– Ne dis rien à ton père, Ariel ! supplia le crabe. Je fais semblant d'être malade, car je m'inquiète : il m'a commandé un Hymne pour samedi, mais je manque d'inspiration ! Pour ma première composition officielle, je vais être humilié en public !

– Et moi, je gratte les palourdes ! s'indigna la princesse. Tu mériterais que je raconte ton mensonge au roi ! Cependant…

Ariel sourit à Polochon et reprit :

– Je peux composer ce fameux hymne pour toi… Si tu nettoies le mur d'enceinte pour moi !

Beurk ! Rien qu'à cette idée, Sébastien piqua aussitôt une grosse fièvre !

– Merci de cette généreuse proposition, Ariel. Mais puisque je suis malade pour de vrai, maintenant… je préfère encore être un mauvais compositeur qu'un bon racleur de coquillages !

Et il courut se coucher, soudain beaucoup moins inquiet !

Disney Les Fées

Clochette et la Fée Pirate

Sur le bateau pirate

La fête bat son plein à bord du vaisseau pirate de Zarina. On chante, on rit, on joue de l'accordéon… Les pirates trinquent en l'honneur de leur capitaine Zarina… qui a promis de les faire voler grâce à la Poussière de Fée ! Ils sont fous de joie et s'imaginent déjà en train de sillonner le ciel à la barre de leur navire enchanté.

– Vive notre capitaine Zarina ! acclament-ils en chœur.

Les pirates dansent et virevoltent parmi les cordages. Clochette juge plus prudent de changer de cachette. Elle entraîne discrètement ses amies jusqu'en vigie, où elles découvrent avec terreur que le vaisseau met le cap sur le Rocher du Crâne !

– Oh, non ! Pas ça ! geignent les fées.

Le repaire légendaire des pirates est le dernier endroit de l'univers où une **délicate petite** fée souhaiterait se rendre.

Hélas, le bateau pénètre dans la pénombre de la grotte… Zarina dirige les opérations. James étant le seul être humain à comprendre le sens de ses tintinnabulements, il traduit ses instructions à l'équipage et en moins de deux, le navire est à quai.

– Jetez l'ancre ! ordonne James.

Toujours dissimulées en vigie, les fées écarquillent les yeux, stupéfaites. Au sommet d'un pic rocheux de la caverne, s'élève un Grand Arbre en tout point identique à celui de la Vallée des Fées !

– Ça alors ! Zarina a dû le faire pousser elle-même, devine Ondine.

– Voilà pourquoi elle nous a pris notre Poussière Bleue, renchérit Clochette. Elle en a besoin pour que le Grand Arbre produise la Poussière de Fée dorée qui permettra aux pirates de s'envoler !

Zarina fonce en direction des quartiers du capitaine. Les fées se faufilent à sa suite, mais tout à coup, elles entendent un pirate approcher, dans la coursive.

– Vite, derrière ce tonneau ! chuchote Clochette à ses amies.

Mais un gros rat se trouve déjà là. Noa bredouille :

– Fais quelque chose, Rosélia. C'est toi, maintenant, la fée des Animaux !

Rosélia prend une profonde inspiration et lance :

– Excusez-moi, monsieur Souris… Nous devons vite nous cacher là. Cela ne vous ennuierait pas trop de nous laisser la place ? C'est gentil. Bye-bye !

Le rat s'éloigne docilement. Rosélia se retourne vers les autres.

– Quelle charmante petite souris !

– Il s'agissait d'un rat, corrige Noa, en riant.

Suite de l'histoire le 10 septembre, page 262

Disney Les Fées

Clochette et la Fée Pirate

La fée alchimiste

Ce jour-là, Clochette et ses amies ont décidé de se cacher dans le bateau des pirates pour tenter de récupérer la poussière volée par Zarina. Silencieuses, les fées observent James, le second de Zarina. Ce dernier frappe à la porte de la cabine du capitaine et entre. Clochette murmure :

– C'est notre chance, les filles !

Et elle s'envole derrière le pirate. Elle parvient à se faufiler dans l'entrebâillement de la porte avec Ondine et Vidia. Puis la porte claque brusquement, laissant Iridessa, Noa et Rosélia dans le couloir…

– Essayons d'écouter ce qui se passe dans la cabine, suggère tout bas Rosélia.

Elle colle l'oreille contre le panneau de bois. Iridessa l'imite… lorsqu'un drôle de sifflement s'élève dans leur dos.

– Tiens, ça sent le brûlé ? s'étonne Rosélia.

Faisant volte-face, elle surprend Noa en train de tester son nouveau talent des Lumières : à l'aide d'un rayon, elle s'amuse à graver des têtes rigolotes dans le tonneau…

– Non, mais qu'est-ce que tu fabriques ? ! s'agace Rosélia.

Noa sursaute, son rayon manquant frapper son amie. Elle se défend :

– Ben quoi ? Je faisais juste comme Iridessa…

– Je ne me suis jamais comportée ainsi ! proteste celle-ci, outrée. Je ne te permets pas de…

– Ça suffit ! les interrompt alors Rosélia.

Et elle recommence à espionner à la porte, sans se douter que le rayon de Noa lui a grillé une mèche de cheveux au passage… ce qu'Iridessa se garde bien de lui dire !

L'immense cabine du capitaine a été aménagée pour Zarina. Un laboratoire d'alchimiste à sa taille, avec des flacons et des alambics, trône sur le bureau. Elle travaille à transférer la Poussière Bleue dans une fiole, quand James fait irruption dans la pièce. Il lui apporte un en-cas, et s'extasie :

– Vous êtes un génie, capitaine ! Les fées de la Vallée auraient dû vous féliciter de votre fabuleux talent d'alchimiste, au lieu de vous interdire de l'utiliser !

Clochette, Ondine et Vidia se dissimulent prudemment derrière le plateau que James a posé contre le mur. Mais Ondine souffrant du mal de mer, est secouée de nausées et renverse brusquement le plateau. James se retourne au bruit. Heureusement, les fées réussissent à filer sous sa chaise avant qu'il ne les aperçoive. Ouf ! La catastrophe est évitée de justesse !

Suite de l'histoire le 12 septembre, page 264 ➡

Disney Princesses

La Belle au Bois Dormant

Un remède à tous les maux

– Nous sommes perdus ! se lamenta Rose, au terme d'une longue marche à travers la forêt. Nous ne retrouverons jamais la chaumière ! Mes tantes vont s'inquiéter !

– Regarde là-bas ! s'écria le prince Philippe. Les tours du château du Bois-Joli se profilent dans le lointain.

– Le comte Rodolphe est un homme de grande courtoisie, il nous offrira l'hospitalité.

Le prince aida sa compagne à prendre place sur son cheval et ils s'élancèrent dans la direction du château.

Chemin faisant, ils rencontrèrent tour à tour une vieille femme qui se lamentait car le comte levait des taxes trop lourdes, un paysan désespéré par les ravages causés à ses récoltes par les soldats du seigneur, une servante chassée du château pour un méfait qu'elle n'avait pas commis…

Il semblait que personne ne faisait les louanges du maître des lieux, bien au contraire.

– Si nous rebroussions chemin ? proposa Rose, qui commençait à s'inquiéter.

– Je veux en avoir le cœur net, dit le prince. La bonté du châtelain est connue à des lieues à la ronde !

Et ils poursuivirent leur route.

– Vous venez rendre visite à notre jeune comtesse Marguerite ? Je vais vous conduire jusqu'à elle ! déclara un écuyer empressé dès que Rose et Philippe eurent franchi le pont-levis. Elle vous attend !

Stupéfaits, les deux visiteurs lui emboîtèrent le pas sans poser de questions. Et, tandis qu'ils gravissaient des escaliers de marbre blanc, parcouraient de longs corridors ornés de statues, traversaient des cours intérieures aux plates-bandes multicolores, l'écuyer leur apprit que la fille du comte souffrait d'un mal étrange. Elle était d'une grande tristesse et avait perdu le sourire. Son père ne savait plus à qui s'adresser pour lui redonner le goût de vivre. Philippe comprit alors que le serviteur l'avait pris pour un grand médecin, venu du fin fond du pays, et tant attendu au château. Rose et le prince devinèrent ainsi que si le comte était devenu d'une brutalité et d'une dureté extrêmes, c'était parce qu'il était désespéré par la maladie de sa fille.

– Laissez-moi entrer seule ! dit Rose, quand ils arrivèrent devant la porte de la chambre.

Elle en ressortit quelques instants plus tard, le visage rayonnant. La jeune comtesse Marguerite l'accompagnait, radieuse. Envolées, la langueur et la tristesse ! Marguerite avait trouvé le meilleur des remèdes : l'amitié ! Et son père redevint généreux et bon comme autrefois.

Disney Les Fées

Clochette et la Fée Pirate

Tentatives de sauvetage...

12 SEPTEMBRE

Aujourd'hui, les fées sont cachées dans le bateau des pirates à la poursuite de Zarina, pour récupérer la Poussière de Fée. Après un long moment passé sous une chaise, Clochette, Ondine et Vidia profitent de ce que James et Zarina regardent par la fenêtre de la cabine pour se glisser ni vu ni connu dans l'un des tiroirs du caisson supérieur du bureau. Le laboratoire de Zarina se trouvant pile sous le caisson, elles peuvent tenter de récupérer le flacon de Poussière. Vidia bricole en hâte une espèce de canne à pêche à l'aide d'un fil et d'une épingle à nourrice. Puis penchée au bord du tiroir entrouvert, elle essaie d'attraper la précieuse fiole. Après plusieurs tentatives, elle parvient à y fixer la pointe de l'épingle. Mais le tiroir glisse brutalement en avant et les fées trébuchent, Vidia lâchant sa canne à pêche de fortune. Au même moment, James et Zarina reviennent à la table, où Zarina ramasse la fiole. Puis tous deux quittent la cabine en vitesse. Rosélia, Iridessa et Noa sont toujours cachées dans le couloir. Cette fois, elles ne laissent pas passer leur chance et se faufilent par la porte.

– Vous allez bien ? demande Rosélia à Clochette, Vidia et Ondine.

– Oui, ça va, répond Clochette. Dépêchons-nous, Zarina se rend au Grand Arbre !

Les fées s'envolent aussitôt. Tandis que James et les pirates préparent leur navire à recueillir la Poussière de Fée dorée, Zarina emporte la fiole de Poussière Bleue au sommet du Grand Arbre. Sans hésiter, Clochette et ses amies foncent l'observer du feuillage, au-dessus du réceptacle. Manque de chance, Iridessa oublie son nouveau talent des Jardins et en éloignant une abeille, elle touche la branche par mégarde, laquelle se met à grandir, grandir… entraînant les fées juste sous le nez de Zarina, qui s'apprêtait à verser la Poussière Bleue dans le Puits.

– Hé ! s'écrie-t-elle, surprise, en brandissant son épée.

– On te tient ! fanfaronne alors Noa.

Mais Zarina sourit d'un air moqueur avant de siffler, et les pirates surgissent à la rescousse ! En moins de deux, ils capturent le petit groupe de fées dans un filet de pêche. Clochette proteste :

– Tu ne peux pas faire ça, Zarina !

– Au contraire, Clochette. Et maintenant, vous êtes mes prisonnières !

Et les fées sont enfermées dans la réserve de nourriture du navire.

Suite de l'histoire le 14 septembre, page 266 ➡

Disney Princesses

Cendrillon

Le régime de Gus

– On a un gros problème ! s'exclama Jac un beau matin.

Toute la famille des souris venait juste de se réveiller dans la magnifique pièce que leur avait attribuée Cendrillon lors de son arrivée au château ; ils allaient passer là leurs premières vacances d'été.

Sous les regards encore ensommeillés de ses amis, Jac pointait du doigt le monticule de draps soyeux qui, sur un lit minuscule mais solide, recouvrait le ventre de Gus.

À l'échelle de nos rongeurs, ce monticule formait en fait une montagne, soulevée au rythme des ronflements du dormeur.

– Tu as raison, intervint alors Perla. Depuis le mariage de Cendrillon, Gus n'a pas arrêté de manger. Et quand il ne mange pas, il dort ! Au moins, du temps de Lucifer, il faisait un peu d'exercice !

– Il va bientôt falloir le rouler pour le déplacer… marmonna Jac. Nous devons agir !

Les souris acquiescèrent : aucune ne souhaitait voir Gus ressembler à une boule de pétanque. Durant une bonne heure, on tint conseil, puis Jac brailla

– À table !

Comme d'habitude, Gus émergea et se rua sur son assiette.

– Aujourd'hui, course au trésor ! annonça alors Jac.

– Youpi ! s'écrièrent les souris. Allons-y !

– Quel trésor ? demanda Gus, la bouche pleine.

– Un énorme morceau de gruyère ! Celui qui le trouvera le mangera ! promit Jac.

Les yeux de Gus s'arrondirent.

– C'est vrai ? Et où est ce fromage ?

– Au pied du plus vieux chêne du parc ! lança Jac avant de disparaître en trombe derrière les autres dans l'immense escalier qui conduisait au rez-de-chaussée.

La ruse fonctionna magnifiquement bien. Taraudé par sa gourmandise, Gus se mit à courir, dévala les trois étages et fonça vers le parc.

– Il est capable de chercher jusqu'à ce soir… dit Perla en gloussant.

– Oui, jusqu'à ce qu'il s'aperçoive qu'il n'y a pas de chêne dans ce magnifique parc de plusieurs hectares, opina Jac. En attendant, il aura fait suffisamment d'exercice pour perdre quelques grammes… Ce soir, nous lui donnerons beaucoup d'eau à boire, car il aura très soif !

– Et demain, nous inventerons un autre jeu, et un autre trésor délicieux… À mon avis, à la fin des vacances, il aura retrouvé un poids raisonnable ! Viens, allons terminer notre repas !

DISNEY LES FÉES

Clochette et la Fée Pirate

Prisonnières !

Sur ordre de Zarina, les fées ont été enfermées dans la réserve du bateau des pirates, là où sont stockés les vivres et le vin…

Le cuisinier du navire s'empare d'une cage à crabe. Il y emprisonne les fées en ironisant :

– Votre cabine vous plaît, j'espère ? dit-il en ricanant.

Clochette secoue les barreaux en tintinnabulant de colère.

– Pas la peine de te fatiguer, se moque le pirate. Tu n'iras nulle part !

Une sonnerie stridente l'interrompt. Il s'agit de son minuteur pour faire la cuisine.

– Ah ! Mon ragoût est prêt ! se réjouit-il.

Puis, adressant un regard au portrait de sa mère cuisinière, accroché au mur, il commence à éplucher des pommes de terre. L'une d'elles roule à l'autre bout de la pièce.

Dans la cage, Rosélia s'impatiente :

– Vite, c'est le moment ou jamais de s'échapper !

Les fées l'imitent et passent les jambes entre les planches de leur prison. Puis elles avancent vers la porte… lorsque le cuisinier les aperçoit.

– Ah non, non, non ! Pas de ça aujourd'hui, mes jolies ! aboie-t-il.

Et posant la cage sur la table, il l'immobilise sous un énorme sac de pommes de terre pesant plusieurs kilos. Vidia ronchonne :

– Super ! Quelqu'un – pas toi, Rosélia, merci – a un plan de secours ? !

Pendant ce temps, au sommet du Grand Arbre, Zarina place le flacon de Poussière Bleue dans le réceptacle prévu à cet effet. La poudre magique s'écoule grain à grain et l'arbre se met à scintiller, il s'agite. Les pirates retiennent leur souffle… Enfin, un flot continue de Poussière de Fée dorée apparaît dans le Puits ! Il tombe directement dans un tonneau, sur le pont du navire. James se réjouit :

– Ça y est, on va s'envoler ! C'est fabuleux, capitaine ! Comment procède-t-on ?

– Fais comme moi, lui montre Zarina, en écartant les bras.

Le tour d'apprentissage terminé, James se pose sur le pont sous les acclamations des pirates. Son visage est illuminé de satisfaction.

Pourtant, Zarina ne semble pas comblée de joie. Peut-être a-t-elle des remords d'avoir enfermé ses amies les fées ? Ce serait bien normal après tout le mal qu'elle leur a fait…

Suite de l'histoire le 16 septembre, page 268

Disney Princesses

Blanche-Neige et les Sept Nains

Un pique-nique agréable

– Quel jour idéal pour un pique-nique ! s'écrie Blanche-Neige en arrivant chez les Sept Nains pour une visite.

– Nous ne pouvons pas pique-niquer, grogne Grincheux. Nous devons creuser.

– Mais, bâille Dormeur, nous avons travaillé si dur à la mine. Ne pourrions-nous pas prendre un jour de congé ?

Les autres nains applaudissent à cette idée. Grincheux fronce les sourcils.

– Un peu de repos te fera du bien, dit Blanche-Neige à Grincheux.

– J'en doute, grince Grincheux.

– Alors, qu'emtorperons-nous, je veux dire qu'emporterons-nous ? dit Prof.

– Que pensez-vous d'un peu de bouillie ? suggère Dormeur, en s'étirant.

– Ce n'est pas très pratique pour un pique-nique, explique Blanche-Neige. Il nous faut de quoi manger sans cuillères ni fourchettes !

– Comme des s-s-sandwichs ? bégaie Timide.

– Exactement ! déclare Blanche-Neige.

– Des fruits ! propose Prof.

– Des biscuits ! suggère Joyeux.

– Merveilleux ! s'exclame la jeune princesse.

Les nains aident Blanche-Neige à préparer le panier.

– Emportons aussi de quoi jouer après le repas, dit Blanche-Neige.

Quand tout est prêt, la petite troupe marche vers la forêt et s'arrête dans une petite clairière au bord d'un ruisseau. Blanche-Neige jette une couverture sur l'herbe et tous s'assoient pour manger.

Une fois qu'ils sont rassasiés, ils commencent les jeux. Prof et Joyeux entament une partie de dames, Timide et Atchoum jouent à la balle, Dormeur s'accorde une sieste et Simplet lance un cerf-volant.

Blanche-Neige l'observe tandis qu'il court dans la prairie. Elle applaudit à chaque fois que le vent fait s'envoler l'engin. Mais tout à coup, le cerf-volant emporte Simplet avec lui !

– À l'aide ! crie Blanche-Neige. Simplet s'envole !

Grincheux, qui boude au bord du ruisseau, se lève d'un bond et court à son secours. Fâché et essoufflé, il poursuit le cerf-volant qui monte et descend. Finalement, le nain grimpe sur un chêne et attrape Simplet au vol.

Blanche-Neige l'applaudit bien fort.

Haletant et grommelant, Grincheux vient se reposer auprès d'elle sur la couverture.

– Décidément, j'ai hâte de retourner à la mine, ronchonne-t-il. Les pique-niques des jours de repos ne sont pas de tout repos !

Disney Les Fées

Clochette et la Fée pirate

Ne jamais faire confiance à un pirate

Zarina apprend à James à voler comme une fée. Ce dernier plane dans la grotte, suivant les instructions de la fée pirate.

– Dès qu'on aura suffisamment de Poussière de Fée, le navire tout entier pourra s'envoler comme je viens de le faire ? demande James d'un air très intéressé.

Zarina acquiesce gaiement. Il poursuit :

– Et puisqu'on a la Poussière Bleue, on ne manquera jamais de Poussière de Fée, n'est-ce pas ?

Zarina opine encore.

James sourit d'une mine cruelle.

– Parfait. On n'a donc plus besoin de tes services, assène-t-il.

Sur quoi, un pirate lui tend une lanterne, dans laquelle il enferme la petite fée abasourdie.

– Notre plan a fonctionné comme sur des roulettes ! tonne-t-il à l'adresse de l'équipage, fou de joie. Je vous l'avais dit : les fées sont des créatures d'une si grande crédulité… Elle est tombée en plein dans mon piège !

– Vive le capitaine James ! scandent les pirates.

– Tenez-vous prêts à faire voler le navire, commande ce dernier. Quant à notre jeune amie, elle servira dorénavant d'éclairage…

Et il emporte la lanterne dans la cabine du capitaine. Prisonnière à l'intérieur de la lampe, Zarina est désemparée. Elle a honte de s'être trompée à ce point sur celui qu'elle prenait pour son ami. Pire encore, elle se sent plus seule que jamais…

Le capitaine James pose la lanterne sur sa table, puis il ouvre une armoire secrète, revêt sa redingote et son chapeau d'officier tout en admirant son reflet dans le miroir en pied.

– Ah ! Me voici redevenu moi-même ! se félicite-t-il.

Puis il déroule une carte, sur son bureau, et marmonne :

– Je peux enfin tracer la route qui m'intéresse, en calculant la latitude, la longitude… et l'altitude !

Il plante alors son couteau dans la carte, à l'emplacement exact de son but : la deuxième étoile. Zarina s'affole. Elle s'agite, essaie à tout prix de sortir de la lanterne. Il s'esclaffe :

– Inutile de gaspiller tes forces, cette lampe est à l'épreuve de la magie. Oui, je suis un esprit brillant, je le sais ! Et grâce à toi, je vais à présent m'envoler à bord de mon bateau, contourner la deuxième étoile… et piller les richesses de l'Autre Monde ! Pendant ce temps, tu resteras à jamais ma prisonnière !

Suite de l'histoire le 19 septembre, page 271

Disney Princesses

Cendrillon

Gus est malade

Ce soir-là, Cendrillon et son prince avaient invité quelques amis au château. Un dîner somptueux avait été servi, on avait ri et chanté avant de danser un peu, comme cela se faisait à l'époque. Vers minuit, on s'était séparés en se jurant de se revoir bien vite et chacun était allé se coucher, le cœur joyeux.

La grande salle à manger était déserte, silencieuse. Cendrillon ne voulait pas voir travailler tard valets et servantes. Les restes du dîner s'étalaient encore sur la table ornée de flambeaux, pour la plus grande joie de Jac et de ses amis. Gus ne fut pas le dernier à foncer sur la nappe en dentelle !

– Oooh ! Quelle merveille ! jubila-t-il en découvrant sur la table des parts de cake nappées de coulis de fraise, du fromage odorant et des miettes de pain blanc !

Bientôt, on n'entendit plus que le bruit des mâchoires de nos gourmands. Un bol de cristal rempli au quart d'une crème au chocolat attira soudain l'attention de Gus.

– Qu'est-ce que c'est que ça ? demanda-t-il à Jac. Ça a l'air rudement appétissant.

Le nez dans un morceau de gruyère trois fois plus grand que lui, Jac n'entendit pas son compère. Impatient, Gus résolut de découvrir tout seul la réponse. Prenant appui sur une carafe, il réussit à tremper le bout de sa queue dans le dessert afin d'en pêcher une lichette, qu'il laissa directement glisser au fond de son gosier. Quel délice ! La crème était onctueuse et sucrée, vous laissant un goût enchanteur sur la langue… N'écoutant que son plaisir, Gus se laissa glisser dans le bol et le lécha tout entier !

– Malheureux, que fais-tu ? glapit soudain Jac.

– Eh bien quoi ? répondit Gus en bondissant sur la table. C'était délicieux, je t'assure !

Soudain, il fut pris d'un hoquet irrépressible dont la violence l'envoya rouler contre une tasse à café.

– Qu'est-ce… Hic ! Qu'est-ce qui, hic ! m'arrive ? bredouilla-t-il, affolé.

– Ne t'inquiète pas, ce n'est pas grave… Mais pour un petit corps comme le tien, l'abus de nourriture est déconseillé ! Mon pauvre Gus… Hélas, je ne crois pas que tu vas passer une très bonne nuit !

Jac avait raison. Gus subit durant des heures son terrible hoquet qui fut remplacé au petit matin par une épouvantable indigestion…

« Jamais plus je ne mangerai trop ! se jura-t-il. Il n'y a rien de pire qu'une crise de foie ! »

Jusqu'à présent, il a tenu parole.

Disney Princesses

Mulan

À la soupe !

Mulan était dans la cuisine, occupée à remuer d'un air maussade une marmite de soupe pour le dîner. Assise à table, Grand-Mère Fa triait des grains de riz. Elles étaient silencieuses, perdues dans leurs pensées, après la nouvelle qu'elles venaient de recevoir : Fa Zhou, le père de Mulan, devait rejoindre l'armée chinoise afin de protéger l'Empire contre les invasions des Huns. Un homme de chaque famille se mettait ainsi à la disposition de l'empereur.

Comme Mulan n'avait pas de frère, son père avait été désigné. Mais s'il avait été jadis un soldat héroïque, Fa Zhou n'était plus très jeune ni assez fort pour participer à de nouveaux combats.

Mulan se sentait désespérée : si son père rejoignait l'armée, il serait sûrement tué.

– Pourquoi mon père doit-il aller se battre ? demanda-t-elle soudain à sa grand-mère. Ce ne serait qu'un homme en moins, s'il n'y va pas, l'empereur n'en saura rien ! En revanche, sa mort serait une grande perte pour notre famille ! poursuivit-elle en soupirant.

Sa grand-mère poussa elle aussi un profond soupir, et continua de trier son riz.

– Tu as parfaitement raison ! Un grain de riz, de la taille de celui qui est dans ma main, c'est vraiment petit et insignifiant.

Ensuite elle leva la main et le laissa tomber dans le grand bol qu'elle venait de trier.

– En revanche, tous ces grains peuvent nourrir un grand nombre de personnes. L'empereur a besoin d'une armée de beaucoup, beaucoup de gens, pour avoir une chance de repousser les envahisseurs.

Mulan secoua la tête avec une grande tristesse ; si elle parlait, elle savait qu'elle se mettrait à pleurer. Elle était jeune, têtue et elle avait du mal à accepter le sacrifice que son père allait faire.

Grand-Mère Fa était aussi malheureuse que Mulan, mais la vieille dame comprenait qu'il était inutile de lutter contre ce genre d'événements. Elle se leva et quitta la cuisine sans rien dire.

Mulan continua de remuer la soupe, même si ce n'était plus nécessaire. Près de la marmite se trouvait un bol qui contenait une épice de couleur rouge. Saisissant le petit bol, elle l'observa attentivement.

– Un grain de riz est petit et insignifiant, se dit-elle. Et pourtant, une minuscule pincée de cette épice peut changer la saveur de toute la soupe. De même, une seule personne peut peut-être changer les choses…

Mulan versa le petit bol d'épice dans la marmite.

– À la soupe ! cria-t-elle en souriant.

Disney Les Fées

Clochette et la Fée Pirate

Le chéri à sa maman

Au même moment, dans la réserve, les fées laissent libre cours à leur mauvaise humeur. Elles ne savent pas comment s'évader de la cage à crabes et se rejettent la faute de leur capture l'une sur l'autre. Ne supportant plus leurs tintements intempestifs, le cuisinier agacé coupe deux carottes et se bouche les oreilles afin de continuer son travail en paix.

– La vérité, c'est que sans Zarina, on n'en serait pas là ! tempête Vidia.

– Bien parlé ! approuve Noa.

– Tout ça, c'est à cause d'elle ! enchaîne Iridessa.

– Heu… excusez-moi, mais regardez un peu... intervient soudain Ondine.

Le museau de Bébé Croco apparaît dans la bouche d'un canon. Inquiet de ne pas voir sa maman Rosélia revenir, l'opiniâtre petit animal est parvenu à retrouver sa piste ! Il se faufile dans la réserve, renifle l'air, lève la tête et fixe les fées prisonnières de la cage de bois. Rosélia pousse un soupir.

– Nom d'un pétale, il ne manquait plus que ça !

– Une minute ! réfléchit Clochette. Bébé Croco pourrait nous aider à sortir de là…

– Tu as raison ! s'écrie Rosélia en comprenant brusquement l'idée de l'ancienne Bricoleuse.

– Viens, mon tout-petit ! dit-elle en lui faisant signe.

Il bondit joyeusement dans sa direction.

– Chut, pas si fort ! recommande Rosélia.

Debout sur ses pattes arrière, Bébé Croco se hisse contre la table afin de tirer sur la nappe, sous la cage à crabes. Cette dernière est entraînée vers le bord de la table. Rosélia encourage le crocodile :

– Bien, continue ainsi, mon chéri, c'est très bien !

Et crac ! la cage s'écrase sur le plancher, libérant les fées qui détalent immédiatement à travers la pièce.

Hélas, le cuisinier s'en rend compte et ôtant ses bouchons d'oreilles, il s'empare d'un bocal afin d'y enfermer les fugitives. Il parvient ainsi à reprendre Rosélia, à la grande contrariété de Bébé Croco qui se précipite sur l'homme, lui mordant si bien le postérieur qu'il en bondit au plafond, et s'assomme en retombant contre une poêle suspendue au mur. Rosélia surgit du bocal en se jetant au cou de Bébé Croco.

– Oh, bravo ! Je suis fière de toi !

– On ferait mieux de filer récupérer la Poussière Bleue, non ? s'impatiente Vidia.

– Vite, on n'a pas une minute à perdre, dit Clochette.

Et les fées repartent de plus belle à la recherche de la Poussière Bleue.

Suite de l'histoire le 21 septembre, page 273

Disney Princesses

Blanche-Neige et les Sept Nains

Ensemble, et à jamais

– Hourra ! Le prince a sauvé Blanche-Neige ! s'exclamèrent les Sept Nains.

Grâce au baiser de l'amour véritable, leur princesse s'était réveillée. Toute la forêt était en liesse à la perspective de ce bonheur retrouvé !

– Blanche-Neige va être si heureuse, dit Timide.

– Ce qu'elle souhaitait le plus au monde se réalise enfin ! applaudit Joyeux.

– Une partie s'était déjà réalisée, corrigea le prince charmant.

Devant l'air étonné de ses amis, Blanche-Neige éclata de rire puis expliqua :

– Je vous ai rencontrés, vous êtes devenus ma famille et mon foyer. Auprès de vous sept, j'ai passé les plus beaux instants de ma vie… et je n'ai pas envie que cela s'arrête !

À ces mots, Simplet approcha pour embrasser la main de la princesse. Cette dernière sourit en lui caressant tendrement la tête.

– Je vous rappelle quand même que Blanche-Neige part habiter dans un château magnifique ! grommela soudain Grincheux.

– Et alors ? dit Atchoum en éternuant. Tant mieux, c'est ce qu'elle a toujours souhaité !

– Je comprends ce qu'il veut dire, expliqua Dormeur. Notre princesse habitera ailleurs…

– Un ailleurs si merveilleux qu'elle n'aimera plus notre chaumière ! en conclut Grincheux.

Blanche-Neige sembla subitement très peinée. Comment les nains pouvaient-ils craindre une chose pareille ? Elle protesta :

– J'attendais le prince, car je savais que nous nous aimions ; cela n'a rien à voir avec la splendeur d'un palais !

– Mon château n'est qu'à quelques lieues d'ici, ajouta le prince.

– Je passerai vous voir chaque jour, promit encore Blanche-Neige. Nous fêterons toujours ensemble tout ce qu'il y aura à fêter !

– C'est vrai, renchérit Joyeux. Nous ne nous séparerons pas, et vos joies futures emplissent notre cœur d'allégresse !

– Nous avons tellement hâte de les partager, s'exclama Prof.

Blanche-Neige les embrassa, puis le prince charmant empoigna la longe de son cheval et conduisit sa bien-aimée à son palais…

– À demain ! lança-t-elle.

Bien sûr, le prince et Blanche-Neige vécurent heureux, dans leur palais. Et les Sept Nains furent ravis de les accueillir dans leur chaumière, au fin fond de la forêt, lorsqu'ils leur rendaient visite !

Disney Les Fées

Clochette et la Fée pirate

Le choix de Clochette

Les fées partent à la recherche de la Poussière Bleue capturée par les pirates. Ceux-ci travaillent d'arrache-pied en vue de leur décollage. À tel point que pas un ne remarque le personnage dégingandé à la démarche bizarre qui débouche de la réserve : un chapeau, une redingote et des souliers bougeant seuls ! Enfin, pas tout à fait seuls… car les fées sont en réalité cachées à l'intérieur !

Clochette vole sous le chapeau. Vidia, Ondine et Iridessa font flotter la redingote debout. Quant à Noa et Rosélia, elles sautillent chacune dans un soulier. Les fées se dirigent avec difficulté. Elles ont même de la chance de ne pas se faire repérer, d'autant qu'un pirate les bouscule par mégarde, séparant le chapeau de la redingote et des souliers, comme s'il venait de séparer la tête du corps et des jambes !

– Vite, au Grand Arbre avant qu'on nous aperçoive ! s'égosille Vidia.

Les fées ne traînent pas : une fois au Puits de Poussière de Fée de l'arbre de Zarina, elles s'emparent de la fiole de Poussière Bleue, puis elles s'éloignent à tire d'aile… quand James menace dans leur dos :

– Rendez-moi la poudre magique immédiatement, ou votre amie se noie !

Elles se retournent : James se tient sur la plateforme du Grand Arbre, balançant au-dessus de l'eau la lanterne où Zarina se trouve prisonnière. Les fées écarquillent les yeux, stupéfaites.

– Hé oui ! s'esclaffe le pirate. C'est moi, le vrai capitaine. Le capitaine Zarina a été relevé de ses fonctions !

Clochette n'hésite pas longtemps. Refusant d'abandonner l'ancienne gardienne, elle fonce au sommet de l'arbre replacer la fiole dans le réceptacle. La Poussière de Fée se remet à couler à flots, et James actionne un levier. La poudre est alors déviée dans une espèce de canalisation qui la conduit directement sur le navire, où elle se déverse…

– Levez l'ancre, on décolle ! rugit le capitaine James à son équipage.

Le bateau s'élève dans la grotte. Lorsqu'il parvient au niveau de la plateforme du Grand Arbre, James saute à bord en emportant la fiole de Poussière Bleue.

– Bon vent, mini-capitaine ! grince-t-il en jetant à la mer la lanterne de Zarina.

– Non ! hurle Clochette.

Avec ses amies, elles se ruent au secours de Zarina, tandis que le navire s'éloigne dans le ciel nocturne.

Suite de l'histoire le 23 septembre, page 275

Disney Princesses

La Belle et La Bête

Comment gagner à cache-cache ?

– Belle, appelle Madame Samovar. Oh, oh ! Belle !

La jeune fille était assise dans la bibliothèque, dissimulée par une pile de livres.

– Ah, vous voilà ! s'écria la théière.

– Bonjour, Belle ! claironna Zip, à son tour.

– Bonjour, vous deux. Vous me cherchiez ?

– En effet, dit Madame Samovar. Voulez-vous du thé ?

– Merci, dit Belle. Volontiers.

Madame Samovar lui versa une tasse de thé très chaud. Belle la but et la remercia.

– À votre service, dit la théière. Viens, Zip, laissons Belle lire tranquille, à présent.

– Mais, maman, pleurnicha Zip. Je veux rester avec elle !

– Belle est occupée, lui expliqua sa maman. Tu la gênerais.

– Laissez, dit Belle. J'ai fait ce que j'avais à faire. Je veux bien passer un peu de temps avec Zip.

– D'accord, dit Madame Samovar. Mais tu reviens à la cuisine dès que Belle te le dit.

– Promis, dit la petite tasse.

– Alors Zip, commença Belle après le départ de la théière, que dirais-tu d'une partie de cache-cache ?

– Comment on y joue ? demande Zip.

– C'est très simple, expliqua Belle. Une personne se cache et l'autre essaie de la trouver.

– Tu crois que je saurais ?

– Bien sûr ! affirma Belle. Préfères-tu te cacher ou me trouver ?

– Je veux me cacher, répondit la petite tasse.

– D'accord, dit Belle. Je ferme les yeux et je compte jusqu'à dix. Un, deux, trois…

Zip réfléchit et fonça comme une flèche se cacher derrière les rideaux de velours.

– Neuf… dix ! Prêt ou non, j'arrive ! s'écria Belle. Alors, où peut-il bien être ?

Belle regarda sous la table.

– Il n'est pas ici.

Puis elle inspecta un recoin.

– Là non plus.

Elle scruta en haut, en bas, mais fit mine de ne le trouver nulle part.

– J'abandonne, dit-elle. Allez, Zip, sors de ta cachette !

La petite tasse gloussa silencieusement. Surtout ne pas faire de bruit, c'est si amusant !

– On dirait que tu ne veux pas sortir de ta cachette, dit Belle. Je suppose que je vais devoir manger toute seule le cake au chocolat de ta maman !

À ces mots, Zip surgit de derrière le rideau :

– Je suis là, Belle, attends-moi ! Moi aussi, je veux du gâteau !

Disney Les Fées

Clochette et la Fée Pirate

À l'abordage !

Depuis le début, James est le capitaine des pirates ! Il a piégé Zarina afin de pouvoir voler, contourner la deuxième étoile… et piller l'Autre Monde !

Pour échapper aux fées, le navire du capitaine James a fait cap vers le large laissant Zarina, enfermée dans une lanterne, seule à la mer.

La lanterne flotte à travers les vagues, mais plus pour très longtemps… Tandis que le navire s'éloigne dans le ciel, Clochette et ses amies foncent empêcher la lanterne de couler. Il faut sauver Zarina !

– Du nerf ! crie Vidia.

Les fées conjuguent leurs efforts pour tirer la lourde lanterne hors de l'eau. Elles luttent afin de la maintenir à la surface, l'eau s'insinuant rapidement à l'intérieur…

– Aidez-moi ! supplie Zarina.

La vitre est très difficile à ouvrir. Les fées insistent. Enfin, le loquet cède, et elles se dépêchent d'emporter Zarina, tremblante de peur, sur un rocher, au pied du Grand Arbre.

– Du calme ! souffle Ondine.

Vibrant du bout des ailes à la vitesse de l'éclair, elle a tôt fait de sécher l'ancienne gardienne de Poussière de Fée.

– Tu vas bien, Zarina ? s'inquiète Clochette.

– Oui, répond-elle d'une voix blanche. Mais pourquoi m'avez-vous sauvée ? Après ce que je vous ai fait…

Sur quoi, honteuse d'avoir écouté James, elle ajoute dans un sanglot :

– Je suis si désolée !

Clochette lui sourit. Zarina reprend alors courage et déclare :

– On peut encore récupérer la Poussière Bleue avant que les pirates ne contournent la deuxième étoile !

– Dans ce cas, en route ! lance Vidia.

Et elles s'élancent toutes les sept à la suite du navire volant. La deuxième étoile brille à l'horizon, il n'y a pas une seconde à perdre ! Une fois à bord, Zarina conduit ses complices dans la cabine du capitaine, dont elles ressortent peu après armées de pied en cape, prêtes à combattre vaillamment.

– Capitaine ! Les fées attaquent ! se moquent les pirates devant les minuscules épingles à chapeau qui leur servent d'épée.

– Hé bien, chassez-les de mon bateau ! commande James, à la barre.

Il porte la fiole de Poussière Bleue suspendue à un lien en cuir, autour de son cou. Ni une ni deux, Zarina fonce régler ses comptes avec lui…

Suite de l'histoire le 25 septembre, page 277

24 SEPTEMBRE

Disney PRINCESSES

La Petite Sirène

Une surprise pour Ariel

Ariel se sentait un peu triste. Assise sur le ponton du château, elle regardait la mer. Plongée dans ses pensées, elle ne vit pas Sébastien, Polochon et Eurêka qui s'approchaient. Comme chaque matin, ils venaient rendre visite à leur amie.

– Quoi de neuf, ma petite ? cria Eurêka en atterrissant à côté d'elle. Oh ! Ça n'a pas l'air d'être la joie ! Dis-moi donc ce qui te tracasse et je pourrai peut-être t'aider.

Ariel haussa les épaules mais confia son secret à la mouette, qui lança aussitôt :

– Je vous laisse, les amis, je dois partir, une affaire urgente à régler ! Bye-bye !

Et elle s'envola à tire-d'aile. Ariel, d'humeur chagrine, prit rapidement congé de ses amis pour rentrer au château et faire une longue sieste. À son réveil, le soir tombait déjà.

– Bonsoir, princesse, lui dit le prince Éric lorsqu'elle ouvrit les yeux, j'ai une surprise pour vous. Mettez votre plus belle robe, je vous emmène quelque part.

Heureuse de cette attention, Ariel se hâta de se préparer.

– Vous êtes magnifique, souffla le prince, ébahi, lorsque la princesse fut prête. Fermez les yeux et prenez mon bras !

« Mais où m'emmène-t-il ? se demandait Ariel. S'agit-il d'une promenade en barque ? Ou bien d'un bain de mer au clair de lune ? »

Elle entendait des chuchotis et des rires étouffés.

– Ouvrez les yeux ! dit soudain le prince.

Et c'est ce qu'Ariel fit…

– Oooooooh ! s'écria-t-elle en découvrant le spectacle.

Le petit ponton qu'elle connaissait avait été transformé en un plancher de bal où se pressaient de nombreux invités. Et dans la mer, tout autour de l'embarcadère, tous les habitants du monde sous-marin l'applaudissaient, installés sur de ravissants coquillages nacrés ou juchés sur des bancs d'algues vertes.

Elle reconnut ses sœurs, son père sur son char tiré par des dauphins, et tous ses amis d'autrefois.

– Éric, cria-t-elle en battant des mains, vous êtes merveilleux ! Merci ! Merci ! Mais comment avez-vous su que rien au monde ne pourrait me faire plus plaisir que ce cadeau ?

– Vous avez pour amie une mouette à la langue bien pendue… répondit le prince en riant. Et des amis prêts à tout pour vous rendre heureuse, ajouta-t-il avec un clin d'œil en direction de Polochon et Sébastien. Et maintenant, que la fête commence !

Inutile de vous dire qu'elle fut très réussie et que l'on s'amusa jusqu'à l'aube…

Disney Les Fées

Clochette et la Fée Pirate

Une bataille mémorable

Les fées ont retrouvé le galion pirate ! Tandis que Zarina se bat avec James, les autres fées s'occupent de l'équipage.

Noa, dorénavant fée des Lumières, reflète les rayons de lune dans une longue-vue pour aveugler le pirate qui a récupéré la barre.

– Pauvres idiots ! enrage James tout en combattant Zarina. Ce ne sont que de petites fées ! Arrêtez-les immédiatement !

– Ondine ! Crée une tornade ! dit Vidia en prenant le gouvernail abandonné.

Aussitôt, le vent gonfle les voiles, et le navire vire de bord, s'éloignant de la deuxième étoile. James perd l'équilibre. Il s'égosille :

– Mais récupère la barre, espèce d'incompétent !

Le pirate se redresse, décidé à obéir. Mais Vidia et Clochette l'assomment sous une avalanche de tonneaux ! À cet instant, le cuisinier débouche de la réserve afin de prêter main-forte au reste de l'équipage. Rosélia a un plan. Juchée sur Bébé Croco, elle fonce droit sur le cuisinier.

– Non, pas lui ! Il m'a déjà mordu ! Arrière ! Arrière !

Il lui jette tout ce qu'il peut à la tête… jusqu'au petit réveille-matin de sa mère qu'il utilise comme minuteur. Gloups ! Bébé Croco le gobe d'un seul coup ! Tic-tac ! Tic-tac ! Ses yeux tressautent au rythme des aiguilles, dans son estomac. Le crocodile trouve cela très amusant, apparemment… et crac ! Il mord le pied du cuisinier !

Ils tombent tous deux par-dessus bord. Le cuisinier s'enfuit alors à la nage, Rosélia sourit avec fierté.

De son côté, Zarina continue de se battre contre James :

– Tu es plus costaud que tu en as l'air, gronde-t-il. Cela rend le duel plus intéressant...

Elle semble bien décidée à lui faire regretter ses infâmes manigances, à ce coquin de pirate ! Entre-temps, Clochette, Noa, Iridessa, Ondine, Rosélia et Vidia ont maté l'équipage. Elles n'ont plus qu'à immobiliser le bateau en le mettant à l'ancre ! Le problème, c'est qu'il vole trop haut au-dessus de la mer…

– Les algues ! suggère soudain Rosélia. Iridissa, tu es une fée des Jardins, à toi de jouer !

Iridessa se concentre. Bientôt, les algues surgissent de l'océan et s'élèvent jusqu'à l'ancre, à laquelle elles s'enroulent solidement. Le navire stoppe brutalement sa course. Les fées ont gagné, une fois de plus !

Suite de l'histoire le 27 septembre, page 279

Disney Princesses

Cendrillon

Le meilleur d'entre tous

Un messager venait de porter une invitation urgente au château.

Le Grand Duc la lut à haute voix :

– « La famille royale est conviée au Concours Hippique des Têtes Couronnées. Selon la coutume, l'un d'entre vous participera à la compétition. »

– Moi ! s'écria aussitôt le roi.

– Votre Altesse, protesta le duc. Chaque année c'est pareil et chaque année vous perdez. Qui d'autre pourrait se présenter ?

À ces mots, le prince proposa Cendrillon. Elle était une excellente cavalière ! Le roi accepta de bon cœur et la conduisit aux écuries.

– Cendrillon ! Puisque vous allez remporter le premier prix, il vous faut le plus fringant destrier du royaume. J'ai cent vingt-deux pur-sang. Que les laquais les alignent dans la cour, et choisissez votre préféré !

La princesse poussa un gros soupir. Cent vingt-deux, quel cauchemar ! Pourtant, elle voulut faire plaisir au roi. Elle monta tour à tour ses chevaux favoris, mais ça ne convenait jamais. Trop petit, trop nerveux…

À la fin, Cendrillon eut une idée ; elle courut aux écuries et revint avec Frou, son vieux cheval de ferme.

Le roi plissa le nez, sceptique. Frou ne payait pas de mine !

– Après un peu d'entraînement, il vous étonnera ! affirma Cendrillon.

Mais Frou eut beau s'entraîner six jours durant, il demeurait incapable de sauter les obstacles.

– Ne t'inquiète pas, le rassura Cendrillon la veille de la compétition. Demain, tu t'en sortiras comme un as !

– Bien parlé ! s'écria la Bonne Fée en apparaissant. Frou manque de confiance en lui. Je vais l'aider un peu…

Et elle fit apparaître quatre beaux fers aux sabots du cheval qui hennit, ravi. Elle habilla ensuite Cendrillon d'une superbe robe dorée.

– Oh, merci, marraine ! s'extasia la princesse.

Le lendemain, Frou était transformé ! Il se tenait droit comme un i, très sûr de lui. Si sûr de gagner grâce à ses fers magiques qu'il remporta le premier prix ! Le roi manqua s'évanouir de joie !

Alors Cendrillon caressa la crinière de son vieux cheval adoré et lui chuchota à l'oreille :

– Bravo, Frou, car, en réalité, tes fers ne sont pas enchantés ! Ma marraine la fée te l'a fait croire pour que tu aies confiance en toi. Et te voilà enfin le meilleur d'entre tous pour de vrai !

Disney Les Fées

Clochette et la Fée Pirate

Un combat difficile

Après une longue bataille contre les pirates, les fées pensaient avoir capturé le galion pirate. Mais James s'empare d'un cordage, plonge dans le vide, et libère le bateau emprisonné dans les algues. Puis il remonte à bord, où il capture Clochette et ses amies dans un pan de voile. Zarina essaie d'intervenir, mais c'est peine perdue : le capitaine James la cloue au mât principal en lui plantant son couteau dans la jupe.

– On reprend la route ! déclare-t-il.

Et se réinstallant au gouvernail, il remet le cap sur la deuxième étoile…

À force de se débattre, Zarina parvient à déchirer sa jupe. Vite, elle s'envole vers une poutre qu'elle pousse droit sur James. Frappé en pleine poitrine, il est violemment propulsé contre le mât. Zarina en profite pour lui arracher le flacon de Poussière Bleue qu'il porte en médaillon, puis elle file à la barre, qu'elle fait tourner n'importe comment. Le navire roule sur lui-même dans le ciel, il se retourne, il perd de la Poussière de Fée dorée. Affolé, James tend la main afin d'en récupérer. C'est alors qu'il bascule par-dessus bord !

Mais James étant recouvert de poudre magique, il revient subitement vers la fée en volant, lui reprenant le flacon de Poussière Bleue avant de regagner la barre. Agacée, Zarina lui bondit à la gorge afin de récupérer la fiole. Ils se disputent le flacon qui finit par rouler sur le ponton, tandis que le navire fait une brusque embardée, le capitaine ayant remis le cap sur la deuxième étoile. Sans prendre le temps de souffler, James et Zarina s'élancent de concert sur le flacon. La fée l'atteint la première, mais le pirate s'empare d'un gros crochet, sur le mât. Et se balançant à un cordage grâce à lui, il bouscule Zarina qui s'écroule sous les yeux horrifiés de ses amies. James ramasse alors la fiole qui s'est entrouverte pendant la bataille.

– Tu t'es bien battue, Zarina, mais au bout du compte, j'ai la poudre enchantée et j'ai le navire. Pour toi, l'aventure s'achève ici ! raille-t-il.

Soudain, ils remarquent tous deux un grain de Poussière Bleue, qui scintille sur le pont. Zarina fixe le pirate d'un air de défi et lui jette le grain à la figure ! James étant déjà plein de Poussière de Fée, cette dernière s'emballe au contact de la poudre bleue, et le pirate s'en va en vrille, incapable de contrôler son vol ! Lâchant la fiole, il fuse à travers le navire, heurte le mât, ce qui a pour effet de décrocher le sac où sont prisonnières Clochette et ses amies. Puis il file comme une torpille vers le large et arrive droit sur… le bébé crocodile qui lui mange une main !

Suite de l'histoire **le 29 septembre, page 281**

Disney Princesses

Jasmine

Le bijou de Jasmine

Jasmine et Aladdin volent au-dessus des dunes.
– C'est tellement amusant ! s'écrie Jasmine.

La princesse se cache derrière Aladdin pour s'abriter du vent, essayant tant bien que mal de retenir ses cheveux. Mais alors que ses doigts passent derrière son oreille, elle remarque qu'il lui manque une de ses boucles d'oreille dorées.

– Qu'y a-t-il ? demande Aladdin, en la voyant chercher dans les fils du tapis.

– Rien, juste une boucle d'oreille, dit Jasmine.

– Juste une boucle d'oreilles, répète Aladdin. Un cadeau de ton père ?

– Oui, avoue Jasmine. Ce sont mes préférées. Enfin, elles l'étaient.

– Elles le seront toujours, dit Aladdin, fermement. Nous allons la retrouver. Tapis, au palais ! ordonne-t-il.

De retour dans la vaste demeure, Aladdin et Jasmine cherchent la boucle partout. Ils fouillent les chambres, les jardins et même les fontaines ! Ils s'apprêtent à vérifier aussi les cuisines lorsqu'ils rencontrent Abu.

Aladdin le regarde avec soupçon.

– N'aurais-tu pas vu une boucle d'oreille en or, Abu ?

Abu hausse les épaules mais ne regarde pas son ami dans les yeux. Aladdin comprend qu'il n'est pas étranger à l'affaire. En effet, le petit singe est fou de tout ce qui brille.

– En es-tu bien sûr ? demande Aladdin.

Abu fait signe à son maître de le suivre. Lorsqu'il découvre le lit d'Abu, Aladdin commence à rire. Comment n'a-t-il pas remarqué plus tôt que ce lit était plutôt… gonflé ?

Le petit singe tire les draps, Aladdin n'en croit pas ses yeux. Le lit est parsemé d'objets insolites, tous brillants de mille feux.

Il y a là des cuillères en argent, des timbales, des pièces. Et Abu tire de dessous son oreiller, la boucle d'oreille dorée.

– Tu n'as plus besoin de récupérer tout ce que tu trouves, lui dit Aladdin en riant. Nous ne manquerons plus de rien !

Ils rapportent la boucle à Jasmine.

– Vous l'avez trouvée ! se réjouit-elle.

Elle se penche et donne un baiser au petit singe. Abu rougit jusqu'aux oreilles.

– Tiens, Abu, dit Jasmine. Prends cet anneau en récompense !

Elle fait glisser une bague de son doigt et la tend à Abu qui la met sous son chapeau.

– Abu ne l'a pas vraiment mérité… proteste Aladdin.

Le petit singe lui lance un regard furieux.

– Quoique… il a protégé ton trésor aussi efficacement qu'un coffre-fort !

Disney Les Fées

Clochette et la Fée Pirate

Retour à la Vallée des Fées

Après avoir vaincu les pirates, les fées retrouvent Zarina, émues.

– Cap sur la Vallée des Fées ! proclame Vidia, à la barre.

Et voiles au vent, le navire enchanté opère un majestueux demi-tour dans le ciel du Pays Imaginaire…

Dans l'amphithéâtre, Clark pédale sans relâche sur la machine-à-flocons-de-neige. Il veille comme promis à garder les fées de l'Hiver au frais… quand une ombre immense s'abat sur lui. Il lève la tête et réprime un cri en apercevant le bateau pirate, qui flotte au-dessus de lui.

– Prêt, l'équipage ? demande Zarina, sur le pont.

Dans un ensemble parfait, Clochette et ses amies versent de la poudre magique sur la foule du stade endormie. L'effet du pollen de coquelicot s'estompe et tout le monde se réveille, inconscient d'être tombé dans un profond sommeil. Le navire jette alors l'ancre, les fées se tenant fièrement à la proue avec la fiole de Poussière Bleue.

– Nous avons retrouvé la Poussière Bleue, reine Clarion, dit Clochette en lui tendant le flacon.

– Oh, eh bien j'ignorais que nous l'avions égarée, bredouille la reine.

– Nous avons également retrouvé Zarina ! ajoute Clochette.

Elle pousse l'ancienne gardienne de Poussière de Fée devant elle. La reine Clarion soupire avec tendresse :

– Un trésor mille fois précieux à mon cœur, mes chères fées ! Merci !

– Zarina ? intervient Gary en approchant.

La fée s'immobilise, sur la défensive. Mais Gary la prend dans ses bras en murmurant :

– Te voilà donc de retour chez toi… N'est-ce pas ?

– Oui, Gary ! répond Zarina, des larmes de bonheur inondant ses joues.

– Et je vous signale qu'en ce qui concerne la Poussière de Fée, elle a un sacré talent ! interfère tout à coup Clochette.

– Elle a fait pousser un autre Grand Arbre ! appuie Rosélia.

La reine Clarion et Gary se dévisagent, impressionnés. Puis le gardien en chef interroge :

– Dis-moi, Zarina… Ce talent spécial, que tu es la seule à posséder, quel nom lui donnes-tu ?

La fée hésite, intimidée.

– Le talent de l'Alchimie, finit-elle par répondre.

– Dont je vous recommande une petite démonstration ! insiste Clochette en riant.

La reine Clarion acquiesce.

– Accordé, Clochette. Puisque le public du Festival des Quatre Saisons est déjà là, profitons-en !

Suite de l'histoire le 1er octobre, page 283

Disney Princesses

La Belle au Bois Dormant

Petites fées, grandes idées

30 SEPTEMBRE

Le mariage du prince Philippe et de la princesse Aurore aura bientôt lieu. Les trois fées, Flora, Pâquerette et Pimprenelle veulent offrir le parfait cadeau pour cette occasion.

Voletant devant une énorme boîte en carton, elles sont en grande discussion : il faut prendre une décision.

– Que pensez-vous d'une belle robe rose ? dit Flora, sûre d'elle.

– Et pourquoi pas un carrosse ? suggère Pâquerette.

– Le roi Stéphane leur en a déjà commandé un, proteste Flora. Offrons-lui une robe, vous dis-je !

– J'ai une idée ! crie Pâquerette. Un envol de colombes, juste à la sortie de l'église ! Voilà qui sera parfait !

– Non, elle a besoin d'un diadème assorti à sa robe de mariée, intervient Pimprenelle. Il sera serti de trois joyaux : un rouge pour Flora, un vert pour Pâquerette et un bleu pour moi. Cela rappellera à notre « petite » Aurore l'amour éternel que nous lui portons.

– Une robe est plus pratique qu'une volée de colombes, dit Flora, avec fermeté.

– Mais les colombes sont bien plus romantiques ! gémit Pâquerette.

– Que faites-vous de mon diadème ? râle Pimprenelle, les mains sur les hanches.

Mais ni Flora ni Pâquerette ne font cas de sa proposition.

– Allez, c'est dit, nous lui offrirons une robe, déclare Flora.

– Des colombes ! insiste Pâquerette.

Pimprenelle fait de grands signes désespérés pour attirer l'attention de ses compagnes :

– Si nous choisissions plutôt le… dit-elle.

Ce faisant, elle perd l'équilibre et tombe dans la boîte. Encore une fois, ni Flora ni Pâquerette ne le remarquent.

– Va pour les deux, s'écrie la petite fée de rouge vêtue.

Pâquerette et Flora pointent leurs baguettes vers la boîte et l'aspergent d'étincelles magiques. Un long ruban de satin apparaît, enveloppe la boîte, dessine une boucle et clôt le paquet d'un nœud élégant.

Les voilà prêtes à se rendre au château. Mais où est passée Pimprenelle ?

– Elle a dû partir en tête, dit Flora.

Arrivées au palais, les deux fées déposent le paquet devant la princesse. Lorsque Aurore tire le ruban, Pimprenelle jaillit de la boîte.

Elle tend à la jeune fille un splendide diadème, scintillant de rouge, de vert et de bleu.

– Oh, merci, mes tendres amies ! dit Aurore. Ce bijou est parfait !

Pimprenelle regarde Flora et Pâquerette et dit avec un grand sourire :

– C'est exactement ce que je pensais !

Disney Les Fées

Clochette et la Fée Pirate

1 OCTOBRE

Le spectacle multicolore

Quelle journée splendide ! Le Festival des Quatre Saisons reprend. Au centre de l'amphithéâtre, le couvercle de la boîte se soulève et Clochette, Noa, Rosélia, Ondine, Iridessa et Vidia en sortent, Zarina au milieu d'elles.

Elle pêche de la Poussière Multicolore dans son sac et en jette une poignée sur Clochette. Sa robe redevient verte ! Clochette fonce s'occuper du mécanisme de la boîte à musique, et le spectacle continue… Zarina asperge de poudre Rosélia, qui retrouve sa robe rose et son talent des Jardins. Puis, Zarina se tourne vers Noa, la saupoudre de Poussière Multicolore à son tour. Sa tenue reprend son ton orangé naturel.

Clochette commande alors l'ouverture d'un deuxième panneau, dans la boîte à musique, et Noa y fait danser une myriade de papillons ! Zarina rend ensuite sa robe bleue à Ondine. Clochette déclenche donc un autre panneau, et Ondine conduit un ruban d'eau dans les airs, le transformant en sphères et en anneaux ! Zarina arrose maintenant Iridessa de poudre colorée. Retrouvant sa robe jaune, la fée des Lumières joue avec un rayon de lune. Clochette ouvre alors un quatrième panneau de la boîte à musique, dont surgissent cette fois un diamant et des miroirs. Le rayon de lune se démultiplie dans le prisme du diamant, se reflétant à l'infini dans le ruban d'eau et les miroirs. Zarina souffle enfin une pincée de Poussière Multicolore sur Vidia. Vêtue de son ensemble violet, la Voltigeuse virevolte autour de la boîte à musique, faisant pivoter les miroirs à toute vitesse, créant mille reflets chatoyant sur la foule !

Tout le monde applaudit, et Zarina salue le public en compagnie de ses amies. Oui, la voilà enfin de retour à la maison… et pour de bon !

Non loin de là, un vaisseau rouge et noir approche les rives du Pays Imaginaire…

– Un homme à la mer ! hurle un marin à bonnet rouge et petites lunettes rondes.

Il vient de repérer le capitaine James, flottant dans la mer sur un morceau de mât brisé, auquel il s'agrippe grâce à un gros crochet…

– Donnez-moi un coup de main pour grimper à bord, demande-t-il au marin.

– Oh, mais certainement ! Je suis monsieur Mouche. Et vous ?

– Je veux que l'on m'appelle Crochet, désormais. Et foi de capitaine Crochet, je vous garantis que l'aventure ne fait que commencer !

Disney Princesses

Blanche-Neige et les Sept Nains

Une danse avec la mariée

Quel magnifique mariage ! Le soleil brille, les cloches de l'église sonnent à toute volée et la mariée est la plus belle qui soit. La population des environs est venue assister à la cérémonie. Les Sept Nains, assis au premier rang, essuient leurs larmes de joie avec de grands mouchoirs. Un gigantesque banquet suivi d'un grand bal sont organisés au château. Les invités sont annoncés au fur et à mesure de leur arrivée.

– Prof, Joyeux, Atchoum, Timide, Grincheux, Simplet et Dormeur, crie le page alors que les Sept Nains entrent dans le salon d'honneur, ébahis par tant de splendeur.

– Grrllp ! fait Timide, en se cachant derrière Prof, impressionné par le marbre et les chandeliers qui ornent la pièce.

C'est alors qu'une sonnerie de trompes retentit. La princesse entre aux bras de son époux.

L'orchestre commence à jouer et le prince l'invite à danser la première valse.

Les nains soupirent. Ils ne peuvent détacher leurs yeux de Blanche-Neige.

– Cela doit être merveilleux de danser avec elle, n'est-ce pas ? dit Joyeux.

Cela donne une idée à Prof. Il entraîne ses compagnons vers le vestiaire et emprunte quelques effets.

– Atchoum, ne bouge pas ! explique-t-il. Timide, grimpe sur ses épaules ! Toi, Simplet, tu feras la tête du danseur.

Alors que la pyramide de nains tangue dangereusement, Prof l'enveloppe d'un grand manteau et le boutonne jusqu'au cou de Simplet. Le drôle de danseur tremble de tout son corps quand il s'avance dans la salle de bal vers Blanche-Neige.

– M'accorderez-vous cette valse ? demande la voix étouffée de Timide.

– Bien sûr ! dit Blanche-Neige qui rit en voyant cette tour branlante.

Alors que la musique commence, Blanche-Neige et son partenaire font quelques pas sur la piste en essayant de garder l'équilibre.

– Ce manteau me chatouille ! couine Atchoum.

Simplet, lui, vit le plus beau jour de sa vie. Mais soudain, les nains entendent un bruit qui leur glace les sangs.

– Ah… Ah… Ah…

– Accrochez-vous les gars ! cria Prof.

– Atchooouououm !

Le danseur perd l'équilibre et vient voler au-dessus de la table du banquet.

– Je vous tiens ! dit le prince en attrapant le trio. Voulez-vous bien finir cette danse avec moi ? ajoute-t-il à sa bien-aimée.

Blanche-Neige répond en riant :

– Avec joie !

Disney Les Fées – Clochette et le Secret des Fées

La forêt interdite

Dans la Vallée des Fées, ce pays où règne la magie, les saisons continuent d'exister, d'un bout à l'autre de l'année.

Fées de l'Hiver d'un côté, fées de l'Automne, du Printemps et de l'Été de l'autre. Elles ont beau vivre séparées, cela ne les empêche pas de s'entraider…

Ainsi, ce jour-là, les fées Bricoleuses de l'Automne réalisent des paniers destinés à leurs amis de l'Hiver.

Comme à son habitude, Clochette met tout son cœur à l'ouvrage. Mais quelque chose la titille. Elle ne peut s'empêcher d'en parler à Clark et Gabble, occupés à tresser de jolis paniers.

– C'est injuste ! Nous n'aurons même pas le droit de livrer ces jolis paniers que nous avons mis tant de temps à fabriquer ! s'agace Clochette.

Depuis très longtemps, Clochette rêve secrètement de pouvoir visiter la forêt d'Hiver. Mais il est interdit aux fées des saisons chaudes de franchir le pont les séparant de l'hiver. Ce serait trop dangereux : leurs ailes ne tiendraient pas le choc devant une météo si glaciale. Comme si de rien n'était, elle propose à Noa de l'accompagner jusqu'à la frontière. Son amie doit aider des animaux à passer de l'autre côté : lapins, marmottes, biches…

– Mais nous n'avons pas le droit de les suivre ! lui rappelle toutefois Noa, sur le pont qui sépare les saisons.

Juste après, Noa aperçoit une marmotte qui a déjà commencé à hiberner.

– Oh non, tu dois faire ça en hiver ! lui dit-elle. Allez, réveille-toi, tu ne peux pas dormir ici !

Pendant que son amie a le dos tourné, Clochette en profite pour avancer sur le pont. À chaque pas, l'air devient de plus en plus piquant et froid. Mais il en faudrait bien plus pour décourager la petite fée. L'envie de découvrir ce monde inconnu est trop forte…

Clochette est décidée, elle ne veut plus reculer, la petite fée est fin prête à partir.

En posant un pied sur le sol gelé, Clochette écarquille les yeux, émerveillée. C'est encore plus beau qu'elle ne l'avait imaginé. Ébahie, la fée Bricoleuse contemple la valse légère des flocons qui voltigent dans les airs. Elle en oublie le froid, et le fait qu'elle n'a absolument pas le droit d'être là !

Soudain, ses ailes se mettent à scintiller. C'est un instant magique pour Clochette… Le plus beau moment de sa vie !

Suite de l'histoire le 6 octobre, page 288

Disney Princesses

Mulan

Une bonne équipe

– Allez, Khan, plus vite ! chuchota Mulan à son cheval.

Le destrier leva une oreille en direction de Mulan, mais il ne changea pas d'allure. Mulan haussa les épaules. Elle était heureuse d'avoir de la compagnie, même si Khan ne semblait pas vraiment apprécier la sienne. Elle pouvait à peine croire qu'elle était en train de chevaucher à travers bois pour rejoindre l'armée de l'empereur.

Mais qu'aurait-elle pu faire d'autre ? Si elle n'avait pas pris la place de son père très âgé, il aurait été forcé d'aller au combat.

– Tout se passera bien, dit-elle à Khan.

Mais le cheval s'arrêta brusquement, au risque de faire tomber la cavalière.

– Huh ! cria-t-elle. Qu'est-ce que tu fais ?

Elle lui donna de petits coups de pied dans les flancs.

Mais au lieu d'avancer, le puissant destrier recula de quelques pas, son corps massif tremblant de peur.

Mulan regarda devant elle. À quelques mètres, un fossé profond barrait le chemin.

– C'est ça, qui te fait peur ? demanda Mulan au cheval. Ne sois pas têtu ! Ce fossé n'est pas profond ! Tu peux sauter par-dessus !

Elle lui donna de nouveau des coups de pied et alla même jusqu'à arracher un rameau sur une branche pour frapper son arrière-train.

Mais le cheval ne fit pas un pas de plus.

Mulan ne voyait absolument pas ce qu'elle pourrait faire d'autre. Désespérée, elle s'affala sur le cou de Khan.

– Et maintenant, qu'allons-nous faire ? dit-elle.

Elle n'avait pas le choix. Se laissant glisser le long de l'échine du cheval, elle se dirigea vers le fossé. À sa grande surprise, Khan la suivait.

Mulan en avait le souffle coupé. Comment un destrier aussi gros, aussi puissant et fort, pouvait-il compter sur elle pour l'aider à franchir ce fossé dont il avait si peur ?

– Allons-y ! dit-elle, en saisissant la bride.

Le cheval accepta d'avancer avec Mulan et il se retrouva au bord du fossé.

– C'est le dernier pas qui coûte ! le prévint Mulan.

En tenant les rênes, elle sauta par-dessus le fossé. Pendant quelques instants, elle craignit qu'il refuse de la suivre. Mais il sauta. Mulan fut projetée en avant, tandis que Khan atterrissait à dix pas du fossé.

– Bravo ! dit Mulan, en donnant de petites tapes à son cheval. Nous devrions faire une bonne équipe, tous les deux !

Disney Princesses

Cendrillon

Une vraie princesse

Depuis qu'elle est devenue princesse, Cendrillon revient souvent au village s'occuper des orphelins. Parmi les établissements qu'elle visite chaque semaine, la Pension Walter est sa préférée.

– La princesse arrive ! s'écrient ce matin-là les jeunes élèves en apercevant le carrosse de Cendrillon.

Emma, la petite nouvelle, écarquille les yeux, émerveillée par la beauté de la princesse qui vient leur annoncer une bonne surprise :

– Je vous convie toutes à une grande fête au château, samedi. J'ai demandé aux couturières royales de vous confectionner des robes de bal pour l'occasion !

– Oh, merci, Votre Majesté ! applaudissent les fillettes, ravies.

Cendrillon les embrasse en riant, puis repart peu après.

Le jeudi suivant, alors que les élèves de la pension se promènent sur la colline du château, Emma ne pense qu'à la fête. Elle est si impatiente que lorsqu'un groupe de couturières se présente à la porte du palais, Emma se glisse derrière elles et entre en cachette…

– Oh ! s'exclame-t-elle, fascinée par les coupons de soie chatoyante de l'atelier de couture.

Croyant qu'elle vient pour essayer sa tenue de bal, les modélistes lui enfilent une robe brodée de dentelle. Emma est enchantée !

Quand Cendrillon passe à son tour inspecter le travail des couturières, elle pense que ce sont elles qui ont invité Emma pour les mesures.

– J'aimerais être une princesse, dit la fillette. Je me ferais fabriquer des tas de jolies robes !

Cendrillon lui explique qu'en réalité, une vraie princesse pense d'abord aux autres. Et elles partent livrer ensemble des colis de vêtements et de jouets à la Pension Walter. La directrice est soulagée de retrouver enfin Emma, qui avoue s'être faufilée dans le palais par pure curiosité…

– Viens demain, lui propose alors Cendrillon. Tu verras à quoi ressemble une journée de princesse !

Emma accepte sans hésiter. Elle découvre ainsi que Cendrillon travaille beaucoup à aider les habitants du royaume… Ou à organiser la grande fête de samedi !

– Mes amies rêvent d'une pièce montée, ose soudain réclamer la fillette qui souhaite faire plaisir aux petites pensionnaires.

– Entendu, promet Cendrillon. Tu vois, Emma, tu penses d'abord aux autres. Tu es une fille généreuse et c'est ce qui fait une vraie princesse !

Disney Les Fées
Clochette et le Secret des Fées

Le scintillement mystérieux

Dans la Vallée des Fées, toutes les saisons sont représentées. Les fées du Printemps, de l'Été et de l'Automne se côtoient au quotidien. Seules les fées de l'Hiver sont isolées.

C'est bien pour cette raison que Clochette rêve de rendre une petite visite aux fées de l'Hiver ! Mais pourtant, elle n'en a absolument pas le droit ! À ses risques et périls, Clochette a traversé le pont qui la sépare du monde d'Hiver. Soudain, ses ailes se mettent à scintiller, et au loin, elle entend un son étouffé. Le rire d'un bébé…

À cet instant, Noa l'attrape avec son lasso, et la ramène en automne, en la sermonnant copieusement.

– Je t'avais prévenue ! Nous ne sommes pas autorisées à traverser la frontière.

Mais sa colère s'envole aussi rapidement qu'un flocon. Les réprimandes attendront. Clochette, dont les ailes sont frigorifiées, a d'abord besoin d'être soignée.

Noa se dépêche de l'emmener à l'infirmerie, où une fée Guérisseuse entreprend de réchauffer les ailes de Clochette à l'aide d'une lampe spéciale. Bientôt, ses amies accourent à son chevet. Elles sont toutes mortes d'inquiétude. Pour une fée, perdre ses ailes est la pire chose qui puisse arriver…

Les soins prodigués font des merveilles, à la plus grande joie de la petite assemblée. Ouf, Clochette l'a échappé belle.

Cependant, la malade semble toujours préoccupée. Lorsqu'elle se trouvait à l'entrée de la forêt d'Hiver, quelque chose d'étrange s'est passé : le scintillement…

– Cela doit être dû à la lumière qui se réfléchit dans la neige, commente la fée Guérisseuse.

Clochette n'est pas très convaincue par cette explication. Son instinct lui souffle qu'il doit y avoir une autre explication…

Bien décidée à résoudre ce mystère, Clochette se rend à la Bibliofée. Au bout d'un moment, elle met la main sur le livre qu'elle cherche. Malheureusement, en l'ouvrant, elle constate que certaines pages sont en partie grignotées par un vermisseau ! Elle demande alors conseil à un homme-hirondelle qui se trouve là.

– Tu devrais consulter le gardien des Connaissances Féeriques, lui répond-il. Lui seul serait capable de t'aider.

Oui, mais il vit dans la forêt d'Hiver. Décidément, tous les chemins semblent mener Clochette vers le pays de l'Hiver…

Suite de l'histoire le 8 octobre, page 290 ➡

Disney Princesses

La Belle et La Bête

Vive la pluie !

Il pleuvait à verse depuis une semaine. Au château de la Bête, on commençait sérieusement à s'ennuyer… Belle rêvait de sortir se promener à cheval. Lumière et Big-Ben avaient terminé les corvées de rangement. Madame Samovar celles de ménage. Et Zip ne savait plus comment s'amuser…

– Je suis le seul à n'avoir rien à faire, gémit-il.

Belle réfléchit et réfléchit encore. Mais elle n'avait plus aucune idée de jeu à proposer à son ami ! Big-Ben et Lumière réfléchirent aussi. Mais ils n'avaient plus aucune tâche ménagère à partager avec Zip.

Alors, Madame Samovar s'étonna :

– Comment peut-on manquer à ce point d'imagination ? La Bête ne rentre pas de voyage avant demain. Profitons-en pour nous détendre et nous distraire !

– On peut compter les secondes qui passent, soupira Lumière en fixant le cadran de Big-Ben.

– On peut souffler les bougies qui fondent, renchérit Big-Ben en éteignant les chandelles de Lumière.

– On peut organiser un goûter élégant ! s'exclama Madame Samovar.

Tout le monde accepta sans hésiter. Enfin un peu d'action dans la maison !

Et Belle monta vite à sa chambre se préparer. Sur les conseils de son armoire enchantée, elle choisit un beau chapeau jaune printanier, une robe de mousseline assortie et de longs gants dorés. Entre-temps, Lumière et Big-Ben mirent le couvert de porcelaine fine et posèrent de coquets bouquets de fleurs sur la table du salon. Tandis qu'en cuisine, Madame Samovar préparait des cakes aux cerises et chauffait l'eau pour le thé.

– Il n'empêche que moi, je ne fais toujours rien, rouspéta Zip.

– Patience, mon chéri, murmura Madame Samovar.

Et elle lui chuchota quelque chose à l'oreille. Aussitôt, Zip cria « hourra ! » en sautillant au salon. Il bondit sur la table, s'installa bien droit dans une soucoupe et enfin, Belle arriva pour le goûter. Lumière la conduisit à sa place.

– Oh ! tout est si bien préparé ! Les assiettes, les fleurs, les gâteaux, le thé… et Zip !

La petite tasse gloussa de joie quand Madame Samovar vint lui verser le thé de Belle. La jeune fille but d'une traite et s'extasia :

– C'est le meilleur thé de toute ma vie ! Merci, Zip, de si bien remplir ta mission !

– J'espère qu'on organisera des goûters élégants plus souvent, répondit-il

– Oui, et vive la pluie ! conclurent en chœur ses amis.

Disney Les Fées

Clochette et le Secret des Fées

Une petite fée têtue

Ce matin-là, Clochette enfile son manteau le plus chaud, toujours assorti à sa tenue, en prenant bien soin d'emmitoufler ses ailes pour qu'elles n'attrapent pas froid.

Après avoir accroché un dernier détail – une paire de pompons blancs sur ses souliers –, la fée fourre le livre qu'elle a emprunté à la Bibliofée dans sa besace.

Évidemment, il lui est impossible de voler ainsi habillée. Elle s'en rend vite compte après une petite chute ! Mais Clochette n'est jamais à court d'idée. Avec agilité, elle se hisse à l'intérieur d'un panier à flocons, préparé dans son monde pour être livré dans le royaume de l'Hiver.

C'était sans compter sur Gabble et Clark qui l'aperçoivent. Ces derniers tentent de la dissuader.

Vouloir se rendre dans la forêt d'Hiver est un projet des plus risqués !

Mais la fée Marie donne déjà le signal de l'envol, et une chouette se charge de prendre le panier dans lequel se trouve Clochette. Un moment déstabilisé, l'oiseau finit par emporter la fée Bricoleuse, loin dans le ciel…

Après quelques instants, Clochette sent un vent glacial lui fouetter le visage. Lorsqu'elle lève les yeux, elle aperçoit une magnifique vallée enneigée qui s'étale à perte de vue.

– J'y suis arrivée ! s'écrie-t-elle, victorieuse. Que c'est beau !

Mais, un homme-hirondelle des Animaux, nommé Surf, ne tarde pas à approcher.

– Prêt pour la chute ? demande-t-il à l'oiseau.

Panique à bord ! D'abord hésitante, la chouette amorce un grand plongeon dans le vide, avant de lâcher le lourd panier, comme elle le peut…

Le panier tombe droit sur un beau tas de flocons, en les éparpillant.

Pendant que des fées s'affairent à les ramasser, Clochette n'a qu'une idée en tête : récupérer son livre, éjecté durant l'atterrissage. Par chance, le seigneur de l'Hiver regarde ailleurs. Clochette tend le pied avec concentration pour attraper le précieux ouvrage. Mais le livre glisse sur le sol gelé, tant et si bien qu'il termine sa course aux pieds du souverain ! Un rien surpris, ce dernier charge Surf de l'emporter au gardien afin qu'il le renvoie d'où il vient.

Oh, non ! Le livre de la pauvre Clochette disparaît sous ses yeux… La forêt de l'Hiver est vraiment un endroit fascinant et inaccessible !

Suite de l'histoire le 10 octobre, page 292

Disney Princesses

La Belle au Bois Dormant

Choix difficiles

Dames Pimprenelle, Pâquerette et Flora avaient élevé Aurore avec amour. La jeune fille s'apprêtait à présent à épouser le prince Philippe. Tout naturellement, les trois Bonnes Fées demandèrent la permission d'organiser la cérémonie.

– Ce sera un honneur, acceptèrent de grand cœur le roi et la reine. Le mariage aura lieu dans un mois.

Les fées éclatèrent de rire : un mois ! C'était bien plus qu'il leur en faudrait ! Elles avaient pourtant hâte de commencer. L'après-midi même, elles dressèrent la liste des choses à faire… et à ne pas oublier !

– Songeons aux invitations, remarqua Flora.

– Au bouquet de la mariée, ajouta Pâquerette.

– Au gâteau, renchérit Pimprenelle.

Bien sûr, le bal serait grandiose. Avec un feu d'artifice créé spécialement pour l'occasion.

– Il y a aussi et surtout la robe de mariée ! s'écria soudain Flora. Notre petite princesse devra être éblouissante !

Et, dès le lendemain, les trois marraines d'Aurore décidèrent de préciser un peu leurs projets. Pour le bouquet, il existait tant de belles fleurs… Comment choisir ?

– Nous avons bien le temps, nota Pimprenelle. Occupons-nous des invitations.

Mais il y avait tant de jolies couleurs de papier… Comment choisir ?

– Nous verrons plus tard, décida Pâquerette. Occupons-nous du gâteau.

Mais entre la vanille, la fraise, la chantilly, le chocolat… Comment choisir ?

– Nous réfléchirons après, décréta Flora. Occupons-nous de la robe.

Mais entre la soie, le satin, le rose, le blanc, le bleu… Comment choisir ?

Tant et si bien qu'un mois passa… et rien n'était prêt ! Quelle honte, pour les fées : le jour même du mariage, elles durent recourir à la magie. Mais tout était si précipité que leur magie s'emballait… Le gâteau mesurait dix mètres de haut, les invitations étaient écrites à l'envers, la traîne de la robe traversait toute la forêt…

– Pas de panique, lança Flora. Utilisons la magie de la dernière chance !

Et, d'un coup de baguette magique, les fées remontèrent le temps. Le royaume se retrouva un mois en arrière, sans que personne ne se souvienne de rien !

– Vos préparatifs avancent bien, chères fées ? leur demanda la reine.

– Ils avancent bien, pouffèrent-elles alors en chœur. Avec nous, tout sera toujours prêt en temps et en heure !

Disney Les Fées
Clochette et le Secret des Fées

La rencontre magique

10 OCTOBRE

Clochette vient tout juste de franchir la frontière interdite et d'arriver dans la fascinante forêt d'Hiver. Surf est chargé d'apporter un livre tombé d'un panier au gardien. Ce qu'il ne sait pas, c'est que c'est Clochette qui l'a rapporté de la Vallée !

Clochette doit agir, et vite ! Elle suit Surf jusqu'au palais d'Hiver, puis attend son départ pour se faufiler à l'intérieur…

Là, face au gardien, Clochette aperçoit l'ombre d'une fée aux ailes scintillantes. Clochette n'en croit pas ses yeux : ses propres ailes se sont mises à briller, elles aussi ! L'autre fée, qui répond au joli nom de Cristal, la considère avec ravissement. Quant au gardien, une fois sa stupeur passée, il ne tarde pas à comprendre. Il les conduit dans une autre salle et commence à leur expliquer…

Comme chacun le sait, les fées naissent grâce aux premiers rires des bébés. Des années auparavant, l'un de ces rires s'était séparé en deux, donnant vie à deux fées, l'une en Automne, l'autre en Hiver.

Ainsi, Clochette et Cristal étaient sœurs !

– Voilà pourquoi vos ailes scintillent, explique le Gardien qui s'appelait Darwin. Elles sont identiques !

Très vite, les fées découvrent qu'elles ont beaucoup en commun, et notamment leur amour des pompons.

Tout à coup, la voix de Lord Milori retentit entre les murs du palais. Les fées, affolées, filent se cacher.

– Gardien ? Vous êtes ici ?

Depuis qu'il a trouvé le livre à ses pieds, le seigneur s'inquiète : l'objet n'a pas pu voyager tout seul jusqu'à la forêt d'Hiver !

– Darwin, si une fée des saisons chaudes vient vous voir, vous devrez la renvoyer chez elle, immédiatement ! Personne n'a le droit de franchir la frontière.

L'ordre est sans équivoque : Clochette doit partir. Mais les deux sœurs sont tellement heureuses. Quel doux sentiment de savoir qu'on n'est plus seule, qu'il existe dans le monde quelqu'un qui vous comprend parfaitement… Aussi, le gardien n'a pas le cœur de les séparer. Il les autorise à passer un peu de temps ensemble, avant le départ de Clochette.

Les deux sœurs Clochette et Cristal sont ravies et profitent du reste de la journée à s'amuser comme deux petites… fées !

Suite de l'histoire le 12 octobre, page 294

Disney Princesses

Blanche-Neige et les Sept Nains

Une mystérieuse fée du logis

Depuis que Blanche-Neige a épousé le prince charmant, elle ne s'occupe plus de corvées ménagères. D'ailleurs, quand elle rend visite aux Sept Nains, ils refusent qu'elle les aide à la chaumière. Pas question qu'une princesse lave leurs chaussettes !

– Pourtant, je suis la même Blanche-Neige qu'avant ! leur répète-t-elle.

– Alors, d'accord pour que vous nous prépariez une soupe, répondent en chœur les petits hommes de la forêt, trop gourmands pour résister.

Blanche-Neige adore leur faire la cuisine. Cependant, ce n'est pas ce qui entretient leur maison, de plus en plus sale et mal rangée !

Aussi, un matin, la princesse se cache derrière un buisson, tout près de la chaumière. Quand les Sept Nains partent à la mine de diamants, elle se glisse chez eux en secret afin d'y faire un brin d'ordre et de nettoyage.

– Ils auront une belle surprise, en rentrant ce soir ! se réjouit la princesse.

Heureusement, ses amis les animaux répondent tous présents à l'appel. Sans eux, elle n'y arriverait jamais ! Elle commence par ouvrir les fenêtres. Et le bon air frais du matin entre par bouffées printanières dans la maisonnette.

– Passons maintenant aux choses sérieuses ! déclare Blanche-Neige. Je balaie le parquet avec les lapins. Les écureuils époussettent avec leur queue, les faons lavent la vaisselle, les oiseaux chassent les nombreuses toiles d'araignées !

Ensuite, elle monte à l'étage retaper les sept lits. Voilà, le travail est presque terminé ! Il reste encore la touche finale : cueillir des fleurs pour décorer la chaumière. Et des fruits pour préparer le dessert.

Soudain, la mésange siffle dans le grand chêne. Vite, les Sept Nains reviennent ! Blanche-Neige sort de la chaumière, et les espionne par la fenêtre…

– Oh ! qui a fait ça ? s'exclame Prof, ravi.

– C'est tout propre, et le dîner est prêt ! renchérit Joyeux.

– Puisque aucun de nous ici n'est une fée du logis, ce sont forcément les animaux qui ont imité notre chère Blanche-Neige ! en déduit Prof.

Et, en guise de remerciements, ils les invitent tous à partager leur succulent repas, sans oublier le dessert : de la tarte aux fruits !

Blanche-Neige retourne alors gaiement au château. Son plan a fonctionné à merveille : les Sept Nains sont contents… et les animaux récompensés de leurs gentils efforts !

Disney Les Fées
Clochette et le Secret des Fées

Comment se retrouver ?

Clochette et Cristal sont enfin réunies ! Les deux sœurs veulent profiter au maximum des heures que Darwin leur a gracieusement accordées. Elles parlent sans discontinuer, chacune voulant tout savoir de l'autre.

Cristal emmène Clochette visiter la forêt d'Hiver. Au programme : courses en luges glacées, avec ses amis Schuss et Ballerine ! L'après-midi passe en un éclair. Les deux sœurs s'entendent si bien…

Le soir venu, le froid s'accentue. Clochette allume un feu et les fées peuvent ainsi discuter jusque tard dans la nuit. Curieuse, Cristal interroge sa sœur sur l'endroit où elle vit et Clochette lui parle de toutes les belles choses qui l'entourent.

À l'écouter, ça paraît si beau ! Cristal rêve de pouvoir un jour les voir, en vrai. Hélas ! Les rêves ne deviennent pas toujours réalité, et quand la maison de Cristal commence à fondre à cause du feu allumé par Clochette, les deux sœurs doivent se séparer.

– Lord Milori a raison : franchir la frontière est trop dangereux, affirme le gardien.

Tandis qu'il surveille Fiona, son lynx des neiges, Clochette murmure quelques mots discrets à l'oreille de Cristal…

De retour dans la Vallée des Fées, Clochette sait où aller. Chez Gabble et Clark. Mais en approchant de leur maison, elle se retrouve prisonnière d'un filet ! Il s'agit de leur dernière invention : un piège à trolls. Ces deux-là se montrent toujours très ingénieux. Une fois libérée, Clochette leur annonce la raison de sa venue : elle a un service à leur demander…

Ensemble, ils se mettent au travail, et très vite, d'autres amis viennent leur donner un coup de main. Clochette a beau essayer de ne pas parler de Cristal, son secret est trop gros pour pouvoir être gardé ! Elle raconte son incroyable journée à ses amis, qui l'écoutent, stupéfaits. Ainsi, Clochette a une sœur, et en plus, elle est…

– Extraordinaire ! soupire la fée Bricoleuse.

À travers ses paroles, on sent à quel point elle l'aime déjà…

Le lendemain, à l'heure convenue, Cristal rejoint la frontière, avec ses amies les fées du givre et un énorme bloc de glace. Quand Clochette, Clark et Gabble arrivent à leur tour, avec un drôle d'appareil, les fées de l'Hiver sont d'abord étonnées. En l'observant plus attentivement, elles finissent par comprendre : un canon à neige pour refroidir Cristal, quelle brillante trouvaille !

Suite de l'histoire **le 15 octobre, page 297**

Disney Princesses

Cendrillon

La course dans le vent

Jac et Gus sont inquiets. Le vent souffle de plus en plus fort, aujourd'hui. Ils préféreraient que Cendrillon ne sorte pas du château…

– Je dois aller chercher mon nouveau chapeau, pour le bal du Grand Duc, demain, dit-elle en enfilant sa cape d'étamine de laine.

– Tu serais très belle même avec un simple chignon, affirme Jac.

– Oh, non ! proteste Cendrillon. La modiste du village m'a confectionné un chapeau sur mesure, pour aller avec ma robe de velours bleu. Ce sera magnifique !

Et elle court rejoindre sa dame de compagnie, qui l'attend déjà à la grille du château. Elles descendent rapidement la colline jusqu'au village, où tout le monde salue Cendrillon au passage.

– Avant d'épouser le prince, je faisais les courses ici, explique-t-elle à sa dame de compagnie.

Peu après, chez la modiste, Cendrillon est si enchantée, en essayant son nouveau chapeau, qu'elle ne veut même plus l'enlever !

– Je le garde pour rentrer, déclare-t-elle en l'achetant. C'est exactement le chapeau dont je rêvais !

Mais en quittant la boutique, cependant, la princesse note que le vent a encore forci. Elle décide d'ôter son chapeau avant qu'il ne s'envole… lorsqu'une bourrasque le lui soulève de la tête !

– Mon chapeau ! s'écrie Cendrillon en lui courant après.

Il danse et flotte haut devant elle, comme une feuille ballottée par le vent ! Sans hésiter, les villageois s'élancent à leur tour derrière le chapeau. D'autant que le vent emporte aussi le tablier de la fleuriste, la casquette du boucher, un foulard qui séchait sur une corde à linge… Cendrillon se rend compte à quel point ils doivent avoir l'air comique, à courir ainsi après cette ribambelle d'objets ! Mais quand le vent retombe soudain – plouf ! –, son chapeau plonge droit dans la rivière. Un pêcheur le récupère en vitesse mais le chapeau est tout déformé, maintenant… et un poisson frétille à l'intérieur ! À la surprise générale, Cendrillon éclate de rire :

– J'ai perdu mon chapeau, mais je ne regrette pas cette incroyable course dans le vent ! On s'est bien amusés, non ?

Et pour finir en beauté cette journée peu ordinaire, elle invite tous les villageois à dîner au château !

– Tu sais, Cendrillon, lui confie alors le prince, ce soir-là. Moi, je te préfère avec un simple chignon…

Et Jac se rengorge de fierté !

Disney Princesses

La Belle et La Bête

Un bal bien spécial

Belle voulait fêter la rénovation de l'aile gauche du château par un grand bal. Il ne restait plus que quelques fauteuils à restaurer, et tandis que les tapissières brodaient et recapitonnaient les coussins, Belle réfléchissait au thème de sa réception.

– Je voudrais une idée bien spéciale, pour la réouverture du salon d'apparat…

Soudain, une couturière trouva un objet, caché sous l'assise d'un vieux fauteuil. Une clef en or ciselé !

– Elle ne ressemble pas aux autres clefs du château, remarqua Belle. Elle ouvre peut-être une porte dérobée ? La porte… du passage secret !

Le prince lui avait parlé d'une pièce mystérieuse, qui apparaissait sur les plans du château… mais qu'ils n'avaient pas trouvée !

– Cette clef prouve qu'elle existe ! en conclut Belle.

Et elle courut chercher le prince afin de mieux inspecter le salon d'apparat.

– Ça alors ! nota Belle. À la fenêtre de gauche, il fait grand soleil. Et à celle de droite, le ciel est gris ! Quel temps fait-il, aujourd'hui ?

– Il pleut, répondit le prince en approchant de la fenêtre de gauche. Regarde : cette fenêtre est fausse, c'est une peinture en trompe-l'œil !

En l'examinant à son tour, la jeune fille découvrit une petite serrure, dissimulée derrière la tenture. Vite, elle y glissa la clef en or… La fausse fenêtre s'ouvrit aussitôt !

– C'était la porte de la pièce secrète ! murmura le prince en entrant avec Belle.

La salle immense contenait des centaines de déguisements fabuleux !

– Oui, je me rappelle ! s'exclama le prince. Dans leur jeunesse, mes grands-parents organisaient ici des bals costumés. C'était l'événement de l'année, on y venait de tout le royaume !

– Merveilleux ! applaudit Belle. Mon bal sera donc un bal masqué !

La jeune fille y convia son père, l'inventeur du village. Elle lui prêta une toge de magicien. Avec l'aide de Madame de Garderobe, elle choisit pour elle de magnifiques ailes de papillon. Quant au prince, il se déguisa en cachette, mettant Belle au défi de le reconnaître ! Le soir venu, elle n'hésita pas un instant : impossible de confondre ces yeux si bleus, derrière le masque de ce beau mousquetaire…

– Je t'ai reconnu ! rit-elle en se jetant dans les bras du prince.

Et tous deux s'élancèrent dans la valse, ouvrant ainsi le premier bal masqué de la nouvelle aile gauche du château !

Disney Les Fées
Clochette et le Secret des Fées

La visite de Cristal

Clark et Gabble ont fabriqué un canon à neige permettant à Cristal de voyager dans la Vallée sans prendre de risques. Les deux compères n'ont plus qu'à charger la glace dans la machine, et le tour est joué ! Un instant plus tard, le bloc se transforme en une jolie neige, poudreuse à souhait.

– Tu as réussi ! s'écrie Cristal, folle de joie.

Grâce à cette invention, elle va pouvoir réaliser son rêve et visiter le monde de Clochette !

La fée de l'Hiver se met à virevolter gaiement dans la cascade de flocons, sous le regard comblé de sa sœur. Les amis de Clochette sont eux aussi enchantés d'accueillir Cristal, et ils meurent d'impatience de la présenter à la reine Clarion.

– C'est sûr, quand elle apprendra la vérité, la reine obligera Lord Milori à changer ses règles, déclare Clochette.

Maintenant qu'elle a une sœur, la fée Bricoleuse est bien décidée à ne plus jamais la quitter. Au fur et à mesure de sa visite, Cristal n'a pas assez d'yeux pour tout regarder. Elle reste époustouflée devant un splendide tapis de fleurs. Mais le plus beau pour elle est encore la découverte d'un arc-en-ciel ! Quelle beauté ! Elle qui a grandi dans un pays blanc immaculé est éblouie par ce nouveau monde coloré. De son côté, Clochette savoure le bonheur d'annoncer à la Vallée entière qu'elle a une sœur.

Durant leur promenade, Rosélia cueille une fleur et l'offre à leur invitée.

– Tu vois, ça s'appelle une pervenche.

– Oh, merci ! s'exclame Cristal. Je la regarderai toujours.

La fée de l'Hiver brandit la petite fleur et la recouvre de givre, qui se met à étinceler sous les rayons du soleil. Un spectacle magique, qui symbolise à lui seul la rencontre entre deux saisons. Les autres fées en restent béates d'admiration.

Mais après quelque temps, Cristal s'affaiblit brusquement. Ses ailes flétrissent à vue d'œil, comme deux pétales sous la chaleur ! En examinant leur machine, Clark et Gabble constatent que la glace commence à manquer. Sans neige, il leur est impossible de maintenir la fée de l'Hiver au frais.

Il est temps, ils ne peuvent plus reculer : Cristal est ramenée d'urgence à la frontière, juste au moment où la machine lâche son dernier flocon.

Suite de l'histoire le 18 octobre, page 300 ➡

Disney Princesses

Pocahontas

La Danse du Vent

Pocahontas et son amie Nakoma ont été choisies pour danser lors de la cérémonie du vent organisée, ce soir, par la tribu. Alors, les deux jeunes filles vont chercher conseil auprès de Grand-Mère Feuillage.

– Peux-tu nous apprendre une danse sacrée ? demande Pocahontas à l'arbre enchanté.

– Je suis beaucoup trop vieille pour faire de tels mouvements, répond Grand-Mère Feuillage. Vous avez besoin d'un arbre plus jeune.

Et, pointant l'une de ses branches vers le sommet de la montagne, elle ajoute :

– Allez voir le Peuplier Solitaire. Il détient énormément de secrets. Mais attention ! Il ne les révèle qu'aux personnes faisant preuve de sagesse et de patience.

Aussitôt, les deux amies se mettent en route.

Mais le chemin est très escarpé et dangereux, et les deux jeunes filles se fatiguent rapidement. Alors, privilégiant la prudence, elles assurent leurs pas. Bien vite, elles comprennent que ce n'est pas la montée qui les a fatiguées mais l'empressement dont elles ont fait preuve en commençant l'escalade. Atteignant enfin le sommet, elles constatent que tous les arbres se ressemblent et que rien ne différencie le Peuplier Solitaire des autres peupliers.

– Qu'allons-nous faire ? s'inquiète alors Nakoma.

– Nous devons être patientes, répond Pocahontas. Et tous les secrets nous seront révélés.

Peu de temps après, une légère brise se fait sentir et les branches d'un peuplier se mettent en mouvement dans une chorégraphie délicate.

– C'est lui, désigne la princesse.

Et les deux jeunes filles ne peuvent s'empêcher d'imiter le balancement du feuillage dans le vent.

– Le rythme est parfait ! s'émerveille Pocahontas.

– C'est vrai, acquiesce Nakoma. Mais cela ne suffira pas pour la cérémonie.

Au même instant, quelques feuilles se détachent des branches et s'envolent dans un ballet aérien.

– Regarde ! s'écrie la princesse. L'arbre nous montre d'autres mouvements.

– Génial ! Nous n'avons plus besoin maintenant que d'un final magistral.

Soudain, un aigle royal apparaît dans le ciel et se lance dans de gracieuses pirouettes.

– Ce sera notre dernier mouvement ! dit Pocahontas, tout enthousiaste. Rentrons vite au village !

Plus tard, la chorégraphie sacrée des jeunes filles est un grand succès. Et tous les participants de la cérémonie veulent désormais apprendre la Danse du Vent !

Disney Princesses

Jasmine

Le coffre magique

Un jour, Jasmine reçoit un volumineux paquet envoyé d'Inde par un ami du sultan, un maharajah un peu magicien mais généreux comme l'eau des sources.

« Qu'est-ce que ça peut bien être ? » se demande la princesse.

Ses protections de toile enlevées, un coffre d'argent magnifiquement ciselé apparaît à ses yeux éblouis. Elle trouve, accroché à l'une de ses poignées, un petit parchemin qu'elle détache et déroule avec fébrilité.

« Ma chère Jasmine, lit-elle à voix haute, que ce modeste présent vous apporte, à toi et à ton époux, la félicité de voyager léger ! Signé : le maharajah. » Voyager léger ? Avec un aussi gros coffre ?

– Ouvre-le ! suggère Aladdin. La réponse est peut-être à l'intérieur !

Jasmine obéit, mais à sa grande déception le coffre est vide.

– Je ne comprends pas… murmure-t-elle. Enfin, tant pis. Je vais y ranger mes plus jolies robes !

Amusé, Aladdin la voit disparaître en trombe dans leur chambre et revenir les bras chargés de tissus soyeux.

– Jasmine ! Tout ça ne va jamais rentrer !

– Bien sûr que si, regarde ! Et il y a même encore de la place !

Très surpris, Aladdin se penche au-dessus du coffre. Les robes semblent s'y enfoncer comme dans des sables mouvants !

– Attends, je vais chercher ma collection de capes et de babouches brodées ! dit Jasmine.

Nouvel aller et retour et nouvelle surprise : les capes et les babouches brodées se placent impeccablement au-dessus des robes et rien ne déborde !

– Bon, dit Aladdin. Je commence à comprendre ! Ce coffre semble pouvoir contenir tout ce qu'on veut y mettre. Maintenant, reste à le soulever, évidemment !

Le jeune homme saisit les poignées en se préparant à porter un placard entier. Mais avec étonnement, il constate que le coffre n'a pas plus de poids que s'il était vide !

– « Voyager léger ! » s'esclaffe Jasmine. Quel cadeau étonnant ! Désormais, nous pourrons partir au bout du monde avec cet unique bagage ! Ce maharajah est décidément un ami précieux !

– Un ami précieux qui connaît bien les femmes, et encore mieux la princesse ! se moque gentiment Aladdin.

– Il n'empêche ! rétorque Jasmine. Il y en a un qui va être content !

– Qui ça ? demande Aladdin en riant. Moi ?

– Non, le Tapis Magique !

Disney Les Fées
Clochette et le Secret des Fées

De la neige en automne

Aujourd'hui, grâce à une invention ingénieuse de Clark et Gabble, Cristal a pu visiter le monde de Clochette ! Mais après un long moment passé dans la Vallée, Cristal est si faible, que ses amis doivent la transporter de l'autre côté.

Lord Milori surgit, le visage sévère, mais Clochette refuse d'abandonner sa sœur. Vidia est obligée de la tirer gentiment par le bras… L'heure de la séparation a sonné.

De retour chez elle, la fée d'Hiver est un peu mal en point. Le seigneur de l'Hiver lui demande de déployer ses ailes sous l'air froid, afin de les soigner.

Heureusement, elle n'est pas restée trop longtemps en Automne.

– Vos règles ne réussiront pas à nous séparer ! se révolte Clochette.

Lord Milori et la reine Clarion, alertés par des fées, refusent de l'écouter. Cette loi a été édictée pour protéger les fées. Clochette et Cristal ne se reverront jamais. Dire qu'elles viennent à peine de se rencontrer…

Pour les décourager définitivement, le seigneur de l'Hiver sait exactement ce qu'il lui reste à faire. Il enfourche sa chouette, et survole le pont séparant les deux mondes. Parvenu près du canon à neige, l'oiseau le fait basculer dans le ruisseau. Mais au lieu de tomber dans la chute d'eau, la machine se retrouve coincée sur le rebord…

Plus tard, dans leur château respectif, les souverains essaient de consoler les deux sœurs, en leur racontant une histoire. Ils espèrent ainsi leur faire comprendre pourquoi les fées de l'Hiver et celles des autres saisons ne doivent jamais se côtoyer. Il y a bien longtemps, un homme-hirondelle de l'Hiver et une fée des saisons chaudes tombèrent amoureux l'un de l'autre… Chaque jour, au coucher du soleil, le couple se donnait rendez-vous à la limite entre les saisons. Mais un beau matin, l'homme-hirondelle prit le risque de franchir la frontière… et il en perdit une aile.

La reine Clarion avait alors décrété que plus jamais, une fée de la Vallée ne se rendrait en Hiver. Tout en l'écoutant, le regard de Clochette se perd à travers la fenêtre : ça alors, il neige !

Suivie par Clochette, la reine Clarion s'envole à tire-d'aile, avec les ministres du Printemps, de l'Automne et de l'Été dans son sillage.

C'est bien la première fois que de ce côté du monde, la neige tombe du ciel…

Suite de l'histoire le 20 octobre, page 302

Disney Princesses

La Petite Sirène

Pas besoin de mots

Le prince Éric arrêta l'attelage. Ariel, qui avait pris place à côté du prince, eut un mal fou à ne pas glisser de son siège. Elle n'était un être humain que depuis peu et n'avait pas encore vraiment l'habitude de se servir de ses jambes.

– As-tu faim ? lui demanda le prince, en désignant une hostellerie.

Ariel fit signe que oui. Elle ne pouvait pas parler et, en matière de nourriture, elle restait prudente. Les humains consommaient du poisson, et à chaque fois, elle ne pouvait s'empêcher de songer à son meilleur ami, Polochon le poisson. Mais elle voulait faire plaisir au prince.

Le restaurant était presque vide. Éric et Ariel s'installèrent à une table.

– Qu'est-ce qui vous ferait plaisir, mademoiselle ? demanda la propriétaire.

– Ce sera… Une soupe ? dit Éric, en cherchant confirmation dans le regard d'Ariel. Moi, je prendrai la spécialité de la maison.

Ariel était heureuse de constater qu'Éric n'avait pas l'air contrarié de devoir parler à sa place. Mais elle aurait tant aimé parler elle-même et lui dire combien elle était heureuse de se trouver avec lui !

Lorsque la vieille dame regagna la cuisine, le silence emplit la salle. Ariel essaya de communiquer par gestes mais Éric ne parut pas comprendre et, au bout de quelques minutes, la malheureuse commença à se sentir ridicule.

Par chance, la propriétaire du restaurant revint les servir. Éric parut soulagé, lui aussi.

Après avoir posé leurs assiettes sur la table, la dame aux cheveux blancs se dirigea vers un grand meuble en bois, adossé à un mur. Elle s'assit devant, et posa ses mains sur les touches blanches et noires.

Ariel n'avait jamais vu de piano. Elle n'en avait pas davantage entendu jouer. Cette musique la ravit, au point qu'elle laissa tomber sa cuillère dans son bol. La mélodie était très belle, à la fois joyeuse et triste. Comme elle aurait aimé chanter ! Mais, bien entendu, c'était impossible… La musique lui rappelait le bercement des vagues de l'océan. Se mettant debout, elle esquissa un pas, mais ses nouvelles jambes étaient si gauches qu'elle trébucha.

Soudain, Ariel sentit le bras solide d'Éric, autour de sa taille.

– Sais-tu danser ? lui demanda le prince.

Ariel secoua la tête d'un air honteux.

– Je vais t'apprendre ! dit le prince en lui souriant. Et il l'entraîna dans une valse.

La Petite Sirène rayonnait : le prince et elle avaient trouvé le moyen de communiquer sans avoir besoin de mots !

Disney Les Fées

Clochette et le Secret des Fées

20 OCTOBRE

Les saisons en danger

Clochette a dû se séparer de sa sœur Cristal alors qu'elles venaient tout juste de se rencontrer. La petite Bricoleuse a le cœur brisé, elle rêverait de pouvoir rester aux côtés de sa sœur à jamais.

Mais ce n'est pas possible : elles vivent chacune dans deux mondes différents et infranchissables.

Alors que la souveraine essaie de changer les idées de la fée Bricoleuse en lui racontant une histoire, la neige se met à tomber dans la Vallée ! Incroyable !

– Ne cédons pas à la panique, dit la reine, alors que, devant eux, se dresse un gigantesque tourbillon neigeux !

Les fées décident de partir vers le ruisseau. Elles atteignent rapidement la rive. La machine à flocons fabriquée par Clark et Gabble est bloquée sur le rebord glacé et fabrique des myriades de flocons. Et même si, avec l'aide de leurs amis, Clark et Gabble réussissent finalement à faire tomber l'appareil dans l'eau, il fait de plus en plus froid aux alentours.

La tempête se dirige droit vers la Vallée. Il faut agir au plus vite.

– L'équilibre des saisons est en danger ! s'écrie la reine Clarion. Si par malheur, il se met à geler en Automne, la Vallée des Fées est menacée. Imaginez… Le Grand Arbre pourrait mourir, et sans lui, plus de Poussière de Fée ! Il faut absolument empêcher cette catastrophe d'arriver. Nous devons faire tout ce qui est en notre pouvoir pour protéger la nature et les animaux.

Pendant que des fées couvrent l'arbre de mousse, d'autres aident les insectes et les animaux à trouver un refuge. Suivant les conseils de la reine, Clochette emmène chez elle les cloportes et d'autres petits animaux, afin de les mettre au chaud.

Elle est surprise de découvrir que durant son absence, la jolie fleur cueillie par Rosélia, et offerte à Cristal en guise de cadeau de bienvenue, a continué de s'épanouir, malgré son écrin givré. Elle est même plus belle que jamais ! Clochette a alors une idée, mais elle va avoir besoin de l'aide de sa sœur…

Ni une ni deux, elle décide de partir la retrouver. Malheureusement, les ailes de la courageuse petite fée gèlent. Quelle malchance ! Clochette est anéantie.

Suite de l'histoire le 23 octobre, page 305 ➡

Disney Princesses

Raiponce

Une vraie princesse !

Libérée de sa tour et de Mère Gothel, Raiponce chevauche joyeusement à travers bois avec Flynn. Demain, elle sera officiellement couronnée princesse.

– Je n'arrive pas encore à croire que je suis la fille disparue du roi et de la reine. Malheureusement, je ne sais pas comment doit se comporter une princesse.

Devant son air inquiet, Flynn essaye de la réconforter :

– Lorsque j'étais à l'orphelinat, j'ai lu un livre sur la signification des pierres précieuses ornant les couronnes des princesses. Le cristal blanc symbolise la force et l'esprit aventureux. Le vert, la bonté et la compréhension. Et le rouge, le courage. J'ai longtemps cherché une personne possédant toutes ces qualités et finalement, je t'ai trouvée. Souviens-toi de tout ce qu'il s'est passé entre le jour où tu as quitté ta tour et celui où tu as retrouvé tes parents.

– Mais j'avais alors des cheveux magiques…

Soudain, des bandits surgissent en brandissant des arcs.

– Ne bougez pas ! ordonne l'un d'eux. Il ne vous sera fait aucun mal. Nous allons juste prendre votre cheval.

Immédiatement, le courageux Flynn saute sur les brigands.

– Cours, Raiponce ! crie-t-il.

Mais la jeune fille, au lieu de fuir, bondit sur le dos d'un voleur. Et Maximus, le cheval royal, effectue de grandes ruades. Bientôt, les brigands sont à terre.

– N'avez-vous pas honte ? les invective Raiponce.

– C'est ma faute, mademoiselle, s'excuse, tout penaud, le chef des bandits. Nous ne sommes pas des voleurs mais de simples fermiers. Mon fils s'est cassé le bras et j'ai besoin de votre cheval pour le conduire chez le docteur.

– Oh, se radoucit Raiponce. Où est votre enfant ?

Peu après, la jeune fille est au chevet du garçonnet et lui fait un léger bandage.

– Cela devrait suffire pour le trajet, le réconforte-t-elle.

Et alors que Flynn, tenant le petit garçon dans ses bras, est en selle sur Maximus, les fermiers s'excusent auprès de Raiponce :

– Comment pourrez-vous nous pardonner ? demandent-ils, embarrassés.

– Vous êtes déjà pardonnés, répond la jeune fille en souriant.

– Tu vois, dit Flynn. Tu n'as pas besoin de cheveux magiques pour faire preuve de courage, de gentillesse et de compréhension.

La jeune fille regarde alors le jeune homme chevaucher en direction du château, en se disant avec fierté qu'elle est finalement une vraie princesse !

Suite de l'histoire le 5 novembre, page 318 ➡

Disney Princesses

Blanche-Neige et les Sept Nains

Le cadeau de Blanche-Neige

Blanche-Neige et son mari, le prince, étaient en chemin pour la petite maison des nains.

Les cuisiniers du château avaient concocté un repas spécial pour les sept amis.

– Je ne sais comment les remercier davantage, dit Blanche-Neige, regardant les paniers remplis de nourriture. Cela me paraît peu pour m'avoir sauvé la vie !

– Ta présence sera le plus beau des remerciements, dit le prince en l'enlaçant. Tes petits compagnons n'ont que faire des richesses et semblent très heureux ainsi.

Blanche-Neige acquiesça. La petite maison était en vue et son inquiétude s'était envolée. La princesse frappa à la porte, mais personne ne répondit.

– Ils ne devraient pas tarder, dit-elle à son mari. Nous avons le temps de tout installer.

Blanche-Neige entra dans la petite maison et se mit au travail. Elle fit de l'ordre et dressa la table. Elle était si enthousiaste à l'idée de revoir ses gentils sauveurs. Quand le soleil fut bas, Blanche-Neige commença à s'inquiéter.

– Ils sont vraiment en retard, gémit-elle.

– Nous devrions peut-être aller à leur rencontre, suggéra le prince.

Dételant un des chevaux du carrosse, ils filèrent vers la mine. Là, les jeunes époux comprirent tout de suite ce qui s'était passé. Un arbre mort était tombé juste devant l'entrée. Les Sept Nains étaient prisonniers dans la galerie.

– Blanche-Neige, c'est toi ? appela Prof par l'ouverture encombrée.

– Vous allez bien ? s'inquiéta la princesse.

– Oui, tout va bien, répondit Prof.

– Non, tout va mal, grogna Grincheux. Nous sommes coincés !

– Pas de souci, dit le prince. Nous allons vous sortir de là très vite.

Attachant son cheval au tronc de l'arbre, il dégagea l'entrée de la mine en un instant. Les nains sortirent poussiéreux mais contents. Blanche-Neige les embrassa tour à tour et fit même une double bise à Simplet.

De retour à la maison, les nains découvrirent, enchantés, le repas qu'elle avait apporté.

– Comment pouvons-nous te remercier ? s'exclama Prof. Tu nous as sauvé la vie !

– Ne dis pas de bêtises, Prof, dit Blanche-Neige en jetant un regard malicieux vers le prince. Votre présence est le meilleur remerciement qui soit !

Et le prince conclut :

– Voilà qui est dit. À table, mes amis !

Disney Les Fées Clochette et le Secret des Fées

L'idée de Clochette

Il se passe de drôles de phénomènes à la Vallée des Fées aujourd'hui ! Alors que la reine racontait une histoire à Clochette, la neige s'est mise à tomber. Pour éviter de voir la Vallée disparaître sous un épais manteau de poudreuse, il faut agir !

Clochette a alors une idée, mais elle a besoin de l'aide de sa sœur… Sans réfléchir plus longtemps, elle décide de partir la retrouver. Malheureusement, la courageuse petite fée ne parvient pas à voler longtemps, ses ailes commencent à geler dangereusement.

Décidément, le sort s'acharne, Clochette est trop affaiblie. Elle chute sur le sol à cause de ses ailes gelées.

Un instant plus tard, lorsque sa sœur Cristal et ses amis arrivent près d'elle, Clochette leur montre la fleur qu'elle a apportée. Neige n'est pas du tout étonnée. Elle lui explique que le givre a protégé la fleur en conservant la chaleur à l'intérieur. Grâce à cette découverte, ils vont peut-être pouvoir éviter le pire…

Clochette retrouve alors espoir :

– La Vallée des Fées est en danger. Le gel se rapproche, et le Grand Arbre risque de mourir. Je crois qu'on peut faire quelque chose. Le givre… Il a permis à la fleur de survivre !

Tout le monde s'active ! Cristal et ses amis s'occupent en priorité de protéger l'arbre magique. Le froid glacial qui se répand dans la Vallée des Fées permet aux fées de l'Hiver de franchir sans danger la frontière.

Vite, il faut recouvrir les branches des arbres d'une fine couche de givre pour les protéger ! Mais la tâche est colossale. Il faudrait des dizaines et des dizaines de fées pour sauver la Vallée. Certains commencent à se décourager quand, tout à coup, Lord Milori apparaît, suivi de Darwin et d'autres fées du monde gelé.

– Nous sommes venus vous aider. Répandez le givre partout où vous le pourrez ! ordonne-t-il.

Une fois les fées à l'abri, Lord Milori pose son épais manteau sur les épaules de la reine Clarion. Les yeux de la souveraine plongent avec tendresse dans ceux du seigneur de l'Hiver. Après toutes ces années, elle ne peut toujours pas supporter la vue de son aile abîmée. Elle lui rappelle leur belle histoire d'amour, qui s'est si mal terminée…

Suite de l'histoire le 25 octobre, page 307

Disney Princesses

La Belle et La Bête

Au clair de vos yeux

Demain, c'est l'anniversaire de Belle, et la Bête veut lui offrir le cadeau de ses rêves.

– Qu'aimeriez-vous, Belle ? Une robe de mousseline de soie ? Un bracelet de perles roses ? Un violon de cristal ?

La jeune fille éclate de rire.

– En réalité, ce qui me plairait, ce serait de passer une soirée au clair de lune.

– Ce n'est pas très compliqué, comme cadeau, s'étonne la Bête.

– Peut-être, mais c'est ce qui me conviendrait ! réplique Belle.

Alors, la Bête réfléchit. Il est bien décidé à ne pas décevoir son amie. Soudain, il a une idée : pour que la soirée soit vraiment réussie, il va construire une balancelle, sur laquelle la jeune fille pourra se reposer au jardin !

Et dès le lendemain matin, il se met au travail. Il scie du bois, cloue, peint… Mais à la fin, sa balancelle n'est pas aussi belle qu'il l'avait imaginée la veille. Lorsqu'il l'essaie, elle s'écroule carrément dans l'herbe !

– Et flûte ! grogne la Bête en rentrant au château. Ma surprise est gâchée !

Derrière un buisson, Big-Ben et Lumière ont tout vu.

– Aidons le Maître, dit alors le chandelier. Comme ça, Belle aura un formidable anniversaire bien mérité !

Et les deux complices réparent la balancelle… en l'améliorant à leur façon !

Le soir venu, lorsque la Bête conduit Belle au jardin afin de passer la soirée au clair de lune, la jeune fille s'émerveille. Non seulement, le pique-nique de Madame Samovar semble délicieux, mais la balancelle au coussin mœlleux la ravit totalement !

– Oh, merci ! s'exclame-t-elle. C'est très confortable !

– Il faudra aussi remercier Lumière et Big-Ben ! devine la Bête en voyant les objets enchantés s'adresser un clin d'œil malicieux.

Hélas, les grands arbres cachent le clair de Lune, à cet endroit du jardin. La Bête n'avait pas prévu ça. Il soupire :

– Votre anniversaire est raté, Belle !

– Mais non ! s'écrie la jeune fille. Regardez !

Elle pointe le doigt en direction du lac. La Lune s'y reflète dans l'eau scintillante. Tout à coup, un souffle de vent écarte les arbres et la lune apparaît enfin dans le ciel. Belle s'esclaffe :

– Je ne pouvais rêver mieux ! Cette soirée au clair de lune est féerique !

– Oui, vous aviez raison, acquiesce la Bête. La lune se reflète à présent dans vos yeux, et une soirée au clair de vos yeux, je ne pouvais rêver mieux, moi non plus !

Disney Les Fées
Clochette et le Secret des Fées

Les amoureux de la légende

Lord Milori, le seigneur de l'Hiver, est venu prêter main-forte aux fées Bricoleuses pour éviter que la Vallée des Fées disparaisse sous le givre.

Alors qu'il couvre les épaules de la reine Clarion avec son épais manteau pour la protéger du froid inhabituel, la souveraine semble fascinée par le seigneur de l'Hiver.

Eh oui, elle se souvient d'une histoire qui s'est déroulée il y a fort longtemps. Un homme-hirondelle de l'Hiver et une fée des saisons chaudes qui tombèrent amoureux l'un de l'autre…

Chaque jour, au coucher du soleil, le couple se donnait rendez-vous à la limite entre les saisons. Mais un beau matin, l'homme-hirondelle prit le risque de franchir la frontière… et il en perdit une aile.

Au bout d'un moment, il s'arrête enfin de neiger et le soleil se met de nouveau à briller sur la Vallée. La chaleur de ses rayons fait fondre tout le gel sur les branches givrées. La glace se met à fondre, doucement, tandis que toutes les fées retiennent leur souffle… Et soudain… Le Grand Arbre déverse son flot de Poussière de Fée ! La Vallée des Fées est sauvée ! Clochette est folle de joie.

– On a réussi !

Soudain, Clochette ressent une douleur très vive. À cet instant, la fée décide d'avouer la vérité : durant son voyage en Hiver, l'une de ses ailes s'est abîmée. Cristal est désespérée, elle en a le cœur brisé… Pourtant, elle ne peut pas rester à ses côtés, elle sait qu'il est temps pour elle et Clochette de se séparer car autour d'elle, l'air se réchauffe.

Tristes de se séparer, les deux sœurs se disent au revoir, à la manière des fées, en agitant leurs ailes ensemble… Jaillit alors une explosion d'étincelles ! La seconde d'après, l'aile de Clochette est complètement guérie, comme par magie.

Depuis ce jour, les fées des saisons chaudes peuvent rendre visite à leurs amies de l'hiver, aussi souvent qu'elles le souhaitent. Il leur suffit de recouvrir leurs ailes d'une fine couche de givre.

Le bonheur de Clochette et Cristal, deux sœurs que plus rien ne pourra séparer, fait plaisir à voir, tout comme celui d'un couple longtemps séparé, et finalement réuni… La reine Clarion et Lord Milori, les deux amoureux de la légende, peuvent à nouveau être ensemble.

Disney Princesses

La Belle au Bois Dormant

Le poids de la tradition

Un rayon de soleil glissa sur le lit d'Aurore. La princesse ouvrit les paupières et s'étira en bâillant joyeusement.

– Ah ! quelle belle journée ! Enfin, c'est mon anniversaire !

Elle se leva d'un pied léger et tourbillonna à travers la pièce.

– Il paraît que, dans la famille de maman, les jeunes princesses ont droit à une surprise spéciale pour leurs dix-sept ans !

Aurore s'habilla, puis elle se brossa les cheveux avec soin. Son père lui avait offert une robe neuve, la veille. Elle mit aussi le collier d'or que lui avait offert hier soir le prince Philippe.

– Il est beau, n'est-ce pas ? dit Aurore en admirant l'éclat du bijou dans le miroir de sa coiffeuse.

Hic, son petit chien, aboya d'un air jaloux. Elle éclata de rire :

– Mais non, je ne parle pas du prince ! Je parle de son cadeau !

À cet instant, quelqu'un frappa à la porte. La princesse courut ouvrir et sauta au cou de la reine venue lui souhaiter un bon anniversaire.

– Votre couronne est vraiment magnifique, mère, avec ce gros diamant en forme de cœur juste au milieu, s'extasia alors Aurore. D'où vient-elle ?

La reine sourit mystérieusement. Sans un mot, elle entraîna sa fille à la galerie des portraits royaux. Aurore examina les tableaux et poussa un petit cri :

– Ça alors ! Toutes les reines de la famille portent cette même couronne. Je ne l'avais encore jamais remarqué !

– C'est la surprise spéciale, expliqua sa mère. La tradition veut que chaque reine transmette cette couronne à sa fille, le jour de son dix-septième anniversaire, et que l'on peigne le portrait de la jeune princesse avec. Et lorsque tu deviendras reine, tu la garderas afin de l'offrir à ton tour à ta fille, le jour de ses dix-sept ans.

Aurore promit de bien veiller sur la couronne de diamants. Elle tendit la main pour l'attraper, mais la reine recula d'un pas.

– Non, ma chérie. Tu dois d'abord la mériter ! Les fées vont te faire passer une série d'épreuves. Si tu échoues, tant pis pour toi…

La princesse fronça les sourcils, fort contrariée. Elle avait plutôt prévu de faire la fête, aujourd'hui ! D'un autre côté, cette couronne était si belle…

– Je suis prête à sacrifier ma journée d'anniversaire ! décida-t-elle soudain. C'est le poids de la tradition… mais cette fois, ça en vaut la peine !

Disney Princesses

Jasmine

Une aide inattendue

En l'absence exceptionnelle du sultan, Jasmine et Aladdin supervisaient tout au royaume. Enfin, surtout Jasmine ! Elle se préparait à recevoir d'importants ambassadeurs étrangers, tandis qu'Aladdin se contentait de veiller sur la clef de la Salle du Trésor.

Quant à Abu et Rajah, inutile de compter sur eux. Ils passaient leur temps à se poursuivre dans le palais et à provoquer des catastrophes !

– Cela suffit ! les gronda Jasmine, au dîner. Demain, les ambassadeurs seront là. Et au lieu de m'aider, vous me donnez tous du travail !

– Compte sur moi, Jasmine, promit alors le prince. Je serai à tes côtés pour accueillir nos invités. Si tu veux, je m'occupe de la décoration du palais en leur honneur…

– Merci, Aladdin. Tout doit briller de mille feux !

À ces mots, Abu poussa un petit cri joyeux. Il adorait tout ce qui brille, lui aussi !

Le lendemain matin, Jasmine demanda à Aladdin d'aller chercher les assiettes en or fin dans la Salle du Trésor et de mettre la table. Mais voici qu'Aladdin ne retrouvait plus la clef ! Vite, il décida de fouiller le palais avec Rajah. Abu dormait encore profondément.

– Il a dû se coucher très tard, s'étonna Aladdin.

Soudain, un serviteur affolé l'appela dans la cour. Aladdin roula des yeux comme des soucoupes : des pièces d'or jaillissaient avec l'eau de la fontaine ! Il courut avertir Jasmine. Et ils découvrirent ainsi que quelqu'un avait décoré tout le palais de précieux bijoux, de pierreries… Même la table du dîner avait été dressée avec le service en or fin. D'ailleurs, la Salle du Trésor était ouverte, et vide !

– Je sais qui est le coupable ! devina brusquement Aladdin.

Il réveilla Abu. Le petit singe serrait en effet encore la clef entre ses pattes. Voilà pourquoi il était si fatigué : il avait travaillé toute la nuit à faire briller le palais de mille feux !

– Ce n'est pas exactement ce que j'imaginais… avoua Jasmine.

Heureusement, ils remirent tout en place à temps pour l'accueil des ambassadeurs. Tout, sauf la table du dîner. Abu avait quand même fait là un excellent travail !

– Abu, je te confie désormais la clef de la Salle du Trésor, décréta alors Jasmine. Tu m'as apporté une aide plutôt inattendue… mais c'est mieux que pas d'aide du tout !

Disney Princesses

La Petite Sirène

Agir selon son cœur

Afin d'épouser le prince Éric, Ariel, la Petite Sirène, avait choisi de devenir humaine. Elle menait désormais une vie heureuse sur la terre ferme, d'autant que son père, le roi Triton, venait parfois lui rendre visite par la mer. Peu après leur mariage, Ariel et Éric eurent une charmante petite fille qu'ils prénommèrent Mélodie. Le roi Triton lui offrit un cadeau exceptionnel :

– Quand Mélodie ouvrira ce médaillon magique, elle verra Atlantica, le royaume des sirènes. Ainsi, elle saura qu'elle fait partie de notre monde aussi !

Mais soudain, Morgana, la terrible sœur de la sorcière des mers Ursula, surgit de l'eau ! Elle kidnappa Mélodie pour forcer le roi Triton à lui remettre son trident.

Grâce à lui, la sorcière contrôlerait tout l'océan ! Mais Ariel et Éric intervinrent à temps. Ils sauvèrent Mélodie et mirent Morgana en fuite, qui jura de se venger !

– Désolée, père, déplora Ariel. Nous devons protéger Mélodie et lui cacher qu'elle est une sirène !

On jeta le médaillon au large, et l'on érigea un rempart autour du château pour le séparer de l'océan.

Douze ans plus tard, Mélodie était devenue très belle… et rebelle comme sa mère !

Ainsi, malgré l'interdiction de ses parents, elle nageait chaque jour en cachette… et découvrit bientôt le médaillon magique. Ariel refusant de lui avouer de quoi il s'agissait, la fillette décida de trouver la réponse par elle-même.

Morgana en profita pour lui tendre un piège… Elle l'attira dans sa grotte et lui révéla qui était en réalité Ariel.

– Le roi Triton m'a volé mon trident, mentit la sorcière. Je te transformerai pour toujours en sirène si tu acceptes de me le rapporter !

Heureusement, Ariel et Triton vinrent au secours de Mélodie. Tous trois mirent Morgana hors d'état de nuire. Mélodie, honteuse de sa conduite, s'excusa. Elle voulait juste leur prouver à tous qu'elle était capable d'être elle-même !

– L'important est d'agir toujours selon son cœur, lui expliquèrent Éric et Ariel en l'embrassant.

Le roi Triton lui donna alors le choix : vivre à Atlantica, ou demeurer sur Terre. Mélodie sourit. Après tout, pourquoi choisir ? Son cœur venait de lui souffler la réponse : abattre le rempart qui cernait le château, et plonger s'amuser avec sa famille poisson… sans plus jamais se cacher !

Disney Les Fées

La meilleure Bricoleuse de la Vallée

Clochette bricolait ce matin-là à l'atelier, lorsque Terence entra en s'exclamant :

– On joue à chat dans le Grand Champ. Tu viens ?

Clochette hésita. Jouer à chat, chez les fées, ce n'était pas rien ! Tous les coups étaient permis. C'était follement amusant, et cela faisait très longtemps qu'on n'avait pas organisé de partie…

– Mon travail attendra cet après-midi ! céda la Bricoleuse.

Et, glissant son marteau à sa ceinture, elle suivit Terence au Grand Champ. Les fées des Eaux étaient « chat ». Elles mouillaient les ailes de leurs adversaires pour les ralentir. Les fées des Lumières les aveuglaient grâce aux rayons du soleil, tandis que les fées des Animaux chevauchaient des écureuils rapides. Et les fées Bricoleuses s'étaient fabriqué des catapultes qui envoyaient des trombes d'eau ! La partie se termina à l'heure du déjeuner, et les fées rentrèrent chez elles. Elles s'étaient bien amusées !

Clochette regagna son atelier le cœur heureux… sauf qu'elle réalisa brusquement que son marteau ne se trouvait plus à sa ceinture !

– Je l'ai perdu dans le Grand Champ ! pensa-t-elle, catastrophée.

Elle courut fouiller les broussailles, et vit alors une pie chiper son marteau et l'emporter dans son nid !

– Que faire ? gémit Clochette. J'ai une cuve en cuivre à décabosser d'urgence pour Violette, la fée Teinturière…

Elle se précipita à la Grotte du Lagon. Elle ramassa un galet bien plat et bien solide. Puis elle le rapporta à son atelier, et l'attacha à une branche épaisse de noisetier. Et tap ! tap ! tap ! elle martela la cuve à l'aide de son nouvel outil…

– Bonjour, Clochette ! ma cuve est prête ? demanda peu après Violette en se présentant à l'atelier.

Clochette la lui remit d'un air piteux. La cuve était encore plus cabossée qu'avant ! Elle ne brillait plus, et une longue fissure laissait fuir la teinture…

– Mon nouveau marteau n'est pas très performant, s'excusa-t-elle.

– Mais un bon ouvrier n'a pas de mauvais outil ! se fâcha Violette. Manquerais-tu de talent, Clochette ?

– En tout cas, je manque de marteau, grogna-t-elle.

– C'est ton marteau qui était ton talent ! conclut Violette en partant.

Et Clochette poussa un profond soupir. Si c'était vrai, la meilleure Bricoleuse de la Vallée serait une pie, maintenant !

Disney Princesses
Blanche-Neige et les Sept Nains

Les bonnes vieilles habitudes

Les Sept Nains se reposaient quelque temps au château de Blanche-Neige et du prince charmant. L'endroit était splendide, peut-être même un peu trop pour eux : c'était si différent de leur chaumière tarabiscotée ! Et puis, il ne leur était encore jamais arrivé de ne pas aller travailler à la mine de diamants…

Pour dire la vérité, les Sept Nains s'ennuyaient. Mais ils ne pouvaient pas l'avouer à Blanche-Neige. Elle était si contente de les avoir invités !

– J'ai besoin d'action, confia un jour Joyeux à ses frères. Cet après-midi, j'explore le château ! Qui m'accompagne ?

– Moi ! Moi ! crièrent-ils tous en chœur.

–Commençons par la cave, décida Grincheux. C'est l'endroit le plus mystérieux…

Et de toute la journée, Blanche-Neige ne vit pas le moindre bout de bonnet de ses amis. À l'heure du dîner, elle cogna le gong pour les appeler. Ils se présentèrent enfin à table, couverts de taches noires de la tête aux pieds !

– Qu'avez-vous fait ? s'affola Blanche-Neige devant leur aspect négligé.

– On s'est juste drôlement bien amusés ! répliqua Joyeux.

Ils durent cependant vite se débarbouiller, car Blanche-Neige et le prince charmant avaient organisé un bal en leur honneur ! Ils dansèrent et firent les fous jusqu'à l'aube. Mais tôt le lendemain matin, les Sept Nains, infatigables, disparaissaient de nouveau quelque part dans le château…

« Que font-ils donc d'aussi passionnant ? » s'étonna Blanche-Neige en allant à la cuisine leur préparer un pique-nique surprise pour ce midi.

Elle trouva la porte de la cave grande ouverte. Intriguée, elle descendit l'escalier… et surprit Atchoum en train de remplir la réserve de charbon !

Elle devina :

– Voilà pourquoi vous vous salissez tant ! Et d'où vient tout ce charbon ?

Atchoum souleva alors une trappe, dans le sol, et conduisit Blanche-Neige à travers le souterrain secret qu'ils avaient découvert la veille. Ils débouchèrent dans une vieille mine de charbon, où les Sept Nains travaillaient en chantant gaiement !

– C'est tellement plus facile que d'extraire des diamants ! expliqua Prof à Blanche-Neige. Merci pour ces merveilleuses vacances !

La princesse éclata de rire. Ses amis avaient trouvé le moyen de conserver leurs bonnes vieilles habitudes… tout en se reposant quand même !

DISNEY LES FÉES

Prilla aux grands jeux

Les fées de la Vallée se préparent pour les Grands Jeux. Prilla est très excitée : elle rêve de recevoir le ruban bleu qui récompense les vainqueurs !

Mais il y a un problème : il n'existe aucune épreuve pour elle, puisqu'elle est la seule Messagère de l'Autre Monde…

– Tu peux donc tenter ta chance à toutes les épreuves ! conclut son amie Rani.

C'est vrai ! Prilla se sent tout heureuse. Elle rejoint d'abord les fées des Jardins pour le soulever de pommes de terre. Hélas ! la pauvre fée ne réussit à soulever que la plus petite des pommes de terre. Et c'est la même chose pour le lancer de carottes : même avec une carotte naine, Prilla finit bonne dernière.

Rejoignant les fées Voltigeuses, elle se met dans leurs rangs pour la course d'obstacles.

– Prilla, que fais-tu donc ici ? persifle la méchante Vidia. Tu n'es pas une Voltigeuse.

– J'ai quand même le droit d'essayer, riposte Prilla.

Vidia fait semblant d'acquiescer mais, en s'envolant, ses ailes soulèvent une bourrasque si violente que Prilla est projetée loin en arrière. La fée atterrit sur le dos d'une grenouille.

– Prilla, l'appelle Beck, je ne savais pas que tu participais à la course !

– Moi non plus, avoue Prilla.

En fait, elle n'y participe pas longtemps. Car, comme elle n'est pas une fée des Animaux, la grenouille ne comprend pas un mot de ses ordres… Avec un grand plouf, la grenouille finit son trajet dans la Barbotine et Prilla avec ! Heureusement, elle ne tombe pas trop mal, car une course de bateaux se déroule entre les fées des Eaux…

– Tu arrives juste à temps ! lui dit son amie Rani en lui proposant un bateau.

Mais le bateau de Prilla part immédiatement de travers. Bientôt, la fée passe par-dessus bord. Elle nage jusqu'à la rive et rejoint une pelouse où Clochette concourt avec ses amies au tir de pois à la casserole. Prilla tape si fort que son pois finit dans le bois, introuvable…

Pauvre Prilla, elle sanglote à chaudes larmes !

– Pourquoi pleures-tu ? lui demande alors Clochette. Tu as gagné !

– Moi ? s'écrie Prilla, stupéfaite.

Retirant son ruban, Clochette l'épingle à la robe de la jeune fée.

– Pour récompenser celle qui a tenté le plus grand nombre d'épreuves ! déclare Clochette, sous les applaudissements de toutes les autres fées.

Disney Princesses

Cendrillon

Savoir improviser

1 NOVEMBRE

Quelle effervescence, au château royal ! Cendrillon donnait le soir même un grand bal pour l'anniversaire du prince.

Chacun lavait, brossait, cirait, époussetait, cuisinait, cousait… Il fallait ne rien laisser au hasard, que la fête soit éblouissante, et inoubliable !

– J'ai préparé un fabuleux cadeau pour le prince, confia Cendrillon à sa gouvernante. C'est une cape en pur cachemire, que j'ai moi-même rebrodée de fils d'or. J'ai tellement hâte de la lui offrir !

– Pourquoi attendre ce soir, Votre Altesse ? demanda alors la gouvernante.

Les yeux de la princesse se mirent à briller de joie.

Elle s'exclama :

– Mais oui, vous avez raison !

Et elle courut à sa chambre chercher le précieux paquet qu'elle avait caché sous son lit. Mais Cendrillon eut beau fouiller et fouiller encore : son cadeau avait disparu ! Elle regarda dans l'armoire, dans les tiroirs de la commode, et même dans le meuble du couloir…

La pauvre princesse éclata en sanglots.

– Ce n'est pas possible ! Je vais être la seule à ne rien offrir au prince ! Il sera si déçu… Mais où ai-je pu ranger mon cadeau ?

Jac et Gus, ses deux amis souris, avaient tout entendu. Ils se précipitèrent chez le prince et le conduisirent en vitesse auprès de Cendrillon. Il s'étonna de la trouver en pleurs. Elle lui avoua alors son problème, et il la prit tendrement dans ses bras.

– Oh, ma douce ! Tu m'offriras cette jolie cape plus tard, voilà tout. L'important pour moi est de t'avoir au bal à mes côtés !

À ces mots, la princesse reprit courage. Il y a bien d'autres choses à faire à un anniversaire qu'offrir des cadeaux !

– Hors de question de rester les bras croisés. Je vais m'occuper de la décoration ! décida-t-elle.

Et elle passa l'après-midi dans les jardins. Elle cueillit ses fleurs préférées, les tressa en guirlandes éphémères, les arrangea en bouquets parfumés, les assembla en présentations originales. Elle ne manquait ni d'idée ni d'habileté ! D'ailleurs, en inspectant la salle de bal, le prince reconnut aussitôt le goût et le style de Cendrillon. Il était touché qu'elle se fût donné tant de mal juste pour lui faire plaisir !

– Il faut savoir improviser ! s'esclaffa la jolie princesse. Dans la vie, il y a toutes sortes de cadeaux à offrir. L'essentiel est qu'ils disent chaque fois je t'aime à leur façon… Surtout à ton anniversaire !

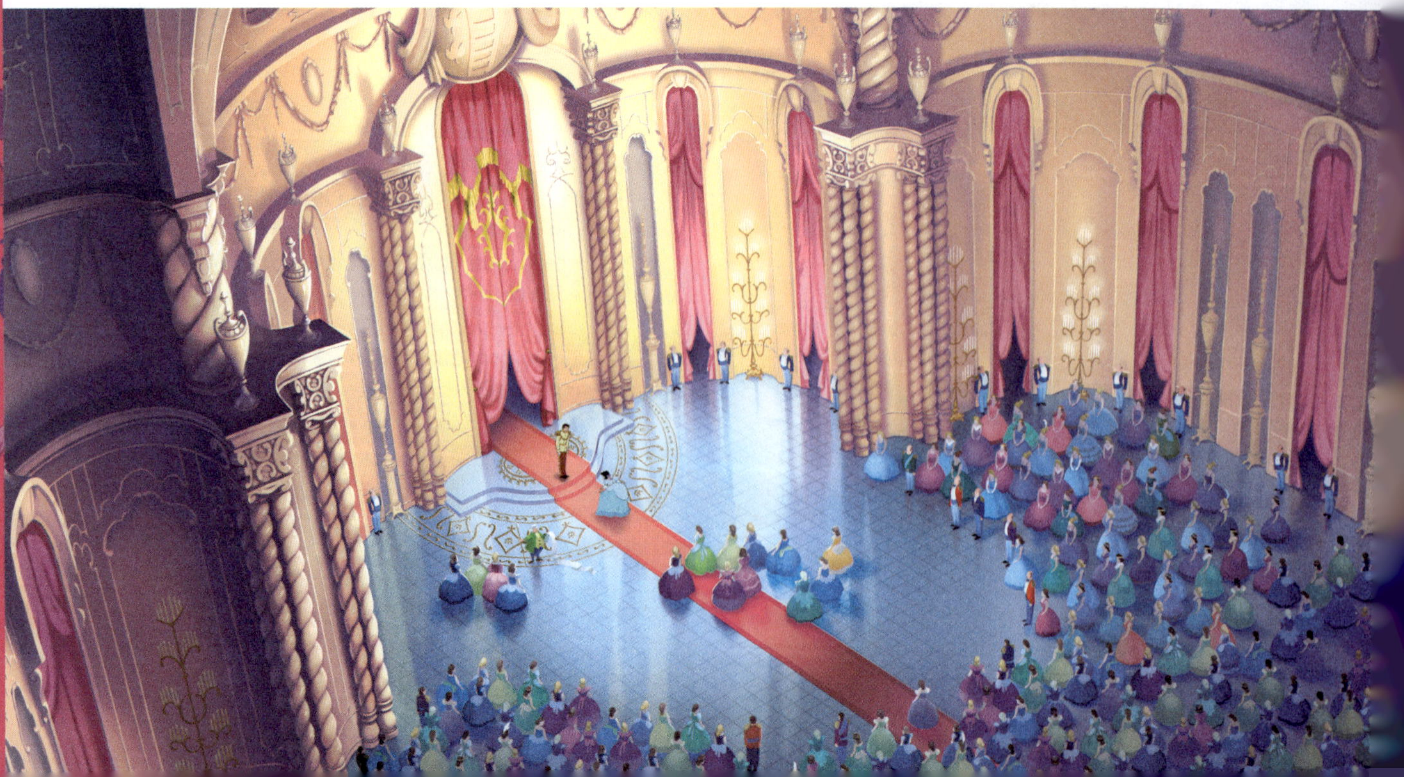

Un vrai chef-d'œuvre

Bess avait réalisé un portrait de Clochette plus vrai que nature ! Au point que bientôt, des dizaines de fées lui réclamèrent le leur.

La fée Artiste regrettait de ne plus avoir une seconde à elle pour peindre ce qu'elle souhaitait vraiment… Surtout que les fées lui demandaient en plus de les avantager dans leur tableau !

– Un artiste doit avoir le choix de son art ! décida Bess en se levant, ce matin-là.

Et elle se rendit au salon de thé, bien résolue à annoncer à ses amies qu'elle exécuterait leurs portraits plus tard…

– Bonjour, Bess ! l'accueillit une fée Cuisinière en lui servant son petit-déjeuner.

– Bonjour, Bess ! la salua une fée du Ménage en nettoyant sa place à table.

Tant et si bien qu'à la fin du repas, seize fées supplémentaires avaient commandé leur portrait à Bess… en échange de leurs services et de leur gentillesse !

Bess poussa un gros soupir. Puis elle alla en forêt chercher de quoi renouveler les poils de ses pinceaux. Elle cueillait des pissenlits touffus, lorsqu'il y eut une bourrasque de vent. Elle leva la tête et admira le festival de couleurs qui s'étalait devant elle : toutes les fées, travaillant main dans la main, dans une nature verdoyante et florissante. Et le clou du spectacle, c'était ce merveilleux arc-en-ciel qui venait d'apparaître sur le lac.

Bess, éblouie, se mit à rire :

– Youpi ! Ça, c'était beau !

Et elle rentra à son atelier, folle d'enthousiasme. Elle voulait réaliser sans attendre le tableau que la Vallée en fleurs venait de lui inspirer !

Elle travailla d'arrache-pied et, le lendemain, elle le montra à toutes les fées qui grimacèrent :

– Ce n'est pas un portrait de nous !

– Non, c'est ce que j'ai ressenti devant la beauté de notre monde ! expliqua Bess, ravie.

Sa toile représentait exactement ce qu'elle avait en tête. Et pourtant, elle n'intéressait pas les fées…

Quelle déception !

– L'essentiel, c'est qu'il te plaise à toi, ce tableau, lança alors Vidia. Après, si d'autres personnes partagent tes goûts, tant mieux. Sinon, qu'est-ce que ça peut faire ? Ça ne change rien pour toi, j'imagine ! D'ailleurs, moi, il me plaît, ce tableau !

Et Bess, réconfortée, le lui offrit fièrement ! La Voltigeuse venait de l'aider à comprendre que ce qui comptait, quand on était artiste, c'était d'agir selon son cœur… La seule condition pour réaliser un vrai chef-d'œuvre !

Disney Princesses

La Belle et La Bête

Les bons côtés de l'hiver

La Bête est malade. Il a attrapé un gros rhume et la fièvre le force à rester au lit. Ce qui le met dans une humeur plus sombre que d'habitude !

– Buvez votre bouillon, lui conseille Belle. Il faut guérir au plus vite afin de profiter de l'hiver !

– Mais je déteste l'hiver ! s'énerve la Bête. Il n'y a rien de bon dans cette saison !

La jeune fille est désolée de le voir si triste. Elle insiste :

– Vous vous trompez ! L'hiver a plein de bons côtés : la neige embellit la nature, on patine sur le lac gelé, on fête Noël, on se réchauffe au coin du feu…

– Et les loups affamés rôdent autour du château pendant que je brûle de fièvre ! l'interrompt la Bête.

Belle pousse un gros soupir. Elle remporte le bol de bouillon à la cuisine.

Lumière, le chandelier, se désespère :

– Oh, Maître ! Belle cherche juste à vous faire plaisir !

– Je sais, regrette la Bête. J'ai trop mauvais caractère. Je vais lui offrir mon écharpe en cachemire mauve en signe de gratitude.

Pendant ce temps, à la cuisine, Belle termine de préparer de délicieux petits gâteaux de pain d'épices pour la Bête. Elle ne connaît rien de plus réconfortant en cas de gros rhume ! Et tandis qu'ils cuisent, elle sort cueillir des pommes de pin et du houx.

– Je vais apporter un peu des plaisirs de l'hiver à la Bête, décide-t-elle en humant le doux parfum des aiguilles de sapin. Ce grognon finira par changer d'avis !

Peu après, elle frappe doucement à la porte de la chambre du malade et entre en souriant. La jeune fille porte à bout de bras un plateau chargé de plein de petits gâteaux tout chauds, d'une tasse de chocolat fumant, et d'un vase débordant de branches de houx et de sapin, ainsi que de pommes de pin odorantes.

– Quelle merveille ! apprécie Lumière. Je vous envie presque d'être malade, Maître !

La Bête lui jette un regard noir avant de tendre l'écharpe à Belle en marmonnant :

– Je voulais vous remercier de votre gentillesse. Vous prenez soin de moi alors que je ne sais que ronchonner…

– Oh ! s'exclame la jeune fille, enchantée. Quel beau cadeau ! Grâce à ça, je ne m'enrhumerai pas lorsque nous irons patiner ensemble sur le lac !

La Bête a bien envie de refuser et de rouspéter encore ! Mais à la place il promet :

– D'accord, Belle. J'essaierai d'apprendre à aimer l'hiver avec vous… à condition que ma fièvre tombe !

Disney Les Fées

Clochette et la Pierre de Lune

Bateau vole

Quelle effervescence chez les petites fées ! Beaucoup sont dans l'Autre Monde, occupées à préparer l'automne. Les oies sauvages partent en migration, les feuilles des arbres brunissent… Heureusement qu'au Pays Imaginaire, les réserves de Poussière de Fée sont suffisantes. Sans cette poudre magique, les fées ne pourraient ni voler ni travailler. Et adieu les changements de saison ! Terence la distribue chaque jour à la ronde. Certaines fées ont parfois droit à des doses supplémentaires. Mais de façon exceptionnelle car la Poussière de Fée est trop précieuse pour être gaspillée…

– J'ai terminé mes livraisons ! annonce joyeusement Terence à son chef, cet après-midi-là.

Et il profite de son temps libre pour aller rendre visite à Clochette. La petite fée Bricoleuse est toujours en train d'inventer de nouvelles machines. Aujourd'hui, elle est au bord de la rivière. Elle met au point un bateau ultrarapide pour aider son ami à distribuer la poudre magique aux fées des Eaux.

– Alors, que penses-tu de *L'Express*, Terence ?

– Génial ! Tiens, je t'ai apporté ça pour le moteur !

Et il lui tend un gros élastique rose. Clochette a du mal à ne pas s'empêtrer les ailes dans l'épais caoutchouc, mais c'est exactement ce qu'il lui faut pour maintenir l'hélice du bateau.

– On n'a plus qu'à le mettre à l'eau ! déclare-t-elle enfin.

Terence la suit en barque, Clochette démarre et… Ouahou ! Le bateau file sur la rivière à toute allure, manquant même d'entrer en collision avec une coccinelle effarée !

Clochette ajuste les leviers de commande lorsque, soudain, des pièces du bateau cassent net et volent en éclats tout autour d'elle…

– Oh non !

L'Express fonce droit devant comme un boulet de canon ! Il ne s'arrête pas sur la berge, il glisse sur la terre ferme jusqu'à un immense arbre et… bong ! Le bateau est projeté dans les branches. Il reste un instant suspendu en équilibre… puis… crac ! retombe au sol.

Remise de ses émotions, Clochette est rouge de colère ! Tout ce travail gâché par un stupide bateau !

– Mais un bateau qui vole ! remarque Terence, amusé. C'est un exploit !

– C'est ça, grogne son amie. La prochaine fois, je construirai un avion qui flotte !

Et Terence éclate si fort de rire… que Clochette retrouve aussitôt le sourire !

Suite de l'histoire le 9 novembre, page 322

Disney PRINCESSES

Raiponce

Le mariage de Raiponce

Il y a peu, Flynn a demandé Raiponce en mariage. Et bien entendu, la princesse, folle de bonheur, a accepté. Aujourd'hui, elle file demander de l'aide à ses amis de la taverne du Canard Boiteux pour les préparatifs de la fête. Lorsqu'elle leur annonce la bonne nouvelle, tous les guerriers sautent de joie.

– Hourra ! s'écrient-ils à l'unisson. Depuis le temps qu'on attendait cet événement !

Ainsi, Attila, dont le rêve secret est d'être pâtissier, assiste la jeune fille lors de la confection d'une gigantesque pièce montée pleine de crème et de glace.

Tor, quant à lui, préférerait être fleuriste. Il emmène donc Raiponce cueillir une multitude de fleurs des champs. Et ensemble, ils composent alors plusieurs bouquets multicolores.

– Il nous faut aussi quelqu'un pour nous apporter les anneaux, dit Raiponce.

Et le choix se porte naturellement sur Maximus, le cheval royal, et sur Pascal, le petit caméléon. Tous deux acceptent fièrement la mission !

Puis arrive le moment de créer la robe de mariage… et la tâche est un peu plus ardue : les guerriers ont beau avoir des rêves délicats, leurs goûts vestimentaires restent… rudimentaires ! Alors, de retour au château, la princesse essaye de dessiner la robe idéale, mais sans succès.

Par chance, la reine arrive :

– Ne t'inquiète pas, ma chérie. Je vais t'aider à trouver la plus belle de toutes les robes.

Ceci fait, Raiponce est très heureuse : tout est fin prêt pour un jour parfait ! Le matin du mariage venu, les cloches résonnent en ville et les habitants, descendus dans les rues, applaudissent le passage de la reine et du roi.

Non loin de là, Maximus et Pascal attendent avec les alliances le début de la cérémonie. Mais le cheval royal a pris froid et soudain, il éternue : les deux anneaux s'envolent dans les airs puis roulent sur les pavés ! Et pendant que le roi mène fièrement sa fille devant l'autel, Maximus et Pascal se lancent, paniqués, à la poursuite des alliances. Heureusement, les deux maladroits récupèrent vite les bijoux et ouf ! ils arrivent juste à temps pour l'échange des anneaux !

Plus tard, entourés de tous les convives, Raiponce et Flynn entament leur première danse en tant que jeunes mariés. Ils savent que leurs amis seront toujours là pour les aider et qu'ils seront heureux, ensemble, pour toujours !

Suite de l'histoire **le 26 décembre, page 369**

Disney Princesses

Mulan

Ne te fie pas aux apparences !

Yao, Ling et Chien-Po regrettaient l'absence de Mulan. Ils étaient devenus amis à l'armée même si, lorsqu'ils l'avaient rencontrée la première fois, Mulan était déguisée en homme. Mais la jeune fille avait bravement contribué à sauver la Chine, après avoir vaincu Shan-Yu, ainsi que les Huns. Ses trois amis avaient décidé de rejoindre le village de Mulan et de l'accompagner dans toutes ses aventures.

– Mais que se passera-t-il si Shan-Yu veut sa revanche ? s'inquiéta Ling. Il nous fera peut-être rechercher ! Après tout, nous avons aidé Mulan à le vaincre.

Yao pensa qu'ils devaient se déguiser. Ils revêtirent donc kimonos et perruques. Trois fausses jeunes femmes se mirent en route pour le village de Mulan. Dès leur arrivée, la marieuse s'approcha et demanda :

– Qui êtes-vous, charmantes demoiselles ?

La marieuse, désespérée, n'avait plus beaucoup de femmes célibataires dans le village et une liste interminable de candidats au mariage !

– Nous venons de loin, répondit Chien-Po.

– Et vous êtes célibataires ?

– Oui, c'est vrai ! dit Ling.

– Bien, laissez-moi vous accueillir dans notre village, dit la marieuse en les précédant vers sa maison. Une tasse de thé ?

Les trois hommes avaient faim et soif. Ils ne se doutaient pas que la marieuse voulait vérifier s'ils feraient des épouses convenables.

– Vous allez servir le thé, mademoiselle ! demanda-t-elle à Yao.

Le garçon essaya de se souvenir comment sa mère servait le thé à la maison. Il disposa les tasses et versa délicatement le thé.

– Un petit gâteau ? proposa la marieuse.

Chien-Po résista et n'en prit qu'un seul, le mangeant en le coupant en petits morceaux.

La marieuse était aux anges ! Elle demanda à Ling quel était son passe-temps favori.

– Le catch, répondit-il.

Face à l'air réprobateur de la marieuse, Ling s'empressa d'ajouter :

– J'ai voulu dire « me cacher » quelques heures dans ma chambre, pour avoir un joli teint.

La marieuse sortait avec les trois amis lorsque Mulan arriva au village à cheval.

– Arrête ! Tu ne pourras jamais les marier ! cria-t-elle en les voyant.

– Bien sûr que oui ! lança la marieuse. Contrairement à toi, Mulan, ce sont de vraies femmes, elles !

Disney Princesses

La Belle au Bois Dormant

La robe idéale

Maintenant que la princesse Aurore et le prince Philippe étaient fiancés, il fallait s'atteler aux préparatifs du mariage. Tout le monde, au château, prenait part au merveilleux événement. Jardiniers, cuisiniers, pâtissiers, musiciens travaillaient avec ardeur.

Mais la tâche la plus délicate incombait aux couturières : confectionner la robe de mariée !

– Quel tissu préférez-vous ? demanda la couturière à la princesse Aurore. Un taffetas blanc ? Une soie opaline ?

Aurore n'eut pas le temps de répondre qu'elle décida :

– Regardez ce satin de coton ivoire, quels somptueux reflets irisés ! C'est celui qu'il vous faut, Votre Altesse. N'oublions pas la traîne. Cinq mètres de long s'imposent !

En réalité, Aurore ne voulait rien de si compliqué, mais personne ne l'écoutait !

Et quand la couturière se tut enfin, Pimprenelle, l'une des trois fées marraines d'Aurore, s'exclama :

– Aurore a peut-être envie de bleu ?

Et d'un coup de baguette magique, la fée colora le satin irisé en délicat bleu ciel !

– Ah non ! du rose ! protesta alors Flora.

– Du vert ! exigea aussitôt Pâquerette.

Aurore poussa un gros soupir qui fit intervenir son père :

– Arrêtez ! C'est à Aurore, de choisir la couleur de sa robe… L'essentiel est qu'elle soit couverte de milliers de joyaux.

Aurore était désespérée. Plus ça allait, moins cette robe ressemblait à celle dont elle rêvait !

Soudain, la reine la prit par la main et l'entraîna discrètement à sa chambre. Là, elle sortit de sa penderie une magnifique robe brodée de dentelle et de perles…

Une robe simple, légère, et ravissante !

– Voici ma robe de mariée, expliqua-t-elle. Elle appartenait déjà à ma mère. Je la gardais pour toi. Je pensais que, peut-être, tu aimerais la porter à ton tour ?

– Oh, maman ! C'est exactement la robe que je souhaitais !

Vite, Aurore l'enfila. Puis, parée de ses beaux atours, elle descendit au salon rejoindre son père, les fées et les couturières.

– Splendide ! admirent-ils en chœur en l'apercevant. C'est vraiment la robe idéale !

Aurore virevolta fièrement sur elle-même et répliqua en embrassant la reine :

– Bien sûr… puisqu'elle m'attend depuis toujours dans les armoires de maman !

Disney Princesses

Blanche-Neige et les Sept Nains

Debout, Dormeur !

– Allons mes amis, s'écria Prof, ce matin-là. Êtes-vous tous prêts à partir au travail ? Voyons… Joyeux ? Simplet ? Atchoum ? Timide ? Grincheux ? Dormeur ?

Prof regarde autour de lui.

– Dormeur ? répéta-t-il.

Aucune réponse. Dormeur était absent à l'appel.

Prof monta jusqu'à la chambre, suivi de tous les autres nains. Là, ils découvrirent Dormeur, encore dans son lit, toujours endormi.

– Pas encore ! souffla Prof en s'approchant du petit lit. Allez, Dormeur, debout ! dit-il en tirant la couverture.

Mais le nain se tourna dans son lit et continua à ronfler.

– C'est ridicule, grommela Grincheux. Chaque matin, c'est la même histoire, il faut toujours tirer Dormeur de son lit ! Moi, j'en ai assez !

– Moi aussi ! dit Simplet.

– Je suis le troisième, dit Atchoum. Atchiii !

Les nains entourèrent Dormeur, le regardèrent dormir tout en se demandant comment le réveiller.

– J'ai une idée, dit Prof. Il nous faudra la journée pour mettre mon plan au point, mais le problème sera résolu, une bonne fois pour toutes !

Les nains encerclèrent leur chef et Prof leur exposa les détails de son projet. Puis les nains empoignèrent leurs outils et se mirent au travail. Il y eut bientôt un vacarme assourdissant dans la pièce. Coups de marteaux, crissements de scies et au milieu de tout ce bruit, Dormeur, toujours endormi !

Il dormit tout le matin, tout l'après-midi, jusqu'au soir. Il dormit la nuit entière.

Au matin, un réveil, perché au-dessus de son lit, se mit en marche. La sonnerie retentit bruyamment, faisant bouger l'horloge.

Le réveil tomba et tendit la corde à laquelle il était attaché. À l'autre bout de la corde, un balai fit levier et souleva brutalement la tête du lit. Dormeur glissa hors des couvertures puis atterrit sur un toboggan de bois qui descendait par la fenêtre jusqu'au rez-de-chaussée.

Splash ! Il tomba dans une barrique remplie d'eau glacée.

Bien éveillé, Dormeur s'assit dans la barrique, clignant des yeux et se demandant ce qui s'était passé.

Les nains le regardèrent par la fenêtre en riant, sauf Grincheux bien sûr !

– Bonjour, Dormeur ! s'écria Prof. Il fait grand soleil ! Comment trouves-tu ton nouveau réveil ?

Disney Les Fées

Clochette et la Pierre de Lune

Une mission d'importance

Chaque année, dans la Vallée des Fées, on célèbre les Fêtes d'Automne, à la Pleine Lune des Moissons. Et cette année est très importante, car la pleine lune sera une Lune Bleue !

– Cela se produit rarement, explique Terence à son amie Clochette. C'est quand il y a deux pleines lunes le même mois. Et la Lune Bleue est bénéfique pour le Grand Arbre. Son éclat le régénère pour huit ans, jusqu'à la Lune Bleue suivante. Il ne faut donc pas rater l'événement, ou la Vallée des Fées risquerait de manquer de Poussière de Fée… et de disparaître !

– Oh là là ! s'exclame Clochette, impressionnée. Quand je pense que fée Marie a conseillé à la reine Clarion et au ministre de l'Automne de me charger de la fabrication du Sceptre d'Automne !

La fée Bricoleuse pousse un gros soupir. Le ministre lui a bien dit à quel point on compte sur elle, maintenant. Elle doit créer un sceptre unique, au sommet duquel elle fixera une pierre de Lune bleue.

Il faut bien calculer les angles, surtout ! En frappant pile au cœur de la pierre, l'éclat de la Lune Bleue formera un nuage de poussière enchantée qui augmentera la puissance du Grand Arbre…

– Regarde, Terence : fée Marie m'a déjà donné la pierre de Lune. Elle est très fragile. C'est la même depuis des générations !

– C'est une vraie mission de confiance, remarque son ami. Si tu veux, je peux être ton assistant !

Clochette rougit de fierté. Terence est si gentil ! Mais c'est à elle, et à elle seule, de confectionner le sceptre…

– Oh, je le sais ! la rassure Terence. Mais si je m'occupe de tout le reste à ta place, tu pourras te consacrer uniquement à ta mission !

Clochette accepte alors avec joie et, chaque matin, Terence lui apporte de quoi manger. Puis il repasse plus tard à l'atelier, les bras souvent chargés de matériel.

Ainsi, tandis que Clochette dresse des plans et façonne son sceptre, Terence veille sur le feu, balaie le plancher, et fait de son mieux pour l'aider.

Mais à force, Clochette a du mal à se concentrer… Elle n'arrive même plus à réfléchir !

– Si j'avais su, je ne lui aurais pas dit oui lorsqu'il m'a proposé son aide ! grogne-t-elle tout bas.

Car être l'assistant d'une Bricoleuse de mauvaise humeur, c'est finalement bien plus difficile que d'être un Bricoleur soi-même !

Suite de l'histoire le 16 novembre, page 329

Disney Princesses

Blanche-Neige et les Sept Nains

Un logis improvisé

Blanche-Neige jeta une bûche dans la cheminée pour attiser le feu. La température avait beaucoup chuté, au cours de la nuit, et l'arbre creux des écureuils s'était effondré, brisé par le gel.

– Ne vous inquiétez pas, leur promit-elle. Vous n'avez plus de maison, mais je vais arranger ça !

D'abord, il fallait reconstituer leurs réserves de noisettes, la saison pour les cueillir étant passée. Blanche-Neige regarda l'arbre mort, par la fenêtre. En y réfléchissant, il devait rester pas mal de noisettes, coincées à l'intérieur du tronc… Le problème serait maintenant de les récupérer !

– Les oiseaux ! s'exclama soudain la princesse. Ils pourront m'aider !

Et en effet, en moins de deux heures ils rapportèrent dans leur bec les réserves de noisettes à la chaumière.

Blanche-Neige leur prépara un pâté aux pommes pour les remercier, puis elle chercha où reloger les écureuils.

– Vous pourriez vous installer dans la souche, près du perron, suggéra-t-elle. Seulement, il y a là une famille d'araignées, et entre leurs toiles et vos lits de feuilles, vous seriez un peu serrés !

Songeant tout à coup à la soupière cabossée, sur l'étagère du buffet, la princesse décida qu'elle ferait un nid provisoire très douillet.

– Vous demeurerez dans la chaumière, tout en possédant votre propre chambre ! expliqua-t-elle aux écureuils ravis.

Il fallait aménager la soupière de façon acceptable. Il ne s'agissait pas de laisser ses amis au fond du plat sans confort ni matelas !

Blanche-Neige souleva le couvercle et, oh, surprise ! pêcha une vieille chaussette oubliée ! Vite, elle courut la rajouter à la pile de linge sale, puis rejoignit à la cuisine les petits écureuils qui l'attendaient avec impatience.

– Vous savez, lança-t-elle d'un air songeur, le désordre de Simplet me donne une grande idée !

Elle ouvrit l'armoire et en sortit son ancienne écharpe de laine, dont elle tapissa le fond de la soupière.

– Et voilà ! se réjouit-elle. Un lit tricoté sera tout de même plus douillet qu'une poignée de feuilles sèches !

Les écureuils embrassèrent la princesse avec reconnaissance, puis sautèrent dans leur nouvelle maison.

– C'est vrai, admit-elle en riant. Pour un logis improvisé, je le trouve pas mal réussi !

Même les oiseaux, experts en nids, acquiescèrent. Au point d'espérer que leurs arbres tomberaient bientôt aussi !

Disney Princesses

La Belle et La Bête

Lumière n'est pas raisonnable

Lumière a attrapé un vilain rhume mais, malgré la fièvre, il refuse de rester au lit.

– Un rhume, ce n'est pas une maladie, s'entête le chandelier. Rien ne m'empêche d'organiser la fête d'anniversaire de Zip !

– Voyons, Lumière, vous avez le temps, d'ici la semaine prochaine ! proteste Big-Ben.

– Une semaine n'est pas de trop pour répéter un spectacle chanté, rouspète le chandelier.

– Vous avez la voix enrouée, remarque Belle. Si vous ne vous reposez pas deux ou trois jours, votre cas risque d'empirer…

–… et adieu l'anniversaire ! termine Madame Samovar.

Peine perdue, Lumière est décidé : pas question de se coucher pour un stupide petit rhume de rien du tout !

Et il retourne au salon vaquer à ses occupations.

– Quelle tête de mule ! peste Belle.

– Je suis certaine que sa fièvre ne fait que grimper, s'inquiète Madame Samovar.

– Aux grands maux, les grands remèdes ! déclare soudain Big-Ben mystérieusement.

Il chuchote quelque chose à l'oreille de Cayenne, une poivrière de passage, puis tous deux courent au salon. Belle sourit.

– Big-Ben a un plan, Madame Samovar. Je compte sur lui pour résoudre le problème !

Elles s'esclaffent et reprennent leur travail, tandis que Big-Ben et Cayenne retrouvent Lumière au salon.

Debout près de la table, le chandelier très pâle ne les voit pas entrer. Il étudie la future décoration de la soirée d'anniversaire en se mouchant sans cesse.

– Grimpe sur la table et fais comme on a dit ! murmure Big-Ben à la poivrière.

Cayenne s'exécute discrètement. Placée juste au-dessus de la tête du chandelier, elle se penche, renverse son poivre et…

Lumière éternue sans pouvoir s'arrêter.

– Vous n'êtes pas raisonnable ! le gronde alors Big-Ben. Vous voyez bien que vous êtes très atteint ! Bientôt, vous ne reprendrez plus votre souffle…

– Atchoum ! Atchoum ! répond le chandelier, affolé. Je crois… atchoum !... que je vais me coucher… atchoum !... un jour ou deux !

C'est ainsi que Lumière guérit plus vite que prévu. Sa fièvre tomba dès le lendemain et il put organiser l'anniversaire de Zip en toute tranquillité !

Sauf que c'est à Big-Ben, dorénavant, d'avoir la fièvre… Il s'inquiète tant d'avouer à Lumière sa supercherie !

– C'était pour son bien peut-être, soupire-t-il. Mais sûrement pas pour le mien !

Disney Les Fées

Le lac du Royaume des Fées

Rani descend l'escalier de l'Arbre-aux-Dames pour se rendre chez son amie Clochette quand tout à coup, plouf, elle se retrouve les pieds dans l'eau.

– Toute la Vallée des Fées est inondée ! lui annonce Dulcie, une Pâtissière, en arrivant dans une marmite et une cuillère à la main, en guide de canoë et de pagaie.

Entendant un appel à l'aide, Rani saute dans la marmite de Dulcie et les deux fées sortent de l'arbre en pagayant avec la cuillère. Elles trouvent Lily, une fée des Jardins, qui tente de secourir un nid d'oisillons tombé à l'eau.

Empruntant sa marmite à Dulcie, Rani passe prendre Clochette pour aller voir Terence.

– Toute la poussière magique est trempée ! leur annonce l'homme-hirondelle. Personne ne pourra plus voler avant plusieurs jours.

Les fées font grise mine, quand elles entendent chanter. Un groupe de fées des Eaux s'approche d'elles, à bord de bateaux-feuilles.

– Et si on se servait de bateaux pour se déplacer, nous aussi ? suggère Terence.

Beck soupire :

– Rani, demande-t-elle, comme tu es la meilleure des fées des Eaux, pourrais-tu faire repartir toute cette eau ?

– Il faudrait d'abord que je sache d'où elle vient, répond Rani.

Pendant qu'elle mène l'enquête, les fées apprennent à diriger les bateaux-feuilles et les araignées leur tissent des passerelles au-dessus de l'eau. Finalement, les fées s'adaptent très bien à cette nouvelle situation ! Et Rani découvre bientôt que les responsables de cette inondation sont les castors, qui ont construit un barrage sur la Barbotine.

– Ils ne veulent pas aller ailleurs, traduit Beck, qui sert d'interprète à Rani. Ils disent que c'est un bon endroit.

– Réponds-leur que je connais un meilleur endroit ! assure Rani.

Les castors, très intéressés, décident de se rendre sur les lieux. Ravis, ils acceptent de quitter les rives de la Barbotine. Ils enlèvent alors le barrage pour que toute l'eau s'évacue. Peu après, Rani trouve Clochette à côté de son bateau-feuille, l'air un peu triste. En fait, comme beaucoup d'autres fées, elle aimait faire du bateau !

Le lendemain, Rani demande à Clochette de la suivre. Elle l'entraîne près de la Barbotine, là où s'étendait autrefois une prairie. Maintenant, c'est un lac ! Des fées en sillonnent la surface, à bord de leurs bateaux-feuilles.

– Bienvenue au tout nouveau lac de la Vallée des Fées ! s'exclame Rani.

Disney Princesses

Blanche-Neige et les Sept Nains

D'importants visiteurs

Blanche-Neige et le prince charmant vivaient un bonheur parfait. Rien ne venait jamais ternir leur amour. Or, ce matin-là, Blanche-Neige semblait moins gaie que d'habitude.

– Que se passe-t-il ? s'inquiéta le prince.

– Les Sept Nains me manquent, soupira Blanche-Neige.

– Ils n'habitent pas loin du château. Je peux te conduire chez eux, si tu le souhaites.

– Oh, merci ! Mais j'aimerais avoir un cheval à moi. Comme ça, je pourrais aller les voir chaque jour si j'en ai envie…

Le prince promit d'acheter un cheval à la prochaine foire. En attendant, Blanche-Neige confia à un oiseau voyageur un message pour les Sept Nains.

L'oiseau traversa la forêt en vitesse.

Il se posa sur le rebord de la fenêtre de la chaumière et pépia fort.

– Tiens, nous avons du courrier ! s'exclama Prof en ouvrant l'enveloppe. C'est Blanche-Neige ! Elle nous rend visite avec le prince !

– Hourra ! applaudirent ses six compagnons.

– Mais ils viennent ce midi ! s'affola Prof. Nous ne pouvons pas recevoir un prince et une princesse dans un tel désordre ! Retroussons nos manches et au travail !

Oh là là ! Ranger la chaumière, faire la vaisselle : c'était bien pire que d'extraire des diamants à la mine ! Les Sept Nains n'étaient pas doués pour les tâches ménagères. Ils oublièrent les toiles d'araignées, et cassèrent plus de bols qu'ils n'en lavèrent. Quand le coucou sonna midi, la poussière volait partout dans la maison, le déjeuner était brûlé… et Blanche-Neige arrivait avec le prince !

Les Sept Nains leur sautèrent au cou de joie.

Puis, Prof bredouilla :

– Notre chaumière est en bien triste état pour recevoir d'aussi importants visiteurs !

– Oh, pardonne-moi, Prof ! dit Blanche-Neige. J'aurais dû vous prévenir plus tôt… Mais je viens pour vous voir, pas pour la maison !

– Et Blanche-Neige vous a apporté un délicieux pique-nique, ajouta le prince. Des crêpes et du clafoutis aux cerises !

– Youpi ! s'esclaffèrent les Sept Nains. On a bien fait de brûler notre repas !

Blanche-Neige éclata de rire à son tour.

– Vous voyez, mes amis, tout est parfait ! Nous ne sommes pas importants parce que nous sommes prince et princesse… mais parce que vous nous aimez, et que nous vous aimons. Alors, un peu de poussière dans la chaumière, qu'est-ce que ça peut faire ?

Disney

ALICE au pays des MERVEILLES

Il ne faut jurer de rien

Alice passait devant les grilles du château de la Reine de Cœur lorsque des bruits de dispute dans la roseraie l'intriguèrent.

« Se mêler des affaires des autres est un vilain défaut, songea la curieuse en pénétrant sans bruit dans le jardin. Mais je n'ai jamais prétendu être parfaite ! »

Et elle se glissa derrière le kiosque à musique, d'où elle observa en toute discrétion les deux jardiniers qui se chamaillaient…

– Comment as-tu pu planter un rosier blanc ? s'exclama le premier.

– Je n'ai rien planté du tout ! se défendit le second. Je ne travaille ici que depuis hier !

– Toi aussi, tu remplaces l'As de Carreau ? reprit le premier. Tu sais donc pourquoi la reine menace de lui couper la tête ?

– Parce qu'il a planté un rosier jaune, et elle n'aime que les rouges, répondit piteusement le second.

Là-dessus, tous deux s'emparèrent de gros pinceaux. Ils les plongèrent dans un pot de peinture et commencèrent à peindre les roses en rouge. Ils travaillaient vite, redoutant une visite de la reine.

Alors, Alice estima le moment venu pour elle d'intervenir dans la conversation.

– Arrêtez ! cria-t-elle en sortant de sa cachette. La reine déteste qu'on peigne les fleurs. Si elle vous voit, elle entrera dans une fureur terrible ! Je le sais, car c'est déjà arrivé !

Interloqués, les jardiniers la dévisagèrcnt.

– C'est cette drôle de petite fille, chuchota le premier, méfiant, à l'oreille de son collègue. Celle qui n'est plus sûre de rien et qui change de taille à chaque instant…

– Oh, mais je vous entends parfaitement ! se fâcha Alice. Moi, je voulais juste vous aider ! Maintenant, vous n'avez qu'à les peindre tout seuls vos roses. On vous coupera la tête et ce sera bien mérité !

Elle était si en colère qu'elle ne remarqua pas la Reine de Cœur, qui venait d'entrer dans la roseraie afin d'inspecter le travail de ses nouveaux jardiniers.

– Qui a osé ? hurla la souveraine devant le rosier blanc à demi peint. Vous devriez savoir que je n'aime que les rosiers jaunes ! ajouta la reine. Plantez-en partout ou je vous tranche la tête !

Les jardiniers, paniqués, s'empressèrent d'obéir, jetant un regard réprobateur à Alice qui écarquilla les yeux, stupéfaite.

– Ils avaient raison, constata-t-elle en quittant le château sur la pointe des pieds, de peur d'être vue. Je ne suis plus sûre que d'une chose : dans ce pays de fous, je ne suis plus sûre de rien !

Disney Princesses

Cendrillon

Une fête sans pareil

Plus que deux heures avant le début des festivités d'anniversaire du prince : les derniers préparatifs allaient bon train ! Les domestiques dressaient les tables avec la plus belle argenterie. Les tapissiers fixaient des tentures de velours aux fenêtres. Et les cuisiniers achevaient enfin de décorer le gâteau lorsque… patatras ! le gros chat Lucifer le renversa en essayant d'attraper les souris Gus et Jac !

– Pas de panique ! lança alors la Bonne Fée en arrivant au château. Un coup de baguette magique, et le mal est réparé !

Cendrillon avait prié sa marraine de venir afin d'offrir, grâce à un soupçon de magie, une fête sans pareil au prince. Il ne restait plus désormais qu'à s'habiller pour le bal. La princesse accepta avec joie l'aide de l'intendante.

Pourtant, elle ne pouvait pas demander chaque fois à la Bonne Fée de lui faire apparaître des robes sensationnelles ! Finalement, Cendrillon choisit une tenue bleu ciel. Ses amies les souris, du rose et du jaune.

– Vite ! J'entends nos hôtes ! s'exclama soudain la princesse en dévalant l'escalier.

Elle rejoignit le prince et le roi pour les accueillir. Ils s'attablèrent, puis le prince ouvrit le banquet en déclarant :

– Merci à tous d'être là, et merci à ma resplendissante Cendrillon de m'avoir organisé une fête sans pareil !

Le repas terminé, l'orchestre entama la valse du royaume. On dansait jusque dans les cuisines !

À la nuit tombée, Cendrillon conduisit le prince sur le balcon. Il était l'heure d'admirer le présent magique de la Bonne Fée : un feu d'artifice géant !

Même Pataud, le chien paresseux, quitta son panier pour assister au spectacle.

Plus tard, quand les invités furent partis, le prince et Cendrillon se promenèrent dans le parc, au clair de lune.

– Je devais aussi t'offrir une cape brodée, confia la princesse. Mais je l'ai égarée…

Un miaulement aigu l'interrompit, et la chatte blanche du château passa devant eux en se pavanant dans la cape !

Le prince ne s'étonna pas, la frileuse lui volait toujours ses pulls les plus doux…

Par contre, il taquina Cendrillon :

– Une cape pour chat ? Quel cadeau original, merci !

– Je t'avais promis une fête sans pareille, non ? rétorqua aussitôt la princesse, bien décidée à ne pas se laisser faire.

Et ils rentrèrent ensemble en éclatant de rire.

Disney Les Fées

Clochette et la Pierre de Lune

Ruse de fée

Clochette a une lourde responsabilité : créer le Sceptre d'Automne. Il faudra à la fin placer la pierre de Lune ancestrale au sommet. Et c'est un travail très délicat.

Mais avant ça, elle s'applique déjà beaucoup. Elle tient à fabriquer le sceptre le plus somptueux qu'on n'ait jamais vu dans la Vallée des Fées ! Alors, la petite Bricoleuse n'hésite pas à recommencer. Elle réfléchit, change d'avis, façonne, recoupe, sculpte, améliore. Elle n'arrête pas un instant ! C'est qu'elle n'a plus trop de temps devant elle avant la grande cérémonie…

– Heureusement que je suis là pour t'aider ! se félicite Terence.

Clochette plisse son nez. Il est vrai que Terence est un ami très serviable… Mais il l'est peut-être un peu trop ! Il balaie l'atelier, entretient le feu, époussette l'établi…

Elle n'en demande pas tant ! Quand il n'enfume pas la pièce par mégarde, il fait tellement de bruit qu'elle ne peut plus se concentrer.

Et puis, il intervient sans cesse !

Enfin, arrive le jour de fixer la pierre de Lune sur le sceptre. Clochette est nerveuse, elle a peur de tout gâcher. Terence, lui, est impatient de voir le résultat !

– Fais attention, Clochette, lui souffle-t-il. La pierre est très fragile…

– Oui, je sais, grommelle-t-elle.

Elle n'a pas besoin qu'on l'angoisse encore plus !

Elle soulève la pierre avec soin, afin de la fixer sur la griffe d'or du sceptre. Terence continue :

– Doucement, Clochette ! Là, ne tremble pas ! Il faut bien mesurer l'angle, sinon l'éclat de Lune ne…

– Je sais ! répète-t-elle entre ses dents, de plus en plus agacée.

Et soudain, un morceau du sceptre se casse !

– Il te faut un outil plus pointu, remarque Terence tandis que Clochette essaie de le réparer.

À ces mots, la Bricoleuse s'exclame :

– Bonne idée ! Tu vas m'en chercher un ?

Terence est ravi de se rendre utile ! Vite, il se précipite chez Clark et Gabble.

– Surtout, ne te presse pas ! lui crie alors Clochette.

Elle pousse un soupir. Ouf ! Sa ruse a fonctionné. Elle est enfin tranquille pour travailler !

– Avec un peu de chance, j'aurai terminé avant son retour, espère-t-elle tout bas.

Et elle se remet à la tâche, soulagée de ne plus être soutenue par cet assistant trop insistant à son goût !

Suite de l'histoire le 20 novembre, page 333

Disney Princesses

La Belle au Bois Dormant

Comme avant

Aurore regarde par la fenêtre du château et pousse un soupir. Sa vie a tellement changé depuis qu'elle vit au château ! Bien sûr, elle ne regrette rien… sauf sa liberté.

– Avant, nous avions du temps rien que pour nous, Philippe et moi !

D'ailleurs, le prince pense la même chose qu'elle. Et justement, ce jour-là, il a décidé de partir se promener seul avec Aurore, comme autrefois. Il vient la chercher au salon, lorsque le jardinier entre en criant :

– Votre Majesté ! La gouvernante refuse de placer mes bouquets sur les tables de la salle de bal !

– Ils sont énormes, les convives ne se verraient pas ! proteste la gouvernante.

– Votre Altesse ! dit le chambellan en déroulant un long parchemin. Voici la liste des invités : où dois-je les placer ?

La princesse ne sait plus où donner de la tête ! Alors, Philippe la prend par la main et déclare :

– Assez ! Débrouillez-vous !

Et il entraîne Aurore, folle de joie, aux écuries.

Ils enfourchent chacun leur cheval et partent au triple galop vers les bois. Ils sèment l'Escorte royale et filent jusqu'à une clairière isolée, où le farceur Samson s'arrête au bord d'un ruisseau… en projetant Philippe dans l'eau !

– Comme le jour de notre rencontre ! s'esclaffe Aurore. Nous étions dans cette même clairière. Tu te rappelles ?

– Je ne l'oublierai jamais ! répond le prince en l'embrassant tendrement.

Ils passent une journée si tranquille, en tête à tête dans la forêt… comme avant ! Il faut pourtant songer à rentrer pour le bal.

– Pars devant, dit Philippe à Aurore. Je te rejoins avec un petit cadeau !

En regagnant le château, Aurore veut aussi préparer une surprise au prince, pour le remercier de ce merveilleux après-midi. Elle appelle les trois fées afin de réaliser son plan…

Le soir venu, Philippe frappe à la porte de la chambre de la princesse.

– C'est l'heure du bal, Aurore. Voici un cadeau qui vient de notre clairière, en souvenir de ce beau jour passé ensemble !

Et il lui tend une couronne de fleurs blanches tressées par les oiseaux.

– Oh, merci, Philippe ! Moi aussi, j'ai une surprise pour toi !

Elle le conduit à la salle de bal… qu'elle a fait transformer en une réplique exacte de leur clairière !

– Tu vois ? Il existe mille façons de retrouver notre vie d'avant ! dit-elle en riant. Et personne n'en sait rien… sauf nous !

Disney Princesses

Blanche-Neige et les Sept Nains

Preuve d'amour

Blanche-Neige et le prince charmant avaient invité les Sept Nains à pique-niquer dans le parc du château, au pied du vieux cerisier du verger.

Les Sept Nains crièrent de joie devant les sandwichs, les beignets, le pâté aux légumes et la tarte aux prunes. Blanche-Neige distribua à chacun son assiette et ses couverts… et se rendit soudain compte que Simplet avait disparu !

– Il va nous mettre en retard pour manger ! grogna Grincheux.

Heureusement, ils le retrouvèrent vite au fond de la roseraie. Agenouillé devant un buisson, il observait quelque chose avec attention…

– Oh, quelle jolie chenille ! s'exclama Blanche-Neige en approchant.

Simplet fit grimper la fragile petite créature sur son doigt et l'emporta avec lui jusqu'à la nappe du pique-nique, où elle se régala de feuilles de salade toute fraîche !

À la fin de la journée, la chenille ne voulait plus quitter Simplet ! Elle rampa même sur son épaule, et rentra avec lui à la chaumière.

Deux semaines plus tard, Blanche-Neige et le prince charmant allèrent à leur tour goûter chez les Sept Nains.

Ils leur apportèrent des massepains en forme de cœur, mais Simplet poussa un profond soupir et ne mangea pas le sien.

– Pardonnez-lui, fit Prof. La chenille n'est plus là et ça le rend triste…

Alors, Simplet emmena Blanche-Neige dehors. Il lui montra un gros cocon blanc, accroché à une branche.

Grincheux bougonna :

– La chenille s'est enfermée là-dedans il y a des jours et des jours, et elle refuse d'en sortir !

– Mais non, voyons ! expliqua la princesse. La chenille ne boude pas : elle est en train de se transformer en papillon. C'est sa façon à elle de grandir…

Simplet écarquilla les yeux, étonné. Le cocon commençait justement à s'ouvrir. Deux grandes ailes en sortirent, puis elles se déployèrent en un magnifique papillon.

Simplet sourit, tout heureux de reconnaître sa petite chenille. Mais Blanche-Neige l'empêcha de l'attraper.

– Un papillon doit voler et butiner. Laisse-le faire ce qu'il a à faire, et il reviendra !

Simplet s'efforçait donc de s'amuser avec les autres quand, tout à coup… le papillon se posa sur son doigt !

– Tu vois, il ne t'oublie pas ! s'esclaffa Blanche-Neige. Le laisser libre est la plus belle preuve d'amour que tu puisses lui donner. Et il vient t'en remercier !

Disney Princesses

La Belle au Bois Dormant

Rose ou bleu

Le jour du mariage du prince Philippe et de la princesse Aurore, personne n'était aussi heureux pour eux que les trois fées.

– Quel jour merveilleux, s'exclama Flora du balcon qui surplombait la salle de bal. N'est-ce pas, Pâquerette ?

Comme Pâquerette ne répondait pas, Flora se retourna et la vit en larmes.

– Pourquoi pleures-tu, Pâquerette ?

Tamponnant ses yeux, la fée vêtue de vert répondit :

– J'adore les mariages et les histoires qui finissent bien. Mais les deux ensemble me font pleurer de joie !

– Quel bonheur, dit Pimprenelle. Tout le royaume est là. Regardez tous ces cadeaux !

– Mon Dieu, il faudra des jours et des jours aux mariés pour tous les ouvrir !

– Compte-les encore une fois, demande Pâquerette. Moi, j'ai les larmes aux yeux.

Sans y penser, Pimprenelle tend sa baguette pour compter et dzzing ! transforme tous les paquets blancs en paquets bleus, sa couleur préférée.

– Pimprenelle ! la gronde Flora. Rends-leur leur couleur !

– Je ne sais pas… dit Pimprenelle en se tâtant le menton. Je les aime bien comme ça !

– Ah, tu ne peux pas ? dit Flora. Eh bien, regarde !

À son tour, Flora tend sa baguette et dzzing ! Les cadeaux prennent aussitôt une jolie coloration… rose !

– Allons, mes amies, dit Pâquerette pour rétablir la paix. Ce n'est pas le jour. Arrêtez de vous chamailler !

– J'arrêterai si Flora arrête aussi, dit Pimprenelle, après avoir donné un nouveau coup de baguette et transformé la couleur des paquets en bleu.

– Tu appelles ça arrêter ? grogne Flora.

Pâquerette en a vraiment assez de cette bataille de baguettes.

Se saisissant de la sienne, elle dessine un cercle et chante bien fort : « Cadeaux roses, cadeaux bleus, mariez vos couleurs et ne bougez plus ! » Sa formule prononcée, les cadeaux se transforment pour la dernière fois.

– Qu'as-tu fait ? crient Flora et Pimprenelle.

– J'ai mélangé vos couleurs ! dit Pâquerette fièrement. Le seul papier d'emballage à la mode cette année est rayé rose et bleu, figurez-vous ! Maintenant, allons prendre une part de ce magnifique gâteau de mariage et régalons-nous !

– Le gâteau ! s'écrie Pimprenelle, malicieuse. De quelle couleur est-il ? Rose ou bleu ?

Disney Les Fées

Clochette et la Pierre de Lune

Gardons espoir

Hourra ! Clochette a terminé le Sceptre des Festivités d'Automne ! La pierre de Lune est bien en place dans la griffe d'or, et la Bricoleuse est satisfaite du résultat.

– J'ai un nouvel outil pour t'aider, Clochette ! annonce soudain Terence en s'engouffrant dans l'atelier.

Il pousse devant lui une vieille boussole toute ronde de l'Autre Monde. La Bricoleuse lève les yeux au ciel.

– Que veux-tu que je fasse de ça, Terence ? De toute façon, j'ai fini. Allez, oust ! Remporte ce truc sur la plage !

Mais voici que la fée cogne la boussole en passant. Cette dernière roule à travers la pièce… et renverse le sceptre !

Terence réussit à rattraper la pierre de Lune de justesse. Le sceptre, par contre, se brise en plusieurs morceaux par terre.

Aussitôt, Clochette rougit de colère.

– Terence ! Tout est ta faute ! C'est toi qui as apporté cet objet idiot ici ! Va-t'en !

Terence quitte l'atelier très fâché, et Clochette pose la pierre de Lune en sécurité sur un coussin. Les Festivités d'Automne ont lieu dans quelques jours. Que faire ?

– Tout est fichu ! s'écrie-t-elle en donnant un coup de pied à la boussole.

Sous le choc, le couvercle s'ouvre brusquement… et écrase la précieuse pierre de Lune !

Cette fois, Clochette est anéantie. Sans pierre de Lune, pas de cérémonie de la Lune Bleue, et le Grand Arbre dépérira. Elle doit absolument trouver une solution !

Vite, elle se rend au Théâtre, où fée Marie assiste à la représentation du soir.

– Fée Marie, j'aimerais utiliser une deuxième pierre de Lune, pour mon sceptre…

– Impossible : il n'en existe plus qu'une au monde !

Clochette panique mais Lyria, la fée Conteuse, commence déjà son spectacle :

– Il y a fort longtemps, des pirates accostèrent au Pays Imaginaire et dérobèrent le Miroir enchanté des fées, raconte-t-elle. Ce miroir a le don d'accorder trois vœux. Mais le navire pirate s'échoua sur une île avant que les voleurs aient pu formuler leur troisième souhait. Celui qui retrouvera l'épave retrouvera le trésor des pirates, ainsi que le miroir, et pourra réaliser le dernier vœu !

– Je suis sauvée ! applaudit alors Clochette. Je vais retrouver ce miroir et souhaiter qu'il répare la pierre de Lune !

Comme quoi, une vraie Bricoleuse garde toujours espoir… même dans les situations les plus désespérées !

Suite de l'histoire le 22 novembre, page 335 ➡

Disney Princesses

Blanche-Neige et les Sept Nains

Le premier cours d'équitation

Comme chaque matin, Blanche-Neige prenait son petit-déjeuner avec le prince, lorsque ce dernier annonça :

– J'ai une mission à remplir, aujourd'hui. Je dois m'absenter !

Il sella donc sa jument blanche Astor et dit au revoir à sa bien-aimée. Peu après, alors que Blanche-Neige taillait les rosiers du balcon, elle aperçut un nuage de poussière à l'horizon…

– Mon prince rentre déjà ! se réjouit-elle en courant l'accueillir à la grille du château.

Mais Astor trottait sans son cavalier !

– Le prince a dû avoir un accident, s'affola Blanche-Neige. Je pars à son secours !

Elle mit sa cape et s'élança sur le sentier. Astor la rattrapa en hennissant.

– Tu veux m'emmener ? comprit alors la princesse.

Elle n'était encore jamais montée seule en selle. Pourtant, si Astor savait où se trouvait le prince, il n'y avait pas à hésiter ! Et elle grimpa sur le dos de la jument… qui partit au galop à travers la forêt !

Blanche-Neige s'efforçait d'ignorer les dangers qui guettaient au fond des bois.

Bientôt, elle reconnut le chapeau du prince, accroché à une branche basse, au-dessus de la rivière.

Quand Astor bondit sur l'autre berge, Blanche-Neige tendit haut le bras et attrapa le chapeau au passage.

– Qu'est-il arrivé au prince ? murmura-t-elle, terrorisée.

Prof surgit alors d'un fourré. Il proposa son aide à la princesse, siffla pour avertir ses frères, et la petite troupe suivit Astor.

Ils parvinrent enfin à une clairière ensoleillée.

Le prince était là, allongé dans l'herbe ! Blanche-Neige courut auprès de lui en craignant le pire.

Mais le prince s'éveilla soudain et s'exclama :

– Ah, te voilà ! Je me suis endormi en t'attendant !

– Je te croyais en danger, bredouilla la princesse. J'ai trouvé ton chapeau !

– Je l'ai perdu en franchissant la rivière, expliqua le jeune homme.

Il lui montra ensuite un merveilleux pique-nique et expliqua :

– Voici ma mission : une surprise pour ton anniversaire ! Astor devait te conduire à la clairière en secret. Je ne pensais pas que tu t'inquiéterais.

– Ce n'est rien, car tout est bien qui finit bien, rit Blanche-Neige. Et puis, grâce à toi, nous allons pique-niquer avec les Sept Nains… et j'ai pris un fabuleux premier cours d'équitation !

Disney Les Fées

Clochette et la Pierre de Lune

Un précieux compagnon

Clochette a décidé de partir à la recherche du Miroir enchanté, celui qui exauce trois vœux. Des pirates l'ont dérobé il y a de cela bien longtemps, puis leur bateau s'est échoué avec leur butin sur l'Île perdue, au nord du Pays Imaginaire. Les voleurs ont déjà utilisé deux vœux.

Mais le troisième vœu n'a pas encore été souhaité et Clochette espère demander au miroir qu'il répare la pierre de Lune qu'elle a brisée en mille morceaux. Sinon, la Vallée des Fées disparaîtra peu à peu…

« Je dois d'abord localiser l'Île perdue », réfléchit la Bricoleuse en dessinant une carte géographique.

Elle calcule la trajectoire exacte, consulte sa boussole. Puis elle prépare ses bagages. Il faut emporter beaucoup de provisions pour un tel voyage ! Mais elle va manquer de Poussière de Fée pour transporter tout cela…

Clochette pousse un soupir. Quel dommage qu'elle se soit disputée avec Terence ! Maintenant, elle va devoir se débrouiller par elle-même… Soudain, elle a une idée :

– Je vais vite construire une montgolfière !

Elle réutilise la coque d'un bateau de son invention, à laquelle elle ajoute un ballon de fleurs de coton, une casserole par-ci, un coup de marteau par-là, une pincée de Poussière de Fée…

Et Clochette n'a plus qu'à embarquer ! Elle navigue rapidement dans le ciel. À la tombée de la nuit, elle croise un essaim de lucioles pourchassé par une chauve-souris affamée.

Heureusement, tous s'éloignent vers le Rocher du Crâne sans abîmer le ballon. Mais l'estomac de Clochette commence à gargouiller. C'est l'heure du dîner ! Elle ouvre son sac à provisions… et n'y trouve que des miettes !

Des miettes, et une adorable luciole qui vient de vider tout son dîner !

– Oh non ! gémit Clochette. Veux-tu t'en aller ! Je suis en mission très secrète !

Mais la luciole insiste pour rester l'aider. Un moment, elle fait semblant de disparaître de la montgolfière… et Clochette se rend compte qu'il fait si noir, malgré la Lune, qu'elle ne peut même plus lire sa carte ! Alors, la luciole réapparaît à ses côtés…

– D'accord, j'ai compris la leçon, s'esclaffe la Bricoleuse. Chacun est utile à sa façon !

La luciole se met alors à briller fort, si fort que Clochette s'exclame :

– Je t'appellerai Flambeau ! Eh bien, éclaire le chemin… et en route pour l'aventure, mon précieux compagnon !

Suite de l'histoire le 24 novembre, page 337

Disney

ALICE au pays des MERVEILLES

Tu doo-rs ?

Alice se promenait dans le Pays des Merveilles quand elle aperçut une chenille bleue, assise sur un champignon. Elle fumait une étrange pipe dont chaque bouffée de fumée formait une lettre différente.

– TU Doo-Rs ? écrivit la fumée.

– Est-ce que je dors ? se demanda Alice, en se grattant la tête. Je ne m'en étais pas aperçue ! Je suis tellement préoccupée par le fait de retrouver ma maison, qu'il m'est difficile de penser à autre chose. Je ne sais plus…

– TU saiS, écrivit la chenille, laissant échapper de son narguilé un U et un S de fumée rouge et orange.

– Vraiment ? interrogea Alice.

– TU ouvres parfois la bOuche sanS parler ! dit-elle.

– Ah, je vois ! Vous voulez dire que je bâille ? Non, je n'ai pas bâillé, assura Alice.

La chenille se mit à bâiller, puis demanda.

– TEs paupières deVIENNENT LOUrdes ?

– Mes paupières deviennent lourdes ? s'étonna Alice, en clignant des yeux, afin de vérifier. Non, elles sont comme d'habitude !

– Je vois, répondit la chenille par des volutes de fumée jaunes et vertes.

Ses paupières commencèrent à battre frénétiquement.

– C'est vous, qui avez sommeil, remarqua Alice, en regardant fixement la chenille.

– Moi ?

– Vous bâillez, vos paupières tombent, et vous dodelinez de la tête, expliqua Alice.

– Je ne peUx Pas dOrmir, car personne ne m'a chanté une berceuse.

– Je vais le faire, si vous voulez, dit Alice.

– D'Acco-R-d ! répondit la chenille.

Depuis qu'elle était au Pays des Merveilles, Alice ne se souvenait pas parfaitement des poèmes et des chansons qu'elle connaissait.

– Je vais essayer juste une petite berceuse, dit-elle en haussant les épaules :

Fais dodo, Colin, mon p'tit frère
Fais dodo t'auras du lolo.
Maman est en haut
Qui fait des gâteaux
Papa est en bas
Qui fait du chocolat
Fais dodo, Colin, mon p'tit frère
Fais dodo t'auras du lolo.

– Ma chanson vous a plu ? demanda Alice, quand elle eut terminé.

– PAs vraiment ! déclara la chenille.

Et elle se transforma en papillon et s'envola sans un mot de plus.

Disney Les Fées

Clochette et la Pierre de Lune

Jamais seule

L'automne est installé dans l'Autre Monde. Les fées ont bien travaillé mais elles n'ont pas le temps de se reposer pour autant, car l'heure des festivités de la saison va bientôt sonner !

Plus que deux jours pour tout terminer. Il ne faut pas rater le lever de la Lune Bleue, il n'a lieu qu'une fois tous les huit ans !

Alors, forcément, chacun est très occupé dans la Vallée des Fées. Trop occupé pour avoir remarqué l'absence de Clochette…

« Tant mieux ! se réjouit-elle, à bord de sa montgolfière. Si fée Marie savait que je vais à l'Île perdue chercher le trésor des pirates, elle devinerait que j'ai cassé la pierre de Lune et que j'ai besoin du Miroir enchanté pour la réparer ! »

Le voyage se passe ainsi sans encombre, jusqu'au moment où un épais brouillard nocturne enveloppe le ballon. La lumière de Flambeau, la luciole qui accompagne Clochette en expédition, ne suffit plus à éclairer le chemin.

– Je crois qu'on est arrivés à l'Île perdue, remarque cependant la Bricoleuse.

Le lendemain, au lever du soleil, Clochette se rend alors compte que la montgolfière est coincée dans un arbre.

– Garde le ballon, Flambeau, ordonne-t-elle à la luciole. Je peux très bien me débrouiller toute seule !

Et la fée s'envole sans hésiter. Mais voici que la montgolfière se met à partir à la dérive… En moins de temps qu'il n'en faut pour le dire, elle est emportée par le vent !

– Oh non ! s'affole Clochette. Ma boussole, mes provisions… Rattrapons le ballon !

Manque de chance, une feuille de noisetier se plaque sur ses yeux… et la fée se cogne contre un arbre et tombe assommée. Elle rêve de sa dispute avec Terence, avant son départ. Si bien qu'à son réveil, elle éclate en sanglots.

– Je regrette tellement ! Je n'ai plus rien, maintenant, et je meurs de faim et de soif !

Flambeau est désolé. Il lance un appel de détresse et de petits insectes sortent des fourrés. Ils apportent à boire et à manger à Clochette, avant de la guider à travers la forêt. La fée est soulagée de ce soutien imprévu, car elle n'a même plus assez de Poussière d'Étoile pour voler !

– Merci, Flambeau, merci à vous tous ! dit-elle en embrassant ses amis, Je sais enfin que je ne serai jamais seule, et que tout est plus facile à plusieurs…

Et elle se promet tout bas de se réconcilier avec Terence dès son retour !

Suite de l'histoire le 27 novembre, page 340

Disney Princesses

Cendrillon

Surprises au grenier

25 NOVEMBRE

Cendrillon a un coin secret qu'elle ne partage qu'avec ses amies les souris. Elle l'a aménagé dans le grenier du château. Et le prince lui-même n'est pas au courant !

– C'est plus amusant ainsi ! estime Cendrillon.

Depuis qu'elle est devenue princesse, elle est obligée d'assister à des réceptions officielles… et de sans cesse faire attention à se tenir comme il faut !

– J'ai besoin d'un peu de liberté ! explique-t-elle à Jac et Gus en les invitant au grenier. Au moins, ici, je peux faire ce que je veux !

Et elle s'assoit par terre pour prendre le thé ! Les souris sont ravies : c'est plus simple pour bavarder !

Cendrillon confie :

– Hier, j'ai dîné chez le roi Hubert avec huit fourchettes différentes !

Gus éclate de rire. Quelle perte de temps, au lieu de tout avaler d'un coup !

Cendrillon conserve aussi au grenier ses souvenirs les plus chers à son cœur. Ils sont dans un grand coffre en bois, et Jac et Gus adorent quand elle l'ouvre pour leur montrer ses trésors… Comme la pantoufle de verre qui lui a permis d'épouser le prince ! Mais ce qu'ils aiment par-dessus tout, c'est lorsque le grenier se transforme en cuisine et que Cendrillon leur mijote, comme autrefois, ses recettes préférées.

Ils l'ont bien mérité : ils veillent chaque jour à ce que personne ne découvre le refuge secret de la princesse…

– Jouons à nous déguiser ! demandent-ils souvent à la princesse.

Et ils enfilent les petits costumes princiers qu'elle leur a confectionnés. Ils imitent alors le roi et Cendrillon éclate de rire : ils sont si mignons !

Mais la jeune fille n'oublie pas son prince pour autant. Aujourd'hui, par exemple, elle veut profiter de son après-midi au grenier pour lui préparer une nouvelle surprise : une écharpe de soie cousue main !

Vite, elle choisit son plus beau coupon de tissu bleu. Elle y brode en fil clair les armoiries du prince, puis elle borde l'écharpe de franges dorées et court enfin au salon remettre son cadeau au prince.

– C'est très beau ! la remercie-t-il. Je me demande juste quand tu as confectionné cette écharpe, je ne t'ai pas vue de l'après-midi !

Et Cendrillon se jette à son cou en riant.

Elle peut toujours continuer à lui cacher son coin secret… puisqu'elle lui y prépare des surprises !

Disney Princesses

Blanche-Neige et les Sept Nains

À la table des Sept Nains

Blanche-Neige va bientôt se marier. Ses amis, les Sept Nains, sont ravis pour elle. Pourtant sa présence va leur manquer, sans parler de sa cuisine délicieuse et de la tenue de la maison !

Blanche-Neige aussi est inquiète de laisser les petits hommes livrés à eux-mêmes. Elle a décidé qu'il était grand temps de leur apprendre à cuisiner et à se tenir propres.

– Tout d'abord, montrez-moi comment vous nettoyez la maison, demande-t-elle. Et souvenez-vous, poussez les saletés vers la porte et pas sous les tapis !

Chacun des nains s'arme d'un balai.

– Atchiii ! éternue Atchoum, à cause de la poussière.

– Leçon suivante : la vaisselle ! D'abord, tremper l'assiette, puis la frotter, la rincer et l'essuyer, explique-t-elle, joignant le geste à la parole.

Prof se saisit d'une assiette sale.

– Voyons, marmonne-t-il. Frotter, tremper, essuyer et rincer ! Euh, non. Tremper, rincer, frotter et essuyer… Oh !

La future princesse rit gentiment.

– Ce n'est pas grave ! dit-elle. Enchaînons sur la lessive ! Faites chauffer une grande bassine d'eau, plongez-y les vêtements et frottez-les avec un morceau de savon. Ensuite, il vous reste à bien les rincer et les étendre.

Simplet veut être le premier. Il saute tout habillé dans le baquet, saisit le savon et se frotte énergiquement.

– Simplet, ce serait plus facile si tu ôtais d'abord tes vêtements !

Puis tous se rassemblent pour une leçon de cuisine.

– Aujourd'hui, nous allons préparer un ragoût, annonce Blanche-Neige. Prenez les ingrédients que vous avez sous la main. Jetez-les dans une marmite et faites mijoter un bon moment.

Prof rassure la jeune fille :

– Pas de souci, Blanche-Neige, tout ira brès tien, euh… très bien !

Le lendemain, les Sept Nains convient Blanche-Neige et le prince à dîner. Lorsqu'ils arrivent, Simplet soulève le couvercle de la marmite. Une vieille botte, des chaussettes, des fleurs et un morceau de savon flottent à la surface.

– Nous avons pris tout ce que nous avions sous la main, comme tu l'as dit, bâille Dormeur.

– Peut-être allons-nous devoir réviser cette recette ? dit Blanche-Neige, gentiment.

Puis sortant de son panier quatre tourtes aux groseilles, elle ajoute :

– D'ordinaire, je ne commence pas un dîner par le dessert mais aujourd'hui, je fais exception, car vous êtes vraiment extraordinaires !

Disney Les Fées

Clochette et la Pierre de Lune

De vrais amis

Clochette est en quête du Miroir enchanté. La légende raconte qu'il peut exaucer trois souhaits. Des pirates l'auraient volé il y a très longtemps avec le trésor des fées, puis leur bateau se serait échoué sur une île. Les bandits n'auraient utilisé que deux vœux…

– Il en reste encore un pour moi ! estime Clochette.

Elle espère ainsi faire réparer la pierre de Lune de la Vallée sans laquelle le Grand Arbre risque de dépérir.

Alors, la Bricoleuse suit pas à pas les indications de la légende. Elle s'est rendue sur l'Île perdue, au nord du Pays Imaginaire. Puis elle a traversé le Pont des Trolls, ces géants friands de pain de Fée. Et voici qu'elle découvre enfin le bateau pirate, échoué sur un banc de sable…

– Je me demande si le trésor est vraiment là ! chuchote-t-elle à Flambeau en commençant à explorer l'épave.

Il fait froid, humide et noir comme dans un four à l'intérieur du navire. Le bois gémit, la charpente craque, des ombres frôlent la petite fée qui suit courageusement la luciole dans la cabine du capitaine.

Il y a là un gros sac bizarre. Elle l'éventre avec l'aiguille de sa boussole… et le trésor des fées se répand à terre ! Vite, Clochette ramasse un vieux miroir…

– Le Miroir enchanté ! s'émerveille-t-elle avant de formuler son souhait. J'aimerais que la pierre de Lune…

À ses côtés, Flambeau vrombit d'angoisse. Quant à Clochette, elle commence à s'impatienter :

– J'aimerais que tu fasses moins de bruit, Flambeau !

Et ting ! son vœu se réalise ! Quel gâchis, Clochette est désespérée !

– Si seulement Terence était là ! Si seulement on ne s'était pas fâchés ! sanglote-t-elle.

– Mais je suis là ! répond soudain Terence dans son dos.

Clochette se retourne en criant de joie. Son ami lui explique qu'il est allé hier à son atelier, pour faire la paix, et qu'il a vu son plan de route. Sans hésiter, il s'est élancé à son secours !

– J'ai voyagé des heures et des heures. Il a fallu que j'emprunte un peu plus de Poussière de Fée que la part autorisée…

– Tu as enfreint le règlement pour moi ? comprend la petite fée. Quand je pense qu'on s'est disputés !

Et elle lui saute au cou en riant.

– C'est ça, un vrai ami, Clochette, rougit alors Terence. Il oublie tout pour voler à ton secours… et gagner un gros câlin !

Suite de l'histoire le 30 novembre, page 343

Disney Princesses

La Belle au Bois Dormant

Trois énigmes pour une couronne

Aurore célébrait ce jour-là ses dix-sept ans. Elle devait recevoir la couronne de diamants que l'on se transmettait dans sa famille de mère en fille… à condition de gagner d'abord le droit de la porter !

La tradition exigeait qu'elle subisse pour cela une série d'épreuves.

Ses marraines les fées les supervisaient.

– Tu dois répondre à trois énigmes, Aurore ! expliqua gentiment Flora.

– Et tu n'as pas droit à l'erreur ! prévint Pimprenelle.

– Ce n'est pas juste, protesta la princesse.

– Au contraire : seules les grandes reines connaissent les trois clefs d'un règne heureux.

– Parfait, je commence ! reprit Flora. Écoute bien : je suis un régal pour les yeux, un délice pour le nez, mais je suis aussi douce que piquante. Je suis le symbole de la force et de la grâce. Qui suis-je ?

La princesse réfléchit à haute voix.

– Un régal pour les yeux et le nez, c'est quelque chose de joli qui sent bon… Je parie que c'est une rose, toute douce, mais avec des épines !

– Bravo ! approuva Pimprenelle.

– À mon tour, déclara Pâquerette. Je peux être volé, ou donné avec tendresse, et je fais rougir celui qui me reçoit sur les joues ou sur les lèvres. Je suis le symbole de la confiance et de la sincérité. Qui suis-je ?

– Facile ! s'écria cette fois Aurore sans hésiter. C'est un baiser !

Et elle embrassa chacune de ses chères marraines… qui rougirent !

– À moi ! lança alors Pimprenelle en riant. Attention, Aurore : je grandis, je m'épanouis de jour en jour, et je peux être pur et passionné. Je suis le symbole du bonheur et de la générosité. Qui suis-je ?

La princesse fronça les sourcils.

Cette dernière énigme était plus compliquée !

Elle cherchait quand le prince Philippe arriva en criant :

– Joyeux anniversaire, mon amour !

– Mais oui ! lança soudain Aurore. C'est l'amour !

Les fées la conduisirent alors auprès de la reine, qui la félicita en lui remettant fièrement la couronne de diamants. Le peintre royal exécuta ensuite le portrait officiel de la jeune fille coiffée de la couronne, afin de le suspendre dans la grande galerie.

Puis le roi déclara ouvert le bal d'anniversaire de la princesse Aurore, qui connaissait déjà les trois clefs d'un règne heureux et prospère !

Disney Princesses

La Belle et La Bête

Le regard des autres

Ce jour-là, la Bête s'était battue contre des loups féroces pour protéger Belle qui s'enfuyait dans la forêt.

Aussitôt, Belle comprit qu'elle s'était trompée : finalement, la Bête peu aimable avait du cœur ! Elle décida donc d'apprendre à mieux le connaître…

– Tant mieux ! remarqua Lumière. S'ils tombent amoureux avant que la Rose ne fane complètement, l'enchantement sera brisé !

– Et on retrouvera tous forme humaine ! se réjouit Big-Ben.

Alors Madame Samovar tenta d'amadouer la Bête.

– Rejoignez Belle au salon. Offrez-lui le thé !

La Bête fit un effort. Mais son extrême maladresse l'embarrassait terriblement ! Belle fit semblant de ne pas le voir renverser son thé et lui lut à haute voix un conte de fées.

– Ça ne m'intéresse pas, ronchonna la Bête.

– Mais si vous écoutiez une minute au lieu de m'interrompre sans cesse, vous verriez que c'est passionnant ! le gronda Belle.

Puis Lumière les persuada de sortir se promener en tête à tête malgré le grand froid.

– Rien n'est plus romantique qu'une balade sous la neige, expliqua-t-il à Big-Ben. Ça va les pousser à s'aimer !

Au contraire, Belle et la Bête se chamaillèrent tout le long du chemin. Ignorant les bonnes manières, la Bête ne pensa même pas à aider la jeune fille à traverser une immense flaque de boue !

Pourtant, lorsque le blizzard se leva soudain, la Bête prit aussitôt Belle par la main et la reconduisit d'instinct au château, car on n'y voyait plus à deux pas dans les bourrasques glacées.

– La Bête m'a impressionnée, confia la jeune fille à Madame Samovar. Il est très rassurant en cas de problème.

– Belle m'a impressionnée, avoua la Bête à Lumière. Elle ne s'est pas affolée dans la tempête de neige.

Plus tard, au dîner, Belle et la Bête s'efforcèrent d'être de bonne humeur.

Belle tâcha de ne pas reprocher à la Bête son manque de politesse. La Bête tâcha de ne pas reprocher à Belle sa susceptibilité.

Mais ils étaient si mal à l'aise qu'ils finirent par éclater de rire et décidèrent vite de redevenir eux-mêmes. Cette fois, ils passèrent un vrai bon moment… et commencèrent à s'aimer !

– Nous avions oublié l'essentiel je crois, dit Madame Samovar à Big-Ben et Lumière. En amour, le regard de l'autre ne compte que s'il accepte de voir la réalité !

Disney Les Fées

Clochette et la Pierre de Lune

Sauve qui peut !

Terence a réussi à retrouver Clochette, sur l'Île perdue. La Bricoleuse est descendue dans l'épave d'un bateau pirate pour récupérer le Miroir enchanté qui exauce les souhaits. Elle voulait réparer la pierre de Lune, sans laquelle le Grand Arbre de la Vallée dépérira…

Mais le miroir ne peut plus exaucer de vœux. Et voilà qu'une bande de rats affamés attaque Terence, Clochette et Flambeau, leur amie luciole !

– Sauve qui peut ! s'écrie Terence en entraînant Clochette à travers la cabine du capitaine.

Ils s'enfuient en emportant le Miroir enchanté, tandis que Flambeau tâche de détourner l'attention des cruels mangeurs de fées. La brave petite luciole fonce droit sur eux, vole en rase-mottes juste au-dessus de leur tête…

Elle ne peut pas se faire plus remarquer !

Pourtant, elle n'intéresse pas les rats. Une luciole n'a rien de bien exceptionnel à leur goût… Leurs yeux rouges brillent de convoitise dans l'obscurité. Ils n'ont pas l'intention de laisser échapper un mets de choix aussi rare que ces deux fées !

Et bientôt, ils les encerclent complètement…

Vite, Terence prend Clochette par la taille et saisit une lanière qui pend du plafond, il se balance avec elle d'un bout à l'autre de la pièce comme avec une liane.

C'est une bonne idée, sauf que… boum ! ils tombent sur une pile d'assiettes. En rebondissant sur l'une d'elles, ils sont catapultés dans les airs.

– Il y a une fente dans le parquet ! s'exclame soudain Terence.

Clochette se précipite au-dessus de l'ouverture. Elle essaie d'écarter la planche, tire, pousse de toutes ses forces… Pendant ce temps, Terence s'empare de l'aiguille de la boussole de son amie et, l'agitant devant lui comme une épée, il tient tant bien que mal en respect la bande de rongeurs enragés. Plutôt mal que bien d'ailleurs, car ces derniers ne semblent guère intimidés…

Jusqu'à ce que la silhouette d'un monstre hideux se dessine brusquement sur la paroi de la cabine ! Un grognement menaçant emplit la pièce, et les rats paniqués détalent aussitôt.

Terence sourit : c'est Flambeau, qui a projeté en ombre chinoise une silhouette de monstre. Et c'est Clochette qui a grogné en utilisant son chapeau comme porte-voix !

– À nous deux, on forme une équipe monstrueusement efficace ! se vante alors la Bricoleuse en éclatant de rire.

Suite de l'histoire le 3 décembre, page 346

Disney Les Fées

La fée Clochette

Madame l'Hiver

Si les quatre saisons existent dans le monde humain, c'est grâce aux fées. Ce sont elles qui viennent incognito pour peindre les fleurs ou le ciel, aller chercher les rayons du soleil ou amener les nuages.

Mais la saison que préfère Vidia, c'est l'hiver. Rien ne plaît davantage à la plus rapide et la plus malintentionnée des fées de la Vallée des Fées que de faire naître des vents glacés en battant des ailes…

Sur la place de l'Hiver, les fées attendent pour partir chez les humains. Toutes les fournitures sont prêtes : paniers de roses de Noël, seaux de neige, sachets de givre, peinture pour transformer les ours bruns en ours blancs, doudous pour les animaux qui hibernent…

Cette année, Clochette a fabriqué une nouvelle invention pour aider les fées à cristaux à fabriquer de la neige : ce sont les canons à neige. Cette invention est tellement formidable qu'elle en emporte les plans avec elle pour les donner aux humains !

Frrrt ! Dans un bruissement d'ailes, les fées s'envolent ensemble vers l'Autre Monde.

– Salut Vidia ! fait Clochette en agitant ses plans sous le nez de la Voltigeuse, que dis-tu de mon invention ?

– Je dis qu'elle n'a rien d'intéressant, grogne Vidia.

Peu de temps après, la chevauchée féerique arrive chez les humains.

Immédiatement, les fées à cristaux répandent leurs seaux de neige et le paysage prend une apparence merveilleuse.

Grâce à Clochette, il y a plus de neige que jamais !

– On va voir ce qu'on va voir, grogne Vidia entre ses dents.

Avec un battement d'ailes d'une force inouïe, elle pousse au maximum le vent pour l'obliger à prendre de la vitesse. Bientôt, des rafales déferlent sur le paysage, la température chute terriblement et toute la belle neige se transforme en glace.

Et c'est le chaos ! Les humains glissent et les animaux rentrent dans leur terrier…

Les fées essaient bien de calmer Vidia, mais il n'y a rien à faire : elle est vraiment trop déchaînée… Il fait si froid qu'elle se met à éternuer, éternuer, éternuer… La Voltigeuse est tombée malade !

Vite, les autres fées l'enveloppent dans de grands voiles chauds. Maintenant, elles n'ont plus qu'à la ramener au Pays Imaginaire !

– Merci, finit-elle par murmurer. Finalement, je crois que je préfère l'été…

Disney Princesses

Blanche-Neige et les Sept Nains

Les neiges éternelles

Blanche-Neige et le prince charmant s'apprêtent à passer leur premier Noël ensemble. Ils décorent le château, lorsque Blanche-Neige s'exclame :

– Oh ! Regarde par la fenêtre : il neige !

– Sortons en profiter ! propose aussitôt le prince.

Ils enfilent leur longue cape de laine et courent dans le jardin. Ils s'enfoncent à chaque pas dans un tapis de neige épaisse, tandis que le vent glacé leur picote le nez. Ils sculptent alors un prince et une princesse de neige, et le résultat est très réussi.

– Pourvu qu'ils ne fondent pas avant Noël ! espère Blanche-Neige.

Hélas ! la température augmente le jour suivant, et le prince et la princesse de neige se transforment peu à peu en flaque d'eau glacée.

– Quel dommage, soupire Blanche-Neige, déçue. Noël, c'est demain matin…

Soudain, le prince charmant a une idée de surprise pour Blanche-Neige. Sans tarder, il convoque les Sept Nains au palais afin de leur demander leur aide.

– Nous fonçons nous mettre au travail, accepte Prof au nom de ses frères.

– Surtout, ne dites rien à Blanche-Neige, recommande une dernière fois le prince charmant.

Le lendemain, à l'aube, la surprise est prête. Et avant d'ouvrir leurs cadeaux, au pied du sapin, le prince charmant conduit rapidement Blanche-Neige dans la forêt. Là, un traîneau les attend. Ils s'y installent ; la princesse est de plus en plus intriguée tandis qu'ils gravissent la montagne noire.

Quand ils arrivent enfin au sommet, les Sept Nains les accueillent autour d'une statue cachée sous un drap que le prince charmant s'empresse d'ôter. Blanche-Neige découvre, émerveillée, un prince et une princesse de neige encore plus beaux que ceux de la veille. Les Sept Nains les ont sculptés avec soin, puis décorés de diamants du plus bel effet, comme le prince charmant le leur a demandé.

Ce dernier les remercie alors de leur aide, puis il explique à Blanche-Neige :

– La neige ne fond pas, si haut dans la Montagne Noire. C'est ce qu'on appelle les neiges éternelles.

– Le prince et la princesse de neige ne disparaîtront donc jamais d'ici ! en conclut Blanche-Neige. Oh, quelle belle surprise ! Grâce à vous, ce premier Noël en amoureux durera aussi longtemps que les neiges éternelles !

Et, folle de joie, elle invite les Sept Nains à rentrer au château ouvrir avec eux leurs cadeaux !

Disney Les Fées

Clochette et la Pierre de Lune

Le Sceptre d'Automne

Grâce à la Poussière de Fée de Terence, Clochette a pu faire décoller son ballon de l'Île perdue. Les deux amis et Flambeau la luciole sont maintenant en route pour le Pays Imaginaire. Il faut se hâter. La nuit tombe et la Lune Bleue scintille déjà dans le ciel…

L'heure des Fêtes d'Automne va bientôt sonner !

– Mais le Miroir enchanté ne sert plus à rien, soupire Clochette, dans la nacelle. Il n'a plus de vœu à exaucer, mon sceptre est cassé, la pierre de Lune est en mille morceaux. Que vais-je faire ?

La reine Clarion l'a chargée de créer le Sceptre d'Automne pour la cérémonie. En traversant la pierre de Lune, l'éclat de la Lune Bleue doit produire de la poussière magique qui régénère le Grand Arbre. C'était une lourde responsabilité… et Clochette a échoué.

– Je t'ai apporté les restes de ton sceptre, lui dit Terence. Tu pourras peut-être en bricoler un autre durant le voyage ?

Clochette en doute. Soudain, cependant, elle aperçoit le reflet de Flambeau dans le Miroir enchanté. Sa lumière se répercute à l'infini dans les brisures de la pierre de Lune… et ça lui donne une idée ! Elle se met au travail sans tarder.

Pendant ce temps, à la Vallée des Fées, tout le monde s'inquiète. Les festivités ont commencé, et Clochette n'arrive pas. Fée Marie se désespère devant les minutes qui passent… lorsque la montgolfière atterrit enfin dans la clairière !

Quelle entrée fracassante !

– As-tu le Sceptre d'Automne, Clochette ? demande la reine Clarion d'un ton solennel.

La petite Bricoleuse hoche la tête. Elle le place délicatement sur le socle prévu à cet effet, et le peuple Fée s'extasie en le découvrant. Il est très original, avec une partie du miroir entourée de fragments de pierre de Lune !

Bien sûr, fée Marie panique un peu, devant la pierre en mille morceaux. Mais l'éclat de la Lune Bleue se reflète au même instant dans le miroir, s'illuminant partout à la fois, jaillissant d'un fragment de pierre de Lune à l'autre… faisant pleuvoir comme jamais la précieuse Poussière Bleue sur la Vallée !

Les fées applaudissent, félicitent Clochette.

– Bravo pour ton audace ! la taquine alors Terence avec un clin d'œil complice. Toi seule pouvais briser la pierre de Lune… avec autant de succès !

Et Clochette rougit de confusion !

Suite de l'histoire le 7 décembre, page 350

Disney Princesses

Cendrillon

Deux gloutons maladroits

Bientôt Noël ! Cendrillon et le prince décorent le sapin du salon sous l'œil émerveillé de Jac et de Gus, lorsqu'on frappe à la porte.

– Marraine ! s'écrie joyeusement Cendrillon en ouvrant à la Bonne Fée.

– Je suis en route pour le bal de Noël des fées ! explique cette dernière. Je viens juste te faire un petit coucou en passant. Je suis très pressée. Cette année, c'est moi qui suis chargée de confectionner un gâteau enchanté pour le bal !

Et elle disparaît d'un coup de baguette magique… en faisant tomber par mégarde un vieux grimoire de son sac.

– Un gâteau enchanté ! Miam ! J'adorerais y goûter ! s'exclame alors Gus.

– Facile : fabriquons-en un ! rétorque Jac en lui montrant le grimoire plein de formules magiques.

Et les souriceaux tournent les pages à la recherche du gâteau enchanté. Gus le trouve enfin. Il admire l'illustration appétissante, quand Jac remarque sur la page d'en face la formule magique pour décorer les sapins.

Vite, il la récite afin d'aider Cendrillon et le prince, quand Gus s'écrie au même moment :

– Miam ! Il y a de la crème partout sur ce gâteau !

Et voici que de la crème sucrée coule du sommet du sapin au pied du tronc !

– Oh, non ! soupire Cendrillon. On ne peut plus accrocher nos jolies guirlandes !

Jac bredouille :

– À cause de Gus, on mélange tout. Recommençons !

Et pour ne plus risquer de se tromper, les deux gourmands s'occupent d'abord de leur gâteau enchanté.

Gus récite la formule en changeant exprès le terme « gros gâteau » par « gâteau géant ». Bien sûr, un gâteau apparaît… mais il est si énorme qu'on ne peut plus bouger dans la pièce !

Heureusement, la Bonne Fée arrive là-dessus récupérer son grimoire. En voyant la scène, elle comprend immédiatement ce qui s'est passé et s'esclaffe :

– Magie et souriceaux pas sages n'ont jamais fait bon ménage !

Puis elle agite sa baguette, et tout redevient normal dans la pièce. Jac et Gus baissent la tête, honteux… et déçus de ne plus avoir de gâteau ! Alors, la fée brandit une dernière fois sa baguette et, lisant la formule dans son grimoire, elle fait apparaître un gâteau enchanté parfait !

– Nos deux gloutons maladroits auront quand même leur dessert de roi ! déclare-t-elle avant d'ajouter : car c'est grâce à leur gourmandise notoire, que j'ai retrouvé mon précieux grimoire !

Disney Princesses

La Petite Sirène

5 DÉCEMBRE

Des cadeaux bien choisis

La princesse Ariel et le prince Éric se promenaient sur la plage, ce matin-là d'hiver, lorsque Max, le chien, accourut vers eux d'un air joyeux.

– Que tient-il dans sa gueule ? s'étonna Ariel.

– Ma botte ! s'exclama alors Éric. Dire que je la cherche depuis des semaines…

Ariel éclata de rire.

– Ça, c'est du Max tout craché ! Il adore nous chiper nos affaires pour les enterrer dans le sable !

– Oui, mais ma botte est fichue, soupira le prince devant le cuir craquelé et la semelle décollée. Et c'était une paire toute neuve !

Ariel sourit en cachette. Dans quelques jours, ce serait Noël, et elle venait enfin de trouver une idée de cadeau pour Éric !

Elle décida donc de faire ses courses dans l'après-midi et en attendant, elle tendit l'oreille pour découvrir quoi offrir à Grimsby et à Carlotta, les intendants du château.

– Quelle heure est-il ? demanda soudain Grimsby. Ma montre s'est arrêtée !

– Il est l'heure de décorer le sapin de Noël ! répondit Carlotta. J'ai préparé des guirlandes rouges et dorées, ce sont mes couleurs préférées !

Lorsque le sapin se dressa, fièrement paré de ses atours de fête au milieu du salon, Ariel enfila sa longue cape de laine et descendit au village faire ses emplettes.

Comme prévu, elle acheta une belle paire de bottes pour Éric, ainsi qu'une maquette de bateau qui ornerait à merveille la cheminée de son bureau. Elle choisit ensuite une montre en argent pour Grimsby. Un pendentif avec un rubis pour Carlotta. De gros cœurs en cristal coloré pour le roi Triton, ses sœurs et tous ses amis de la mer. Et pour terminer, un énorme os à ronger pour ce fripon de Max !

Puis, Ariel rentra au palais les bras chargés de colis. Vite, vite, elle alla s'enfermer dans sa chambre afin de tout empaqueter loin des regards indiscrets.

À la fin, elle recompta ses cadeaux un à un. Parfait, il ne manquait rien.

Ah, mais si, au fait ! Où était donc passé le présent de Max ?

« Si je retrouve Max, je parie que je retrouverai aussi son os… » pensa Ariel.

Et en effet, le chien se cachait derrière le fauteuil, occupé à ronger l'os qu'il avait volé dans le sac de la princesse ! Le coquin semblait fou de bonheur !

Ariel s'esclaffa :

– Eh bien, au moins, je peux me vanter d'avoir bien choisi ton cadeau, Max… Celui-là, tu ne t'amuses pas à l'enterrer dans le sable, espèce de gourmand !

Disney Princesses

La Belle au Bois Dormant

La chaleur de Noël

Noël approche à grands pas. Aurore a déjà préparé de nombreux cadeaux pour ses amis de la forêt, et elle décide ce matin-là de les leur porter. Elle remplit donc son panier des petites écharpes, des gants, des bonnets et des friandises qu'elle a confectionnés, puis elle se met en route sans tarder. La neige recouvre le sentier, et un silence angoissant règne dans les bois.

– Mais où sont les animaux ? s'inquiète Aurore en ne croisant même pas un lapin en chemin.

Alors qu'elle parvient à la chaumière des fées, la princesse entre leur demander ce qui se passe. Dame Flora explique :

– Les animaux ne peuvent quitter leur terrier, le froid est trop rigoureux.

Aurore semble si déçue de ne pouvoir les rencontrer, que les fées conjuguent leur force magique et récitent :

– Que la chaleur de Noël enveloppe Aurore de bonheur et de lumière !

Et voici qu'un halo doré entoure la princesse ! Dès qu'elle sort de la chaumière, la neige fond tout autour d'elle et une rose éclot même à ses pieds ! Aurore, émerveillée, se penche pour la cueillir. Puis une autre rose apparaît un peu plus loin, et une autre encore… La princesse les cueille toutes à la suite, traçant ainsi un sentier dans la neige, du cœur de la forêt à la chaumière.

– Oh, merci marraines ! s'exclame Aurore, à son retour. Ce bouquet sera magnifique, au château !

– Tu n'as pas encore découvert la vraie magie de la chaleur de Noël, rétorque Pimprenelle dans un sourire mystérieux.

Elle ouvre alors la porte… et les animaux de la forêt entrent saluer Aurore !

– Fantastique ! se réjouit-elle. Vous avez pu emprunter le sentier que j'ai tracé dans la neige, et je vais pouvoir vous distribuer vos cadeaux !

Une écharpe pour le faon, un bonnet pour l'écureuil et le lapin… Tout le monde est enchanté, même Aurore qui reçoit une couronne de brindilles tressées !

Au soir tombant, les animaux prennent congé afin de regagner leur foyer avant la nuit glaciale.

Aurore leur dit au revoir, puis elle remarque :

– J'espère que les animaux n'auront pas trop froid, cet hiver…

– Ne t'inquiète pas, répond alors Flora. Regarde !

Et soudain, chaque terrier, chaque creux et chaque buisson de la forêt se mettent à scintiller !

– Tu vois ? concluent les fées. Nos amis ont emporté avec eux un peu de la chaleur de Noël que tu leur as si gentiment partagée !

Disney Les Fées

Clochette et la Pierre de Lune

Le plus précieux des trésors

C'est extraordinaire ! La Poussière Bleue recouvre la Vallée des Fées ! Les Festivités d'Automne sont très réussies. Et la cérémonie de la Lune Bleue un vrai succès !

– De mémoire de fée, je n'ai jamais vu une si grande quantité de poudre magique pleuvoir sur le pays, se réjouit le ministre de l'Automne. Le Grand Arbre est sauvé !

Les fées s'en donnent à cœur joie, jouant dans la Poussière Bleue comme elles le feraient dans la neige. Le paysage est merveilleux.

Dommage que cet événement n'ait lieu que tous les huit ans !

– En tout cas, seule notre Clochette pouvait accomplir un tel exploit ! remarque tendrement Iridessa, la fée des Lumières.

Soudain, la reine Clarion prend la parole :

– Chers habitants de la Vallée ! Depuis des siècles, nous célébrons les moissons et les fêtes automnales… Mais jamais avec tant de magnificence que cette année ! Et tout cela grâce au courage et au talent d'une petite Bricoleuse à nulle autre pareille, j'ai nommé : la fée Clochette !

À ces mots, Clochette attire Terence à elle et le montre avec insistance à la reine Clarion qui ajoute :

– Grâce aussi à son ami fidèle : Terence !

Mais voici que Flambeau, la luciole, se précipite entre eux deux en bourdonnant et en scintillant. La reine bredouille :

– Et, enfin, grâce à leur nouveau compagnon…

– Flambeau ! termine Clochette, tintinnabulant des ailes.

Tout le monde les acclame. Puis les festivités reprennent leur cours.

Ondine fait souffler des bulles de savon aux têtards ; Noa dirige la parade des papillons ; Rosélia accorde les couleurs fleuries du feu d'artifice…

– Je suis si fière de toi, Clochette ! confie alors fée Marie à son audacieuse apprentie.

Au même moment, le ministre de l'Automne monte sur l'estrade récupérer le sceptre spécial qu'a façonné la Bricoleuse pour la cérémonie de la Lune Bleue.

Il le lui tend et proclame :

– Tous au Grand Arbre !

Et brandissant le sceptre devant elle, Clochette mène la procession nocturne à travers la clairière. Elle demande à Terence de lui faire l'honneur de tenir le sceptre avec elle… ainsi qu'avec Flambeau !

– Sans votre aide, je n'aurais jamais réparé le sceptre, admet Clochette. Je suis riche de votre amitié vraie. Aucune dispute ne nous séparera, et c'est le trésor le plus précieux que l'on puisse espérer !

Disney Princesses

La Belle et La Bête

Vive la tradition !

Belle s'apprête à passer son premier Noël au château et, assise au coin du feu, elle explique à la Bête quelles sont les traditions qu'elle a l'habitude de respecter chaque année.

– Je regrette tellement de ne pas passer Noël avec mon père, soupire-t-elle soudain.

– Je peux essayer de vous organiser un Noël comme au village, propose alors la Bête, pour la réconforter. Avec un sapin décoré au milieu du salon, sans oublier une dinde aux marrons et une bûche pralinée pour le dîner !

– Merci, c'est très gentil ! fait Belle en souriant. Mais ce que j'aime par-dessus tout, ce sont les chants de Noël… Des enfants frappent de porte en porte et les interprètent en chœur, afin de permettre aux gens de se mettre dans la douce ambiance des Fêtes de fin d'année.

À ces mots, la Bête se renfrogne.

– Moi, je n'ai jamais entendu ces chants. Je ne connais pas non plus la joie de Noël dont parlent les livres. Et d'ailleurs, je m'en fiche ! La Bête se lève en colère et part bouder dans sa chambre.

– Le pauvre ! regrette Belle. Il ignore ce qu'est l'esprit de Noël. Mais ce n'est pas sa faute : personne au village n'oserait lui interpréter les chants traditionnels…

Et elle décide brusquement de lui offrir elle-même un Noël digne de ce nom.

– J'ai un plan ! s'écrie-t-elle en se précipitant aux cuisines. Madame Samovar ! Réunissez tout le monde au salon, s'il vous plaît, j'ai à vous parler !

Plus tard, tandis que la Bête continue de se morfondre dans sa chambre, on entend tout à coup frapper à la porte d'entrée. Comme toujours, la Bête attend que Lumière ou Big Ben, descende voir ce que c'est. Mais ni l'un ni l'autre ne semblant se déranger, la Bête finit par se résoudre à aller ouvrir lui-même.

– Je vais rugir à la tête de ce visiteur importun, et il déguerpira ! décide-t-il, de plus méchante humeur que jamais.

Cependant, lorsqu'il ouvre la porte, il retient un cri de stupeur en apercevant Belle et les objets enchantés debout sur le perron.

– Nous sommes venus vous chanter les cantiques de Noël ! annonce la jeune fille.

Et elle entonne les chants en compagnie de ses amis. La Bête les écoute, émerveillé. Il comprend enfin ce que l'esprit de Noël signifie, et voici qu'il se met même à sourire de bonheur !

– Vous aviez raison, Belle ! s'exclame-t-il alors. Vive la tradition !

Disney Princesses

La Princesse et la Grenouille

Noël au restaurant

Tiana, ayant enfin épousé le prince Naveen, avait décidé, pour leur premier Noël ensemble, de préparer un réveillon comme ceux de son enfance.

– Il faut que tu goûtes au gumbo des fêtes, Naveen ! déclara-t-elle le matin même de la veille de Noël.

– Tu invites nos deux familles au restaurant, alors ? proposa le prince.

– Bien sûr ! se réjouit Tiana. Et tous nos amis aussi ! Quand j'étais petite, Noël était la meilleure occasion de se réunir autour d'un bon dîner. Viens, on va acheter ce qu'il nous faut !

Ils enfilèrent leur manteau et sortirent donc en ville faire les courses. Ils passèrent à l'épicerie, chez le primeur, puis à la boucherie. Naveen portait les paquets : c'est qu'il y en avait beaucoup, pour tout le monde qu'ils attendaient ! Eudora, les parents du prince, Charlotte et son père, Mama Odie, Louis… et plein d'autres amis encore !

– Ne t'inquiète pas, je t'aiderai à la cuisine, promit Naveen en rentrant au restaurant. Grâce à tes leçons, j'ai appris à émincer les champignons !

– Nous devons d'abord décorer la salle avec des guirlandes ! dit Tiana.

Quand tout fut prêt et que la marmite de gumbo des fêtes fumait joyeusement sur le fourneau, Tiana vérifia l'heure à la grosse horloge.

– Parfait ! Il nous reste juste assez de temps pour aller là-bas avant que nos invités n'arrivent !

– Du temps pour aller où ? s'étonna Naveen.

– Surprise ! rit Tiana.

Et elle l'entraîna dehors. Ils traversèrent la ville, s'enfoncèrent dans les bayous, et Naveen poussa un cri admiratif.

– Oh ! Qu'est-ce que c'est que tous ces feux de camp, sur le rivage ?

– C'est la coutume, dans les marais, expliqua Tiana. Les habitants les allument à la nuit tombée pour guider les alligators qui tirent la pirogue de papa Noël !

– Archidanza ! s'exclama le prince, émerveillé. Quelle belle coutume ! On devrait en allumer, au restaurant !

– Pas besoin ! répliqua Tiana. Tu vas voir !

Et ils regagnèrent rapidement le restaurant, où leurs invités les attendaient déjà à la porte, impatients de commencer le réveillon. Leurs yeux brillaient de bonheur, dans la nuit ! Tiana adressa alors un sourire complice à Naveen et lança :

– Tu vois ? Je te parie que ces regards étincelants de joie guideront bien mieux papa Noël jusqu'à nous que tous les feux du bayou réunis !

Disney Princesses

Cendrillon

La magie de Noël

Cendrillon est enchantée : la neige s'est mise à tomber ! Pour son premier Noël avec le prince, elle ne pouvait rêver mieux.

– C'est fantastique ! dit-elle à Jac et Gus, ses amis souriceaux. Nous n'avons plus qu'à décorer le château. Tout doit être parfait pour le réveillon. Vous voulez bien m'aider ?

– Avec plaisir ! On commence par quoi ?

La princesse réfléchit un instant.

– Bien sûr, il faudra penser à poser une couronne de Noël sur la porte d'entrée. Il faudra aussi suspendre nos chaussettes au manteau de la cheminée. Et laisser nos souliers au pied du sapin. Oh ! Le sapin !

Cendrillon éclate de rire avant d'ajouter :

– J'ai failli oublier le sapin, alors que c'est le plus important ! Nous allons en installer un tout de suite devant la fenêtre.

– Mais on ne pourra jamais le transporter, remarque Jac. C'est beaucoup trop lourd pour nous trois !

– Pas de panique, j'ai une idée ! répond la princesse.

Et elle appelle sa marraine la Bonne Fée, qui apparaît aussitôt au milieu du salon en chantonnant :

– Bibbidi-bobbidi-boo ! D'un coup de baguette magique, je transforme une citrouille en carrosse… ou une brindille en sapin ! Laisse-moi faire, Cendrillon. Le résultat est garanti !

– Merci, marraine ! Pendant ce temps, je cours chercher les décorations !

Vite, Cendrillon monte au grenier avec Jac et Gus. Elle rassemble les flocons de neige en papier, les guirlandes de perles, les pommes de pin ornées de rubans. Et surtout, la grande étoile en carton doré ! Ils apportent tout cela fièrement au salon, où ils découvrent un sapin immense, recouvert d'or et de diamants. On ne voit plus ni ses épines… ni la neige, par la fenêtre !

– Oh, marraine ! bredouille Cendrillon. Cet arbre est trop magnifique : il ne nous reste plus rien à faire !

La Bonne Fée sourit.

– Où avais-je la tête, mon enfant ? La magie de Noël, c'est de tout préparer en y mettant son cœur… Bibbidi-bobbidi-boo !

Et hop ! Un sapin tout simple apparaît devant la fenêtre. Cendrillon est ravie. Maintenant, il ne cache plus le paysage, et ils peuvent le décorer à leur façon. Ils s'amusent comme des fous !

– J'adore préparer Noël ensemble ! s'exclame soudain Jac.

– Oui, il n'y a rien de plus magique ! approuve alors la Bonne Fée.

Et tout le monde l'embrasse en riant.

Disney Princesses

La Belle au Bois Dormant

Papillotes surprises

Noël approchant à grands pas, Aurore et le prince Philippe ont décidé de donner un grand bal pour l'occasion.

– Tout est prêt, se réjouit le prince. Il ne manque plus que nos invités.

– Ils n'arrivent pas avant ce soir, précise Aurore. Cela me laisse le temps de sortir rendre une visite de Noël aux animaux de la forêt !

Sur quoi, la jeune fille bondit dehors et, traînant sur la route neigeuse une luge pleine des cadeaux qu'elle a préparés pour ses amis, elle s'enfonce dans les bois sans remarquer qu'une vilaine sorcière la guette, cachée derrière un arbre.

– À moi de jouer !

La carabosse ramasse un panier, puis elle court frapper à la porte du château.

Le prince lui ouvre. Elle annonce :

– Je suis marchande de Noël, Votre Altesse. Je viens vous livrer les papillotes à pétard que la princesse Aurore a commandées pour le bal de ce soir.

– Des papillotes à pétard ? répète Philippe, ravi. Quelle bonne idée, j'adore faire éclater ces surprises porte-bonheur de fin d'année !

Peu après, Aurore ayant distribué ses surprises aux animaux de la forêt, elle revient au palais où la sorcière s'est mêlée, incognito, aux invités. En apercevant la princesse, Philippe s'exclame :

– Merci Aurore, pour tes papillotes surprises ! On t'attendait pour les faire éclater !

La jeune fille fronce les sourcils, mais elle n'a pas le temps de demander des explications au prince. Déjà, chacun tire sur sa papillote, les pétards explosent et… tout le monde se retrouve pétrifié !

– Victoire ! triomphe la sorcière. Le royaume m'appartient !

Elle ignore cependant un détail : les animaux, soucieux de remercier Aurore pour ses cadeaux, se sont faufilés dans le vestibule afin de déposer du houx et des châtaignes grillées au pied du sapin.

En entendant la sorcière, ils foncent sans hésiter dans la salle de bal et l'assomment ! Puis, ils la ligotent à l'aide de guirlandes multicolores. Aussitôt, le mauvais sort est levé. Tout le monde, dans la salle, se remet à bouger.

– Ouf ! soupire le prince. J'aurais dû me méfier de cette marchande de Noël. Mais j'aime tellement les papillotes porte-bonheur…

Et à ces mots, il tend un pendentif en or à Aurore. Un pendentif en forme de papillote… qui s'ouvre sur un cœur de rubis !

– Oh, merci, Philippe ! s'esclaffe-t-elle. Je n'ai plus qu'à préparer des cadeaux pour tous au château… pour de vrai !

Disney Princesses

Blanche-Neige et les Sept Nains

À chacun son cadeau

C'est la veille de Noël. Blanche-Neige se lève très tôt avant les Sept Nains afin de leur cacher des cadeaux dans la chaumière. Elle en a prévu un pour chacun, ainsi qu'un paquet supplémentaire qu'elle laisse exprès bien en évidence dans son panier.

Puis, elle attache des ballons de baudruche pour désigner les endroits où sont dissimulés les présents et lorsque tout est enfin prêt, elle appelle :

– Debout, paresseux, c'est l'heure des cadeaux !

– L'heure des cadeaux ? répète Prof en ouvrant les yeux.

– Youpi ! Descendons au salon ! s'exclame Joyeux.

Et vite, les Sept Nains dévalent l'escalier en riant. Ils ont hâte de découvrir leurs présents !

Cependant, Prof s'étonne :

– Mais le père Noël ne devait passer que demain ?

– En effet, répond Blanche-Neige en souriant. Les cadeaux d'aujourd'hui sont de ma part. Et pour les avoir, il va falloir les mériter en devinant où ils sont cachés !

À ces mots, Simplet sautille sur place en montrant le panier en osier.

– Bravo ! s'esclaffe Blanche-Neige. Ouvrez rapidement le petit paquet !

Ses amis ne se font pas prier et découvre ce message : « Utilisez votre don de l'observation, et vos cadeaux colorés vous apparaîtront ! »

– Oh là, c'est compliqué ! soupire Prof en réfléchissant.

Simplet ôte son bonnet pour se gratter le crâne, quand il comprend soudain qu'un anneau pour jouer de la couleur de son bonnet est accroché à la marmite.

Il se dépêche d'aller regarder à l'intérieur de cette dernière et bingo : son cadeau est bien là ! Ses frères s'empressent de l'imiter : bonnet jaune, anneau jaune. Bonnet vert, anneau vert.

Bientôt, les Sept Nains sont gâtés, en ouvrant leur paquet, car Blanche-Neige ne s'est pas trompée : ils adorent cet ensemble d'anneaux qui leur permettra de s'amuser tous ensemble !

– Mais vous savez, princesse, nous aussi, nous vous avons préparé une surprise ! dit soudain Prof.

Simplet approche et, lui prenant la main, il l'attire vers la porte. Blanche-Neige le suit, impatiente de découvrir son présent et aperçoit, émerveillée, une splendide sculpture sur glace que les Sept Nains ont réalisée pour elle !

– Vous ne pouviez me faire plus plaisir, affirme la princesse. Oui, à chacun son cadeau, et le jour est plus beau !

Et elle entraîne ses amis dans une partie de lancer d'anneaux !

Disney Princesses

La Petite Sirène

La chasse aux trésors

Enfin Noël ! Ariel avait préparé des surprises pour tout le monde. Mais avant de distribuer les cadeaux, sous le sapin, elle demanda :

– Attendez-moi, pour ouvrir les paquets. Je reviens !

Et elle monta en vitesse à sa chambre chercher ses surprises. Elle les avait cachées sous son lit, la veille au soir, pour que personne ne se doutât de rien. Mais lorsqu'elle s'agenouilla pour regarder sous le sommier… tous les cadeaux avaient disparu !

– Oh non ! C'est sûrement Max qui les a chipés !

Le chien changeait souvent des objets de place, au palais. C'était son jeu préféré ! Ariel réfléchit. Où Max avait-il pu les emporter ? Elle vérifia sous le tapis, dans l'armoire, derrière le rideau… En vain.

Et voici qu'Éric s'impatientait, au salon :

– Ariel ! Tu viens ?

La princesse eut alors une idée pour gagner du temps. Elle descendit l'escalier en courant.

– Je dois d'abord souhaiter Joyeux Noël à ma famille, déclara-t-elle en entrant au salon. Ils m'ont donné rendez-vous sur la plage !

– D'accord, accepta gentiment Éric avant de proposer à leurs intendants : Grimsby, Carlotta, accompagnez-nous, ça nous fera une promenade de Noël !

Et tous s'en allèrent sur la plage, au pied du château. La mouette Eurêka, Polochon le poisson et le crabe Sébastien étaient déjà là. Ils accueillirent Ariel avec un coffret rempli de trésors qu'ils avaient trouvés sous la mer.

Ariel fut enchantée : elle adorait collectionner les restes des épaves ! Ensuite, ses sœurs et son père, le roi Triton, émergèrent des vagues, les bras chargés de bijoux de nacre pour elle. Ariel fut très embêtée de n'avoir rien à leur offrir en échange !

– J'avais prévu des surprises pour tout le monde, moi aussi, dit-elle en bégayant. Seulement, elles ont disparu de sous mon lit et…

À ces mots, Max accourut vers elle, la paire de bottes neuves qu'elle avait achetée pour Éric entre les dents ! Ariel comprit aussitôt où Max avait caché ses cadeaux : il les avait enterrés dans le sable ! Vite, elle s'exclama :

– Je vous invite à une grande chasse aux trésors de Noël !

Et tout le monde se mit à creuser en riant. Trouver ses cadeaux de cette façon, c'est bien plus rigolo ! À tel point qu'à la fin, Éric décréta officiellement que dorénavant, la chasse aux trésors de Noël aurait lieu chaque année au château !

Disney Princesses

La Princesse et la Grenouille

Rien d'impossible

En cette veille de Noël, une foule attendait devant la porte du restaurant. Tiana et Naveen avaient invité leurs familles et amis à passer le réveillon en leur compagnie, et tout le monde avait répondu oui de grand cœur !

– Entrez ! les convia Tiana en ouvrant la porte. Le gumbo des fêtes est fin prêt !

Sur la scène du restaurant, Louis l'alligator musicien fit signe aux gens d'approcher. Et, coiffé d'un bonnet de père Noël, il leur distribua des friandises de bienvenue.

– Vous êtes l'un des alligators qui tirent la pirogue de papa Noël dans les bayous ? demanda une petite fille.

L'alligator sourit de toutes ses dents, l'air de répondre « peut-être ».

– Louis, tu m'accompagnes ? s'écria soudain Naveen en empoignant son ukulélé.

– Youpi, ça va swinguer ! se réjouit tout bas l'alligator.

Et il se mit à jouer les plus beaux morceaux de Noël à la trompette. Tiana en profita pour aller à la cuisine chercher un chariot de nourriture. Il pesait lourd et elle n'arrivait pas à le pousser, quand un monsieur habillé en rouge, avec une longue barbe blanche, avança vers elle.

– Chère Tiana, laissez-moi vous aider, proposa-t-il.

Tiana repartait déjà dans la cuisine en le remerciant :

– Comme ça, je peux aller chercher le deuxième chariot et…

Lorsqu'elle s'immobilisa. Cet homme étrange lui rappelait quelqu'un ! Elle se retourna, le cœur battant à cent à l'heure.

Le chariot se trouvait au milieu de la salle de restaurant, mais l'homme en rouge avait disparu… en ayant déposé un cadeau pour elle, devant la cheminée : un pendentif en forme d'étoile des vœux. L'étoile de son enfance ! Vite, Tiana fouilla tout le restaurant du regard pour retrouver l'homme à la longue barbe blanche, en vain.

– Naveen, s'exclama-t-elle alors. J'ai rencontré papa Noël ! Je n'ai pas rêvé, mais c'est impossible, pourtant…

– Il n'y a rien d'impossible, à La Nouvelle-Orléans ! affirma Naveen, pas étonné pour deux sous. Papa Noël est le plus fort, ce soir !

– Non, il n'est cependant pas aussi fort que moi, mes chères grenouilles ! remarqua alors Mama Odie en leur montrant la pirogue enchantée qu'elle venait de renvoyer dans les bayous pour qu'elle commence sa tournée de Noël…

Et Naveen et Tiana l'embrassèrent en riant. Ils auraient dû se douter que Mama Odie amènerait papa Noël avec elle !

Disney Princesses

Cendrillon

Le plus grand des bonheurs

Cendrillon doit se dépêcher : le prince va bientôt rentrer fêter le réveillon de Noël !

– J'espère que tout sera parfait ! souhaite-t-elle.

Heureusement, elle peut compter sur l'aide de sa marraine la Bonne Fée et de ses amis fidèles, les souriceaux Jac et Gus. Ils ont déjà décoré le sapin. Ils ont également accroché des guirlandes au mur.

Maintenant, Cendrillon doit penser au cadeau de son cher prince.

– Je sais ! dit la Bonne Fée.

Et d'un coup de baguette magique, elle fait apparaître une splendide paire de bottes d'équitation incrustées de diamants.

– C'est vraiment très beau, admet Cendrillon. Mais cela ne vient pas de moi…

La Bonne Fée hoche la tête. Sa filleule a raison. Qu'elle choisisse elle-même un cadeau pour le prince : il aura plus de valeur que tous les joyaux du monde !

– Moi, j'en veux bien, des bottes avec des diamants, remarque Gus, l'œil brillant.

– Je m'occuperai du cadeau tout à l'heure, décide soudain Cendrillon. Je vais d'abord confectionner les biscuits préférés du prince !

Et tout le monde l'accompagne à la cuisine en fredonnant de joyeux chants de Noël.

Tandis que la princesse pétrit la pâte, la Bonne Fée prononce sa formule magique et un biscuit géant apparaît ! Cendrillon éclate de rire.

– Le prince va tomber malade, s'il mange tout ça !

– Mais pas Gus ! s'écrie le gourmand.

La Bonne Fée sourit. Décidément, Gus apprécie ses talents de magicienne ! Mais elle doit l'avouer : la cuisine toute simple de Cendrillon est délectable… D'ailleurs, plus tard, le prince est d'accord : le dîner du réveillon est un délice !

Puis, cette nuit-là, chacun rêve de la surprise qu'il découvrira sous le sapin, le lendemain matin.

Et au réveil, personne n'est déçu : Jac reçoit un nouveau bonnet. Gus un sac plein de friandises. La Bonne Fée un mouchoir brodé. Pour Cendrillon, le prince a peint un portrait de ses amis. Pour le prince, Cendrillon a peint un portrait de son cheval adoré.

– Oh, merci ! s'exclament-ils à l'unisson. Tu m'as offert le plus grand des bonheurs !

– Un cadeau qui vient du cœur fait toujours plus plaisir, admet la Bonne Fée. Comme quoi, la magie de Noël sera toujours plus puissante que la mienne !

Et tous s'embrassent sous le gui en ce matin de Noël béni, qui voit toute la petite famille réunie dans la joie et la bonne humeur.

Disney Princesses

La Belle au Bois Dormant

Comme avant exactement

Le prince Philippe et la princesse Aurore s'apprêtaient à fêter leur premier Noël ensemble, au château. Pourtant, Aurore ne semblait pas s'en réjouir…

– Que se passe-t-il ? s'inquiéta le prince, ce matin-là, en lui trouvant l'air particulièrement triste.

– Mes marraines me manquent, lui avoua alors Aurore. Elles viennent souvent nous rendre visite, mais là, c'est différent. J'ai toujours préparé Noël avec elles, tu comprends.

Les trois fées, Flora, Pâquerette et Pimprenelle avaient en effet élevé Aurore depuis sa naissance. Pour la protéger des sortilèges de Maléfique, elles s'étaient retirées en forêt avec elle. Il avait aussi fallu lui cacher qu'elle était une princesse. Et les fées lui avaient donc raconté qu'elles étaient ses tantes, sans lui révéler qu'elles possédaient en réalité de fabuleux pouvoirs magiques.

Mais elles avaient vécu très heureuses, toutes les quatre, dans leur maisonnette, au fond des bois !

– Oui, elles me manquent énormément, répéta-t-elle dans un soupir.

– Tu n'as qu'à les inviter à venir fêter Noël ici ! proposa aussitôt le prince.

Aurore lui sauta au cou de bonheur ! Elle insista :

– Tu es sûr, cela ne t'embête pas ?

– Au contraire, ma chérie, ce sera plus amusant !

Et Philippe la conduisit choisir un beau sapin en forêt, pour qu'elle le décore dès le lendemain avec les fées.

– Je dois m'absenter deux jours, expliqua-t-il à Aurore. Un fermier a besoin de mon aide, au nord du royaume. Je compte sur toi et tes marraines pour me préparer un Noël comme avant exactement !

– Un Noël parfait ! renchérit la princesse en riant.

Le matin suivant, le prince s'en alla à l'aube. Il fit un détour par la maison des fées, pour les inviter, et peu après, elles débarquaient à tire-d'aile au palais, folles de joie !

– Aurore ! Quel merveilleux Noël nous allons passer ! s'écria Pâquerette. J'imagine déjà des étoiles scintillantes dans les rideaux !

– Des gâteaux hauts comme trois maisons ! enchaîna Pimprenelle.

– De la neige dans l'escalier ! fit Flora.

Aurore fronça les sourcils.

– Oh oui, marraines, j'adorerais tout cela. Sauf que j'ai promis au prince qu'on organiserait un Noël parfait, comme avant exactement… et donc sans magie !

Les fées soupirèrent. Dire qu'elles se félicitaient d'utiliser enfin leurs pouvoirs pour ne rien préparer elles-mêmes… À croire qu'un Noël parfait doit posséder sa propre magie !

Disney Princesses

La Belle et La Bête

L'esprit de Noël

Noël approche à grands pas. Belle et les objets enchantés décorent un sapin touffu, dans l'immense salon du château.

– J'adore Noël ! s'exclame brusquement la jeune fille.

– Je ne vois pas ce qu'il y a de si différent des autres jours, rouspète la Bête.

Belle pose les poings sur les hanches, l'air fâché.

– Vous avez encore décidé de bouder. Puisque c'est comme ça, je sors le temps que vous vous calmiez !

Et enfilant sa cape de laine pourpre, elle part se balader en forêt. Belle marche d'un bon pas, lorsqu'elle aperçoit une petite ferme, à l'orée d'une clairière.

Elle approche avec curiosité, et remarque soudain l'extrême pauvreté des lieux. Des carreaux sont cassés, la cheminée ne fume pas…

Entendant des sanglots, la jeune fille jette alors un coup d'œil par la fenêtre. Une fillette pleure devant son assiette vide, tandis que ses parents lui donnent leur unique morceau de pain.

– Quelle triste manière d'attendre Noël, soupire Belle en regagnant le château. Quand je pense à notre salon bien chauffé et plein de décorations… Je dois absolument faire quelque chose !

Et elle file retrouver la Bête et les objets enchantés qui finissent d'orner le sapin de Noël.

Elle s'exclame :

– Écoutez-moi ! Il y a une famille de pauvres gens, dans une ferme. Ils ont dû perdre leur récolte à cause de la neige et maintenant, ils n'ont plus rien. Je voudrais leur offrir un joyeux Noël, à eux aussi !

Aussitôt, les objets enchantés l'aident à trouver ce qu'il lui faut dans le château.

Devant leur empressement à bien faire tous ensemble, la Bête regrette son accès de mauvaise humeur et décide de les accompagner à la clairière.

Ils se mettent donc en route avec un traîneau plein de surprises. Quel bonheur, pour la famille de fermiers, de voir Belle leur apporter des couvertures, des livres, du bois pour le feu et un dîner royal !

Pendant ce temps, la Bête répare en cachette les carreaux cassés. En voyant par la fenêtre la fillette danser de joie, il ne peut s'empêcher de sourire. Puis, sur le chemin du retour, il prend doucement la main de Belle et avoue :

– Grâce à vous, j'ai découvert l'esprit de Noël. Merci beaucoup !

– C'est moi qui vous remercie, dit alors la jeune fille en riant. Car sans votre bel esprit de Noël, je perdais le mien en continuant à vous reprocher votre mauvais caractère !

Disney Princesses

La Belle au Bois Dormant

La magie de Noël

Comme tous les ans, Aurore passerait Noël avec Dames Flora, Pimprenelle et Pâquerette… sauf que cette année, elle avait épousé le prince Philippe, et qu'ils fêteraient donc Noël tous ensemble au château !

– Je suis si heureuse que vous ayez accepté de venir ! dit Aurore aux trois fées lorsque celles-ci arrivèrent, enchantées, au palais.

– Nous n'aurions refusé pour rien au monde de préparer Noël avec toi ! remarqua alors Pâquerette.

– Et maintenant que Maléfique ne peut plus te faire de mal, nous allons enfin pouvoir utiliser nos baguettes magiques pour tout décorer ! se réjouit Pimprenelle.

Aurore fronça les sourcils.

– Mais je tiens à ce que l'on fête Noël comme on l'a toujours fêté, protesta-t-elle.

– Tu veux dire sans magie ? s'étonna Flora.

La princesse insista :

– Oui, un Noël exactement comme les autres Noëls… mis à part qu'on le passera ici avec Philippe.

Les fées haussèrent les épaules. Après tout, pourquoi pas ? Si Aurore souhaitait retrouver les Noëls de son enfance, rien de plus facile !

– Commençons par décorer le sapin, décréta alors Pimprenelle.

– Non, le salon ! s'exclama Flora.

Aurore savait que ces deux-là ne se mettraient jamais d'accord. Alors, elle décida que Pâquerette et Pimprenelle s'occuperaient du sapin, tandis qu'elle accrocherait les guirlandes au plafond avec Flora. Ensuite, elles se rendirent à la cuisine afin de confectionner les petits gâteaux traditionnels.

Puis Flora, Pâquerette et Pimprenelle aidèrent Aurore à coudre une belle chemise en satin pour le prince Philippe. Elles travaillèrent ainsi toute la journée et le soir, lorsque le prince rentra au palais, il trouva les préparatifs de Noël terminés.

Mais sans l'aide souvent pleine de bon sens de la magie, c'était loin d'être parfait ! Le sapin penchait, les guirlandes étaient un peu de travers, les gâteaux, trop cuits… et la chemise deux fois trop grande pour lui !

– Oh, Philippe, je suis désolée ! s'excusa Aurore. Mais j'ai toujours préparé Noël moi-même, avec mes marraines. Alors, bien sûr, tout n'est peut-être pas entièrement réussi, mais c'est un Noël comme ceux que j'aimais et…

– Et c'est la plus jolie façon de fêter Noël, acheva le prince en l'embrassant. Réfléchis donc, Aurore : nous sommes tous réunis, vous avez tout préparé de tout votre cœur… et je ne connais pas de meilleure magie de Noël !

19 DÉCEMBRE

Disney Princesses

Blanche-Neige et les Sept Nains

Noël scintillant

C'est la veille de Noël, et cependant le soleil resplendit dans le ciel ! Blanche-Neige, accoudée à la fenêtre de la chaumière, soupire tristement :

– Quel dommage, on dirait qu'il n'y aura pas de neige à Noël cette année. Mais neige ou pas, décorons notre sapin !

Sur quoi, elle apporte une boîte pleine de guirlandes dorées, de boules colorées et d'étoiles pailletées au pied du grand arbre qui pousse près de la maisonnette.

– La princesse a raison, déclare Prof. Aidons-la !

Et tous se mettent à l'ouvrage, accrochant joliment leurs colifichets aux longues branches épineuses. Puis, Blanche-Neige rentre préparer ses cadeaux.

Les Sept Nains sont si curieux qu'ils n'hésitent pas à l'espionner. Mais qu'elle n'est pas leur déception en la voyant leur coudre de nouveaux bonnets !

– Ce genre de cadeau n'a rien de rigolo ! ronchonne Grincheux.

– Mais ces bonnets nous seront utiles, remarque Prof en faisant contre mauvaise fortune bon cœur.

– Et recevoir un cadeau, c'est toujours un plaisir, note Dormeur.

– D'ailleurs, je sais enfin quoi offrir à la princesse ! s'écrie soudain Prof.

Il expose son plan à ses frères, et tous s'en vont à la mine de diamants en chantonnant.

– Parfait ! se réjouit Blanche-Neige en les regardant s'éloigner. Maintenant qu'ils ne m'espionnent plus, je vais pouvoir préparer leurs vrais cadeaux !

Plus tard, les Sept Nains rentrent si fatigués qu'ils s'endorment sitôt couchés. Mais à l'aube, Blanche-Neige les appelle :

– Descendez vite, c'est l'heure des cadeaux !

– Recevons nos bonnets en souriant, recommande Prof. La princesse serait trop triste si elle nous voyait déçus !

Or, en arrivant au salon, une merveilleuse surprise les attend : en plus de leurs bonnets, Blanche-Neige leur remet à chacun un personnage en chocolat à leur effigie… et grandeur nature !

– Quel régal… rigolo ! s'esclaffe Grincheux devant les Sept Nains en chocolat.

Puis il ouvre la porte de la chaumière et ajoute :

– Et voici pour vous, princesse : un Noël blanc quand même !

Blanche-Neige sort et découvre, émerveillée, la belle surprise de ses amis : ils ont recouvert l'herbe, le sapin et les buissons de diamants étincelants !

– C'est magnifique ! s'exclame-t-elle alors. Oh, merci ! Ces diamants ne fonderont jamais, comme de la neige éternelle pour un Noël scintillant !

Disney Princesses

Cendrillon

Un Noël pas comme les autres

Noël approchait à grands pas, et Cendrillon était folle de joie.

Ce serait son premier Noël au château, avec le prince et tous ses amis de la ferme réunis !

– Je veux que tout soit parfait ! déclara-t-elle ce soir-là, assise au coin du feu avec le prince.

– Bien sûr, acquiesça-t-il dans un sourire. Ne t'inquiète pas, les cadeaux sont prêts et nous allons donner un bal…

– Non, attends !

Cendrillon l'interrompit.

– En fait, j'aimerais beaucoup organiser une fête bien spéciale.

– Ah bon ? s'étonna le prince. Comme tu voudras, ma chérie. Je dirai à Prudence de t'aider à envoyer les invitations et à…

– Oh non, surtout pas ! insista Cendrillon. Je préférerais m'occuper de tout par moi-même, tu comprends ?

Le prince éclata de rire.

– Non, je ne comprends pas. Moi, à ta place, j'aurais besoin d'un coup de main. Mais c'est toi qui décides !

Le lendemain, Cendrillon commença ses préparatifs. Les deux souriceaux Jac et Gus furent les deux seuls habilités à participer ! Ensemble, ils décorèrent l'escalier de branches de sapins et de ruban rouge. Ils ornèrent les fenêtres du salon royal de la même façon, et ils accrochèrent des chaussettes de Noël au manteau de la cheminée. Cendrillon ajouta des étoiles scintillantes à la porte de la véranda d'été qui ouvrait directement sur le parc. Pour finir, ils suspendirent des guirlandes de groseilles et de pop-corn au plus haut sapin du jardin, près de la porte.

– C'est ici que l'on dansera et que l'on s'amusera la nuit du réveillon ! déclara-t-elle lorsque le prince la rejoignit.

– Ici ? répéta-t-il, surpris.

– Oui, acquiesça Cendrillon. Et on s'échangera les cadeaux au pied de cet immense sapin !

– Mais on gèle, dehors ! protesta le prince. Il neige à gros flocons et on n'a jamais fêté Noël à la belle étoile !

– Justement, ce sera idéal, pour ce Noël pas comme les autres ! insista Cendrillon.

Comme le prince comprenait de moins en moins, elle expliqua :

– C'est vrai, j'ai oublié de te parler de mes invités. Eh bien, bonne nouvelle : mes amis de la ferme seront tous là ! Et franchement, je crois que le cheval de trait, les poules et les chèvres seront plus à l'aise à l'extérieur, non ?

Le prince éclata aussitôt de rire. Évidemment, avec Cendrillon, il aurait dû deviner qu'il s'agirait d'un Noël des animaux !

Disney Princesses

La Belle au Bois Dormant

La magie du hasard

21 DÉCEMBRE

Ce matin-là, Aurore cherchait ce qu'elle pourrait offrir à ses marraines les fées pour Noël, dans trois jours exactement.

– Tu comprends, Philippe. Je veux absolument leur faire plaisir. Mais si je leur demande de quoi elles ont envie, elles n'auront plus de surprise !

Le prince hocha la tête d'un air pensif.

Puis, il suggéra :

– Nous pourrions les observer en cachette ? Ainsi, nous devinerions de quoi chacune a le plus besoin !

– Excellent plan ! approuva Aurore, enthousiaste.

Et ils prirent le chemin de la chaumière. Là, ils approchèrent par l'arrière de la maisonnette, puis ils regardèrent discrètement par la fenêtre. Sans se douter qu'on les espionnait, les trois fées s'affairaient à leurs tâches…

Aurore remarqua bientôt que cette gourmande de Pimprenelle, tout en travaillant, ne cessait de piocher des chocolats dans la boîte à bonbons du buffet de la cuisine.

– Si on lui en offre une boîte rien que pour elle, elle sera ravie ! chuchota la princesse.

Philippe acquiesça, puis il tendit le doigt en direction de cette frileuse de Pâquerette, devant le feu de la cheminée.

Il souffla :

– Tu vois, Aurore ? Elle se réchauffe les mains. Elle aimerait certainement avoir une belle paire de moufles de laine !

Quant à cette coquette de Flora, elle rajustait son vieux foulard en admirant son reflet dans le grand miroir en pied. Un foulard de soie flambant neuf, voilà ce qu'il lui fallait ! Et fort satisfaits de leurs découvertes, Aurore et Philippe rentrèrent rapidement au palais préparer les paquets. La princesse enveloppa les cadeaux des fées, et le prince fut chargé d'y attacher les étiquettes avec leur prénom… sauf que cet étourdi mélangea les trois paquets !

Et Noël venu, au moment d'ouvrir leurs cadeaux, aucune des fées ne reçut le présent qui lui était destiné !

Pourtant, Pimprenelle fut enchantée de sa paire de moufles qui l'empêcherait de se goinfrer de chocolats. Pâquerette adora son foulard, car elle était allergique à la laine.

Quant à Flora, les chocolats la comblèrent, puisqu'elle tenait plus que tout à son vieux foulard porte-bonheur.

– Comme quoi, la magie du hasard fait bien les choses ! soupira alors Aurore, rassurée.

Et Philippe, très fier que tout se terminât si bien grâce à lui, éclata de rire.

Disney Princesses

Blanche-Neige et les Sept Nains

Le plus beau des sapins

Hourra ! C'est bientôt Noël ! Les Sept Nains et Blanche-Neige viennent de trouver un sapin idéal dans la forêt. Satisfaits, ils le rapportent alors à la chaumière afin de le décorer.

Mais catastrophe : Simplet ne sait plus du tout où il a rangé le carton des décorations, l'an dernier ! L'étourdi a beau se creuser la cervelle et chercher partout dans la maison, impossible de remettre la main sur la boîte en question.

– Et maintenant, il est l'heure d'aller au lit, soupire Prof en entendant sonner le coucou en bois. Quel dommage ! Nous n'aurons pas de sapin de Noël cette année !

Les Sept Nains suspendent tout de même leurs chaussettes sur le rebord de la cheminée, afin de recevoir leurs cadeaux.

Puis ils montent se coucher en regrettant l'absence de décorations. Le lendemain matin, ils s'empressent de descendre découvrir leurs surprises. Ils vident leurs chaussettes et miam ! Ils ont chacun un bonhomme de pain d'épices, une canne en sucre d'orge, des papillotes multicolores, des rênes en chocolat, et un bonnet neuf. Ils sont ravis ! Soudain, Blanche-Neige a une idée :

– Vous pourriez suspendre ces friandises aux branches du sapin ? Cela ferait une charmante décoration, bien appropriée à l'occasion.

Les Sept Nains suivent aussitôt ce judicieux conseil et en effet, leur sapin prend enfin des airs de fête, ainsi orné de délicieux bonbons.

– À notre tour de vous offrir des présents, Blanche-Neige ! déclare alors Prof.

Et chacun d'entre eux remet un joli petit paquet à la princesse. Elle les ouvre un par un, et découvre chaque fois un collier de diamants ! Les Sept Nains sont mécontents d'avoir tous préparé le même cadeau, mais Blanche-Neige les rassure :

– Je suis enchantée ! D'ailleurs, regardez !

Elle dispose ses sept colliers dans le sapin, qui scintille tout à coup de mille reflets précieux. Le résultat est absolument merveilleux. Le mieux, c'est que Simplet se rappelle brusquement où il a rangé les décorations de Noël : sous l'évier ! Il ne reste donc plus qu'à accrocher l'Étoile d'argent au sommet de l'arbre, qui ne manque désormais plus de rien.

– Notre sapin n'a vraiment pas l'air très ordinaire, paré de bijoux et de sucreries, remarque alors Prof.

– Non, c'est certain, admet Blanche-Neige en riant. Mais c'est le plus beau des sapins malgré tout !

Disney Princesses

Cendrillon

L'étoile du sapin

Quelle belle veille de Noël ! Il neige à gros flocons et tout le monde au château est très joyeux. Cendrillon vient de finir de décorer le sapin. Elle lance :

– Jac, Gus, à vous de jouer : placez l'étoile de verre au sommet de l'arbre.

Les deux souriceaux attendaient cet instant avec impatience. Ils portent délicatement l'étoile au pied du sapin… quand Lucifer leur bondit dessus en miaulant ! Jac et Gus sursautent, bien sûr. Et ils lâchent l'étoile de verre, qui se brise en mille morceaux par terre.

– Vilain Lucifer ! gronde Cendrillon en l'attrapant. Allons, oust, file dans ton panier !

Le chat s'éloigne en boudant. Mais Jac et Gus sont désolés pour l'étoile.

– Rassurez-vous, Noël sera réussi quand même, affirme Cendrillon.

Les souriceaux ont beau essayer de ne plus y penser, ils ne supportent pas leur sapin sans étoile. Alors, Gus suggère :

– Et si on escaladait la colline ? On pourrait trouver une étoile du ciel, là-haut.

– N'importe quoi, bougonne Jac. Les étoiles, ça ne se cueille pas comme ça !

– Mais il paraît que des morceaux d'étoile tombent parfois sur la Terre, insiste Gus. Il y en a peut-être un au sommet de la colline ?

Et, décidés à tenter le coup, ils écrivent un petit mot à Cendrillon pour l'informer de leur projet. Puis ni une ni deux, les voici partis en expédition ! La princesse, paniquée, court avertir le prince.

– Jac et Gus risquent de geler dans la neige ! Il faut aller à leur recherche !

– Bien sûr, dit le prince. Mais ils sont si petits, nous ne les retrouverons jamais assez vite.

Heureusement, Cendrillon a un plan : emmener Lucifer avec eux ! Et comme prévu, le chat ne tarde pas à repérer la trace des souriceaux, sur la colline. Cendrillon les ramène alors au château et au matin, c'est la distribution des cadeaux. Hélas, Jac et Gus regrettent toujours de ne pas avoir d'étoile pour l'arbre de Noël… et ils ont perdu toute leur gaieté !

– Quel dommage ! déplore Cendrillon. Ouvrez donc vos paquets, moi, j'ouvre celui que m'a offert le prince.

Et elle découvre un merveilleux diadème de diamants ! Il est si étincelant que cela lui donne une idée : poser le diadème au sommet de l'arbre en guise d'étoile !

– Hourra ! applaudissent alors les souriceaux, réconfortés. Noël est enfin Noël avec l'étoile du sapin la plus précieuse de l'univers !

Disney Princesses

La Belle et La Bête

La beauté de Noël

C'est la veille de Noël et cependant, au château de la Bête, les objets enchantés ne sont pas très gais. Zip, la petite tasse, ne fait que soupirer.

– Il pleut sans arrêt. Noël n'est pas Noël, sans la neige !

– Voyons, mon chéri, il neigera peut-être demain, tente de le réconforter Madame Samovar.

Mais Zip soupire encore plus fort.

– Désolé maman, mais la veille de Noël est quand même gâchée, maintenant !

À ces mots, Belle décide d'intervenir.

– L'esprit de Noël est dans ton cœur, Zip, peu importe s'il neige, s'il pleut ou s'il grêle. Mais puisque tu sembles l'avoir perdu, je vais t'aider à le retrouver !

Là-dessus, la jeune fille file emprunter un recueil de partitions à la bibliothèque.

Elle s'installe au coin du feu avec Zip, Madame Samovar, Big Ben et Lumière. Ils interprètent alors les plus beaux chants de Noël du manuel. Bientôt, Zip recommence à sourire. Ça y est ! Il a enfin l'impression que Noël est arrivé ! Mais manque de chance, la Bête entre à cet instant, et il n'est pas d'humeur à célébrer quoi que ce soit !

– Taisez-vous ! grogne-t-il. Noël me rend nostalgique !

Et il prend le recueil de partitions des mains de Belle. La jeune fille, navrée pour lui, monte réfléchir au grenier. Comment aider la Bête à être moins ronchon ? Soudain, Angélique, le petit ange à suspendre, sort du coffre où sont rangées les décorations de Noël. Elle tend une boule à neige à Belle et explique :

– Voici le cadeau de Noël préféré de la Bête. Il l'a reçu l'année de ses six ans.

– C'est magnifique ! s'émerveille Belle devant la jolie fée rose, à l'intérieur du globe.

– Je suis sûre que si la Bête la revoit, il retrouvera la joie de Noël, ajoute Angélique.

Belle redescend vite au salon, enveloppe la boule à neige d'un papier doré, et l'offre peu après à la Bête. Il ouvre le paquet en rouspétant qu'il ne voulait pas de cadeau. Mais dès qu'il aperçoit la fée de son enfance, ses yeux s'illuminent de bonheur !

– J'ai l'impression d'avoir à nouveau six ans ! s'écrie-t-il.

– Et à six ans, vous aimiez Noël, remarque Belle. J'ai donc réussi ma mission : vous permettre de retrouver enfin l'esprit de Noël !

– Avec vous auprès de moi, c'est plutôt la beauté de Noël, que je découvre pour de bon, conclut alors la Bête.

Et il invite tous les objets enchantés à fêter Noël ensemble au salon !

Disney Princesses

Cendrillon

Tous réunis

Cendrillon avait invité tous ses amis de la ferme à fêter Noël au château. Et, bien sûr, tous avaient accepté de venir !

– J'ai encore quelques préparatifs à terminer, dit-elle aux souriceaux Jac et Gus.

– Mais c'est ce soir, le réveillon ! remarqua Jac.

– Ne t'inquiète pas, j'aurai fini à temps, le rassura alors Cendrillon.

Elle cousait justement un sac à foin lorsque Prudence, l'intendante du palais, s'engouffra dans le salon royal en s'écriant :

– Oh, Votre Majesté ! Vous avez refusé de me laisser m'occuper de l'organisation de Noël, et rien n'est prêt pour le bal !

– Bien sûr que si, tout est prêt, protesta Cendrillon. Cette année, nous recevons nos invités sous la véranda d'été.

– Vous voulez dire dehors ? s'étonna l'intendante avec dédain.

Elle pensait que la princesse avait perdu l'esprit. D'abord, elle voulait recevoir ses invités sous la neige. Ensuite, elle leur cousait des sacs à foin en guise de cadeaux… Ce Noël serait complètement raté ! Plus tard, la Bonne Fée aperçut Cendrillon, dans les réserves du château. La princesse choisissait de quoi constituer le buffet du réveillon, et la fée fronça les sourcils en la voyant sélectionner des choux crus, ainsi que du gruyère, des épis de maïs et même des brassées de paille !

– Quel étrange repas de Noël ! Je dois faire quelque chose pour améliorer un peu…

Et bibidi, bobidi, boo ! d'un coup de baguette magique, elle fit apparaître une somptueuse réception de Noël dans le salon royal !

– C'est très gentil, marraine, la remercia Cendrillon. Mais ma fête à moi se passe sous la véranda. Prudence et les autres n'auront qu'à s'amuser ici, puisqu'ils n'ont rien compris ! Viens, je vais te montrer !

À ces mots, elle conduisit la Bonne Fée sous la véranda, où se trouvaient réunis tous ses amis : les animaux de la ferme ! Les légumes, la paille, les sacs à foin étaient pour eux, évidemment !

– Bravo, Cendrillon, c'est une excellente idée ! la félicita sa Marraine avant d'ajouter : si tu le permets, à mon tour d'en avoir une !

Bibidi, bobidi, boo ! elle transporta la véranda au salon royal. Le prince enchanté embrassa alors Cendrillon et s'exclama :

– Merci pour ce beau Noël, Cendrillon : on est réunis, et chacun a ce dont il a envie. C'est une vraie réussite !

Et en éclatant de rire, il l'entraîna dans la valse parmi les animaux !

Disney Princesses

Raiponce

Souvenirs d'hiver

Depuis que Raiponce a épousé Flynn, elle profite de chaque instant de sa belle liberté. Finies, les journées enfermées au sommet de la tour. Aujourd'hui, elle peut se promener partout où elle le souhaite, et quand elle le souhaite. Ainsi, cet hiver, la neige recouvre le royaume, et Raiponce la découvre enfin pour de vrai. Elle accompagne Flynn en luge, elle fabrique des bonshommes de neige, elle se roule dans les flocons immaculés. En un mot, Raiponce s'amuse comme une petite folle !

– J'aime tellement la neige ! Merci Flynn, sans toi, je ne me serais jamais doutée d'à quel point l'hiver est agréable !

Flynn est ravi. Le cheval Maximus hennit comme s'il riait. Seul Pascal, le petit caméléon familier de Raiponce, semble bouder…

– Que se passe-t-il, Pascal ? s'inquiète soudain la jeune fille.

Il lui montre le minuscule pull-over qu'il porte.

Elle s'exclame :

– J'ai compris ! C'est moi, qui t'ai tricoté ce pull, l'hiver dernier. Et c'est vrai que grâce à toi, j'avais déjà découvert combien on peut s'amuser en hiver.

Puis, elle l'embrasse sur le bout du museau et raconte :

– Un matin, j'ai regardé par la fenêtre de la tour, et j'ai vu un épais manteau blanc, sur la forêt. C'était féerique ! Il avait neigé toute la nuit. Les branches des arbres scintillaient de gel, on aurait dit que de la poudre de diamant les tapissait. Je me rappelle même avoir reçu un flocon sur le nez, en penchant la tête dehors. Et puis, soudain, j'ai poussé un gros soupir. J'avais tellement envie de sortir marcher dans la neige ! Et toi, mon gentil Pascal, sans hésiter, tu as couru à l'orée de la forêt pour me rapporter quelques branches de houx. Bien vite, je les ai accrochées aux poutres du plafond, et j'ai applaudi. Ensuite, tu m'as montré les fleurs de givre, sur les carreaux de la fenêtre. Et aussitôt, j'en ai peint partout sur les murs ! Je n'avais plus besoin de sortir : la magie de l'hiver venait d'entrer à la maison ! Alors, pour te remercier de m'avoir réconfortée, je t'ai tricoté ce pull…

Pascal sourit, rassuré.

Ouf, son amie n'a pas oublié les bons moments qu'ils ont partagés ensemble !

– Ces souvenirs d'hiver me font d'ailleurs remarquer que cette saison peut offrir autant de joie bien au chaud chez soi… qu'à l'extérieur ! s'esclaffe alors Raiponce en fonçant gaiement à bord de sa luge.

Disney Princesses

Jasmine

27 DÉCEMBRE

Rêve de neige

Quelle chaleur écrasante ! Assise à l'ombre d'un palmier en compagnie de son fidèle tigre du Bengale Rajah, Jasmine agite son éventail en soupirant.

– Cette canicule dure depuis un mois, Je n'en peux plus !

Afin de penser à autre chose, elle feuillette un grand livre d'aventures, plein d'illustrations merveilleuses. On y raconte les expéditions lointaines d'explorateurs intrépides. L'auteur décrit la jungle, les populations… et même une curiosité totale pour Agrabah : la neige !

– C'est très joli, remarque Jasmine en examinant une gravure de montagne toute blanche. Il paraît que cette neige tombe du ciel, Rajah. C'est une pluie transformée en cristaux par le froid…

Ignorant qu'Aladdin passe au-dessus d'eux sur son Tapis Volant, elle s'exclame :

– Je rêve de voir la neige, Rajah ! Ce serait si fantastique et si rafraîchissant !

Aussitôt, Aladdin file appeler son ami, le Génie. Il a bien l'intention de réaliser le rêve de sa Princesse !

– Tu veux qu'il neige sur Agrabah, Al ? s'étonne le Génie. Drôle de souhait… Enfin, rien n'est trop fou pour plaire à Jasmine ! Mais attention : la neige magique ne durera qu'une journée !

Et dès le lendemain matin, quelle n'est pas la surprise de Jasmine en découvrant l'épais manteau de neige qui recouvre soudain Agrabah ! Elle comprend vite ce qu'il est arrivé lorsque Aladdin, son singe Abu et le Génie viennent la chercher avec le Tapis Volant !

– Bienvenue à bord du Vol Je Réalise Vos Rêves de la compagnie Air Neige ! annonce le Génie tandis que la princesse les rejoint sur le Tapis Magique.

Ils survolent Agrabah dans le froid. Les toits glacés étincellent au soleil. Le spectacle enchante Jasmine !

– C'est encore plus beau et plus amusant que ce que j'imaginais ! s'esclaffe-t-elle quand le tapis se met à glisser comme une luge sur une pente enneigée.

Ils construisent ensuite un splendide bonhomme de neige, puis ils organisent une immense bataille de boules de neige avant de se blottir ensemble au coin du feu.

– Tu m'as offert une journée vraiment inattendue, Aladdin ! le remercie alors Jasmine, folle de bonheur. Tu as réalisé l'un de mes rêves les plus chers… au point d'avoir maintenant besoin de nous réchauffer en pleine canicule !

Et tous éclatent de rire en s'enroulant dans une couverture mœlleuse.

Disney Princesses

Mulan

Quelle honte !

Mulan poussa Khan au galop et regarda droit devant elle. Elle allait en ville faire le marché pour sa famille. Pour elle, c'était un déplacement ordinaire, mais les gens qui travaillaient des deux côtés de la route ne semblaient pas de cet avis. Sans même les regarder, Mulan savait que des chuchotements s'élevaient sur son passage. Ils ne parlaient pas uniquement d'elle. Ils s'entretenaient au sujet du cavalier qui l'accompagnait, le capitaine Li Shang.

Le capitaine semblait n'avoir rien remarqué, même lorsqu'ils pénétrèrent dans la ville et qu'un groupe de jeunes filles se mit à pouffer de rire derrière leurs éventails. Mulan fit de son mieux pour l'ignorer. Depuis son retour du Palais impérial, les langues allaient bon train. On disait qu'elle était un héros mais à l'intérieur d'elle-même, elle se sentait juste… Mulan.

Shang descendit de son cheval et proposa d'aller acheter le riz. Mulan faillit refuser. Elle n'avait pas besoin de l'aide de Shang pour faire ses achats. Si elle l'avait amené avec elle, c'était seulement parce qu'il voulait mieux connaître la ville de Mulan. Mais Shang était déjà à l'intérieur de la petite boutique. Mulan soupira. Elle tenait le capitaine en haute estime, mais elle était toujours en désaccord avec lui. Une voix la tira soudain de ses pensées :

– Quelle honte !

Au milieu de la rue, une vieille femme désignait Mulan du doigt.

– Quelle honte ! répéta-t-elle. Ne crois surtout pas que je t'ai oubliée !

C'était la marieuse ! Mulan baissa la tête, les joues brûlantes, même si elles ne l'étaient pas autant que le jour où elle l'avait rencontrée pour la première fois.

La marieuse traversa la rue en montrant Mulan du doigt.

– Ce n'est pas parce que toute la Chine pense que tu es un héros qu'il faut oublier ton destin, cria-t-elle d'une voix grinçante. Tu seras la honte de ta famille. Je le sens.

Mulan ne savait que répondre à la vieille femme.

– Aucune marieuse au monde ne te trouvera un mari ! cria la femme.

– C'est donc une bonne chose si elle n'en a pas besoin, dit Shang.

Comme il passait devant la marieuse, il marcha par mégarde dans une flaque et l'éclaboussa de la tête aux pieds !

La marieuse resta sans voix, son visage se renfrogna. Mulan n'aurait jamais osé dire une chose pareille. Mais son visage s'illumina d'un grand sourire.

Disney Les Fées

Tous au chaud !

Vidia, la fée Voltigeuse, adore contrarier les autres fées… En particulier les fées des Eaux. Avec elles, c'est facile : elles pleurent toujours pour un oui ou pour un non, avec leurs énormes réserves de larmes. Alors, Vidia ne s'en prive pas… D'autant plus qu'elle méprise tous les talents différents du sien !

– Savoir faire des tourbillons dans l'eau, c'est ridicule ! dit-elle ce jour-là à Rani qui s'entraîne justement à la rivière.

– Mais savoir commander à la pluie, c'est indispensable, se défend Rani.

– Qu'est-ce que la pluie sans mon talent du vent pour pousser les nuages ? réplique Vidia. Non, je suis désolée, Rani. Tu n'es qu'une fée sans intérêt !

Et la Voltigeuse s'envole à toute vitesse en éclatant de rire. Clochette, qui vient d'assister à la scène, est folle de colère. Vidia est vraiment très méchante, aujourd'hui !

– Tu ferais mieux de te méfier ! lui crie-t-elle. Un jour, tu seras contente de profiter des talents des autres fées !

– Tu rêves, ma chérie ! se moque Vidia. Ce jour-là arrivera lorsqu'il neigera !

Ce qui signifie : jamais, car au Pays Imaginaire, c'est toujours le printemps. Clochette fronce les sourcils. Cette prétentieuse de Vidia mérite une bonne leçon. Et brusquement, Clochette a un plan… Le lendemain matin, Lily arrose les magnolias, lorsqu'elle se met à grelotter de froid. Et voici que des flocons de neige tombent du ciel en virevoltant !

– Que se passe-t-il ? L'hiver n'existe que dans l'Autre Monde ?

Lily file au Grand Arbre. Toutes les fées s'amusent déjà dans la neige ! C'est tellement nouveau ! Dulcie goûte même un flocon, qu'elle laisse fondre sur sa langue. Les fées Couturières préparent des vêtements chauds pour tout le monde. Mais Vidia refuse les siens !

– Allons, la taquine Clochette. Il est temps de reconnaître que le talent de couturière peut te rendre service !

– Pas du tout, proteste Vidia. Je me passe très bien de bottes et de manteau, merci !

Et elle s'éloigne d'un grand coup d'ailes.

– Sa mauvaise foi lui tient chaud ! remarque Terence.

Mais soudain, Vidia se met à éternuer, et éternuer encore ! Clochette soupire alors :

– Elle prétend qu'elle n'a pas froid, mais elle a pris froid quand même.

Décidément, Vidia ne change pas… même quand il neige au Pays Imaginaire !

Disney Princesses

La Belle et La Bête

Splendeur retrouvée

L'amour de Belle pour la Bête avait triomphé de la vieille mendiante. L'enchantement levé, tous, au château, avaient repris forme humaine… à commencer par le prince ! Belle écoulait désormais des jours heureux auprès de lui. Ensemble, ils feuilletaient souvent les livres anciens de la bibliothèque. Et un jour, Belle découvrit un ouvrage qui détaillait les plans du château.

– Quel dommage d'avoir condamné l'aile gauche, remarqua-t-elle. Il y avait des chambres magnifiques, là-bas !

Le prince acquiesça.

– Oui, je me souviens aussi d'un vaste salon d'apparat…

– Eh bien, qu'attendons-nous pour rouvrir cette partie du château ? Rendons-lui sa splendeur passée !

Et Belle entraîna le prince vers l'aile gauche. Ils suivirent le plan du livre, pour ne pas s'égarer dans le dédale des couloirs abandonnés. La jeune fille frissonna. C'était sinistre ! Les tentures fermées, les toiles d'araignées, la poussière, l'humidité, les tapis mités, les miroirs brisés… Une vraie maison hantée !

– Bizarre, murmura le prince. Le plan mentionne une autre pièce, à côté du salon d'apparat. Et il n'y a aucune porte ! Ce doit être un passage secret !

– Une fois tout remis en état, nous le chercherons ! assura Belle.

Mais au fond d'elle, elle soupira : ça allait durer des jours de réhabiliter cet endroit ! Par chance, ils étaient nombreux, au château. Et courageux ! Ils décrochèrent les rideaux, nettoyèrent les carreaux, époussetèrent les plafonds, lessivèrent les planchers, rafraîchirent les peintures, retapèrent le mobilier. Le dernier jour des travaux, Belle découvrit un portrait du prince, au fond d'une armoire. Elle redora le cadre avec soin et l'accrocha au mur du salon d'apparat en proclamant :

– Je déclare l'aile gauche rouverte !

Tout le monde applaudit. Elle ajouta d'un air de regret :

– Le livre parle des bals somptueux que l'on donnait ici, autrefois. J'aurais aimé en organiser un pour fêter ça, mais nous n'avons pas d'orchestre…

À ces mots, Madame Samovar souleva une trappe, au pied de la cheminée. Il s'agissait d'une petite cave où étaient conservés les précieux instruments de musique de l'orchestre royal !

– Fantastique ! s'exclama Belle. Maintenant, nous pouvons réellement célébrer la splendeur retrouvée du château !

Disney Princesses

Pocahontas

L'attrape-rêves

Ce matin, Pocahontas rend une petite visite à Grand-Mère Feuillage. Mais l'arbre enchanté est de bien triste humeur.

– Que se passe-t-il ? demande la jeune Indienne.

– Plusieurs de mes branches sont tombées, soupire Grand-Mère Feuillage. Avant, elles étaient utiles à tous mes amis de la forêt pour se fabriquer un abri mais maintenant, elles sont trop sèches et ne servent à rien.

– Je suis sûre que nous pouvons en faire quelque chose de très joli, la rassure Pocahontas.

Puis, ramassant le branchage, la jeune fille retourne dans son village et file dans sa hutte. Elle utilise alors les outils de son père pour tailler et sculpter les morceaux de bois. Elle les tord et les plie pour confectionner un cercle parfait. Puis, elle y ajoute un entrelacs de cordelettes et décore le tout avec des plumes d'aigle. Tenant son ouvrage par une ficelle, elle le laisse pendre devant Meiko comme un mobile. Le raton laveur est très intrigué par cet objet et lui donne quelques petits coups de patte.

– Ceci est un attrape-rêves, explique-t-elle. C'est un objet magique que mon peuple fabrique depuis la nuit des temps. Il capture les cauchemars et permet ainsi d'avoir un agréable sommeil.

Ne pouvant attendre pour montrer son travail à Grand-Mère Feuillage, Pocahontas, suivie par Meiko, saute dans son canoë…

– Je suis surprise de vous revoir déjà, dit l'arbre enchanté. Très heureuse, mais surprise.

– J'ai un cadeau pour toi, explique alors Pocahontas en accrochant l'attrape-rêves à une branche.

– Oh, s'émerveille Grand-Mère feuillage. C'est un très joli présent. Et comme il a été fabriqué avec beaucoup d'attention, je sens qu'il en émane une puissante magie.

– Tu vois, sourit la jeune fille, même les morceaux de bois secs peuvent toujours être utiles.

Soudain, Pocahontas se sent très fatiguée : elle a travaillé toute la journée et n'a pas vu le soir arriver. Alors, prenant Meiko dans ses bras, elle s'allonge entre les racines de Grand-Mère Feuillage. Et sombre bientôt dans un profond sommeil.

– Fais de beaux rêves, Pocahontas, murmure l'arbre dans un bâillement léger. Et merci encore pour ce magnifique cadeau.

La nuit enveloppe doucement toutes les créatures de la forêt et l'attrape-rêves fait son ouvrage.

Car, paisiblement endormis, Pocahontas, Meiko ainsi que Grand-Mère Feuillage s'envolent dans le plus agréable des songes…

Index des histoires

Disney ALICE au pays des MERVEILLES

Disney Princesses Blanche-Neige et les Sept Nains

Disney Princesses

Cendrillon

Disney Princesses

Jasmine

Disney Princesses

La Belle au Bois Dormant

Disney Princesses

La Belle et La Bête

Disney Princesses

La Petite Sirène

Disney Princesses

La Princesse et la Grenouille

Disney

Le Bossu de Notre-Dame

Disney Princesses

Mulan

Disney Princesses

Pocahontas

Disney Princesses

Raiponce

Disney Princesses

Rebelle

Disney Les Fées

La fée Clochette

Disney Les Fées

Clochette et la Créature Légendaire

Disney Les Fées

Clochette et l'Expédition Féerique

Disney Les Fées

Clochette et la Fée Pirate

Covid-19 may have stopped international travel, but it didn't stop us from dreaming about it. While flights are back up and running, the pandemic gave us pause to reminisce on our favourite travel memories. But one aspect of travel we bet you don't pine for is the claustrophobia-inducing crowds, endless queues, and people jostling to capture that perfectly lit and composed photograph. Perhaps you wonder if there's a way of exploring the world without swathes of tourists all around you.

Put simply, yes. Yes, you can enjoy gorgeous landmarks without queuing for hours. Yes, you can go on hikes without meeting another soul. And yes, you can discover your own tranquil slice of paradise. It's a more interesting (and arguably more ethical) way to travel. But to find the path less trodden you'll have to be willing to put some work in – and that's where this bookazine comes in.

With over 100 off-the-beaten-track destinations inside, this bookazine is the perfect way to satisfy your wanderlust. From Ethiopian churches at the peak of a perilous mountain climb, to lively South American cities few have heard of, thumb your way through over 130 pages of niche travel inspiration.

And that's not all. We'll show you how to reach destinations at the end of the Earth, recommend some delicious dishes to try on your travels, and even help you plan your next city break.

Packed with useful maps, pro travel tips, and gorgeous imagery, you'll be on your next adventure as soon as it's safe to do so.

START YOUR JOURNEY

THE AMERICAS

AFRICA & THE LEVANT

"Travel is fatal to prejudice, bigotry, and narrow-mindedness"

– MARK TWAIN –

ASIA

EUROPE

OCEANIA

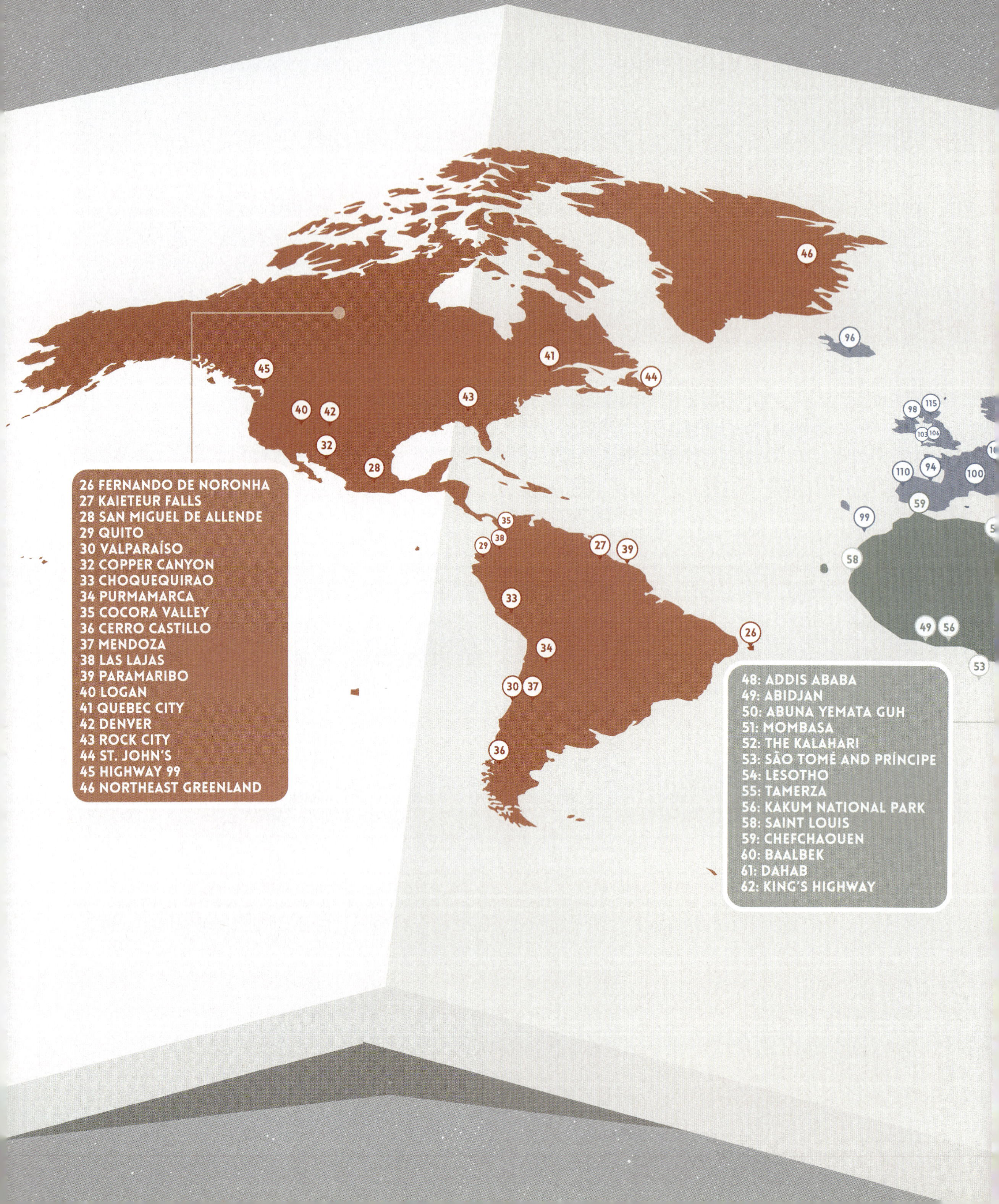
26 FERNANDO DE NORONHA
27 KAIETEUR FALLS
28 SAN MIGUEL DE ALLENDE
29 QUITO
30 VALPARAÍSO
32 COPPER CANYON
33 CHOQUEQUIRAO
34 PURMAMARCA
35 COCORA VALLEY
36 CERRO CASTILLO
37 MENDOZA
38 LAS LAJAS
39 PARAMARIBO
40 LOGAN
41 QUEBEC CITY
42 DENVER
43 ROCK CITY
44 ST. JOHN'S
45 HIGHWAY 99
46 NORTHEAST GREENLAND
48: ADDIS ABABA
49: ABIDJAN
50: ABUNA YEMATA GUH
51: MOMBASA
52: THE KALAHARI
53: SÃO TOMÉ AND PRÍNCIPE
54: LESOTHO
55: TAMERZA
56: KAKUM NATIONAL PARK
58: SAINT LOUIS
59: CHEFCHAOUEN
60: BAALBEK
61: DAHAB
62: KING'S HIGHWAY

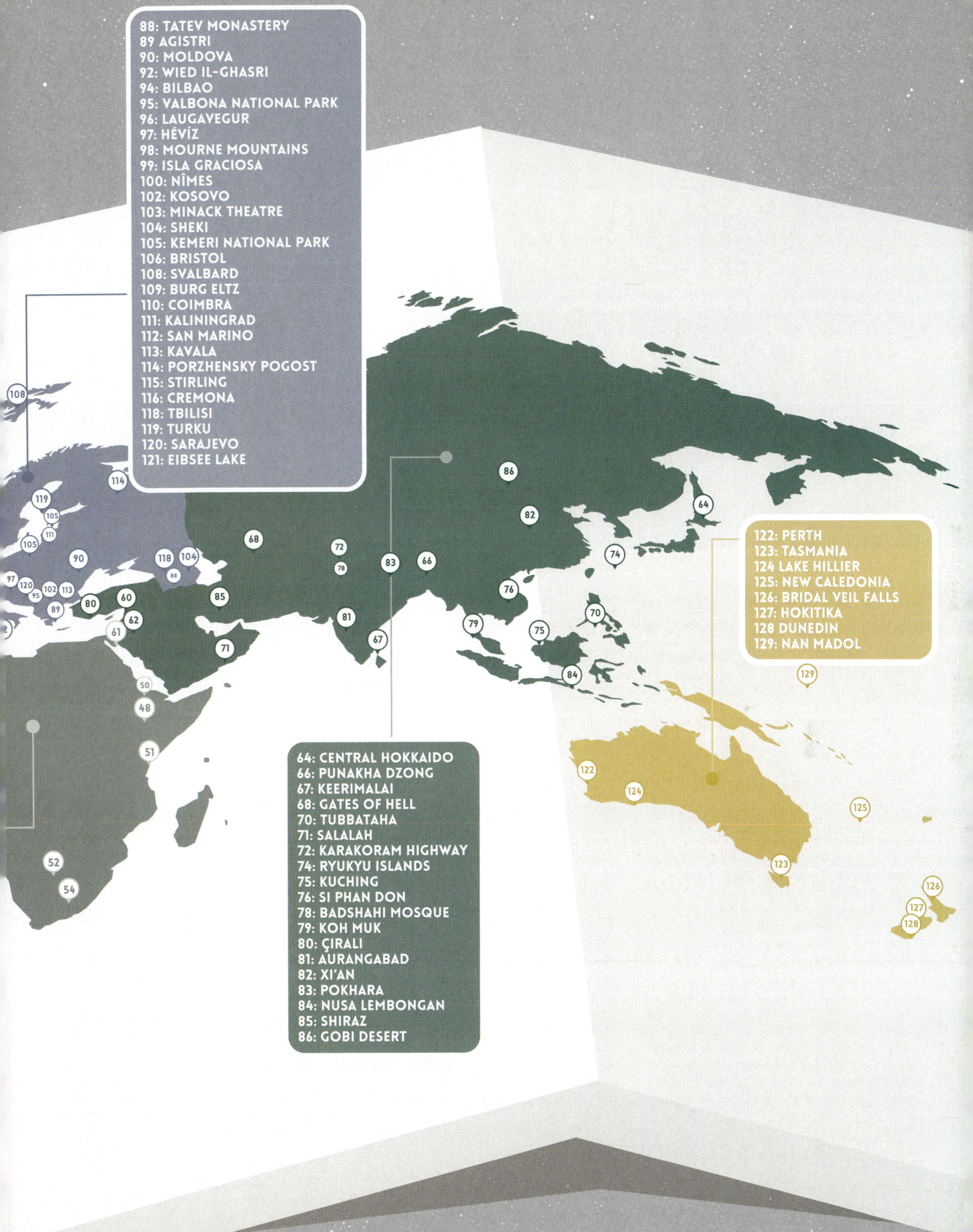
88: TATEV MONASTERY
89 AGISTRI
90: MOLDOVA
92: WIED IL-GHASRI
94: BILBAO
95: VALBONA NATIONAL PARK
96: LAUGAVEGUR
97: HÉVÍZ
98: MOURNE MOUNTAINS
99: ISLA GRACIOSA
100: NÎMES
102: KOSOVO
103: MINACK THEATRE
104: SHEKI
105: KEMERI NATIONAL PARK
106: BRISTOL
108: SVALBARD
109: BURG ELTZ
110: COIMBRA
111: KALININGRAD
112: SAN MARINO
113: KAVALA
114: PORZHENSKY POGOST
115: STIRLING
116: CREMONA
118: TBILISI
119: TURKU
120: SARAJEVO
121: EIBSEE LAKE
122: PERTH
123: TASMANIA
124 LAKE HILLIER
125: NEW CALEDONIA
126: BRIDAL VEIL FALLS
127: HOKITIKA
128 DUNEDIN
129: NAN MADOL
64: CENTRAL HOKKAIDO
66: PUNAKHA DZONG
67: KEERIMALAI
68: GATES OF HELL
70: TUBBATAHA
71: SALALAH
72: KARAKORAM HIGHWAY
74: RYUKYU ISLANDS
75: KUCHING
76: SI PHAN DON
78: BADSHAHI MOSQUE
79: KOH MUK
80: ÇIRALI
81: AURANGABAD
82: XI'AN
83: POKHARA
84: NUSA LEMBONGAN
85: SHIRAZ
86: GOBI DESERT

DISCOVERING HIDDEN GEMS

Dodge the crowds and find your own spots away from the tourist trail

By Sophie Hines

If you have ever found yourself jostling for space amid a throng of tourists, trying to snap a photo without another camera-wielding sightseer walking through the frame, then you'll probably agree that some of the world's attractions have become a bit too popular.

The effects of over-tourism are certainly becoming more prevalent. Just look at Venice, which is literally sinking beneath the weight of its 25 million annual visitors. And, with cheap flights and social media fuelling the tide of tourists to certain 'must-see' destinations, worldly wonders are becoming so overcrowded and stressful that visiting can feel more like a trial than a treat.

There is, however, another way. For every packed city square, the intrepid explorer will find another equally beautiful, totally ignored plaza a few streets away; for every hotel with an oh-so Instagrammable pool, a more peaceful boutique bolthole round the corner. Indeed, while certain locations are drowning under a flood of well-meaning globetrotters, their neighbours lie totally undiscovered, despite offering a blend of culture, history, scenery and hospitality that make them the perfect holiday fodder. It's time, then, to start looking beyond the obvious destinations and attractions, and discover the best-kept secrets travel has to offer. Make unique memories that you'll treasure for years to come. Here are just a few suggestions for making sure you enjoy trips with a difference.

"Having a tightly packed itinerary won't leave you any time to wander"

Although social media can cause a flurry of visitors to particularly on-trend destinations (we're looking at you, Santorini), it can also prove invaluable for digging out secluded spots. These networks offer a great way, for example, to tap in to the collective wisdom of your friends and acquaintances. While many of us are familiar with sharing plenty of holiday snaps online after our travels, requesting tips via a social media post before you arrive may well unearth several brilliant recommendations from previous visitors (after all, people love to show off their travel credentials). Even better, turn to Twitter or Instagram to glean knowledge from those you've never met, including travel writers,

Popular beaches often have quieter neighbouring beaches
© Getty

bloggers and local experts. Post a question and bring it to people's attention by using hashtags such as #ttot (which stands for 'travel talk on Twitter' if you didn't know), #traveltips, #travelbloggers and #travelmassive.

Generic, grand-spanning guidebooks are a brilliant way to get your head around a new city or country, and provide a valuable overview of the main attractions. However, to find the less-visited places, you need to drill down into your specific interests and seek out guides and local magazines dedicated to them. For example, a visitor to New York can discover books on any subject, from the best independent clothes shops to atmospheric literary haunts – it all depends on your individual interests. Travel books rounding up local walks will often pinpoint small but interesting details that might not make it into more general area guides. What's more, local publications are a great way to find out what's current – *Le Fooding*, for instance, is an up-to-date guide to Parisian cuisine available from the city's newsagents in French or English. Even searching for recommendations online with your own desires in mind is helpful – think about who you are and how your interests intersect with the place you're visiting, rather than looking at a very generalised overview. Whether you're a wine buff, a film fanatic or an adventure sports nut, it pays to get niche when visiting a new place.

Would-be navigators rejoice, because there's nothing like a good old-fashioned map to help you explore the world. Or, if you prefer, a digital version, which can be found on your smartphone. When you're planning a trip, take a look at the area on a map. You might find something quirky just round the corner from where you're staying, or a street filled with backstreet bars. You can also see which towns or villages are nearby, then research these places to see if they could make a good day trip or stop-off point. If travelling through a rural landscape, take time to examine topographical maps or trawl your navigation system for peaks, lakes, rivers and tracks that could lead to unspoilt, spectacular scenery. Okay, so you might end up driving down a few dead-ends, but being willing to divert from the well-trodden tourist path can also lead you to some blissfully quiet spots and stunning viewpoints.

Many of us feel quite shy about talking to strangers when we first touch down in a new location, especially if we don't feel confident with the language. Break the ice, however, and you're likely to unleash a treasure trove of local insight – after all, who knows a place better than the people who actually live there? Talk to the staff at the hotel's reception and ask where they'd go for dinner – they'll probably recommend somewhere packed with locals rather than the bog-standard tourist fare. Book onto a free walking tour, available across hundreds of towns and cities, and ask the guide if they have any extra recommendations not covered on the route – they're likely to be enthusiastic explorers of the city themselves, and keen to share their discoveries. Be open-

TRAVEL BLOGGERS

Avid explorers help you discover secret spots across the globe

© Susannah Cery

OUR TRIBE TRAVELS

Susannah Cery started this blog while travelling around Southeast Asia with her husband and baby. It's now a top family travel website, covering less obvious destinations from Zambia to Lebanon. Great for those worried that having a baby means an all-inclusive resort for the next 18 years.

www.ourtribetravels.com

© Be My Travel Muse

BE MY TRAVEL MUSE

While founder Kristin's focus is female solo travellers, there's information for everyone. The level of detail she goes into makes all the difference; instead of a generic post on the whole of Hawaii, for example, she'll drill down into everything from each island's best beaches to top spiritual experiences.

www.bemytravelmuse.com

© Getty

"There's nothing like a good old-fashioned map to help you explore the world"

TRAVEL BLOGGERS

Avid explorers help you discover secret spots across the globe

GLOBAL GRASSHOPPER

Founded by Becky Moore, she brings together contributions from a number of travel writers, and aims to focus on the road less-travelled. Especially good are the 'under the radar' round-ups from various destinations, perfect for those who want to enjoy their holiday away from the crowds.

www.globalgrasshopper.com

EMILY LUXTON TRAVELS

British blogger Emily Luxton focuses on slow travel. She seeks to provide her readers with opportunities to immerse themselves in the culture of a place, and to enjoy all the wonderful sights, sounds and smells it has to offer. She also blogs about food.

www.emilyluxton.co.uk

minded and take time to chat to shopkeepers, waiting staff, bartenders, taxi drivers or (if they look friendly) the couple at the table next to you; it's a brilliant way to pick up tips and get beneath the surface of a destination.

You'll be amazed how many of your travel questions are answered once you delve into online forums. Type a specific request into a search engine – anything from where to sample speciality dishes in a given location, to the best towns to stop off when driving between two cities – and you may well find that your question, or at least one very similar, has been answered already. Tripadvisor, Quora and Lonely Planet have excellent platforms for such discussions, where locals and travel enthusiasts can share invaluable knowledge. And, if you find your query hasn't already been discussed, then ask away – not only will you find yourself gaining brilliant insight, but you'll probably help many future searchers who are pondering over precisely the same thing.

When you visit a new place, it can be very tempting to fill all your precious time visiting only the most famous landmarks and attractions. But having a tightly packed itinerary won't leave you any time to wander. Instead of marching at top speed from one place to another, eager to tick off every tourist hotspot on your list, make it a priority to relax and explore your destination. Whether that's mooching around the local market, stopping off to enjoy a great view on a long drive, or settling in for a lazy coffee at a cute little bar packed with locals, these less premeditated ramblings will help you to create your own holiday memories. Think back to previous trips; it wasn't necessarily the big-hitter tourist attractions that were your highlights, but the smaller, more leisurely moments you took to soak up the atmosphere, sounds and scenes of a new place.

There's nothing to help you discover new depths to a place quite like seeing it through new eyes, and reading a novel set in the location you're visiting can be an excellent way to help uncover its hidden layers. Take, for example, the widely lauded Neapolitan novels by Elena Ferrante – who can visit Naples after reading *My Brilliant Friend* and not feel entranced by those buzzing streets full of old-fashioned apartments, the housewives hanging washing over balcony windows and energetic conversations in local dialect? Reading fiction set in the area encourages you to wander down new streets; in the case of Ferrante's novels, even visit new areas, such as the island of Ischia, which is celebrated in her work but has long been overshadowed by neighbouring Capri. There's a book to bring new life to wherever you go, and help you imagine the local history and community. Even if fiction's not your thing, there are plenty of travel writers who can help you to see a different side to your destination. Bill Bryson, for example, is brilliant at picking up on the quirky, oddball sights worth visiting along your way, and discussing them in their wider cultural context.

Feel like you've covered the main sightseeing opportunities in your destination? Then it's time to create your own experiences, whether that's grabbing a picnic and heading to the local park, renting a rowing boat to paddle across a lake, or going for an early morning run along the seafront in a new place. By focusing on enjoyable experiences rather than smacking eyes on a particular attraction, you'll create amazing memories, and end up feeling much more fulfilled than you would from the standard tourist experience. From taking on a cookery class with an Italian nonna in Rome, to enjoying a classical concert in the Sydney Opera House, there's nothing quite like immersing yourself in a fun activity to bring a destination to life.

TRAVEL SLOW

Slow and steady may not win the race, but you'll experience a much more interesting journey. Travelling by train or bus is also cheaper and more eco-friendly.

DON'T LOSE THE PLOT

Once you've researched the less-touristy spots you want to visit, mark them on a map – either on paper, or using your smartphone.

GO INDEPENDENT

You'll never find a gem if you stick to chain hotels. Visit independent eateries, family guest houses and boutique hotels for authentic experiences.

BE OLD-SCHOOL

Many don't visit Tourist Information centres anymore, but they're worth popping into on arrival for unrivalled local knowledge and advice.

REMEMBER, REMEMBER

When you discover a lovely restaurant off the tourist trail and don't have time to write the name down, take a photo on your phone.

FLY RIGHT

Flick through your in-flight magazine, as these often contain details on new bars, restaurants and activities in the destination you're visiting.

The WORLD'S COOLEST Accommodation

If you want your stay to be more than just a bed for the night, spice it up by choosing somewhere truly different

By Alice Barnes-Brown

©Getty

The Kakslauttanen Hotel in Finland is the perfect place to catch the Aurora Borealis

IGLOO HOTEL
LAPLAND, FINLAND
FROM £450 PER NIGHT

If you'd love to watch the Northern Lights dance across the sky from the comfort of your bed, look no further. Scandinavia's famous igloo hotels are made entirely of glass, and their domed ceilings let you gaze up at the beauty of the night sky without being out in the cold.

You'll find them in the heart of arctic forests, away from the light pollution so it doesn't disrupt the view. Most igloos can sleep two to four people - perfect for that romantic break you've always dreamed of, or the culmination of an epic road trip with friends. Each igloo usually contains a toilet, and the larger ones even have showers, so you don't have to sprint to the shower block through a snowdrift.

The most famous glass igloo hotels can be found in Lapland, Finland, where Santa is said to live during the year. But if you want to go all in, you can stay in actual ice igloos all over Scandinavia. It will be chilly, but thermal sleeping bags and in-hotel saunas will ensure you stay warm. Inside these gargantuan ice hotels you'll find intricate ice sculptures right next to your bed, which is also made from blocks of - you guessed it - ice.

YURT CAMPING
KYRGYZSTAN
£12-13 PER NIGHT

The nomadic tribes of Central Asia are famous for their unique living quarters: yurts. These circular tents provide a warm and spacious home, and if camping is your thing, you'll absolutely relish the opportunity to live like a local.

Kyrgyzstan has many yurt stays, where a local family hosts guests in a mini campsite filled with yurts. They're a cheap alternative to a hotel, and definitely more fun. Inside each tent, furnishings are minimal - you'll have a stuffed mattress instead of a bed, and seating mats instead of proper chairs. Toilets and showers are outside, but we promise it's an experience you'll remember for the rest of your life. However, the tents often contain cooking facilities, so you can try your hand at cooking up some of the local delicacies from the comfort of your yurt.

Sometimes, you'll be lucky enough to get taken on an adventure with your hosts. Whether they want to show you the sights, or get you to help them herd animals, every day will bring new surprises. Get away from the polluted streets of the city and take in the fresh air of the steppes - there's nothing quite like it.

Despite their appearance, yurts are incredibly wind-resistant and toasty

Each bungalow provides guests with a little taste of island paradise

BEACH BUNGALOWS
BORA BORA, FRENCH POLYNESIA
FROM £500 PER NIGHT

We've all dreamt of staying in a cosy wooden bungalow, suspended over a clear blue lagoon, watching the fish pass beneath our feet. Such tranquillity can be found at many paradise destinations around the world, but one stands above the rest: Bora Bora.

Boasting a turquoise lagoon, which surrounds a verdant, dramatic mountain, it's as close to heaven on earth as you can get. The island boasts a huge variety of accommodation options, but you'll want to stay in an over-water bungalow to make the most of your stay. While these cabins may look cosy and perhaps a little too quaint, don't worry - they come with all the mod cons the 21st-century traveller could ever possibly want.

Most are en-suite, so you don't need to worry about finding a toilet in the middle of the night and falling into the sea. The bungalows are often decorated in a traditional Polynesian style, with woven mats adorning wooden floors, and vibrant flowers decorating comfortable beds.

The pièce de résistance of staying here are the balconies, which allow you to step straight into the transparent lagoon when you fancy taking a dip in the warm waters. It's a real dream come true.

CAVE HOTELS CAPPADOCIA, TURKEY

FROM £150 PER NIGHT

Cappadocia in central Turkey is known for its stunning natural landscape, most notably its 'fairy chimneys'. These were formed when volcanic eruptions rained down ash, which turned into rock, then eroded into irregular shapes depending on the hardness of the rock – leaving the chimneys poking up on the horizon.

Ever-resourceful creatures that we are, humans adapted to carve out entire lives inside these cosy caves, and Turkey has even built a tourist industry around them. For those looking for a night's stay unlike any other, visitors can opt to stay in a cave hotel. Some of these have been carved directly out of the rock, others have included the caves as part of a larger building around it.

Many of these hotels boast terraces with fantastic views of the surrounding plains and fairy chimneys, and offer activities from Turkish cooking classes to hot air balloon rides over the area. The accommodation options range from fairly basic B&B-type hotels to the full works – luxury, five-star service. In some of the priciest establishments, you can stay in a suite with your very own swimming pool inside your cavern. It's perfect for those who really want to make the most out of Cappadocia's most famous attraction.

They might look rugged, but these rocky retreats have all the creature comforts you could wish for

The Taj Lake Palace in Udaipur requires guests to take a special boat service to reach it

COSTA VERDE

MANUEL ANTONIO NATIONAL PARK, COSTA RICA

FROM £275 PER NIGHT

This high-flying hotel is perfect for those who have always wanted their very own private jet.

Costa Verde Hotel in Costa Rica is no ordinary beach resort. Set close to the shoreline and immersed in the jungle, you'll awaken to the sound of exotic birds and monkeys going about their daily business. It prides itself on being eco-friendly, and alongside the wooden buildings, you'll find a pool deck with a view to die for.

But their eco-friendly stance goes a step further. Costa Verde's premier suite is actually set within the fuselage of a rescued-from-scrap Boeing 727, giving the former South Africa Air plane a new lease of life. Dressed head to toe in teak furnishings, this fully air conditioned, two bedroom suite is truly one of a kind.

The plane sits 50 feet above the rainforest canopy, so if you imagine hard enough, it's as if you're really flying. If you want to continue your aviation adventure, the hotel's restaurant a little way up the road is made from a salvaged American military plane, so you can dine in style – and trust us, the meals are much better than regular plane food.

The bright red airliner really sticks out against the rainforest canopy

PALACE HOTELS

RAJASTHAN, INDIA

FROM £340 PER NIGHT

India's palaces are unlike any other – their beautifully ornate, Mughal architecture contributes to their definitively Indian feel. With beautiful geometric patterned windows, domed towers and turrets with fantastic views, and symmetrical courtyards to rival the finest French gardens, they're a sight not to be missed. Inside these vast and ostentatious complexes, the Maharajahs and aristocrats of north India once lived – and now you can too.

In the state of Rajasthan (literally meaning 'land of kings'), there's a selection of grand, history-rich palaces that have been converted into luxury heritage hotels. As soon as you check in, you're given the full VIP treatment. Marvel at the decorated Mughal archways, decorative chandeliers and palm trees inside the lobby, before ascending grand staircases to your room.

Rest your head in a sumptuous four-poster bed, adorned with embroidered curtains in the local style. The luxury at these palaces doesn't stop there – many have pristine, photogenic swimming pools and spas for you to relax in. Their bars and restaurants give an exquisite taste of local cuisine, serving up delicious, spicy Rajasthani food and a selection of high-class cocktails.

Having featured in films such as *Octopussy*, and played host to a variety of celebrities, India's palace hotels are definitely something to check off your bucket list.

EAT, DRINK & BE MERRY

Gastronomic greatness, from backstreet boltholes to Michelin star sanctuaries

By Joanne Al-Samarae

Ishikawa

Tucked away down a cobbled backstreet of Kagurazaka, Tokyo's former geisha district, a three Michelin star restaurant hides behind discreet black doors. Those struggling to locate Ishikawa's entrance are assisted by courteous Kimono-clad staff, and led past a pond teeming with bright orange fish and across the stone threshold, which, in keeping with Shinto tradition, has been sprinkled with water. Inside, the traditional restaurant opens out into a soothing sanctuary of pale wood, minimal decor and clean lines. A slick, seven-seat, cypress-wood counter anchors the space while four small dining rooms offer guests a slice of privacy.

Following the tradition of kaiseki restaurants, Ishikawa serves up a series of small, intricately prepared and beautifully plated dishes. Chef Hideki Ishikawa's 10-course tasting menu is his magnum opus, though several other fixed-course options are available, including a nine-course degustation menu. A feast for all the senses, dishes are a celebration of simplicity and fresh, seasonal ingredients. Stand-out delicacies include delicate sea turtle croquettes, deep-fried baby ayu fish, perfectly crisp snapper and clay-pot rice studded with scallops and sea urchin, which is presented tableside by the chef himself. Guests hoping to experience the gastronomic genius of Chef Hideki Ishikawa should book six to eight weeks ahead (when Japan reopens to international visitors).

TOKYO, JAPAN

PERTH, AUSTRALIA

Wildflower

Tucked within one of Australia's most beautiful buildings, Wildflower gazes out over Perth's vibrant Cathedral Square, and beyond to its iconic Swan River. The restaurant is centred around a thoughtful indigenous philosophy, reviving aboriginal farming and foraging practices with seasonal menus. Set within a former state building, renovated to stunning effect as the COMO The Treasury hotel, Wildflower celebrates the ebb and flow of Western Australia's natural environment.

Each dish is handcrafted to perfection with a meticulously considered selection of natural ingredients, telling the story of Australia's historic diet. The seasons cycle from the breezy April-May period of Djeran, to the heavy rain of Makuru, transitioning from a time for fishing, to hunting kangaroo and emu. As the flowers bloom through the wet season of Djilba, Kambarang is when freshwater crayfish, fruit and yams are out in abundance. Finally, through the hotter seasons of Birak and Bunuru, fish, crab and mussels are paired with roots and flowers.

The menus are a spellbinding odyssey across the Aussie foodscape, each mouthful evocative of an eternal moment in time, all of nature rolled into one singular moment. Paired with delightful Australian wines and a view to die for, Wildflower is a once-in-a-lifetime experience.

Bern's Steak House

Just off the coast of Tampa's pristine Hillsborough Bay is one of America's most remarkable restaurants, Bern's Steak House. Its stucco exterior is deceptively stark – within lies a red velvet wonderland, dripping in gold, mahogany and chandeliers.

Founded in 1956 by New Yorkers Bern and Gert Laxer, the steakhouse serves up stunningly aged cuts, accompanied by 'Bern's greens', sourced from the family's two-acre farm – where all servers must first train before being elevated to the ranks of restaurant staff.

The restaurant prides itself in its 20-strong caviar menu and stunning wine cellar, housing more than half a million bottles, spanning 6,800 varieties – often cited as the world's broadest and largest wine collection.

Upstairs is another wonder – the Harry Waugh Dessert Room. Here, visitors take delight in private booths crafted from wine casks and indulge in 50 varieties of decadent desserts.

FLORIDA, USA

© Bern's steak house

MUMBAI, INDIA

© Getty

Kyani and Co.

One of the oldest restaurants in Mumbai, Kyani and Co. oozes old-world charm. A time capsule, this Parsi café was founded in 1904 by an Iranian émigré. More than a century later, the walls are still adorned with dark wood panelling, the rickety ceiling fans still turn, and the tiled floor still hosts mid-century Bentwood chairs and round tables clad in red-and-white chequered cloths.

Located on a lively street in south Mumbai, Kyani and Co. serve up quintessentially Parsi dishes – their recipes unchanged for decades – alongside some more recent additions, such as burgers and French fries. Freshly baked bread rolls dripping in butter, known as bun maska, are a heavenly treat, best served with cardamom-rich Irani chai.

Come lunchtime, fragrant aromas waft through the air, as mutton keema and chargrilled chicken seekh kebab are served with mountains of buttery rice.

LIMA, PERU

© Alamy

Al Toke Pez

Hidden away in Lima's Surquillo neighbourhood lies Al Toke Pez, a six-seat huarique, or hole in the wall, that serves up some of the boldest fusion fare in the city. Casual and unpretentious, the street-side spot offers busy punters quick, delicious food at affordable prices. The simple chalkboard menu is full to the brim with traditional Peruvian plates like ceviche, choritos a la chalaca and tiradito, all served up with a subtle Asian twist – the lime-infused ceviche is served with a side of fresh seaweed.

While the offerings remain largely unaltered, the ingredients vary depending on what chef and owner Tomas 'Toshi' Matsufuji is able to source from the local market each morning. The son of Japanese-Peruvian chef, Dario Matsufuji, Toshi is of gastronomic pedigree, and cut his teeth at his father's acclaimed Nikkei restaurant, Matsuei in Miraflores. At Al Toke Pez, he cooks up a storm in front of the tiny counter and a fervent take-out line often stretches around the block.

Lucky punters able to snag coveted counter seats wash down salty chicharrón – crispy pork belly – with glasses of chicha morada, a sweet, purple corn juice, which are refilled by Toshi's mother. Meanwhile, combination plates offer the perfect taster and include ceviche, seafood rice and freshly fried fish.

"Al Toke Pez is a hole in the wall that serves up some of the boldest fusion fare in the city"

Solas Tapas & Wine Bar

Known for its wild yet romantic landscapes, the Irish town of Dingle is fast becoming a food-lover's paradise. The jewel in the seaside town's crown has to be Solas Tapas & Wine Bar. Serving up delightful Irish interpretations of Mediterranean-style small plates, the cosy restaurant sources its ingredients almost exclusively from the Dingle Peninsula. From the tangy Wild Atlantic seaweed and mushroom croquettes to the popcorn squid served with peppered West Kerry honey, and from crisp pork belly to the seared duck and pickled beets, every plate thrills. Immaculately conceived and authentic, the menu dreamed up by head chef Nicky Foley is both familiar and exciting.

The small plates are surprisingly satisfying but dessert is not to be missed. Poached pear arrives beautifully plated, accompanied by a classic dark chocolate mousse. However, the surprises don't end there. The carefully curated wine list offers an unexpected but brilliant selection of reasonably priced grape. The casual, wood-panelled restaurant has earned its spot in McKenna's guide to Ireland's top 100 restaurants, offering a truly special, fine-dining experience at reasonable prices.

© Solas Tapas and Wine Bar

© Alamy

Bu Qtair

Serving up simple, super-fresh seafood, Bu Qtair has stood the test of time in a place where few things remain unchanged for long. Since opening its doors in the 1980s, this no-frills fish joint has moved from a Portacabin with plastic chairs by Jumeirah Beach to a modest, air-conditioned restaurant near the luxury Burj Al Arab skyscraper, half a mile (0.8km) down the road. Despite the move, the team have remained true to their original formula – there's no menu, diners need to queue to order and it's cash only.

Maintaining the spirit of the old fish shack, Bu Qtair's options remain limited, but perfectly formed – fish or shrimp, marinated in a secret mix of spices and flawlessly fried. The type of fish depends on the day's catch, but options usually comprise sheri, hamour, pomfret and snapper, while kingfish makes an appearance during the winter months. Basic sides of paratha or rice are ordered separately, so too is the tangy Kerala-style fish curry of coconut, turmeric, coriander and salty sardines, which serves as a spicy dip.

Word has spread of this jewel in Dubai – American TV chef Anthony Bourdain featured it in one of his gastronomic trips. Orders can be placed from 5:30pm, so diners should get there early, or prepare to wait – this spot is riotously popular and queues often stretch out the door.

Pho Gia Truyen

Nestled in Hanoi's Old Quarter is the family-owned restaurant Pho Gia Truyen. Unfussy and modest, the utilitarian interior features brisket suspended from the ceiling, and steaming cauldrons of ginger-spiked broth. Despite appearances, this unassuming eatery is considered by many to serve the best Pho in all of Vietnam.

Bowls are handed over full to the brim with rich bone broth that bursts with complex flavours. Buried within lies a slithery nest of silky-soft rice noodles, while tender slivers of beef are heaped on top. With three different cuts of beef to choose from, there's something for every taste and budget.

A side of fried dough is highly recommended. Light as air, it's delicious dunked into the soup. With long queues and limited seating, travellers should go early and be prepared to share a table with the friendly locals.

HANOI, VIETNAM

© Alamy

MENORCA, SPAIN

© Getty

Cova d'en Xoroi

Carved from rock 25 metres above the startlingly blue Mediterranean Sea is Cova d'en Xoroi. Known to locals as 'The Caves', this laidback bar features a string of cosy caverns connected by dimly lit corridors and vast outdoor terraces that wrap around the cliff face and jut out above the ocean.

Open from midday, the bar's sprawling outdoor spaces offer views out to the horizon, which can be enjoyed with one of Cova d'en Xoroi's signature cocktails, or a glass of fruit-infused sangria. Studded with day beds and sofas, the wooden terrace is also the perfect spot to relax as the tangerine sun slowly dips behind the horizon, to a soundtrack of mellow tunes courtesy of the live band. But, it's after dark that Cova d'en Xoroi really comes to life, as national and international DJs take to the stage and the space transforms into a chic club, pulsating with dance, house and electro beats.

VOULGARO, CRETE

Taverna Neratzoula

Lying five miles (8km) southeast of Kissamos, and a 45-minute drive from popular Elafonissi Beach, the idyllic village of Voulgaro is home to Taverna Neratzoula. Humbly furnished with long wooden tables and aromatic plants overflowing from huge terracotta pots, this unmissable family-owned eatery delivers hearty and genuine Cretan fare alongside a delicious selection of local wine.

Meals at Taverna Neratzoula begin with grilled feta, herb-speckled tzatziki and gold-green olive oil. Simple and classic, each dish is pared back to allow the flavours and local ingredients to shine through. The homemade Boureki pie is greaseless and light as a whisper, with perfectly flaky sesame-sprinkled phyllo, while the lamb chops are served succulent and smoky. Homemade sausage and traditional moussaka also grace the menu, alongside a wonderful pork dish that's served up with locally produced honey and herbs. As with all good Greek meals, mains are accompanied by garden-to-table salads, replete with enormous homegrown tomatoes, pungent red onion and divine black olives.

With appetites satiated, shots of fiery raki – a local grape liquor – or anise-flavoured ouzo are an almost-obligatory ritual ('cheers' is 'yamas' –you'll need this!). A slice of delicious banoffee pie is the perfect way to end the meal, though bite-sized morsels of baklava served with triangles of juicy watermelon present a lighter and more traditional – but just as satisfying – option.

© Alamy

CITY SECRETS

Behind every great city is a hidden gem, just waiting to be discovered

By Hareth Al Bustani

LONDON: *Highgate Cemetery*

If you're anywhere near London, missing out on a visit to this famous cemetery would be a grave mistake

Sprawled across one of London's highest points, Highgate Cemetery was one of seven graveyards commissioned in the 19th century to alleviate the strain that overpopulation had put on the capital's cemeteries. With bodies stuffed into any and every hole in the city, and undertakers dressing up as clergy to perform illegal funerals, overflowing corpses began to pose a risk to public health. Built over 17 acres of land and rising to 114 metres high, the cemetery paired exotic landscaping with epic architecture, such as Egyptian Avenue (a sweeping avenue of 16 vaults marked by a grand arch), the Gothic Terrace Catacombs and the Circle of Lebanon, built around an ancient cedar that predated the cemetery. Sadly, it was recently condemned and had to be replaced with a new tree.

Having accrued more than 10,400 graves, an additional 20-acre plot was allocated to serve as the East Cemetery, where, in 1883, the cemetery's most famous resident, Karl Marx, was buried. Other notable graves in Highgate include those of the *Hitchhikers' Guide To The Galaxy* author Douglas Adams, musician Bert Jansch, Catherine Booth-Clibborn (founder of the Salvation Army in France and Switzerland) and bare-knuckle boxer Tom Sayers, whose funeral has gone down as the cemetery's best attended, with his faithful dog, Lion, serving as chief mourner.

HIGHGATE

MANHATTAN

NEW YORK: *The Explorers Club Headquarters*

Got an unquenchable thirst for adventure? We know where you'll feel right at home...

On 28th May 1904, 50 of the world's foremost explorers gathered for dinner in New York to form an organisation devoted to celebrating and promoting their spirit of adventure – The Explorers Club. They even established their own headquarters, a place where they could socialise, share stories and display their books, documents, trophies and artefacts. Adventurers and scientists alike would stop by to share their experiences, or latest findings, and they even sublet part of the space to the Arctic Club of America, which was established by the Explorers Club founder, Henry Collins Walsh. Walsh's ship later hit an iceberg and sank off the coast of Greenland.

The Club went from strength to strength, eventually moving into its current headquarters, a Jacobean townhouse at 46 East 70th Street, before eventually (finally!) opening its rolls to women for the first time in 1981.

Today, the Club has approximately 3,500 members from more than 60 countries, all devoted to fields as varied as polar exploration, zoology, aerospace exploration, oceanography, archaeology and conservation mountaineering. From June 2021, guests can again attend tours and lectures every Monday.

ROME: *Baths of Caracalla*

When in Rome... visit the ruins of these colossal public baths. Water way to spend a day!

Caracalla is best remembered as the tyrannical son of Septimius Severus ruler of the Roman Empire. The start of his reign was marked with the construction of a remarkable public work, the colossal Baths of Caracalla. It took 13,000 Scottish prisoners, 6,000 tradesmen and 21 million bricks to build the structure, with the central building measuring 214 by 114 metres. Meanwhile, 600 marble workers were employed to produce 6,300 cubic metres of marbled masterpieces. Striking mosaics of Hercules, Ajax and aquatic life decorated the pools.

The baths were abandoned after the 537CE siege of Rome destroyed the water supply. Although only ruins remain, they remain a testament to the might of Rome, and the colossal vision of its greatest builders.

SAN SABA

© Getty

YUEN LONG

HONG KONG: *Kat Hing Wai*

This lovely little village will welcome you with open arms... unless you're a pirate or a bandit

Kat Hing Wai is a time capsule of China's past. Housed behind blue-brick walls, the village was built by the Tang clan 500 years ago and is the best preserved of Hong Kong's walled villages. Designed to keep out bandits, pirates and invaders, cannons were mounted atop the village's 5.5 metre-high battlements and it was sealed with a heavy wrought iron gate.

In 1899, in a defiant defence against the new British colonial authorities, the people of Kam Tin took refuge behind the walls. When the Brits took the village, they sent its gate home as a trophy, only returning it 26 years later. The 400 residents have taken steps towards modernisation, but the outside walls, grid design and some original structures remain.

© Getty

MEHRAULI

DELHI: *Jamali Kamali Mosque and Tomb*

A tomb with a view in beautiful Delhi. Visit the resting place of a revered Sufi saint

Set in a beautiful park filled with roses and families playing cricket, the Jamali Kamali Mosque and Tomb (built in 1528) remains the final resting place of the Sufi saint Shaikh Fazlu'llah, also known as Jalal Khan, or Jamali. Jamali was a tutor and court poet to Sultan Sikandar Lodhi, and remained prominent after the Moghuls overthrew the Lodhi dynasty. Jamali's tomb also hosts a second person, called Kamali. Kamali has variously been speculated to be Jamali's son, brother, and even lover. Though small in size, its walls and ceiling feature magnificently ornate patterned tiles, in vivid hues, accentuated by several of the saint's own verses.

The adjacent mosque is more typically Mughal in nature, with red sandstone walls punctuated by a white stone outline. Four central arches encircle a magnificent central arch, intricately decorated and flanked by fluted pillars. Quranic inscriptions adorn the walls, while staircases at either end rise to a narrow gallery with a series of oriel windows. A warning, though – it's said to be haunted!

© Getty

TOKYO: *Bunraku at Tokyo's National Theatre*

WE'RE NOT STRINGING YOU ALONG WHEN WE SAY THIS MEMORABLE EXPERIENCE IS ON ANOTHER LEVEL

While Japan's distinct noh and kabuki theatre styles are instantly recognisable, the country's lesser-known bunraku puppet plays are an experience unlike any other. Each puppet is operated by a principal and two assistants, who manipulate the puppet's limbs, facial features and bodies, to dazzling effect. Dressed in all-black, they fade into elaborate backgrounds, allowing the audience to lose themselves in the meticulously detailed puppets. Just off stage, a shamisen player provides a consistent soundtrack, while a narrator speaks, shouts and sings, voicing all the characters alone – be they men, women or children.

The plays are largely adaptations of classic stories and scripts, centred around tragedy and honour, such as *The Fight Over The Carriage At The Yoshida Shrine*. Though bunraku began as a commoner's form of entertainment in Osaka during the Edo period, it has worked its way into the heart of the capital's National Theatre. Non-Japanese speakers are in for a treat, with audio guides accompanying the stories so they can follow the narrative without issue.

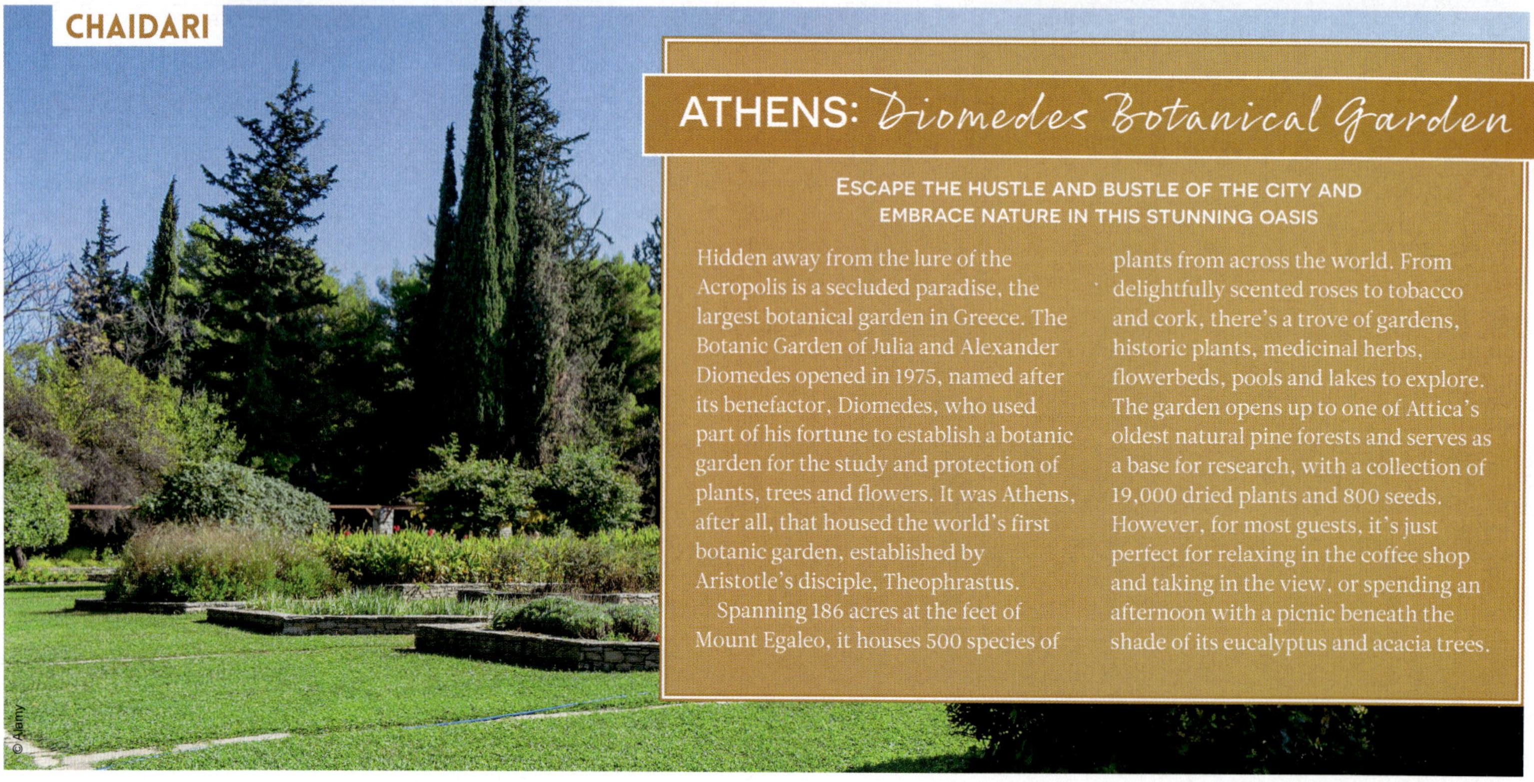

ATHENS: *Diomedes Botanical Garden*

ESCAPE THE HUSTLE AND BUSTLE OF THE CITY AND EMBRACE NATURE IN THIS STUNNING OASIS

Hidden away from the lure of the Acropolis is a secluded paradise, the largest botanical garden in Greece. The Botanic Garden of Julia and Alexander Diomedes opened in 1975, named after its benefactor, Diomedes, who used part of his fortune to establish a botanic garden for the study and protection of plants, trees and flowers. It was Athens, after all, that housed the world's first botanic garden, established by Aristotle's disciple, Theophrastus.

Spanning 186 acres at the feet of Mount Egaleo, it houses 500 species of plants from across the world. From delightfully scented roses to tobacco and cork, there's a trove of gardens, historic plants, medicinal herbs, flowerbeds, pools and lakes to explore. The garden opens up to one of Attica's oldest natural pine forests and serves as a base for research, with a collection of 19,000 dried plants and 800 seeds. However, for most guests, it's just perfect for relaxing in the coffee shop and taking in the view, or spending an afternoon with a picnic beneath the shade of its eucalyptus and acacia trees.

BARCELONA: *Carmel Bunkers*

YOU'LL FEEL ON TOP OF THE WORLD AT BARCELONA'S BEST VIEWING POINT

Barcelona is one of Europe's most beloved cities, but one of the best places to soak it all in often fails to make it onto itineraries. Built during the Spanish Civil War atop Turó de la Rovira, a 262-metre hill, The Carmel Bunkers once served as an anti-aircraft fortification.

After the war, the bunkers were overrun by the nearby shantytown and left to decay. However, the area was spruced up for the city's 1992 Olympics, allowing the bunker to step forward as one of the city's most stunning viewing points. A short hike rewards adventurers with views stretching out over Tibidabo Park, the ultra-modern Torre Agbar and Gaudi's masterpieces, such as the Sagrada Familia, all the way down to the beach. On some evenings, bands and musicians play in the sunset, while dancers welcome the night.

CARMEL

DARLING HARBOUR

SYDNEY: *Chinese Garden of Friendship*

DISCOVER A MAGICAL SECRET GARDEN IN THE HEART OF SYDNEY AND WANDER THROUGH THE WILLOWS

Hidden behind Darling Harbour is the Chinese Garden of Friendship, designed by landscape architects and gardeners from Sydney's sister-city, Guangzhou, to mark Australia's bicentenary in 1988. It's based on the Taoist principles of Yin and Yang – a harmony of opposites – and Wu-Xing, the balancing of the elements – fire, earth, water, metal and wood.

The gardens offer up a stunning slice of solitude. Rather than being laid out meticulously, they are curated to look perfectly wild, with a series of waterfalls, lakes and forests. Striking surroundings are interspersed with pavilions and sculptures, built around lagoons and a koi-filled lake, and a tranquil teahouse serves up contemporary Chinese fare.

BARRA DE GUARATIBA. WEST ZONE

RIO DE JANEIRO: *Sítio Roberto Burle Marx*

A TROPICAL DREAM HOME HOUSES AN EXTRAORDINARY BOTANICAL COLLECTION AND MORE ARTWORK THAN YOU COULD SHAKE A LEAFY STICK AT

Widely recognised as a creative genius, architect Roberto Burle Marx may have studied in Berlin, but he was born and raised in Brazil. After returning home, he embarked on a storied career as a landscape architect, studying and drawing on the plants of his homeland – infusing his architectural language with patterns inspired by his paintings. As he ventured into the rainforest, he brought plant specimens back to his home, inspiring his groundbreaking work into tropical garden designs. Today, his West Zone home has grown into a landscape of 3,500 plant species, immaculately curated to accentuate the region's natural mangroves, sandbank and Atlantic Forest.

Beyond the UNESCO World Heritage gardens are five reflecting pools and seven buildings, with a museum housing thousands of Marx's creations. Comprising prints, serigraphs, drawings, sculptures, tapestries, ceramic panels, paintings, jewellery, scenes and theatre costumes, it's the most significant collection of his work in the world. You can also view his collection of furniture, sacred art, pre-Columbian pottery, shells, design objects and folk art.

14TH ARRONDISSEMENT

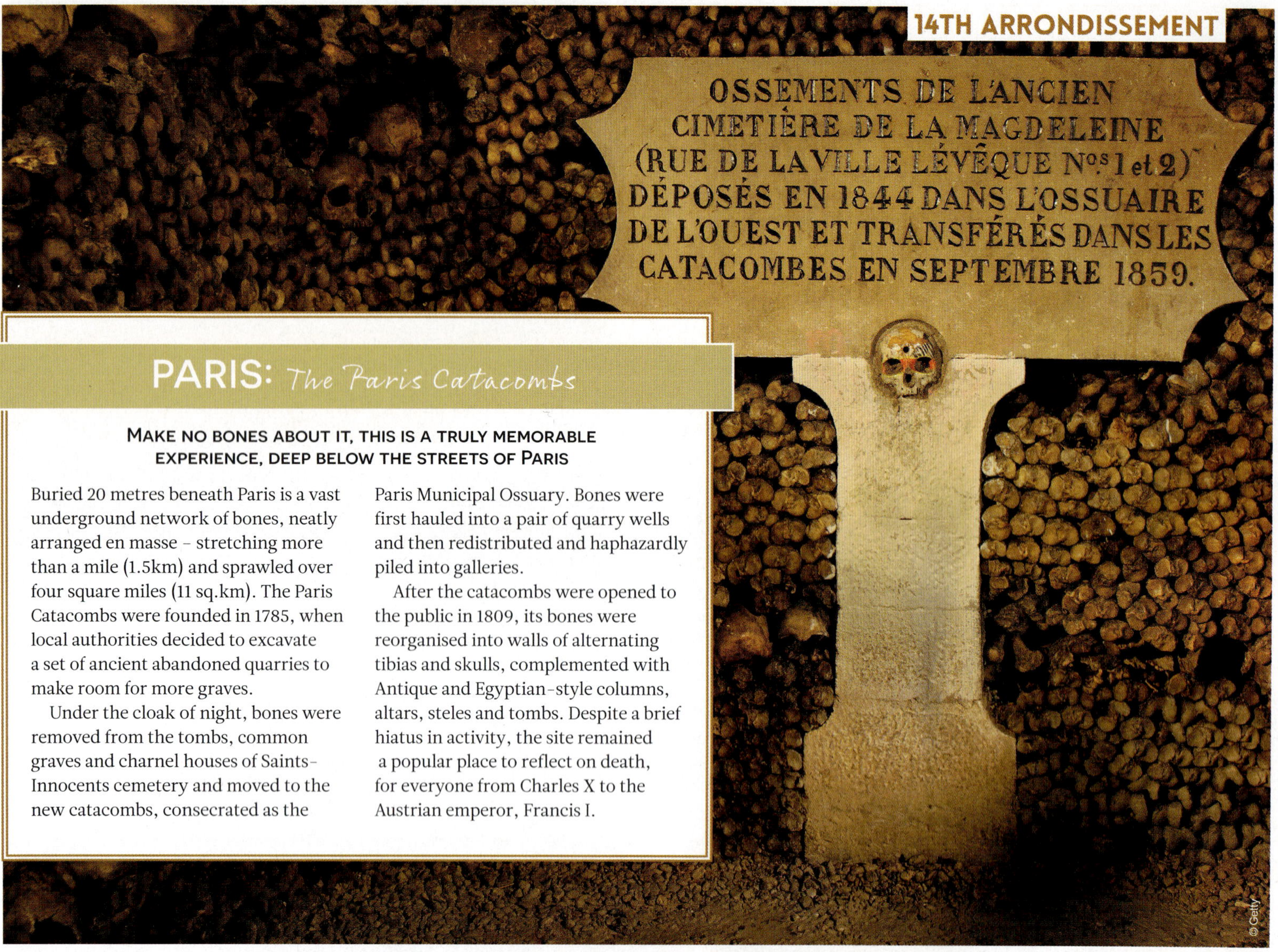

© Getty

PARIS: *The Paris Catacombs*

MAKE NO BONES ABOUT IT, THIS IS A TRULY MEMORABLE EXPERIENCE, DEEP BELOW THE STREETS OF PARIS

Buried 20 metres beneath Paris is a vast underground network of bones, neatly arranged en masse – stretching more than a mile (1.5km) and sprawled over four square miles (11 sq.km). The Paris Catacombs were founded in 1785, when local authorities decided to excavate a set of ancient abandoned quarries to make room for more graves.

Under the cloak of night, bones were removed from the tombs, common graves and charnel houses of Saints-Innocents cemetery and moved to the new catacombs, consecrated as the Paris Municipal Ossuary. Bones were first hauled into a pair of quarry wells and then redistributed and haphazardly piled into galleries.

After the catacombs were opened to the public in 1809, its bones were reorganised into walls of alternating tibias and skulls, complemented with Antique and Egyptian-style columns, altars, steles and tombs. Despite a brief hiatus in activity, the site remained a popular place to reflect on death, for everyone from Charles X to the Austrian emperor, Francis I.

OLD TORONTO

© Alamy

TORONTO: *Elgin and Winter Garden Theatre Centre*

LOVE THE THEATRE? YOU'LL FALL FOR TORONTO'S SPRAWLING, DOUBLE-DECKER COMPLEX IN A BIG WAY

As Toronto continues to put itself forward as the coolest city of tomorrow, it remains the home of one of the world's most curious creative institutions. More than a century old, the Elgin and Winter Garden Theatre Centre is the last surviving stacked theatre complex on the planet. The theatres trace their roots back to 1913, when the Winter Garden Theatre was built seven storeys above what was then known as Loew's Yonge Street Theatre, later dubbed the Elgin. The Elgin was the very image of opulence, dripping in gold leaf and cherubs. The Winter Garden, on the other hand, was a picture of pastoral perfection, with its ceiling clad in beech boughs and the twinkle of lanterns.

Despite playing host to everyone from George Burns to Sophie Tucker, the decline of vaudeville eventually drove the theatres out of business.

They were derelict until a $29 million rejuvenation project in 1984. With an additional 6,040 square metres of lobbies, lounge areas, dressing rooms and rehearsal halls, the theatres have risen to new heights.

MARRAKESH: *Amal Center*

FEED YOUR SOUL AS WELL AS YOUR BELLY AT THIS BRILLIANT NON-PROFIT CENTRE

There is no shortage of tempting restaurants in Marrakesh, but Amal Center is about so much more than just the food. Dishing up a bevy of Moroccan delicacies, the restaurant features an array of veggie options, all served in its lovely courtyard. The secret to its heart-warming environment? It's a non-profit association dedicated to providing opportunities for underprivileged women.

Amal Center takes in women aged between 18 and 35 – often orphans, widows, divorcees or single mothers – and offers them four to six months' free training, preparing them for a job in the food industry. Trainees learn how cook and bake – including preparing delicious salads, sauces and desserts – and also study hygiene, Arabic literacy, French and English, alongside other skills.

© WIKI/ Picasa

ISTANBUL: *The Princes' Islands*

A CHAIN OF NINE ISLANDS ON THE TURKISH COAST WHERE MOTORISED VEHICLES ARE BANNED? SIGN US UP!

A short ferry trip south of Istanbul are nine isles – the Princes' Islands. Known in Turkish as Adalar, or the Red Islands, they were once the home of exiled Byzantine nobles and banished Ottoman royalty. After being kicked out of the USSR, Leon Trotsky lived on the largest island, Büyükada, for a while.

Today, visitors to Büyükada can study the islands' history, geology, flora, architecture, culture and food at the Museum of the Princes' Islands. Also on Büyükada, high on a hill, is the Church & Monastery of St George, a delightful little sanctuary with an adjoining restaurant and glorious views. Meanwhile, on the second-largest island of Heybeliada, horses pull carriages among the sweeping pine groves and beautiful beaches.

© Getty

DUBAI: *Hatta*

TRAVEL BACK IN TIME TO EXPERIENCE LIFE IN DUBAI BEFORE THE DISCOVERY OF OIL

Dubai is known for its futuristic skyline, but beyond the glitz lies a reminder of the UAE's humble past. An 80-mile (130km) drive into the Hajar mountain range lies Hatta, an historic farming community dating back to the Bronze Age. Here, the preserved and reconstructed Hatta Heritage Village revives traditional village life, and the Hatta Fort, built in 1896, overlooks the area, with walls of stone and mud bricks, and a roof of palm fronds and mud.

Falaj irrigation systems breathe life into palm trees, a green carpet rolled out towards the star of the show, the wadis. As heavy rain falls, these barren valleys are transformed into an adrenaline junkies' wonderland, perfect for exploring on foot, jeep or bicycle. The centrepiece is Hatta Dam, best enjoyed via kayak or paddleboard.

© Getty

SINGAPORE: *Kampung Lorong Buangkok*

AN IDYLLIC VILLAGE THAT SINGAPOREANS ARE FIGHTING TO PRESERVE, VISIT THE LAND THAT TIME FORGOT

Amidst the soaring property prices of Singapore is a sanctuary, where kids fish in the river and chickens wander freely. The village of Kampung Lorong Buangkok was founded in 1956, when a Chinese medicine seller bought a plot of rural land and began leasing it to Malay and Chinese families, who built small houses on their plots. Today, just 28 families remain in the village. The last traditional kampong village in Singapore, it's actively fighting redevelopment.

The village is run by the original owner's daughter. Her land is now worth £18 million but she refuses to sell, and keeps rent low – £4-£17 a month. Those unable to pay can make up the difference in rice or homegrown jackfruit, banana, tomatoes, chilli and lime.

© WIKI/ GRPS

Image source: Getty Images

ESSENTIAL INFORMATION

Some beaches are closed on certain days, so check what's open with your hotel before heading out.

BEST TIME TO VISIT

August to January (the dry season)

TIME ZONE

UTC-2

CURRENCY

R$ BRASILIAN REAL

USEFUL SITES

noronhabookers.com/index.html
visitbrasil.com/destinations/fernando-de-noronha.html
parnanoronha.com.br

HOW TO GET THERE

Fly to the islands from Recife or Natal, or take a chartered cruise.

BRAZIL

FERNANDO DE NORONHA

FIND YOUR OWN PIECE OF PARADISE IN THIS REMOTE BRAZILIAN ARCHIPELAGO

Almost 2,500 kilometres (1,500 miles) away from the busy beaches of Copacabana sits Brazil's true tropical dreamscape: the 21 islands that make up Fernando de Noronha. Dramatic, almost vertical mountains (think Sugar Loaf in Rio) meet gentle, crystalline waters, bordered by dazzling white sand and verdant palm trees. You won't find the tourist crowds and their coconut cocktails here, either – the islands are a Maritime National Park, dutifully protected by Brazilian law.

The archipelago is comprised of the summits of submerged mountains, which explains its unusual landscape. But because they are so far away from the South American mainland, these jaw-droppingly beautiful islands have remained largely uninhabited – even today, only about 5,000 people live there. Because of the lack of human activity, all kinds of plants and animals have been able to thrive in the island's climate and rich ecosystem. If you're a budding David Attenborough, you'll be able to identify sea turtles, whales, albatrosses and many more, some of which are totally unique to the area.

In fact, Charles Darwin himself stopped at the islands during his famous Beagle voyage, and was astonished by what he found. "The whole island is one forest and this is so thickly intertwined that it requires great exertion to crawl along. The scenery was very beautiful, and large magnolias and trees covered with delicate flowers ought to have satisfied me." The great naturalist's opinion is just one of many favourable reviews of Noronha.

Nearly 200 years later, the natural beauty that entranced Darwin is still to be found. Immerse your senses in the teeming jungle, and always be on the lookout for the exotic animals and plants you may find along the way.

Or, head out onto one of many perfect praias (beaches), such as Sancho or Conceição, and discover the marine life swimming about in the shallows – if you don your snorkel, you're sure to see a rainbow of fish and plants. Go deeper with a dive tour of the islands, and you might be lucky enough to get close to rare dolphins and turtles. You shouldn't even need a diving suit – the waters are warm, and visibility can reach as far as 50 metres (164 feet).

If you'd prefer to simply sit back and soak up the tranquillity, you'll find there's plenty of space on the sand for your towel and reef-safe suncream. Because tourist numbers are heavily limited to preserve the fragile ecosystem, people are few and far between – it'll be like your own desert island retreat.

Getting to Fernando de Noronha is an adventure all by itself, so it's only for the intrepid! Tourist numbers are limited to just 500 people per day, so you need to do your research to find out how you can become one of these lucky few. Be sure to get permission and flights in advance. You'll have to fly from the cities of Recife or Natal, and while Noronha's hotels are stunning, they are expensive. It's also worth mentioning that tourists have to pay a daily tax to be on the island (about £11/$15 per day), as well as a tax to enter the national park (roughly £30/$40 daily) so the costs can mount up.

However, if visiting this dream destination is top of your list, then money won't matter when you're walking barefoot on the sand, free to act like no one else is around you – because they really aren't.

GUYANA

KAIETEUR FALLS

THIS STUNNING WATERFALL IN THE DEPTHS OF THE AMAZON IS WELL WORTH THE TREK

Views, adventure, scale... Guyana's Kaieteur has it all. As the world's largest single drop waterfall, one of its most powerful, and set in the picturesque Amazon rainforest, a trip here is guaranteed to leave you speechless at one of nature's greatest and most profound wonders. With a total drop of 251 metres, it's five times the height of Niagara Falls.

The waterfall's name, according to lore, comes from an ancient chief called Kai who sacrificed himself to protect his tribe from a vengeful mountain spirit. Rediscovered by the British geologist Charles Barrington Brown in 1870, the Falls are now a part of the Kaieteur National Park, which was created in 1930 to preserve the local scenery, fauna and flora – and, of course, the Falls. Kaieteur has something for everyone, from its many famed and rare wildlife and ecological species to its stunning photo opportunities.

En route to Kaieteur Falls is the exquisite Baganara Island Resort. Combine the feeling of calm that comes with its remote location with an exciting kayak trip down the Essequibo River, or paddle-board along the water's gentler stretches. From here, you can fly from Cheddi Jagan International Airport into Kaieteur Falls Airport.

There's a number of lodges near the Falls, and after all the other visitors head back to civilisation, it's an enchanting experience staying the night and enjoying the solitary experience in the jungle. If you're looking for more adventure, why not try abseiling further down the river, or, if you're even less fearful, abseiling down the side of the waterfall!

The lodges and local airports serve the delectable cuisine that Guyana is known for. Curry can be served with chicken, lamb, duck and seafood as well. Do try a plate of Metagee during your stay – a delicious dumpling dish that's cooked in coconut milk and flavoured with grated coconut, a popular meal with the locals. Guyanese cuisine also borrows from the ethnic groups and immigrants that have made Guyana home. For instance, sample a local spin on the classic Chinese chow mein. Make sure you also try the garlic pork, a traditional Guyanese spin on a Portuguese delicacy.

It might be distant and well tucked away, but Kaieteur's charm demands a place on any intrepid traveller's bucket list.

ESSENTIAL INFORMATION

You'll need to book a local tour or charter a plane, but book early to avoid price rises.

BEST TIME TO VISIT

September to November is the high water season, when the Falls are at their best.

TIME ZONE

UTC-4

CURRENCY
$
GUYANESE DOLLAR

USEFUL SITES

baganara.net
guyanatourism.com/kaieteur-falls
dagron-tours.com/hotels/kaieteur-guest-house.htm

HOW TO GET THERE

There aren't any regularly scheduled flights to Kaieteur, so you'll need to book with a Georgetown tour operator and hope they get enough passengers for the flight to go ahead. Or, for real adventure, spend a few days hiking to the Falls with a tour group!

CHILE

VALPARAÍSO

A COLONIAL MASTERPIECE AND BOHEMIAN HIDEAWAY

Curving its way around the Chilean coast, the melting pot of Valparaíso conjures up its own unique brand of magnificence, overflowing with art and imagination. Long the muse of many an artist, poet and musician, the 'Jewel of the Pacific' is a dizzying labyrinth of mural-covered alleyways, colonial plazas and bohemian haunts.

The city's UNESCO-recognised historic quarter is a remarkable example of 19th-century Latin American architecture and urbanism. It wraps itself like an amphitheatre across the coast and hills, spewing out multicoloured houses and dainty church spires. Once one of South America's most important seaport cities, since the opening of the Panama Canal in 1914, it has reinvented itself as a bastion of cultural diversity.

Climbing casually up the hills are the city's 16 iconic funiculars, ancient-looking boxes that serve as elevator-cum-cable cars, creeping up railway tracks. Characteristically colourful, the El Peral route unfolds over the cityscape, unveiling spectacular views rolling all the way down to the Pacific coast, where surfers snap their wetsuits ready for the next wave and lovers lap up ice creams, racing against the sun.

The city's oldest lift, Ascensor Concepción, delivers passengers to the graffiti-washed walls of Paseo Dimalow, dripping in wacky graffiti murals, and the Disneyesque green-roofed Iglesia Luterana de la Santa Cruz church. Alongside the urban art, bars and restaurants

"The historic quarter is a remarkable example of 19th-century urbanism"

ESSENTIAL INFORMATION
Be careful of your belongings when exploring the port district – it's well known for pickpockets and petty criminals

BEST TIME TO VISIT
March to April for shoulder season weather and crowds

TIME ZONE
UTC-4

USEFUL SITES
chile.travel
thisischile.cl
myvalparaiso.cl

HOW TO GET THERE
Regular buses ferry passengers from Santiago's Pajaritos Bus Terminal.

CURRENCY
₱
CHILEAN PESO

Street art adds more colour to the rainbow rows of houses

serve up ceviche, tickling menus with foreign flair, with food accompanied by some seriously creative cocktails.

Elsewhere, the cafes of Plaza Sotomayor offer a moment's pause. Overlooking the city's bustling port, the Monumento a los Héroes de Iquique pays tribute to the Chilean sailors who died at the Battle of Iquique, with its subterranean mausoleum housing their remains. Dominating the rest of the square is the baby-blue colonial naval command centre, Edificio Armada de Chile.

Across the city, scores of boutique galleries and art collaboratives worm their way through alleyways and up the hills. Spaces like Espacio Rojo and Bahía Utópica showcase the best of Valparaíso's home-grown talents, highlighting the role their mutual muse – the city itself – plays in the creative process. One of the most curious entries is Palacio Baburizza, the Art Deco and Art Nouveau former home of a Croatian resident, and now a school of fine art.

Meanwhile, the city's former prison is a shining beacon of Valparaíso's impressive metamorphosis. Once the place where Pinochet held and tortured political prisoners, it was reinvented and reopened as an art and culture centre, Parque Cultural de Valparaíso, in 2013. While murals enliven the old exercise yard, other spaces host art exhibitions, educational talks and live performances. Just across the sculpture-studded garden stands the ultra-modern concrete theatre, with a spirited schedule of shows.

Merely a stone's throw away, two old cemeteries sprawl across the city's undulating, picturesque hilltops. The final resting place of many of the city's most respected residents, Cementerios 1 and 2 are replete with row upon row of baroque tombs which rise from the ground like miniature palaces, adorned with angels, wreaths and crosses. Close by, the Cementerio de Disidentes, which is decidedly less grand, marks the spot where 800 Protestants, mainly English and European immigrants, were buried.

For a change of pace, travellers can head downtown to Barrio Puerto, the lively port district. Amid the bars, waterfront restaurants and craft stalls, some architectural gems remain intact, including the former Banco de Londres – a grand structure adorned with bronze and marble-work – and the elegant Turri Clock Tower, which stands opposite. For a view of the city from the sea, boat tours depart regularly from Muelle Prat, soaking in all of the port's historic sights.

Back on dry land, travellers head east in search of fresh seafood. At Caleta Portales, local fishermen hawk the day's catch while hungry pelicans watch in envy and sea lions sunbathe belly up on the wooden pier. Close by the La Mercado Cardonal buzzes as locals tout fruit, vegetables and seafood. Here food stalls serve up fresh, lemony ceviche and empanadas de marisco, all washed down with pisco sour.

Back in the historic heart of Valparaíso, the gastronomic experience is no less exciting. Housed in a 19th-century building, Café Turri serves up a mouth-watering selection of Chilean dishes, like shellfish doused in whisky and cumin, juicy pork loin balanced by raspberry sauce and super-fresh octopus carpaccio. Nearby the terrace of renowned restaurant La Concepción offers the perfect spot to reflect with crab-meat stuffed ravioli, fillet steak and a host of other traditional plates.

Meanwhile, perched atop La Sebastiana is the former home of the city's most beloved alumni, Pablo Neruda. Every New Year's Eve he enjoyed watching South America's largest fireworks display from the comfort of his own home. Though there's much uphill walking to be done, as Neruda once wrote, "If we walk up and down all the stairs of Valparaíso we'll have walked all round the world."

Castle Wulff was built in 1910, and is a romantic spot to watch the sunset

VIÑA DEL MAR

Just 10km away from Valparaíso's old heart is Viña del Mar. Literally translated as 'Vineyard of the Sea', this verdant suburb is a world away from the gritty urban chic of Valparaíso.

Water fountains and flower displays replace street art and hawker stalls. Afternoon strolls in the park are a popular pastime for locals, and there's no better place to join them than in Quinta Vergara. Besides fragrant wildflowers and crunchy gravel paths, there's a large amphitheatre (where the famous International Song Festival is held every February. Think the Latin American version of Eurovision). You can also visit the Palacio Vergara, a Venetian gothic building that once housed Viña del Mar's founders, the Vergara family.

If extroverted castles are your thing, check out Castle Wulff, a turreted seaside retreat built by a wealthy German immigrant. Hilltop, Disney-esque Brunet Castle is also one to explore.

Image source: All Getty

MEXICO

COPPER CANYON

THRILL SEEKERS AND NATURE LOVERS ALIKE KNOW AND LOVE THIS BEAUTIFUL AREA

Northern Mexico's most spectacular attraction, the Copper Canyon is a series of massive canyons in the Sierra Madre Occidental mountains in the state of Chihuahua. As a UNESCO World Heritage Site, it's immensely popular with hikers and mountain bikers, as the canyons are said to be four times larger and deeper than those of the Grand Canyon across the border.

Most of Copper Canyon's attractions are in and around the town of Creel. The most common access point to the canyon, Creel is also home to the Recohuata Hot Springs. There are many springs in the area, but these are famed for their riverside vista and brightly coloured pools.

The area is home to three valleys, imaginatively known as the valley of the Frogs, the Mushrooms and the Monks, the latter of which features towering rock formations resembling the valley's namesake monks. All three valleys are in Creel, and it is well worth taking a moment to admire Mother Nature's masterful sculptures. Mother Nature continues her great work a little further on, as the area is well known for its jaw-dropping waterfalls, the largest being Piedra Volada (which, at a staggering 453 metres high, is the 11th tallest in the world). Located deep in the Copper Canyon, it is only accessible on foot. It's definitely worth the hike there.

For experienced climbers, the Peña del Gigante is not to be missed. The highest vertical rock face in Mexico (and according to some estimates, the greatest peak in all of North America), it is certainly a sight to behold. It's probably best avoided if you suffer with vertigo, though!

Lodgings are plentiful throughout the towns located around the canyon, of which Divisadero and Creel are the most popular. Camping is also an option and there are many sites that will allow you to pitch a tent so you can enjoy the atmosphere of the natural surroundings. Should you be in the area in July, you'll catch the cycling festival and race series popular with Mexico's thriving mountain and road biking scene.

There really is something in this region for everyone. When most people think of Mexico, they imagine the white beaches of the south, but for those in search of some adventure, the less-travelled valleys of the north are ideal for both independent explorers and families alike.

"The canyons are four times larger and deeper than those of the Grand Canyon"

ESSENTIAL INFORMATION

Barrancas del Cobre Adventure Park has one of the world's longest ziplines. It can reach terrifying speeds of up to 84mph!

BEST TIME TO VISIT

The dry season – December to April. The cooler months are December to February, but temperatures can still reach 28°C.

TIME ZONE

UTC-7

CURRENCY
$
MEXICAN PESO

USEFUL SITES

chepe.mx
parquebarrancas.com
wikitravel.org/en/Copper_Canyon

HOW TO GET THERE

The region is easily explored by train, which crosses the country's rugged terrain.

PERU

CHOQUEQUIRAO

TREK INTO THE ANDES TO VISIT MACHU PICCHU'S 'HIDDEN SISTER'

Where Machu Picchu draws in thousands of people each day, the remarkable ruins of Choquequirao barely see a dozen, making this a true hidden gem of the Andes. The route presents travellers with an alternative and more challenging adventure to the popular Inca Trail.

Harder to reach yet just as scenic, the path to Choquequirao takes you alongside vast valleys and mountain ridges through the Andes, with expansive views over rivers and forests that eventually fade as you ascend into the mist. Climb to over 3,000 metres (9,842 feet) where you uncover the settlement's historical importance, which dates back nearly 500 years. Built on a flattened ridge and ringed with stones to stop it sliding down the mountain, most of the buildings at the Choquequirao site were either designed for ceremonial purposes, residences for the priests, or used to store food.

There has never been a better time to travel to Peru to tackle the Choquequirao trek, as there are plans in place to construct a cable-car system that will transform this tranquil settlement forever. Once it's up and running, the Peruvian government is expecting to see more than 200,000 visitors a year to the site. As it stands, construction is still in its infancy, but it's still best to go before it's discovered by the rest of the world.

On foot, it's a three- to five-day round trek to the Choquequirao settlement and totals 58 kilometres (36 miles), but it can be extended and combined with an eight-day onward journey to Machu Picchu. There are three trails that can take you to the Incan settlement, with the first, and most popular, starting at Cachora. There's also a starting point at Huanipaca and another at Yanama.

Once you reach Choquequirao, expect to spend a night camping there to experience the solitude and amazing views from the ruins out into the Andes. As only about 40 per cent of Choquequirao has been excavated, this is still a relatively untouched archaeological site. Don't leave these ruins without facing the famous, endurance-testing llama terraces; a set of steep steps situated outside the main complex to test even the most hardened hiker.

"There has never been a better time to travel to Peru to tackle the Choquequirao trek"

ESSENTIAL INFORMATION

Prepare for high altitude by acclimatising in Cusco for at least one day before trekking to Choquequirao.

BEST TIME TO VISIT

During the dry season, between May to November

TIME ZONE

UTC-5

CURRENCY
S/
PERUVIAN SOL

USEFUL SITES

tinyurl.com/5epjpvrw
peruhop.com/choquequirao-trek
wikitravel.org/en/Choquequirao

HOW TO GET THERE

From Cusco, take a bus to Abancay and get off at Ramal de Cachora.

ARGENTINA

PURMAMARCA

RICH CULTURE AND BREATHTAKING VIEWS IN A QUAINT NORTH ARGENTINE VILLAGE

Purmamarca translates to 'Town of the Virgin Land' in the indigenous Aymara language of the Andes highlands. This tiny town is home to one of Argentina's pueblos authenticos (or Authentic Peoples), whose heritage the government is working to promote. Recent road connections have opened up the village to tourists, but it's still largely unspoiled by modern development.

Purmamarca is nestled at the foot of the Cerro de los Siete Colores (the Hill of Seven Colours), a multicoloured geological spectacle in Argentina's Jujuy Province. Its stripes are a result of 600 million years of marine and continental sediments. Stop at the outskirts of Purmamarca on your way there to get the best panoramic view of the hill. Keen climbers can brave the more rocky paths of the Siete Colores, but the Paseo de los Colorados is a 1.8 mile (3km) trail that allows you to walk around the hill and appreciate the rock formations. Llama tours are available – at the discretion and timing of the llamas! Be sure to donate to the local efforts to maintain the viewing paths, and opt for llama tours that care for the welfare of the animals.

Just off the main town square of Purmamarca is the Iglesia de Santa Rosa de Lima, a simple cathedral built in the 17th century with adobe and cactus wood. Masses take place on Sundays, which both the faithful and curious observers can attend. In addition to the village's Catholic tradition, you may witness celebrations such as misa-chico (the dead worship), Carnival or the Pachamama (Mother Earth) festival in August. The village cemetery offers some insight into the unique way that local Andean beliefs have mingled with Catholic spirituality.

The Purmamarca Craft Fair is probably the busiest market in North Argentina and features ponchos made of alpaca, llama and vicuña wool, carpets, masks, ceramics and other goods made by local artisans. Things are priced on the higher side but don't be afraid to bargain with the sellers, especially if you're buying multiple items. Inquisitive collectors can also venture into the side streets for rarer finds. After a hard day's shopping, enjoy a tasty meal in one of the many restaurants in the village. Alongside regional treats such as empanadas and tamales, you can actually sample llama meat!

"Llama tours are available – at the discretion and timing of the llamas!"

©Getty

ESSENTIAL INFORMATION

Arrive early – the colours of the hills look especially spectacular just after sunrise.

BEST TIME TO VISIT

January to March and September to December – it's not too hot or too cold.

TIME ZONE

UTC-3

CURRENCY
$ ARGENTINE PESO

USEFUL SITES

thecrazytourist.com/15-best-things-to-do-in-purmamarca-argentina
welcomeargentina.com/purmamarca
andesnomads.com/en/argentina/purmamarca/

HOW TO GET THERE

Tours and buses to Purmamarca via Jujuy leave from Salta every day (about five hours each way). Alternatively, rent a car.

©Getty

COLOMBIA

COCORA VALLEY

EXPERIENCE THIS PICTURE-PERFECT NATURAL AND PHYSICAL WONDER

If you like natural wonders, horticultural marvels and valleys as far as the eye can see, you really need to book a trip to Cocora Valley immediately! Located near the Quindio River, within the Los Nevados National Natural Park, the valley is home to a splendid adventure – a South American secret paradise.

Cocora takes its name from the daughter of a local Quimbayan Chief, Acaime, and means 'star of water'. It is home to the iconic national tree of Colombia – the 60 metre tall Quindio wax palms. There's also a variety of plants and animals that are protected by Cocora Valley's national status. The climate is quite cool when rainy, but also very hot when the sun is strong. The park provides a nice communal experience – a growing number of enthusiasts make the journey to hike in the area.

You can drive right up to the valley car park, which is just a five-minute walk to the main attraction. But if you're really keen on the hike, there's a five-hour round-trip hiking route from the charming town of Salento, which gives you an incredible view of the entire valley. The anticlockwise route is more difficult but easier on the knees on the descent. Also check out some of the incredible activities on offer, such as bird watching, mountain biking, horse riding, rafting, scenic flights, cable car riding, coffee farms, waterfalls and swimming in the rivers. Make sure to check out the Acaime Hummingbird Sanctuary when here – an absolute delight filled with buzzing birds.

Before your trip, grab some lunch. Try the large packed lunch with a chicken sandwich from Brunch de Salento, which includes their signature peanut butter brownie. You might prefer to make the pilgrimage to the El Portal de Cocora for lunch overlooking the valley, taking in the stunning views as you eat, or to the Bosques de Cocora in the middle of the park itself. If you go for El Portal de Cocora or Bosques de Cocora, sample the locally farmed trout, which they both serve. It's delicious, especially baked and accompanied by a variety of sauces and patacones (plantain fritters).

The world is getting wise to Cocora Valley, but if you hurry you can still make the trip before it gets too busy.

ESSENTIAL INFORMATION

The weather here can change quickly – come prepared with boots, sunscreen and a raincoat.

BEST TIME TO VISIT

December to March is the driest season.

TIME ZONE

UTC-5

CURRENCY

COLOMBIAN PESO

USEFUL SITES

https://tinyurl.com/goatscocora
wikitravel.org/en/Salento
medellinguru.com/cocora-v

HOW TO GET THERE

You can opt to drive all the way to the park entrance, take the bus from Medellin to Salento (the journey takes around six hours), or fly to Matecana International Airport in the nearby city of Pereira.

CHILE

CERRO CASTILLO

GLACIERS, MOUNTAINS AND VAST WOODLAND... THIS IS AN ADVENTURER'S PARADISE!

Cerro Castillo's caves, glaciers and mountains make this a spot where heaven and earth meet, and its 34-mile (54km) trek is one of the finest little-known hikes in the world. Located at the tail-end of Chile along Carretera Austral, Cerro Castillo is one of Patagonia's most staggering landscapes. Castillo, meaning castle in Spanish, certainly lives up to its name – the spiky peak sits inside its own bubble, with a world of lakes, woodland and rocky walls surrounding it.

Las Horquetas Grandes is the awe-inspiring walkway around and up the base that rivals Canada's Bruce Trail and Australia's Great Ocean Walk, but the South American expedition is not for the faint-hearted. Tricky river crossings without bridges, water wading and some icy conditions with the erratic Patagonia weather can make the location a challenge.

Still, there are many ways you can enjoy the area around Cerro Castillo. Take yourself on a gruelling hike and be rewarded with spectacular views all around. If your feet need a rest, ride a horse through the forest, feeling the cool wind rushing through your hair.

Cerro Castillo is located in Aysén, the third largest region in Chlie. The nearest large town is modern Coyhaique. You can stay in hotels or hostels here, but backpackers, hikers and travel bloggers alike claim pitching a tent in the region's designated campsites is the ultimate way to experience the destination. One of the advantages of staying in Coyhaique is that you can then make trips to the General Carrera Lake and the Queulat Park, located on the southern North highway.

Coyhaique is one of Chile's newest cities, and has only recently been considered as a potential hub for tourism. The best way to experience the region is by booking onto a tour led by a local. They offer visits to its Marble Chapels, the National Park Queulat and ice-trekking on Cerro Castillo (available with experienced guides).

"Patagonia's erratic weather can make the location a challenge"

ESSENTIAL INFORMATION

Bring clothes for all seasons, as the weather in the Chilean mountains can change like the wind – you could experience four seasons in one day!

BEST TIME TO VISIT

December to February.

TIME ZONE

UTC-3

CURRENCY
₱
CHILEAN PESO

USEFUL SITES

parquenacionalcerrocastillo.cl/?lang=en
gochile.cl/en/cerro-castillo-national-reserve/
https://tinyurl.com/cerrocastillo

HOW TO GET THERE

Drive into Coyhaique via Route 7. Alternatively, long-distance buses into town are available from Puerto Montt. It's well worth the journey.

ARGENTINA

MENDOZA

ARGENTINA'S WINE COUNTRY AND ADVENTURE CAPITAL AWAITS

The pretty tree-lined streets of Mendoza are quite the contrast to the urban canyons of busy Buenos Aires. The laid-back city receives just a fraction of the tourists that visit the Argentine capital each year, but those that do venture here are rewarded with world-class wines, stunning natural wonders and countless opportunities for adventure.

Mendoza is something of an oasis in the surrounding desert. It rarely rains here, but an innovative network of irrigation canals distributes meltwater throughout the city, feeding the thousands of trees that line every street and plaza. These green canopies provide shade, particularly convenient in a region that boasts over 300 days of sunshine a year. With such pleasant surroundings, Mendoza is best explored on foot. At its centre, the pedestrianised Paseo Sarmiento is the perfect place for a stroll, or to watch the world go by while enjoying coffee and pastries al fresco.

Mendoza is best known for its wines, and the wider province is home to hundreds of bodegas. You don't have to be a connoisseur to appreciate the winery tours on offer though. Spend a relaxing day sampling delicious Malbecs, Cabernets and Chardonnays, and watch the sun set over the Andes from one of the valley's award-winning restaurants. If you're not a fan of wine, or just fancy a little break between bodegas, Mendoza is also a leading producer of top-quality olive oils. Take a guided tour of an olive oil factory to see the presses in action and try the flavoursome oils, tapenades, balsamics and other local specialties.

For meat-eating foodies, it would be a crime to visit Argentina and not try the country's renowned steaks. Be sure to dine at one of Mendoza's many steak houses to see what all the fuss is about. And for the ultimate asado (barbecue) experience, you can take a trip to a local ranch where gauchos will prepare a traditional steak feast for you after a day's horse riding in the Andes.

Heading further into the mountains, adrenaline junkies can find plenty of activities to get their hearts pumping, from white-water rafting on the Mendoza River to paragliding over the peak of Cerro Arco or skiing down the powdery slopes of Las Leñas to the south. Those in search of a greater challenge may tackle the highest peak outside of the Himalayas: Aconcagua. Experienced climbers can summit the peak, provided they acclimatise properly. For more casual hikers, the surrounding park features fantastic routes.

"Gauchos will prepare a traditional steak feast for you after a day's horse riding in the Andes"

ESSENTIAL INFORMATION

Avoid a whistle-stop tour; aim to spend at least five days here to really soak up the region's 'tranquilo' atmosphere.

BEST TIME TO VISIT

March to May to enjoy vineyard harvesting season and gorgeous autumn colours.

TIME ZONE

UTC-3

CURRENCY
₱
ARGENTINE PESO

USEFUL SITES

experiencemendoza.com
tinyurl.com/4rc43w2m
mendoza.travel/en/lugares-para-visitar

HOW TO GET THERE

Mendoza is two hours from Buenos Aires by plane, or you can catch an overnight coach service (with comfy reclining seats) which will take just over 13 hours.

AMERICAS

COLOMBIA

LAS LAJAS

An explosion of Gothic architecture in a Colombian canyon

There are many unusual things about Las Lajas Sanctuary – it's built in a gorge, there's a bridge over the gorge to the entrance and it's a Gothic-style church in a continent dedicated to the Baroque – but the key to the building's mysteries lies inside, at the far end of the church. There's no wall. It's built directly out from the cliff or, to be precise, from a grotto in the cliff. And on that wall is an image of the blessed Virgin Mary with her son in her arms. That's the reason for the church being built into the side of a cliff a hundred metres above the Guáitara River.

The story goes that in 1754, a local indigenous woman, Maria Meneses de Quiñones, was travelling with her deaf-mute daughter Rosa to the next village when a storm forced them to seek shelter in a rock cutting in the cliffside. While sheltering from the storm, Rosa suddenly pointed into the grotto and miraculously spoke, telling her mother that there was a woman there with a boy. Maria fled, taking her daughter with her, thinking the place haunted. But when Rosa went missing a few days later, the mother tracked her down to the grotto, where she was calmly playing with a little boy while his mother looked on.

Maria and Rosa began to visit the grotto regularly. When neighbours asked Maria to explain Rosa's new-found speech, she took them to the grotto to find there an image of the lady, dark haired as an Amerindian, with a boy in her arms. The grotto became a pilgrimage site for local people, with a simple shrine already in place a few years after these appearances. In 1802 a larger shrine was built, and the first version of the bridge across the river.

The current Basilica of Las Lajas – 'lajas' meaning 'slabs' as in 'slabs of rock' – took 33 years to build, from 1916 to 1949, the construction funded by donations from local people. The path down into the gorge is lined with plaques giving thanks for prayers answered. The church itself is intense with prayer, its setting – emerging from the living rock above the fast-flowing river – enough to produce a shiver of doubt in even the most determined of sceptics. To learn more about the history of the church, it's worth paying to descend into the basement museum. Then cross the bridge over the river and turn left for the best viewpoint before returning and riding the new teleférico (cable car) up out of the gorge.

ESSENTIAL INFORMATION

While there are taxis at the top of the teleférico, the walk back to Ipiales is straightforward and quite breathtaking.

BEST TIME TO VISIT

The climate is mild throughout the year, with November, December and April the rainiest months.

TIME ZONE

UTC-5

USEFUL SITES

colombia.travel
uncovercolombia.com
bit.ly/2TLEEbp

HOW TO GET THERE

Las Lajas is near the border with Ecuador, and Quito is much closer than Bogotá.

CURRENCY
₱
COLUMBIAN PESO

© Getty

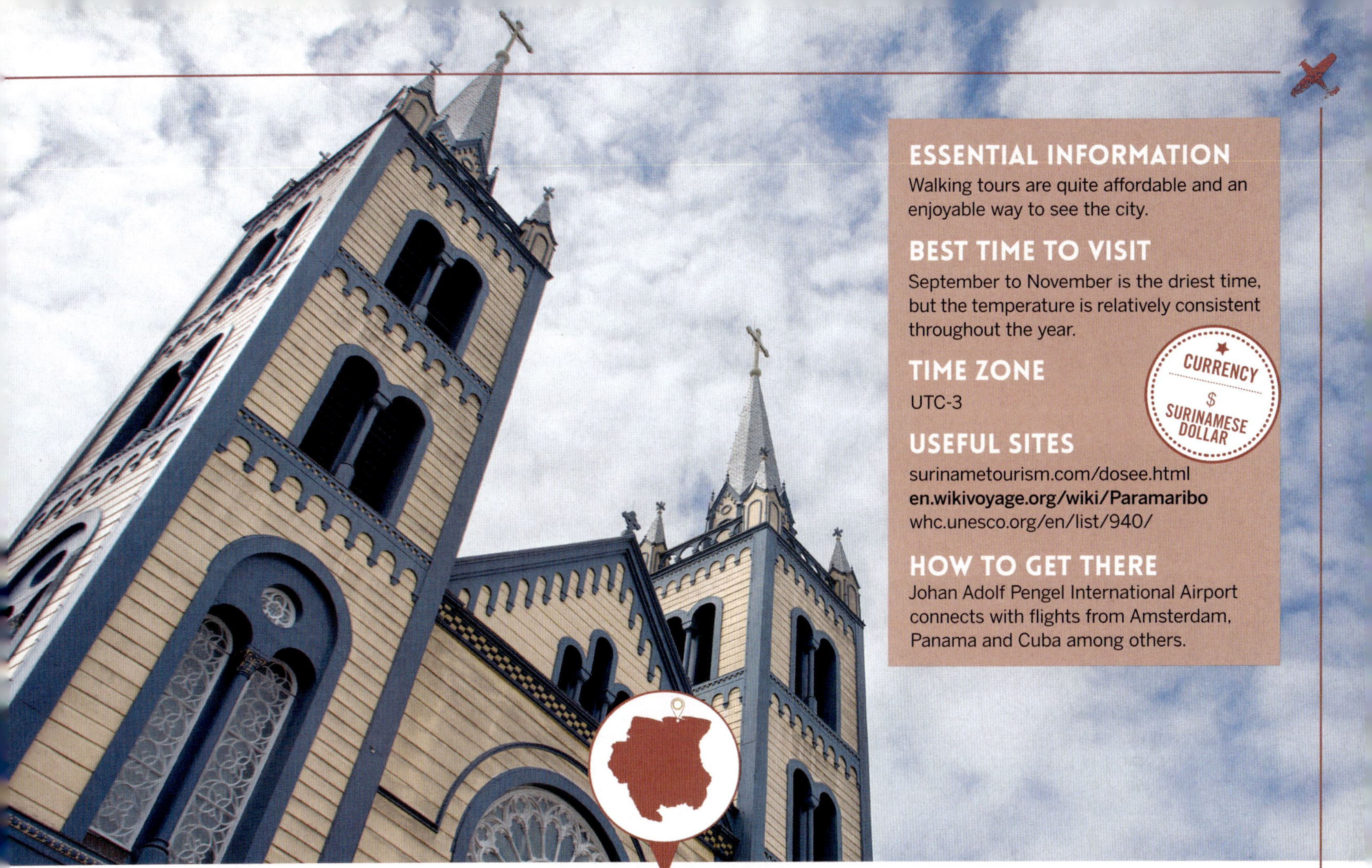

ESSENTIAL INFORMATION

Walking tours are quite affordable and an enjoyable way to see the city.

BEST TIME TO VISIT

September to November is the driest time, but the temperature is relatively consistent throughout the year.

TIME ZONE

UTC-3

CURRENCY
$
SURINAMESE DOLLAR

USEFUL SITES

surinametourism.com/dosee.html
en.wikivoyage.org/wiki/Paramaribo
whc.unesco.org/en/list/940/

HOW TO GET THERE

Johan Adolf Pengel International Airport connects with flights from Amsterdam, Panama and Cuba among others.

SURINAME

PARAMARIBO

SURINAME'S CAPITAL MAY BE A SMALL CITY, BUT IT'S A BIG ADVENTURE

Suriname may be South America's smallest country, but its capital, Paramaribo, is an incredible city full of history and a hospitable community. The city is named after the tribe living at the mouth of the Suriname River, essentially meaning 'large river inhabitants' in the native Tupi–Guarani language. But Paramaribo itself, influenced by numerous cultures – African, Amerindian, Asian, Jewish and Dutch – is testament to the diversity of the area. Paramaribo dutifully watches over the Suriname river, and also serves as its port.

From its charming, colonial wooden houses to elaborate mosques and temples, the city really is a photographer's paradise. For a day filled with contrasts, combine a trip to the packed-out Central Market with the Brownsberg Nature Reserve in Brokopondo. The photogenic Central Market sells everything from fresh food and clothes to witches' concoctions and mysterious herbs. Be sure to get here well before noon, though, as the vendors start packing up shop around lunchtime, and you'll want to capture the action.

Then, for a breath of fresh air, head to the Nature Reserve, where you can enjoy the dozens of rare species of animals unique to Suriname. It has some of the best birdwatching on the continent, and endless opportunities to view and snap photos of the local wildlife. Stretch your legs on this full-day hike and visit beautiful waterfalls to boot. There are also quaint lodges to hire for groups, and even hammock sites for brave travellers (as well as campsites) if you want to really experience the great outdoors

Make sure to visit Fort Zeelandia, a star-shaped, 18th-century fort built where the first colonists arrived. It was home to the various occupiers of the territory – the British once called it Fort Willoughby – and it now houses the incredible Stichting Surinaams Museum and the famous Baka Foto Restaurant with its mouth-watering food and incredible views over the river. The views are especially stunning at night, so be sure to reserve a table.

No trip to Paramaribo would be complete without a visit to the waterfront and the stunning Saint Peter and Paul Cathedral, a wooden Catholic cathedral in the centre of the city (the largest wooden structure in the Western Hemisphere in fact). It's an amazing view inside and the architecture is – if you'll pardon the pun – divine.

Paramaribo is a truly distinct and enjoyable city, and, with increased flight routes from Europe, it's fast becoming one of South America's worst-kept secrets.

"With its wooden houses and elaborate mosques, it's a photographer's paradise"

UTAH

LOGAN

Nestled in the Cache Valley, this all-American town is an ideal retreat

With its red-brick buildings, spacious sporting grounds and green university campus, Logan feels like the quintessential American city. It's on the road between Salt Lake City and Yellowstone National Park, and has the appeal of both – it combines the friendly urban feel of Utah's capital with the mountainous, rugged beauty of the Wild West.

Logan's skyline, like its history, is dominated by the Mormons, exemplified by the white towers of the Latter-Day Saints Temple. Take in the scent of the freshly cut grass and flowers that surround it before driving through broad boulevards to the Historic District, which focuses around the cowboy-style shops of Center Street. Stop into a cafe to enjoy a brunch of buttery waffles with maple syrup, then burn it off with a round of baseball in Willow Park. If you're in the mood for movies, the Utah Theatre offers a neon 1950s experience, while the Lyric is perfect for a classy live show.

This is a town for all seasons. If you're here in summertime, the Cache Valley Gardener's Market outside the pretty Courthouse is a big event. Gourmets will love the local produce, artisan breads and free-range eggs on offer, and the handcrafted gifts make for perfect trinkets to take home. Autumn brings a burst of colour, as the trees transform into golden and crimson hues. Winter covers Logan in a thick blanket of white snow, and you can entertain yourself inside the Book Table, one of only a handful of truly independent booksellers left in the US.

Outside of town, the Wasatch range is an unsung part of the Rockies, but it's home to some fantastic campgrounds, hiking trails and ski resorts. At its feet, the Logan River snakes its way through a rocky canyon, offering crystal clear and fresh waters that provide ideal fishing grounds. Clamber (or bike) up to the top of the mountains for a breathtaking experience, or drive along Highway 89. As you sail over the peaks, you'll be greeted with the azure vista of Bear Lake; race a speedboat along its waves, or simply go for a dip.

With its stunning setting, thoughtful city planning and tranquil atmosphere, Logan is like a town out of *The Sims* – but we promise it's much more three-dimensional than that.

ESSENTIAL INFORMATION

Go to Angie's Restaurant and order the famous 'Kitchen Sink' – it's an ice-cream dream, literally served in a (small) sink.

BEST TIME TO VISIT

May for warmer weather, spring blooms, and the start of the Gardener's Market

TIME ZONE

UTC-7

CURRENCY
$ US DOLLAR

USEFUL SITES

utah.com/logan
visitutah.com/places-to-go/cities-and-towns/logan
visittheusa.co.uk/destination/logan

HOW TO GET THERE

It's an 85-mile drive from Salt Lake City on Highway 89, or you can catch a bus.

"Autumn brings a burst of colour, as the trees transform into golden and crimson"

CANADA

QUÉBEC CITY

UNCOVER ONE OF NORTH AMERICA'S OLDEST CITIES IN THIS LIVING MUSEUM

Perhaps more than any other place in Canada, Québec City is by far and away the French cultural hub of the country. While the nearby Montreal may share in the region's Franco heritage, Québec City has a distinctly French feeling to the place thanks in large part to its decidedly European look. It's perhaps not a surprise, though: at a third of the size of its metropolitan neighbour, the Canadian city is rather more removed from the need for an international, skyscraper-filled lifestyle. You'll spot this first in the streets of Old Québec, a UNESCO World Heritage Site of 17th and 18th-century buildings that wouldn't look out of place in any major continental French city.

Montmorency Falls is a 20-minute drive out of Québec City and stands at 84m (276ft) tall

With that in mind, you'll likely want to start by heading towards Le Château Frontenac, the walled castle that dominates the view from practically any corner of the city below. In fact, it's almost ridiculous how picturesque the Old Town and port are – doubly true when they're draped in fresh snow. As you wander the cobbled and winding streets of Old Québec, you'll find yourself cast back to the fairy tales you were read as a child and wonder where you might find Prince Charming – or at least a Frog Prince – among the quaint boutique stores and restaurants, which still hang wooden plaques as though the 18th century never ended. Eventually, you'll reach the funicular, which saves the hike to the top for around £2 (roughly $2.50 USD). This 45-degree cogwheel railway trip is a must, allowing you to watch the rooftops of the Old Town grow smaller to earn you a different perspective of this idyllic city.

The history doesn't end there, however. Within the walls of the castle itself, you may be lucky to witness the Royal 22s and the changing of the guard. The colloquially named 'Van Doos' – from the French for 22, vingt-deux – are the pride of the city, a regiment that goes back to World War I. The citadel itself is home to two museums dedicated to this history of Québec City and the war between the English and the French. Be sure to check them out.

Don't miss the natural wonders that surround the city. Day trips to national parks for kayaking, fishing or hiking are a must, key among them being Montmorency Falls, which is 30 metres (98 feet) higher than Niagara Falls. Like so many Canadian destinations, the outstanding natural setting only a stone's throw away makes this historic city a great place to return to.

ESSENTIAL INFORMATION

Old Québec is better suited to walking, but if you've had enough of that for a day then there's always a more romantic manner of transport – horse-drawn carriage.

BEST TIME TO VISIT

June to August (for sun and festivals) or December to February (for the snow)

TIME ZONE

UTC-5

CURRENCY
$
CANADIAN DOLLAR

USEFUL SITES

quebec-cite.com/en
feq.ca/en
aventurequebec.ca/en

HOW TO GET THERE

Daily trains run from Montreal, Ottawa and Toronto. You can also fly to the airport from many North American cities.

COLORADO

DENVER

FROM HIPSTER TO HISTORICAL, COUNTRY TO CLASSY, THIS CAPITAL HAS GOT YOU COVERED

Given that Denver is surrounded by The Rocky Mountains, and is the gateway to some of the US's best skiing, it'd be easy to overlook it as a holiday destination in itself. So, what's the draw? Could it be its 300 sunny days a year? Or the 140-mile mountain panorama visible from the city? Or the plethora of restaurants, bars, breweries, museums, parks, theatres, galleries and shops – not to mention all the concerts, sporting events, festivals and comedy nights – on offer? The line-dancing lessons at the honky-tonk country bar The Grizzly Rose must have something to do with Denver's appeal!

Like any other American city, Denver is a mishmash of skyscrapers and historic buildings. That's not what makes it worth visiting – it's the gastronomy, mixology and geology that'll keep you coming back. The food scene is phenomenal. From food trucks to fancy restaurants, diners to gourmet hot dog joints (meat lovers must try the rattlesnake and pheasant sausage at Biker Jim's Gourmet Dogs) – whatever you plump for, you'll be left satisfied... yet still hungry for some more. Did somebody say 's'more'? To get your marshmallowy, chocolatey, biscuity fix, head to Snooze for its famous S'mores Pancakes. Another gem that your dentist would disapprove of is The Inventing Room Dessert Shop. It's inspired by Willy Wonka's colourful chocolate factory, and sweet-seekers can watch the whimsy creations being whipped up right before their eyes.

If a sophisticated libation is what you're after, head to the clandestine underground bar Boys and Girls Club Denver, where the cocktails are classy and a reservation is essential. For a more relaxed tipple, visit one of Denver's 100-plus breweries, where craft beers flow with hipster abandon. Denver Beer Co. has good beer, good vibes and good views of downtown Denver. A Pedal Hopper Pub Tour is also a real hoot, as is Banjo Billy's Bus Tour (where you're driven around in a 'hillbilly shack').

After all that, your body may be crying out for exercise. There are loads of hiking and biking trails in the mountains around Denver, but if you don't want to venture far from the city, there are plenty of places to get your stomp on. Try the Red Rocks Trail, a park and amphitheatre that hosts concerts. It also hosts Yoga on the Rocks and Film on the Rocks – you'll be hard pushed to find an event with a more stunning backdrop.

"Whatever you plump for, you'll be left satisfied... yet still hungry for more"

ESSENTIAL INFORMATION

Driving from the airport to downtown can take up to an hour. The A Line rail service will cut this travel time in half.

BEST TIME TO VISIT

June to August for the festivals and events, although it's also the more expensive time.

TIME ZONE

UTC-7

CURRENCY
$
US DOLLAR

USEFUL SITES

denver.org
denvergov.org
colorado.com/cities-and-towns/denver

HOW TO GET THERE

Direct flights are available from London Heathrow. For indirect flights, you can fly from Manchester, Edinburgh, Birmingham, Belfast, Glasgow, Aberdeen and more.

© Getty

GEORGIA

ROCK CITY

WE BUILT THIS CITY ON ROCK AND GREAT VIEWS

The grand vista from the summit of Lookout Mountain in the northwest corner of Georgia was known as early as the Civil War, when soldiers from both sides wrote of its natural wonder before slogging it out in a bloody battle in the shadow of the slopes. In the more peaceful 20th century, entrepreneurial landowners turned Lookout Mountain into a tourist attraction when they commissioned a painter to daub signs advertising Rock City on the roofs of more than 900 barns from Missouri to Texas between 1935 and 1969.

Those who were intrigued enough to travel to Rock City found the Enchanted Trail, a walking route just over 1.2 kilometres (0.75 miles) in length that snakes through stone formations including the dramatically named Hall of the Mountain King, Fat Man's Squeeze and Needle's Eye. Beside the path are cleverly designed gardens that include over 400 different species of plants, trees and shrubs that give a splash of colour all year round, although the flowers are inevitably at their best in spring and summer. Scattered around the gardens are gnomes, sculptures and installations from local artists.

The highlight of the trail, accessed by the shaky Swing Along suspension bridge, is the much-vaunted view from Lover's Leap. The sky needs to be crystal clear to have any chance of ticking off all seven states that are supposedly visible – something made more difficult since the early days with the rise of the automobile and air pollution – but even if Virginia and South Carolina remain stubbornly out of sight, the majestic High Falls tumbles 27 metres (90 feet) down the sheer rock face and makes the trek very worthwhile indeed.

Like much of Rock City, High Falls is actually an artificial construction carved out of the sandstone. The trail ends at the Fairyland Caverns, in which dioramas of fairy tales have been hand-crafted and colourfully painted. Rock City's earliest owners also wanted to build a golf course on the summit, but had to downsize due to a lack of space. The result was the US' first miniature golf course, and the resulting patent for 'Tom Thumb Golf' helped fund the rest of Rock City's construction. Having completed a mountain hike like no other, don't forget to pick up a souvenir nest box with a retro Rock City advert on the roof to prove that you've visited one of the quirkiest places in the US.

ESSENTIAL INFORMATION

Don't wear your finest clothes since you'll need to squeeze through a couple of narrow places.

BEST TIME TO VISIT

March or October for the fun Shamrock City or Rocktoberfest Festivals respectively.

TIME ZONE

UTC-5

CURRENCY
$
US DOLLAR

USEFUL SITES

seerockcity.com
lookoutmountain.com/rock-city
bit.ly/38tqAc7

HOW TO GET THERE

Rock City is six miles from downtown Chattanooga so is well served by public transport. It is also easily drivable.

"Scattered around the gardens are gnomes, sculptures and installations"

The park's winding coastline covers 18,000km (11,185mi), containing many fjords and icebergs

ESSENTIAL INFORMATION

Ittoqqortoormiit serves as the park's gateway. There's a small airport, one guest house, and no restaurants.

BEST TIME TO VISIT

September and October, so you can see the northern lights

TIME ZONE

UTC-2

CURRENCY
kr
DANISH KRONE

USEFUL SITES

visitgreenland.com/the-national-park
en.wikivoyage.org/wiki/Northeast_Greenland_National_Park
naalakkersuisut.gl/en

HOW TO GET THERE

Helicopter shuttles are the easiest way to get about in Greenland.

GREENLAND

NORTHEAST GREENLAND

THE WORLD'S LARGEST AND NORTHERNMOST NATIONAL PARK IS ALSO ONE OF THE MOST ELUSIVE

You might assume that a park almost as large as France and Spain combined would be hard to miss, but Northeast Greenland is unknown to most. If you're looking for an adventurous escape to explore a truly untouched wilderness, there are few better destinations for a getaway than this.

Northeast Greenland National Park is largely uninhabited – less than 50 people live in the near-million-square-kilometre park over winter to monitor the region's weather and research stations. The closest settlement is Ittoqqortoormiit, Greenland's most isolated town. In this picturesque outpost of brightly painted buildings, you can learn about the local Inuit culture and try your hand at traditional dog sledding and ice fishing.

To travel in the park itself, as with other remote parts of Greenland, a permit is required from the Ministry of Nature, Environment and Justice. If you travel with a tour operator, permits will be arranged for you. The park is best reached via dedicated expedition cruises, which often include stops in Iceland and/or Norway as well. These voyages aren't cheap – expect to spend several thousand pounds or dollars for the experience, not including flights. However, the price is justifiable given the fact that you'll be travelling aboard a specialised (and usually rather luxurious) vessel capable of tackling the icy conditions in the Arctic Ocean, typically for two or three weeks. You'll also be accompanied by expert guides, and tour groups are often small so there will be opportunities to tailor trips to your particular interests.

Some tour providers offer the chance to go ashore for guided hikes and wildlife watching. In this truly untouched wilderness you might spot musk oxen, Arctic foxes, hares and wolves, walruses, and if there are ice floes, you may also see polar bears. Lucky sightseers may see narwhals as well as humpback, fin and minke whales. Besides the local fauna, Greenland's rugged northeastern coastline features some spectacular geography, with towering striped cliffs reflecting in the mirror-like waters below as icebergs drift by. At night, with the weather on your side, you can admire the full glory of the starry sky without the interference of light pollution. If the conditions are right you may find yourself enveloped by the aurora borealis, as the sky lights up with breathtaking waves of glowing greens, reds, purples and blues.

The Arctic waters are home to several magnificent whale species

©Getty

If your expedition takes you to Daneborg, you may meet members of the Sirius Patrol as the headquarters are based there

©Alamy

UNIQUE PARK RANGERS

Some tours to Northeast Greenland National Park will offer the exciting chance to meet members of one of the world's most unusual military units. The Sirius Patrol are an elite squad of dog sledders from the Royal Danish Navy who patrol the frozen wilds of northern Greenland, making sure everything is exactly as it should be.

There are six teams of two soldiers, accompanied by their sled dogs, who traverse the Arctic wilderness for up to six months at a time (more often than not, without any other human contact). It's an extreme occupation – only applicants who demonstrate the most physical and psychological resilience are accepted – but the Sirius Patrol play an important role in maintaining Denmark's sovereignty over Greenland.

ETHIOPIA

ADDIS ABABA

Unique churches meet bustling marketplaces in Ethiopia's off-the-radar capital

Rich in history, culture and fantastic food, Addis Ababa is full of hidden treasures. When you arrive, allow time to adjust to the high altitude – and high energy – of this vibrant city.

Start from the very beginning at the National Museum of Ethiopia. It's believed that humans originated in this fertile part of the world, and you can view one of the oldest hominid skeletons ever found, over three million years old. For a less primitive experience, the museum also houses some Abyssinian art, from Ethiopia's days as a powerful African empire.

Indeed, it was Emperor Menelik II who founded Addis Ababa in 1886. In Menelik II Square, you can see a grand statue of this great king on horseback. It commemorates a momentous win over Italian invaders, and Ethiopia remains the only African country that was never colonised.

Across the square from the Menelik II statue is St George's Cathedral, an interesting octagon-shaped church and museum. Here, Ethiopian emperors and empresses – such as Haile Selassie and Zewditu – were once crowned. The ceremony involved seven priests, a golden sword, and seven different types of aromatic oil. The elaborate ceremony, and glinting crown jewels, were flashy proof of Ethiopia's great wealth and power. There are other religious sites in Addis Ababa worth visiting, too – try the second-largest cathedral in Africa, Medhane Alem, for size.

Last but not least, you'll want to go to the hectic Merkato to stock up on souvenirs, clothing, jewellery, homewares and, most importantly, food. You can browse the stalls for hours in search of the finest fresh produce, including Ethiopian coffee beans, which are frequently said to be the best in the world. When you've shopped until you've dropped, sit in a local restaurant and fill up with a delicious plate of wat and injera. Wat is the name for a variety of stews – both meat and veg. It simply must be paired with injera, a bubbly, tangy flatbread you definitely won't find back home.

ESSENTIAL INFORMATION

Addis Ababa is a very safe city, but watch out for pickpockets in the Merkato, who target distracted tourists.

BEST TIME TO VISIT

September – October, after the rainy season

TIME ZONE

UTC+3

USEFUL SITES

goaddistours.com
ethioembassy.org.uk/
tinyurl.com/pz6azcxk

CURRENCY
Br
ETHIOPIAN BIRR

HOW TO GET THERE

Fly into Addis Ababa from many places around the world. Alternatively, a train from neighbouring nation Djibouti opened in January 2018.

ESSENTIAL INFORMATION
Resign yourself to getting a lot of taxis – Abidjan isn't well connected.

BEST TIME TO VISIT
November – April

TIME ZONE
UTC

CURRENCY
FCFA
CFA FRANC

USEFUL SITES
cecilefakhoury.com
afrotourism.com/city/abidjan
abidjan.com/v/exhibitions

HOW TO GET THERE
Fly into Abidjan from destinations across Europe, the Middle East and Africa.

IVORY COAST

ABIDJAN

From brutalist architecture to rainforest treks, Abidjan is a multi-faceted city

Ivory Coast's economic capital is a place of contrasts. Shimmering skyscrapers exist alongside labyrinthine markets and energetic neighbourhoods, while the natural world that surrounds it – composed of national parks, lagoons, rivers and the Atlantic Ocean – counterbalances the city's modernity.

Le Plateau is a popular business district in Abidjan and you'll find some of the city's most visually interesting buildings here. La Pyramide is a striking brutalist structure designed by Rinaldo Olivieri, completed in 1973. It juts high into Abidjan's skyline, with cascading concrete balconies tapering down to street level. Another Modernist classic is to be found in the form of the Cathédrale Saint-Paul. Its austere exterior is complemented inside via stunningly vibrant stained glass windows. From here, it's not far to the city's beloved Hôtel Ivoire, which became famous as a venue for ice skating and movie-going. The ice rink has gone since the hotel's construction in 1963, but the cinema remains. Inside you'll find stunning African decor that pays tribute to the decade of the hotel's birth.

A short walk from the Hôtel Ivoire is the Marché de Cocody, a maze of stalls selling traditional decorations, sculpture, jewellery and all manner of other souvenirs. If you're looking for fabrics and tailors, try Treichville, a market where you can also buy food and handicrafts.

If you're visiting Abidjan, you should ensure that you exploit its close proximity to the rainforest. The Parc du Banco is a national park that allows you to step into a completely different world as you immerse yourself in the sights and sounds of the rainforest. You can enjoy short trail walks or long hikes, depending on your ability and preference. Guided tours from park rangers are also available.

If you're looking for more of Abidjan's contrasts, take a trip to the Galerie Cécile Fakhoury and the Musée National. The former pays tribute to contemporary African art, and you'll find incredible paintings, sculptures and photography. The Musée National, on the other hand, offers a more historic perspective. Here you'll find traditional wooden masks, hand-carved statues, ivory craftwork, and pottery.

"The natural world that surrounds Abidjan counterbalances the city's modernity"

ETHIOPIA

ABUNA YEMATA GUH

THE CLIMB TO REACH THIS CHURCH WILL TEST EVEN THE MOST ARDENT OF BELIEVERS

Abuna Yemata Guh stands a striking 2,580 metres (8,460 feet) high in the Gheralta mountains of northern Ethiopia's Tigray region. Looming over the stark valley below, this seemingly inaccessible church has remained hidden within a jagged sandstone pinnacle for more than 1,500 years. It's named after Father Yemata, who is said to have painstakingly carved it from rock in the 6th century CE. While the journey to reach the 'Church in the Sky' may at first seem daunting – with sheer cliff faces to navigate, this is not a pilgrimage for those with a fear of heights – but once conquered, the reward is unparalleled.

Northern Ethiopia is home to more than 100 rock-hewn churches, but this stony sanctuary is by far the most perilous to reach. Abuna Yemata Guh is as much about the journey as it is the destination. The awe-inspiring ascent begins with the removal of shoes and, perhaps, a little prayer. Despite the helpful grooves that have been sculpted into the rock by thousands of worshippers, each climber should have a guide – to show them exactly where to place their hands and feet. After a sinuous hour-long climb comes a final test of faith: a precarious walk along a one-metre-wide (three-foot-wide) ledge, which looms high over a vertiginous 200-metre (650-foot) drop. Once safely across, spectacular views of the mountains finally come into focus, as does the scale of what has been achieved.

Inside the exquisite chapel, it becomes apparent why hardy travellers are determined to overcome such a pulse-raising route. Even for those who aren't religiously inclined, reaching Abuna Yemata Guh will feel miraculous. Exquisite frescos of Ethiopian religious iconography climb across the ceiling and walls. Meanwhile, paintings of the apostles, saints and monks, dating back to the 15th century, are surprisingly well-preserved.

Devotees can gently thumb through a beautiful Orthodox Bible made of goatskin before meeting the resident priest, who has looked after the church for nearly 50 years, and makes the climb every day. He, like the generations of priests who have come before him, will probably be buried in an open-air tomb along the rock face one day. On the descent, their skeletal remains can be spotted adorning the cliff, like guardians watching over the faithful who dare to make the journey. It's impossible to visit Abuna Yemata Guh and not feel the transformed by the power of nature, history and faith.

ESSENTIAL INFORMATION

Make sure to use sunscreen before you start the climb, as the rays can hit hard on the rock.

BEST TIME TO VISIT

The dry season, between October and June.

TIME ZONE

UTC+3

CURRENCY
Br
ETHIOPIAN BIRR

USEFUL SITES

tinyurl.com/7hmsbfpm
stoa-ethiopia.org
ethiopiantourassociation.com

HOW TO GET THERE

Short domestic flights link Addis Ababa to Mekele, where most tours of Abuja Yemata Guh start and end – tours usually include visits to the beautiful churches of Maryam Korkor and Daniel Korkor, too.

Image source: Getty

KENYA

MOMBASA

Explore Kenyan culture along this seaside city's beautiful waterways

You might recognise Mombasa from the popular film **Out Of Africa** or, more recently, **Inception**. While it's often overshadowed by Nairobi, Mombasa is a pearl of East Africa. Its history as one of the continent's most important trading ports aside, there's a lot to explore and discover in a city fast becoming a hub for tourism.

This city is the oldest in Kenya, and the second largest. Mombasa straddles two eras – the ambitious trade of today, and the storied past, as seen in the Old Town. Look out for the yellow houses that mark out this area, as opposed to the white and blue that are prevalent around the newer parts. The legacy of Portuguese, Omani and British rule can be seen in the Old Town's architecture – visit the Portuguese-built Fort Jesus, or the 16th-century Mandhry Mosque, which mixes Swahili design with Omani stylings.

Mombasa's food scene is also a diverse blend of influences, and the best starting point is the Market Hall, which looks like it belongs in Lisbon. Pick up East African spices and ingredients here – be sure to haggle! If you don't feel like cooking, you'll be able to eat at a variety of restaurants, which are a product of Mombasa's multicultural nature. Sample the local seafood at the waterfront Forodhani, or go international with Indian, Lebanese and even Italian options.

Kenya has a tropical climate, so if you want a sunny trip at the start of the year, the glorious resorts around Mombasa are ideal. There's an abundance of lovely beaches, many of which are famed for their evening parties, so make the time to enjoy the local cuisine and culture and have a dance (or two). If you're up for a more adventurous experience, there are several safaris on the island, some of which can be covered in just one day for those short on time. Another site well worth visiting is Jumba la Mtwana, which has some of the city's more interesting ancient archaeological relics.

You can explore Mombasa Island via the easily accessible taxis, matatus (minibuses) or tuk-tuks. Alternatively, rent a boat or book a boat trip to see Mombasa Island from the sea. Set out early in the day though, when the views are incredible and less disturbed, or just before sunset, when the beaches are illuminated with a subtle glow.

In Mombasa, there really is something for every kind of traveller. But you'd better get here before the world discovers that.

ESSENTIAL INFORMATION

Book safaris in advance, especially during the summer and beginning of the year.

BEST TIME TO VISIT

June to October – fewer mosquitoes and the wildlife is easier to spot on safaris.

TIME ZONE

UTC+3

CURRENCY
K
KENYAN SHILLING

USEFUL SITES

lonelyplanet.com/kenya
https://tinyurl.com/magickenya
discoverafrica.com/safaris/kenya/mombasa-and-surrounds/

HOW TO GET THERE

The international airport caters to East African connections and some European cities, but it's best to arrive via train or air from Nairobi, the capital.

BOTSWANA

THE KALAHARI

EXPLORE A BARREN DESERT IN ONE OF THE LARGEST NATURE RESERVES ON EARTH

Stretching on for miles across southern Africa and home to the indigenous San people, a variety of wildlife and flora and striking salt pans, the Kalahari is a once-in-a-lifetime destination and a wonder to behold.

The 900,000 square kilometre desert stretches across Botswana, Namibia and South Africa. However, it's the Central Kalahari Game Reserve that spans Botswana which has the most to offer. Book a spot at the Tau Pan camp, an eco-friendly, comfortable haven perched on the ridge of a sand dune overlooking the remote Tau Pan lake, from which the excellent camp gets its name.

Spend the day with experienced guides on game drives as they take you to locations such as Deception Valley – named for the mirage experience that causes the blue-clay pan to look like it is filled with water – and Piper, Sunday and Passarge Pans, where you'll be able to get a firsthand look at the famous black-maned Kalahari lions, cheetahs, wildebeest, the rare brown hyena and so much more.

Learn about a distant and new culture as you undertake a guided walk with the indigenous San people. Experience their unique way of living and discover how they interact with their harsh environment to create a sustainable lifestyle. If you're lucky, you may be taken to a nearby village to meet the locals.

At night, head to the 'sleep-out deck' – kitted out with a double bed, sink and toilet – and marvel at the clear, unpolluted sky that hangs above the Kalahari, experiencing stargazing like never before.

"Spend the day with experienced guides on game drives"

ESSENTIAL INFORMATION

If you intend to go on a safari, it's best to book a tour with a local company.

BEST TIME TO VISIT

November to March for the best wildlife.

TIME ZONE

UTC+2

CURRENCY
P
BOTSWANA PULA

USEFUL SITES

safaribookings.com/kalahari
kalaharinationalpark.com
botswanatourism.co.bw

HOW TO GET THERE

Most camps are accessible by road, but require a 4x4 vehicle to reach – contact your accommodation beforehand.

©Thinkstock

WEST AFRICA

SÃO TOMÉ AND PRÍNCIPE

GET ADVENTUROUS ON AN UNSPOILED ISLAND GETAWAY

Just off Africa's west coast you'll find a world that time forgot: the islands of São Tomé and Príncipe. They are two Jurassic-esque wonderlands boasting expansive rainforests, bountiful wildlife and sandy beaches, perfect for those looking to embrace their adventurous side.

Spend an afternoon at one of São Tomé's beaches – they include Praia Museu (great for interacting with the locals), Praia Messias Alves (an ideal spot for diving and snorkelling), and idyllic Praia Piscina. Finally, there's Praia Jalé, a slice of paradise where you can have the chance to spend the night on the beach and watch giant sea turtles lay their eggs in the sand.

As you wander through the colourful city of São Tomé, stop by the Claudio Corallo Chocolate Factory for a tour and the São Sebastião and National Museum for an overview of the country's entire history (but bring a guide as it's in Portuguese), before tucking into some local delicacies like flying fish, sea snails and a bat stew often served during festivals.

Make sure to head to the Bom Bom Island Resort, a tiny forested islet located off the north coast of Princípe, where you'll be able to undertake a range of thrilling excursions from snorkelling to gorge swimming, kayaking and even dolphin watching. For those who prefer to take things a little slower, the resort also offers opportunities for birdwatching, rainforest (marvel at the hundreds of unique plant and animal species that call the island home) or coastal strolls and nature photography walks.

Be prepared for beautifully picturesque streets

ESSENTIAL INFORMATION

The islands have two seasons of dry and wet weather, thanks to being almost directly on the equator.

BEST TIME TO VISIT

Mid-June to Mid-September (to avoid the wet season)

TIME ZONE

UTC+0

CURRENCY
Db
SAO TOME & PRINCIPE DOBRA

USEFUL SITES

bit.ly/2JaPeUW
visitsaotome.com
bombomprincipe.com

HOW TO GET THERE

Fly into São Tomé International Airport from Portugal or West Africa. You can then fly on to Príncipe, or get a ferry. Taxis are the best way of moving about the islands.

AFRICA & LEVANT

SOUTHERN AFRICA

LESOTHO

In a country surrounded by South Africa, a real adventure awaits you

With its picturesque views and friendly hospitality, Lesotho is a hidden treasure, nestled away from the world. But it won't remain secret for long, with director Ryan Coogler already borrowing from Lesotho's traditional architecture and temperate landscapes to inspire scenes in the hit Marvel movie *Black Panther*. Lesotho might be landlocked and surrounded by South Africa, but it has its own experience that's well worth taking in.

Lesotho's geography is quite unique – it's the only independent state that lies entirely above 1,000 metres in elevation. This means the weather is quite mild, and in the winter it's home to some scenic and incredible snow-dusted views. It also gives credence to one of its common descriptors – it is the aptly named the 'Kingdom in the Sky'.

To learn about the story of this sky-high kingdom, visit the Cultural Village in Thaba Bosiu, a revamped and well-maintained village with guided tours that explain the area's culture and history. You should also check out the Ha Kome Cave Dwellings – indigenous San families lived here in prehistoric times, and the caves are still inhabited by their descendants. Ha Kome lies 37 miles (60km) northeast of the capital Maseru, and makes for a lovely day trip. It even has space for camping. Bring food, though, as there's no restaurant.

Lesotho is ready for you whenever you want to visit. In spring and autumn, the sun shines through and the famed mountainous terrains are filled with hikers and those here to see the hardy Basotho pony. The best place for this is the Malealea Lodge, where guided tours take you on an incredible six-night cross-country trek to the famed Semonkong and Maletsunyane Waterfalls. For the more daring among you, a nearby lodge operates the longest commercial single-drop abseil in the world – a 204-metre thrill. Other areas of exploration include two of Lesotho's national parks – Sehlabathebe and Ts'ehlanyane.

Pay a visit during Lesotho's winter and the lush areas are transformed into snow-capped vistas for great skiing with frozen waterfalls. You can also head to the Afriski Mountain Resort in the Maluti Mountains to enjoy views from Africa's highest restaurant.

While in Lesotho, be sure to try the Lekhotloane (bashed beef with Morongo potatoes), a delicious local delicacy. If you want to get your hands on some incredible souvenirs, including the now-popular Basotho Blanket from *Black Panther*, check out the LNDC Centre in Maseru as well as the many craft villages near the parks.

"Lesotho is a hidden treasure, nestled away from the world"

ESSENTIAL INFORMATION

It's well worth renting a car to enjoy the views moving from town to town.

BEST TIME TO VISIT

Head there from June to August for the winter season, or during Lesotho's spring (September to October) if you'd prefer the trek season.

TIME ZONE

UTC+2

CURRENCY
L
LESOTHO LOTI

USEFUL SITES

https://tinyurl.com/lesothoinfo
visitlesotho.travel
gov.uk/foreign-travel-advice/lesotho

HOW TO GET THERE

Moshoeshoe I International Airport, a short distance from the capital Maseru, is served from Johannesburg.

©Getty

ESSENTIAL INFORMATION
Check government travel advice before setting off; some advise against all travel to the Tunisian-Libyan border.

BEST TIME TO VISIT
March, to coincide with the Tamerza Festival.

TIME ZONE
UTC+1

CURRENCY
د.ت.
TUNISIAN DINAR

USEFUL SITES
discovertunisia.com
tamerza-palace.com
mosaicnorthafrica.com

HOW TO GET THERE
Renting a car, or a driver, is the best way reach this remote stretch of Tunisia.

TUNISIA

TAMERZA

THIS STUNNING MOUNTAIN OASIS LOOMS OVER THE REMAINS OF AN ABANDONED VILLAGE

Remote, rugged and other-worldly, the mountain oasis of Tamerza emerges from the desert Badlands of northern Tunisia like a mirage. Far-flung and largely inaccessible, few travellers are brave enough to break into these secluded reaches close to the Algerian border, especially given the current political climate. But, those who do are rewarded with a slice of beautiful, unspoilt wilderness.

Hemmed between the banks of the Oued Horchane river and an eroded desert gorge lie the remnants of an old Berber village. Inhabited since the 5th century CE, it was abandoned in 1969 after a biblical 22-day flood. When the river burst its banks, most of the village's mud-and-stone adobe houses were swept away. Today, only the white-washed dome of the local mosque rises above the ruins.

At the heart of Tamerza lies a maze of towering pink canyons. Exploding from the dry, arid ground, the jagged monoliths twist and curl like waves – sculpted over the centuries by water. Breaking new ground, hikers can navigate the area's rocky ravines and never-ending gorges, which were once covered by the ocean. As a result, the ground is rich with fossils and sparkling minerals, like gypsum, mica, chalcedony and quartz.

Hidden deep within the twisted belly of the gorge are two waterfalls, which erupt unexpectedly from the parched landscape, spewing fresh water. Standing at eight metres (26 feet), the tallest feeds a crystalline pool that sprawls out below. Come dusk, the canyon turns purple in the dying evening light, before a flurry of stars emerge, studding the clear night sky. Travellers in the know head to Tamerza Palace, an unpretentious four-star hotel set high on a bluff, overlooking the ruins. Magnificent, far-reaching views can be enjoyed on the hotel's terrace, while the rest of the property is dressed in traditional Berber rugs, artisanal accents, hand-made ceramics and paintings.

For those keen to wander a little further, the mountain oases of Chebika and Mides are both accessible by foot. Chebika lies south of Tamerza, at the foot of Jebel el Negueb, a mountain known as the Castle of the Sun. Meanwhile, about four kilometres (2.5 miles) further northwest of Tamerza, the oasis of Mides remains hidden, tucked away inside a dizzyingly high, dramatically serrated canyon which grinds into Algeria. Myriad trails snake along the gorge bed, luring hardy hikers past monoliths carved by the elements, and shaped by the centuries.

There are few better sights than a rainforest from 30m (100ft) above

GHANA

KAKUM

See Ghana from the air in a true haven for wildlife

You may not initially associate Ghana with lush, green rainforest, but you really should. Kakum National Park truly is an oasis compared to the scorching hot and dry landscape of the country's northern regions. Some 35 per cent of Ghana's land is under threat from desertification, which is one of the reasons why Kakum was upgraded from a reserve to a protected national park in 1992. The 350-square-kilometre (135-square-mile) park is teeming with trees, animals and plants, which encouraged the Ghanaian Government to make it the country's first protected area. The national park is found 20 kilometres (12 miles) north of the fascinating, historic town of Cape Coast.

So what is it about Kakum that makes it so special? Firstly, Kakum boasts over 200 species of bird and 550 species of butterfly, as well as forest elephants, leopards, antelope, flying squirrels and many other monkey species. Kakum is one of the few places in the world where you can enjoy spotting two of safari's Big Five (elusive elephants and leopards) at the same time as seeing some of the more traditional jungle inhabitants. It is recommended that you get to the park as early as possible; that way, you'll have the best chance of encountering animals with an entire day of critter watching.

Risk-takers may be inclined to head out of the park after your day of fun to Hans Cottage Botel – 22 kilometres (14 miles) south of Kakum. There you can enjoy a spot of lunch while petting crocodiles. Yes, that's right – tame crocodiles like to hang around the hotel and allow you to give them a stroke… provided they've had something to eat first.

What better way to enjoy the sights of Kakum's glorious greenery than by taking a stroll along the treetop canopy walkway? There are over 300 metres (1,000 feet) of elevated bridges that span the park, made up of seven sturdy bridges built 30 metres (100 feet) in the air. The walkways blend beautifully into the natural surroundings so you feel enveloped by flora as you stroll along. The hardwood trees can stretch up to 65 metres (213 feet) into the sky – an awe-inspiring sight.

There are so many reasons to visit the stunning country of Ghana, with its rich culture, underrated beaches and Atlantic surf, but Kakum National Park should really be up there too. It is beautiful, peaceful, stuffed with wonderful wildlife and pretty plants and should definitely be a key destination on any nature lover's itinerary.

The lesser spot nosed monkey is one of many monkeys in Kakum

ESSENTIAL INFORMATION

Kakum is well-equipped with a visitor centre, restaurant, and treehouse lodge.

BEST TIME TO VISIT

October to March

CURRENCY
GH₵
GHANAIAN CEDI

TIME ZONE

UTC

USEFUL SITES

kakumnationalpark.ghana-net.com/index.html

ghct.org.gh/kakumpark/

en.wikivoyage.org/wiki/Kakum_National_Park

HOW TO GET THERE

It's a 4 hour drive from Accra, or 40 minutes from the town of Cape Coast.

There are just a few places where African forest elephants live

SPOT ENDANGERED ANIMALS

The Kakum rainforest is so dense and thick, it provides a superb, safe environment for a number of otherwise endangered or vulnerable animals. The African forest elephant, smaller than the savanna elephant, roams freely around Kakum and is an essential part of the circle of life here – many trees rely on the elephants eating their seeds and depositing them elsewhere in order to germinate. Kakum is also home to the bongo, the largest forest antelope. These magnificent creatures are on the near threatened list, as they are a big target for illegal hunters due to their horns that can grow up to one metre (three feet) in length.

Crocodiles are everywhere in Kakum – but not all are pettable

SENEGAL

SAINT-LOUIS

THE 'VENICE OF AFRICA' COMES TO LIFE AT EVERY TURN

Steeped in history, Saint-Louis is one of the oldest, most incredible cities in Senegal, and probably West Africa. Known as the 'Venice of Africa' and wedged between two arms of the mouth of the Senegal river, the city's look is reflected in the winding water and in its dynamic zest for life.

Saint-Louis, or Ndar to the locals, was a hub for the French during their colonisation of Senegal, as well as other French West African states. It was the capital until 1902, when that title moved to Dakar, and served as capital of nearby Mauritania until 1957. As a result, the city is a melting pot of influences and cultures.

You can visit the Parc National de la Langue de Barbarie, home to many water birds and a lovely place to view the sunset. There are also some gorgeous, colourful old colonial houses along the waterfront. Along the Langue, take the time to visit the Musée Jean Mermoz, which focuses on the 'Golden Era' of aviation in the 1920s and 1930s. Stroll back to the Senegalese mainland across the Faidherbe Bridge, which is named after the former colonial Governor and features marvellous metal arches.

If you're headed to Saint-Louis in May, you'll be in luck for the Saint-Louis Jazz Festival. There are fringe events all over town, with open-air stages near the Place Faidherbe and in the Quai des Arts. If you miss the festival, you can always check out the Meyazz Club in Sor. The music is easy on the ear, the ambience is electric and the crowd are always having a good time. During the day, music lovers should browse the Ndar Ndar Music & Café, a delightful little shop with a coffee bar and CDs for sale. And for seafood, look no further than Le Reveil, which serves Senegal's impeccable coconut shrimp curry.

Senegal's entry into the West African contest of 'Jollof rice wars' is thieboudienne, a tasty dish that's served in most restaurants. Try it at La Linguere on the Rue Blaise Diagne, or at La Kora, which also occasionally hosts concerts.

Tastefully old, but with a seldom-matched energy, Saint-Louis is truly a must-visit city secreted away on the African continent.

ESSENTIAL INFORMATION

Saint-Louis is threatened by rising water levels, so go now, before it's too late.

BEST TIME TO VISIT

May, for the dry season and jazz festival.

TIME ZONE

UTC-0

CURRENCY
CFA
WEST AFRICAN CFA FRANC

USEFUL SITES

https://tinyurl.com/spiritsaintlouis
saintlouisdusenegal.com/english/
newworldencyclopedia.org/entry/Saint-Louis,_Senegal

HOW TO GET THERE

It's best to travel to Leopold Senghor airport in Dakar, then hire a driver for the four-hour trip to Saint-Louis.

MOROCCO

CHEFCHAOUEN

ERUPTING IN A CACOPHONY OF BLUE, THIS DREAMY VILLAGE REMAINS FROZEN IN TIME

Nestled high in the rippling Rif Mountains between two horned peaks, Morocco's picturesque blue city is steeped in quirky tradition. Modern Chefchaouen is a rich cultural tapestry inspired by the Berber tribes, Muslims, Jews and Moorish exiles that have called the blue-and-white-washed village home.

Fusing Moroccan and Andalusian influences, Chefchaouen's labyrinthine 15th-century medina brims with undiscovered artisanal gems. Brass teapots, silver plates and hand-woven carpets sit alongside sacks of rainbow paint powder beneath a terracotta roof. A short walk through snaking cobblestone backstreets, the town's small-but-charming kasbah looms large. Behind its ochre-hued fortified walls hide a leafy garden, small museum and art gallery. The tower walls offer picture-perfect views, particularly at sunset when the blue sky gives way to cotton-candy clouds and the call to prayer vibrates through the still evening air.

To the north the Spanish Mosque crowns a hilltop carpeted in prickly pear and agave cactuses. Built in the 1920s, it fell into disrepair, but was carefully restored in 2010 and opened to the public. From the soaring minaret, grandstand views of the sprawling town unfold in a rainbow of blue – from cerulean to cobalt and azure to periwinkle. Those seeking adventure head to Akchour, where forested valleys, bottomless gorges and picturesque peaks unravel to reveal waterfalls and crystalline pools. A 45-minute climb heavenward culminates in Pont de Dieu, or God's Bridge, a natural 80-foot-high stone arch spanning the river below. Alternatively, several multi-day treks, which wind through Talassemtane National Park, begin just outside Chefchaouen.

ESSENTIAL INFORMATION

Chefchaouen is perhaps best visited from Tangier or even Spanish Ceuta, as it's so close to the Mediterranean.

BEST TIME TO VISIT

March to May or September to November.

TIME ZONE

UTC+1

CURRENCY
MAD
MOROCCAN DIRHAM

USEFUL SITES

visitmorocco.com
infostourismemaroc.com
linaryad.com

HOW TO GET THERE

One way to get to Chefchaouen is to fly into Fes and hire a driver to tackle the four-hour journey.

JAPAN

CENTRAL HOKKAIDO

JAPAN'S NORTHERNMOST ISLAND IS A DRAMATIC LANDSCAPE FOR YOU TO EXPLORE, FILLED WITH CURIOUS BEASTS AND VIBRANT CITYSCAPES

Hokkaido, Japan's second largest main island, is a stunning landscape that is largely undeveloped. Dressed with rich foliage, it is where the brown bears roam among the forests, and orca navigate the sea. The journey through the centre of this majestic island begins on its southern tip, at the city of Hakodate. Its namesake, the forested Mount Hakodate, towers 334-metres (1,095-feet) high, offering up one of the country's finest views at night, where you can look out over the twinkling city lights, enveloped by the ocean. One of Japan's first ports to open up to Western trade, it features a unique European-style fortress and some red brick warehouses. The morning market, meanwhile, is a hotspot of activity, overflowing with fresh seafood and restaurants.

North of the city, the coastal highway skirts around Uchiura Bay, where tree-lined mountains waltz up and down. In autumn, a palette of yellows, oranges and reds sweep across the horizon, as the trees erupt into fiery hues. An eggy aroma dominates the approach to the onsen, or hot spring, town of Noboribetsu, enveloped on all sides by forest. The town derives most of its water from Hell Valley, which sits just above it, where fumes and steam spew out from hot pools and mud ponds. The hot river, Oyunumagawa, flows through the forest, even feeding into a natural foot bath.

After crossing the industrial city of Tomakomai, the road continues north to Hokkaido's prefectural capital, Sapporo – home to the country's famous beer and its original red brick brewery, coated in ivy. One of the country's younger cities, it unveils a distinctive manifestation of Japanese urbanism, overflowing with buzzing bars, neon-dressed streets and quaint cafes. In winter, it becomes home to the country's annual Snow Festival, where the city and its surrounding mountains become dressed in a cloak of white. During the festival the city transforms into an exhibition of staggering snow and ice sculptures, crafted by people from around the world, elaborately decorated and lit.

As the journey travels through the heart of Hokkaido, a brief detour to Biei unveils a majestic mosaic of wildflowers, painting the country fields in a rainbow of striking hues. An array of country lanes enables drivers, walkers and cyclists to soak in the magnificence of Patchwork Road and Panorama Road, wrapped in rolling hills.

Further east lies Daisetsuzan National Park, Hokkaido's largest park and a vast wilderness of mountains, meadows and forests, replete with

ESSENTIAL INFORMATION

If you don't want to drive, trains stop at many of the places detailed here. There are buses that go to most landmarks.

BEST TIME TO VISIT

Winter (November to March) for the Snow festival, and the best ski slopes

TIME ZONE

UTC+9

CURRENCY
¥
JAPANESE YEN

USEFUL SITES

japan.travel/en/destinations/hokkaido
en.visit-hokkaido.jp
japan-guide.com/list/e1101.html

HOW TO GET THERE

Boats regularly go between Hakodate and Honshu, the main island of Japan. You can also take the bullet train, which goes under the sea to reach Hakodate.

Even snow monkeys can appreciate the simple joy of bathing in Hakodate's onsen

deer and brown bears. It is Japan at its most geologically magnificent, with 2,000-metre (6,560-foot) high mountains, an abundance of onsen, alpine foliage and rare animals. Active volcanoes billow smoke, while ponds sprout cloud-like marshlands. Lake Shikaribetsu, the island's highest, is home to an array of curious critters, like the pika, an adorable little mammal dating all the way back to the Ice Age. The slice of idyllic beauty is interrupted only by the slow rowing of canoes.

Towards the eastern end of the island is Akan Mashu National Park, centred around Japan's largest caldera lake, the spectacularly clear Kussharo-ko. Visitors flock to the crater lake to enjoy a spot of quiet fishing, trekking and kayaking, before moving on to its various outdoor hot spring baths. All around it the land erupts from the forest into a hellish sulphuric wasteland, before unveiling the luminous Kaminoko Pond, and the alien-like underground moss balls of Lake Akan. The hot waters from the town of Kawayu flow down from Mount Iwosan, and run straight through the town, set within a forest of white birch and other trees.

Route 334 winds its way across the coast, where awe-inspiring views unfold over the Shiretoko Five Lakes and the Sea of Okhotsk – breathtakingly set against a backdrop of jagged, snow-laced mountains. The road ends at the warm waterfall of Kamuiwakka-yu-no-taki, where ramblers can climb the first 100 metres (328 feet) up to a secluded soaking pool.

Travelling past Mount Rausu, the coastal road veers down and around the Nemuro Strait to Cape Nosappu – the island's easternmost point, looking out onto Russia. Route 44, meanwhile, cuts into Kushiro, where the elusive Japanese red-crowned cranes, once thought to be extinct, dance among Japan's largest marshlands. Meanwhile, the tranquil Kushiro River spreads its tentacles across the landscape; the marshlands' viewpoints are a painter's dream. The nearby port city of Kushiro is the end of the line, a perfect place to reflect, after a quick meander through the local fish market.

The wildflowers of Biei provide a colourful contrast to some of Hokkaido's more dramatic landscapes

Image Source: Thinkstock

Mount Rishiri offers up a slice of true wilderness, to those brave enough to take it on

Image Source: Thinkstock

THE NORTHERN COAST ROUTE

After reaching Sapporo, travellers seeking a little solitude can immerse themselves in the spectacular Northern Coast Route, which works its way all along the western coast to the fishing town of Wakkanai.

At the Heartland Ferry Terminal, ships travel not only to the picturesque islands of Rebun and Rishiri, but also to Korsakov, on the Russian isle of Sakhalin. Few travellers make it this far, and Mount Rishiri itself not only takes six hours to hike up, but offers a touch of high-stakes to any skier willing to risk it all for some truly sublime off-piste slopes. The payoff comes in the form of the famed Rishiri seaweed and urchins.

The region also has its own onsen (natural, public hot spring), with the nautical-themed Domu hot spring and the public outdoor baths of Minato-no-yu overlooking the harbour. Meanwhile, Guest House Hyosetsuso offers a foot bath for those in a hurry, before heading southeast towards Shiretoko.

ESSENTIAL INFORMATION

The monastery is open 11am to 1pm and 3pm to 5pm from mid-November to May, and 9am to 5pm June to mid-November.

BEST TIME TO VISIT

April, when the jacaranda trees are in bloom.

TIME ZONE

UTC+6

CURRENCY
BTN
BHUTANESE NGULTRUM

USEFUL SITES

bhutan.travel/destinations/punakha
bit.ly/2Ts3KNC
wikitravel.org/en/Punakha

HOW TO GET THERE

Fly to an Asian destination and then transfer to Drukair or Bhutan Airlines for flights to Paro, or travel overland from India. From Paro Airport, a taxi to Punakha Dzong will take about three hours.

BHUTAN

PUNAKHA DZONG

THE SPIRITUAL AND POLITICAL HEART OF A MYSTICAL HIMALAYAN COUNTRY

Imagine a country without towns or cities: that was Bhutan until the late 1960s. There were no settlements larger than villages. But this lack of urban centres did not mean a lack of civilisation. Monasteries were the centres of learning and culture. Dzongs, as monasteries are called in Dzongkha, remain that in Bhutan to this day. That the very language of the country is named for these fortress monasteries underlines their significance in Bhutanese history and culture.

The second oldest and second largest dzong in Bhutan, Punakha was founded in 1638 by Ngawang Namgyale, the unifier of Bhutan, at the strategic confluence of two rivers, Pho Chu and Mo Chu. Namgyale also instituted the dual administration of Bhutan, where authority is divided between a religious and a secular leader. So important was Namgyale to Bhutan that his aides concealed his death, saying instead that he had entered into spiritual retreat at Punakha Dzong, remaining there for more than 50 years while edicts were still issued in his name.

For the traveller, Punakha Dzong presents an imposing front as a spiritual and temporal fortress. Indeed, Namgyale defeated the invading Tibetans here in 1639, with the weapons of the defeated kept in the monastery. But in April, when the jacaranda trees come into bloom – along with rhododendrons at the shrub level and primulas on the ground – the monastery and its grounds become suffused with flowers, the colours offsetting the white, ochre and red of the building. Its central utse (tower) rises to six storeys, dominating the surrounding countryside. Access is via a Bhutanese cantilevered bridge dating from 2008 – the previous bridge, built in the 17th century, was destroyed by floods in 1958.

Apart from its position on the tongue of land between the two rivers, the fortress monastery is protected by its towering white walls that slope slightly inwards in traditional Tibetan style, entry stairs that can be raised and a stout wooden door that is still closed at night. The dzong has three docheys (courtyards) rather than the traditional two, with the first containing a bodhi tree and a shrine to the queen of the naga (snake spirits); the second dochey has the monks' quarters and the third dochey has the incorrupt remains of Namgyale, although only two lamas tasked with looking after the 'sacred embalmed body', the king and Bhutan's religious leader may enter the room containing the relics. For centuries Punakha Dzong was the religious and political centre of Bhutan, and while political power may have moved to Thimphu, the capital, Punakha Dzong remains the country's heart and soul.

"The fortress monastery is protected by its towering white walls"

SRI LANKA

KEERIMALAI

THE SRI LANKAN SEASIDE TOWN IN THE MIDST OF A RENAISSANCE

Shrouded in myth and legend, the seaside town of Keerimalai is one of Sri Lanka's holiest. Sitting on the country's northernmost tip, facing out to the swell of the Indian Ocean, it's studded with sacred sites, ancient temples and beachfront churches.

Lying 25 kilometres (16 miles) north of the ocean facing city of Jaffna, it isn't easy to access. After being closed off for decades during the country's fierce and bloody civil war, it swung open its doors to local and international tourists in 2009.

In Tamil, Keerimalai translates to Mongoose Hill, and pays homage to a local legend. Many years ago, a sage, who was unfortunately cursed with the furry face of a mongoose, is believed to have bathed in the healing waters of Keerimalai Pond. After being submerged in the glittering water, his face transformed back into that of a human, and he was healed. Other myths suggest it was a 7th-century Chola princess with a horse's face who first discovered the water's magical qualities.

Fed by an underground cave, the freshwater pond juts up against the ocean. The stepped men's pool offers views of the crashing waves below and each day, local men dive into its mineral-rich waters. The smaller women's pool is separate, and enclosed by tall walls. Every July, during the Aadi Amavasai festival, Keerimalai becomes a pilgrimage site as Hindus flock from across the country to bathe and carry out rituals to honour their ancestors.

Next door lies the ancient Keerimalai Naguleswaram temple. One of the oldest in the region, the modest Hindu shrine is the northernmost of the country's five ancient Pancha Ishwarams – temples dedicated to Lord Siva, the destroyer of evil. Believed to date back to the 6th century BCE, folklore suggests it was built by the healed sage as a sign of gratitude for the pond's powers.

After thriving for centuries, it was largely destroyed by Jesuit missionaries before being restored in 1894 – only for it to be occupied by the Sri Lankan army in 1983 and bombed a decade later. Fringed by the gates of former rest houses, the restored temple is awash with colour and adorned with carvings of Hindu gods and sacred cows.

ESSENTIAL INFORMATION

When bathing, both women and men should make sure to wear something modest.

BEST TIME TO VISIT

January to March, for dry days and warm weather.

TIME ZONE

UTC+5:30

CURRENCY
Rs
SRI LANKAN RUPEE

USEFUL SITES

srilanka.travel
sltb.express.lk
lanka.com/about/attractions/keerimalai-hot-springs/

HOW TO GET THERE

From Jaffna, Keerimalai is just a short tuk tuk ride.

©Getty

PAKISTAN

KARAKORAM HIGHWAY

THE MOUNTAINS, MEADOWS AND LAKES OF THE KARAKORAM HIGHWAY OFFER BREATHTAKING VIEWS FROM THE ROAD

The Karakoram Highway, or KKH, between Pakistan and China, offers one of the most jaw-dropping, hair-raising and heartwarming routes across the Himalayas. Along the way, you'll be wedged between sharp mountains, follow winding rivers, and meet some of the planet's most hospitable people. If you don't think Pakistan has anything to offer the foreign traveller, it's time that you think again!

Firstly, you'll need to decide how you will set off on your KKH adventure. There is some debate as to where the highway begins – technically, it originates just outside the capital Islamabad, but most road trippers begin in the city of Gilgit. That's because the Foreign and Commonwealth Office advises against all travel on the KKH between Islamabad and Gilgit, as security cannot be guaranteed. By contrast, the area between Gilgit and the Chinese border is one of the safest in Pakistan.

That doesn't mean you should skip Islamabad. Many airlines offer direct flights to the Pakistani capital, and it's worth spending a couple of days here to acclimatise. It's a haven of greenery, planned streets and modern architecture – Faisal Mosque is one of the highlights. Islamabad's neighbour Rawalpindi is classic Pakistan, a mix of Mughal glories and a modern megacity. Opt to visit Taxila, one of the centres of the ancient Indus River Valley civilisation, as it's just 30 kilometres (18.6 miles) away.

Fly on to Gilgit, a flight that offers an amazing bird's eye view. You'll glide elegantly through the grey and white peaks of the Himalayas. Staying in Gilgit for a couple of nights is definitely worthwhile, as there's plenty to see. Stop at the bazaar to pick up some traditional Pakistani clothing, which makes for comfortable travelling gear. Fill up on spicy curries and plenty of warm doodh pati chai – you'll need the extra calories when you experience the chill mountain air.

Then it's time to venture into the mountains, taking some time to admire the route as you go. Keep an eye out for the colourful, musical and cheerful dump trucks that overtake you. These ornately decorated vehicles are Pakistan's iconic 'jingle trucks', and you'll want to keep a mental note of all the colours and patterns you see – it makes for a fun road-trip game.

ESSENTIAL INFORMATION

The Pakistani Rupee is a closed currency, so take out cash before you arrive, and convert it at a local bureau de change.

BEST TIME TO VISIT

April-May or September-October, for passable roads and bearable temperatures

CURRENCY
Rs
PAKISTANI RUPEE

TIME ZONE

UTC+5

USEFUL SITES

en.wikivoyage.org/wiki/Karakoram_Highway
againstthecompass.com/en/karakoram-highway
travelandleisure.com/trip-ideas/road-trips/road-trip-guide-karakoram-highway

HOW TO GET THERE

Fly into the capital, Islamabad, then take an internal PIA flight to Gilgit.

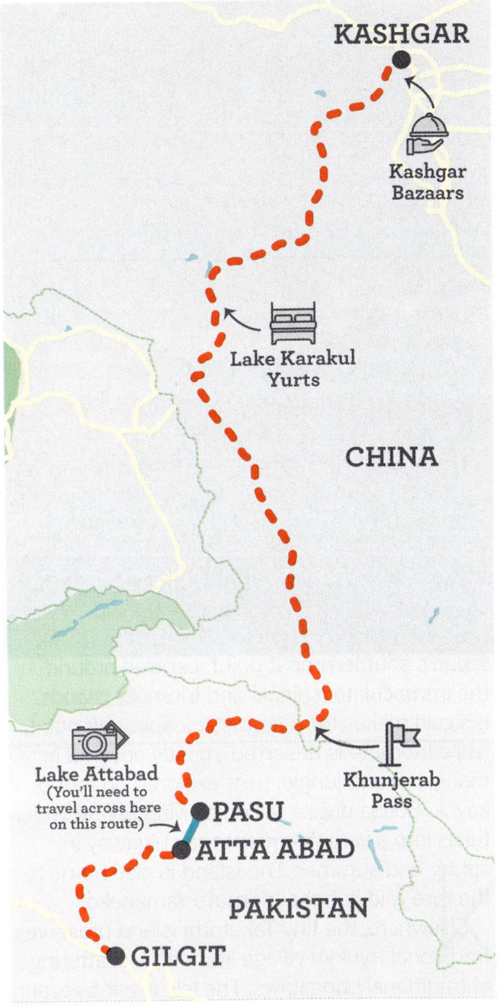

Fairy Meadows offers unbeatable views of Nanga Parbat Mountain

Image Source: Getty

FAIRY MEADOWS

The Himalayas have a reputation for being harsh, hostile and possibly deadly. In Pakistan, the mountain Nanga Parbat has even been nicknamed 'Killer Mountain', such is its fearsome reputation. With steep slopes soaring into the air and spiky peaks, you can see why.

But from the base camp at Fairy Meadows, you'll see only pure beauty. Its rolling green pastures and perfectly still lakes seem like another world to the snow-capped, rocky mountains it lies directly under. You can take in the crisp air, the refreshing scent of pine tickling your nostrils. The only thing that disturbs your peace? The sheep, cows and horses that idly graze at this beautiful vista.

However, it's not easy to get here. You'll need to stop off the KKH at Raikot Bridge, where you need to register with the police. Then, a local driver will take you 15km (9.3mi) up to the village of Tattu, on one of the world's most dangerous stretches of road. Finally, there's a 5km (3.1mi) hike on foot to the Fairy Meadows. It can be terrifying, but the trip is well worth it.

The next city you'll reach is historic Karimabad. Make sure to visit the Baltit Fort – a 17th-century fort that looks as though it would be more at home in Tibet than Pakistan. You can also go for walks in the valley, as it's supremely quiet and excellent for hiking. Just a short distance away is the village of Ganish, on the banks of the Hunza River. This was the first Silk Road settlement in the region, and it has recently been restored to its former glory, winning a number of UNESCO awards in the process. There are a few beautifully carved wooden mosques to explore.

Next up is Attabad Lake, a lake that was created by a landslide in 2010, blocking the Hunza. It flooded the Karakoram Highway, so to cross it you can take a local boat to the other side. It's an hour's ride, and the colour of the water is as aquamarine as the sky above your head. A new network of tunnels has opened beneath the lake, so you can now drive, but the ferry ride is a more memorable experience.

In a few hours, passing through the Khunjerab National Park, you'll reach the highest border crossing in the world – the Khunjerab Pass. At 4,693 metres (15,397 feet), it's a desolate moonscape, but seeing the world's highest ATM should bring you right back down to earth.

The Chinese side of the KKH can be a bit complicated, as Chinese law requires all visitors to have a local guide to take you the 130 kilometres (80 miles) from the border to the city of Tashkurgan. The town itself is interesting, as it is a real melting pot of cultures. You can see Tajiks dressed in their beautiful national costume, grab a bite to eat at an Uyghur street food stand, before popping into a Pakistani shop. There's also a photogenic stone fort that's worth seeing.

A six-hour drive into the Taklamakan Desert takes you to your last stop. Kashgar is different to the rest of China – it was a major Silk Road city, and its Uyghur inhabitants have a markedly distinct culture. Mosques pepper the city's sandstone streets, and the food is much richer here than in the far eastern parts of China. If you're looking for a more typical Chinese experience, you can visit the modern parts of town, including the gigantic Mao statue.

The Karakoram Highway is a breathtaking journey through human history. As you travel through dramatic landscapes, isolated cultures and fascinating sights, you'll feel the pulse of the ancient Silk Road coursing through your veins. When you reach the top of the world, savour the once-in-a-lifetime rush of excitement and adventure the KKH brings.

Jingle trucks wait to cross into China at the Pakistani village of Sost

Image Source: Getty

Kashgar's old city is home to narrow lanes, colourful decoration, and secret side streets

Image Source: Thinkstock

"The colour of the water is as aquamarine as the sky above your head"

Image Source/Getty Images

LAOS

SI PHAN DON

Discover the 4,000 islands of the Mekong River in southern Laos, where time stands still

Drifting slowly down the muddy, brown Mekong River, it is easy to forget the world beyond. The 'rice bowl' of Asia, the Mekong breathes life into the otherwise landlocked nation of Laos. It brings with it not just fresh water, but an outstanding array of aquatic life, with more than 1,100 species of fish – second only to the Amazon River. The Irrawaddy dolphin, Mekong giant catfish and giant freshwater stingray all call these waters home.

One side of the riverbank is lined with wooden huts, the other rich foliage. In the distance, a Laotian fisherman stands atop his boat, casting his net. He pulls it out and pauses; water bursts softly from the river, as freshwater dolphins surface for air. Such is the pace of life in Si Phan Don, Laos' '4,000 Islands' – a dense archipelago of islands, mostly tiny and inhospitable in Champasak Province.

At Nakasang village, small ferries line up, preparing to set off for Muang Khong, the eastern town on Si Phan Don's largest island, Don Khong. On the other side, the coast of Don Khong reveals cosy clusters of stilted houses above the waterline, looming banana trees, wayward cows and waving fishermen.

With bags thrown in one of the island's many guesthouses, the best way to explore is by foot, tuk tuk, bicycle or motorbike. The island, 18 kilometres (11 miles) long and eight kilometres (five miles) wide, hosts around 20 villages. Those who do not sustain themselves from the river live off the land, with farms producing palm sugar, palm-leaf hats and lao khao – fermented rice whisky. Twice a day, sugar farmers in Ban Hin Siew Tai, the heart of Laos' sugar industry, scale their trees and collect juice to boil into sugar. Their produce makes its way to the local market at Ban Kang Don, where the fishermen hawk their hauls.

Among Don Khong's 100 mountain tops, there are many nooks and crannies to explore. Half a mile north of Muang Khong, just a short, shaded walk off the beaten track, via banana plantation, is Tham Phu Khiaw, or Green Mountain Cave. A humble collection of Buddhist iconography, many make regular pilgrimages to the sanctuary.

The island's oldest temple can be found in the Ban Xieng Wang community. A cycle through the bamboo groves and farms north of Muang Khong, Wat Jom Thong is marked by a triple-gated entrance. This opens up to a cruciform temple hall of brick and stucco, topped with tiled roof and woodwork engraved with beasts.

Among the 14 other temples on the island is Wat Phu Khao Kaew. The shrine provides a

ESSENTIAL INFORMATION

Withdraw cash from Nakasang village before taking the ferry, as most islands don't have ATMs.

BEST TIME TO VISIT

November to January (the dry season)

TIME ZONE

UTC+7

CURRENCY
₭ LAO KIP

USEFUL SITES

visit-laos.com/hotels/champasak
tourismlaos.org
salalaoboutique.com/saladonekhone

HOW TO GET THERE

Fly into Pakse airport, then get a taxi or drive to the area. The launching-off point is Nakasang village. Small ferries set off for Muang Khong, the town on Si Phan Don's largest island, Don Khong.

With more than 1,100 species of fish, the Mekong provides a much-needed lifeline to landlocked Laos

Image Source: Getty

surreal juxtaposition to the unruly terrain, with a small red and gold stupa, alongside a large reclining Buddha. The temple is believed to have been built on holy ground, pre-Khmer ruins, atop the nest of a Naga river serpent.

Alongside the island's indigenous history, it bears mementos of its French occupation. Don Khong History Museum occupies a former colonial building. The local governor who built it in 1935 lavished it with the name Sathanavoudthi, or 'Garden of Eden' – more commonly referred to by locals as 'Brick House'. Restored in 2010, it is now a museum, with a small curation of musical instruments, antique furniture and photos of the Don Khon railway.

Perhaps the most touristy of Si Phan Don's islands is Don Det, whose northwest bar district has earned it 'party island' status. Though some sell hallucinogenic cocktails and snacks, it hardly rivals the debauchery of Vang Vieng, with most establishments shutting shop before midnight. Whether soaking in the sunset from the swaying embrace of a hammock, or throwing back rice at a family-run restaurant in the south, Don Det is the perfect place to slow down. The island allows tired visitors to explore the Mekong River, in perhaps the laziest way possible: tubing. Alternatively, more adventurous types can battle the currents by kayak. There's plenty of shoreline to explore, and the western coast watches over some spectacular sunsets.

Ferries also set off from Don Det port to the nearby islands of Don Loppadi, Don Sang Pai and Don Phi Man. The journey soaks in the ambience of the archipelago's uninhabited clusters of paradise, kept greedily from the outside world by the flowing Mekong. Cycling the three islands is an opportunity to immerse yourself in nature; to watch the sun dance over the flies, and the wind stroke the paddy fields.

The last major island of Don Khon can be reached by foot, over the old French railway bridge linking it with Don Det. Just four kilometres (2.5 miles) long and 2.89 kilometres (1.8 miles) wide, the forested island is marked by its banyan trees and sandy beaches.

It is also home to Tat Somphamit, sometimes referred to as 'Li Phi' or 'Spirit Trap', a network of waterfalls and rapids the locals believe catch evil spirits. Undeterred, mortal fishermen mimic tightrope walkers, edging along bamboo scaffolds to collect their fish traps.

North of the falls is the island's colourfully painted Buddhist monastery, Wat Khon Tai. Built over an ancient Hindu site, it features a modern temple and steeple, alongside an old ordination hall, a crumbling stupa, with exposed red brick, and ancient stones – including an old Khmer shivalinga (abstract representation of Shiva).

A hiking trail follows the old French railroad, bookended by rusting trains, which was built in the 19th century to navigate supplies around the rapids from Don Khon to Don Det. The tracks have been replaced by roads, but placards outline the history of the railway. At one point, the trail passes an overgrown Christian cemetery, and the tomb of a French family, who all died on the same day in 1922.

The local fishermen who frequent Xai Kong Nyai Beach are happy to take visitors to see the waterfalls, and even the dolphins, in their longtail boats. With the sun melting over the horizon, to the clicks and soft splashes of Irrawaddy dolphins, Si Phan Don feels like a world where time regresses back into an abstract concept – and the moment is all that matters.

Image Source: Getty Images

PITSTOPS

The best way to reach Si Phan Don is from the small Pakse International Airport, just over 2 hours' drive away. No trip to the province is complete without a stop at Don Daeng, a short detour along the way. Just off Champasak village, Don Daeng is a perfect introduction to Laotian island life, with its towering palms, sleepy villages and rolling farms.

Across the river, the 1,000-year-old, UNESCO-protected Vat Phou temple complex sits at the base of a mountain. Preserving the architectural wonders of the Khmer Empire, the intricate development emphasises the Hindu relationship between human and nature; with temples, shrines and waterworks stretched in geometric patterns across ten kilometres (six miles) of mountain top and river bank.

The launching-off point for Si Phan Don is Nakasang village, which is just a short drive away from Khone Phapheng – the largest waterfall system in Southeast Asia. Here, daredevil fishermen tiptoe across precarious bamboo scaffolds, hopping alongside the waterfall. Visitors can watch them in action from a safer distance from one of the park's various viewing platforms.

Si Phan Don is a gorgeous archipelago on the Mekong River. It also marks the boundary between Laos and Cambodia

Image source: Getty Images

ASIA

PAKISTAN

BADSHAHI MOSQUE

On the edge of Lahore's Walled City, you'll find the last great Mughal treasure

Lahore has long been considered the cultural capital of Punjab, the home of Mughal emperors, Sikh rulers and, later on, British colonisers. Now Pakistan's second city and historic hub, Lahore retains much of its grandeur, and the Badshahi (Emperor's) Mosque presides over it all. One of the world's biggest mosques, it's built from red sandstone and features four minarets, three white marble onion domes, plus a vast square marking the entrance. Mughal Emperor Aurangzeb built the place in the 1670s, in order to commemorate his military victories over a Hindu king further south. His project was strongly influenced by the Jama Masjid mosque in Delhi, built by his predecessor Shah Jahan – the man behind the world famous Taj Mahal.

After various invasions of Lahore, the mosque was used as an army garrison – first by the Sikhs, then by the British – yet it still fell into disrepair. But the mosque has been fully restored in the past 100 years, and it's become one of Pakistan's most prominent symbols.

While it's often overshadowed by its more tourist-friendly neighbour, India, there are plenty of reasons to visit Pakistan. Recently voted the best 'unspoilt' place for backpackers to visit by a number of prolific travel outlets, tourists are beginning to recognise the latent potential in this South Asian nation. Lahore is a fantastic starting point for your trip, as it is one of the safest areas in the region, and many of its residents welcome foreign tourists with open arms.

When you cross the Badshahi Mosque's threshold, you'll pass through a grand entrance gate, heavily influenced by Persian architecture. Walking through the courtyard (which can apparently hold up to 100,000 faithful), you'll notice it is bustling with Pakistani locals and domestic tourists. You might even find that some of the more curious local children ask to take selfies with you!

Proceed to the portico, where you can admire intricately decorated white marble – it's said to be some of the finest in the world. It's carved with endlessly climbing flowers, many of which are painted vividly in pink, green, red and orange. Take a note of the gilded chandeliers dangling from the ceiling, too. Everything is perfectly symmetrical – a hallmark of Mughal design.

The prayer hall can accommodate tens of thousands of worshippers. It's particularly busy on Friday lunchtimes, as that's the time for jummah (Friday prayers). Be sure to respect the prayer rituals and dress codes.

If you can't get enough Mughal architecture, you're in luck. In the adjacent Hazuri Bagh garden – where the emperor would watch his army parade – is an ornate pavilion, bright blue fountains, and plenty of green, grassy spaces. You'll also find the tomb of poet Allama Iqbal, one of Pakistan's most definitive writers.

For the best view of the mosque, get a rooftop table in Lahore's famous 'food street' and enjoy a hearty Pakistani meal while watching the sun go down over the domes and minarets. The mosque, along with the neighbouring Lahore Fort, is beautifully lit up at night, and makes for a truly stunning evening vista.

ESSENTIAL INFORMATION
Pakistan has introduced a new e-visa system, so it's much easier to visit.

BEST TIME TO VISIT
October to December (the weather will be ideal for sightseeing)

TIME ZONE
UTC+5

CURRENCY
Rs
PAKISTANI RUPEE

USEFUL SITES
pakistantoursguide.com/badshahi-mosque.html
gov.uk/foreign-travel-advice/pakistan

HOW TO GET THERE
Fly into Lahore, then hire a driver for the duration of your stay.

THAILAND

KOH MUK

AN IDYLLIC THAI GETAWAY ON AN ISLAND FAR AWAY FROM THE CROWDS

The most famous destinations in Thailand (beach resorts like Phuket, Koh Samui and Koh Phangan, as well as the cities of Bangkok and Chiang Mai) get overrun with holidaymakers during the high season, which for many dilutes the paradisiacal charm of the beautiful country that Thailand is.

Thank the gods for Koh Muk, then. Instead of travelling to one of the super-developed tourist havens, Koh Muk is a small island off the western coast of southern Thailand in the Andaman Sea. Hidden in plain sight, the island of Koh Muk is a dream destination for the active traveller, with caves, beaches and stunning clear seas to explore over several lovely days. The island's beach resorts are fairly small, which lends the place a relaxed, laid-back, exclusive atmosphere, and you can stay in small huts and even locally-run homestays, giving you an authentic Thai experience.

The island's best-known sight is Sivalai Beach, which forms a mini-peninsula into the Andaman Sea. Its golden sands extend impressively far into the ocean, and even more during low tide. Breathe in the ocean ahead and Koh Muk's tree canopy behind you. With shallow waters, it's great for families. At Farang Beach, you can hire a kayak to take you out on the gentle, transparent waters. Its name, in Thai, means 'Foreigner', so you might see a few more tourists here. Still, you'll have plenty of room.

One of the most exciting things to do in Koh Muk is explore its beautiful caves. Emerald Cave, also known as Morakot Cave, is accessible by boat, but for the full immersion – literally – you'll have to swim. At low tide, you can swim into the cave, and even spot a small beach at the outer entrance. This cave used to provide a hideaway for pirates to conceal their loot, but there's no such threat today. Close to the cave, you can also travel by boat to the stunning Sabai Beach.

You can also go snorkelling in the pearl-blue seas off the Koh Muk coast, and while no one travels to Koh Muk for a metropolitan shopping experience, you'll find lovely local restaurants and street-food stalls in the village of Baan Koh Muk, as well as very decent dining at the island's resorts.

Compared to its busy neighbouring islands and towns, Koh Muk offers travellers a truly tranquil haven to take in the full beauty of southern Thailand.

"Its golden sands extend impressively far into the ocean, and even more during low tide"

ESSENTIAL INFORMATION
There are not any ATMs on idyllic Koh Muk, so make sure you withdraw money before you go.

BEST TIME TO VISIT
Visit Koh Muk between November and March in order to avoid the monsoons.

TIME ZONE
UTC +7

CURRENCY
฿ THAI BAHT

USEFUL SITES
tourismthailand.org
nationthailand.com
komooksivalai.com

HOW TO GET THERE
Krabi International Airport is just a two-hour drive from the town of Trang. From there, take a half-hour ferry to Koh Muk.

©Getty

INDONESIA

NUSA LEMBONGAN

THIS TRANQUIL ISLAND, A STONE'S THROW FROM BALI, IS INDONESIA'S BEST KEPT SECRET

In recent years tourism has boomed in Bali, a place where temples blend with rainforests and tropical beaches. If you're looking for a more hidden treasure, look no further than Nusa Lembongan.

Just off Bali's south coast, Nusa Lembongan is a slice of paradise at a fraction of the cost, and lives at a much slower pace. It is one of the three islands that make up the Nusa Penida district. One of the greatest assets of the island is its size, maxing out at eight square kilometres (three square miles), which makes it easily explored on foot, motorbike or rickshaw. There are virtually no vehicles on the island, and any business or resident wishing to purchase a car for use on the island must have special permission from the village elders. The lack of transport makes Nusa Lembongan the perfect destination for those who are eco-conscious and looking to escape the restlessness and haste of modern Western life.

Take a stroll around the coastal path of the island, barter with locals for handmade goods, and indulge in a nasi goreng (Indonesian fried rice) in a colourful beach shack.

Nusa Lembongan's biggest draw is the beautiful blue ocean that tirelessly beats its shoreline. Many people come to the island for the unspoilt beaches and perfect barreling waves to surf, but if you leave without taking a deep dive underwater, you're missing out on the chance to meet the most mystical residents of the island – the manta rays. Snorkelling and diving trips can be organised from Nusa Lembongan to the nearby island of Nusa Penida. The 20-minute boat ride will take you to three different dive sites: Manta Bay, Mangrove Point and Crystal Bay. All give you the unique experience of swimming among the most majestic creatures of our underwater world.

With the rise in global sea temperatures and mass tourism, coinciding with the collapse of many coral reefs, there is no way of knowing how long some of these animals, corals and landscapes will exist on our planet, so don your wetsuit and pay a visit to Nusa Lembongan.

ESSENTIAL INFORMATION

Various tour operators offer trips from Bali to Nusa Lembongan. It's worth paying the extra money for a fast boat.

BEST TIME TO VISIT

May to September for the dry season.

TIME ZONE

UTC+8

CURRENCY
Rp
INDONESIAN RUPIAH

USEFUL SITES

lembonganisland.com/nusa-lembongan/
mantasnorkelingtriplembongan.com/
indonesia-tourism.com/bali/nusa-lembongan.html

HOW TO GET THERE

It's a 30-minute boat ride from many ports in Bali including Serangan, Sanur and Padang Bai.

The Nasir al-Mulk Mosque is unlike anything you've ever seen, with stained glass in the walls and Persian carpets on the floor

Image source: Getty Images

IRAN

SHIRAZ

You may know it as a red wine, but Iran's city of Shiraz is richer than any glass

Iran might not feature high up on your travel bucket list, but it really should. This beautiful country has gained an unfair reputation since the outbreak of the 1979 Iranian Revolution – it's seen as a dangerous and lawless place, where women are oppressed, with everything that was once worthwhile reduced to dust. But this would be a huge over-simplification. While the Iranian government is notoriously theocratic, Iran has been a relatively stable place in recent years, and it's now possible for tourists to visit.

Iran has some of the oldest historical landmarks in the world, and the city of Shiraz is right at the heart of it all. Even if you think you're accustomed to the stunning beauty of Islamic art and architecture, wait until you come to Shiraz; it will still wow you. If you look for it, you'll find beauty around every corner.

Perhaps the most iconic image from Shiraz is the rainbow glass found in the Nasir al-Mulk Mosque. Standing by its glorious stained windows, with the light shining through, is just like being inside a jewellery box. Built in the late 19th century by the decadent Qajar ruling dynasty, the decoration certainly befits its creators' lavish tastes.

Stroll down the road a little bit to get a glimpse of another gleaming treasure – the Shah Chéragh, a tomb of two important figures in Shia Islam. It's said the two brothers took refuge in the city during a persecution of Shias, and this funerary monument to them was built in the 12th century. Inside the blue dome, an emerald chamber filled with tiny mirrors glitters when it catches the light – and we promise it's one of the most jaw-dropping sights to be found in the entire Islamic world.

Shiraz is also the nearest major city to the ancient Persian site of Persepolis, built by Darius I and Xerxes the Great. Definitely one of the most impressive sights of the ancient empire, Persepolis gives you a taste of the might of the ancient Persian Empire, which once spanned from Greece to Pakistan.

In addition to its historic and religious sites, Shiraz was an artistic city, known for its poets and landscape artists. The Tomb of Hafez was built to commemorate one of Persia's most famous poets, and inside the garden and its wonderfully adorned pavilions, locals congregate to chat and watch the sun go down over their stunning city.

If you're looking for your own Garden of Eden, Shiraz may be the closest you ever get to it. Known as Iran's garden city, the streets wind their way around bountiful green spaces and parks. Built by the fabulously wealthy shahs and merchants, many of these slices of paradise surround the former summer houses of the rich and famous.

The Qavam House is a great example of this. It was built for a merchant family in the 19th century. In its luxurious and cool interior, you'll see rooms intricately tiled from floor to ceiling, decorative glass all around, and many comfortable chairs that are perfect for taking a break from the heat. Step outside into its Eram Garden, and dip your feet into the perfectly symmetrical fountains bubbling with turquoise water. The news might say you shouldn't come to Iran, but your smile will tell you otherwise.

ESSENTIAL INFORMATION

It's mandatory for women to cover their heads in public, so bring a headscarf. Loose-fitting clothing is also advisable.

BEST TIME TO VISIT

March to May, but make sure you know when it's Ramadan

TIME ZONE

UTC +3:30

CURRENCY
ریال
IRANIAN RIAL

USEFUL SITES

iranvisitor.com/city-guides/shiraz-guide
letsgoiran.com
gov.uk/foreign-travel-advice/iran

HOW TO GET THERE

Fly into Shiraz International Airport, but be sure to check visa restrictions for your nationality before you travel.

Now a museum, the Bogd Khan Winter Palace consists of seven temples and is decorated in bright red, green, blue and gold

Image Source: Thinkstock

MONGOLIA

GOBI DESERT ROUTE

THIS EPIC ROAD TRIP DELVES DEEP INTO THE SECRETS OF MONGOLIA'S GOBI DESERT

The journey begins in Mongolia's sprawling capital Ulaanbaatar, which pulsates with luxury shops, working temples and wild nightlife, a place where sharp-suited businessmen cross paths with robed monks and mustachioed nomads. Here, the National Museum of Mongolia offers a revealing overview of Mongolian life and culture with exhibitions of stone-age petroglyphs, 12th-century armour, handcrafted jewellery and traditional ceremonial costumes. Across town, the green-roofed and elaborately decorated Bogd Khan Winter Palace is where the country's eighth living Buddha, and last king, resided for 20 years. Before leaving Ulaanbaatar, travellers should visit the colourful, Soviet-era Zaisan Monument and Sukhbaatar Square, before stocking up on supplies for the rest of the trip.

The route darts out of the city and around the Bogd Khan protected area, before diving south along the AH-3. After rolling past satellite towns and into vast stretches of desolation, the Ikh Nart Nature Reserve makes a welcome detour. The sprawling 670-square-kilometre (260-square-mile) nature reserve is home to three natural springs and an abundance of wild animals, including ibexes, gazelles, wolves and the endangered argali sheep. Overhead, Old World vultures stalk the skies for carrion. The park is also studded with several ancient burial mounts and a string of glacial rock formations.

Back on the road, the route bounces through open, arid steppe stretching out to the horizon. At the tiny industrial city of Sainshand, it veers west. From the flat plains, the crumpled, snow-dusted peaks and craggy canyons of Yolyn Am erupt from the valley floor unexpectedly. From here, hiking trails snake between narrow walls past hulking yaks and white rock art before opening into Yolyn Am Gorge. Sheltered from the sun, it's often filled with huge, blue-tinged ice sheets well into summer and is home to the notoriously shy snow leopard, though sightings are rare.

From here, the 27,000-square-kilometre (10,400-square-mile) Gobi Gurvan Saikhan National Park is ripe for exploration. Home to an exceptional collection of petroglyphs, believed to date from 8,000 BCE to 3,000 BCE, its trails wind across paths adorned with ancient rock art, including depictions of camels, antelope, ibexes, hunters on horseback, mating wolves and men stalking deer.

Further into the park, the steppe gives way to orange-tinged desert before the 300-metre (980-foot) high Khongoryn Els sand dunes begin bubbling on the horizon. About 100

ESSENTIAL INFORMATION

Hiring a driver is essential, though adventurers can follow the driver in their own vehicle.

BEST TIME TO VISIT

June to September (for the best weather)

TIME ZONE

UTC+8

CURRENCY

₮ MONGOLIAN TÖGRÖG

USEFUL SITES

visitmongolia.com
caravanistan.com/transport/driving/mongolia/
discovermongolia.mn

HOW TO GET THERE

Take the Trans-Siberian Railway into Ulaanbataar Main Station from Moscow, or a Chinese Railways train from Beijing. Alternatively, fly into the Mongolian capital.

Wild horses roam much of the Gobi Desert, from the dusty steppes to the towering dunes

Image Source: Getty

kilometres (62 miles) long, and 12 kilometres (seven miles) wide, these never-ending sandy peaks are best explored on foot, though camels can be chartered to carry belongings.

Leaving the park, the route scratches its way north through rock, red sand and scrub, towards Bayanzag. Also known as the Flaming Cliffs, thanks to their incredibly intense fiery tangerine hue come sunset, they erupt from a surprisingly green valley below. It was here that palaeontologist Roy Chapman Andrews, believed to be the real-life inspiration for the dashing Indiana Jones character, first discovered dinosaur eggs in the 1920s. Decades later, fossils of a plant-eating Protoceratops and a ferocious Velociraptor locked in combat were excavated, making this prehistoric Mongolian wonder one of the greatest dinosaur fossil sites in the world.

Continuing north, the route wiggles through the desolate desert, past roaming camels and nomads navigating ancient paths in search of greener pastures. After about 200 kilometres (125 miles) lie the ruins of the Buddhist Ongiin Khiid monastery and its two temple complexes straddle the Ongi River. Once home to thousands of monks, the monastery was destroyed in 1937 by communist soldiers and over 200 monks were murdered.

The route pushes further north, arriving at Kharkhorin, the final stop before returning to Ulaanbaatar. Here the monastery of Erdene Zuu Khiid lies behind huge walls adorned with 108 stupas. Founded in 1586, it was the first Buddhist monastery in Mongolia and, at its peak, housed around 60 temples and 1,000 monks. Though the monastery was shut down and much of it destroyed during the Stalinist purges of 1937, a number of original statues and paintings survived – buried in the nearby mountains.

Bayanzag, or the Flaming Cliffs, is famous for being the place where dinosaur eggs were first discovered

Image Source: Getty

The 40m (130ft) stainless steel statue looks east, towards Genghis Khan's birthplace

Image Source: Thinkstock

THE GENGHIS KHAN STATUE COMPLEX

The greatest conqueror of all time, Genghis Khan united the nomadic tribes of the Gobi Desert, and launched an unstoppable tidal wave – one that would unite 3 billion people, turning the Silk Road into the largest ever trade zone, stretching from Korea to Baghdad.

In the 20th century, the Soviets took the region north of the Gobi Desert and censored any reference to Genghis Khan. However, since the collapse of the USSR, Genghis has made a comeback, perhaps most spectacularly with a 40-metre (130-foot) statue. Erected in 2008 atop a 10-metre (33-foot) platform, surrounded by 36 pillars representing the 36 Khans, it is the world's largest equestrian statue.

The statue sits on the site where he supposedly found a golden whip, in Tsonjin Boldog, 54 kilometres (34 miles) from Ulaanbaatar. It hosts a restaurant, Mongolian art gallery and an observation deck in the horse's head – accessed by walking through its neck – overlooking the endless Mongolian steppes, towards his birthplace.

Moldova is the crossroads between Western and Eastern European culture

MOLDOVA

MOLDOVA

Be transported to Cloud Wine in this intriguing little country

Fancy a bottle of wine? How about 2 million? If so, head to the underground cellars of Milestii Mici in Moldova. This 201-kilometre (125-mile) network of winding tunnels is the largest wine cellar in the world, housing almost 2 million bottles of the good stuff. Yes, really! Moldova, a tiny Eastern European country sandwiched between Romania and Ukraine, has only in recent years been recognised as a major player in the international wine industry. Cited as one of the world's least-visited nations, this is set to change as more and more travellers are recognising it as one for the (wine) bucket list.

With more than 365,000 acres of vineyards, Moldova has a larger proportion of its land covered with vines than any other country. As such, visitors are spoilt for choice when choosing a winery to visit. For award-winning wine head to Château Purcari, where you can pair your pour with a gastronomic delight in one of its two restaurants. Take a trip to Château Vartely, where you can sample a host of various wines, including ice wine, sparkling wine, liqueur wine and distillates. Take a tour around Moldova's original wine castle, the uber-grand Castel Mimi, which will take you around its manicured gardens, charming courtyard, wine cellars and the winery's production area. Or simply make like the locals and pop into Carpe Diem Wine Shop & Bar to select one of the 160 different wines on offer.

But what does Moldova have going for it other than wine? Plenty! About 48 kilometres (30 miles) north of Chisinau, Moldova's capital city, is Orheiul Vechi, an archaeological complex best known for its Cave Monastery. This extraordinary sight was built inside the cliff

"Visitors are spoilt for choice when choosing a winery to visit"

ESSENTIAL INFORMATION

Chisinau's trolleybuses are a great way to get around the city, and they're super cheap. A one-way ticket will set you back a mere two MDL – that's eight pence!

BEST TIME TO VISIT

October for Moldova's National Wine Day, which is celebrated with a wine festival.

TIME ZONE

UTC +2

CURRENCY
MDL
MOLDOVAN LEU

USEFUL SITES

moldova.md/en
britannica.com/place/Moldova
gov.uk/foreign-travel-advice/moldova

HOW TO GET THERE

Fly into Chisinau International Airport from across Europe, or take a train in to the capital from Odessa or Bucharest.

above the Raut River in the 13th century by Orthodox monks, where it remained a place of worship until the 18th century. In 1996, a few devoted monks returned to restore it to what you see today. The other monasteries and churches that pepper Moldova are similarly impressive, each displaying its own unique architectural style and wow factor. To name but a few there's Moldovita Monastery, where the exterior walls are adorned with almost floor-to-roof frescoes of religious depictions, and the opulent, blue St Theodor Tiron Convent, about a 20-minute walk from the centre of Chisinau.

While in Chisinau, you'll want to check out what this curious city has to offer. Explore a rich history at the National Museum of Ethnography and Natural History, where you'll find all manner of 'logical' exhibits – from geological to paleontological, zoological, entomological and archaeological.

If you just want to chill out for a few hours, switch off in Valea Morilor Park, which is one of the biggest parks in Chisinau, and home to hoardes of different kinds of plants. Wander past and smell the roses, meander through the forest, stroll along the lake or sit and people-watch. A warm, sunny day will bring ball players, kite fliers and even newlyweds having their post 'I do' photographs taken. Say cheese!

Speaking of cheese, make sure you sample the regional delicacy, brânza, a brined cheese, along with another local delight, ghiveci, a hearty vegetable stew. While you're at it you may as well head to Piata Centrala, the city's bustling market, where there's a dedicated cheese hall selling all manner of locally made sheep and goats' cheeses. There's also a meat hall, fresh fruits and vegetables piled high and fish stalls, where the slippery suckers are kept alive in buckets of water until they're sold. You could also pick up clothes, jewellery, electronics and even power tools such as chainsaws while you're taking in the sights, sounds and smells of this slice of local life. Most produce is local, and most prices are negotiable, so be sure to brush up on your bartering banter. Hectic but fun.

If you prefer your retail experience a little more civilised, you may prefer Malldova – not just a clever play on words but a shopping centre that also has a cinema, bowling alley and 'Foto Cabine', where you can shun your selfie stick and pose in an old-school photobooth.

However, if culture is your calling, make your way to Stefan cel Mare Central Park and walk along the Alley of Classics, which has 28 busts of classic literary figures and political leaders from Moldova. Originally there were only 12 sculptures, but after the fall of the Soviet Union, busts of nationalist Moldovan and Romanian writers and poets that were banned during the Soviet regime were added. Soaking up the literary vibes along this leafy lane, it may be a time to ponder famous novelist Robert Louis Stevenson's musing when he said that "wine is bottled poetry". And, thank goodness, wine is one thing that Moldova isn't short of. Pass the corkscrew!

Valea Morilor Park in Chisinau is the perfect place for a Moldovan picnic

The countryside around Orhei is embraced by a steep, bowl-shaped cliff

Moldova's Soviet past is quite prevalent in Chisinau's architecture

© Getty

COMMUNIST CHISINAU

The Soviet Union may have collapsed in 1991, but its legacy is still visible on the Eastern European landscape. If you're a dark tourist looking for a Soviet time capsule, look no further than the Moldovan capital of Chisinau. The city is filled with Communist-era blocks of flats, wide and straight boulevards – perfect for tank manouevres and military parades – and vanity projects built by Moldova's power-mad rulers.

The City Gates, pictured to the right, are perhaps the most famous example of this. These Brutalist twins were born in the late 1970s, on the road between the city and its airport. Intended to welcome visitors into the city with their concrete embrace, the buildings have outlasted Moldova's Soviet supremes and are still inhabited by die-hard Chisinau residents.

© Getty

EUROPE

ESSENTIAL INFORMATION

Walk up from Marsalforn rather than drive — you'll pass the Xwejni Salt Pans, and people selling salt from a hole in the wall.

BEST TIME TO VISIT

February for warm weather and fewer tourists; April for the full spring beauty.

TIME ZONE

UTC+1

CURRENCY
€
EURO

USEFUL SITES

visitgozo.com
tinyurl.com/wdhyvky8
guidememalta.com

HOW TO GET THERE

Catch a bus from Gozo's capital Victoria to Zebbug, a 30-minute walk away.

MALTA

WIED IL-GHASRI

THE MALTESE SLICE OF OCEAN NO ONE KNOWS ABOUT

Sitting on the northern coast of Gozo, Malta's little sister, Wied il-Ghasri is a difficult place to locate. With so many wave-washed coves and inlets to explore, it would be easy to end up at the wrong one. Or, you might end up three villages away, wondering why you can't see the sea anymore. But the navigational difficulty is worth it, for Wied il-Ghasri is indeed hidden – and truly a hidden gem.

To put this into perspective, the entirety of Gozo is the size of Aberdeen. The island appeals to our sense of curiosity, the human desire for exploration – you can easily strike out and straight away find country roads (the John Denver kind), no people and the ocean. This gorge, hewn deeply out of this rocky tropicana, is a half-hour walk from the village of Marsalforn, to the very north of the island. With the little town of Zebbug on the almost-vertical hill behind you, and dusty tracks winding south and west, Wied il-Ghasri is the opening to the sea.

When you walk down the rubbly track, with the blue sky-ocean wash to your right, you'll notice something that's hard to find on densely populated Malta: it's silent, beautifully silent. The road is steep, the path is long, but the sun is shining, and the sea is calling. A few locals and visitors who come here disturb your peace by driving their vehicles down to the car park, but the chances are you'll envy them as you see them cruise by.

Until you get right to the edge of the cliff, you can't tell it's coming. The rocks drop away in a waterfall of green. Scattered big pink petals bob, among little yellow flowers, and daisies sway in the breeze. The caper plants are getting ready to bloom. Climbing down a narrow path with a very low wall, you'll reach the cove in a minute or two, and the shadow of the gorge brings peace and respite from the heat.

Why should you visit? Because the turquoise water is clear enough that you see the sea floor, until it winds out to the open ocean, so it's perfect for snorkellers and aquatic escapades. Since the bay is sheltered and protective, it's ideal for photography and sunny relaxation. Because it goes unnoticed, two worlds apart from the bustling beaches of Marsalforn and Xlendi, and the hubbub of Malta itself. Prickly pink pears find crannies in the rock, reminiscent of the Wild West. Birds and crickets chirrup, and the air is soft and clear. Wied il-Ghasri is another kingdom, a grotto, a beauty unmatched.

Just make sure you're well rested before you climb back up.

"Wied il-Ghasri is another kingdom, a grotto, a beauty unmatched"

POLAND

MAZURY

Lakes and land come together in Masuria – a Polish lake district like no other

Just three hours from Warsaw, Masuria is the ultimate adventure experience. Farmland, woodland and waterways provide a wealth of opportunity for those looking to get back to nature. Relax in the stunning tranquil surroundings, or hike, sail, fish, windsurf, cycle, dive, canoe... the list is endless.

Masuria (Mazury in Polish) covers thousands of square miles. Famous for its 2,000 lakes, canals and rivers, it also offers rolling hills, making it the perfect hiking adventure. Friendly locals are eager to help tourists by showcasing their charming region, particularly between June and August when the Masurian Lake District becomes Poland's summer paradise.

But scattered around the area are stunning landmarks and sights that really capture the true beauty of Poland as a whole. The Swieta Lipka Sanctuary is a gorgeous Baroque church and place of pilgrimage that dates all the way back to the 17th century. Its colossal organ, staggeringly huge altar and dazzling hand-painted ceiling will be a memorable aspect of a trip to the region's monastery complex.

The Fields of Grunwald is another landmark worth visiting, regardless of whether you're a history buff. It's where Poland teamed up with Lithuania to defeat the Knights of the Teutonic Order in 1410 in a remarkable battle that took place in the Middle Ages. Every 15th July the battle is reenacted on its anniversary.

Hitler's Polish base, the notorious Wolf's Lair, is where he spent most of World War II, and is a devastating reminder of Poland's horrific experience of the conflict. There are 250 hectares to explore, so make use of the maps in the forest that surrounds the 20th century relic.

Barns and farmhouses are considered the most authentic places to stay in Masuria. Rustic lodges also offer traditional Polish food, large communal kitchens and a friendly atmosphere. Spa resorts are also available in Olsztyn or Glendoria, with outdoor wooden jacuzzis among the pine forests to lure lovers of luxury.

"With beautiful hills and 2,000 lakes and rivers, it's a hiking adventure"

ESSENTIAL INFORMATION

Bring your swimsuit with you – after all, you never know when you might fancy a dip in one of the gorgeous lakes.

BEST TIME TO VISIT

July, for the anniversary battle of the Teutonic Order.

TIME ZONE

UTC+1

CURRENCY
zł
POLISH ZŁOTY

USEFUL SITES

mazury.travel/en/
polandtrips.co.uk/lake-and-countryside-holidays/mazury-lake-region/
https://tinyurl.com/skimazury

HOW TO GET THERE

Indirect buses run into Olsztyn from Warsaw and Gdansk. You can also fly into Olsztyn airport from some European locations.

The famous Guggenheim Museum is an architectural marvel, drawing in the crowds to the world of contemporary art

Image source: Getty Images

SPAIN

BILBAO

SET YOUR SAT NAV TO BILBAO, AND EXPERIENCE NORTHERN SPAIN'S BEAUTIFUL AND SCENIC BASQUE COUNTRY BEFORE SETTING FOOT IN A CITY OF ART AND CULTURE

Named European City of the Year 2018, Bilbao is a city of development and change, transforming itself from an industrial port city exporting ironworks, to a modern, artistic and lively hub serving as a tourist hotspot in the Basque Country.

Take one look at the Guggenheim Museum and you'll witness how, in the 1990s, Bilbao's tourism changed forever. The museum of modern and contemporary art has put Bilbao back on the global map, featuring art from the 20th century to modern day, inside an incredible building that stands out in the city.

The medieval Casco Viejo, also known as Seven Streets because of its parallel roads, forms the Old Quarter. Sights include the grand Santiago Cathedral, displaying a mix of architectural styles, from its Gothic spire to the 15th-century cloister. While visiting Casco Viejo, don't miss the beautiful Teatro Arriaga, a venue for performing arts and concerts.

Semana Grande, or Aste Nagusia, is a nine-day festival held every August. It celebrates the Basque culture while honouring the Virgen de Begoña. Celebrate in one of the street concerts, firework displays, parades, food fights and even bullfights. With more than 100,000 people attending the event, there's no better way to get stuck into the Basque culture.

Your journey to Bilbao should include a stop at the Santander train station. Situated along the estuary, this is an ideal spot to sample scrummy Basque cider. And you can't visit Bilbao without eating the local speciality, pintxos. These little tapas-style snacks form the backbone of Basque cuisine, and there are plenty of places to grab a bite while exploring the city's alleyways. Take a stroll over the Zubizuri footbridge, cross the Nervión river and walk southwards to where you can find the Teatro Arriaga opera house. Bilbao's continued development and creativity will forever change the future of this hidden European gem.

ESSENTIAL INFORMATION

Siesta happens at around 2pm, with shops closing then reopening three to four hours later.

BEST TIME TO VISIT

June to September

TIME ZONE

UTC+1

CURRENCY
€
EURO

USEFUL SITES

bilbaoturismo.net
guggenheim-bilbao.eus/en
euskoguide.com

HOW TO GET THERE

Catch the train into Bilbao from Barcelona or Madrid. You can also sail into the city from southern Britain and Ireland.

Image source: Getty Images

ALBANIA

VALBONA VALLEY

EXPLORE THE UNTOUCHED MOUNTAINS OF ALBANIA'S NORTHERNMOST NATIONAL PARK

If you're looking to get well off the beaten track, there are few places in Europe that are more far-flung than the Valbona Valley. Tucked away in the mountains in northern Albania, the river valley is slowly growing more popular with hikers and other visitors. Those seeking stunning views and tough routes will find plenty of options, and because the valley is so remote, the landscape has barely felt the impact of human contact. As such, the park is rife with wildlife.

The valley is home to brown bears and wolves – so watch out if you're going far off the designated path – but if you reach the higher altitudes, you'll find alpine meadows that bloom beautifully in summer and welcome dozens of butterfly species. For the most part, the wildlife and plant life in the valley has gone undocumented by scientists, which makes it perfect for anyone with dreams of exploring an almost untouched land.

The main draw of the valley is hiking, and there are over 200 kilometres (125 miles) of hiking trails around the town that shares the valley's name. Ambitious trekkers will find the Peaks of Valbona route a test – a seven-day journey that takes you to the highest peaks in the area. You'll need to pack a tent, though, as the distances between the remote villages will mean camping in the wild.

For slightly less adventurous explorers, the three- or four-day Gjarper Mountain Loop will take you first from Dragobi to the village of Cerem, then down south around Gjarper, via an impressive viewpoint. You'll stay the night at Stani i Arif Kadris, a working sheep farm, before following the river back to Valbona.

However you plan to explore the park, it's a good idea to contact one of the local hotels for advice. Most of these are rural guesthouses, with hospitable owners. Brush up on your Albanian – you're going to Valbona.

ESSENTIAL INFORMATION

The park is best explored by foot or by bike, but you'll have to bring your own.

BEST TIME TO VISIT

May, for the best bloom

TIME ZONE

UTC+1

CURRENCY
L
ALBANIAN LEK

USEFUL SITES

bnadventure.com/valbona-albania/
journeytovalbona.com
intoalbania.com/attraction/valbona-valley

HOW TO GET THERE

From capital Tirana, or Prizren in Kosovo, you'll have to catch a bus to Bajram Curri, from whence you can take inexpensive minibuses to Valbona Valley.

ICELAND

LAUGAVEGUR

GET OFF THE BEATEN PATH – LITERALLY

Iceland has become extremely popular with tourists in recent years. Its unique, largely unspoilt nature has a magnetic draw for many, but with more popularity comes less tranquillity. However, the Laugavegur hiking trail in the southern highlands still offers well-prepared travellers the chance to take in the stark majesty of the Icelandic wilderness, free of the clusters of orange parkas surrounding many other attractions. The 55-kilometre (34-mile) long path stretches across a breathtaking variety of landscapes, across valleys and through mountain passes, between the hot springs of Landmannalaugar to the natural haven of Þórsmörk valley, which was carved out by a glacier several millennia ago.

The reason Laugavegur remains fairly hidden is simple: it's a hard day's work getting there. The trail usually takes two to four days to hike, and you'll need preparation, proper hiking gear and plenty of provisions before you set off, too. There are no supermarkets – or indeed much human presence at all – along the route, which despite its beauty can be treacherous should the weather turn. There are four mountain huts to rest along the way, at Hrafntinnusker, Álftavatn, Hvanngil and Emstrur. While staying in these huts is free of charge, the respect principle applies here: treat everything as if your grandmother lent it to you, and do leave it as tidy as you'd expect to find it.

The route is challenging, but rewards the well-prepared and resilient with a bigger variety of views than you're likely to find anywhere else. And if 55 kilometres (34 miles) of Icelandic wilderness isn't enough, you can combine the Laugavegur route with Fimmvörduháls, a 25-kilometre (16-mile) hiking route that takes you through a stunning mountain pass between two glaciers to Skógar in the south.

As with any journey into the perilous Icelandic highlands, if you're not on a guided tour, it's imperative you notify people of your exact travel plans with a strict checking-in schedule. The weather can look idyllic as you head off, but can (and frequently will) turn on a dime.

ESSENTIAL INFORMATION

Prepare well in advance. Study the route, and agree on a checking-in schedule with someone who's not going.

BEST TIME TO VISIT

May to August for the best weather, and passable roads.

TIME ZONE

UTC

USEFUL SITES

guidetoiceland.is
grapevine.is
trek.is

CURRENCY
ISK
ICELANDIC KRÓNA

HOW TO GET THERE

Take a bus or super-jeep to Landmannalaugar, either from Reykjavík or the towns Hella or Hvolsvöllur. Return from Þórsmörk via bus or super-jeep.

HUNGARY

LAKE HÉVÍZ

Relax among the water lilies before immersing yourself in Hungarian culture

Hévíz is a small Hungarian town with a big following due to its medicinal thermal water and quaint spa resort. Locals and tourists alike enjoy relaxing among the colourful lilies and wildlife in the warm water. The lake can heat up to 30 degrees Celsius, but it never drops beneath 23, meaning it is pleasant to visit all year round.

The natural thermal water is rich in carbonic acid, sulphur, calcium, magnesium and hydrogen carbonate, which are all believed to have medicinal properties. The amenities and facilities also offer practical assistance so that anyone can enjoy the healing waters. The central bathhouse, with its quirky spires and floating platforms, is mostly unchanged since it was built in the 18th century.

Recently, Lake Hévíz has committed to ecological protection and over the last few years has made vast improvements to the local area to preserve the wildlife. A canopy observatory has been erected on the main site and lawns have been laid around the local area. Hévíz health spa has also been monitoring the water quality and is devising a system that protects the water quality in the lake so that it continues to have medicinal benefits, as well as being a home to nature.

If you are looking to enjoy the lake in a more luxurious sense, the spa has a range of treatments on offer including hydrotherapy, movement therapy, a weight bath, medicinal mud, massages and more. These treatments are also very affordable. If you get peckish, there is traditional Hungarian fast food sold throughout the lake complex. This includes sausage and potatoes, as well as lángos; a type of Hungarian fried, sweet bread.

Although locals in Hévíz have enjoyed the thermal waters since the Stone Age, the arrival of the Romans really brought its usability to the fore. In the local town, you can still see the ruins of a 1st-century Roman villa, which was excavated and restored in 2003.

While the warm lake is the main attraction in Hévíz, there is still plenty to see and do in this little spa town. On Tuesdays, Thursdays and Saturdays, you can get lost in the traditional market, selling the hearty local produce of the Keszthely area. It is a perfect place to pick up souvenirs as well as experience Transylvanian traditional music. Nearby Egregy is home to many beautiful vineyards where you can enjoy tours, tastings or an evening meal overlooking the luscious green countryside.

"Locals and tourists alike enjoy relaxing among the water lilies and wildlife"

ESSENTIAL INFORMATION

The sulphurous water has natural healing properties, but also a pungent, egg-like scent. You'll soon forget it once you are in!

BEST TIME TO VISIT

The thermal water never drops below 23 degrees and so can be enjoyed all year round.

TIME ZONE

UTC +1

CURRENCY
Ft
HUNGARIAN FORINT

USEFUL SITES

heviz.hu/en
budapest.com/hungary/cities/heviz/history.en.html
west-balaton.hu/en/heviz

HOW TO GET THERE

Hévíz is a two-hour drive from Budapest or Vienna. You can also fly to Hévíz-Balaton Airport from Germany.

Image source: Getty

It's easy to see how the Mourne Mountains have inspired generations of writers, painters and musicians

ESSENTIAL INFORMATION

Use the Mourne Shuttle Service minibus to avoid having to walk a circular or out-and-back trail

BEST TIME TO VISIT

June to September for the best weather

TIME ZONE

UTC

CURRENCY
£
POUND STERLING

USEFUL SITES

visitmournemountains.co.uk
nationaltrust.org.uk/the-mournes
walkni.com/mourne-mountains-destination

HOW TO GET THERE

There are plenty of car parks across the region, but for a good start aim for one of the information centres at Downpatrick, Kilkeel, Newcastle or Newry. Alternatively, take the train to Newry.

COUNTY DOWN, NORTHERN IRELAND

MOURNE MOUNTAINS

EXPLORE THE RICH VARIETY OF NORTHERN IRELAND'S MOUNTAINOUS COAST

"I have seen landscapes which, under a particular light, made me feel that at any moment a giant might raise his head over the next ridge." The fantastical scenery of Northern Ireland's Mourne Mountains helped inspire the writer of those words, C. S. Lewis, when he put pen to paper and came up with the *Chronicles of Narnia*.

Located 65 kilometres (40 miles) south of Lewis' birthplace, Belfast, the Mourne Mountains are Northern Ireland's premier candidate for its first national park. The granite range stretches from the coast of Carlingford Lough to the peak of Slieve Croob, a distance of 40 kilometres (25 miles) in length, with countless ascents and descents as the tips of several of Northern Ireland's highest mountains are crested.

Slieve Donard – Slieve deriving from the Irish word for mountain – is the highest point in the country at 850 metres (2,790 feet), although reaching its summit is surprisingly achievable since it is less than five kilometres (three miles) from the car park. For those who don't fancy the steep sections of that climb, there are countless alternatives – there are nearly 100 named peaks, after all. Peace and solitude can be found in the accessible trails around Silent Valley's reservoir, and some follow sections of the dry-stone wall that runs for 31 kilometres (19.5 miles) across the peaks. If you really fancy testing your thighs, take on the Seven Sevens Challenge – 29 kilometres (18 miles) in length and 2,495 metres (8,185 feet) of ascent to conquer all seven peaks above 700 metres.

There are plenty of places to explore that don't require walking boots if you're not the hiking type, from playing a round of golf at Royal County Down's championship course to indulging in the spa at Slieve Donard Resort. Other recommendations include exploring the maze at Castlewellan Forest Park and following the boardwalks over the fragile coastal dunes at Murlough Nature Reserve.

With such a rich variety of landscapes and experiences to behold, it wasn't just C. S. Lewis who took inspiration from the Mourne Mountains. You'll find several atmospheric locations that were used during the filming of HBO's *Game of Thrones*. For a cuddlier experience, look out for the furry mammals that call Altavaddy Bridge in Tollymore Forest Park home. You may even find the elusive pine marten and rare red squirrels.

The Mourne Mountains might be the region's worst-kept secret, but you can easily discover your own little part of them, taking much inspiration from their natural beauty.

"There are plenty of places to explore that don't require walking boots"

CANARY ISLANDS, SPAIN

LA GRACIOSA ISLAND

THIS IDYLLIC ISLAND OFF LANZAROTE OFFERS WHITE SANDY BEACHES, AQUAMARINE WATERS AND WATERSIDE FISH RESTAURANTS

Part of the Chinijo Archipelago, La Graciosa is a series of islets and islands much smaller than the main Canary Islands. Thanks to the Parque Natural del Archipielago Chinijo, it has been granted World Heritage status, with UNESCO calling it an "authentic outdoor museum". The geopark helps preserve the flora and fauna on the island. La Graciosa, a half-hour ferry from Lanzarote, is made up of a curious creation of volcanic basaltic materials. The tallest peak is Las Agudas, which rises to a staggering 266 metres (872 feet) and is a popular destination for hikers.

Aside from the walkers, animal lovers will be treated to a fantastic diversity of sea fauna. At just over 70 square kilometres (17,470 acres), the island's marine reserve is the largest in Europe. Due to the rich protein sources present in these clear waters, it is the eatery of choice for birds in search of a meal, and attracts bird enthusiasts who like to watch them.

The island is particularly renowned for the large number of secluded coves and beaches. La Francesca Beach is by far the most unspoiled on the island, boasting 500 metres (547 yards) of the purest white sand, turquoise sea and absolute tranquillity. There is also an anchor area that allows boats to moor on an island away from the rest of world. For the more adventurous, surfing, kite surfing and diving are very popular with locals and visitors alike, although it is advised that due to large waves and strong currents, only experienced surfers should enter the water.

There are no paved roads or cars on La Graciosa. Measuring approximately 28 square kilometres (11 square miles), the island can be traversed by mountain bike, hiking and jeep. It is an ideal location for trail running and has a circular route of 32 kilometres (20 miles) for visitors to explore.

Although many visitors are day-trippers who come to enjoy the almost deserted sandy beaches, you can stay on the island. However, the accommodation is concentrated in Caleta de Sebo, which is where the ferry docks and is the only inhabited town, with approximately 600 locals. Guest houses, self-catering apartments and camping sites provide a range of accommodation options.

It is said that La Graciosa inspired Robert Louis Stevenson's novel *Treasure Island.* Pirates are said to have used the island for shelter from the tempestuous ocean. The story goes that in the 1760s a British crew was followed to La Graciosa by a pirate galleon and, fearing their treasures would be seized, buried it on the island. Some say it remains buried there today, but perhaps the treasure is the island itself.

"Surfing, kite surfing and diving are very popular with locals and visitors"

The harbour of Caleta de Sebo sports 215 berths for boats and a nautical shop

Image source: Getty

ESSENTIAL INFORMATION

4x4 taxis are a great way to see the island and can be found by the harbour. Tours last an hour and cost around €40.

BEST TIME TO VISIT

The Canaries can be visited all year round, but summer is busiest.

TIME ZONE

UTC

CURRENCY
€
EURO

USEFUL SITES

turismolanzarote.com/en/la-graciosa-island
canarytripbooking.com/en
visitlagraciosa.com/en

HOW TO GET THERE

The island can only be reached by a 30-minute ferry from Orzola in Lanzarote. It's not possible to pre-book, so just turn up on the day.

ENGLAND

BRISTOL

THE CULTURAL CAPITAL OF THE BRITISH SOUTHWEST

The city of Bristol in England's proud West Country has a history ranging back over 1,000 years as a trading hub, its network spanning all the way from French Gascony to far-flung Iceland during the Middle Ages. A vital port and industrial centre for a long time, it quickly reinvented itself as a cultural hub in the late-20th century as its heavy industry faded. In the 21st century, without much fanfare, Bristol has become a centre for creative arts, music and theatre, with an impressive number of live-music venues, museums, galleries and theatres for a city of its easily walkable size.

After years of operating under the radar, today Bristol is an up-and-coming destination for any travellers looking for a variety of activities, events and days out. You can go down to the old docks and board the innovative SS Great Britain steamship. The brainchild of Isambard Kingdom Brunel, the godfather of the Industrial Revolution, the SS Great Britain was the first great ocean liner when it was launched in 1843. In the 1970s it was saved from becoming scrap metal, restored to its former glory and turned into what's now Bristol's most popular attraction. Board the boat to experience life above and below deck, or watch one of the many interactive performances happening in the dry dock.

Another fantastic, unique museum experience is Aerospace Bristol, which highlights and celebrates Bristol's world-leading aerospace industry. Aersopace Bristol's crown jewel is an actual Concorde jet on display, the first-ever supersonic passenger jet that ferried travellers between the UK and the USA in style.

You'll see links to Bristol's industrial past everywhere you go, but it doesn't mean the city dwells there. Over the last four decades, in the spirit of its previous industrial innovation, Bristol has made a name for itself as a hotbed for trail-blazing musical and artistic creation, from world-famous, genre-defining musical acts in the 1990s like Portishead, Roni Size and Massive Attack to innovative emerging acts

ESSENTIAL INFORMATION

The water's edge (i.e. the Harbourside) is your best bet for a fun-filled day full of experiences.

BEST TIME TO VISIT

July has good weather and something happening most days, or August for the annual Balloon Fiesta.

TIME ZONE

UTC

CURRENCY
£
POUND STERLING

USEFUL SITES

visitbristol.co.uk
ssgreatbritain.org
bristolmuseums.org.uk

HOW TO GET THERE

A two-hour train ride from London, Bristol also has its own international airport.

Works by the elusive Banksy are a common sight on the streets of Bristol

Home to busy markets and bustling bars, the Harbourside has plenty to offer

of today like Idles and Blanck Mass. Finding a memorable night out in Bristol to see great original live acts is easy, and so is finding live performance of other kinds.

The Bristol theatre and dance scene is bigger now than ever before. Established theatres like the Bristol Old Vic always have ambitious productions on, and a number of venues host independent artists. Some of the most interesting include The Tobacco Factory, where everything from child-friendly family shows to progressive dance-theatre productions are on offer, and the Arnolfini, which hosts a fantastic art gallery. Then there's the Watershed located on the Harbourside, a digital media centre that hosts independent film screenings, music and theatre performances and design and visual art installations.

One of the biggest events every year in Bristol is St. Paul's Carnival, which has been held yearly since 1968 and grown into a cross-cultural coming together of Bristol's diverse population. Established to celebrate Afro-Caribbean culture and its influence on modern Bristol, today St. Paul's Carnival is held on the first Saturday of July and incorporates a massive musical procession where people enjoy an upbeat, vibrant community spirit. In fact, Bristol has live outdoor events going on throughout most of the year. From public parks to the Harbourside and even cemeteries, you'll be able to find pop-up performances, live music events and interactive attractions to suit any taste.

Days out can include excursions to historic castles on the outskirts of the city, busy Bristol Zoo and to see Bristol's historic bridges across the Avon, including the engineering marvel that is the Clifton Suspension Bridge. The Clifton neighbourhood, in fact, is ideal for history lovers – its golden buildings represent the city's wealthy past (many of which were built on the backs of slavery and colonialism), and there are lots of cobbled streets and green squares to enjoy walks in. Royal York Crescent is a great alternative to the Georgian city streets of Bath, and it offers panoramic views over the entire Bristol area.

The city centre has been massively renovated in recent years. Gone are the days of 1960s squalor – you'll find shiny new shopping centres, towering office blocks, and quirky side alleys. Climb up the Christmas Steps to explore niche boutiques and bookshops, or enjoy a meal at the Harbourside's plethora of restaurants. To experience an edgier part of town, take a walk through the infamous Bearpit subway and stroll up Stoke's Croft – there are vintage shops, curry houses and Banksy artworks galore.

"Bristol has become a hotbed for trail-blazing musical and artistic creation"

Begun in 1761, Park Street is now a busy main artery

PARK STREET

If you're mooching around the City Centre, chances are you'll be able to look up and see the fire-hose shaped Wills Memorial Building of Bristol University. This grand, golden tower is a true landmark, sitting on a vantage point atop a hill. You can get even higher by taking a tour to the top of the tower every Saturday.

To get there you'll want to wander up one of the city's best shopping streets: Park Street. Start at College Green, where you can enjoy a delicious gelato and brioche sandwich. It faces onto the historic Bristol Cathedral, which is worth a look if you have the time.

As you go uphill, you can browse vintage clothes shops, stop off in a chocolate cafe, or even buy some eco-friendly homeware from one of the many quirky furniture retailers.

When you reach the top, you'll be able to look down towards the city, admire Bristol University, or continue on to one of the lively bars of Whiteladies Road.

PORTUGAL

COIMBRA

YOUNG AND OLD CAN DISCOVER COIMBRA'S HISTORY, HERITAGE AND ROMANCES

Coimbra is a university town like no other. As well as being Portugal's oldest university and a World Heritage Site, it is full of romantic tales, boisterous japes and unique music.

The University of Coimbra has a rich history that is relayed through its beautiful library. If you are a bibliophile, then the Biblioteca Joanina is sure to surpass your needs. With 250,000 volumes along its gilded shelves, one can find out anything on subjects such as history, geography, medicine, law and science. If reading reams is not your scene, you can scale the 180 steps into the university tower for a fantastic view of the city. You can also explore the student's prison, which was intended for drunk and unruly students!

No Medieval European town is complete without a monastery, and Coimbra is no exception. As well as hosting a range of decorative architectural styles, from Manueline-designed cloisters to a classic Renaissance pulpit, the Monastery of Santa Cruz is host to two very special characters; Portugal's first two kings, Afonso Henriques (known as 'the Founder') and Sancho I, were transferred and entombed here in the 12th century.

Coimbra also has more modern marvels to explore. The Pedro e Inês bridge is a depiction of the doomed love story between the 14th-century king-to-be Pedro I and his wife's lady-in-waiting, Inês de Castro – in bridge form! The bridge does not meet in the middle but instead joins at a wide viewing platform, from which you can view the university from afar. The bright, geometric design highlights the colourful characters of the city, both old and new.

If you are looking for a destination for all the family, then Coimbra is the place. Although many sites have child-friendly tours and facilities, Portugal dos Pequenitos is the ultimate Portuguese holiday destination for little ones. Over eight zones, children can explore scaled-down models of Portugal's most famous landmarks as well as others from Africa, South America and Southeast Asia. Children are able to dress up, get interactive and even ride a miniature train.

The first week of May is by far the best time to enjoy Coimbra due to the festivities of the Queima das Fitas. The festival (which is translated as the 'burning of the ribbons') is a celebration of the end of the academic year, which originates from students of Coimbra's university burning their tassels to mark the end of their studies. It is a vibrant time for the city, with parades, dancing, music and dressing-up. With balls, bull fights and tea dances, there is sure to be something to get involved in.

"The Queima das Fitas is a vibrant time, with parades, dancing and music"

ESSENTIAL INFORMATION

Discover Coimbra's own take on traditional fado music and be serenaded at Fado ao Centro (booking required).

BEST TIME TO VISIT

Visit in the first week of May for the Queima das Fitas.

CURRENCY
€
EURO

TIME ZONE

UTC (winter)
UTC+1 (summer)

USEFUL SITES

myportugalholiday.com/coimbra-portugal.html
travel-in-portugal.com/coimbra
centerofportugal.com/destination/coimbra/

HOW TO GET THERE

The nearest airport is Lisbon. Trains from Gare do Oriente or Sete Ríos take about two hours. Alternatively, there is an overnight train from Madrid to Coimbra.

A gorgeous view over the rooftops of Coimbra

RUSSIA

KALININGRAD

THIS HISTORIC RUSSIAN CITY IS LOCATED DEEP IN THE HEART OF EUROPE

Fascinating Kaliningrad is a Russian exclave, located closer to Prague than to Moscow. Its location gives the visitor a wonderful mix of both European and Russian culture for the price of one. Architecture is the city's main attraction due to its incredible history and positioning, where elegant Catholic churches stand proud next to former Soviet Union buildings.

At the end of World War II, the former German city of Königsberg was annexed by the USSR and renamed Kaliningrad in honour of Mikhail Ivanovich Kalinin, the first Chairman of the Presidium of the USSR. History buffs will marvel at its mixed heritage. The city's owners have included Prussia, Poland, the German Empire, the USSR and now modern Russia.

You won't be surprised to learn that Kaliningrad's food scene is as diverse as its history. You can tuck into European, Middle Eastern, Russian and even Asian delicacies, including German bratwurst, Russian meatballs and Lithuanian dumplings. Fish and vegetarian options are rife throughout the city, as is strong Russian coffee. And, of course, there's vodka – but don't drink too much of the stuff!

Kaliningrad's sights and attractions include the island of Kant (previously Kneiphof), which is easily accessible from the Pregolya River and features a beautiful park with sculptures that surround a colossal gothic cathedral – perfect for a picnic lunch. Built in 1333, the cathedral appears German in design. Forty-minute organ concerts are held here on a daily basis and can often be heard from the mainland.

The gothic Berlin Gate, which was erected in 1657, is another popular tourist attraction, which sees trams and cars pass through it daily. In keeping with the gothic theme is the neo-gothic Amber Museum, opened in 1979. The building boasts a large fortress tower from its construction in 1853. Its name is derived from impressive pieces of amber found in the Baltic Sea, and you can peruse the museum shop for gorgeous amber jewellery to take home.

Kaliningrad may well be a quaint city but it has a wide variety of accommodation options, most of which are found in the centre. Hotel Kaiserhof is a popular choice as it provides a wonderful view of the Pregolya River. A number of hostels are available in the area for tourists on a tight budget, as well as homely B&Bs.

ESSENTIAL INFORMATION

Why not take advantage of a free walking tour of the city? Tours start at 10am every Friday on the steps in front of Kaliningrad Hotel on Leninsky Prospekt.

BEST TIME TO VISIT

June to September.

TIME ZONE

UTC+2

CURRENCY ₽ RUSSIAN ROUBLE

USEFUL SITES

wikivoyage.org/wiki/Kaliningrad
https://tinyurl.com/russiakaliningrad
https://tinyurl.com/trekkaliningrad

HOW TO GET THERE

You can cross into Kaliningrad via the land borders with Poland or Lithuania, but make sure you have your Russian visa ready before you go. You can also fly into Kaliningrad airport from select places.

SAN MARINO

SAN MARINO

THIS MICROSTATE IN THE HEART OF ITALY HAS SO MUCH TO OFFER

Football fans know San Marino as the country that gets thrashed regularly. Trivia fans know it as the fifth-smallest country in the world. But San Marino is much more than that, as this 60-square-kilometre (23-square-mile) microstate packs an astonishing amount into an area smaller than Leicester. It is entirely enclosed within Italy and often neglected due to its small size and proximity to the more glamorous areas of Bologna and Florence. However, that is a huge mistake given there is so much to do inside the world's oldest republic.

San Marino is a bygone relic of the old city-state system, when Italians were more commonly known as the Romans, Genoese or Venetians. The City of San Marino, a UNESCO World Heritage Site, sits in the dramatic shadow of Mount Titano, which rises 762 metres (2,500 feet) above the town. Walk or drive up the mountain to see the picture-perfect Three Towers of San Marino at the summit: Guaita, Cesta and Montale. These ancient guard posts date back to the 10th century, and you can enjoy spectacular views from Guaita and Cesta that stretch over the entire, beautiful country.

The stunning neoclassical San Marino Basilica, a neo-classical mid-19th-century Catholic church, houses the remains of the chapel's founder, Saint Marinus, after whom the country is named. From there, it's a short walk to the Palazzo Pubblico, or Public Palace. This is the seat of San Marino's government, adorned with spectacular murals. There's a quirky clock tower, which you can admire from the laid-back setting of the piazza. The stone for the Palazzo Pubblico, which was restored in the late 19th century, was quarried just a stone's throw away. The quarry is now a huge tourist attraction in itself, as it is the location for the annual crossbow competition as well as the city's medieval festival.

This odd country is also home to a number of unique museums, from the Vampire Museum to the Museum of Agricultural Culture, where you can take a cooking course in one of the oldest farmhouses in the country. And with the gastronomic regions of Emiglia-Romagna and Tuscany not far away, you can be assured the cooking in San Marino is of the highest quality.

Perhaps the greatest thing about San Marino is that you can enjoy all the delights of Italy for a lower price than you would in Italy itself. And with all its own merits, it seems incredible that San Marino is such an overlooked destination for travellers who enjoy its culture, history and culinary delights.

ESSENTIAL INFORMATION

Bring your hiking boots to enjoy a beautiful, enchanting walk along The Witches' Path between Guaita and Cesta – San Marino's two iconic towers.

BEST TIME TO VISIT

Visit in June and July for motorcycle, music and medieval festivals.

TIME ZONE

UTC+1

CURRENCY
€
EURO

USEFUL SITES

sanmarinosite.com/en/
visitsanmarino.com/en
wikitravel.org/en/San_Marino

HOW TO GET THERE

There is no airport or train network in San Marino, so you'll need to fly into Federico Fellini Airport in Miramare and drive to San Marino, which is around 16 kilometres (ten miles) away.

Image source: Getty Images

ESSENTIAL INFORMATION
Sail out to Thasos island for its gorgeous beaches and natural wonders.

BEST TIME TO VISIT
September and October, for the food and drink festivals.

TIME ZONE
UTC+2

CURRENCY
€
EURO

USEFUL SITES
visitkavala.gr/en/
visitgreece.gr/en/main_cities/kavala
kavalagreece.gr/en/

HOW TO GET THERE
Fly directly into Kavala airport, or fly into the larger airport of Thessaloniki and drive the 175km (109mi) to Kavala.

GREECE

KAVALA

Visit the city where Ancient Rome meets Ancient Greece

Northern Greece is an underrated part of this gorgeous country, and Kavala is a great place to start exploring it. Halfway between Thessaloniki and the Turkish border, this hodgepodge city is jam-packed with atmospheric sights, a unique vibe, and absolutely delicious food.

Through the ages, Kavala has been occupied by people from across Europe – the Romans, the Byzantines, the Venetians, the Ottomans and even the Crusaders have all left their mark on the landscape. Kavala's historic heart is its old town, the centrepiece of which is a Byzantine fortress that looks like it comes straight out of a fairytale. With its hilltop vantage point and storybook battlements and turrets, it's a great photo opportunity as well as a fascinating place to visit. You can look out over the city and breathe in the salty sea air, the wind providing welcome relief from the sun.

Travel forward in time to experience the Ottoman side of town. Marvel at the iconic 16th-century aqueduct, which like a vein through the city carried water to the homes, businesses and bathhouses of Ottoman Kavala. Step into the grounds of the colourful Halil Bey Mosque and run your hands over its blue, green and terracotta-painted walls. Inside the main prayer hall you can walk the glass floor to peer over the remains of the Christian church on the site, and go out to the courtyard to explore the well-preserved madrasa (Islamic school).

If the madrasa takes your fancy, you're in luck – amble 170m (558ft) down Ali Mehmet street and you can stay in a luxury hotel that was converted from a theological college. Water was a key tenet of Ottoman design, and the hotel's courtyard is home to an inviting pool. The cistern, meanwhile, has been converted into a cosy, sensual spa.

No matter where you go in Greece, the sea is never too far away, and Kavala sits right on it. You'll find some of the best seafood in town along Erithrou Stavrou promenade, which after dark transforms into a lively nightlife district.

If authenticity is what you're after, however, you can check out the mezedopoleía (Greek tapas restaurants) and ouzo bars in the narrow backstreets located slightly inland. They frequently host live music nights, where you can truly immerse yourself and experience Kavala in its full kefi (fun-filled) spirit.

Greece is renowned across the globe for its beautiful beaches, exciting towns, incredible food and friendly people. Kavala has all that to offer and much more. It really is a wonder why the rest of the world hasn't discovered it yet. Be sure to visit before it does.

"The Byzantine fortress looks like it comes straight out of a fairytale"

RUSSIA

PORZHENSKY POGOST

VISIT THIS MYSTICAL ABANDONED VILLAGE AT THE HEART OF RUSSIA'S WINDY PLAINS

One can only ever dream of silence and seclusion in today's modern world, but Porzhensky Pogost has just that. Set in a vast Russian national park that boasts hauntingly beautiful lakes, it's the perfect spot for those seeking to reconnect with nature.

Kenozersky National Park is a stunning lakeland that features a few abandoned villages, including Porzhenskoye. On the outskirts of the village, in the western part of the park near the Porzhenka River, lies the intriguing Porzhensky Pogost. It comprises a church – St. George's – with a bell tower, in a log enclosure, guarded by turreted towers. This mystical walled settlement is set in a picture book yellow grass field.

Porzhensky's hermitage was built in the 1780s, atop a pagan shrine, and has a chapel and three surrounding churches in a straight line. The remote area is also home to an eerie graveyard, which attracts its fair share of visitors.

There's no road to Porzhensky Pogost, or indeed any of the abandoned villages – it's only accessible via a pedestrian trail. Abandoned cars can be found along the route, giving the place an almost apocalyptic edge.

The beautiful Kenozersky National Park is located in the Kargopolsky and Plesetsky Districts of Arkhangelsk Oblast. The park was established in 1991 and has been given UNESCO Biosphere Reserve status to protect its trails and architectural monuments. Visitors typically come for the wildlife, with grizzly bears, elk and wolves occupying the park forestry.

The park has two access points, one of which is near the gorgeous Lake Lyokshmozero, one of the largest freshwater lakes in Arkhangelsk Oblast and the second biggest in the entire district. The oval lake, surrounded by woodland, is perfect for lazy boat trips.

To make your experience a traditionally Russian one, why not stay in one of the many log cabins scattered around the national park? They come equipped with old-fashioned Russian stoves and tapestries, giving them a truly rustic yet comfortable feel.

ESSENTIAL INFORMATION

Don't go without a guide as the area is surrounded by dangerous swamps.

BEST TIME TO VISIT

July and August, to avoid the infamous Russian winter.

CURRENCY
₽
RUSSIAN ROUBLE

TIME ZONE

UTC+3

USEFUL SITES

https://tinyurl.com/porzhensky
https://tinyurl.com/prcfzyxt
https://tinyurl.com/4rz2k5j8

HOW TO GET THERE

Take the train from Moscow to Nyandoma, then take the bus to Kargopol. From there, take another bus to Maselga, and hike the last 10 miles. We didn't say it'd be easy!

ESSENTIAL INFORMATION

Pack your anorak and walking boots, as impromptu hikes are essential to any Scotland visit.

BEST TIME TO VISIT

July and August – Scottish winters are chilly!

TIME ZONE

UTC

CURRENCY
£
POUND STERLING

USEFUL SITES

yourstirling.com/see-do/top-attractions/
stirlingcitypass.com/
stirlingcastle.scot/

HOW TO GET THERE

Hop on a train from Edinburgh or Glasgow right to the centre of Stirling.

SCOTLAND

STIRLING

THIS SMALL CITY IS STEEPED IN SCOTTISH HISTORY, AND IS WELL WORTH THE TRIP

When you think of Scotland, you'll likely conjure up images of Edinburgh Castle, but many forget about the city of Stirling, its castle and the crucial part it played in the history of Scotland.

Stirling is home to many secret Scottish gems not to be missed. The city is roughly equidistant between Edinburgh and Glasgow, so you have no excuse not to go.

To the untrained eye, Stirling Castle looks like Edinburgh Castle's younger sibling. Like Edinburgh, Stirling Castle sits proudly at the centre of the city on a rocky cliff. Inside the castle walls, you'll find the Royal Palace, which now frequently hosts an exciting world of plots, passion and intrigue with costumed performers bringing history to life. You'll also find a new exhibition focused on the castle's archaeology, which includes the fascinating, mysterious 14th-century Stirling skeletons. Other highlights include the Great Hall, Chapel Royal, Regimental Museum, the great kitchens as well as dress up, games and musical instruments to keep younger visitors entertained.

The next thing you shouldn't leave without seeing is the National Wallace Monument, a tower built in memory of the Scottish hero, Sir William Wallace. Inside you'll find The Hall of Arms that shows how the battle of Stirling Bridge against the English king was fought and won, as well as information on the life of William Wallace. The Hall of Heroes, also found inside, is home to the Wallace sword and is a celebration of famous Scots who were inspired by William Wallace. You'll also find the facts and figures behind the building of the monument in The Royal Chamber.

If none of that has enticed you, then simply go for the views. Seriously. On one side you'll see the city itself, Stirling Bridge, the Forth river and the castle perched in pride of place on a hill. When it's been snowing the hills around the city make the most stunning backdrop. On the other side you'll see Stirling University Campus, which is a campus like no other. In the centre of the university grounds there's a beautiful loch that freezes over in the winter months and glistens for the rest of the year, and is home to swans, ducks and other wildlife.

Behind the campus is Dumyat Hill, a rocky little hill of the Ochils range, which is worth the climb if you have time. You might hear stories about the Sheriffmuir Inn (off the hill path) that used to be home to a friendly grizzly bear... but we're not sure how credible these tales are.

Other highlights include the Old Town Jail, The Church of the Holy Rude, The Battle of Bannockburn Experience, and Argyll's lodging.

"Stirling Castle sits proudly at the centre of the city on a rocky cliff"

Piazza del Comune, Cremona (you can see the duomo and its baptistry)

ITALY

CREMONA

THE IDEAL CITY FOR VIOLIN AND MUSIC LOVERS TO RELAX

Founded by the Romans in 218 BC, but better known for its medieval architecture, Cremona is a rare thing – a quintessential Italian town without the crowds. With a population of 70,000, Cremona genuinely offers peace and quiet. Many travellers visiting Lombardy won't include it in their itinerary, and prefer to stop in nearby Milan or Brescia. But music lovers will know Cremona thanks to its violin-making tradition and its many luthiers' shops. It was, in fact, the home of those who detained the finest secrets of the luthier's trade since the 15th and 16th centuries: the Amati, Stradivari and Guarneri del Gesù families.

Even now, aspiring luthiers from all over the world come to Cremona to study at its violin-making schools and become internationally renowned artisans. Cremona is therefore a must-visit for classical music connoisseurs. It's home to the Violin Museum, where the history and tradition of the instrument meets the modern architecture of its auditorium. Every Saturday, one of the antique violins of the museum's collection is played for an audience, to keep the instruments in use and in tune. Theatre lovers will also appreciate the spectacular 19th-century Teatro Ponchielli, where they can see opera, ballet, concertos and plays.

The town is rather small and easy to walk around. You can go anywhere on foot, strolling through the atmospheric streets of the old district. Walk down Via Palestro to find some of Cremona's most beautiful buildings. Some of them are now schools, and you are able to walk inside and visit them. Don't miss Palazzo Stanga and its astonishing cloister. Art lovers also can't miss the picture gallery in the Ala Ponzone Museum nearby, where they'll see the iconic painting by Arcimboldo – *The Gardener*. When viewed upside down, it looks like a rather rude human face. Be sure to crane your neck to see it for yourself.

When visiting any ancient town in Italy, you will notice art, nature, culture, food and drink live

ESSENTIAL INFORMATION

Make sure you go down by the Po river at sunset. The view from under the bridge is absolutely breathtaking.

BEST TIME TO VISIT

March to May for good weather.

TIME ZONE

UTC+1

CURRENCY
€
EURO

USEFUL SITES

turismocremona.it/en
in-lombardia.it/en
enchantingitaly.com/regions/lombardia

HOW TO GET THERE

If travelling by plane, fly into Milan then reach Cremona by train. The train station is centrally located. If driving, Cremona is less than an hour away from Milan.

The gorgeous interior of Cremona Town Hall

Cremona from above, as seen from the Torrazzo bell tower

"Cremona is a must-visit for classical music connoisseurs"

in harmony. By peeking into the local shops you'll see Cremona's artisan traditions also include the making of cured meats, cheeses, Cremona's 'mostarda' (a pickled fruit preserve) and the local nougat, torrone. Cremona has been making torrone since 1441, when it was served at the wedding of Duke Francesco Sforza and Bianca Maria Visconti. Try it at Pasticceria Lanfranchi in Via Solferino – it's said to be the best in town. If you're looking for an authentic cup of Italian coffee, have it at Tubino, one of Cremona's most historical cafés.

Cremona's beating heart is the medieval Piazza del Comune, better known as Piazza del Duomo. Here, both the medieval political and religious powers are represented, the former by the town hall and the latter by the cathedral. In the town hall, Palazzo Comunale, culture vultures will be able to visit beautifully decorated rooms, and then go on to Palazzo dei Militi next door, which is one of the town's oldest buildings.

The duomo, in the Romanesque style, was begun in the 12th century and eventually finished in the 15th century. Such is its genius that it has been dubbed by critics 'the Sistine Chapel of the Po Valley' for the intricacy of its frescoes. The octagonal baptistry, in a mixed Romanesque and Gothic style, is external. At 34 metres (112 feet) tall, its façade is covered in white marble and, together with the duomo, it provides a great contrast with Cremona's warm red brick buildings. The bell tower, known as 'Torrazzo', standing at 112 metres (367 feet) tall, is the tallest brick bell tower in Europe. By huffing and puffing up its 500 steps, one can see the whole town, with its red rooftops and the verdant countryside just beyond them. The Torrazzo is also said to have provided the inspiration for the shape and the name of the town's beloved torrone. Another great example of religious architecture is 15th-century San Sigismondo. It's located just outside the town centre, a short walk away. Its best feature is the adjacent monastery with its pleasant cloister.

Nature lovers will certainly find an ideal setting for restorative bike rides. Cremona's luscious countryside is surrounded by four rivers: Po, Adda, Oglio and Serio. Ride your bicycle along the river banks and in the area's natural parks. After a long bike ride, relax in the evening with a drink at Molo 57 and join the night life in Piazza della Pace. Visiting in spring will enable you to find great weather: just the right time for a break in this stunning little town.

Don't be put off by the nondescript exterior!

PIAZZA LODI

If traditional Cremonese architecture takes your fancy, you'll want to stop in sleepy Piazza Lodi to see the 17th century red brick 'Palazzo Lodi Zaccaria'. The exterior might not look instantly impressive, but don't be fooled – inside, you'll find a palace full of Doric columns and beautiful Baroque frescoes.

When in the area around lunch or dinnertime, you could stop and eat at the charming Trattoria Cerri, where the gnocchi is very popular with locals. Another popular spot is Antica Osteria del Fico, which frequently hosts lively music and dance nights. Both serve very traditional Lombardian fare.

ESSENTIAL INFORMATION

Taxis can try to charge extortionate rates, but public transport is generally efficient, safe and cheap.

BEST TIME TO VISIT

May (so you can enjoy the annual Flower Festival)

CURRENCY
GEORGIAN LARI

TIME ZONE

UTC+4

USEFUL SITES

visitgeorgia.ge/about-georgia/tbilisi/
georgia.travel/
georgiaabout.com/tag/tbilisi/

HOW TO GET THERE

You can fly into Tbilisi from many bases in Europe and Asia. Alternatively, take the train in from the Armenian capital, Yerevan, or from Azerbaijan's capital Baku.

"They might look distressed, but it's part of their charm"

GEORGIA

TBILISI

THIS MEDIEVAL CITY IN THE HEART OF THE CAUCASUS IS READY FOR THE FUTURE

Tbilisi, a city whose fiery spirit was once brutally repressed by its Soviet occupiers, is blooming. Georgia is a truly fascinating country, which until a few decades ago, was shut away from the rest of the world. Nowadays, Tbilisi is one of the fastest-growing tourist destinations in Europe. Along the Kura (or in Georgian, Mtkvari) River, fancy hotels, lively nightclubs and world-class restaurants attract locals and tourists alike. Get a feel for Georgia's unique culture and beautiful language as you walk its streets, and listen to the Georgian music coming out of each bar.

The old town is a colourful and exuberant neighbourhood, small enough to explore by foot, but large enough to get serendipitously lost in. Its 19th-century wooden mansions – many featuring elaborate balconies for their owners to people-watch from – are all painted in an array of colours. They might look a little on the 'distressed' side, but it's part of their charm.

In fact, it almost looks like something out of a Disney film – and nowhere is this more apparent than at the Clock Tower. This leaning, higgledy-piggledy tower and its adjacent puppet theatre were built in 2010 by Rezo Gabriadze. Every hour, an angel comes out of the clock to ring the bell, and twice a day you can catch a show in the puppet theatre – we promise it's better than Punch and Judy.

Head out of the Old Town to Rike Park and then look up to the sky. Directly above you, you'll find the imposing Narikala fortress, which has protected the city and the Kura (Mtkvari) River valley since the 4th century. Inside its stone battlements, you can look around a newly restored Eastern Orthodox Church, complete with lavish dome paintings. If you're feeling a touch adventurous, you can walk all the way to the top of the hill – but it's much more fun to take the cable car from Rike Park, which was installed in 2012.

The cable car is just one example of Tbilisi's extensive efforts to modernise and keep pace with other cities in Europe. In another corner of Rike Park, you can find the uber-modern Peace Bridge across the Kura (Mtkvari). Built by the joint efforts of Georgian, French and Italian firms, the bridge symbolises the new Georgia.

But let's not forget that old-fashioned Georgia has its own merits, including the hot sulphur baths. With a constant water temperature of 38 to 40 degrees Celsius (100.4 to 104 degrees Fahrenheit), it's pretty balmy in there – and also a little bit smelly. Don't let that put you off, though. The locals claim the warm, mineral-packed waters will cure a range of ills, from skin conditions to stress to insomnia.

Tbilisi's unique fusion of the old and the new works in perfect harmony with the relaxed Georgian lifestyle. But don't just take our word for it, go and experience it for yourself – this mountainous little country may surprise you.

ESSENTIAL INFORMATION
Be sure to bring decent thermals if you're travelling in winter – underestimate a Scandinavian winter at your peril!

BEST TIME TO VISIT
Spring, for the snow melt and blooms, or June to August if you like warmer weather.

TIME ZONE
UTC+2

CURRENCY
€
EURO

USEFUL SITES
visitturku.fi/en
visitfinland.com/article/turku
turku.fi

HOW TO GET THERE
Board the train from the Finnish capital, Helsinki – the journey takes two hours. The bus takes the same amount of time.

FINLAND

TURKU

AN AGE-OLD RIVER SEPARATES THIS FINNISH CITY'S MIX OF OLD AND NEW

With a surge in flights announced by Air Baltic to this enchanting Finnish region, it's no wonder avid travellers are keen to drive tourism to Turku. Located on the southwest coast of Finland, about two hours from Helsinki by bus or train, Turku was founded in the 13th century and was in fact the Finnish capital until Russia took over the land in the early 1800s. This gives the city a rich mix of communist and European architecture, one of its main selling points.

The River Aura's waterside path is the perfect way to get to know the city by foot, as it offers unparalleled snapshots of the remarkable buildings along the route. The Aura is typically scattered with canal boats and tour operators offering reasonable prices for trips up and down its frigid waters.

In fact, the river itself plays a major role in city life. The local custom in Turku is to say that something is found 'on this side of the river' or 'the other side of the river'. This is because Turku is a city split into old and new. The older side features the city's grand Cathedral and Old Great Square, whereas the so-called new side features a modern city centre, market square and shopping malls.

Foodies will be delighted with the plethora of cafes and restaurants along the Aura's banks. Each serves real authentic Finnish cuisine, such as cinnamon rolls and Karelian pasties, as well as the more daring pickled herrings, sautéed reindeer and salty liquorice. Fish is as popular as meat in Finland, given the location of the nation near the Baltic Sea. Kalakukko is a regional delicacy – a fish pie made from rye bread, made moist by the bread soaking in the bones of the fish, giving it exquisite flavours.

Turku Cathedral is a stunning sight known locally as the Mother Church of the Evangelical Lutheran Church of Finland. Its spectacular name suits the building, which at summertime boasts an array of colourful tulips at its door, while in winter the trees that enclose the church are lit up to make it look all the more Christmassy. The cathedral is widely considered to be Finland's most valuable historical monument, and inside it features sculptures of saints as well as fine silverware from the Middle Ages.

Active folks can partake in a more adventurous side to Finnish culture. Ice swimming may sound terrifying but it gives those brave enough the chance to see Turku's beautiful forests and lakes on the outskirts of the city. Alternatively, there are many steamy saunas scattered around the city, for those less fond of the freezing temperatures.

"The River Aura's waterside path is the perfect way to get to know the city"

ESSENTIAL INFORMATION

Sarajevo can be very traditional in places, so be careful to respect any local conventions you encounter.

BEST TIME TO VISIT

May to October.

TIME ZONE

UTC+1

CURRENCY
KM
BOSNIA-HERZEGOVINA CONVERTIBLE MARK

USEFUL SITES

visitsarajevo.ba/?lang=en
sarajevo.travel
sarajevofunkytours.com

HOW TO GET THERE

Many low-cost airlines within Europe offer direct flights to Sarajevo.

BOSNIA AND HERZEGOVINA

SARAJEVO

At the foot of a Balkan mountain lies a bridge between two cultures

Dubbed the city where east meets west, Sarajevo's mountain setting and Ottoman bazaars make it a cultural hotpot for visitors who long for a diverse travelling experience. The capital of Bosnia and Herzegovina, tourism in the city is on the rise after word of its magic and intrigue got around – and fast.

Sarajevo is tucked away in a long, narrow valley with woodland and mountains on either side, giving visitors a glimpse of its stunning backdrop. Thankfully, the surrounding mountains are easily accessible due to Sarajevo's expansive cable car system, making it the perfect introduction to the city. A return ticket costs around £10, or 20 Convertible Marks, and it takes approximately nine minutes to get from the bottom to the very top. The breathtaking views from the summit will make it impossible to leave, particularly when sunset falls and drenches the city in twilight.

The city is decorated with beautiful mosques and Catholic churches, but the main pedestrian walkway, Ferhadija, is where the city really takes on a distinctive character of its own. Visitors are often seen taking photos from the middle of the street, looking down towards either end. This is the point where western shop signs, pubs and bars meet the Turkish bazaar. At one end of the street, traditional coffee houses and hookah pipes reign supreme and no alcohol is to be served, and at the other, men and women can be seen lining bars with a pint of beer or glass of wine in their hands. If you have a sweet tooth, you can pick up a delicious ice cream for as little as £1 by an array of vendors.

If the city's Ottoman architecture makes you want to know more about this fascinating period of Bosnian history, you must go to Seher-Cehaja bridge, over the Miljacka river. It's a sight to behold. The stunning piece of construction can be translated as the 'Mayor's Bridge' from the original Turkish. The 15th-century bridge is one of 13 in Sarajevo. Its initial design consisted of five arches, but it's since been renovated and changed dozens of times, and one of the arches has been walled up and covered with a road.

The city is also scattered with thought-provoking museums that shed light on the tragedy of recent war in Bosnia, and the two decades of healing it has taken to make its capital a tourist hotspot.

To end your day in the most relaxing way possible, pay a visit to the hamam, which can be found along the river. Opt for a massage or aromatherapy treatment, and let the therapists take you back to the city's Ottoman glory days, making you feel like a sultan (or sultana) living the high life in Bosnia's mountainous capital.

"The breathtaking views from the summit will make it impossible to leave"

GERMANY

EIBSEE LAKE

VENTURE INTO THE BAVARIAN ALPS FOR A LAKE THAT REALLY SPARKLES

Nestled at the foot of Zugspitze – the tallest peak in Germany – is Eibsee, a pristine lake considered to be one of the most beautiful in the country. In the correct light, the clear water appears a deep green, matching the dense trees around its edges and several tiny islands along its north bank.

Eibsee is just over 3km (2mi) long and measures about 0.5km (0.3mi) across at its widest point. Close to the car park are restaurants and bathing spots, so you can take in the scenery without walking more than a few metres, but a trip around the lake shows off its beauty to the fullest.

The trail looping around the lake is 7km (4mi), taking an hour and a half to two hours. With bays and viewpoints dotted around the route, you should always be able to find a quiet spot. Eibsee makes for a charming day trip, but there's no need to rush if you want to linger in the peaceful surroundings. There are campsites nearby for a night closer to nature.

For the best views of Eibsee you'll want to head up the mountain. If you're a keen hiker you can make the journey on foot – most people take two days to reach the summit and come down again, stopping at an alpine hut overnight. Mountaineering isn't for everyone though, so there's also the option to take the Zugspitze cable car. The aerial tramway isn't cheap, but it runs all the way to the peak and lets you look out across the Alps. From the top you can spot mountain peaks in five nations: Germany, Austria, Switzerland, Italy and Liechtenstein.

Summer is an ideal time to visit if you're after clear skies, sunshine and the chance to enjoy the activities on offer. Kayaks, bikes and paddle-boards are available for hire, or you can just wade in for a swim. With the good weather, though, come the crowds. May and September are less busy but still likely to be a comfortable temperature, or you could opt for winter if you're after tranquillity. In the colder months the trees are covered in snow and the water freezes over, bringing a real hush to the area.

ESSENTIAL INFORMATION

Bring your swimming costume or trunks in case you fancy a dip.

BEST TIME TO VISIT

May to September are the best months for warmer weather.

TIME ZONE

UTC +1

CURRENCY
€ EURO

USEFUL SITES

grainau.de/en/lake-eibsee-en
eibsee-hotel.de/en/
komoot.com/guide/198060/hiking-around-eibsee

HOW TO GET THERE

Eibsee is about two hours from Munich by car. If you're travelling by public transport, head to Untergrainau on the train and then look for the Eibsee buses.

OCEANIA

ESSENTIAL INFORMATION

Those travelling to Fremantle via ferry should secure seats on the right-hand side of the boat for unbeatable views.

BEST TIME TO VISIT

March to May for good weather and fewer crowds

TIME ZONE

UTC+8

CURRENCY
$
AUSTRALIAN DOLLAR

USEFUL SITES

australia.com
westernaustralia.com
visitperth.com

HOW TO GET THERE

Fly directly into Perth from across the world, or take an epic long distance train from Sydney or Adelaide

AUSTRALIA

PERTH

PERTH DISHES UP A FEAST OF NATURAL BEAUTY AND FASCINATING HERITAGE

Isolated in the badlands of Western Australia, laid-back Perth emerges under a cloudless blue sky. Blessed with sweeping beaches, cultural credentials and Michelin-star restaurants, the flourishing west coast capital is an oceanfront paradise with big-city attitude.

One of the largest inner-city parks on the planet, Kings Park and Botanic Garden is home to native bushland and white-trunked trees that erupt from manicured lawns like skyscrapers. The 750-year-old boab and canopy tree bridge are not to be missed. Come September the park bursts into colour as bright wildflowers take over as part of a month-long festival.

West of the city, the freewheeling port town of Fremantle beckons. Reached via boat, the scenic journey sees the city skyline give way to sprawling mansions, while dolphins make an appearance. With its serpentine streets, historic architecture and artisanal stalls, Fremantle is a patchwork of colour and life where history buffs can chase the Convicts and Colonials Trail, taking in the UNESCO-listed prison.

With beaches aplenty, Perth's pine tree-fringed Cottesloe remains a crowd-pleaser. However, those in search of solitude flee to Mosman or Swanbourne. Inland, Cathedral Square houses the City of Perth Library, St George's Cathedral and the 19th-century Treasury Buildings in addition to a slew of stylish bars and restaurants, including the subterranean velvet-clad Halford Bar and Wildflower, which showcases seasonal, indigenous flavours. While the culturally curious head to Perth Cultural Centre, a vibrant hub of museums, galleries and theatres, a slower pace can be found in Swan Valley, dotted with rolling vineyards and chocolatiers.

Image source: Getty Images

AUSTRALIA

TASMANIA

AUSTRALIA'S ISLAND OFFERS A RUGGED LANDSCAPE, BEFITTING ITS ROUGH PAST

Every day, the Spirit of Tasmania whisks visitors from Melbourne to Tasmania's northern coastal city of Devonport. The city offers a hearty welcome, with a casual beachside stroll to the red and white Mersey Lighthouse. By the bluff, Aboriginal rock carvings hint at the region's indigenous heritage, dating back tens of thousands of years before its more recent colonisation and influx of convicts.

After a day of fishing, rowing and sailing, and a trip to the stunning Tasmanian Arboretum, Cradle Mountain-Lake St Clair National Park calls. Here, the epic week-long Overland Track takes hikers through the bushland, where glacial water drips down mountainsides into steady lakes, and cold waterfalls spit into thick rainforests. Its trees date back thousands of years, providing shade to the park's platypus, echidna and, of course, Tasmanian devils.

To the west, the coastal town of Strahan is true frontier territory – a veritable Wild West, where convicts and settlers pushed themselves to their natural limits. Though nowadays it's rife with on-trend restaurants and quaint shops, it sits just south of the soaring Henty Dunes, shaped by winds roaring all the way from South America. The West Coast Wilderness Railway, meanwhile, is a comfortable way to explore the region's extremely uncomfortable past – complete with a rainforest stroll, gold panning and honey tasting.

On the opposite coast lies Hobart, the state capital, and a hub of art, food and culture. Framed by mountains and sea, and an hour from the stunning Mount Field National Park, the city overflows with fresh food and artisanal markets. Mona (Museum of Old and New Art) curates a striking blend of modern art and ancient heritage, set within a deliciously contemporary building, driven into the cliffs.

An hour and a half away, originally built as a timber station, Port Arthur grew into one of the country's most notorious prisons. Dubbed 'inescapable', despite its beautiful surroundings, it was the bane of 12,500 convicts' lives from 1830 and 1877. Fittingly, the World Heritage Site has its own Ghost Tour, for those who dare to explore its ruins by lantern light.

After a short stop at the state's second city of Launceston, with its colonial and Victorian cityscapes and parks, the Tamar River flows through vineyards, orchards, forested hills and scores of riverside villages. In Tasmania's far northeast, the Bay of Fires spans 50 kilometres (31 miles) of coastline, from Eddystone Point to Binalong Bay. Multi-day hikes traverse sandy beaches and heathland, over boulders and through eucalyptus forests, with plenty of time for snorkelling and birdwatching.

ESSENTIAL INFORMATION

Those hiking the Overland Track from October to May should book in advance.

BEST TIME TO VISIT

December to February (for festivals) or March to May (for hiking)

TIME ZONE

UTC+11

CURRENCY
$
AUSTRALIAN DOLLAR

USEFUL SITES

parks.tas.gov.au
tasmania.com
taswalkingco.com.au

HOW TO GET THERE

The ferry from Melbourne to Tasmania takes about 10 hours, so it's best done overnight. Alternatively, fly in.

AUSTRALIA

LAKE HILLIER

THE PRETTY-IN-PINK AUSTRALIAN LAKE THAT STUNS TOURISTS AND SCIENTISTS ALIKE

Think of a lake. You're probably imagining a cool, blue expanse of water. Maybe even turquoise or aquamarine. You certainly won't be imagining water the colour of a flamingo, but that is the sight that would greet you if you visit the unique and spectacular Lake Hillier. Situated on Middle Island, just off the coast of Western Australia, the lake is a bright-pink colour all year round, for reasons scientists still can't quite agree on. Some believe it is due to a bacteria found in the water, while others think it's caused by Dunaliella salina microalgae. One thing everyone can agree on, however, is that it looks both bizarre and incredible – especially as it's just metres from the Pacific Ocean that remains determinedly and traditionally blue, resulting in an amazing contrast when viewed from above.

Lake Hillier isn't the only pink lake in the world, but it is unique as the one that retains its colour even when the water is removed and bottled. Discovered by British explorer Matthew Flinders in 1802, Lake Hillier was named after William Hillier – one of Flinders' fellow HMS Investigator sailors who had sadly died of dysentery. Lake Hillier, which is on the small side at around 600 by 250 metres (1,968 by 820 feet), was mined for its salt for six years, but mining stopped when it was discovered that the salt was too toxic for human consumption. Middle Island is now a nature reserve, with only a limited number of tourists allowed onto the island. One of the best ways to see Lake Hillier in all its glory is by helicopter, as it is at its most vibrant from the air and you can fully appreciate the contrast with the Pacific.

Another option is a cruise from Esperance – the closest town to Middle Island. Now, the big question that all once-in-a-lifetime-experience seekers will want to know: can you swim in a bubblegum lake for the ultimate holiday snap? You can, but the Esperance Visitor Centre says you probably wouldn't really want to due to the high salt levels and shallow depth. The water has been tested and it is perfectly safe to swim in. The microalgae is harmless; there aren't any creatures that will try and have a nibble on you, and the pink won't stain your body. The salt levels are comparable to the Dead Sea in the Middle East, which is also perfectly safe to swim in, but it wouldn't make for the most satisfying swim ever – so probably just dip in for the photo opportunity and out again.

Whichever way you experience Lake Hillier – via land, sea or sky – this is a sight that no self-respecting traveller can miss out on. Where else can you see nature's daiquiri nestled among the trees of an Australian nature reserve, and get your friends scrabbling to find what filter you used to create that unbelievable shot?

ESSENTIAL INFORMATION

Middle Island can only be visited using a licenced tour operator.

BEST TIME TO VISIT

March to May
(for the best weather)

CURRENCY
$
AUSTRALIAN DOLLAR

TIME ZONE

UTC+8

USEFUL SITES

tinyurl.com/28ruach7
hillierlake.com/
esperancecruises.com.au/lakehillier

HOW TO GET THERE

The nearest town is Esperance, 700km from Perth. There's a long-distance train (10 hours 30 minutes), but you can also drive (8 hours). From here, take a scenic flight over Lake Hillier.

OCEANIA

NEW CALEDONIA

ENJOY A FRENCH WAY OF LIVING IN A STUNNING TROPICAL SETTING

For a Pacific holiday with a difference head to New Caledonia. Culturally, the tropical island feels very French, and the capital, Nouméa, is rather cosmopolitan. Here you can find fine-dining, amazing shops and fantastic natural beauty spots that include a World Heritage Site lagoon, lush river valleys, white sandy beaches, cool rainforests and tumbling waterfalls.

In the morning, stroll around the Port Moselle markets (which are on daily except for Mondays) where you will find Kanak women selling fresh pineapple, papaya and passion fruits. Complete your petit déjeuner by visiting the French sellers, who offer buttery croissants and fresh coffee.

Restaurant Le 1881 is a restaurant with a rich history as it is located in the grounds of the former penal colony on the island, which dates back to the late 19th century. It's one of Nouméa's most exciting restaurants, with a previous Michelin-star chef in the kitchen.

Head to the centre of Nouméa and explore Place des Cocotier, watching the world go by. With botanical gardens, a pétanque pitch and a giant chessboard as well as frequent markets and concerts to enjoy, you'll be able to while away the hours with ease.

Other sights to visit include the Heart of Voh, a mangrove swamp that has developed some unusual natural designs – including, of course, a heart. You can also opt to explore Fort Teremba, Le Parc des Grandes Fougères and Anse Vata. Catch a boat to L'Île-des-Pins, a turquoise atoll filled with verdant conifer trees – you can swim in a unique natural aquarium there.

"Culturally, the tropical island feels very French"

ESSENTIAL INFORMATION

Australian Dollars are accepted in some places, but it's best to use the CFP Franc.

BEST TIME TO VISIT

November to April for hot weather, May to September for cooler weather.

TIME ZONE

UTC+11

CURRENCY
F
CFP FRANC

USEFUL SITES

newcaledonia.travel/en
visitnewcaledonia.com
wikitravel.org/en/New_Caledonia

HOW TO GET THERE

It's a two-hour flight from Brisbane and Fiji, or three from Auckland. You can also now fly in from Japan.

The Bridal Veil Falls are situated within a scenic reserve on the North Island

ESSENTIAL INFORMATION
Nearby Mount Karioi, a 2.4-million-year-old extinct volcano, offers stunning views over the Tasman Sea from its summit.

BEST TIME TO VISIT
Autumn (March to May) is much quieter, and a fantastic time to enjoy the changes in colour.

TIME ZONE
UTC+13

CURRENCY
$
NEW ZEALAND DOLLAR

USEFUL SITES
waikatonz.com
inawe.nz
raglan.net.nz

HOW TO GET THERE
The Waikato region is a two-hour drive from Auckland International Airport.

NEW ZEALAND

BRIDAL VEIL FALLS

According to local legend, Waireinga's waterfall truly is magic

Just off the Te Mata road, a stunning sight awaits you: plunging falls accessible from a track cutting through the surrounding woodland. This peaceful spot is a mere 15-minute drive or ten-minute walk through bush from the nearest town of Raglan, and is one of the most popular hiking and walking tracks in the area, as it is suitable for all abilities and offers multiple viewpoints along its boarded paths.

Some of the many attractions to New Zealand are its scenery and natural wonders. There are said to be more than 1,500 waterfalls spread between the two islands, although some are transient and appear only after heavy rain. Not so Bridal Veil; close to the Pakoka River, this fall roars on throughout the year, captivating visitors with its beauty and power.

Bridal Veil Falls is located in the Waikato region of New Zealand's North Island within the Waireinga Scenic Reserve, which was created in the late 1800s to preserve the flora and fauna. A permanent feature on the landscape for more than two million years, these falls are popular with visitors and locals alike. Maori tradition claims that the area is protected by fairies, and in their language, the name Waireinga means 'water of the underworld'.

Standing at the top of the fall, you can see where the water plummets off the basalt rock lip and cascades down into a pool of sandstone, which has formed over many years. The water spray from the falls creates a perfect environment for native plants, including mosses and ferns, but also spider orchids, which grow in the rocks and trees. Due to the threatened status of these alluring flowers, rock climbing and swimming are banned (unless you're one of the local fairies of course).

The pool is surrounded by a forest of tawa trees. A broadleaf tree common across central parts of the country, the trunk of a tawa tree can span over 1.2 metres (four feet) in diameter and reach up to 30 metres (98 feet) in height, providing a sheltered canopy around these magic falls. You can walk to the base of the falls on a well-maintained path through lush vegetation, and the 261 steps provide you with a good workout on the way back up.

With the cooling spray from the waterfall and the lightly scented winds blowing around you, Bridal Veil Falls truly is a breath of fresh air.

"A permanent feature for more than two million years, these falls are popular with visitors and locals alike"

NEW ZEALAND

HOKITIKA

FROM ART TO ADVENTURE AND GORGES TO GLOW WORMS, THIS FUNKY TOWN HAS IT ALL

Hokitika is known locally as the 'Cool Little Town', and with its centre situated next to the beach you can see why. Located in New Zealand's South Island, it was first settled in in 1864 after gold was discovered on the West Coast. It soon became an important river port, but many ships found themselves stranded on Hokitika bar, a notorious, ever-shifting sandbar.

Entering the sea just north of Hokitika is the Arahura River, a great source of pounamu, or New Zealand jade, the green stone that can be found in many local art galleries. Scour the driftwood-strewn beach for some of your own!

There's heaps to do in this petite town, from walking to scenic drives, mountain biking, rafting, kayaking, boating and even golf. Hokitika offers easy access to many outdoor activities, and with two lakes, a river, a beach and mountains, there are plenty of options for every visitor.

Perhaps the most breathtaking of Hokitika's many natural features, Hokitika Gorge is just over 20 miles (33km) outside of Hokitika, but no visit would be complete without seeing this mesmerising ravine. As you walk along the track through bushland and over the suspension bridge, you're greeted with the incredible turquoise waters of the Hokitika river, rushing through the gorge. The waters get their colour from eroded mineral-rich schist rock and sandstone, which remains suspended in the water as it flows down from the mountains. If you'd like to see another unusual natural phenomenon, stop into the Glow Worm Dell just off the main road – after the sun sets, a glow worm colony transforms a dark patch of woodland into a magical fairy paradise with their turquoise luminescence.

Lake Kaniere is another must for your itinerary. One of the most serene and beautiful lakes in the country, a swim here is a fantastic way to spend an afternoon. Afterwards, trek to the picturesque Dorothy Falls, which are just a few minutes away via a track through the bush.

After a day spent absorbing the scenery you can hit the town, where an inspired culture and arts scene offers a wealth of creative spectacles. Pounamu and bone carvers, painters, glass blowers, sculptors, and wood, metal, stone and textile artists all come to ply their trade in Hokitika. When you've finished watching these artists at work, why not wander the town's impressive galleries and studios?

In the centre of Hokitika you'll find the National Kiwi Centre. Here you have the opportunity to see the country's endangered national icon, the Kiwi bird. The Centre offers information about the country's native species and many conservation projects, and is also home to the Tuatara, a Jurassic Age reptile endemic to New Zealand.

When it comes to hitting the hay at the end of a long day, there are a range of places to stay, catering to backpackers and luxury lovers alike.

ESSENTIAL INFORMATION

Visiting mid-March? Try huhu beetle grubs at the Hokitika Wildfoods Festival!

BEST TIME TO VISIT

December to March

CURRENCY
$
NZ DOLLAR

TIME ZONE

UTC+12

USEFUL SITES

hokitika.org
theroadtrip.co.nz/visit/top-10-things-hokitika
accommodationwestcoast.co.nz

HOW TO GET THERE

You can fly to Hokitika from Christchurch via Air New Zealand. Alternatively, the TranzAlpine from Christchurch is one of the best train journeys in the world.

A view from atop the sandstone cliffs above Tunnel Beach

ESSENTIAL INFORMATION

This quirky city boasts some outstanding street art with particularly good murals in the Downtown area.

BEST TIME TO VISIT

December to February

TIME ZONE

UTC+13

USEFUL SITES

dunedinnz.com
dunedinbotanicgarden.co.nz
larnachcastle.co.nz

CURRENCY
$ NEW ZEALAND DOLLAR

HOW TO GET THERE

You can take a connecting flight to Dunedin from Auckland International Airport, but for a more scenic route, travel to Dunedin by train.

NEW ZEALAND

DUNEDIN

EXPLORE A UNIQUE KIWI CITY WITH A STRONG SCOTTISH HERITAGE

Set in and around what was once a volcanic crater, Dunedin might be small, but it's packed with fascinating things to see and do. It is surrounded by native bush land and dramatic hills that overlook the Pacific Ocean, and boasts a charming harbour.

Built on the riches of the gold rush, Dunedin displays some of the very best Victorian and Edwardian architecture in the Southern Hemisphere. As you weave your way through the city, you will appreciate the beautiful gardens, gothic church spires and ornate buildings. Dunedin is also the home of New Zealand's only castle, and the steepest street in the world. At 350 metres (1,148 feet) long, with a slope of around 19 degrees, a walk up Baldwin Street is certainly not for the faint hearted! It's a fantastic experience, though, that shouldn't be missed.

A cultural city, Dunedin – known as the Edinburgh of New Zealand – wears its Scottish heritage with pride; even its name is derived from the Scottish Gaelic for Edinburgh, Dùn Èideann. The city also has historic ties with China, links that manifest in the Chinese Gardens designed in the traditional Kuan Lin style. These dazzling botanical gardens are home to a vast array of plants and flowers, with a plethora of rhododendrons bursting into life in springtime.

Dunedin and its surrounding area is a haven for some incredible wildlife, including both the world's rarest penguin – the yellow-eyed penguin – and the feisty New Zealand sea lion.

"Dunedin and its surrounding area is a haven for some incredible wildlife"

When driving up the Otago Peninsula, you will experience endless views of rugged beaches dotted with seal colonies, particularly fur seals and little blue penguins. If you happen to be a fan of albatross, then you are in luck, because you are able to see the commanding northern royal albatross at the Royal Albatross Centre, which is home to the only breeding colony, and the only place in the world where you are able to view these impressive birds in their natural habitat. With a wingspan of up to three metres (ten feet), a host of these majestic flyers is a sight you certainly won't forget in a hurry.

Accommodation in the city is plentiful, with something for every taste and budget. A night out is also a real treat, with a large music scene of local artists, jazz and world music. Be sure to take the time to taste some of the local beers and listen to some beats. You can even take a tour of Speight's, an iconic brewery that has been making beer since 1876. As they say in Maori, 'Chur'!

"Tour the islets on board a craft operated by the current landowners"

FEDERATED STATES OF MICRONESIA

NAN MADOL

UNCOVER A LITTLE-KNOWN ARCHAEOLOGICAL ENIGMA IN THE MIDDLE OF THE PACIFIC

It's easy to see how Nan Madol has remained a hidden gem, unknown to all except the most intrepid of travellers. Basking on Pohnpei in the South Pacific, visitors to Nan Madol will find themselves on a picturesque island-hopping flight to what is now part of the Federated States of Micronesia, but was ruled by the Saudeleur dynasty from the 12th to the 17th centuries.

It was during the time of the Saudeleurs that the enigmatic city on a coral reef was constructed. Thought to be a base in which feuding tribal chieftains were forced to live to keep an eye on them, Nan Madol was a complex of nearly 100 man-made islets spread over 200 acres. The canals that separate the islands have given rise to Nan Madol being described as the Venice of the Pacific. Countless legends have arisen, each attempting to explain how Nan Mandol's columns of black basalt up to six metres (20 feet) long were quarried, transported and erected to build walls and elevated platforms.

Most of the islets were residential, but there were specific islets for industrial and religious activities. With no source of fresh water or ability to grow food, all supplies had to be transported by boat, and it was quite an endeavour to feed the population of 1,000 when barely 25,000 lived on the entire island of Pohnpei. Boats are the best way for modern visitors to access Nan Madol, too. It's possible to tour the islets on board a craft operated by the current landowners; the boat ferries tourists around the city wall to the stunning Nandauwas temple and royal mortuary with its seven-metre (23-foot) high walls, then beyond to the houses of the priests, servants and soldiers who called Nan Madol home. At low tide, it's possible to wade through the water to the islands, although be prepared for the water to still reach your waist.

Jungle and swamp may have retaken Nan Madol when it was abandoned after Saudeleurs were deposed in 1628, but nature's reclamation adds to its air of mystery. If you make the long journey, you'll likely have the place to yourself.

ESSENTIAL INFORMATION

Keep a stash of small notes since you'll need to pay separately for parking, and twice to access the archaeological site.

BEST TIME TO VISIT

All year round due to stable weather.

TIME ZONE

UTC+11

CURRENCY
$
US DOLLAR

USEFUL SITES

nan-madol.com
whc.unesco.org/en/list/1503
nps.gov/places/nan-madol.htm

HOW TO GET THERE

An island-hopping plane from Guam or Palau stops several times before Pohnpei. Nan Madol is an hour's drive on paved roads from the island's capital, Kolonia.

HIDDEN TRAVEL *Gems*

Future PLC Quay House, The Ambury, Bath, BA1 1UA

Editorial
Editor **Alice Barnes-Brown**
Designer **Laurie Newman**
Compiled by **Zara Gaspar & Perry Wardell-Wicks**
Senior Art Editor **Andy Downes**
Head of Art & Design **Greg Whitaker**
Editorial Director **Jon White**

Contributors
Afolabi Adekaiyaoja, Olamide Akinwuntan, Laurie Newman, Hareth Al Bustani, Edoardo Albert, Joanne Al-Samarae, Sarah Bankes, Mohammed Barber, Katherine Bebo, Rosie Cranie-Higgs, David Crookes, Erlingur Einarsson, Jamie Frier, Charlie Ginger, Julienne Ginger, Rebecca Greig, Sophie Hines, Adam Markiewicz, Katharine Marsh, Nina Matiello-Azadeh, Adam Millward, Miguel Miranda, Elizabeth Pain, Oli Rahman, Carly Read, Scott Reeves, Nikole Robinson, Simon Skellon, Jackie Snowden, Vanessa Thorpe, Victoria Williams

Cover images
Getty Images

Photography
Getty Images, Alamy, All reference maps Free Vector Maps
All copyrights and trademarks are recognised and respected

Advertising
Media packs are available on request
Commercial Director **Clare Dove**

International
Head of Print Licensing **Rachel Shaw**
licensing@futurenet.com

Circulation
Head of Newstrade **Tim Mathers**

Production
Head of Production **Mark Constance**
Production Project Manager **Matthew Eglinton**
Advertising Production Manager **Joanne Crosby**
Digital Editions Controller **Jason Hudson**
Production Managers **Keely Miller, Nola Cokely, Vivienne Calvert, Fran Twentyman**

Printed in the UK

Distributed by Marketforce, 5 Churchill Place, Canary Wharf, London, E14 5HU
www.marketforce.co.uk - For enquiries, please email
mfcommunications@futurenet.com

Hidden Travel Gems Third Edition (LBZ5225)

FUTURE
Connectors. Creators. Experience Makers.

Future plc is a public company quoted on the London Stock Exchange (symbol: FUTR)
www.futureplc.com

Chief Executive **Jon Steinberg**
Non-Executive Chairman **Richard Huntingford**
Chief Financial and Strategy Officer **Penny Ladkin-Brand**

Tel +44 (0)1225 442 244